J.F. Encke

Berliner Astronomisches Jahrbuch für 1858

Anatiposi

J.F. Encke

Berliner Astronomisches Jahrbuch für 1858

Unveränderter Nachdruck der Originalausgabe von 1855.

1. Auflage 2023 | ISBN: 978-3-38200-883-3

Anatiposi Verlag ist ein Imprint der Outlook Verlagsgesellschaft mbH.

Verlag: Outlook Verlag GmbH, Zeilweg 44, 60439 Frankfurt, Deutschland
Vertretungsberechtigt: E. Roepke, Zeilweg 44, 60439 Frankfurt, Deutschland
Druck: Books on Demand GmbH, In de Tarpen 42, 22848 Norderstedt, Deutschland

Astronomisches Jahrbuch

für

1858.

Der Sammlung Berliner astronomischer Jahrbücher drei und achtzigster Band.

Berliner
Astronomisches Jahrbuch
für
1 8 5 8.

Mit Genehmhaltung
der Königlichen Akademie der Wissenschaften
herausgegeben
von

J. F. ENCKE,
Director der Berliner Sternwarte,

unter Mitwirkung des Herrn Prof. WOLFERS.

Berlin.
Gedruckt in der Druckerei der Königl. Akademie
der Wissenschaften.
1855.

Ferd. Dümmler's Verlags - Buchhandlung.

Inhalt.

Anhang.

Zeit- und Festrechnung 1858.

Das Jahr 1858 entspricht dem
Jahr 6571 der Julianischen Periode und dem
Jahr 7366-7367 der Byzantinischen Aere.

	Gregorianischer oder Neuer Calender.	Julianischer oder Alter Calender.
Güldene Zahl	16	16
Epakten	XV	XXVI
Sonnencirkel	19	19
Römer Zinszahl	1	1
Sonntags-Buchstab	C.	E.
Septuagesimae	31. Januar	19. Januar
Aschermittwoch	17. Februar	5. Februar
Osternsonntag	4. April	23. März
Himmelfahrt	13. Mai	1. Mai
Pfingstsonntag	23. Mai	11. Mai
1. Advent	28. November	30. November

Die vier Quatember.

Gregorianisch	Julianisch
24. Februar	12. Februar
26. Mai	14. Mai
15. September	17. September
15. December	17. December

Calender der Muhamedaner.

1274	Dschemadî el-awwel 1	1857	Dec.	18
	Dschemadî el-accher 1	1858	Jan.	17
	Redscheb 1	-	Febr.	15
	Schabân 1	-	März	17
	Ramadân 1	-	April	15
	Schewwâl 1	-	Mai	15
	Dsû 'l-kade 1	-	Juni	13
	Dsû 'l-hedsche 1	-	Juli	13
1275	Moharrem 1	-	Aug.	11
	Safar 1	-	Sept.	10
	Rebî el-awwel 1	-	Oct.	9
	Rebî el-accher 1	-	Nov.	8
	Dschemadî el-awwel 1	-	Dec.	7
	Dschemadî el-accher 1	1859	Jan.	6

Calender der Juden.

5618	Tebeth	10	Fasten. Belagerung Jerusalems . . .	1857	Dec.	27
	Schebat	1	. . . .	1858	Jan.	16
	Adar	1	. . . .	-	Febr.	15
		11	Fasten-Esther	-	-	25
		14	Purim	-	-	28
		15	Schuschan-Purim	-	Mrz.	1
	Nisan	1	. . . .	-	-	16
		15	Passah-Anfang *	-	-	30
		16	Zweites Fest *	-	-	31
		21	Siebentes Fest *	-	Apr.	5
		22	Passah-Ende *	-	-	6
	Ijar	1	. . . .	-	-	15
		18	Lag-B'omer	-	Mai	2
	Sivan	1	. . . .	-	-	14
		6	Wochenfest *	-	-	19
		7	Zweites Fest *	-	-	20
	Thamuz	1	. . . .	-	Juni	13
		17	Fasten. Tempel-Eroberung	-	-	29
	Ab	1	. . . .	-	Juli	12
		9	Fasten. Tempel-Verbrennung *	-	-	20
	Elul	1	. . . .	-	Aug.	11
5619	Tischri	1	Neujahrsfest *	-	Sept.	9
		2	Zweites Fest *	-	-	10
		4	Fasten-Gedaljah	-	-	12
		10	Versöhnungsfest *	-	-	18
		15	Laubhüttenfest *	-	-	23
		16	Zweites Fest *	-	-	24
		21	Palmenfest	-	-	29
		22	Versammlung oder Laubhütten-Ende *	-	-	30
		23	Gesetzfreude *	-	Oct.	1
	Marscheschwan	1	. . . .	-	-	9
	Kislev	1	. . . .	-	Nov.	8
		25	Tempelweihe	-	Dec.	2
	Tebeth	1	. . . .	-	-	8
		10	Fasten. Belagerung Jerusalems . . .	-	-	17
	Schebat	1	. . . .	1859	Jan.	6

Die mit * bezeichneten Feste werden strenge gefeiert.

Erklärung der Zeichen.

°	Grad.	●	Neu-Mond.	+	Nördl. Abw. od. Breite.
h	Stunde.	◐	Erstes Viertel.	—	Südl. Abw. od. Breite.
′	Minute.	○	Voll-Mond.	☊	Aufsteigender } Knoten.
″	Secunde.	◑	Letztes Viertel.	☋	Niedersteigender } Knoten.

Zeichen des Thierkreises.

0	♈ Widder	0 Grad.		VI.	♎ Waage	180 Grad	
I.	♉ Stier	30	-	VII.	♏ Scorpion	210	-
II.	♊ Zwillinge	60	-	VIII.	♐ Schütze	240	-
III.	♋ Krebs	90	-	IX.	♑ Steinbock	270	-
IV.	♌ Löwe	120	-	X.	♒ Wassermann	300	-
V.	♍ Jungfrau	150	-	XI.	♓ Fische	330	-

Bezeichnung der Himmelskörper.

☉	Sonne.	(5)	Asträa.	(22)	Calliope.
☾	Mond.	(6)	Hebe.	(23)	Thalia.
☿	Merkur.	(7)	Iris.	(24)	Themis.
♀	Venus.	(8)	Flora.	(25)	Phocea.
♁	Erde.	(9)	Metis.	(26)	Proserpina.
♂	Mars.	(10)	Hygiea.	(27)	Euterpe.
⚶	Vesta.	(11)	Parthenope.	(28)	Bellona
⚵	Juno.	(12)	Victoria.	(29)	Amphitrite.
⚴	Pallas.	(13)	Egeria.	(30)	Urania.
⚳	Ceres.	(14)	Irene.	(31)	Euphrosyne.
♃	Jupiter.	(15)	Eunomia.	(32)	Pomona.
♄	Saturn.	(16)	Psyche.	(33)	Polyhymnia.
⛢	Uranus.	(17)	Thetis.	(34)	Circe.
		(18)	Melpomene.	(35)	Leukothea.
		(19)	Fortuna.	(36)	Atalante.
		(20)	Massalia.	(37)	Fides.
		(21)	Lutetia.	♆	Neptun.

Bezeichnung der Wochentage.

☉	Sonntag.
☾	Montag.
♂	Dienstag.
☿	Mittewochen.
♃	Donnerstag.
♀	Freitag.
♄	Sonnabend.

Adspecten.

☌	Conjunction.
□	Quadratur.
☍	Opposition.

Sonnen- und Mond-Ephemeride

für

1858.

Berlin 44′ 14″,0	östlich von Paris	}	in Zeit.
53 35,5	östlich von Greenwich		
Berlin 11° 3′ 30″,0	östlich von Paris	}	in Bogen.
13 23 52,5	östlich von Greenwich		

JANUAR 1858.

Wahrer Berliner Mittag.

Monats- und Wochentag.		Zeitgleichung. M. Zt. — W. Zt.	Ger. Aufst. ☉	Abweichg. ☉	Log. μ.	Culm. Dauer ☉ Sternzeit
		′ ″	h ′ ″	° ′ ″		′ ″
1	♀	+ 3 50,46	18 47 5,15	— 23 1 6,2	2,77517	2 22,02
2	♄	4 18,60	51 29,92	22 55 54,5	2,81345	21,93
3	☉	+ 4 46,39	18 55 54,34	— 22 50 15,4	2,84844	2 21,82
4	☾	5 13,80	19 0 18,39	22 44 9,1	2,88064	21,71
5	♂	5 40,82	4 42,04	22 37 35,7	2,91046	21,59
6	☿	6 7,41	9 5,26	22 30 35,4	2,93817	21,47
7	♃	6 33,54	13 28,02	22 23 8,4	2,96402	21,34
8	♀	6 59,18	17 50,29	22 15 14,9	2,98820	21,20
9	♄	7 24,33	22 12,06	22 6 55,2	3,01093	21,05
10	☉	+ 7 48,94	19 26 33,29	— 21 58 9,4	3,03234	2 20,90
11	☾	8 12,98	30 53,95	21 48 57,9	3,05250	20,74
12	♂	8 36,43	35 14,03	21 39 20,9	3,07162	20,57
13	☿	8 59,27	39 33,49	21 29 18,6	3,08973	20,40
14	♃	9 21,47	43 52,32	21 18 51,4	3,10687	20,22
15	♀	9 43,02	48 10,49	21 7 59,6	3,12317	20,04
16	♄	10 3,89	52 27,98	20 56 43,5	3,13865	19,85
17	☉	+ 10 24,05	19 56 44,75	— 20 45 3,5	3,15342	2 19,66
18	☾	10 43,49	20 1 0,80	20 32 59,8	3,16752	19,46
19	♂	11 2,19	5 16,10	20 20 32,8	3,18093	19,26
20	☿	11 20,13	9 30,65	20 7 43,0	3,19374	19,05
21	♃	11 37,29	13 44,42	19 54 30,6	3,20599	18,84
22	♀	11 53,67	17 57,40	19 40 56,1	3,21772	18,63
23	♄	12 9,25	22 9,58	19 26 59,7	3,22896	18,42
24	☉	+ 12 24,03	20 26 20,96	— 19 12 41,9	3,23972	2 18,20
25	☾	12 37,99	30 31,52	18 58 3,0	3,25003	17,98
26	♂	12 51,14	34 41,26	18 43 3,5	3,25990	17,76
27	☿	13 3,47	38 50,18	18 27 43,7	3,26940	17,53
28	♃	13 14,98	42 58,27	18 12 4,0	3,27852	17,30
29	♀	13 25,66	47 5,54	17 56 4,7	3,28728	17,07
30	♄	13 35,52	51 11,98	17 39 46,3	3,29572	16,83
31	☉	+ 13 44,56	20 55 17,61	— 17 23 9,0	3,30384	2 16,60
32	☾	13 52,79	59 22,42	17 6 13,3	3,31162	16,37
33	♂	14 0,20	21 3 26,42	16 48 59,6	3,31911	16,14

JANUAR 1858.

Mittlerer Berliner Mittag.

Monats- und	Jahrestag.	Sternzeit.	Länge ☉	Breite ☉	Lg. Rad. v. ☉	Halbm. ☉
		h ′ ″	° ′ ″	″		′ ″
1	1	18 43 14,05	280 49 31,4	+ 0,84	9,9926557	16 17,29
2	2	47 10,61	281 50 40,0	+ 0,76	9,9926587	17,28
3	3	18 51 7,17	282 51 48,7	+ 0,65	9,9926646	16 17,27
4	4	55 3,73	283 52 57,5	+ 0,53	9,9926731	17,25
5	5	59 0,29	284 54 6,4	+ 0,41	9,9926843	17,23
6	6	19 2 56,85	285 55 15,3	+ 0,29	9,9926979	17,21
7	7	6 53,41	286 56 24,2	+ 0,17	9,9927139	17,18
8	8	10 49,97	287 57 33,2	+ 0,07	9,9927321	17,15
9	9	14 46,53	288 58 42,2	— 0,02	9,9927525	17,11
10	10	19 18 43,08	289 59 51,0	— 0,08	9,9927749	16 17,06
11	11	22 39,64	291 0 59,6	— 0,12	9,9927993	17,01
12	12	26 36,20	292 2 8,0	— 0,14	9,9928255	16,95
13	13	30 32,76	293 3 16,1	— 0,12	9,9928533	16,89
14	14	34 29,32	294 4 23,9	— 0,08	9,9928827	16,83
15	15	38 25,88	295 5 31,2	— 0,01	9,9929137	16,76
16	16	42 22,44	296 6 38,0	+ 0,09	9,9929463	16,69
17	17	19 46 19,00	297 7 44,0	+ 0,20	9,9929806	16 16,61
18	18	50 15,55	298 8 49,3	+ 0,32	9,9930167	16,53
19	19	54 12,11	299 9 53,7	+ 0,45	9,9930544	16,44
20	20	58 8,66	300 10 57,3	+ 0,57	9,9930940	16,35
21	21	20 2 5,22	301 11 59,9	+ 0,68	9,9931355	16,25
22	22	6 1,78	302 13 1,4	+ 0,78	9,9931790	16,15
23	23	9 58,34	303 14 1,9	+ 0,86	9,9932246	16,04
24	24	20 13 54,90	304 15 1,3	+ 0,92	9,9932724	16 15,92
25	25	17 51,46	305 15 59,6	+ 0,95	9,9933225	15,80
26	26	21 48,01	306 16 56,7	+ 0,95	9,9933749	15,68
27	27	25 44,57	307 17 52,6	+ 0,92	9,9934298	15,55
28	28	29 41,12	308 18 47,4	+ 0,87	9,9934873	15,42
29	29	33 37,68	309 19 41,3	+ 0,79	9,9935473	15,29
30	30	37 34,23	310 20 34,1	+ 0,69	9,9936098	15,15
31	31	20 41 30,79	311 21 25,9	+ 0,57	9,9936748	16 15,01
32	32	45 27,35	312 22 16,7	+ 0,45	9,9937423	14,86
33	33	49 23,91	313 23 6,5	+ 0,33	9,9938122	14,71

FEBRUAR 1858.

Wahrer Berliner Mittag.

Monats- und Wochentag.		Zeitgleichung. M. Zt. — W. Zt.	Ger. Aufst. ☉	Abweichg. ☉	Log. μ.	Culm. Dauer ☉ Sternzeit.
		′ ″	h ′ ″	° ′ ″		′ ″
1	☾	+ 13 52,79	20 59 22,42	— 17 6 13,3	3,31162	2 16,37
2	♂	14 0,20	21 3 26,42	16 48 59,6	3,31911	16,14
3	☿	14 6,80	7 29,60	16 31 28,3	3,32632	15,91
4	♃	14 12,60	11 31,98	16 13 39,7	3,33327	15,68
5	♀	14 17,61	15 33,55	15 55 34,2	3,33993	15,45
6	♄	14 21,83	19 34,33	15 37 12,3	3,34631	15,22
7	☉	+ 14 25,25	21 23 34,31	— 15 18 34,4	3,35248	2 14,99
8	☾	14 27,89	27 33,51	14 59 40,8	3,35840	14,76
9	♂	14 29,74	31 31,92	14 40 32,0	3,36407	14,54
10	☿	14 30,82	35 29,55	14 21 8,4	3,36951	14,32
11	♃	14 31,12	39 26,41	14 1 30,4	3,37473	14,10
12	♀	14 30,66	43 22,50	13 41 38,5	3,37971	13,88
13	♄	14 29,45	47 17,84	13 21 33,2	3,38448	13,66
14	☉	+ 14 27,49	21 51 12,43	— 13 1 14,8	3,38906	2 13,45
15	☾	14 24,78	55 6,27	12 40 43,8	3,39344	13,24
16	♂	14 21,32	58 59,35	12 20 0,6	3,39761	13,03
17	☿	14 17,13	22 2 51,71	11 59 5,7	3,40159	12,83
18	♃	14 12,23	6 43,36	11 37 59,5	3,40538	12,63
19	♀	14 6,63	10 34,30	11 16 42,5	3,40901	12,43
20	♄	14 0,34	14 24,55	10 55 15,0	3,41246	12,24
21	☉	+ 13 53,38	22 18 14,12	— 10 33 37,5	3,41574	2 12,05
22	☾	13 45,76	22 3,04	10 11 50,4	3,41886	11,87
23	♂	13 37,50	25 51,31	9 49 54,1	3,42183	11,69
24	☿	13 28,61	29 38,95	9 27 49,0	3,42463	11,51
25	♃	13 19,10	33 25,97	9 5 35,6	3,42729	11,34
26	♀	13 9,00	37 12,40	8 43 14,2	3,42985	11,17
27	♄	12 58,34	40 58,26	8 20 45,0	3,43227	11,01
28	☉	+ 12 47,14	22 44 43,58	— 7 58 8,6	3,43452	2 10,85
29	☾	12 35,41	48 28,37	7 35 25,3	3,43667	10,70
30	♂	12 23,18	52 12,66	7 12 35,4	3,43870	10,56

JANUAR 1858.

	Mittlerer Mittag und Mitternacht.		☾ im Meridian.			Auf- und Untergang.	
	Par. ☾	Halbm. ☾	Mittl. Zeit.	Ger. Aufst.	Abweichg.	☾	☉
	′ ″	′ ″	h ′	° ′	° ′	h ′	h ′
1	59 55,9	16 19,9	1 43,4	126 43,8	+ 22 57,9	5 47 *A*	3 54 *U*
	59 32,0	16 13,4	14 11,9 *O*	134 22,6	20 33,7	22 13 *U*	20 13 *A*
2	59 5,8	16 6,2	2 39,0	141 38,7	17 53,0	7 19 *A*	3 55 *U*
	58 38,1	15 58,7	15 4,6 *O*	148 33,4	14 59,9	22 28 *U*	20 13 *A*
3	58 9,7	15 50,9	3 28,9	155 9,0	11 58,4	8 44 *A*	3 57 *U*
	57 41,0	15 43,1	15 52,1 *O*	161 28,3	8 51,5	22 40 *U*	20 13 *A*
4	57 12,8	15 35,4	4 14,5	167 34,1	5 42,0	10 5 *A*	3 58 *U*
	56 45,5	15 28,0	16 36,2 *O*	173 29,2	+ 2 32,3	22 50 *U*	20 12 *A*
5	56 19,7	15 21,0	4 57,3	179 16,6	— 0 35,9	11 22 *A*	3 59 *U*
	55 55,5	15 14,4	17 18,1 *O*	184 58,8	3 40,7	22 59 *U*	20 12 *A*
6	55 33,3	15 8,3	5 38,7	190 38,5	— 6 40,8	12 37 *A*	4 0 *U*
	55 13,5	15 2,9	17 59,3 *O*	196 18,0	9 34,8	23 8 *U*	20 11 *A*
7	54 56,0	14 58,2	6 20,0	201 59,6	12 21,4	13 51 *A*	4 1 *U*
	54 41,0	14 54,1	18 41,1 *O*	207 45,3	14 59,5	23 19 *U*	20 11 *A*
8	54 28,5	14 50,7	7 2,5	213 37,0	17 27,6	15 6 *A*	4 3 *U*
	54 18,6	14 48,0	19 24,4 *O*	219 36,2	19 44,6	23 32 *U*	20 10 *A*
9	54 11,1	14 45,9	7 46,9	225 44,3	21 49,0	16 21 *A*	4 4 *U*
	54 6,0	14 44,5	20 10,1 *O*	232 2,2	23 39,2	23 51 *U*	20 10 *A*
10	54 3,2	14 43,8	8 33,9	238 30,2	25 13,7	17 35 *A*	4 5 *U*
	54 2,6	14 43,6	20 58,4 *O*	245 8,3	26 31,1	* *	20 9 *A*
11	54 4,1	14 44,0	9 23,5	251 55,6	— 27 29,8	0 17 *U*	4 7 *U*
	54 7,4	14 44,9	21 49,1 *O*	258 50,7	28 8,5	18 42 *A*	20 9 *A*
12	54 12,5	14 46,3	10 15,2	265 51,7	28 26,1	0 54 *U*	4 8 *U*
	54 19,1	14 48,1	22 41,4 *O*	272 56,0	28 22,0	19 38 *A*	20 8 *A*
13	54 27,1	14 50,3	11 7,7	280 1,0	27 55,8	1 47 *U*	4 10 *U*
	54 36,4	14 52,8	23 33,8 *O*	287 3,9	27 7,6	20 20 *A*	20 7 *A*
14	54 46,7	14 55,6	11 59,7	294 2,2	25 58,1	2 52 *U*	4 12 *U*
	54 57,9	14 58,7	* *	* *	* *	20 50 *A*	20 6 *A*
15	55 9,9	15 1,9	0 25,1 *O*	300 54,0	24 28,2	4 8 *U*	4 13 *U*
	55 22,6	15 5,3	12 50,0	307 38,0	22 39,4	21 11 *A*	20 5 *A*
16	55 35,8	15 8,9	1 14,3 *O*	314 13,3	— 20 33,2	5 28 *U*	4 15 *U*
	55 49,4	15 12,7	13 38,0	320 39,9	18 11,3	21 27 *A*	20 4 *A*

Jan. 10 10^h ☾ Apog.

JANUAR 1858.

Mittlerer Mittag und Mitternacht.

Monatstag.		Länge ☾	Breite ☾	Ger. Aufst. ☾ in Zeit.	Abweichg. ☾
	h	° ′ ″	° ′ ″	h ′ ″	° ′ ″
16	0	310 11 51,0	− 3 11 32,2	20 54 16,73	− 20 46 30,1
	12	316 29 48,4	2 44 12,2	21 19 17,49	18 30 52,4
17	0	322 50 20,1	2 14 36,7	21 43 48,33	16 2 2,8
	12	329 13 30,4	1 43 4,6	22 7 52,60	13 21 44,8
18	0	335 39 25,6	1 9 57,5	22 31 35,19	10 31 44,3
	12	342 8 12,7	0 35 38,3	22 55 2,15	7 33 48,0
19	0	348 40 1,2	− 0 0 33,1	23 18 20,65	4 29 43,8
	12	355 15 1,4	+ 0 34 51,9	23 41 38,57	− 1 21 20,5
20	0	1 53 24,9	1 10 8,7	0 5 4,49	+ 1 49 29,7
	12	8 35 23,6	1 44 47,9	0 28 47,47	5 0 49,6
21	0	15 21 8,8	+ 2 18 19,5	0 52 56,99	+ 8 10 34,4
	12	22 10 51,1	2 50 12,8	1 17 42,62	11 16 29,6
22	0	29 4 38,9	3 19 57,2	1 43 13,86	14 16 9,1
	12	36 2 36,9	3 47 2,0	2 9 39,61	17 6 51,1
23	0	43 4 45,2	4 10 57,3	2 37 7,51	19 45 39,3
	12	50 10 58,0	4 31 15,7	3 5 43,09	22 9 24,9
24	0	57 21 3,1	4 47 30,8	3 35 28,78	24 14 48,1
	12	64 34 40,2	4 59 20,3	4 6 22,64	25 58 29,3
25	0	71 51 21,8	5 6 25,7	4 38 17,55	27 17 19,6
	12	79 10 31,9	5 8 34,9	5 11 0,74	28 8 37,9
26	0	86 31 27,4	+ 5 5 40,9	5 44 14,32	+ 28 30 26,5
	12	93 53 17,9	4 57 43,1	6 17 36,76	28 21 46,0
27	0	101 15 8,4	4 44 49,8	6 50 45,34	27 42 45,8
	12	108 36 1,7	4 27 14,9	7 23 18,96	26 34 41,7
28	0	115 54 59,2	4 5 20,4	7 55 0,24	24 59 50,3
	12	123 11 5,0	3 39 34,1	8 25 37,13	23 1 12,7
29	0	130 23 26,2	3 10 28,4	8 55 3,06	20 42 17,8
	12	137 31 16,8	2 38 38,5	9 23 16,57	18 6 44,8
30	0	144 33 59,0	2 4 42,9	9 50 20,33	15 18 12,1
	12	151 31 3,1	1 29 19,5	10 16 19,95	12 20 5,5
31	0	158 22 8,5	+ 0 53 5,9	10 41 22,91	+ 9 15 34,2
	12	165 7 4,9	0 16 37,0	11 5 37,83	6 7 26,2

◐ Jan. 22 5ʰ 51′,4 E. V. ○ Jan. 28 22ʰ 4′,7 V. M.

JANUAR 1858.

	Mittlerer Mittag und Mitternacht.		☾ im Meridian.			Auf- und Untergang.	
	Par. ☾	Halbm. ☾	Mittl. Zeit.	Ger. Aufst.	Abweichg.	☾	☉
	′ ″	′ ″	h ′	° ′	° ′	h ′	h ′
16	55 35,8	15 8,9	1 14,3 O	314 13,3	— 20 33,2	5 28 U	4 15 U
	55 49.4	15 12,7	13 38,0	320 39,9	18 11,3	21 27 A	20 4 A
17	56 3,5	15 16,6	2 1,2 O	326 58,3	15 35,8	6 48 U	4 17 U
	56 18,0	15 20,5	14 24,0	333 9,6	12 48,5	21 39 A	20 3 A
18	56 32,8	15 24,5	2 46,3 O	339 15,3	9 51,3	8 8 U	4 18 U
	56 48,0	15 28,7	15 8,4	345 17,2	6 46,1	21 49 A	20 2 A
19	57 3,5	15 32,9	3 30,4 O	351 17,2	3 35,0	9 28 U	4 20 U
	57 19,3	15 37,2	15 52,4	357 17,8	— 0 19,9	21 59 A	20 1 A
20	57 35,3	15 41,6	4 14,6 O	3 21,3	+ 2 57,2	10 49 U	4 21 U
	57 51,6	15 46.0	16 37,2	9 30,4	6 14,2	22 9 A	20 0 A
21	58 8,0	15 50,5	5 0,3 O	15 47,9	+ 9 28,7	12 12 U	4 23 U
	58 24,4	15 55,0	17 24,1	22 16,5	12 38,8	22 21 A	19 59 A
22	58 40,7	15 59,4	5 48,9 O	28 58,8	15 40,2	13 39 U	4 24 U
	58 56,6	16 3,7	18 14,8	35 57,1	18 31,1	22 37 A	19 57 A
23	59 11,9	16 7,9	6 41,9 O	43 14,1	21 8,0	15 11 U	4 26 U
	59 26,3	16 11,8	19 10,2	50 50,4	23 26,8	23 0 A	19 56 A
24	59 39,4	16 15,4	7 39,9 O	58 46,3	25 23,7	16 41 U	4 28 U
	59 50,8	16 18,5	20 10,8	67 0,5	26 55,1	23 34 A	19 55 A
25	60 0,2	16 21,1	8 42,7 O	75 29,7	27 57,4	18 2 U	4 30 U
	60 7,1	16 22,9	21 15,3	84 9,1	28 28,1	* *	19 53 A
26	60 11,2	16 24,0	9 48,1 O	92 52,6	+ 28 25,7	0 27 A	4 32 U
	60 12,3	16 24,3	22 20,7	101 33,2	27 49,9	19 5 U	19 52 A
27	60 10,0	16 23,7	10 52,8 O	110 4,6	26 42,2	1 41 A	4 34 U
	60 4,4	16 22,2	23 23,8	118 21,6	25 5,2	19 47 U	19 50 A
28	59 55,3	16 19,7	11 53,7 O	126 20,3	23 2,3	3 10 A	4 36 U
	59 42,9	16 16,3	* *	* *	* *	20 13 U	19 49 A
29	59 27,5	16 12,1	0 22,3	133 59,1	20 37,7	4 43 A	4 38 U
	59 9,2	16 7,2	12 49,4 O	141 17,6	17 55,5	20 32 U	19 48 A
30	58 48,6	16 1,6	1 15,3	148 16,6	15 9,0	6 13 A	4 40 U
	58 26,1	15 55,4	13 40,1 O	154 58,9	11 54,8	20 45 U	19 46 A
31	58 2,2	15 48,9	2 3,8	161 24,0	+ 8 43,4	7 38 A	4 42 U
	57 37,6	15 42,2	14 26,6 O	167 37,3	5 28,9	20 56 U	19 44 A

Jan. 26 10^h ☾ Perig.

FEBRUAR 1858.

Wahrer Berliner Mittag.

Monats- und Wochentag.		Zeitgleichung. M. Zt. — W. Zt.	Ger. Aufst. ☉	Abweichg. ☉	Log. μ.	Culm. Dauer ☉ Sternzeit.
		′ ″	h ′ ″	° ′ ″		′ ″
1.	☾	+ 13 52,79	20 59 22,42	— 17 6 13,3	3,31162	2 16,37
2	♂	14 0,20	21 3 26,42	16 48 59,6	3,31911	16,14
3	☿	14 6,80	7 29,60	16 31 28,3	3,32632	15,91
4	♃	14 12,60	11 31,98	16 13 39,7	3,33327	15,68
5	♀	14 17,61	15 33,55	15 55 34,2	3,33993	15,45
6	♄	14 21,83	19 34,33	15 37 12,3	3,34631	15,22
7	☉	+ 14 25,25	21 23 34,31	— 15 18 34,4	3,35248	2 14,99
8	☾	14 27,89	27 33,51	14 59 40,8	3,35840	14,76
9	♂	14 29,74	31 31,92	14 40 32,0	3,36407	14,54
10	☿	14 30,82	35 29,55	14 21 8,4	3,36951	14,32
11	♃	14 31,12	39 26,41	14 1 30,4	3,37473	14,10
12	♀	14 30,66	43 22,50	13 41 38,5	3,37971	13,88
13	♄	14 29,45	47 17,84	13 21 33,2	3,38448	13,66
14	☉	+ 14 27,49	21 51 12,43	— 13 1 14,8	3,38906	2 13,45
15	☾	14 24,78	55 6,27	12 40 43,8	3,39344	13,24
16	♂	14 21,32	58 59,35	12 20 0,6	3,39761	13,03
17	☿	14 17,13	22 2 51,71	11 59 5,7	3,40159	12,83
18	♃	14 12,23	6 43,36	11 37 59,5	3,40538	12,63
19	♀	14 6,63	10 34,30	11 16 42,5	3,40901	12,43
20	♄	14 0,34	14 24,55	10 55 15,0	3,41246	12,24
21	☉	+ 13 53,38	22 18 14,12	— 10 33 37,5	3,41574	2 12,05
22	☾	13 45,76	22 3,04	10 11 50,4	3,41886	11,87
23	♂	13 37,50	25 51,31	9 49 54,1	3,42183	11,69
24	☿	13 28,61	29 38,95	9 27 49,0	3,42463	11,51
25	♃	13 19,10	33 25,97	9 5 35,6	3,42729	11,34
26	♀	13 9,00	37 12,40	8 43 14,2	3,42985	11,17
27	♄	12 58,34	40 58,26	8 20 45,0	3,43227	11,01
28	☉	+ 12 47,14	22 44 43,58	— 7 58 8,6	3,43452	2 10,85
29	☾	12 35,41	48 28,37	7 35 25,3	3,43667	10,70
30	♂	12 23,18	52 12,66	7 12 35,4	3,43870	10,56

FEBRUAR 1858.

Mittlerer Berliner Mittag.

Monats- und Jahrestag.		Sternzeit.	Länge ⊙	Breite ⊙	Lg. Rad. v. ⊙	Halbm. ⊙
		h ′ ″	° ′ ″	″		′ ″
1	32	20 45 27,35	312 22 16,7	+ 0,45	9,9937423	16 14,86
2	33	49 23,91	313 23 6,5	+ 0,33	9,9938122	14,71
3	34	53 20,47	314 23 55,4	+ 0,21	9,9938843	14,55
4	35	57 17,03	315 24 43,3	+ 0,10	9,9939585	14,38
5	36	21 1 13,58	316 25 30,2	0,00	9,9940346	14,21
6	37	5 10,14	317 26 16,2	— 0,07	9,9941127	14,04
7	38	21 9 6,69	318 27 1,1	— 0,12	9,9941925	16 13,87
8	39	13 3,25	319 27 45,0	— 0,13	9,9942739	13,69
9	40	16 59,80	320 28 27,8	— 0,12	9,9943567	13,51
10	41	20 56,36	321 29 9,4	— 0,09	9,9944407	13,33
11	42	24 52,91	322 29 49,8	— 0,03	9,9945260	13,15
12	43	28 49,47	323 30 28,9	+ 0,05	9,9946125	12,96
13	44	32 46,02	324 31 6,6	+ 0,15	9,9947001	12,77
14	45	21 36 42,58	325 31 42,8	+ 0,27	9,9947887	16 12,57
15	46	40 39,13	326 32 17,5	+ 0,39	9,9948783	12,36
16	47	44 35,69	327 32 50,4	+ 0,51	9,9949688	12,15
17	48	48 32,24	328 33 21,6	+ 0,63	9,9950604	11,94
18	49	52 28,80	329 33 51,0	+ 0,73	9,9951531	11,73
19	50	56 25,35	330 34 18,6	+ 0,81	9,9952469	11,51
20	51	22 0 21,91	331 34 44,2	+ 0,88	9,9953420	11,29
21	52	22 4 18,46	332 35 8,0	+ 0,92	9,9954384	16 11,07
22	53	8 15,02	333 35 29,9	+ 0,93	9,9955362	10,85
23	54	12 11,57	334 35 49,9	+ 0,90	9,9956356	10,62
24	55	16 8,13	335 36 8,0	+ 0,84	9,9957365	10,39
25	56	20 4,68	336 36 24,2	+ 0,76	9,9958391	10,16
26	57	24 1,24	337 36 38,3	+ 0,66	9,9959434	9,92
27	58	27 57,79	338 36 50,6	+ 0,54	9,9960494	9,68
28	59	22 31 54,34	339 37 1,1	+ 0,42	9,9961570	16 9,44
29	60	35 50,89	340 37 9,8	+ 0,30	9,9962663	9,20
30	61	39 47,45	341 37 16,9	+ 0,18	9,9963772	8,96

FEBRUAR 1858.

Mittlerer Mittag und Mitternacht.

Monatstag.		Länge ☾	Breite ☾	Ger. Aufst. ☾ in Zeit.	Abweichg. ☾
	h	° ′ ″	° ′ ″	h ′ ″	° ′ ″
1	0	171 45 49,8	− 0 19 34,2	11 29 13,81	+ 2 58 11,0
	12	178 18 29,8	0 54 58,9	11 52 20,01	− 0 10 2,2
2	0	184 45 18,4	1 29 11,2	12 15 5,44	3 15 19,6
	12	191 6 35,4	2 1 48,3	12 37 38,78	6 16 0,9
3	0	197 22 45,8	2 32 31,8	13 0 8,25	9 10 37,5
	12	203 34 18,6	3 1 5,1	13 22 41,59	11 57 47,4
4	0	209 41 46,9	3 27 14,5	13 45 26,02	14 36 14,2
	12	215 45 45,2	3 50 48,5	14 8 27,99	17 4 43,9
5	0	221 46 49,7	4 11 37,9	14 31 53,15	19 22 3,9
	12	227 45 37,9	4 29 34,5	14 55 46,17	21 27 1,2
6	0	233 42 47,3	− 4 44 31,2	15 20 10,49	− 23 18 21,7
	12	239 38 54,2	4 56 22,3	15 45 8,03	24 54 50,8
7	0	245 34 35,4	5 5 2,5	16 10 39,11	26 15 14,8
	12	251 30 25,5	5 10 26,9	16 36 42,07	27 18 22,3
8	0	257 26 57,4	5 12 32,3	17 3 13,31	28 3 8,7
	12	263 24 42,0	5 11 15,8	17 30 7,39	28 28 38,0
9	0	269 24 7,9	5 6 35,4	17 57 17,29	28 34 7,5
	12	275 25 41,3	4 58 30,5	18 24 34,92	28 19 10,6
10	0	281 29 44,6	4 47 1,9	18 51 51,73	27 43 40,1
	12	287 36 36,7	4 32 11,5	19 18 59,40	26 47 47,8
11	0	293 46 34,1	− 4 14 4,0	19 45 50,64	− 25 32 6,5
	12	299 59 49,4	3 52 46,3	20 12 19,64	23 57 27,9
12	0	306 16 31,7	3 28 27,4	20 38 22,44	22 4 59,7
	12	312 36 46,3	3 1 20,1	21 3 57,07	19 56 4,7
13	0	319 0 35,3	2 31 39,4	21 29 3,55	17 32 16,4
	12	325 27 57,9	1 59 44,7	21 53 43,76	14 55 18,0
14	0	331 58 51,5	1 25 57,1	22 18 1,19	12 6 58,2
	12	338 33 11,2	0 50 41,3	22 42 0,73	9 9 11,6
15	0	345 10 50,3	− 0 14 25,3	23 5 48,35	6 3 57,6
	12	351 51 40,6	+ 0 22 21,5	23 29 30,92	− 2 53 18,8
16	0	358 35 34,2	+ 0 59 8,1	23 53 16,05	+ 0 20 38,4
	12	5 22 22,0	1 35 21,4	0 17 11,85	3 35 42,4

☽ Febr. 5 10^{h} 9$^{\prime}$,9 L. V. ● Febr. 13 11^{h} 6$^{\prime}$,0 N. M.

FEBRUAR 1858.

	Mittlerer Mittag und Mitternacht.		☾ im Meridian.			Auf- und Untergang.	
	Par. ☾	Halbm. ☾	Mittl. Zeit.	Ger. Aufst.	Abweichg.	☾	⊙
	′ ″	′ ″	h ′	° ′	° ′	h ′	h ′
1	57 12,6	15 35,4	2 48,8	173 40,3	+ 2 13,9	8 59 A	4 43 U
	56 47,8	15 28,6	15 10,4 O	179 35,7	− 0 59,4	21 5 U	19 44 A
2	56 23,8	15 22,1	3 31,8	185 26,1	4 9,0	10 17 A	4 45 U
	56 1,0	15 15,9	15 52,9 O	191 13,9	7 13,2	21 15 U	19 42 A
3	55 39,6	15 10,0	4 14,0	197 1,3	10 10,5	11 33 A	4 47 U
	55 20,1	15 4,7	16 35,3 O	202 50,4	12 59,5	21 25 U	19 41 A
4	55 2,7	15 0,0	4 56,8	208 43,3	15 38,7	12 50 A	4 48 U
	54 47,6	14 55,9	17 18,7 O	214 41,7	18 7,0	21 37 U	19 39 A
5	54 35,0	14 52,4	5 41,0	220 47,0	20 22,9	14 5 A	4 50 U
	54 24,9	14 49,7	18 3,8 O	227 0,5	22 25,1	21 53 U	19 37 A
6	54 17,4	14 47,6	6 27,3	233 23,0	− 24 12,2	15 20 A	4 52 U
	54 12,6	14 46,3	18 51,4 O	239 54,7	25 42,8	22 16 U	19 35 A
7	54 10,4	14 45,7	7 16,1	246 35,5	26 55,6	16 30 A	4 54 U
	54 10,7	14 45,8	19 41,3 O	253 24,6	27 49,2	22 49 U	19 33 A
8	54 13,5	14 46,6	8 7,0	260 20,7	28 22,5	17 31 A	4 56 U
	54 18,7	14 48,0	20 33,0 O	267 21,9	28 34,6	23 35 U	19 32 A
9	54 26,0	14 50,0	8 59,2	274 25,9	28 24,9	18 19 A	4 58 U
	54 35,3	14 52,5	21 25,5 O	281 30,2	27 53,0	* *	19 30 A
10	54 46,4	14 55,5	9 51,6	288 32,5	26 59,2	0 36 U	5 0 U
	54 59,1	14 59,0	22 17,4 O	295 30,6	25 44,1	18 53 A	19 28 A
11	55 13,1	15 2,8	10 42,9	302 22,7	− 24 8,5	1 49 U	5 2 U
	55 28,1	15 6,9	23 7,8 O	309 7,5	22 13,7	19 17 A	19 26 A
12	55 44,0	15 11,2	11 32,3	315 44,6	20 1,3	3 9 U	5 4 U
	56 0,3	15 15,7	23 56,2 O	322 13,9	17 33,1	19 34 A	19 24 A
13	56 16,9	15 20,2	12 19,6	328 35,9	14 50,9	4 31 U	5 6 U
	56 33,6	15 24,8	* *	* *	* *	19 47 A	19 22 A
14	56 50,0	15 29,2	0 42,6 O	334 51,7	11 56,7	5 53 U	5 7 U
	57 6,0	15 33,6	13 5,3	341 2,7	8 52,7	19 58 A	19 20 A
15	57 21,4	15 37,8	1 27,8 O	347 10,5	5 41,0	7 14 U	5 9 U
	57 36,0	15 41,8	13 50,2	353 17,2	− 2 23,8	20 8 A	19 18 A
16	57 49,8	15 45,5	2 12,7 O	359 24,9	+ 0 56,6	8 36 U	5 11 U
	58 2,6	15 49,0	14 35,4	5 36,0	4 17,7	20 18 A	19 16 A

Febr. 7 5^h ☾ Apog.

FEBRUAR 1858.

Mittlerer Mittag und Mitternacht.

Monatstag.		Länge ☾	Breite ☾	Ger. Aufstg. ☾ in Zeit.	Abweichg. ☾
	h	° ′ ″	° ′ ″	h ′ ″	° ′ ″
16	0	358 35 34,2	+ 0 59 8,1	23 53 16,05	+ 0 20 38,4
	12	5 22 22,0	1 35 21,4	0 17 11,85	3 35 42,4
17	0	12 11 55,4	2 10 28,7	0 41 26,85	6 49 37,0
	12	19 4 5,2	2 43 57,0	1 6 9,69	9 59 59,4
18	0	25 58 42,9	3 15 14,1	1 31 28,95	13 4 19,4
	12	32 55 39,2	3 43 49,3	1 57 32,68	15 59 58,6
19	0	39 54 44,9	4 9 14,1	2 24 27,97	18 44 10,9
	12	46 55 49,9	4 31 1,9	2 52 20,27	21 14 2,3
20	0	53 58 43,6	4 48 50,3	3 21 12,58	23 26 36,1
	12	61 3 13,4	5 2 20,1	3 51 4,50	25 18 56,4
21	0	68 9 5,2	+ 5 11 15,7	4 21 51,61	+ 26 48 16,5
	12	75 16 3,3	5 15 26,5	4 53 24,92	27 52 10,7
22	0	82 23 49,1	5 14 46,4	5 25 31,03	28 28 45,0
	12	89 32 0,8	5 9 15,5	5 57 52,99	28 36 49,8
23	0	96 40 14,9	4 58 57,5	6 30 12,07	28 16 5,5
	12	103 48 5,2	4 44 3,0	7 2 9,63	27 27 8,7
24	0	110 55 3,6	4 24 47,2	7 33 29,24	26 11 26,6
	12	118 0 41,1	4 1 30,6	8 3 58,18	24 31 10,0
25	0	125 4 26,9	3 34 37,9	8 33 28,09	22 29 1,6
	12	132 5 51,2	3 4 39,0	9 1 55,13	20 8 4,3
26	0	139 4 25,1	+ 2 32 5,2	9 29 19,36	+ 17 31 28,5
	12	145 59 41,6	1 57 30,6	9 55 43,98	14 42 24,5
27	0	152 51 16,1	1 21 31,3	10 21 14,45	11 43 56,6
	12	159 38 48,5	0 44 42,2	10 45 57,73	8 38 56,9
28	0	166 22 2,1	+ 0 7 38,4	11 10 1,61	5 30 5,7
	12	173 0 44,5	— 0 29 7,6	11 33 34,26	+ 2 19 48,8
29	0	179 34 48,9	1 5 5,3	11 56 43,93	— 0 49 40,9
	12	186 4 13,1	1 39 46,9	12 19 38,73	3 56 22,5
30	0	192 29 0,2	2 12 47,5	12 42 26,47	6 58 25,9
	12	198 49 17,6	2 43 46,5	13 5 14,51	9 54 10,7
31	0	205 5 18,5	— 3 12 25,5	13 28 9,79	— 12 42 3,7
	12	211 17 19,6	3 38 29,6	13 51 18,59	15 20 37,3

◐ Febr. 20 $13^h 51',8$ E. V. ○ Febr. 27 $10^h 58',2$ V. M.

FEBRUAR 1858.

Mittlerer Mittag und Mitternacht.			☾ im Meridian.			Auf- und Untergang.	
	Par. ☾	Halbm. ☾	Mittl. Zeit.	Ger. Aufst.	Abweichg.	☾	⊙
	′ ″	′ ″	h ′	° ′	° ′	h ′	h ′
16	57 49,8	15 45,5	2 12,7 *O*	359 24,9	+ 0 56,6	8 36 *U*	5 11 *U*
	58 2,6	15 49,0	14 35,4	5 36,0	4 17,7	20 18 *A*	19 16 *A*
17	58 14,6	15 52,3	2 58,5 *O*	11 52,9	7 37,2	10 0 *U*	5 13 *U*
	58 25,6	15 55,3	15 22,1	18 18,0	10 52,5	20 29 *A*	19 14 *A*
18	58 35,6	15 58,0	3 46,5 *O*	24 53,9	14 0,6	11 27 *U*	5 15 *U*
	58 44,7	16 0,5	16 11,7	31 42,8	16 58,8	20 43 *A*	19 11 *A*
19	58 52,9	16 2,7	4 37,9 *O*	38 46,6	19 43,9	12 56 *U*	5 17 *U*
	59 0,1	16 4,7	17 5,2	46 6,8	22 12,5	21 3 *A*	19 9 *A*
20	59 6,4	16 6,4	5 33,7 *O*	53 43,9	24 21,4	14 26 *U*	5 19 *U*
	59 11,7	16 7,8	18 3,2	61 37,4	26 7,0	21 33 *A*	19 7 *A*
21	59 15,9	16 9,0	6 33,7 *O*	69 45,4	+ 27 26,5	15 50 *U*	5 21 *U*
	59 18,9	16 9,8	19 4,9	78 4,6	28 17,2	22 17 *A*	19 5 *A*
22	59 20,7	16 10,3	7 36,5 *O*	86 30,4	28 37,2	16 57 *U*	5 23 *U*
	59 21,1	16 10,4	20 8,3	94 57,4	28 25,9	23 22 *A*	19 3 *A*
23	59 19,9	16 10,1	8 39,7 *O*	103 19,8	27 43,5	17 44 *U*	5 25 *U*
	59 17,1	16 9,3	21 10,5	111 32,7	26 31,6	* *	19 1 *A*
24	59 12,5	16 8,0	9 40,4 *O*	119 32,0	24 52,4	0 44 *A*	5 26 *U*
	59 5,9	16 6,2	22 9,2	127 15,0	22 49,1	18 16 *U*	18 59 *A*
25	58 57,4	16 3,9	10 36,9 *O*	134 40,3	20 25,2	2 14 *A*	5 28 *U*
	58 46,9	16 1,1	23 3,3	141 48,0	17 44,3	18 36 *U*	18 57 *A*
26	58 34,5	15 57,7	11 28,7 *O*	148 39,1	+ 14 50,0	3 41 *A*	5 30 *U*
	58 20,2	15 53,8	23 53,1	155 15,0	11 45,7	18 51 *U*	18 55 *A*
27	58 4,3	15 49,5	12 16,5 *O*	161 37,8	8 34,6	5 10 *A*	5 32 *U*
	57 47,0	15 44,8	* *	* *	* *	19 3 *U*	18 53 *A*
28	57 28,5	15 39,7	0 39,3	167 49,9	5 19,7	6 32 *A*	5 34 *U*
	57 9,1	15 34,4	13 1,5 *O*	173 53,4	+ 2 3,6	19 13 *U*	18 50 *A*
29	56 49,2	15 29,0	1 23,3	179 50,9	− 1 11,5	7 52 *A*	5 35 *U*
	56 29,2	15 23,6	13 44,9 *O*	185 44,6	4 23,2	19 22 *U*	18 48 *A*
30	56 9,5	15 18,2	2 6,3	191 36,6	7 29,8	9 10 *A*	5 37 *U*
	55 50,3	15 13,0	14 27,8 *O*	197 29,0	10 29,3	19 32 *U*	18 46 *A*
31	55 32,2	15 8,0	2 49,4	203 23,8	− 13 20,3	10 28 *A*	5 39 *U*
	55 15,3	15 3,4	15 11,3 *O*	209 22,6	16 1,0	19 43 *U*	18 43 *A*

Febr. 22 9^h ☾ Perig.

MAERZ 1858.

Wahrer Berliner Mittag.

Monats- und Wochentag.		Zeitgleichung. M. Zt. — W. Zt.	Ger. Aufst. ☉	Abweichg. ☉	Log. ρ.	Culm. Dauer ☉ Sternzeit.
		′ ″	h ′ ″	° ′ ″		′ ″
1	☾	+ 12 35,41	22 48 28,37	— 7 35 25,3	3,43667	2 10,70
2	♂	12 23,18	52 12,66	7 12 35,4	3,43870	10,56
3	☿	12 10,46	55 56,46	6 49 39,3	3,44057	10,42
4	♃	11 57,27	59 39,79	6 26 37,5	3,44232	10,28
5	♀	11 43,64	23 3 22,68	6 3 30,3	3,44397	10,15
6	♄	11 29,50	7 5,15	5 40 18,0	3,44550	10,02
7	☉	+ 11 15,14	23 10 47,21	— 5 17 1,0	3,44690	2 9,90
8	☾	11 0,31	14 28,89	4 53 39,7	3,44817	9,78
9	♂	10 45,12	18 10,22	4 30 14,5	3,44932	9,67
10	☿	10 29,60	21 51,21	4 6 45,7	3,45037	9,57
11	♃	10 13,75	25 31,87	3 43 13,7	3,45128	9,48
12	♀	9 57,60	29 12,23	3 19 39,0	3.45204	9,39
13	♄	9 41,15	32 52,29	2 56 2,0	3,45269	9,30
14	☉	+ 9 24,43	23 36 32,08	— 2 32 23,1	3,45323	2 9,22
15	☾	9 7,46	40 11,61	2 8 42,6	3,45365	9,15
16	♂	8 50,24	43 50,90	1 45 0,9	3,45395	9,09
17	☿	8 32,81	47 29,97	1 21 18,5	3,45411	9,03
18	♃	8 15,18	51 8,85	0 57 35,7	3,45416	8,98
19	♀	7 57,37	54 47,54	0 33 53,0	3,45410	8,93
20	♄	7 39,39	58 26,06	— 0 10 10,6	3,45393	8,88
21	☉	+ 7 21,27	0 2 4,44	+ 0 13 31,0	3,45364	2 8,84
22	☾	7 3,01	5 42,69	0 37 11,5	3,45323	8,81
23	♂	6 44,65	9 20,83	1 0 50,4	3,45269	8,79
24	☿	6 26,20	12 58,88	1 24 27,4	3,45207	8,77
25	♃	6 7,68	16 36,87	1 48 2,3	3,45136	8,76
26	♀	5 49,12	20 14,81	2 11 34,6	3,45053	8,75
27	♄	5 30,53	23 52,73	2 35 4,1	3,44960	8,75
28	☉	+ 5 11,95	0 27 30,65	+ 2 58 30,4	3,44855	2 8,76
29	☾	4 53,40	31 8,60	3 21 53,1	3,44741	8,77
30	♂	4 34,90	34 46,60	3 45 12,0	3,44618	8,79
31	☿	4 16,47	38 24,67	4 8 26,8	3,44485	8,81
32	♃	3 58,13	42 2,83	4 31 37,1	3,44337	8,84
33	♀	3 39,90	45 41,11	4 54 42,5	3,44180	8,87

MAERZ 1858.

Mittlerer Berliner Mittag.

Monats- und	Jahrestag.	Sternzeit. h ′ ″	Länge ⊙ ° ′ ″	Breite ⊙ ″	Lg. Rad. v. ⊙	Halbm. ⊙ ′ ″
1	60	22 35 50,89	340 37 9,8	+ 0,30	9,9962663	16 9,20
2	61	39 47,45	341 37 16,9	+ 0,18	9,9963772	8,96
3	62	43 44,00	342 37 22,3	+ 0,07	9,9964897	8,71
4	63	47 40,56	343 37 25,9	— 0,03	9,9966036	8,46
5	64	51 37,11	344 37 27,8	— 0,11	9,9967187	8,21
6	65	55 33,67	345 37 28,1	— 0,17	9,9968350	7,95
7	66	22 59 30,22	346 37 26,8	— 0,20	9,9969524	16 7,69
8	67	23 3 26,78	347 37 23,8	— 0,19	9,9970706	7,43
9	68	7 23,33	348 37 19,2	— 0,16	9,9971895	7,17
10	69	11 19,88	349 37 13,0	— 0,11	9,9973090	6,91
11	70	15 16,43	350 37 5,0	— 0,03	9,9974289	6,65
12	71	19 12,99	351 36 55,2	+ 0,07	9,9975490	6,39
13	72	23 9,54	352 36 43,6	+ 0,18	9,9976694	6,12
14	73	23 27 6,10	353 36 30,0	+ 0,30	9,9977899	16 5,86
15	74	31 2,65	354 36 14,5	+ 0,42	9,9979104	5,59
16	75	34 59,21	355 35 56,9	+ 0,54	9,9980309	5,32
17	76	38 55,76	356 35 37,3	+ 0,65	9,9981514	5,05
18	77	42 52,32	357 35 15,6	+ 0,73	9,9982719	4,78
19	78	46 48,87	358 34 51,8	+ 0,79	9,9983925	4,50
20	79	50 45,42	359 34 25,6	+ 0,82	9,9985131	4,22
21	80	23 54 41,97	0 33 57,1	+ 0,83	9,9986339	16 3,95
22	81	58 38,53	1 33 26,4	+ 0,81	9,9987549	3,68
23	82	0 2 35,08	2 32 53,4	+ 0,76	9,9988762	3,41
24	83	6 31,64	3 32 18,1	+ 0,69	9,9989980	3,13
25	84	10 28,19	4 31 40,5	+ 0,59	9,9991202	2,85
26	85	14 24,75	5 31 0,6	+ 0,48	9 9992430	2,57
27	86	18 21,30	6 30 18,5	+ 0,35	9,9993664	2,29
28	87	0 22 17,85	7 29 34,2	+ 0,22	9,9994904	16 2,02
29	88	26 14,40	8 28 47,8	+ 0,10	9,9996151	1,74
30	89	30 10,95	9 27 59,3	— 0,02	9,9997403	1,46
31	90	34 7,50	10 27 8,9	— 0,12	9,9998661	1,18
32	91	38 4,06	11 26 16,5	— 0,21	9,9999924	0,90
33	92	42 0,61	12 25 22,2	— 0,27	0,0001191	0,63

MAERZ 1858.

Mittlerer Mittag und Mitternacht.

Monatstag.		Länge ☾	Breite ☾	Ger. Aufst. ☾ in Zeit.	Abweichg. ☾
	h	° ′ ″	° ′ ″	h ′ ″	° ′ ″
1	0	179 34 48,9	— 1 5 5,3	11 56 43,93	— 0 49 40,9
	12	186 4 13,1	1 39 46,9	12 19 38,73	3 56 22,5
2	0	192 29 0,2	2 12 47,5	12 42 26,47	6 58 25,9
	12	198 49 17,6	2 43 46,5	13 5 14,51	9 54 10,7
3	0	205 5 18,5	3 12 25,5	13 28 9,79	12 42 3,7
	12	211 17 19,6	3 38 29,6	13 51 18,59	15 20 37,3
4	0	217 25 41,4	4 1 46,8	14 14 46,45	17 48 28,5
	12	223 30 48,7	4 22 6,8	14 38 38,04	20 4 17,2
5	0	229 33 8,4	4 39 22,5	15 2 56,93	22 6 46,3
	12	235 33 10,5	4 53 27,8	15 27 45,42	23 54 40,9
6	0	241 31 26,3	— 5 4 17,6	15 53 4,27	— 25 26 48,3
	12	247 28 29,5	5 11 48,8	16 18 52,67	26 42 0,9
7	0	253 24 54,6	5 15 59,6	16 45 8,01	27 39 17,6
	12	259 21 16,2	5 16 47,8	17 11 45,97	28 17 43,6
8	0	265 18 9,8	5 14 12,6	17 38 40,80	28 36 37,0
	12	271 16 10,9	5 8 14,2	18 5 45,66	28 35 28,8
9	0	277 15 53,6	4 58 53,3	18 32 53,05	28 14 4,6
	12	283 17 51,1	4 46 11,5	18 59 55,52	27 32 26,7
10	0	289 22 35,4	4 30 11,9	19 26 46,25	26 30 54,0
	12	295 30 35,4	4 10 58,8	19 53 19,51	25 10 1,4
11	0	301 42 18,3	— 3 48 38,7	20 19 31,17	— 23 30 38,6
	12	307 58 7,6	3 23 20,4	20 45 18,84	21 33 48,5
12	0	314 18 22,4	2 55 15,4	21 10 41,89	19 20 45,9
	12	320 43 18,5	2 24 37,4	21 35 41,51	16 52 54,6
13	0	327 13 5,8	1 51 44,5	22 0 20,43	14 11 48,6
	12	333 47 49,4	1 16 58,0	22 24 42,77	11 19 10,4
14	0	340 27 28,7	0 40 43,0	22 48 53,81	8 16 50,8
	12	347 11 58,3	— 0 3 28,2	23 12 59,87	5 6 48,8
15	0	354 1 6,5	+ 0 34 14,6	23 37 8,04	— 1 51 13,2
	12	0 54 35,9	1 11 51,4	0 1 25,89	+ 1 27 39,1
16	0	7 52 4,5	+ 1 48 44,9	0 26 1,55	+ 4 47 20,0
	12	14 53 5,7	2 24 17,9	0 51 3,24	8 5 12,0

☽ März 7 7h 4′,1 L. V. ● März 15 1h 5′,6 N. M.

MAERZ 1858.

	Mittlerer Mittag und Mitternacht.		☾ im Meridian.			Auf- und Untergang.	
	Par. ☾	Halbm. ☾	Mittl. Zeit.	Ger. Aufst.	Abweichg.	☾	☉
	′ ″	′ ″	h ′	° ′	° ′	h ′	h ′
1	56 49,2	15 29,0	1 23,3	179 50,9	— 1 11,5	7 52 *A*	5 35 *U*
	56 29,2	15 23,6	13 44,9 *O*	185 44,6	4 23,2	19 22 *U*	18 48 *A*
2	56 9,5	15 18,2	2 6,3	191 36,6	7 29,8	9 10 *A*	5 37 *U*
	55 50,3	15 13,0	14 27,8 *O*	197 29,0	10 29,3	19 32 *U*	18 46 *A*
3	55 32,2	15 8,0	2 49,4	203 23,8	13 20,3	10 28 *A*	5 39 *U*
	55 15,3	15 3,4	15 11,3 *O*	209 22,6	16 1,0	19 43 *U*	18 43 *A*
4	55 0,0	14 59,3	3 33,6	215 27,1	18 30,1	11 45 *A*	5 41 *U*
	54 46,5	14 55,6	15 56,3 *O*	221 38,4	20 46,0	19 58 *U*	18 41 *A*
5	54 35,1	14 52,5	4 19,5	227 57,5	22 47,4	13 2 *A*	5 42 *U*
	54 26,0	14 50,0	16 43,3 *O*	234 24,8	24 32,9	20 17 *U*	18 38 *A*
6	54 19,3	14 48,2	5 7,6	241 0,6	— 26 1,1	14 15 *A*	5 44 *U*
	54 15,1	14 47,0	17 32,5 *O*	247 44,3	27 10,8	20 45 *U*	18 36 *A*
7	54 13,6	14 46,6	5 57,8	254 34,9	28 0,8	15 20 *A*	5 46 *U*
	54 14,6	14 46,9	18 23,5 *O*	261 31,1	28 30,3	21 25 *U*	18 34 *A*
8	54 18,3	14 47,9	6 49,5	268 31,1	28 38,5	16 13 *A*	5 48 *U*
	54 24,7	14 49,6	19 15,6 *O*	275 32,6	28 25,0	22 20 *U*	18 32 *A*
9	54 33,5	14 52,0	7 41,6	282 33,6	27 49,7	16 52 *A*	5 50 *U*
	54 44,7	14 55,1	20 7,4 *O*	289 31,9	26 52,9	23 28 *U*	18 29 *A*
10	54 58,2	14 58,8	8 33,0	296 25,9	25 35,2	17 20 *A*	5 51 *U*
	55 13,8	15 3,0	20 58,2 *O*	303 14,1	23 57,4	* *	18 27 *A*
11	55 31,1	15 7,7	9 22,9	309 55,8	— 22 0,7	0 45 *U*	5 53 *U*
	55 49,9	15 12,8	21 47,2 *O*	316 30,7	19 46,5	17 39 *A*	18 25 *A*
12	56 9,9	15 18,3	10 11,0	322 59,0	17 16,2	2 7 *U*	5 55 *U*
	56 30,7	15 24,0	22 34,5 *O*	329 21,5	14 31,6	17 54 *A*	18 23 *A*
13	56 51,8	15 29,7	10 57,7	335 39,2	11 34,5	3 29 *U*	5 57 *U*
	57 13,1	15 35,5	23 20,6 *O*	341 53,6	8 27,0	18 5 *A*	18 20 *A*
14	57 33,9	15 41,2	11 43,4	348 6,6	5 11,3	4 52 *U*	5 59 *U*
	57 53,9	15 46,6	* *	* *	* *	18 15 *A*	18 18 *A*
15	58 12,8	15 51,8	0 6,3 *O*	354 20,2	— 1 49,5	6 15 *U*	6 0 *U*
	58 30,1	15 56,5	12 29,3	0 36,4	+ 1 35,8	18 26 *A*	18 15 *A*
16	58 45,6	16 0,7	0 52,7 *O*	6 57,6	+ 5 1,9	7 40 *U*	6 2 *U*
	58 59,0	16 4,4	13 16,6	13 26,2	8 26,0	18 37 *A*	18 13 *A*

März 7 1h ☾ Apog.

MAERZ 1858.

Mittlerer Mittag und Mitternacht.

Monatstag.		Länge ☾	Breite ☾	Ger. Aufst. ☾ in Zeit.	Abweichg. ☾
	h	° ′ ″	° ′ ″	h ′ ″	° ′ ″
16	0	7 52 4,5	+ 1 48 41,9	0 26 1,55	+ 4 47 20,0
	12	14 53 5,7	2 24 17,9	0 51 3,24	8 5 12,0
17	0	21 57 9,9	2 57 53,1	1 16 39,17	11 18 27,9
	12	29 3 44,4	3 28 54,2	1 42 57,08	14 24 11,0
18	0	36 12 14,3	3 56 47,8	2 10 3,69	17 19 17,0
	12	43 22 5,3	4 21 3,6	2 38 4,18	20 0 36,4
19	0	50 32 43,0	4 41 15,7	3 7 1,34	22 24 59,3
	12	57 43 34,3	4 57 3,8	3 36 54,72	24 29 21,5
20	0	64 54 8,5	5 8 12,3	4 7 39,97	26 10 52,4
	12	72 3 57,9	5 14 31,5	4 39 8,47	27 27 5,7
21	0	79 12 37,5	+ 5 15 57,1	5 11 7,33	+ 28 16 9,7
	12	86 19 45,4	5 12 31,1	5 43 20,39	28 36 57,4
22	0	93 25 3,8	5 4 20,0	6 15 29,75	28 29 11,9
	12	100 28 17,3	4 51 35,2	6 47 17,58	27 53 27,8
23	0	107 29 12,7	4 34 32,6	7 18 28,05	26 51 7,4
	12	114 27 40,0	4 13 31,5	7 48 48,83	25 24 11,7
24	0	121 23 30,7	3 48 55,2	8 18 11,76	23 35 10,3
	12	128 16 37,4	3 21 9,3	8 46 32,92	21 26 49,4
25	0	135 6 54,4	2 50 42,0	9 13 52,23	19 2 2,4
	12	141 54 15,9	2 18 2,6	9 40 12,59	16 23 41,4
26	0	148 38 38,3	+ 1 43 41,9	10 5 39,25	+ 13 34 33,3
	12	155 19 57,0	1 8 11,7	10 30 18,89	10 37 16,8
27	0	161 58 8,2	+ 0 32 3,3	10 54 19,07	7 34 20,4
	12	168 33 8,2	− 0 4 12,3	11 17 47,77	4 28 2,9
28	0	175 4 54,0	0 40 5,3	11 40 53,10	+ 1 20 33,9
	12	181 33 23,4	1 15 8,0	12 3 43,03	− 1 46 6,1
29	0	187 58 35,1	1 48 53,4	12 26 25,31	4 50 2,3
	12	194 20 28,4	2 20 57,8	12 49 7,20	7 49 27,0
30	0	200 39 5,1	2 51 0,5	13 11 55,55	10 42 38,0
	12	206 54 28,8	3 18 42,1	13 34 56,64	13 27 56,3
31	0	213 6 45,6	− 3 43 47,2	13 58 15,98	− 16 3 47,7
	12	219 16 3,3	4 6 2,4	14 21 58,22	18 28 40,0

◐ März 21 20ʰ 35,′4 E. V. ○ März 29 1ʰ 0,′8 V. M.

MAERZ 1858.

Mittlerer Mittag und Mitternacht.			☾ im Meridian.			Auf- und Untergang.	
	Par. ☾	Halbm. ☾	Mittl. Zeit.	Ger. Aufst.	Abweichg.	☾	☉
	′ ″	′ ″	h ′	° ′	° ′	h ′	h ′
16	58 45,6	16 0,7	0 52,7 O	6 57,6	+ 5 1,9	7 40 U	6 2 U
	58 59,0	16 4,4	13 16,6	13 26,2	8 26,0	18 37 A	18 13 A
17	59 10,1	16 7,4	1 41,1 O	20 4,5	11 45,1	9 8 U	6 4 U
	59 18,9	16 9,8	14 6,4	26 54,7	14 55,8	18 51 A	18 11 A
18	59 25,4	16 11,6	2 32,6 O	33 58,8	17 54,7	10 39 U	6 6 U
	59 29,7	16 12,7	14 59,9	41 18,2	20 38,4	19 9 A	18 8 A
19	59 31,7	16 13,3	3 28,2 O	48 53,6	23 3,1	12 11 U	6 8 U
	59 31,6	16 13,3	15 57,5	56 44,5	25 5,5	19 35 A	18 6 A
20	59 29,7	16 12,8	4 27,8 O	64 49,5	26 42,3	13 39 U	6 9 U
	59 26,1	16 11,8	16 58,8	73 5,5	27 50,8	20 14 A	18 3 A
21	59 21,1	16 10,4	5 30,3 O	81 28,3	+ 28 29,3	14 52 U	6 11 U
	59 14,8	16 8,7	18 1,9	89 52,9	28 36,6	21 13 A	18 1 A
22	59 7,3	16 6,7	6 33,2 O	98 13,9	28 13,1	15 45 U	6 13 U
	58 58,9	16 4,4	19 4,0	106 26,1	27 19,9	22 29 A	17 59 A
23	58 49,6	16 1,8	7 33,9 O	114 25,6	25 59,0	16 19 U	6 15 U
	58 39,5	15 59,1	20 2,8	122 9,4	24 13,4	23 56 A	17 57 A
24	58 28,7	15 56,1	8 30,5 O	129 36,1	22 6,0	16 42 U	6 17 U
	58 17,3	15 53,0	20 57,0	136 45,4	19 40,2	* *	17 54 A
25	58 5,3	15 49,7	9 22,5 O	143 37,9	16 59,3	1 24 A	6 18 U
	57 52,5	15 46,2	21 47,0	150 15,2	14 6,5	16 58 U	17 52 A
26	57 39,2	15 42,6	10 10,5 O	156 39,2	+ 11 4,7	2 50 A	6 20 U
	57 25,3	15 38,8	22 33,3	162 51,9	7 56,6	17 10 U	17 50 A
27	57 10,9	15 34,9	10 55,5 O	168 55,7	4 44,8	4 11 A	6 22 U
	56 56,0	15 30,9	23 17,3	174 52,9	+ 1 31,7	17 21 U	17 48 A
28	56 40,8	15 26,7	11 38,8 O	180 45,7	− 1 40,6	5 31 A	6 24 U
	56 25,3	15 22,5	* *	* *	* *	17 30 U	17 45 A
29	56 9,7	15 18,2	0 0,2	186 36,4	4 50,1	6 49 A	6 25 U
	55 54,2	15 14,0	12 21,5 O	192 27,0	7 54,7	17 40 U	17 43 A
30	55 39,0	15 9,9	0 43,0	198 19,4	10 52,7	8 6 A	6 27 U
	55 24,2	15 5,8	13 4,7 O	204 15,4	13 42,3	17 51 U	17 40 A
31	55 10,2	15 2,0	1 26,7	210 16,5	− 16 21,9	9 24 A	6 29 U
	54 57,1	14 58,5	13 49,2 O	216 24,0	18 49,6	18 3 U	17 38 A

März 19 6ʰ ☾ Perig.

APRIL 1858.

Wahrer Berliner Mittag.

Monats- und Wochentag.		Zeitgleichung. M. Zt. — W. Zt.	Ger. Aufst. ☉	Abweichg. ☉	Log. μ.	Culm. Dauer ☉ Sternzeit
		′ ″	h ′ ″	° ′ ″		′ ″
1	♃	+ 3 58,13	0 42 2,83	+ 4 31 37,1	3,44337	2 8,84
2	♀	3 39,90	45 41,11	4 54 42,5	3,44180	8,87
3	♄	3 21,81	49 19,52	5 17 42,8	3,44015	8,91
4	☉	+ 3 3,87	0 52 58,09	+ 5 40 37,7	3,43838	2 8,96
5	☾	2 46,12	56 36,84	6 3 26,8	3,43650	9,01
6	♂	2 28,56	1 0 15,79	6 26 9,8	3,43449	9,07
7	☿	2 11,22	3 54,96	6 48 46,3	3,43235	9,13
8	♃	1 54,11	7 34,36	7 11 15,9	3,43008	9,20
9	♀	1 37,26	11 14,02	7 33 38,3	3,42770	9,27
10	♄	1 20,68	14 53,94	7 55 53,2	3,42519	9,35
11	☉	+ 1 4,37	1 18 34,14	+ 8 18 0,2	3,42256	2 9,43
12	☾	0 48,35	22 14,63	8 39 59,0	3,41977	9,52
13	♂	0 32,64	25 55,44	9 1 49,1	3,41684	9,61
14	☿	0 17,26	29 36,57	9 23 30,2	3,41378	9,70
15	♃	+ 0 2,21	33 18,04	9 45 2,0	3,41058	9,80
16	♀	— 0 12,49	36 59,85	10 6 24,0	3,40722	9,91
17	♄	0 26,84	40 42,02	10 27 36,0	3,40373	10,02
18	☉	— 0 40,81	1 44 24,57	+ 10 48 37,5	3,40007	2 10,14
19	☾	0 54,40	48 7,50	11 9 28,3	3,39629	10,26
20	♂	1 7,59	51 50,82	11 30 8,0	3,39235	10,38
21	☿	1 20,38	55 34,55	11 50 36,3	3,38824	10,51
22	♃	1 32,75	59 18,70	12 10 52,8	3,38397	10,64
23	♀	1 44,68	2 3 3,29	12 30 57,2	3,37958	10,77
24	♄	1 56,17	6 48,32	12 50 49,3	3,37502	10,91
25	☉	— 2 7,20	2 10 33,82	+ 13 10 28,7	3,37031	2 11,04
26	☾	2 17,75	14 19,79	13 29 55,2	3,36543	11,18
27	♂	2 27,82	18 6,25	13 49 8,4	3,36034	11,33
28	☿	2 37,39	21 53,21	14 8 7,9	3,35509	11,48
29	♃	2 46,45	25 40,69	14 26 53,5	3,34969	11,63
30	♀	2 54,98	29 28,69	14 45 25,0	3,34410	11,78
31	♄	3 2,97	33 17,23	15 3 42,0	3,33830	11,94
32	☉	— 3 10,42	2 37 6,31	— 15 21 44,2	3,33232	2 12,09

APRIL 1858.

Mittlerer Berliner Mittag.

Monats- und Jahrestag.		Sternzeit.	Länge ☉	Breite ☉	Lg. Rad v. ☉	Halbm. ☉
		h ′ ″	° ′ ″	″		′ ″
1	91	0 38 4,06	11 26 16,5	— 0,21	9,9999924	16 0,90
2	92	42 0,61	12 25 22,2	— 0,27	0,0001191	0,63
3	93	45 57,17	13 24 26,1	— 0,30	0,0002460	0,35
4	94	0 49 53,72	14 23 28,2	— 0,30	0,0003730	16 0,08
5	95	53 50,28	15 22 28,5	— 0,27	0,0005002	15 59,80
6	96	57 46,83	16 21 27,1	— 0,22	0,0006272	59,52
7	97	1 1 43,39	17 20 23,9	— 0,15	0,0007538	59,25
8	98	5 39,94	18 19 18,9	— 0,06	0,0008800	58,97
9	99	9 36,49	19 18 12,1	+ 0,05	0,0010055	58,70
10	100	13 33,04	20 17 3,5	+ 0,17	0,0011303	58,43
11	101	1 17 29,60	21 15 53,1	+ 0,29	0,0012542	15 58,16
12	102	21 26,15	22 14 40,8	+ 0,40	0 0013772	57,88
13	103	25 22,71	23 13 26,6	+ 0,50	0,0014992	57,61
14	104	29 19,26	24 12 10,5	+ 0,59	0,0016201	57,34
15	105	33 15,82	25 10 52,4	+ 0,66	0,0017400	57,07
16	106	37 12,37	26 9 32,2	+ 0,71	0,0018588	56,80
17	107	41 8,93	27 8 10,0	+ 0,73	0,0019766	56,54
18	108	1 45 5,48	28 6 45,6	+ 0,71	0,0020933	15 56,28
19	109	49 2,03	29 5 19,0	+ 0,66	0,0022090	56,02
20	110	52 58,58	30 3 50,2	+ 0,59	0,0023239	55,76
21	111	56 55,14	31 2 19,3	+ 0,49	0,0024380	55,51
22	112	2 0 51,69	32 0 46,2	+ 0,38	0,0025515	55,25
23	113	4 48,25	32 59 11,0	+ 0,26	0,0026643	55,00
24	114	8 44,80	33 57 33,7	+ 0,13	0,0027766	54,75
25	115	2 12 41,36	34 55 54,4	+ 0,01	0,0028884	15 54,50
26	116	16 37,91	35 54 13,2	— 0,11	0,0029998	54,25
27	117	20 34,47	36 52 30,1	— 0,22	0,0031107	54,01
28	118	24 31,02	37 50 45,1	— 0,31	0,0032212	53,77
29	119	28 27,58	38 48 58,4	— 0,38	0,0033313	53,53
30	120	32 24,14	39 47 10,0	— 0,42	0,0034410	53,29
31	121	36 20,70	40 45 19,9	— 0,43	0,0035501	53,05
32	122	2 40 17,25	41 43 28,2	— 0,41	0,0036585	15 52,81

APRIL 1858.

Mittlerer Mittag und Mitternacht.

Monatstag.		Länge ☾	Breite ☾	Ger. Aufst. ☾ in Zeit.	Abweichg. ☾
	h	° ′ ″	° ′ ″	h ′ ″	° ′ ″
1	0	225 22 33,8	− 4 25 17,6	14 46 7,01	− 20 41 5,9
	12	231 26 31,1	4 41 24,3	15 10 44,69	22 39 40,3
2	0	237 28 12,1	4 54 16,8	15 35 52,18	24 23 3,8
	12	243 27 57,1	5 3 50,9	16 1 28,81	25 50 2,2
3	0	249 26 8,6	5 10 3,9	16 27 32,17	26 59 29,2
	12	255 23 12,6	5 12 55,2	16 53 58,24	27 50 29,3
4	0	261 19 36,8	5 12 24,6	17 20 41,50	28 22 17,7
	12	267 15 51,1	5 8 33,3	17 47 35,27	28 34 24,5
5	0	273 12 27,9	5 1 23,0	18 14 32,31	28 26 34,5
	12	279 10 1,0	4 50 57,0	18 41 25,29	27 58 49,2
6	0	285 9 5,1	− 4 37 19,0	19 8 7,40	− 27 11 24,6
	12	291 10 16,0	4 20 33,1	19 34 32,93	26 4 50,8
7	0	297 14 9,3	4 0 45,3	20 0 37,58	24 39 51,0
	12	303 21 21,3	3 38 2,4	20 26 18,83	22 57 18,1
8	0	309 32 26,3	3 12 33,5	20 51 35,89	20 58 14,3
	12	315 47 58,4	2 44 29,2	21 16 29,77	18 43 46,5
9	0	322 8 27,9	2 14 2,3	21 41 3,02	16 15 15,8
	12	328 34 21,6	1 41 28,7	22 5 19,57	13 33 58,2
10	0	335 6 2,1	1 7 8,3	22 29 24,65	10 41 24,8
	12	341 43 46,6	− 0 31 23,2	22 53 24,47	7 39 12,1
11	0	348 27 45,7	+ 0 5 19,7	23 17 26,16	− 4 29 7,1
	12	355 18 1,3	0 42 30,2	23 41 37,45	− 1 13 8,5
12	0	2 14 27,9	1 19 34,2	0 6 6,73	+ 2 6 31,2
	12	9 16 49,5	1 55 55,0	0 31 2,65	5 27 23,8
13	0	16 24 40,9	2 30 53,2	0 56 34,01	8 46 44,0
	12	23 37 27,5	3 3 49,1	1 22 49,35	12 1 30,0
14	0	30 54 26,3	3 34 3,1	1 49 56,51	15 8 23,6
	12	38 14 45,8	4 0 57,8	2 18 1,83	18 3 52,7
15	0	45 37 29,1	4 23 59,0	2 47 9,41	20 44 17,0
	12	53 1 35,9	4 42 38,7	3 17 20,01	23 5 56,5
16	0	60 26 5,0	+ 4 56 34,8	3 48 30,23	+ 25 5 21,7
	12	67 49 56,6	5 5 32,0	4 20 31,70	26 39 26,5

☽ Apr. 6 2h 36,8′ L. V. ● Apr. 13 12h 8,9′ N. M.

APRIL 1858.

	Mittlerer Mittag und Mitternacht.		☾ im Meridian.			Auf- und Untergang.	
	Par. ☾	Halbm. ☾	Mittl. Zeit.	Ger. Aufst.	Abweichg.	☾	☉
	′ ″	′ ″	h ′	° ′	° ′	h ′	h ′
1	54 45,2	14 55,2	2 12,2	222 39,0	— 21 3,9	10 42 *A*	6 30 *U*
	54 34,7	14 52,4	14 36,7 *O*	229 2,0	23 3,4	18 21 *U*	17 36 *A*
2	54 25,8	14 49,9	2 59,7	235 33,3	24 46,4	11 57 *A*	6 32 *U*
	54 18,8	14 48,0	15 24,3 *O*	242 12,5	26 11,6	18 45 *U*	17 33 *A*
3	54 13,8	14 46,7	3 49,4	248 58,8	27 17,8	13 7 *A*	6 34 *U*
	54 10,9	14 45,9	16 14,8 *O*	255 51,0	28 4,0	19 20 *U*	17 31 *A*
4	54 10,4	14 45,7	4 40,5	262 47,3	28 29,4	14 8 *A*	6 35 *U*
	54 12,3	14 46,2	17 6,3 *O*	269 45,8	28 33,5	20 8 *U*	17 28 *A*
5	54 16,7	14 47,4	5 32,2	276 44,4	28 16,2	14 49 *A*	6 37 *U*
	54 23,6	14 49,3	17 57,9 *O*	283 40,9	27 37,7	21 11 *U*	17 26 *A*
6	54 33,2	14 51,9	6 23,4	290 33,5	— 26 38,3	15 20 *A*	6 39 *U*
	54 45,4	14 55,3	18 48,5 *O*	297 20,9	25 18,8	22 24 *U*	17 24 *A*
7	55 0,0	14 59,3	7 13,2	304 2,0	23 40,2	15 43 *A*	6 41 *U*
	55 17,0	15 3,9	19 37,5 *O*	310 36,4	21 43,5	23 42 *U*	17 22 *A*
8	55 36,1	15 9,1	8 1,3	317 4,2	19 30,0	15 59 *A*	6 43 *U*
	55 57,3	15 14,9	20 24,7 *O*	323 26,1	17 1,1	* *	17 19 *A*
9	56 20,2	15 21,1	8 47,8	329 43,0	14 18,2	1 3 *U*	6 44 *U*
	56 44,4	15 27,7	21 10,7 *O*	335 56,4	11 22,9	16 12 *A*	17 17 *A*
10	57 9,5	15 34,5	9 33,4	342 7,9	8 17,0	2 24 *U*	6 46 *U*
	57 35,1	15 41,5	21 56,1 *O*	348 19,4	5 2,3	16 23 *A*	17 15 *A*
11	58 0,7	15 48,5	10 19,0	354 33,3	— 1 40,9	3 47 *U*	6 48 *U*
	58 25,7	15 55,3	22 42,2 *O*	0 51,7	+ 1 44,8	16 33 *A*	17 13 *A*
12	58 49,5	16 1,8	11 5,9	7 17,3	5 12,3	5 11 *U*	6 50 *U*
	59 11,6	16 7,8	23 30,2 *O*	13 52,4	8 38,6	16 44 *A*	17 10 *A*
13	59 31,4	16 13,2	11 55,3	20 39,7	12 0,3	6 39 *U*	6 51 *U*
	59 48,5	16 17,8	* *	* *	* *	16 56 *A*	17 8 *A*
14	60 2,4	16 21,6	0 21,4 *O*	27 41,4	15 13,8	8 11 *U*	6 53 *U*
	60 12,9	16 24,5	12 48,5	34 59,4	18 15,2	17 13 *A*	17 5 *A*
15	60 19,8	16 26,4	1 16,8 *O*	42 31,9	21 0,4	9 46 *U*	6 54 *U*
	60 23,1	16 27,3	13 46,3	50 28,2	23 25,1	17 36 *A*	17 3 *A*
16	60 22,7	16 27,2	2 17,0 *O*	58 38,0	+ 25 25,3	11 19 *U*	6 56 *U*
	60 18,9	16 26,2	14 48,5	67 1,8	26 57,5	18 12 *A*	17 1 *A*

Apr. 8 20^h ☾ Apog. Apr. 16 17^h ☾ Perig.

APRIL 1858.

Mittlerer Mittag und Mitternacht.

Monatstag.		Länge ☾	Breite ☾	Ger. Aufstg. ☾ in Zeit.	Abweichg. ☾
	h	° ′ ″	° ′ ″	h ′ ″	° ′ ″
16	0	60 26 5,0	+ 4 56 34,8	3 48 30,23	+ 25 5 21,7
	12	67 49 56,6	5 5 32,0	4 20 31,70	26 39 26,5
17	0	75 12 15,1	5 9 23,4	4 53 11,04	27 45 43,8
	12	82 32 10,9	5 8 8,8	5 26 10,63	28 22 37,5
18	0	89 49 0,5	5 1 55,7	5 59 10,17	28 29 32,4
	12	97 2 10,0	4 50 57,0	6 31 49,07	28 6 54,9
19	0	104 11 13,3	4 35 31,8	7 3 48,70	27 16 10,3
	12	111 15 53,0	4 16 1,8	7 34 54,31	25 59 29,0
20	0	118 15 58,8	3 52 53,1	8 4 55,96	24 19 34,7
	12	125 11 27,2	3 26 33,6	8 33 48,74	22 19 28,2
21	0	132 2 21,2	+ 2 57 32,6	9 1 32,25	+ 20 2 14,8
	12	138 48 47,5	2 26 20,0	9 28 9,60	17 30 55,6
22	0	145 30 56,0	1 53 25,7	9 53 46,43	14 48 21,0
	12	152 8 59,9	1 19 20,0	10 18 30,13	11 57 9,0
23	0	158 43 12,7	0 44 31,3	10 42 28,99	8 59 42,8
	12	165 13 49,2	+ 0 9 28,3	11 5 51,71	5 58 14,5
24	0	171 41 3,0	− 0 25 21,7	11 28 47,07	+ 2 54 44,8
	12	178 5 8,1	0 59 33,3	11 51 23,71	− 0 8 54,9
25	0	184 26 17,2	1 32 42,4	12 13 49,94	3 10 59,9
	12	190 44 40,3	2 4 25,6	12 36 13,59	6 9 48,8
26	0	197 0 27,2	− 2 34 22,3	12 58 42,05	− 9 3 44,5
	12	203 13 46,8	3 2 13,9	13 21 22,10	11 51 11,9
27	0	209 24 46,5	3 27 43,6	13 44 19,79	14 30 36,9
	12	215 33 32,6	3 50 36,2	14 7 40,32	17 0 24,9
28	0	221 40 12,2	4 10 39,4	14 31 27,86	19 19 3,4
	12	227 44 52,5	4 27 43,8	14 55 45,33	21 25 2,1
29	0	233 47 40,5	4 41 40,5	15 20 34,17	23 16 51,4
	12	239 48 46,0	4 52 24,2	15 45 54,17	24 53 8,9
30	0	245 48 19,0	4 59 50,4	16 11 43,29	26 12 37,7
	12	251 46 33,1	5 3 57,9	16 37 57,75	27 14 13,0
31	0	257 43 42,9	− 5 4 46,1	17 4 31,99	− 27 57 1,5
	12	263 40 5,5	5 2 16,1	17 31 19,11	28 20 25,6

◐ Apr. 20 3h 19′,6 E. V. ○ Apr. 27 15h 49′,4 V. M.

APRIL 1858.

	Mittlerer Mittag und Mitternacht.		☾ im Meridian.			Auf- und Untergang.	
	Par. ☾	Halbm. ☾	Mittl. Zeit.	Ger. Aufst.	Abweichg.	☾	⊙
	′ ″	′ ″	h ′	° ′	° ′	h ′	h ′
16	60 22,7	16 27,2	2 17,0 *O*	58 38,0	+ 25 25,3	11 19 *U*	6 56 *U*
	60 18,9	16 26,2	14 48,5	67 1,8	26 57,5	18 12 *A*	17 1 *A*
17	60 12,0	16 24,3	3 20,7 *O*	75 35,4	27 59,0	12 40 *U*	6 58 *U*
	60 2,3	16 21,6	15 53,1	84 13,1	28 28,1	19 5 *A*	16 59 *A*
18	59 50,2	16 18,3	4 25,4 *O*	92 48,9	28 24,6	13 41 *U*	7 0 *U*
	59 36,1	16 14,5	16 57,2	101 16,8	27 49,3	20 17 *A*	16 57 *A*
19	59 20,5	16 10,2	5 28,2 *O*	109 31,6	26 44,3	14 22 *U*	7 1 *U*
	59 3,7	16 5,7	17 58,0	117 29,6	25 12,5	21 43 *A*	16 55 *A*
20	58 46,2	16 0,9	6 26,6 *O*	125 8,7	23 17,4	14 48 *U*	7 3 *U*
	58 28,2	15 56,0	18 53,8	132 28,3	21 2,5	23 11 *A*	16 53 *A*
21	58 10,1	15 51,0	7 19,8 *O*	139 28,9	+ 18 31,3	15 6 *U*	7 5 *U*
	57 52,0	15 46,1	19 44,6	146 12,0	15 47,1	* *	16 51 *A*
22	57 34,2	15 41,3	8 8,4 *O*	152 39,6	12 53,0	0 37 *A*	7 7 *U*
	57 16,7	15 36,5	20 31,4	158 54,0	9 51,6	15 19 *U*	16 49 *A*
23	56 59,7	15 31,9	8 53,6 *O*	164 57,9	6 45,5	1 59 *A*	7 8 *U*
	56 43,2	15 27,4	21 15,3	170 53,6	3 36,8	15 30 *U*	16 46 *A*
24	56 27,3	15 23,1	9 36,6 *O*	176 43,6	+ 0 27,6	3 17 *A*	7 10 *U*
	56 12,0	15 18,9	21 57,7	182 30,4	− 2 40,2	15 39 *U*	16 44 *A*
25	55 57,2	15 14,8	10 18,7 *O*	188 16,1	5 44,9	4 34 *A*	7 11 *U*
	55 43,0	15 11,0	22 39,8	194 2,8	8 44,7	15 48 *U*	16 42 *A*
26	55 29,5	15 7,3	11 1,1 *O*	199 52,5	− 11 37,8	5 51 *A*	7 13 *U*
	55 16,6	15 3,8	23 22,7	205 47,0	14 22,6	15 59 *U*	16 40 *A*
27	55 4,5	15 0,5	11 44,7 *O*	211 47,6	16 57,3	7 7 *A*	7 15 *U*
	54 53,2	14 57,4	* *	* *	* *	16 11 *U*	16 38 *A*
28	54 42,7	14 54,5	0 7,2	217 55,5	19 20,4	8 24 *A*	7 17 *U*
	54 33,2	14 51,9	12 30,2 *O*	224 11,8	21 30,0	16 27 *U*	16 36 *A*
29	54 24,8	14 49,7	0 53,8	230 36,7	23 24,6	9 41 *A*	7 18 *U*
	54 17,5	14 47,7	13 18,0 *O*	237 10,2	25 2,6	16 48 *U*	16 34 *A*
30	54 11,6	14 46,1	1 42,8	243 51,6	26 22,5	10 53 *A*	7 20 *U*
	54 7,2	14 44,9	14 8,0 *O*	250 39,9	27 23,2	17 19 *U*	16 31 *A*
31	54 4,5	14 44,1	2 33,5	257 33,4	− 28 3,7	11 55 *A*	7 23 *U*
	54 3,5	14 43,9	14 59,2 *O*	264 30,0	28 23,2	18 2 *U*	16 29 *A*

MAI 1858.

Wahrer Berliner Mittag.

Monats- und Wochentag.		Zeitgleichung. M. Zt. — W. Zt.	Ger. Aufst. ⊙	Abweichg. ⊙	Log. μ.	Culm. Dauer ⊙ Sternzeit.
1	♄	— 3′ 2,97″	2ʰ 33′ 17,23″	+ 15° 3′ 42,0″	3,33830	2′ 11,94
2	⊙	— 3 10,42	2 37 6,31	+ 15 21 44,2	3,33232	2 12,09
3	☾	3 17,30	40 55,97	15 39 31,4	3,32613	12,25
4	♂	3 23,62	44 46,19	15 57 3,2	3,31971	12,41
5	☿	3 29,36	48 36,99	16 14 19,3	3,31304	12,58
6	♃	3 34,53	52 28,36	16 31 19,3	3,30615	12,74
7	♀	3 39,11	56 20,32	16 48 3,0	3,29900	12,90
8	♄	3 43,11	3 0 12,87	17 4 30,0	3,29161	13,07
9	⊙	— 3 46,52	3 4 6,01	+ 17 20 40,1	3,28393	2 13,23
10	☾	3 49,34	7 59,74	17 36 32,8	3,27595	13,39
11	♂	3 51,57	11 54,06	17 52 7,9	3,26771	13,56
12	☿	3 53,21	15 48,96	18 7 25,1	3,25917	13,73
13	♃	3 54,27	19 44,45	18 22 24,1	3,25030	13,90
14	♀	3 54,76	23 40,51	18 37 4,6	3,24108	14,06
15	♄	3 54,69	27 37,14	18 51 26,2	3,23150	14,22
16	⊙	— 3 54,05	3 31 34,34	+ 19 5 28,7	3,22154	2 14,38
17	☾	3 52,86	35 32,09	19 19 11,7	3,21123	14,54
18	♂	3 51,13	39 30,39	19 32 35,1	3,20052	14,70
19	☿	3 48,85	43 29,23	19 45 38,5	3,18938	14,86
20	♃	3 46,04	47 28,61	19 58 21,7	3,17779	15,02
21	♀	3 42,70	51 28,52	20 10 44,4	3,16578	15,17
22	♄	3 38,83	55 28,95	20 22 46,5	3,15326	15,32
23	⊙	— 3 34,45	3 59 29,90	+ 20 34 27,6	3,14022	2 15,47
24	☾	3 29,56	4 3 31,35	20 45 47,6	3,12665	15,62
25	♂	3 24,18	7 33,31	20 56 46,2	3,11247	15,76
26	☿	3 18,31	11 35,75	21 7 23,2	3,09767	15,90
27	♃	3 11,97	15 38,67	21 17 38,4	3,08225	16,03
28	♀	3 5,15	19 42,07	21 27 31,7	3,06606	16,16
29	♄	2 57,86	23 45,94	21 37 2,7	3,04910	16,29
30	⊙	— 2 50,11	4 27 50,27	+ 21 46 11,4	3,03133	2 16,42
31	☾	2 41,91	31 55,05	21 54 57,5	3,01259	16,54
32	♂	2 33,27	36 0,27	22 3 20,8	2,99286	16,65
33	☿	2 24,21	40 5,91	22 11 21,2	2,97202	16,76

MAI 1858.

Mittlerer Berliner Mittag.

Monats- und	Jahrestag.	Sternzeit.	Länge ☉	Breite ☉	Lg. Rad. v. ☉	Halbm. ☉
		h ′ ″	° ′ ″	″		′ ″
1	121	2 36 20,70	40 45 19,9	— 0,43	0,0035501	15 53,05
2	122	2 40 17,25	41 43 28,2	— 0,41	0,0036585	15 52,81
3	123	44 13,81	42 41 35,1	— 0,37	0,0037661	52,58
4	124	48 10,36	43 39 40,6	— 0,30	0,0038729	52,35
5	125	52 6,92	44 37 44,6	— 0,21	0,0039786	52,13
6	126	56 3,47	45 35 47,3	— 0,11	0,0040832	51,91
7	127	3 0 0,03	46 33 48,6	+ 0,01	0,0041864	51,69
8	128	3 56,58	47 31 48,6	+ 0,13	0,0042882	51,47
9	129	3 7 53,14	48 29 47,3	+ 0,24	0,0043883	15 51,25
10	130	11 49,70	49 27 44,6	+ 0,34	0,0044867	51,04
11	131	15 46,26	50 25 40,5	+ 0,42	0,0045833	50,83
12	132	19 42,81	51 23 35,0	+ 0,49	0,0046781	50,62
13	133	23 39,37	52 21 28,0	+ 0,53	0,0047709	50,42
14	134	27 35,92	53 19 19,5	+ 0,55	0,0048618	50,22
15	135	31 32,48	54 17 9,5	+ 0,54	0,0049507	50,02
16	136	3 35 29,03	55 14 57,9	+ 0,51	0,0050377	15 49,82
17	137	39 25,59	56 12 44,7	+ 0,44	0,0051227	49,63
18	138	43 22,15	57 10 30,0	+ 0,35	0,0052058	49,44
19	139	47 18,71	58 8 13,6	+ 0,24	0,0052872	49,26
20	140	51 15,27	59 5 55,7	+ 0,12	0,0053670	49,08
21	141	55 11,83	60 3 36,2	— 0,01	0,0054452	48,90
22	142	59 8,38	61 1 15,1	— 0,13	0,0055219	48,73
23	143	4 3 4,94	61 58 52,5	— 0,25	0,0055972	15 48,57
24	144	7 1,49	62 56 28,5	— 0,36	0,0056713	48,40
25	145	10 58,05	63 54 3,1	— 0,46	0,0057442	48,23
26	146	14 54,61	64 51 36,5	— 0,53	0,0058159	48,07
27	147	18 51,17	65 49 8,6	— 0,57	0,0058865	47,91
28	148	22 47,73	66 46 39,5	— 0,59	0,0059559	47,76
29	149	26 44,29	67 44 9,4	— 0,58	0,0060241	47,61
30	150	4 30 40,85	68 41 38,4	— 0,54	0,0060911	15 47,47
31	151	34 37,41	69 39 6,6	— 0,48	0,0061569	47,33
32	152	38 33,96	70 36 34,0	— 0,39	0,0062213	47,19
33	153	42 30,52	71 34 0,6	— 0,29	0,0062842	47,06

MAI 1858.

Mittlerer Mittag und Mitternacht.

Monatstag.		Länge ☾	Breite ☾	Ger. Aufst. ☾ in Zeit.	Abweichg. ☾
	h	° ′ ″	° ′ ″	h ′ ″	° ′ ″
1	0	257 43 42,9	— 5 4 46,1	17 4 31,99	— 27 57 1,5
	12	263 40 5,5	5 2 16,1	17 31 19,11	28 20 25,6
2	0	269 36 1,3	4 56 30,6	17 58 11,37	28 24 5,2
	12	275 31 53,0	4 47 33,1	18 25 0,77	28 7 57,6
3	0	281 28 6,7	4 35 28,6	18 51 39,75	27 32 18,0
	12	287 25 10,0	4 20 23,3	19 18 1,67	26 37 37,4
4	0	293 23 33,7	4 2 23,6	19 44 1,43	25 24 39,7
	12	299 23 50,9	3 41 37,5	20 9 35,72	23 54 19,2
5	0	305 26 36,6	3 18 13,6	20 34 43,11	22 7 37,9
	12	311 32 26,2	2 52 22,7	20 59 23,98	20 5 43,7
6	0	317 41 57,4	— 2 24 16,0	21 23 40,53	— 17 49 46,6
	12	323 55 47,1	1 54 7,1	21 47 36,43	15 21 0,2
7	0	330 14 31,9	1 22 11,0	22 11 16,66	12 40 40,1
	12	336 38 47,0	0 48 45,8	22 34 47,40	9 50 5,6
8	0	343 9 4,8	— 0 14 12,4	22 58 15,75	6 50 41,4
	12	349 45 52,6	+ 0 21 4,8	23 21 49,59	3 44 0,4
9	0	356 29 32,9	0 56 39,5	23 45 37,54	— 0 31 44,8
	12	3 20 20,6	1 32 0,8	0 9 48,79	+ 2 44 8,7
10	0	10 18 20,6	2 6 34,4	0 34 32,91	6 1 25,8
	12	17 23 28,1	2 39 44,2	0 59 59,65	9 17 32,8
11	0	24 35 25,8	+ 3 10 51,4	1 26 18,60	+ 12 29 33,4
	12	31 53 43,2	3 39 16,6	1 53 38,56	15 34 7,6
12	0	39 17 37,2	4 4 21,5	2 22 6,76	18 27 34,6
	12	46 46 11,6	4 25 30,4	2 51 47,79	21 5 56,5
13	0	54 18 19,9	4 42 11,8	3 22 42,33	23 25 8,1
	12	61 52 47,4	4 54 0,8	3 54 45,91	25 21 11,0
14	0	69 28 13,7	5 0 40,4	4 27 47,98	26 50 31,5
	12	77 3 18,2	5 2 1,9	5 1 31,91	27 50 20,3
15	0	84 36 41,5	4 58 6,1	5 35 35,93	28 18 51,8
	12	92 7 11,5	4 49 2,5	6 9 35,61	28 15 35,5
16	0	99 33 44,6	+ 4 35 8,2	6 43 6,72	+ 27 41 18,2
	12	106 55 28,4	4 16 47,2	7 15 48,20	26 37 56,5

◑ Mai 5 19h 33′,5 L. V. ● Mai 12 20h 41′,1 N. M.

MAI 1858.

	Mittlerer Mittag und Mitternacht.		☾ im Meridian.			Auf- und Untergang.	
	Par. ☾	Halbm. ☾	Mittl. Zeit.	Ger. Aufst.	Abweichg.	☾	☉
	′ ″	′ ″	h ′	° ′	° ′	h ′	h ′
1	54 4,5	14 44,1	2 33,5	257 33,4	— 28 3,7	11 55 *A*	7 23 *U*
	54 3,5	14 43,9	14 59,2 *O*	264 30,0	28 23,2	18 2 *U*	16 29 *A*
2	54 4,4	14 44,1	3 25,0	271 27,5	28 21,5	12 45 *A*	7 25 *U*
	54 7,4	14 44,9	15 50,7 *O*	278 23,6	27 58,6	19 0 *U*	16 27 *A*
3	54 12,5	14 46,3	4 16,2	285 16,2	27 15,0	13 20 *A*	7 27 *U*
	54 19,9	14 48,3	16 41,3 *O*	292 3,5	26 11,3	20 8 *U*	16 25 *A*
4	54 29,7	14 51,0	5 5,9	298 44,2	24 48,3	13 45 *A*	7 28 *U*
	54 41,8	14 54,3	17 30,1 *O*	305 17,6	23 7,4	21 24 *U*	16 24 *A*
5	54 56,4	14 58,3	5 53,8	311 43,5	21 9,6	14 4 *A*	7 30 *U*
	55 13,4	15 2,9	18 17,0 *O*	318 2,4	18 56,2	22 42 *U*	16 22 *A*
6	55 32,7	15 8,1	6 39,8	324 15,1	— 16 28,7	14 17 *A*	7 31 *U*
	55 54,2	15 14,0	19 2,3 *O*	330 22,8	13 48,3	✲ ✲	16 20 *A*
7	56 17,7	15 20,4	7 24,6	336 27,1	10 56,5	0 1 *U*	7 33 *U*
	56 43,0	15 27,3	19 46,8 *O*	342 30,0	7 54,7	14 29 *A*	16 18 *A*
8	57 9,8	15 34,6	8 9,0	348 33,7	4 44,6	1 20 *U*	7 35 *U*
	57 37,5	15 42,2	20 31,4 *O*	354 40,5	— 1 27,9	14 39 *A*	16 16 *A*
9	58 5,8	15 49,9	8 54,2	0 52,9	+ 1 53,4	2 41 *U*	7 36 *U*
	58 34,1	15 57,6	21 17,5 *O*	7 13,7	5 16,9	14 49 *A*	16 15 *A*
10	59 1,9	16 5,2	9 41,6	13 45,6	8 40,1	4 6 *U*	7 38 *U*
	59 28,3	16 12,4	22 6,6 *O*	20 31,5	11 59,7	15 1 *A*	16 13 *A*
11	59 52,7	16 19,0	10 32,8	27 34,1	+ 15 12,3	5 35 *U*	7 39 *U*
	60 14,5	16 24,9	23 0,2 *O*	34 55,5	18 13,7	15 15 *A*	16 11 *A*
12	60 33,0	16 30,0	11 28,9	42 37,3	20 59,5	7 10 *U*	7 41 *U*
	60 47,7	16 34,0	23 59,0 *O*	50 39,9	23 25,0	15 36 *A*	16 9 *A*
13	60 58,2	16 36,9	12 30,4	59 2,1	25 25,5	8 47 *U*	7 43 *U*
	61 4,1	16 38,5	✲ ✲	✲ ✲	✲ ✲	16 6 *A*	16 8 *A*
14	61 5,4	16 38,8	1 2,9 *O*	67 40,9	26 57,0	10 17 *U*	7 44 *U*
	61 2,1	16 37,9	13 36,2	76 31,1	27 56,0	16 52 *A*	16 6 *A*
15	60 54,5	16 35,8	2 9,8 *O*	85 26,2	28 20,6	11 29 *U*	7 46 *U*
	60 42,8	16 32,7	14 43,3	94 18,8	28 10,5	18 0 *A*	16 5 *A*
16	60 27,5	16 28,5	3 16,1 *O*	103 1,7	+ 27 26,8	12 19 *U*	7 47 *U*
	60 9,3	16 23,5	15 47,9	111 29,0	26 12,3	19 25 *A*	16 3 *A*

Mai 1 12ʰ ☾ Apog. Mai 13 21ʰ ☾ Perig.

MAI 1858.

Mittlerer Mittag und Mitternacht.

Monatstag.		Länge ☾	Breite ☾	Ger. Aufst. ☾ in Zeit.	Abweichg. ☾
	h	° ′ ″	° ′ ″	h ′ ″	° ′ ″
16	0	99 33 44,6	+ 4 35 8,2	6 43 6,72	+ 27 41 18,2
	12	106 55 28,4	4 16 47,2	7 15 48,20	26 37 56,5
17	0	114 11 42,6	3 54 27,8	7 47 24,29	25 8 19,3
	12	121 22 0,1	3 28 42,4	8 17 45,44	23 15 48,5
18	0	128 26 4,7	3 0 4,7	8 46 47,99	21 3 59,2
	12	135 23 52,3	2 29 9,1	9 14 33,35	18 36 24,1
19	0	142 15 26,8	1 56 29,9	9 41 6,54	15 56 24,0
	12	149 1 0,3	1 22 39,4	10 6 35,05	13 7 0,6
20	0	155 40 50,0	0 48 9,1	10 31 7,80	10 10 56,9
	12	162 15 19,0	+ 0 13 28,0	10 54 54,45	7 10 35,6
21	0	168 44 51,3	− 0 20 56,8	11 18 4,73	+ 4 8 3,1
	12	175 9 53,0	0 54 40,5	11 40 48,25	+ 1 5 11,8
22	0	181 30 50,8	1 27 20,1	12 3 14,26	− 1 56 16,9
	12	187 48 10,3	1 58 34,8	12 25 31,55	4 54 48,9
23	0	194 2 16,3	2 28 5,9	12 47 48,37	7 48 55,9
	12	200 13 31,9	2 55 35,7	13 10 12,38	10 37 11,0
24	0	206 22 17,0	3 20 48,9	13 32 50,47	13 18 8,5
	12	212 28 51,3	3 43 32,6	13 55 48,83	15 50 23,5
25	0	218 33 31,1	4 3 33,7	14 19 12,64	18 12 28,0
	12	224 36 29,8	4 20 42,1	14 43 5,81	20 22 53,9
26	0	230 38 0,7	− 4 34 50,3	15 7 30,92	− 22 20 14,3
	12	236 38 14,7	4 45 50,9	15 32 28,89	24 3 2,4
27	0	242 37 21,6	4 53 38,9	15 57 58,75	25 29 56,2
	12	248 35 30,9	4 58 11,1	16 23 57,54	26 39 41,1
28	0	254 32 51,9	4 59 27,0	16 50 20,38	27 31 14,6
	12	260 29 34,6	4 57 26,6	17 17 0,68	28 3 47,4
29	0	266 25 49,7	4 52 12,0	17 43 50,54	28 16 48,0
	12	272 21 49,9	4 43 47,0	18 10 41,40	28 10 4,3
30	0	278 17 48,3	4 32 16,8	18 37 24,64	27 43 44,0
	12	284 14 2,0	4 17 47,9	19 3 52,47	26 58 13,5
31	0	290 10 48,5	− 4 0 27,9	19 29 58,29	− 25 54 15,8
	12	296 8 29,9	3 40 26,8	19 55 37,41	24 32 47,8

◐ Mai 19 11h 13′,2 E. V. ○ Mai 27 6h 58′,2 V. M.

MAI 1858.

Mittlerer Mittag und Mitternacht.			☾ im Meridian.			Auf- und Untergang.	
	Par. ☾	Halbm. ☾	Mittl. Zeit.	Ger. Aufst.	Abweichg.	☾	☉
	′ ″	′ ″	h ′	° ′	° ′	h ′	h ′
16	60 27,5	16 28,5	3 16,1 *O*	103 1,7	+ 27 26,8	12 19 *U*	7 47 *U*
	60 9,3	16 23,5	15 47,9	111 29,0	26 12,3	19 25 *A*	16 3 *A*
17	59 48,6	16 17,9	4 18,3 *O*	119 36,6	24 30,4	12 51 *U*	7 49 *U*
	59 26,2	16 11,8	16 47,3	127 22,6	22 25,3	20 55 *A*	16 2 *A*
18	59 2,6	16 5,3	5 14,8 *O*	134 46,4	20 1,2	13 12 *U*	7 51 *U*
	58 38,3	15 58,7	17 41,0	141 49,1	17 22,0	22 23 *A*	16 0 *A*
19	58 13,9	15 52,1	6 5,9 *O*	148 32,7	14 31,3	13 26 *U*	7 52 *U*
	57 49,7	15 45,5	18 29,6	154 59,6	11 32,4	23 47 *A*	15 59 *A*
20	57 26,1	15 39,1	6 52,4 *O*	161 12,5	8 28,0	13 38 *U*	7 54 *U*
	57 3,4	15 32,9	19 14,5	167 14,3	5 20,6	* *	15 57 *A*
21	56 41,9	15 27,0	7 36,1 *O*	173 7,7	+ 2 12,1	1 7 *A*	7 55 *U*
	56 21,6	15 21,5	19 57,2	178 55,5	− 0 55,3	13 48 *U*	15 56 *A*
22	56 2,6	15 16,3	8 18,2 *O*	184 40,0	4 0,2	2 24 *A*	7 57 *U*
	55 45,0	15 11,5	20 39,1	190 23,7	7 0,9	13 57 *U*	15 55 *A*
23	55 28,8	15 7,1	9 0,0 *O*	196 8,8	9 55,8	3 39 *A*	7 58 *U*
	55 14,0	15 3,1	21 21,2	201 57,4	12 43,4	14 7 *U*	15 54 *A*
24	55 0,7	14 59,4	9 42,8 *O*	207 51,1	15 22,1	4 55 *A*	8 0 *U*
	54 48,7	14 56,2	22 4,8	213 51,5	17 50,5	14 19 *U*	15 52 *A*
25	54 38,0	14 53,3	10 27,3 *O*	219 59,9	20 6,8	6 11 *A*	8 1 *U*
	54 28,5	14 50,7	22 50,4	226 17,0	22 9,5	14 33 *U*	15 51 *A*
26	54 20,4	14 48,5	11 14,1 *O*	232 43,1	− 23 57,0	7 28 *A*	8 3 *U*
	54 13,5	14 46,6	23 38,4	239 18,1	25 27,6	14 53 *U*	15 50 *A*
27	54 7,8	14 45,0	12 3,2 *O*	246 1,2	26 40,0	8 41 *A*	8 4 *U*
	54 3,5	14 43,9	* *	* *	* *	15 20 *U*	15 49 *A*
28	54 0,4	14 43,0	0 28,5	252 50,9	27 32,9	9 47 *A*	8 6 *U*
	53 58,6	14 42,5	12 54,1 *O*	259 45,4	28 5,4	16 0 *U*	15 48 *A*
29	53 58,3	14 42,4	1 19,9	266 42,3	28 17,0	10 40 *A*	8 7 *U*
	53 59,4	14 42,7	13 45,6 *O*	273 39,3	28 7,4	16 53 *U*	15 47 *A*
30	54 2,1	14 43,5	2 11,2	280 33,8	27 36,9	11 20 *A*	8 8 *U*
	54 6,4	14 44,6	14 36,5 *O*	287 23,7	26 45,9	17 58 *U*	15 46 *A*
31	54 12,5	14 46,3	3 1,4	294 7,1	− 25 35,4	11 48 *A*	8 9 *U*
	54 20,4	14 48,5	15 25,7 *O*	300 42,9	24 6,5	19 11 *U*	15 45 *A*

Mai 28 21ʰ ☾ Apog.

JUNI 1858.

Wahrer Berliner Mittag.

Monats- und Wochentag.		Zeitgleichung M. Zt. — W. Zt.	Ger. Aufst. ⊙	Abweichg. ⊙	Log. μ.	Culm. Dauer ⊙ Sternzeit
		′ ″	h ′ ″	° ′ ″		′ ″
1	♂	— 2 33,27	4 36 0,27	+ 22 3 20,8	2,99286	2 16,65
2	☿	2 24,21	40 5,91	22 11 21,2	2,97202	16,76
3	♃	2 14,75	44 11,95	22 18 58,4	2,94993	16,87
4	♀	2 4,91	48 18,38	22 26 12,3	2,92655	16,97
5	♄	1 54,69	52 25,19	22 33 2,8	2,90162	17,07
6	⊙	— 1 44,11	4 56 32,36	+ 22 39 29,6	2,87495	2 17,16
7	☾	1 33,20	5 0 39,86	22 45 32,6	2,84640	17,25
8	♂	1 21,98	4 47,67	22 51 11,7	2,81564	17,33
9	☿	1 10,47	8 55,77	22 56 26,7	2,78233	17,40
10	♃	0 58,69	13 4,14	23 1 17,5	2,74601	17,47
11	♀	0 46,68	17 12,74	23 5 43,9	2,70621	17,53
12	♄	0 34,45	21 21,56	23 9 45,9	2,66229	17,59
13	⊙	— 0 22,04	5 25 30,57	+ 23 13 23,4	2,61321	2 17,64
14	☾	— 0 9,47	29 39,73	23 16 36,3	2,55775	17,68
15	♂	+ 0 3,23	33 49,03	23 19 24,6	2,49402	17,72
16	☿	0 16,04	37 58,43	23 21 48,2	2,41896	17,75
17	♃	0 28,93	42 7,91	23 23 47,0	2,32797	17,77
18	♀	0 41,88	46 17,45	23 25 21,0	2,21299	17,79
19	♄	0 54,87	50 27,03	23 26 30,3	2,05614	17,80
20	⊙	+ 1 7,87	5 54 36,62	+ 23 27 14,8	1,80686	2 17,81
21	☾	1 20,85	58 46,19	23 27 34,4	1,15836	17,81
22	♂	1 33,79	6 2 55,73	23 27 29,2	1,54531	17,80
23	☿	1 46,68	7 5,21	23 26 59,3	1,92737	17,78
24	♃	1 59,48	11 14,61	23 26 4,6	2,12743	17,75
25	♀	2 12,19	15 23,91	23 24 45,2	2,26340	17,72
26	♄	2 24,78	19 33,10	23 23 1,2	2,36680	17,68
27	⊙	+ 2 37,23	6 23 42,15	+ 23 20 52,5	2,45010	2 17,64
28	☾	2 49,53	27 51,04	23 18 19,3	2,51983	17,59
29	♂	3 1,65	31 59,76	23 15 21,5	2,57978	17,54
30	☿	3 13,59	36 8,29	23 11 59,3	2,63225	17,48
31	♃	3 25,32	40 16,61	23 8 12,7	2,67897	17,42
32	♀	3 36,82	44 24,70	23 4 1,8	2,72099	17,35

JUNI 1858.

Mittlerer Berliner Mittag.

Monats- und Jahrestag.		Sternzeit.	Länge ☉	Breite ☉	Lg. Rad. v. ☉	Halbm. ☉
		h ' "	° ' "	"		' "
1	152	4 38 33,96	70 36 34,0	− 0,39	0,0062213	15 47,19
2	153	42 30,52	71 34 0,6	− 0,29	0,0062842	47,06
3	154	46 27,07	72 31 26,4	− 0,17	0,0063454	46,93
4	155	50 23,63	73 28 51,6	− 0,04	0,0064050	46,81
5	156	54 20,19	74 26 16,1	+ 0,08	0,0064627	46,69
6	157	4 58 16,75	75 23 40,1	+ 0,19	0,0065184	15 46,58
7	158	5 2 13,31	76 21 3,6	+ 0,29	0,0065720	46,47
8	159	6 9,87	77 18 26,5	+ 0,37	0,0066234	46,36
9	160	10 6,43	78 15 48,7	+ 0,42	0,0066724	46,25
10	161	14 2,99	79 13 10,4	+ 0,44	0,0067189	46,15
11	162	17 59,54	80 10 31,4	+ 0,43	0,0067629	46,05
12	163	21 56,10	81 7 51,7	+ 0,40	0,0068044	45,96
13	164	5 25 52,66	82 5 11,3	+ 0,34	0,0068434	15 45,87
14	165	29 49,22	83 2 30,2	+ 0,26	0,0068800	45,79
15	166	33 45,78	83 59 48,3	+ 0,16	0,0069143	45,71
16	167	37 42,34	84 57 5,6	+ 0,04	0,0069462	45,64
17	168	41 38,90	85 54 22,1	− 0,09	0,0069758	45,57
18	169	45 35,46	86 51 37,8	− 0,22	0,0070033	45,50
19	170	49 32,02	87 48 52,9	− 0,34	0,0070287	45,44
20	171	5 53 28,58	88 46 7,3	− 0,45	0,0070522	15 45,39
21	172	57 25,13	89 43 21,1	− 0,55	0,0070738	45,34
22	173	6 1 21,69	90 40 34,3	− 0,63	0,0070937	45,29
23	174	5 18,25	91 37 46,9	− 0,68	0,0071120	45,25
24	175	9 14,81	92 34 59,0	− 0,70	0,0071288	45,21
25	176	13 11,37	93 32 10,7	− 0,69	0,0071440	45,17
26	177	17 7,93	94 29 22,2	− 0,66	0,0071578	45,14
27	178	6 21 4,49	95 26 33,5	− 0,60	0,0071701	15 45,11
28	179	25 1,05	96 23 44,7	− 0,52	0,0071808	45,09
29	180	28 57,61	97 20 55,9	− 0,42	0,0071900	45,07
30	181	32 54,17	98 18 7,2	− 0,31	0,0071976	45,06
31	182	36 50,72	99 15 18,6	− 0,19	0,0072035	45,05
32	183	40 47,28	100 12 30,2	− 0,07	0,0072077	45,05

JUNI 1858.

Mittlerer Mittag und Mitternacht.

Monatstag.		Länge ☾	Breite ☾	Ger. Aufst. ☾ in Zeit.	Abweichg. ☾
	h	° ′ ″	° ′ ″	h ′ ″	° ′ ″
1	0	302 7 30,2	− 3 17 53,4	20 20 47,05	− 22 54 55,7
	12	308 8 15,0	2 53 0,0	20 45 26,37	21 1 51,7
2	0	314 11 14,0	2 25 58,9	21 9 36,57	18 54 52,0
	12	320 16 58,4	1 57 4,1	21 33 20,47	16 35 14,3
3	0	326 26 2,0	1 26 30,2	21 56 42,41	14 4 15,8
	12	332 38 59,2	0 54 34,7	22 19 47,94	11 23 14,9
4	0	338 56 25,9	− 0 21 35,6	22 42 43,70	8 33 29,6
	12	345 18 57,9	+ 0 12 6,9	23 5 37,19	5 36 20,5
5	0	351 47 9,4	0 46 9,5	23 28 36,69	− 2 33 13,5
	12	358 21 32,5	1 20 7,4	23 51 51,16	+ 0 34 18,8
6	0	5 2 35,5	+ 1 53 33,1	0 15 30,17	+ 3 44 33,0
	12	11 50 40,7	2 25 56,6	0 39 43,75	6 55 30,9
7	0	18 46 3,5	2 56 44,6	1 4 42,25	10 4 55,1
	12	25 48 48,9	3 25 23,3	1 30 35,88	13 10 7,3
8	0	32 58 51,4	3 51 17,0	1 57 34,37	16 8 4,4
	12	40 15 52,5	4 13 50,0	2 25 46,05	18 55 18,2
9	0	47 39 19,7	4 32 28,4	2 55 16,73	21 27 58,6
	12	55 8 25,3	4 46 41,1	3 26 8,29	23 41 59,7
10	0	62 42 9,5	4 56 2,5	3 58 17,35	25 33 14,8
	12	70 19 19,6	5 0 13,6	4 31 33,91	26 57 53,2
11	0	77 58 33,5	+ 4 59 3,8	5 5 41,07	+ 27 52 44,1
	12	85 38 24,2	4 52 31,3	5 40 15,99	28 15 38,5
12	0	93 17 23,6	4 40 44,5	6 14 52,20	28 5 47,6
	12	100 54 5,2	4 24 0,8	6 49 2,90	27 23 49,2
13	0	108 27 11,2	4 2 45,8	7 22 24,54	26 11 41,2
	12	115 55 33,9	3 37 31,5	7 54 39,24	24 32 24,9
14	0	123 18 16,8	3 8 54,4	8 25 35,91	22 29 42,6
	12	130 34 38,3	2 37 34,0	8 55 10,21	20 7 34,2
15	0	137 44 11,2	2 4 9,9	9 23 23,33	17 29 57,8
	12	144 46 40,1	1 29 22,1	9 50 20,55	14 40 38,6
16	0	151 42 3,1	+ 0 53 47,2	10 16 9,89	+ 11 42 58,0
	12	158 30 28,3	0 17 59,9	10 41 0,89	8 39 54,1

☽ Juni 4 $9^h 14',6$ L. V. ● Juni 11 $3^h 39',8$ N. M.

JUNI 1858.

	Mittlerer Mittag und Mitternacht.		☾ im Meridian.			Auf- und Untergang.	
	Par. ☾	Halbm. ☾	Mittl. Zeit.	Ger. Aufst.	Abweichg.	☾	⊙
	′ ″	′ ″	h ′	° ′	° ′	h ′	h ′
1	54 30,2	14 51,1	3 49,5	307 10,5	— 22 20,5	12 8 A	8 10 U
	54 42,0	14 54,3	16 12,7 O	313 29,7	20 18,8	20 27 U	15 45 A
2	54 55,9	14 58,1	4 35,5	319 41,1	18 2,9	12 23 A	8 11 U
	55 11,9	15 2,5	16 57,8 O	325 45,7	15 34,1	21 44 U	15 44 A
3	55 30,0	15 7,4	5 19,7	331 44,8	12 53,9	12 35 A	8 12 U
	55 50,1	15 12,9	17 41,3 O	337 40,2	10 3,8	23 2 U	15 43 A
4	56 12,2	15 18,9	6 2,9	343 33,9	7 5,1	12 45 A	8 13 U
	56 36,1	15 25,4	18 24,5 O	349 28,1	3 59,2	* *	15 42 A
5	57 1,6	15 32,4	6 46,2	355 25,3	— 0 47,9	0 20 U	8 14 U
	57 28,4	15 39,7	19 8,4 O	1 28,0	+ 2 27,3	12 55 A	15 41 A
6	57 56,4	15 47,3	7 31,1	7 39,0	+ 5 44,2	1 40 U	8 15 U
	58 24,9	15 55,1	19 54,5 O	14 1,4	9 0,7	13 6 A	15 41 A
7	58 53,3	16 2,8	8 18,9	20 38,1	12 13,9	3 4 U	8 16 U
	59 21,1	16 10,4	20 44,5 O	27 32,0	15 20,7	13 19 A	15 40 A
8	59 47,8	16 17,7	9 11,4	34 45,7	18 17,3	4 34 U	8 17 U
	60 12,3	16 24,3	21 39,7 O	42 21,3	20 59,6	13 36 A	15 40 A
9	60 34,1	16 30,3	10 9,5	50 19,8	23 22,8	6 9 U	8 17 U
	60 52,7	16 35,4	22 40,9 O	58 40,4	25 22,3	14 0 A	15 39 A
10	61 7,2	16 39,3	11 13,5	67 20,8	26 53,3	7 43 U	8 18 U
	61 17,2	16 42,0	23 47,1 O	76 16,0	27 52,0	14 38 A	15 39 A
11	61 22,4	16 43,4	12 21,3	85 19,4	+ 28 15,8	9 6 U	8 19 U
	61 22,6	16 43,5	* *	* *	* *	15 36 A	15 39 A
12	61 17,8	16 42,2	0 55,5 O	94 22,8	28 3,7	10 8 U	8 20 U
	61 8,1	16 39,6	13 29,1	103 18,4	27 16,5	16 55 A	15 39 A
13	60 53,9	16 35,7	2 1,7 O	111 59,2	25 56,7	10 48 U	8 20 U
	60 35,8	16 30,8	14 33,1	120 20,2	24 8,2	18 28 A	15 39 A
14	60 14,4	16 24,9	3 2,9 O	128 18,6	21 55,3	11 14 U	8 21 U
	59 50,2	16 18,3	15 31,2	135 53,8	19 22,8	20 1 A	15 38 A
15	59 24,1	16 11,2	3 58,0 O	143 6,5	16 35,1	11 32 U	8 21 U
	58 56,8	16 3,8	16 23,4	149 58,7	13 36,4	21 30 A	15 38 A
16	58 28,8	15 56,2	4 47,7 O	156 33,0	+ 10 30,3	11 45 U	8 22 U
	58 0,8	15 48,5	17 11,0	162 52,3	7 19,8	22 53 A	15 38 A

Juni 11 7^h ☾ Perig.

JUNI 1858.

Mittlerer Mittag und Mitternacht.

Monatstag.		Länge ☾	Breite ☾	Ger. Aufst. ☾ in Zeit.	Abweichg. ☾
	h	° ′ ″	° ′ ″	h ′ ″	° ′ ″
16	0	151 42 3,1	+ 0 53 47,2	10 16 9,89	+ 11 42 58,0
	12	158 30 28,3	+ 0 17 59,9	10 41 0,89	8 39 54,1
17	0	165 12 11,0	− 0 17 28,1	11 5 3,73	5 34 1,6
	12	171 47 34,0	0 52 9,6	11 28 28,72	+ 2 27 32,9
18	0	178 17 4,2	1 25 39,3	11 51 25,95	− 0 37 36,6
	12	184 41 11,3	1 57 35,9	12 14 5,05	3 39 45,6
19	0	191 0 27,9	2 27 40,0	12 36 35,20	6 37 23,1
	12	197 15 26,0	2 55 35,8	12 59 4,86	9 29 5,3
20	0	203 26 37,0	3 21 9,0	13 21 41,81	12 13 31,9
	12	209 34 33,0	3 44 7,8	13 44 33,18	14 49 25,1
21	0	215 39 43,1	− 4 4 21,5	14 7 45,10	− 17 15 26,2
	12	221 42 33,6	4 21 41,3	14 31 22,59	19 30 15,5
22	0	227 43 30,1	4 36 0,0	14 55 29,49	21 32 33,1
	12	233 42 55,8	4 47 11,3	15 20 8,12	23 20 57,8
23	0	239 41 10,9	4 55 11,1	15 45 18,97	24 54 10,7
	12	245 38 32,9	4 59 56,1	16 11 0,57	26 10 56,1
24	0	251 35 18,2	5 1 24,7	16 37 9,48	27 10 5,9
	12	257 31 40,6	4 59 36,4	17 3 40,23	27 50 43,0
25	0	263 27 53,3	4 54 33,1	17 30 25,74	28 12 5,4
	12	269 24 7,4	4 46 17,6	17 57 17,68	28 13 48,5
26	0	275 20 34,1	− 4 34 54,6	18 24 7,26	− 27 55 47,8
	12	281 17 24,3	4 20 30,2	18 50 45,85	27 18 19,0
27	0	287 14 48,8	4 3 12,1	19 17 5,74	26 21 56,7
	12	293 13 0,6	3 43 10,2	19 43 0,75	25 7 33,2
28	0	299 12 12,0	3 20 34,8	20 8 26,48	23 36 13,3
	12	305 12 37,6	2 55 39,0	20 33 20,58	21 49 13,1
29	0	311 14 35,1	2 28 36,4	20 57 42,79	19 47 53,5
	12	317 18 22,4	1 59 41,7	21 21 34,59	17 33 39,2
30	0	323 24 20,7	1 29 11,8	21 44 59,19	15 7 56,4
	12	329 32 52,9	0 57 24,8	22 8 1,13	12 32 11,0
31	0	335 44 24,9	− 0 24 39,6	22 30 46,16	− 9 47 47,3
	12	341 59 23,6	+ 0 8 43,8	22 53 20,97	6 56 9,3

☽ Juni 17 21h 7′,9 E. V. ○ Juni 25 22h 6′,9 V. M.

JUNI 1858.

Mittlerer Mittag und Mitternacht.			☾ im Meridian.			Auf- und Untergang.	
	Par. ☾	Halbm. ☾	Mittl. Zeit.	Ger. Aufst.	Abweichg.	☾	⊙
	′ ″	′ ″	h ′	° ′	° ′	h ′	h ′
16	58 28,8	15 56,2	4 47,7 O	156 33,0	+ 10 30,3	11 45 U	8 22 U
	58 0,8	15 48,5	17 11,0	162 52,3	7 19,8	22 53 A	15 38 A
17	57 33,3	15 41,0	5 33,4 O	168 59,6	4 7,6	11 55 U	8 22 U
	57 6,7	15 33,8	17 55,2	174 57,8	+ 0 55,9	* *	15 38 A
18	56 41,4	15 26,9	6 16,7 O	180 49,7	— 2 13,4	0 12 A	8 23 U
	56 17,6	15 20,4	18 37,9	186 37,9	5 18,6	12 5 U	15 38 A
19	55 55,6	15 14,4	6 59,0 O	192 25,0	8 18,1	1 29 A	8 23 U
	55 35,5	15 8,9	19 20,2	198 13,3	11 10,6	12 15 U	15 38 A
20	55 17,3	15 4,0	7 41,6 O	204 4,7	13 54,5	2 45 A	8 24 U
	55 1,1	14 59,6	20 3,3	210 1,2	16 28,6	12 26 U	15 38 A
21	54 46,9	14 55,7	8 25,5 O	216 4,3	— 18 51,3	4 0 A	8 24 U
	54 34,6	14 52,3	20 48,2	222 15,2	21 1,3	12 39 U	15 39 A
22	54 24,2	14 49,5	9 11,5 O	228 34,8	22 56,9	5 17 A	8 24 U
	54 15,7	14 47,2	21 35,3	235 3,2	24 36,7	12 58 U	15 39 A
23	54 8,9	14 45,3	9 59,7 O	241 40,3	25 59,3	6 31 A	8 25 U
	54 3,7	14 43,9	22 24,7	248 25,1	27 3,3	13 23 U	15 39 A
24	54 0,1	14 42,9	10 50,1 O	255 16,2	27 47,6	7 39 A	8 25 U
	53 58,1	14 42,4	23 15,7	262 11,7	28 11,3	13 58 U	15 40 A
25	53 57,5	14 42,2	11 41,5 O	269 9,1	28 14,0	8 37 A	8 25 U
	53 58,3	14 42,4	* *	* *	* *	14 47 U	15 40 A
26	54 0,4	14 43,0	0 7,2	276 5,9	— 27 55,5	9 20 A	8 25 U
	54 3,8	14 43,9	12 32,8 O	282 59,6	27 16,2	15 49 U	15 41 A
27	54 8,6	14 45,2	0 58,0	289 48,0	26 16,6	9 52 A	8 25 U
	54 14,7	14 46,9	13 22,7 O	296 29,4	24 57,9	17 1 U	15 41 A
28	54 22,1	14 48,9	1 46,9	303 2,6	23 21,3	10 14 A	8 25 U
	54 30,9	14 51,3	14 10,5 O	309 27,0	21 28,3	18 16 U	15 42 A
29	54 41,1	14 54,1	2 33,5	315 42,6	19 20,3	10 30 A	8 24 U
	54 52,8	14 57,3	14 55,9 O	321 50,0	16 59,1	19 33 U	15 42 A
30	55 6,0	15 0,9	3 17,9	327 50,3	14 26,1	10 42 A	8 24 U
	55 20,7	15 4,9	15 39,5 O	333 44,7	11 42,9	20 50 U	15 43 A
31	55 37,1	15 9,4	4 0,8	339 35,0	— 8 51,1	10 53 U	8 24 U
	55 54,9	15 14,2	16 22,0 O	345 23,2	5 52,2	22 6 A	15 43 A

Juni 24 23^h ☾ Apog.

JULI 1858.

Wahrer Berliner Mittag.

Monats- und Wochentag.		Zeitgleichung. M. Zt. — W. Zt.	Ger. Aufst. ⊙	Abweichg. ⊙	Log. μ.	Culm. Dauer ⊙ Sternzeit.
		′ ″	h ′ ″	° ′ ″		′ ″
1	♃	+ 3 25,32	6 40 16,61	+ 23 8 12,7	2,67897	2 17,42
2	♀	3 36,82	44 24,70	23 4 1,8	2,72099	17,35
3	♄	3 48,06	48 32,53	22 59 26,7	2,75914	17,27
4	⊙	+ 3 59,03	6 52 40,09	+ 22 54 27,5	2,79400	2 17,19
5	☾	4 9,71	56 47,35	22 49 4,4	2,82614	17,10
6	♂	4 20,08	7 0 54,30	22 43 17,4	2,85600	17,01
7	☿	4 30,11	5 0,92	22 37 6,6	2,88377	16,91
8	♃	4 39,78	9 7,18	22 30 32,2	2,90966	16,81
9	♀	4 49,08	13 13,06	22 23 34,4	2,93389	16,70
10	♄	4 57,98	17 18,54	22 16 13,4	2,95670	16,58
11	⊙	+ 5 6,46	7 21 23,60	+ 22 8 29,3	2,97823	2 16,45
12	☾	5 14,50	25 28,22	22 0 22,3	2,99856	16,32
13	♂	5 22,07	29 32,37	21 51 52,6	3,01779	16,19
14	☿	5 29,16	33 36,04	21 43 0,5	3,03599	16,06
15	♃	5 35,74	37 39,20	21 33 46,2	3.05335	15,92
16	♀	5 41,81	41 41,85	21 24 9,8	3,06989	15,78
17	♄	5 47,36	45 43,97	21 14 11,6	3,08561	15,64
18	⊙	+ 5 52,37	7 49 45,55	+ 21 3 51,9	3,10065	2 15,50
19	☾	5 56,84	53 46,59	20 53 10,8	3,11504	15,35
20	♂	6 0,75	57 47,07	20 42 8,6	3,12879	15,19
21	☿	6 4,08	8 1 46,97	20 30 45,6	3,14195	15,03
22	♃	6 6,83	5 46,29	20 19 2,0	3,15457	14,87
23	♀	6 9,00	9 45,03	20 6 58,1	3,16673	14,71
24	♄	6 10,59	13 43,18	19 54 34,0	3,17840	14,54
25	⊙	+ 6 11,59	8 17 40,75	+ 19 41 50,1	3,18963	2 14,38
26	☾	6 12,01	21 37,72	19 28 46,5	3,20044	14,21
27	♂	6 11,84	25 34,10	19 15 23,6	3,21082	14,04
28	☿	6 11,08	29 29,89	19 1 41,6	3,22086	13,87
29	♃	6 9,73	33 25,09	18 47 40,7	3,23058	13,69
30	♀	6 7,79	37 19,70	18 33 21,1	3,23993	13,51
31	♄	6 5,25	41 13,72	18 18 43,2	3,24893	13,34
32	⊙	+ 6 2,13	8 45 7,15	+ 18 3 47,2	3,25761	2 13,17
33	☾	5 58,42	48 59,99	17 48 33,5	3,26598	13,00

JULI 1858.

Mittlerer Berliner Mittag.

Monats- und	Jahrestag.	Sternzeit.	Länge ☉	Breite ☉	Lg. Rad. v. ☉	Halbm. ☉
		h ′ ″	° ′ ″	″		′ ″
1	182	6 36 50,72	99 15 18,6	— 0,19	0,0072035	15 45,05
2	183	40 47,28	100 12 30,2	— 0,07	0,0072077	45,05
3	184	44 43,84	101 9 42,0	+ 0,05	0,0072099	45,05
4	185	6 48 40,40	102 6 54,1	+ 0,15	0,0072101	15 45,06
5	186	52 36,96	103 4 6,5	+ 0,23	0,0072082	45,07
6	187	56 33,52	104 1 19,2	+ 0,29	0,0072040	45,08
7	188	7 0 30,08	104 58 32,3	+ 0,33	0,0071975	45,10
8	189	4 26,64	105 55 45,8	+ 0,33	0,0071885	45,13
9	190	8 23,20	106 52 59,6	+ 0,30	0,0071770	45,16
10	191	12 19,76	107 50 13,8	+ 0,24	0,0071630	45,18
11	192	7 16 16,31	108 47 28,2	+ 0,16	0,0071465	15 45,22
12	193	20 12,87	109 44 42,8	+ 0,06	0,0071273	45,26
13	194	24 9,42	110 41 57,6	— 0,05	0,0071055	45,31
14	195	28 5,98	111 39 12,5	— 0,17	0,0070812	45,36
15	196	32 2,54	112 36 27,7	— 0,30	0,0070545	45,41
16	197	35 59,10	113 33 43,1	— 0,41	0,0070254	45,47
17	198	39 55,66	114 30 58,7	— 0,52	0,0069942	45,54
18	199	7 43 52,22	115 28 14,6	— 0,62	0,0069609	15 45,60
19	200	47 48,78	116 25 30,7	— 0,70	0,0069256	45,67
20	201	51 45,34	117 22 47,1	— 0,76	0,0068884	45,75
21	202	55 41,90	118 20 3,8	— 0,79	0,0068494	45,84
22	203	59 38,46	119 17 20,8	— 0,78	0,0068088	45,91
23	204	8 3 35,02	120 14 38,2	— 0,75	0,0067667	46,00
24	205	7 31,58	121 11 56,2	— 0,70	0,0067232	46,09
25	206	8 11 28,14	122 9 14,8	— 0,62	0,0066783	15 46,19
26	207	15 24,70	123 6 34,1	— 0,52	0,0066321	46,29
27	208	19 21,25	124 3 54,1	— 0,41	0,0065845	46,39
28	209	23 17,81	125 1 15,0	— 0,29	0,0065356	46,50
29	210	27 14,36	125 58 36,9	— 0,17	0,0064852	46,62
30	211	31 10,92	126 55 59,9	— 0,05	0,0064333	46,74
31	212	35 7,48	127 53 23,9	+ 0,06	0,0063799	46,86
32	213	8 39 4,04	128 50 49,1	+ 0,15	0,0063249	15 46,98
33	214	43 0,59	129 48 15,4	+ 0,21	0,0062682	47,11

JULI 1858.

Mittlerer Mittag und Mitternacht.

Monatstag.		Länge ☾	Breite ☾	Ger. Aufst. ☾ in Zeit.	Abweichg. ☾
	h	° ' "	° ' "	h ' "	° ' "
1	0	335 44 24,9	— 0 24 39,6	22 30 46,16	— 9 47 47,3
	12	341 59 23,6	+ 0 8 43,8	22 53 20,97	6 56 9,3
2	0	348 18 16,8	0 42 23,2	23 15 53,03	3 58 42,8
	12	354 41 34,3	1 15 55,3	23 38 30,57	— 0 56 55,2
3	0	1 9 45,5	1 48 55,7	0 1 22,44	+ 2 7 41,5
	12	7 43 18,0	2 20 57,7	0 24 38,01	5 13 26,3
4	0	14 22 36,6	2 51 33,7	0 48 27,01	8 18 27,4
	12	21 8 4,4	3 20 14,0	1 12 59,61	11 20 38,4
5	0	27 59 58,3	3 46 29,2	1 38 25,86	14 17 35,8
	12	34 58 27,6	4 9 48,3	2 4 55,31	17 6 33,9
6	0	42 3 33,3	+ 4 29 40,2	2 32 36,30	+ 19 44 25,2
	12	49 15 7,3	4 45 36,3	3 1 34,99	22 7 42,8
7	0	56 32 49,1	4 57 9,0	3 31 53,99	24 12 42,5
	12	63 56 6,8	5 3 55,8	4 3 31,05	25 55 35,8
8	0	71 24 13,8	5 5 38,0	4 36 17,69	27 12 42,7
	12	78 56 14,0	5 2 5,6	5 9 58,93	28 0 56,0
9	0	86 30 59,6	4 53 14,5	5 44 13,77	28 17 58,8
	12	94 7 15,7	4 39 11,2	6 18 37,23	28 2 47,4
10	0	101 43 41,7	4 20 10,5	6 52 43,23	27 15 38,8
	12	109 18 57,9	3 56 35,6	7 26 8,25	25 58 10,2
11	0	116 51 44,8	+ 3 28 58,4	7 58 33,50	+ 24 13 7,9
	12	124 20 50,8	2 57 55,5	8 29 46,76	22 4 5,1
12	0	131 45 12,4	2 24 9,1	8 59 42,26	19 35 2,7
	12	139 3 58,1	1 48 21,9	9 28 19,91	16 50 6,3
13	0	146 16 28,3	1 11 17,4	9 55 43,95	13 53 13,7
	12	153 22 15,3	+ 0 33 38,5	10 22 1,52	10 48 5,2
14	0	160 21 4,9	— 0 3 57,1	10 47 21,56	7 37 55,2
	12	167 12 53,3	0 40 53,1	11 11 53,90	4 25 36,3
15	0	173 57 46,8	1 16 38,6	11 35 48,61	+ 1 13 36,3
	12	180 35 59,0	1 50 47,3	11 59 15,55	— 1 55 57,1
16	0	187 7 51,9	— 2 22 56,8	12 22 24,31	— 5 1 13,7
	12	193 33 51,2	2 52 47,6	12 45 23,89	8 0 35,2

◑ Juli 3 19h 37',1 L. V. ● Juli 10 10h 17',8 N. M.

JULI 1858.

Mittlerer Mittag und Mitternacht.			☾ im Meridian.			Auf- und Untergang.	
	Par. ☾	Halbm. ☾	Mittl. Zeit.	Ger. Aufst.	Abweichg.	☾	⊙
	′ ″	′ ″	h ′	° ′	° ′	h ′	h ′
1	55 37,1	15 9,4	4 0,8	339 35,0	— 8 51,1	10 53 A	8 24 U
	55 54,9	15 14,2	16 22,0 O	345 23,2	5 52,2	22 6 U	15 43 A
2	56 14,3	15 19,5	4 43,2	351 11,5	— 2 47,6	11 3 A	8 24 U
	56 35,2	15 25,2	17 4,5 O	357 2,1	+ 0 20,9	23 23 U	15 44 A
3	56 57,5	15 31,3	5 26,2	2 57,8	3 31,8	11 12 A	8 23 U
	57 21,1	15 37,7	17 48,4 O	9 1,2	6 43,2	* *	15 45 A
4	57 45,6	15 44,4	6 11,3	15 15,1	9 52,9	0 44 U	8 23 U
	58 10,8	15 51,2	18 35,1 O	21 42,5	12 58,6	11 24 A	15 45 A
5	58 36,4	15 58,2	7 0,0	28 26,2	15 57,3	2 8 U	8 22 U
	59 1,9	16 5,2	19 26,1 O	35 28,9	18 45,9	11 38 A	15 46 A
6	59 26,7	16 11,9	7 53,7	42 52,8	+ 21 20,6	3 38 U	8 22 U
	59 50,2	16 18,3	20 22,7 O	50 39,1	23 37,1	11 58 A	15 47 A
7	60 12,0	16 24,3	8 53,2	58 48,0	25 31,2	5 11 U	8 21 U
	60 31,2	16 29,5	21 25,1 O	67 17,4	26 58,5	12 28 A	15 48 A
8	60 47,4	16 33,9	9 58,2	76 3,5	27 54,9	6 39 U	8 20 U
	60 59,8	16 37,3	22 31,9 O	85 0,3	28 17,6	13 14 A	15 49 A
9	61 8,1	16 39,6	11 5,8	94 0,6	28 5,1	7 51 U	8 20 U
	61 11,9	16 40,6	23 39,5 O	102 56,4	27 17,4	14 24 A	15 51 A
10	61 11,0	16 40,3	12 12,4	111 40,5	25 56,6	8 41 U	8 19 U
	61 5,2	16 38,8	* *	* *	* *	15 52 A	15 52 A
11	60 54,8	16 35,9	0 44,1 O	120 7,6	+ 24 5,9	9 13 U	8 19 U
	60 40,0	16 31,9	13 14,5	128 14,0	21 49,5	17 27 A	15 53 A
12	60 21,4	16 26,8	1 43,4 O	135 58,4	19 12,2	9 35 U	8 18 U
	59 59,5	16 20,8	14 10,9	143 21,0	16 18,7	19 1 A	15 54 A
13	59 34,8	16 14,1	2 37,0 O	150 23,3	13 13,4	9 50 U	8 17 U
	59 8,2	16 6,9	15 1,9	157 7,6	10 0,4	20 30 A	15 55 A
14	58 40,3	15 59,3	3 25,8 O	163 36,7	6 43,1	10 2 U	8 16 U
	58 11,8	15 51,5	15 48,9	169 53,4	3 24,4	21 53 A	15 56 A
15	57 43,3	15 43,7	4 11,3 O	176 0,6	+ 0 7,1	10 12 U	8 15 U
	57 15,3	15 36,1	16 33,3	182 1,1	— 3 6,9	23 13 A	15 57 A
16	56 48,3	15 28,8	4 55,1 O	187 57,6	— 6 15,5	10 22 U	8 14 U
	56 22,8	15 21,8	17 16,7	193 52,5	9 17,2	* *	15 59 A

Juli 9 16^{h} ☾ Perig.

JULI 1858.

Mittlerer Mittag und Mitternacht.

Monatstag.		Länge ☾	Breite ☾	Ger. Aufst. ☾ in Zeit.	Abweichg. ☾
	h	° ′ ″	° ′ ″	h ′ ″	° ′ ″
16	0	187 7 51,9	− 2 22 56,8	12 22 24,31	− 5 1 13,7
	12	193 33 51,2	2 52 47,6	12 45 23,89	8 0 35,2
17	0	199 54 26,6	3 20 4,9	13 8 22,67	10 52 34,3
	12	206 10 10,3	3 44 36,4	13 31 28,31	13 35 50,0
18	0	212 21 36,2	4 6 12,1	13 54 47,67	16 9 5,4
	12	218 29 17,3	4 24 44,2	14 18 26,56	18 31 4,9
19	0	224 33 48,2	4 40 6,7	14 42 29,77	20 40 34,9
	12	230 35 41,0	4 52 15,7	15 7 0,64	22 36 21,6
20	0	236 35 27,4	5 1 7,3	15 32 0,99	24 17 11,8
	12	242 33 37,9	5 6 39,6	15 57 30,89	25 41 55,2
21	0	248 30 38,9	− 5 8 52,0	16 23 28,32	− 26 49 25,9
	12	254 26 57,1	5 7 44,5	16 49 49,50	27 38 46,0
22	0	260 22 55,6	5 3 18,3	17 16 28,74	28 9 8,2
	12	266 18 56,1	4 55 36,1	17 43 18,89	28 20 0,1
23	0	272 15 16,9	4 44 41,9	18 10 11,86	28 11 6,2
	12	278 12 16,4	4 30 41,1	18 36 59,31	27 42 29,7
24	0	284 10 9,5	4 13 40,3	19 3 33,20	26 54 32,8
	12	290 9 9,4	3 53 48,1	19 29 46,53	25 47 55,8
25	0	296 9 29,9	3 31 14,8	19 55 33,92	24 23 35,1
	12	302 11 21,9	3 6 12,9	20 20 51,69	22 42 40,8
26	0	308 14 56,4	− 2 38 55,7	20 45 38,09	− 20 46 31,6
	12	314 20 25,0	2 9 39,1	21 9 53,38	18 36 33,8
27	0	320 27 58,0	1 38 40,5	21 33 39,36	16 14 17,9
	12	326 37 46,5	1 6 19,2	21 56 59,11	13 41 16,9
28	0	332 50 3,7	− 0 32 55,6	22 19 58,21	10 59 3,6
	12	339 5 2,9	+ 0 1 8,4	22 42 41,45	8 9 11,4
29	0	345 22 57,4	0 35 29,5	23 5 15,64	5 13 14,6
	12	351 44 4,1	1 9 43,4	23 27 48,12	− 2 12 47,3
30	0	358 8 38,1	1 43 24,2	23 50 26,75	+ 0 50 32,1
	12	4 36 57,3	2 16 6,3	0 13 20,00	3 55 3,6
31	0	11 9 17,5	+ 2 47 22,9	0 36 36,61	+ 6 58 58,8
	12	17 45 55,4	3 16 46,6	1 0 25,77	10 0 21,8

◐ Juli 17 9h 32′,2 E. V. ○ Juli 25 12h 56′,5 V. M.

JULI 1858.

	Mittlerer Mittag und Mitternacht.		☾ im Meridian.				Auf- und Untergang.	
	Par. ☾	Halbm. ☾	Mittl. Zeit.	Ger. Aufst.		Abweichg.	☾	⊙
	′ ″	′ ″	h ′	° ′		° ′	h ′	h ′
16	56 48,3	15 28,8	4 55,1 O	187 57,6	—	6 15,5	10 22 U	8 14 U
	56 22,8	15 21,8	17 16,7	193 52,5		9 17,2	* *	15 59 A
17	55 59,0	15 15,3	5 38,4 O	199 48,1		12 10,5	0 30 A	8 13 U
	55 37,2	15 9,4	18 0,2	205 46,6		14 53,8	10 33 U	16 0 A
18	55 17,5	15 4,0	6 22,4 O	211 49,6		17 26,0	1 48 A	8 12 U
	55 0,1	14 59,3	18 45,0	217 58,8		19 45,5	10 46 U	16 1 A
19	54 45,0	14 55,2	7 8,0 O	224 15,2		21 51,1	3 5 A	8 11 U
	54 32,3	14 51,7	19 31,6	230 39,5		23 41,4	11 2 U	16 3 A
20	54 21,9	14 48,9	7 55,7 O	237 12,2		25 15,1	4 20 A	8 10 U
	54 13,7	14 46,6	20 20,4	243 52,7		26 30,7	11 25 U	16 4 A
21	54 7,7	14 45,0	8 45,5 O	250 40,1	—	27 27,3	5 31 A	8 8 U
	54 3,9	14 44,0	21 11,0	257 33,0		28 3,7	11 56 U	16 5 A
22	54 2,0	14 43,4	9 36,8 O	264 29,5		28 19,4	6 32 A	8 7 U
	54 1,9	14 43,4	22 2,6	271 27,2		28 13,9	12 41 U	16 7 A
23	54 3,6	14 43,9	10 28,3 O	278 23,8		27 47,2	7 21 A	8 5 U
	54 6,9	14 44,8	22 53,8	285 16,8		26 59,7	13 39 U	16 8 A
24	54 11,6	14 46,1	11 18,9 O	292 4,3		25 52,2	7 55 A	8 4 U
	54 17,7	14 47,7	23 43,6	298 44,7		24 25,7	14 49 U	16 10 A
25	54 25,1	14 49,7	12 7,7 O	305 16,9		22 41,5	8 20 A	8 2 U
	54 33,6	14 52,0	* *	* *		* *	16 5 U	16 11 A
26	54 43,1	14 54,6	0 31,2	311 40,4	—	20 41,2	8 37 A	8 1 U
	54 53,6	14 57,5	12 54,2 O	317 55,4		18 26,3	17 23 U	16 13 A
27	55 5,1	15 0,6	1 16,6	324 2,4		15 58,5	8 51 A	7 59 U
	55 17,5	15 4,0	13 38,6 O	330 2,3		13 19,6	18 39 U	16 14 A
28	55 30,8	15 7,6	2 0,2	335 56,6		10 31,2	9 2 A	7 58 U
	55 44,9	15 11,5	14 21,5 O	341 47,0		7 35,0	19 56 U	16 16 A
29	55 59,8	15 15,5	2 42,7	347 35,3		4 32,8	9 11 A	7 56 U
	56 15,5	15 19,8	15 3,9 O	353 23,5	—	1 26,2	21 13 U	16 17 A
30	56 32,1	15 24,3	3 25,2	359 14,1	+	1 43,1	9 21 A	7 55 U
	56 49,5	15 29,1	15 46,8 O	5 9,3		4 53,2	22 32 U	16 19 A
31	57 7,6	15 34,0	4 9,0	11 11,7	+	8 2,1	9 32 A	7 53 U
	57 26,4	15 39,1	16 31,8 O	17 23,9		11 7,7	23 53 U	16 20 A

Juli 22 7^h ☾ Apog.

AUGUST 1858.

Wahrer Berliner Mittag.

Monats- und Wochentag.		Zeitgleichung. M. Zt. — W. Zt.	Ger. Aufst. ☉	Abweichg. ☉	Log. μ.	Culm. Dauer ☉ Sternzeit
		′ ″	h ′ ″	° ′ ″		′ ″
1	☉	+ 6 2,13	8 45 7,15	+ 18 3 47,2	3,25761	2 13,17
2	☾	5 58,42	48 59,99	17 48 33,5	3,26598	13,00
3	♂	5 54,13	52 52,24	17 33 2,3	3,27409	12,82
4	☿	5 49,25	56 43,90	17 17 13,8	3,28192	12,65
5	♃	5 43,79	9 0 34,98	17 1 8,4	3,28946	12,48
6	♀	5 37,75	4 25,48	16 44 46,4	3,29678	12,31
7	♄	5 31,12	8 15,39	16 28 7,9	3,30384	12,14
8	☉	+ 5 23,91	9 12 4,71	+ 16 11 13,4	3,31061	2 11,97
9	☾	5 16,11	15 53,45	15 54 3,3	3,31712	11,80
10	♂	5 7,73	19 41,61	15 36 37,9	3,32342	11,63
11	☿	4 58,78	23 29,19	15 18 57,5	3,32950	11,47
12	♃	4 49,26	27 16,20	15 1 2,4	3,33538	11,31
13	♀	4 39,18	31 2,65	14 42 52,9	3,34106	11,15
14	♄	4 28,53	34 48,53	14 24 29,3	3,34651	10,99
15	☉	+ 4 17,33	9 38 33,85	+ 14 5 52,1	3,35176	2 10,83
16	☾	4 5,59	42 18,63	13 47 1,5	3,35683	10,68
17	♂	3 53,31	46 2,87	13 27 57,9	3,36173	10,53
18	☿	3 40,50	49 46,58	13 8 41,5	3,36616	10,38
19	♃	3 27,17	53 29,77	12 49 12,7	3,37099	10,23
20	♀	3 13,34	57 12,46	12 29 31,9	3,37537	10,09
21	♄	2 59,02	10 0 54,66	12 9 39,3	3,37962	9,95
22	☉	+ 2 44,23	10 4 36,38	+ 11 49 35,2	3,38371	2 9,82
23	☾	2 28,99	8 17,65	11 29 19,9	3,38768	9,69
24	♂	2 13,32	11 58,49	11 8 53,6	3,39150	9,56
25	☿	1 57,22	15 38,90	10 48 16,7	3,39517	9,43
26	♃	1 40,71	19 18,90	10 27 29,5	3,39870	9,31
27	♀	1 23,82	22 58,52	10 6 32,3	3,40211	9,20
28	♄	1 6,56	26 37,77	9 45 25,4	3,40538	9,09
29	☉	+ 0 48,95	10 30 16,67	+ 9 24 9,1	3,40853	2 8,99
30	☾	0 31,00	33 55,23	9 2 43,7	3,41157	8,89
31	♂	+ 0 12,73	37 33,47	8 41 9,4	3,41447	8,80
32	☿	— 0 5,83	41 11,41	8 19 26,7	3,41724	8,71
33	♃	0 24,67	44 49,07	7 57 35,8	3,41991	8,62

AUGUST 1858.

Mittlerer Berliner Mittag.

Monats- und	Jahrestag.	Sternzeit.	Länge ⊙	Breite ⊙	Lg. Rad. v. ⊙	Halbm. ⊙
		h ′ ″	° ′ ″	″		′ ″
1	213	8 39 4,04	128 50 49,1	+ 0,15	0,0063249	15 46,98
2	214	43 0,59	129 48 15,4	+ 0,21	0,0062682	47,11
3	215	46 57,15	130 45 42,9	+ 0,24	0,0062096	47,25
4	216	50 53,70	131 43 11,7	+ 0,25	0,0061491	47,39
5	217	54 50,26	132 40 41,8	+ 0,23	0,0060865	47,53
6	218	58 46,81	133 38 13,2	+ 0,18	0,0060219	47,67
7	219	9 2 43,37	134 35 45,8	+ 0,11	0,0059551	47,82
8	220	9 6 39,92	135 33 19,6	+ 0,02	0,0058860	15 47,97
9	221	10 36,48	136 30 54,5	— 0,10	0,0058146	48,13
10	222	14 33,04	137 28 30,6	— 0,22	0,0057410	48,29
11	223	18 29,60	138 26 7,8	— 0,34	0,0056652	48,46
12	224	22 26,15	139 23 46,1	— 0,46	0,0055872	48,63
13	225	26 22,71	140 21 25,6	— 0,58	0,0055071	48,80
14	226	30 19,26	141 19 6,1	— 0,68	0,0054251	48,98
15	227	9 34 15,82	142 16 47,6	— 0,76	0,0053411	15 49,15
16	228	38 12,37	143 14 30,1	— 0,81	0,0052554	49,33
17	229	42 8,93	144 12 13,7	— 0,84	0,0051682	49,52
18	230	46 5,48	145 9 58,5	— 0,85	0,0050795	49,71
19	231	50 2,04	146 7 44,4	— 0,82	0,0049896	49,90
20	232	53 58,59	147 5 31,5	— 0,76	0,0048984	50,09
21	233	57 55,15	148 3 19,8	— 0,68	0,0048061	50,29
22	234	10 1 51,70	149 1 9,3	— 0,59	0,0047128	15 50,49
23	235	5 48,26	149 59 0,3	— 0,47	0,0046187	50,70
24	236	9 44,81	150 56 52,7	— 0,35	0,0045237	50,91
25	237	13 41,37	151 54 46,7	— 0,23	0,0044280	51,12
26	238	17 37,92	152 52 42,3	— 0,11	0,0043315	51,33
27	239	21 34,48	153 50 39,6	0,00	0,0042341	51,55
28	240	25 31,03	154 48 38,6	+ 0,09	0,0041359	51,77
29	241	10 29 27,59	155 46 39,5	+ 0,17	0,0040368	15 51,99
30	242	33 24,14	156 44 42,2	+ 0,22	0,0039367	52,21
31	243	37 20,70	157 42 46,8	+ 0,24	0,0038356	52,44
32	244	41 17,25	158 40 53,3	+ 0,23	0,0037334	52,67
33	245	45 13,81	159 39 1,8	+ 0,19	0,0036300	52,90

AUGUST 1858.

Mittlerer Mittag und Mitternacht.

Monatstag.		Länge ☾	Breite ☾	Ger. Aufst. ☾ in Zeit.	Abweichg. ☾
	h	° ′ ″	° ′ ″	h ′ ″	° ′ ″
1	0	24 27 6,1	+ 3 43 50,0	1 24 56,73	+ 12 57 5,0
	12	31 13 3,2	4 8 6,4	1 50 18,61	15 46 48,5
2	0	38 3 56,3	4 29 9,0	2 16 39,78	18 26 55,4
	12	44 59 50,0	4 46 32,2	2 44 7,27	20 54 33,0
3	0	52 0 45,5	4 59 51,9	3 12 45,97	23 6 31,6
	12	59 6 37,0	5 8 47,9	3 42 37,48	24 59 45,3
4	0	66 17 10,6	5 13 1,6	4 13 38,91	26 30 46,7
	12	73 32 5,5	5 12 19,9	4 45 42,16	27 36 33,3
5	0	80 50 52,1	5 6 34,7	5 18 33,61	28 14 27,3
	12	88 12 52,0	4 55 44,7	5 51 54,72	28 22 35,9
6	0	95 37 19,4	+ 4 39 55,5	6 25 23,80	+ 28 0 5,7
	12	103 3 21,9	4 19 20,2	6 58 38,47	27 7 11,3
7	0	110 30 1,2	3 54 19,4	7 31 18,25	25 45 15,1
	12	117 56 15,9	3 25 20,8	8 3 6,74	23 56 39,7
8	0	125 21 4,5	2 52 58,0	8 33 52,93	21 44 32,0
	12	132 43 26,9	2 17 51,2	9 3 31,33	19 12 29,9
9	0	140 2 27,0	1 40 41,8	9 32 1,30	16 24 21,1
	12	147 17 14,2	1 2 13,6	9 59 26,10	13 23 53,7
10	0	154 27 7,0	+ 0 23 9,8	10 25 51,83	10 14 44,4
	12	161 31 30,7	— 0 15 46,6	10 51 26,27	7 0 15,8
11	0	168 30 1,2	— 0 53 57,6	11 16 18,21	+ 3 43 28,5
	12	175 22 22,9	1 30 48,9	11 40 36,76	+ 0 27 4,0
12	0	182 8 29,0	2 5 50,2	12 4 31,02	— 2 46 34,7
	12	188 48 22,0	2 38 35,8	12 28 9,87	5 55 22,0
13	0	195 22 10,2	3 8 45,6	12 51 41,59	8 57 26,9
	12	201 50 10,1	3 36 3,4	13 15 14,00	11 51 10,8
14	0	208 12 42,3	4 0 16,2	13 38 54,11	14 35 3,0
	12	214 30 12,0	4 21 14,7	14 2 48,08	17 7 40,3
15	0	220 43 8,1	4 38 52,8	14 27 1,07	19 27 44,7
	12	226 52 1,7	4 53 6,3	14 51 37,01	21 34 2,0
16	0	232 57 25,4	— 5 3 52,8	15 16 38,43	+ 23 25 20,9
	12	238 59 53,0	5 11 11,6	15 42 6,26	25 0 34,5

☽ Aug. 2 3h 14′,4 L. V. ☾ Aug. 16 0h 36′,0 E. V.

● Aug. 8 17 47,3 N. M.

AUGUST 1858.

	Mittlerer Mittag und Mitternacht.		☾ im Meridian.			Auf- und Untergang.	
	Par. ☾	Halbm. ☾	Mittl. Zeit.	Ger. Aufst.	Abweichg.	☾	⊙
	′ ″	′ ″	h ′	° ′	° ′	h ′	h ′
1	57 45,8	15 44,4	4 55,4	23 48,6	+ 14 7,7	9 44 *A*	7 52 *U*
	58 5,6	15 49,8	17 20,0 *O*	30 28,4	16 59,3	* *	16 22 *A*
2	58 25,5	15 55,2	5 45,8	37 25,6	19 39,6	1 17 *U*	7 50 *U*
	58 45,4	16 0,7	18 12,8 *O*	44 42,0	22 5,1	10 1 *A*	16 23 *A*
3	59 4,9	16 6,0	6 41,2	52 18,8	24 12,2	2 48 *U*	7 48 *U*
	59 23,6	16 11,1	19 11,0 *O*	60 15,9	25 57,1	10 25 *A*	16 25 *A*
4	59 41,1	16 15,9	7 42,0	68 31,6	27 16,1	4 16 *U*	7 46 *U*
	59 57,0	16 20,2	20 14,0 *O*	77 2,6	28 5,7	11 3 *A*	16 26 *A*
5	60 10,8	16 23,9	8 46,7	85 43,9	28 23,4	5 34 *U*	7 45 *U*
	60 22,0	16 27,0	21 19,6 *O*	94 29,2	28 7,8	12 0 *A*	16 28 *A*
6	60 30,1	16 29,2	9 52,4	103 11,7	+ 27 18,7	6 32 *U*	7 43 *U*
	60 34,8	16 30,5	22 24,6 *O*	111 45,3	25 57,7	13 18 *A*	16 30 *A*
7	60 35,8	16 30,8	10 55,8	120 4,7	24 7,4	7 11 *U*	7 41 *U*
	60 33,0	16 30,0	23 25,9 *O*	128 6,7	21 51,3	14 51 *A*	16 32 *A*
8	60 26,2	16 28,1	11 54,7	135 49,6	19 13,7	7 37 *U*	7 39 *U*
	60 15,5	16 25,2	* *	* *	* *	16 26 *A*	16 33 *A*
9	60 1,2	16 21,3	0 22,2 *O*	143 13,2	16 19,0	7 54 *U*	7 37 *U*
	59 43,6	16 16,5	12 48,5	150 18,7	13 11,4	17 58 *A*	16 35 *A*
10	59 23,1	16 10,9	1 13,8 *O*	157 7,8	9 55,0	8 8 *U*	7 35 *U*
	59 0,2	16 4,7	13 38,1	163 43,0	6 33,5	19 25 *A*	16 37 *A*
11	58 35,6	15 58,0	2 1,6 *O*	170 6,7	+ 3 10,2	8 19 *U*	7 33 *U*
	58 9,8	15 51,0	14 24,6	176 21,6	— 0 12,1	20 49 *A*	16 39 *A*
12	57 43,4	15 43,8	2 47,1 *O*	182 30,4	3 30,9	8 29 *U*	7 31 *U*
	57 17,0	15 36,6	15 9,4	188 35,4	6 44,0	22 10 *A*	16 40 *A*
13	56 51,1	15 29,5	3 31,6 *O*	194 39,1	9 49,5	8 40 *U*	7 29 *U*
	56 26,2	15 22,7	15 53,9	200 43,6	12 45,6	23 29 *A*	16 42 *A*
14	56 2,7	15 16,3	4 16,4 *O*	206 50,7	15 30,7	8 51 *U*	7 27 *U*
	55 40,9	15 10,4	16 39,1	213 2,2	18 3,5	* *	16 43 *A*
15	55 21,0	15 5,0	5 2,2 *O*	219 19,4	20 22,5	0 48 *A*	7 25 *U*
	55 3,4	15 0,2	17 25,8	225 43,3	22 26,3	9 6 *U*	16 45 *A*
16	54 48,2	14 56,0	5 49,8 *O*	232 14,4	— 24 13,7	2 5 *A*	7 23 *U*
	54 35,4	14 52,5	18 14,3	238 52,7	25 43,4	9 26 *U*	16 46 *A*

Aug. 6 21^h ☾ Perig.

AUGUST 1858.

Mittlerer Mittag und Mitternacht.

Monatstag.		Länge ☾	Breite ☾	Ger. Aufstg. ☾ in Zeit.	Abweichg. ☾
	h	° ' "	° ' "	h ' "	° ' "
16	0	232 57 25,4	— 5 3 52,8	15 16 38,43	— 23 25 20,9
	12	238 59 53,0	5 11 11,6	15 42 6,26	25 0 34,5
17	0	244 59 58,3	5 15 3,2	16 7 59,69	26 18 40,6
	12	250 58 15,7	5 15 28,8	16 34 16,12	27 18 43,5
18	0	256 55 17,4	5 12 31,3	17 0 51,14	27 59 57,9
	12	262 51 36,0	5 6 13,2	17 27 38,92	28 21 48,3
19	0	268 47 42,5	4 56 38,7	17 54 32,49	28 23 54,7
	12	274 44 5,7	4 43 53,0	18 21 24,29	28 6 12,8
20	0	280 41 12,9	4 28 1,8	18 48 6,79	27 28 54,5
	12	286 39 29,1	4 9 12,8	19 14 33,11	26 32 29,0
21	0	292 39 17,8	— 3 47 34,7	19 40 37,58	— 25 17 40,4
	12	298 40 59,4	3 23 17,9	20 6 15,95	23 45 26,5
22	0	304 44 51,8	2 56 34,6	20 31 25,72	21 56 56,6
	12	310 51 11,2	2 27 39,1	20 56 6,18	19 53 28,8
23	0	317 0 11,0	1 56 47,4	21 20 18,25	17 36 27,7
	12	323 12 3,5	1 24 17,9	21 44 4,45	15 7 23,0
24	0	329 26 57,0	0 50 31,4	22 7 28,46	12 27 49,2
	12	335 44 58,8	— 0 15 50,6	22 30 35,12	9 39 23,2
25	0	342 6 14,9	+ 0 19 21,0	22 53 30,19	6 43 43,6
	12	348 30 49,2	0 54 36,7	23 16 20,15	3 42 33,7
26	0	354 58 44,4	+ 1 29 28,5	23 39 12,11	— 0 37 40,3
	12	1 30 2,3	2 3 29,0	0 2 13,66	+ 2 29 7,0
27	0	8 4 44,8	2 36 9,1	0 25 32,88	5 35 52,5
	12	14 42 50,7	3 7 0,0	0 49 17,94	8 40 33,1
28	0	21 24 19,6	3 35 32,8	1 13 37,23	11 40 57,5
	12	28 9 10,1	4 1 21,2	1 38 38,89	14 34 47,0
29	0	34 57 20,4	4 23 58,4	2 4 30,63	17 19 30,4
	12	41 48 46,0	4 43 0,2	2 31 18,96	19 52 26,6
30	0	48 43 23,0	4 58 5,9	2 59 8,73	22 10 47,3
	12	35 41 3,8	5 8 55,8	3 28 2,11	24 11 35,9
31	0	62 41 40,6	+ 5 15 15,7	3 57 57,96	+ 25 51 58,7
	12	69 45 2,5	5 16 53,6	4 28 50,90	27 9 9,3

◐ Aug. 16 0h 36',0 E. V. ◑ Aug. 31 9h 9',6 L. V.

○ Aug. 24 3 5,3 V. M.

AUGUST 1858.

Mittlerer Mittag und Mitternacht.			☾ im Meridian.			Auf- und Untergang.	
	Par. ☾	Halbm. ☾	Mittl. Zeit.	Ger. Aufst.	Abweichg.	☾	⊙
	′ ″	′ ″	h ′	° ′	° ′	h ′	h ′
16	54 48,2	14 56,0	5 49,8 *O*	232 14,4	— 24 13,7	2 5 *A*	7 23 *U*
	54 35,4	14 52,5	18 14,3	238 52,7	25 43,4	9 26 *U*	16 46 *A*
17	54 25,1	14 49,7	6 39,3 *O*	245 37,8	26 54,3	3 19 *A*	7 21 *U*
	54 17,4	14 47,6	19 4,6	252 28,7	27 45,4	9 55 *U*	16 48 *A*
18	54 12,2	14 46,2	7 30,3 *O*	259 23,9	28 15,9	4 25 *A*	7 19 *U*
	54 9,4	14 45,5	19 56,1	266 21,4	28 25,4	10 34 *U*	16 50 *A*
19	54 9,0	14 45,4	8 21,9 *O*	273 19,1	28 13,7	5 18 *A*	7 17 *U*
	54 10,8	14 45,8	20 47,6	280 14,9	27 40,8	11 28 *U*	16 51 *A*
20	54 14,7	14 46,9	9 13,0 *O*	287 6,7	26 47,2	5 57 *A*	7 15 *U*
	54 20,5	14 48,5	21 38,0	293 52,7	25 33,8	12 35 *U*	16 53 *A*
21	54 28,0	14 50,5	10 2,5 *O*	300 31,7	— 24 1,6	6 24 *A*	7 13 *U*
	54 37,2	14 53,0	22 26,6	307 2,9	22 11,9	13 49 *U*	16 55 *A*
22	54 47,8	14 55,9	10 50,1 *O*	313 25,9	20 6,1	6 44 *A*	7 11 *U*
	54 59,5	14 59,1	23 13,1	319 41,1	17 45,8	15 7 *U*	16 57 *A*
23	55 12,2	15 2,6	11 35,6 *O*	325 49,1	15 12,6	6 59 *A*	7 9 *U*
	55 25,7	15 6,3	23 57,7	331 51,0	12 28,3	16 25 *U*	16 58 *A*
24	55 39,8	15 10,1	12 19,4 *O*	337 48,1	9 34,7	7 11 *A*	7 7 *U*
	55 54,3	15 14,0	* *	* *	* *	17 43 *U*	17 0 *A*
25	56 9,2	15 18,1	0 41,0	343 42,1	6 33,5	7 21 *A*	7 5 *U*
	56 24,1	15 22,2	13 2,5 *O*	349 34,8	3 26,6	19 0 *U*	17 1 *A*
26	56 39,1	15 26,3	1 24,0	355 28,2	— 0 15,9	7 30 *A*	7 3 *U*
	56 54,0	15 30,3	13 45,7 *O*	1 24,5	+ 2 56,6	20 19 *U*	17 3 *A*
27	57 8,8	15 34,3	2 7,8	7 25,9	6 8,9	7 40 *A*	7 0 *U*
	57 23,4	15 38,3	14 30,4 *O*	13 34,9	9 18,7	21 41 *U*	17 5 *A*
28	57 37,8	15 42,3	2 53,6	19 53,8	12 23,6	7 52 *A*	6 58 *U*
	57 52,0	15 46,1	15 17,6 *O*	26 24,9	15 21,0	23 5 *U*	17 6 *A*
29	58 5,8	15 49,9	3 42,6	33 10,4	18 8,2	8 7 *A*	6 56 *U*
	58 19,3	15 53,6	16 8,7 *O*	40 12,1	20 42,0	* *	17 8 *A*
30	58 32,3	15 57,1	4 35,9	47 31,4	22 59,3	0 33 *U*	6 53 *U*
	58 44,9	16 0,5	17 4,3 *O*	55 8,4	24 56,7	8 28 *A*	17 10 *A*
31	58 56,8	16 3,8	5 33,9	63 2,7	+ 26 30,8	2 1 *U*	6 51 *U*
	59 7,9	16 6,8	18 4,5 *O*	71 11,9	27 38,6	9 0 *A*	17 12 *A*

Aug. 18 20^h ☾ Apog.

SEPTEMBER 1858.

Wahrer Berliner Mittag.

Monats- und Wochentag.		Zeitgleichung. M. Zt. — W. Zt.	Ger. Aufst. ⊙	Abweichg. ⊙	Log. μ.	Culm. Dau ⊙ Sternzeit
		′ ″	h ′ ″	° ′ ″		′ ″
1	☿	− 0 5,83	10 41 11,41	+ 8 19 26,7	3,41724	2 8,71
2	♃	0 24,67	44 49,07	7 57 35,8	3,41991	8,62
3	♀	0 43,78	48 26,47	7 35 37,0	3,42243	8,54
4	♄	1 3,13	52 3,62	7 13 30,8	3,42482	8,46
5	⊙	− 1 22,72	10 55 40,53	+ 6 51 17,4	3,42710	2 8,39
6	☾	1 42,53	59 17,21	6 28 57,2	3,42925	8,33
7	♂	2 2,55	11 2 53,69	6 6 30,5	3,43128	8,27
8	☿	2 22,75	6 29,99	5 43 57,7	3,43319	8,21
9	♃	2 43,13	10 6,11	5 21 19,1	3,43497	8,16
10	♀	3 3,67	13 42,07	4 58 35,2	3,43662	8,11
11	♄	3 24,36	17 17,88	4 35 46,2	3,43818	8,07
12	⊙	− 3 45,17	11 20 53,57	+ 4 12 52,5	3,43962	2 8,04
13	☾	4 6,09	24 29,15	3 49 54,4	3,44093	8,02
14	♂	4 27,10	28 4,64	3 26 52,4	3,44211	8,00
15	☿	4 48,18	31 40,05	3 3 46,8	3,44320	7,99
16	♃	5 9,31	35 15,41	2 40 37,8	3,44420	7,98
17	♀	5 30,47	38 50,74	2 17 25,8	3,44509	7,98
18	♄	5 51,65	42 26,06	1 54 11,1	3,44587	7,98
19	⊙	− 6 12,82	11 46 1,38	+ 1 30 54,1	3,44654	2 7,99
20	☾	6 33,96	49 36,74	1 7 35,1	3,44713	8,00
21	♂	6 55,04	53 12,15	0 44 14,3	3,44762	8,02
22	☿	7 16,05	56 47,64	+ 0 20 52,1	3,44801	8,05
23	♃	7 36,95	12 0 23,24	− 0 2 31,2	3,44830	8,09
24	♀	7 57,72	3 58,96	0 25 55,3	3,44850	8,13
25	♄	8 18,35	7 34,83	0 49 19,9	3,44860	8,18
26	⊙	− 8 38,80	12 11 10,87	− 1 12 44,6	3,44858	2 8,23
27	☾	8 59,06	14 47,11	1 36 9,1	3,44848	8,29
28	♂	9 19,10	18 23,57	1 59 33,1	3,44826	8,36
29	☿	9 38,90	22 0,27	2 22 56,2	3,44795	8,43
30	♃	9 58,44	25 37,23	2 46 18,2	3,44753	8,51
31	♀	10 17,70	29 14,48	3 9 38,6	3,44698	8,59
32	♄	10 36,65	32 52,03	3 32 57,1	3,44633	8,67

SEPTEMBER 1858.

Mittlerer Berliner Mittag.

Monats- und Jahrestag.		Sternzeit.	Länge ⊙	Breite ⊙	Lg. Rad. v. ⊙	Halbm. ⊙
		h ′ ″	° ′ ″	″		′ ″
1	244	10 41 17,25	158 40 53,3	+ 0,23	0,0037334	15 52,67
2	245	45 13,81	159 39 1,8	+ 0,19	0,0036300	52,90
3	246	49 10,36	160 37 12,3	+ 0,12	0,0035253	53,13
4	247	53 6,92	161 35 24,7	+ 0,03	0,0034191	53,37
5	248	10 57 3,47	162 33 39,1	— 0,07	0,0033115	15 53,61
6	249	11 1 0,02	163 31 55,3	— 0,19	0,0032024	53,85
7	250	4 56,57	164 30 13,4	— 0,31	0,0030919	54,10
8	251	8 53,13	165 28 33,4	— 0,43	0,0029798	54,35
9	252	12 49,68	166 26 55,3	— 0,54	0,0028663	54,60
10	253	16 46,24	167 25 18,8	— 0,64	0,0027513	54,85
11	254	20 42,79	168 23 44,1	— 0,72	0,0026349	55,10
12	255	11 24 39,35	169 22 11,1	— 0,78	0,0025174	15 55,35
13	256	28 35,90	170 20 39,7	— 0,81	0,0023987	55,61
14	257	32 32,46	171 19 9,9	— 0,81	0,0022789	55,87
15	258	36 29,01	172 17 41,8	— 0,79	0,0021583	56,13
16	259	40 25,56	173 16 15,3	— 0,74	0,0020370	56,39
17	260	44 22,11	174 14 50,5	— 0,66	0,0019151	56,65
18	261	48 18,67	175 13 27,4	— 0,56	0,0017929	56,92
19	262	11 52 15,22	176 12 6,0	+ 0,45	0,0016705	15 57,18
20	263	56 11,87	177 10 46,3	+ 0,33	0,0015478	57,45
21	264	12 0 8,33	178 9 28,5	— 0,20	0,0014251	57,72
22	265	4 4,89	179 8 12,6	— 0,08	0,0013024	57,99
23	266	8 1,44	180 6 58,7	+ 0,04	0,0011798	58,26
24	267	11 57,99	181 5 46,9	+ 0,14	0,0010574	58,53
25	268	15 54,54	182 4 37,1	+ 0,22	0,0009351	58,81
26	269	12 19 51,09	183 3 29,5	+ 0,27	0,0008129	15 59,08
27	270	23 47,64	184 2 24,0	+ 0,30	0,0006908	59,35
28	271	27 44,20	185 1 20,8	+ 0,30	0,0005688	59,62
29	272	31 40,75	186 0 19,9	+ 0,27	0,0004468	59,90
30	273	35 37,31	186 59 21,3	+ 0,21	0,0003247	16 0,17
31	274	39 33,86	187 58 25,0	+ 0,12	0,0002023	0,45
32	275	43 30,42	188 57 31,0	+ 0,02	0,0000797	0,73

SEPTEMBER 1858.

Mittlerer Mittag und Mitternacht.

Monatstag.		Länge ☾	Breite ☾	Ger. Aufst. ☾ in Zeit.	Abweichg. ☾
	h	° ′ ″	° ′ ″	h ′ ″	° ′ ″
1	0	76 50 56,1	+ 5 13 43,1	5 0 31,04	+ 28 0 42,8
	12	83 59 5,1	5 5 42,0	5 32 44,22	28 24 46,3
2	0	91 9 9,5	4 52 54,2	6 5 13,16	28 20 12,1
	12	98 20 46,8	4 35 27,5	6 37 38,95	27 46 43,1
3	0	105 33 30,0	4 13 37,1	7 9 43,30	26 44 59,4
	12	112 46 49,1	3 47 43,2	7 41 10,41	25 16 32,4
4	0	120 0 12,5	3 18 11,1	8 11 48,44	23 23 37,0
	12	127 13 4,7	2 45 31,5	8 41 29,95	21 9 1,4
5	0	134 24 48,5	2 10 18,2	9 10 11,90	18 35 54,2
	12	141 34 46,6	1 33 10,6	9 37 55,13	15 47 35,7
6	0	148 42 22,5	+ 0 54 47,1	10 4 43,43	+ 12 47 24,7
	12	155 47 0,0	+ 0 15 49,0	10 30 42,71	9 38 37,1
7	0	162 48 7,2	− 0 23 4,1	10 56 0,27	6 24 17,5
	12	169 45 15,4	1 1 14,0	11 20 44,16	+ 3 7 19,2
8	0	176 37 57,9	1 38 5,1	11 45 2,58	− 0 9 36,7
	12	183 25 56,7	2 13 5,9	12 9 3,87	3 24 3,8
9	0	190 8 57,3	2 45 48,6	12 32 55,97	6 33 47,5
	12	196 46 51,3	3 15 51,1	12 56 46,35	9 36 45,6
10	0	203 19 36,2	3 42 53,9	13 20 41,90	12 31 5,1
	12	209 47 15,8	4 6 43,6	13 44 48,69	15 15 3,8
11	0	216 10 0,0	− 4 27 9,7	14 9 11,95	− 17 47 6,7
	12	222 28 1,9	4 44 5,2	14 33 55,63	20 5 45,9
12	0	228 41 41,0	4 57 26,4	14 59 2,51	22 9 40,6
	12	234 51 20,9	5 7 12,1	15 24 33,85	23 57 37,5
13	0	240 57 27,5	5 13 23,2	15 50 29,22	25 28 30,1
	12	247 0 30,0	5 16 1,5	16 16 46,49	26 41 20,9
14	0	253 1 1,1	5 15 10,5	16 43 21,99	27 35 22,9
	12	258 59 33,6	5 10 55,1	17 10 10,44	28 10 1,4
15	0	264 56 42,3	5 3 19,5	17 37 5,50	28 24 54,5
	12	270 53 1,4	4 52 30,7	18 4 0,09	28 19 56,4
16	0	276 49 7,1	− 4 38 35,0	18 30 47,17	− 27 55 16,1
	12	282 45 35,1	4 21 38,7	18 57 20,21	27 11 15,7

● Sept. 7 3h 8′,1 N. M. ◐ Sept. 14 18h 9′,8 E. V.

SEPTEMBER 1858.

	Mittlerer Mittag und Mitternacht.		☾ im Meridian.			Auf- und Untergang.	
	Par. ☾	Halbm. ☾	Mittl. Zeit.	Ger. Aufst.	Abweichg.	☾	⊙
	′ ″	′ ″	h ′	° ′	° ′	h ′	h ′
1	59 18,1	16 9,6	6 35,8	79 32,7	+ 28 17,4	3 21 *U*	6 48 *U*
	59 27,0	16 12,0	19 7,6 *O*	88 0,2	28 25,6	9 48 *A*	17 13 *A*
2	59 34,6	16 14,1	7 39,5	96 29,1	28 2,1	4 25 *U*	6 46 *U*
	59 40,5	16 15,7	20 11,1 *O*	104 53,7	27 7,6	10 58 *A*	17 15 *A*
3	59 44,4	16 16,7	8 42,0	113 9,0	25 43,4	5 9 *U*	6 44 *U*
	59 46,2	16 17,2	21 12,1 *O*	121 11,2	23 52,0	12 23 *A*	17 16 *A*
4	59 45,6	16 17,1	9 41,2	128 57,7	21 36,5	5 39 *U*	6 42 *U*
	59 42,4	16 16,2	22 9,1 *O*	136 27,6	19 0,6	13 55 *A*	17 18 *A*
5	59 36,6	16 14,6	10 35,9	143 41,0	16 7,9	5 59 *U*	6 39 *U*
	59 28,0	16 12,3	23 1,7 *O*	150 38,8	13 2,4	15 27 *A*	17 20 *A*
6	59 16,7	16 9,2	11 26,6	157 22,9	+ 9 47,5	6 14 *U*	6 37 *U*
	59 2,8	16 5,4	23 50,8 *O*	163 55,3	6 26,8	16 56 *A*	17 21 *A*
7	58 46,7	16 1,0	12 14,3	170 18,3	+ 3 3,4	6 26 *U*	6 35 *U*
	58 28,5	15 56,1	* *	* *	* *	18 21 *A*	17 23 *A*
8	58 8,6	15 50,7	0 37,3 *O*	176 34,4	− 0 19,8	6 36 *U*	6 33 *U*
	57 47,4	15 44,9	13 0,0	182 45,9	3 40,1	19 44 *A*	17 25 *A*
9	57 25,4	15 38,9	1 22,6 *O*	188 55,0	6 55,2	6 46 *U*	6 30 *U*
	57 2,9	15 32,7	13 45,2	195 3,9	10 2,8	21 4 *A*	17 26 *A*
10	56 40,5	15 26,6	2 7,8 *O*	201 14,5	13 1,0	6 58 *U*	6 28 *U*
	56 18,5	15 20,6	14 30,7	207 28,4	15 47,9	22 25 *A*	17 28 *A*
11	55 57,4	15 14,9	2 53,9 *O*	213 47,1	− 18 21,9	7 11 *U*	6 25 *U*
	55 37,6	15 9,5	15 17,5	220 11,7	20 41,3	23 45 *A*	17 30 *A*
12	55 19,4	15 4,5	3 41,6 *O*	226 42,8	22 44,7	7 29 *U*	6 23 *U*
	55 3,0	15 0,0	16 6,1	233 20,7	24 30,7	* *	17 32 *A*
13	54 48,7	14 56,2	4 31,0 *O*	240 5,1	25 58,1	1 2 *A*	6 21 *U*
	54 36,7	14 52,9	16 56,3	246 55,3	27 5,9	7 54 *U*	17 34 *A*
14	54 27,2	14 50,3	5 21,9 *O*	253 50,0	27 53,3	2 12 *A*	6 18 *U*
	54 20,2	14 48,4	17 47,7	260 47,5	28 19,7	8 29 *U*	17 35 *A*
15	54 15,7	14 47,2	6 13,5 *O*	267 45,9	28 24,8	3 10 *A*	6 16 *U*
	54 13,9	14 46,7	18 39,3	274 43,2	28 8,7	9 17 *U*	17 37 *A*
16	54 14,7	14 46,9	7 4,9 *O*	281 37,3	− 27 31,6	3 55 *A*	6 13 *U*
	54 18,0	14 47,8	19 30,2	288 26,6	26 34,2	10 19 *U*	17 38 *A*

Sept. 3 15^h ☾ Perig.

SEPTEMBER 1858.

Mittlerer Mittag und Mitternacht.

Monatstag.		Länge ☾	Breite ☾	Ger. Aufst. ☾ in Zeit.	Abweichg. ☾
	h	° ′ ″	° ′ ″	h ′ ″	° ′ ″
16	0	276 49 7,1	− 4 38 35,0	18 30 47,17	− 27 55 16,1
	12	282 45 35,1	4 21 38,7	18 57 20,21	27 11 15,7
17	0	288 42 59,0	4 1 50,9	19 23 33,49	26 8 33,9
	12	294 41 52,7	3 39 20,4	19 49 22,77	24 47 59,0
18	0	300 42 47,8	3 14 17,6	20 14 45,38	23 10 30,4
	12	306 46 14,1	2 46 54,2	20 39 40,29	21 17 14,8
19	0	312 52 38,8	2 17 23,6	21 4 8,07	19 9 25,8
	12	319 2 27,2	1 46 1,7	21 28 10,85	16 48 22,2
20	0	325 16 0,2	1 13 6,0	21 51 51,99	14 15 27,1
	12	331 33 35,5	0 38 56,9	22 15 15,96	11 32 8,4
21	0	337 55 25,8	− 0 3 57,2	22 38 28,15	− 8 39 59,0
	12	344 21 40,9	+ 0 31 28,8	23 1 34,75	5 40 36,0
22	0	350 52 24,3	1 6 53,2	23 24 42,52	− 2 35 44,5
	12	357 27 35,8	1 41 46,8	23 47 58,79	+ 0 32 43,6
23	0	4 7 10,2	2 15 38,8	0 11 31,25	3 42 47,8
	12	10 50 57,0	2 47 57,7	0 35 27,82	6 52 18,1
24	0	17 38 42,5	3 18 11,9	0 59 56,54	9 58 54,2
	12	24 30 8,5	3 45 50,1	1 25 5,24	13 0 4,5
25	0	31 24 54,5	4 10 22,9	1 51 1,25	15 53 7,3
	12	38 22 35,4	4 31 23,8	2 17 50,69	18 35 10,9
26	0	45 22 47,3	+ 4 48 28,7	2 45 38,23	+ 21 3 16,8
	12	52 25 2,9	5 1 17,7	3 14 25,83	23 14 22,9
27	0	59 28 55,5	5 9 35,3	3 44 12,29	25 5 30,9
	12	66 34 0,7	5 13 11,5	4 14 52,54	26 33 55,7
28	0	73 39 53,2	5 12 1,5	4 46 17,09	27 37 14,5
	12	80 46 10,9	5 6 4,5	5 18 12,64	28 13 37,3
29	0	87 52 33,1	4 55 26,1	5 50 22,74	28 21 58,9
	12	94 58 41,4	4 40 16,6	6 22 29,55	28 2 3,4
30	0	102 4 18,8	4 20 50,3	6 54 15,63	27 14 25,2
	12	109 9 11,5	3 57 27,0	7 25 25,89	26 0 27,0
31	0	116 13 5,9	+ 3 30 30,0	7 55 48,78	+ 24 22 10,1
	12	123 15 49,3	3 0 25,4	8 25 16,93	22 22 3,3

○ Sept. 22 16h 13′,1 V. M. ◑ Sept. 29 14h 45′,0 L. V.

SEPTEMBER 1858.

	Mittlerer Mittag und Mitternacht.		☾ im Meridian.			Auf- und Untergang.	
	Par. ☾	Halbm. ☾	Mittl. Zeit.	Ger. Aufst.	Abweichg.	☾	⊙
	′ ″	′ ″	h ′	° ′	° ′	h ′	h ′
16	54 14,7	14 46,9	7 4,9 O	281 37,3	— 27 31,6	3 55 A	6 13 U
	54 18,0	14 47,8	19 30,2	288 26,6	26 34,2	10 19 U	17 38 A
17	54 23,8	14 49,4	7 55,0 O	295 9,6	25 17,4	4 27 A	6 11 U
	54 31,9	14 51,6	20 19,3	301 45,4	23 42,1	11 30 U	17 40 A
18	54 42,2	14 54,4	8 43,2 O	308 13,6	21 49,7	4 49 A	6 9 U
	54 54,4	14 57,7	21 6,5	314 34,2	19 41,5	12 47 U	17 42 A
19	55 8,3	15 1,5	9 29,4 O	320 47,7	17 18,9	5 5 A	6 6 U
	55 23,8	15 5,7	21 51,8	326 55,1	14 43,5	14 5 U	17 43 A
20	55 40,4	15 10,3	10 14,0 O	332 57,5	11 56,8	5 18 A	6 4 U
	55 58,0	15 15,1	22 35,9	338 56,5	9 0,5	15 24 U	17 45 A
21	56 16,2	15 20,0	10 57,6 O	344 53,7	— 5 56,4	5 29 A	6 1 U
	56 34,6	15 25,0	23 19,4	350 51,0	— 2 46,3	16 42 U	17 47 A
22	56 53,0	15 30,0	11 41,4 O	356 50,6	+ 0 27,8	5 39 A	5 59 U
	57 11,0	15 34,9	* *	* *	* *	18 2 U	17 49 A
23	57 28,5	15 39,7	0 3,6	2 54,6	3 43,7	5 49 A	5 57 U
	57 45,0	15 44,2	12 26,3 O	9 5,2	6 59,2	19 23 U	17 50 A
24	58 0,4	15 48,4	0 49,6	15 24,8	10 11,6	6 0 A	5 54 U
	58 14,5	15 52,2	13 13,6 O	21 55,5	13 18,2	20 49 U	17 52 A
25	58 27,2	15 55,7	1 38,5	28 39,5	16 16,0	6 15 A	5 52 U
	58 38,4	15 58,8	14 4,4 O	35 38,6	19 1,8	22 17 U	17 53 A
26	58 48,1	16 1,4	2 31,3	42 54,1	+ 21 32,3	6 34 A	5 49 U
	58 56,3	16 3,6	14 59,4 O	50 26,4	23 44,1	23 47 U	17 55 A
27	59 2,9	16 5,4	3 28,6	58 15,0	25 33,6	7 3 A	5 47 U
	59 8,1	16 6,9	15 58,8 O	66 18,3	26 57,8	* *	17 57 A
28	59 12,0	16 7,9	4 29,7	74 33,0	27 54,1	1 11 U	5 45 U
	59 14,5	16 8,6	17 1,1 O	82 54,8	28 20,6	7 45 A	17 58 A
29	59 15,8	16 9,0	5 32,7	91 18,5	28 16,3	2 20 U	5 42 U
	59 15,9	16 9,0	18 4,0 O	99 39,2	27 41,4	8 47 A	18 0 A
30	59 14,7	16 8,7	6 34,7	107 51,6	26 37,0	3 9 U	5 40 U
	59 12,4	16 8,0	19 4,7 O	115 51,9	25 5,3	10 7 A	18 2 A
31	59 9,0	16 7,1	7 33,7	123 37,4	+ 23 8,9	3 42 U	5 38 U
	59 4,3	16 5,8	20 1,6 O	131 6,8	20 50,9	11 36 A	18 3 A

Sept. 15 15h ☾ Apog. Sept. 29 7h ☾ Perig.

OCTOBER 1858.

Wahrer Berliner Mittag.

Monats- und Wochentag.		Zeitgleichung. M. Zt. — W. Zt.	Ger. Aufst. ☉	Abweichg. ☉	Log. μ.	Culm. Dauer ☉ Sternzt.
		′ ″	h ′ ″	° ′ ″		′ ″
1	♀	— 10 17,70	12 29 14,48	— 3 9 38,6	3,44698	2 8,59
2	♄	10 36,65	32 52,03	3 32 57,1	3,44633	8,67
3	☉	— 10 55,28	12 36 29,91	— 3 56 13,3	3,44558	2 8,77
4	☾	11 13,56	40 8,13	4 19 27,0	3,44472	8,87
5	♂	11 31,48	43 46,71	4 42 37,6	3,44370	8,97
6	☿	11 49,02	47 25,67	5 5 44,8	3,44256	9,08
7	♃	12 6,17	51 5,02	5 28 48,1	3.44128	9,20
8	♀	12 22,91	54 44,79	5 51 47,2	3,43990	9,32
9	♄	12 39,23	58 24,98	6 14 41,7	3,43838	9,45
10	☉	— 12 55,10	13 2 5,62	— 6 37 31,2	3,43675	2 9,59
11	☾	13 10,52	5 46,71	7 0 15,4	3,43497	9,73
12	♂	13 25,47	9 28,28	7 22 53,7	3,43305	9,88
13	☿	13 39,92	13 10,34	7 45 25,9	3,43101	10,03
14	♃	13 53,87	16 52,91	8 7 51,5	3,42883	10,19
15	♀	14 7,29	20 36,01	8 30 10,2	3,42653	10,35
16	♄	14 20,17	24 19,65	8 52 21,6	3,42408	10,51
17	☉	— 14 32,48	13 28 3,85	— 9 14 25,3	3,42150	2 10,68
18	☾	14 44,22	31 48,63	9 36 21,0	3,41878	10,86
19	♂	14 55,37	35 34,01	9 58 8,2	3,41591	11,05
20	☿	15 5,89	39 20,01	10 19 46,6	3,41291	11,24
21	♃	15 15,78	43 6,65	10 41 15,9	3,40978	11,43
22	♀	15 25,01	46 53,95	11 2 35,7	3,40649	11,62
23	♄	15 33,57	50 41,92	11 23 45,6	3,40304	11,81
24	☉	— 15 41,43	13 54 30,59	— 11 44 45,2	3,39943	2 12,01
25	☾	15 48,58	58 19,97	12 5 34,2	3,39566	12,22
26	♂	15 55,01	14 2 10,08	12 26 12,1	3,39171	12,43
27	☿	16 0,70	6 0,93	12 46 38,6	3,38761	12,64
28	♃	16 5,63	9 52,55	13 6 53,3	3,38332	12,86
29	♀	16 9,78	13 44,94	13 26 55,8	3,37883	13,08
30	♄	16 13,14	17 38,12	13 46 45,7	3,37414	13,30
31	☉	— 16 15,71	14 21 32,10	— 14 6 22,5	3,36924	2 13,53
32	☾	16 17,48	25 26,89	14 25 45,8	3,36414	13,75
33	♂	16 18,43	29 22,49	14 44 55,3	3,35881	13,98

OCTOBER 1858.

Mittlerer Berliner Mittag.

Monats- und Jahrestag.		Sternzeit.	Länge ⊙	Breite ⊙	Lg. Rad. v. ⊙	Halbm. ⊙
		h ′ ″	° ′ ″	″		′ ″
1	274	12 39 33,86	187 58 25,0	+ 0,12	0,0002023	16 0,45
2	275	43 30,42	188 57 31,0	+ 0,02	0,0000797	0,73
3	276	12 47 26,97	189 56 39,3	— 0,09	9,9999567	16 1,01
4	277	51 23,52	190 55 49,8	— 0,21	9,9998334	1,29
5	278	55 20,07	191 55 2,6	— 0,33	9,9997096	1,57
6	279	59 16,62	192 54 17,5	— 0,44	9,9995853	1,84
7	280	13 3 13,17	193 53 34,6	— 0,54	9,9994605	2,12
8	281	7 9,73	194 52 53,7	— 0,63	9,9993353	2,40
9	282	11 6,28	195 52 14,9	— 0,69	9,9992096	2,67
10	283	13 15 2,84	196 51 38,0	— 0,73	9,9990835	16 2,95
11	284	18 59,39	197 51 3,0	— 0,74	9,9989572	3,23
12	285	22 55,95	198 50 29,9	— 0,72	9,9988308	3,51
13	286	26 52,50	199 49 58,6	— 0,67	9,9987044	3,78
14	287	30 49,06	200 49 29,0	— 0,60	9,9985781	4,06
15	288	34 45,61	201 49 1,2	— 0,51	9,9984521	4,33
16	289	38 42,16	202 48 35,2	— 0,40	9,9983266	4,60
17	290	13 42 38,71	203 48 10,9	— 0,27	9,9982016	16 4,87
18	291	46 35,27	204 47 48,4	— 0,14	9,9980774	5,14
19	292	50 31,82	205 47 27,7	— 0,01	9,9979540	5,41
20	293	54 28,38	206 47 8,9	+ 0,10	9,9978317	5,68
21	294	58 24,93	207 46 51,9	+ 0,20	9,9977104	5,95
22	295	14 2 21,49	208 46 36,9	+ 0,29	9,9975902	6,22
23	296	6 18,04	209 46 23,8	+ 0,35	9,9974713	6,48
24	297	14 10 14,60	210 46 12,8	+ 0,38	9,9973537	16 6,75
25	298	14 11,15	211 46 3,8	+ 0,38	9,9972373	7,01
26	299	18 7,71	212 45 56,9	+ 0,36	9,9971220	7,27
27	300	22 4,26	213 45 52,2	+ 0,31	9,9970079	7,53
28	301	26 0,82	214 45 49,7	+ 0,24	9,9968949	7,79
29	302	29 57,37	215 45 49,3	+ 0,14	9,9967829	8,05
30	303	33 53,93	216 45 51,1	+ 0,03	9,9966720	8,30
31	304	14 37 50,48	217 45 55,1	— 0,09	9,9965619	16 8,55
32	305	41 47,04	218 46 1,2	— 0,21	9,9964526	8,80
33	306	45 43,59	219 46 9,3	— 0,33	9,9963440	9,05

OCTOBER 1858.

Mittlerer Mittag und Mitternacht.

Monatstag.		Länge ☾	Breite ☾	Ger. Aufst. ☾ in Zeit.	Abweichg. ☾
	h	° ′ ″	° ′ ″	h ′ ″	° ′ ″
1	0	116 13 5,9	+ 3 30 30,0	7 55 46,78	+ 24 22 10,1
	12	123 15 49,3	3 0 25,4	8 25 16,93	22 22 3,3
2	0	130 17 10,0	2 27 43,3	8 53 47,21	20 2 54,6
	12	137 16 56,0	1 52 55,9	9 21 20,16	17 27 39,9
3	0	144 14 55,2	1 16 37,0	9 47 59,25	14 39 16,1
	12	151 10 53,7	0 39 21,8	10 13 49,99	11 40 37,4
4	0	158 4 39,3	+ 0 1 45,1	10 38 59,45	8 34 29,8
	12	164 55 57,3	− 0 35 37,5	11 3 35,39	5 23 33,3
5	0	171 44 32,2	1 12 12,8	11 27 45,92	+ 2 10 19,0
	12	178 30 9,9	1 47 28,3	11 51 39,25	− 1 2 49,9
6	0	185 12 35,5	− 2 20 55,4	12 15 23,32	− 4 13 38,4
	12	191 51 35,5	2 52 7,0	12 39 5,70	7 19 56,7
7	0	198 26 58,0	3 20 40,8	13 2 53,39	10 19 43,2
	12	201 58 32,8	3 46 18,5	13 26 52,60	13 11 2,1
8	0	211 26 13,4	4 8 44,1	13 51 8,77	15 52 2,5
	12	217 49 56,5	4 27 46,2	14 15 46,19	18 21 0,4
9	0	224 9 42,0	4 43 17,3	14 40 47,82	20 36 18,4
	12	230 25 34,1	4 55 13,5	15 6 15,11	22 36 27,2
10	0	236 37 42,0	5 3 32,6	15 32 7,95	24 20 5,5
	12	242 46 18,7	5 8 15,8	15 58 24,35	25 46 3,5
11	0	248 51 42,0	− 5 9 26,1	16 25 0,66	− 26 53 24,0
	12	254 54 12,8	5 7 8,4	16 51 51,58	27 41 24,1
12	0	260 54 15,7	5 1 28,4	17 18 50,58	28 9 36,6
	12	266 52 19,4	4 52 33,7	17 45 50,37	28 17 51,8
13	0	272 48 54,8	4 40 31,4	18 12 43,51	28 6 16,0
	12	278 44 35,2	4 25 30,3	18 39 22,91	27 35 12,0
14	0	284 39 55,6	4 7 38,9	19 5 42,47	26 45 16,1
	12	290 35 33,6	3 47 7,2	19 31 37,53	25 37 16,9
15	0	296 32 7,0	3 24 5,5	19 57 5,04	24 12 11,7
	12	302 30 14,3	2 58 44,4	20 22 3,67	22 31 3,7
16	0	308 30 34,2	− 2 31 16,2	20 46 33,83	− 20 35 1,1
	12	314 33 44,9	2 1 53,8	21 10 37,48	18 25 14,2

● Oct. 6 15h 0′,3 N. M. ◐ Oct. 14 13h 35′,7 E. V.

OCTOBER 1858.

	Mittlerer Mittag und Mitternacht.		☾ im Meridian.			Auf- und Untergang.	
	Par. ☾	Halbm. ☾	Mittl. Zeit.	Ger. Aufst.	Abweichg.	☾	⊙
	′ ″	′ ″	h ′	° ′	° ′	h ′	h ′
1	59 9,0	16 7,1	7 33,7	123 37,4	+ 23 8,9	3 42 *U*	5 38 *U*
	59 4,3	16 5,8	20 1,6 *O*	131 6,8	20 50,9	11 36 *A*	18 3 *A*
2	58 58,4	16 4,2	8 28,4	138 20,1	18 14,8	4 4 *U*	5 35 *U*
	58 51,2	16 2,2	20 54,2 *O*	145 17,9	15 23,8	13 5 *A*	18 5 *A*
3	58 42,7	15 59,9	9 19,1	152 1,8	12 21,3	4 20 *U*	5 33 *U*
	58 32,8	15 57,2	21 43,2 *O*	158 33,9	9 10,3	14 33 *A*	18 7 *A*
4	58 21,5	15 54,2	10 6,7	164 56,3	5 53,8	4 33 *U*	5 31 *U*
	58 8,9	15 50,7	22 29,7 *O*	171 11,3	+ 2 34,6	15 57 *A*	18 8 *A*
5	57 55,0	15 46,9	10 52,3	177 21,2	− 0 44,7	4 44 *U*	5 29 *U*
	57 39,9	15 42,8	23 14,8 *O*	183 28,5	4 1,8	17 19 *A*	18 10 *A*
6	57 23,8	15 38,4	11 37,2	189 35,1	− 7 14,1	4 54 *U*	5 26 *U*
	57 6,9	15 33,8	23 59,7 *O*	195 43,2	10 19,6	18 40 *A*	18 12 *A*
7	56 49,4	15 29,1	12 22,4	201 54,4	13 16,2	5 5 *U*	5 24 *U*
	56 31,5	15 24,2	* *	* *	* *	20 1 *A*	18 14 *A*
8	56 13,5	15 19,3	0 45,4 *O*	208 10,3	16 1,8	5 17 *U*	5 22 *U*
	55 55,8	15 14,5	13 8,8	214 32,2	18 34,6	21 22 *A*	18 16 *A*
9	55 38,6	15 9,8	1 32,7 *O*	221 0,8	20 52,7	5 33 *U*	5 19 *U*
	55 22,3	15 5,3	13 57,0	227 36,5	22 54,5	22 41 *A*	18 17 *A*
10	55 7,1	15 1,2	2 21,8 *O*	234 19,2	24 38,5	5 56 *U*	5 17 *U*
	54 53,3	14 57,4	14 47,1	241 8,3	26 3,4	23 55 *A*	18 19 *A*
11	54 41,2	14 54,1	3 12,7 *O*	248 2,6	− 27 8,2	6 26 *U*	5 14 *U*
	54 31,0	14 51,3	15 38,5	255 0,6	27 52,1	* *	18 21 *A*
12	54 22,9	14 49,1	4 4,4 *O*	262 0,2	28 14,7	0 59 *A*	5 12 *U*
	54 17,0	14 47,5	16 30,3	268 59,3	28 15,8	7 9 *U*	18 23 *A*
13	54 13,6	14 46,6	4 56,0 *O*	275 55,8	27 55,8	1 49 *A*	5 10 *U*
	54 12,7	14 46,3	17 21,5	282 47,7	27 15,2	8 5 *U*	18 25 *A*
14	54 14,4	14 46,8	5 46,5 *O*	289 33,4	26 14,7	2 26 *A*	5 7 *U*
	54 18,7	14 48,0	18 11,0	296 12,0	24 55,5	9 13 *U*	18 26 *A*
15	54 25,6	14 49,9	6 35,0 *O*	302 42,7	23 18,6	2 52 *A*	5 5 *U*
	54 35,1	14 52,5	18 58,5	309 5,4	21 25,4	10 27 *U*	18 28 *A*
16	54 47,1	14 55,7	7 21,5 *O*	315 20,5	− 19 17,0	3 10 *A*	5 3 *U*
	55 1,4	14 59,6	19 44,0	321 28,8	16 54,9	11 43 *U*	18 30 *A*

Oct. 13 10h ☾ Apog.

OCTOBER 1858.

Mittlerer Mittag und Mitternacht.

Monatstag.		Länge ☾	Breite ☾	Ger. Aufstg. ☾ in Zeit.	Abweichg. ☾
	h	° ′ ″	° ′ ″	h ′ ″	° ′ ″
16	0	308 30 34,2	— 2 31 16,2	20 46 33,83	— 20 35 1,1
	12	314 33 44,9	2 1 53,8	21 10 37,48	18 25 14,2
17	0	320 40 22,7	1 30 52,1	21 34 17,91	16 2 56,0
	12	326 51 3,1	0 58 27,2	21 57 39,65	13 29 20,8
18	0	333 6 17,1	— 0 24 57,9	22 20 48,13	10 45 46,7
	12	339 26 33,5	+ 0 9 14,6	22 43 49,66	7 53 35,6
19	0	345 52 15,3	0 43 46,7	23 6 51,23	4 54 15,6
	12	352 23 40,2	1 18 13,0	23 30 0,33	— 1 49 21,8
20	0	359 0 59,3	1 52 4,6	23 53 24,99	+ 1 19 19,3
	12	5 44 16,2	2 24 50,8	0 17 13,58	4 29 49,1
21	0	12 33 25,5	+ 2 55 58,8	0 41 34,62	+ 7 39 53,7
	12	19 28 13,2	3 24 55,8	1 6 36,59	10 47 3,8
22	0	26 28 17,4	3 51 8,1	1 32 27,67	13 48 32,8
	12	33 33 7,1	4 14 4,1	1 59 15,05	16 41 18,3
23	0	40 42 4,3	4 33 13,6	2 27 4,49	19 22 2,9
	12	47 54 23,8	4 48 11,8	2 55 59,15	21 47 21,5
24	0	55 9 16,8	4 58 37,2	3 25 58,93	23 53 46,2
	12	62 25 50,8	5 4 15,2	3 56 59,37	25 37 59,1
25	0	69 43 13,6	5 4 57,7	4 28 51,18	26 57 4,9
	12	77 0 35,1	5 0 43,4	5 1 20,32	27 48 45,5
26	0	84 17 8,5	+ 4 51 38,1	5 34 8,85	+ 28 11 32,8
	12	91 32 11,7	4 37 52,9	6 6 56,64	28 4 55,8
27	0	98 45 9,5	4 19 45,0	6 39 23,70	27 29 24,9
	12	105 55 33,6	3 57 37,7	7 11 12,36	26 26 27,1
28	0	113 3 3,6	3 31 56,2	7 42 9,01	24 58 12,4
	12	120 7 24,5	3 3 9,9	8 12 4,79	23 7 23,2
29	0	127 8 27,7	2 31 49,9	8 40 55,72	20 56 58,6
	12	134 6 10,0	1 58 28,5	9 8 42,11	18 30 2,8
30	0	141 0 32,7	1 23 38,6	9 35 27,68	15 49 37,0
	12	147 51 39,3	0 47 52,7	10 1 18,45	12 58 33,0
31	0	154 39 35,4	+ 0 11 43,5	10 26 22,03	+ 9 59 32,2
	12	161 24 27,8	— 0 24 17,8	10 50 46,95	6 55 3,7

○ Oct. 22 $4^h 12,5'$ V. M. ◑ Oct. 28 $21^h 26,7'$ L. V.

OCTOBER 1858.

Mittlerer Mittag und Mitternacht.			☾ im Meridian.			Auf- und Untergang.	
	Par. ☾	Halbm. ☾	Mittl. Zeit.	Ger. Aufst.	Abweichg.	☾	⊙
	′ ″	′ ″	h ′	° ′	° ′	h ′	h ′
16	54 47,1	14 55,7	7 21,5 *O*	315 20,5	— 19 17,0	3 10 *A*	5 3 *U*
	55 1,4	14 59,6	19 44,0	321 28,8	16 54,9	11 43 *U*	18 30 *A*
17	55 18,0	15 4,2	8 6,1 *O*	327 31,5	14 20,4	3 24 *A*	5 1 *U*
	55 36,5	15 9,2	20 28,0	333 30,1	11 34,9	13 1 *U*	18 32 *A*
18	55 56,7	15 14,7	8 49,7 *O*	339 26,2	8 39,9	3 36 *A*	4 59 *U*
	56 18,3	15 20,6	21 11,4	345 21,8	5 36,8	14 19 *U*	18 34 *A*
19	56 40,9	15 26,8	9 33,2 *O*	351 19,0	— 2 27,4	3 46 *A*	4 57 *U*
	57 4,1	15 33,1	21 55,2	357 20,0	+ 0 46,4	15 37 *U*	18 35 *A*
20	57 27,4	15 39,4	10 17,7 *O*	3 27,2	4 2,7	3 56 *A*	4 55 *U*
	57 50,4	15 45,7	22 40,7	9 43,0	7 19,0	16 59 *U*	18 37 *A*
21	58 12,5	15 51,7	11 4,4 *O*	16 9,8	+ 10 32,8	4 7 *A*	4 53 *U*
	58 33,4	15 57,4	23 29,0	22 50,0	13 40,9	18 23 *U*	18 39 *A*
22	58 52,5	16 2,6	11 54,7 *O*	29 45,8	16 40,1	4 20 *A*	4 50 *U*
	59 9,5	16 7,2	✲ ✲	✲ ✲	✲ ✲	19 52 *U*	18 41 *A*
23	59 24,0	16 11,2	0 21,6	36 58,9	19 26,6	4 38 *A*	4 48 *U*
	59 35,8	16 14,4	12 49,6 *O*	44 30,3	21 56,7	21 24 *U*	18 43 *A*
24	59 44,7	16 16,8	1 18,9	52 20,0	24 6,3	5 4 *A*	4 46 *U*
	59 50,7	16 18,5	13 49,3 *O*	60 26,6	25 51,7	22 54 *U*	18 44 *A*
25	59 53,7	16 19,3	2 20,6	68 47,3	27 9,4	5 42 *A*	4 44 *U*
	59 53,9	16 19,3	14 52,6 *O*	77 17,8	27 56,9	✲ ✲	18 46 *A*
26	59 51,5	16 18,7	3 24,8	85 52,4	+ 28 12,7	0 10 *U*	4 42 *U*
	59 46,7	16 17,4	15 56,9 *O*	94 25,1	27 56,4	6 39 *A*	18 48 *A*
27	59 39,8	16 15,5	4 28,5	102 50,2	27 9,0	1 7 *U*	4 40 *U*
	59 31,1	16 13,1	16 59,3 *O*	111 2,8	25 52,7	7 55 *A*	18 50 *A*
28	59 20,9	16 10,3	5 29,0	118 59,4	24 10,2	1 45 *U*	4 38 *U*
	59 9,5	16 7,2	17 57,6 *O*	126 38,2	22 4,9	9 24 *A*	18 52 *A*
29	58 57,2	16 3,9	6 24,9	133 58,6	19 40,3	2 10 *U*	4 36 *U*
	58 44,2	16 0,3	18 51,0 *O*	141 1,5	16 59,9	10 52 *A*	18 54 *A*
30	58 30,6	15 56,6	7 16,1	147 48,3	14 7,1	2 27 *U*	4 34 *U*
	58 16,6	15 52,8	19 40,3 *O*	154 21,2	11 4,9	12 19 *A*	18 56 *A*
31	58 2,4	15 48,9	8 3,7	160 42,5	+ 7 56,1	2 41 *U*	4 32 *U*
	57 48,0	15 45,0	20 26,5 *O*	166 54,7	4 43,3	13 42 *A*	18 57 *A*

Oct. 25 7^h ☾ Perig.

NOVEMBER 1858.

Wahrer Berliner Mittag.

Monats- und Wochentag.		Zeitgleichung. M. Zt. — W. Zt.	Ger. Aufst. ⊙	Abweichg. ⊙	Log. μ.	Culm. Dauer ⊙ Sternzeit
		′ ″	h ′ ″	° ′ ″		′ ″
1	☾	— 16 17,48	14 25 26,89	— 14 25 45,8	3,36414	2 13,75
2	♂	16 18,43	29 22,49	14 44 55,3	3,35881	13,98
3	☿	16 18,56	33 18,91	15 3 50,4	3,35325	14,21
4	♃	16 17,87	37 16,16	15 22 30,8	3,34747	14,44
5	♀	16 16,35	41 14,24	15 40 56,1	3,34141	14,68
6	♄	16 14,00	45 13,16	15 59 5,7	3,33510	14,92
7	⊙	— 16 10,80	14 49 12,92	— 16 16 59,3	3,32852	2 15,16
8	☾	16 6,76	53 13,52	16 34 36,4	3,32168	15,40
9	♂	16 1,88	57 14,97	16 51 56,7	3,31454	15,64
10	☿	15 56,17	15 1 17,25	17 8 59,6	3,30709	15,87
11	♃	15 49,64	5 20,36	17 25 44,8	3,29936	16,11
12	♀	15 42,27	9 24,30	17 42 11,9	3,29130	16,35
13	♄	15 34,07	13 29,08	17 58 20,5	3,28294	16,59
14	⊙	— 15 25,04	15 17 34,69	— 18 14 10,3	3,27421	2 16,83
15	☾	15 15,18	21 41,13	18 29 40,7	3,26510	17,07
16	♂	15 4,49	25 48,41	18 44 51,5	3,25565	17,30
17	☿	14 52,98	29 56,51	18 59 42,3	3,24581	17,53
18	♃	14 40,64	34 5,44	19 14 12,7	3,23556	17,76
19	♀	14 27,48	38 15,19	19 28 22,4	3,22487	17,99
20	♄	14 13,51	42 25,76	19 42 11,0	3,21370	18,21
21	⊙	— 13 58,74	15 46 37,14	— 19 55 38,1	3,20205	2 18,44
22	☾	13 43,16	50 49,32	20 8 43,4	3,18988	18,66
23	♂	13 26,79	55 2,30	20 21 26,5	3,17719	18,87
24	☿	13 9,62	59 16,07	20 33 47,2	3,16391	19,08
25	♃	12 51,67	16 3 30,62	20 45 45,0	3,14995	19,29
26	♀	12 32,95	7 45,95	20 57 19,6	3,13535	19,49
27	♄	12 13,47	12 2,04	21 8 30,7	3,12005	19,69
28	⊙	— 11 53,26	16 16 18,86	— 21 19 18,0	3,10394	2 19,89
29	☾	11 32,33	20 36,41	21 29 41,1	3,08693	20,08
30	♂	11 10,69	24 54,66	21 39 39,6	3,06900	20,27
31	☿	10 48,37	29 13,60	21 49 13,3	3,05015	20,45
32	♃	10 25,39	33 33,20	21 58 22,0	3,03015	20,63

NOVEMBER 1858.

Mittlerer Berliner Mittag.

Monats- und	Jahrestag.	Sternzeit.	Länge ⊙	Breite ⊙	Lg. Rad.v. ⊙	Halbm. ⊙
		h ′ ″	° ′ ″	″		′ ″
1	305	14 41 47,04	218 46 1,2	— 0,21	9,9964526	16 8,80
2	306	45 43,59	219 46 9,3	— 0,33	9,9963440	9,05
3	307	49 40,15	220 46 19,4	— 0,43	9,9962361	9,30
4	308	53 36,70	221 46 31,5	— 0,52	9,9961288	9,54
5	309	57 33,26	222 46 45,5	— 0,59	9,9960220	9,78
6	310	15 1 29,82	223 47 1,4	— 0,63	9,9959158	10,01
7	311	15 5 26,38	224 47 19,0	— 0,64	9,9958103	16 10,24
8	312	9 22,93	225 47 38,2	— 0,62	9,9957056	10,47
9	313	13 19,49	226 47 59,1	— 0,58	9,9956017	10,70
10	314	17 16,04	227 48 21,5	— 0,52	9,9954986	10,93
11	315	21 12,60	228 48 45,3	— 0,43	9,9953964	11,15
12	316	25 9,15	229 49 10,6	— 0,33	9,9952953	11,37
13	317	29 5,71	230 49 37,2	— 0,21	9,9951955	11,59
14	318	15 33 2,26	231 50 5,2	— 0,08	9,9950971	16 11,81
15	319	36 58,82	232 50 34,5	+ 0,05	9,9950002	12,02
16	320	40 55,38	233 51 5,1	+ 0,18	9,9949050	12,23
17	321	44 51,94	234 51 37,0	+ 0,28	9 9948117	12,44
18	322	48 48,49	235 52 10,3	+ 0,37	9,9947204	12,64
19	323	52 45,05	236 52 45,0	+ 0,44	9,9946311	12,84
20	324	56 41,60	237 53 21,0	+ 0,49	9,9945439	13,03
21	325	16 0 38,16	238 53 58,4	+ 0,51	9,9944589	16 13,22
22	326	4 34,72	239 54 37,3	+ 0,49	9,9943760	13,41
23	327	8 31,28	240 55 17,6	+ 0,44	9,9942954	13,59
24	328	12 27,84	241 55 59,4	+ 0,36	9,9942170	13,77
25	329	16 24,40	242 56 42,8	+ 0,27	9,9941407	13,94
26	330	20 20,96	243 57 27,7	+ 0,16	9,9940665	14,11
27	331	24 17,52	244 58 14,1	+ 0,05	9,9939943	14,28
28	332	16 28 14,07	245 59 2,0	— 0,07	9,9939241	16 14,45
29	333	32 10,63	246 59 51,3	— 0,18	9,9938557	14,61
30	334	36 7,18	248 0 42,1	— 0,28	9,9937891	14,76
31	335	40 3,74	249 1 34,3	— 0,37	9,9937242	14,91
32	336	44 0,30	250 2 27,9	— 0,45	9,9936609	15,07

NOVEMBER 1858.

Mittlerer Mittag und Mitternacht.

Monatstag.		Länge ☾	Breite ☾	Ger. Aufst. ☾ in Zeit.	Abweichg. ☾
	h	° ′ ″	° ′ ″	h ′ ″	° ′ ″
1	0	168 6 22,4	— 0 59 40,7	11 14 42,01	+ 3 47 26,8
	12	174 45 25,4	1 33 57,5	11 38 16,11	+ 0 38 50,1
2	0	181 21 41,1	2 6 41,1	12 1 37,90	— 2 28 43,6
	12	187 55 11,7	2 37 26,8	12 24 55,61	5 33 16,9
3	0	194 25 59,1	3 5 53,0	12 48 16,98	8 32 57,6
	12	200 54 2,2	3 31 40,3	13 11 49,01	11 25 54,8
4	0	207 19 20,1	3 54 32,6	13 35 37,91	14 10 21,1
	12	213 41 50,4	4 14 16,1	13 59 48,85	16 44 30,0
5	0	220 1 30,4	4 30 40,4	14 24 25,73	19 6 38,1
	12	226 18 17,9	4 43 38,1	14 49 30,94	21 15 5,9
6	0	232 32 12,2	— 4 53 4,5	15 15 5,20	— 23 8 19,5
	12	238 43 13,8	4 58 58,9	15 41 7,26	24 44 54,6
7	0	244 51 26,5	5 1 21,4	16 7 33,97	26 3 37,2
	12	250 56 56,4	5 0 15,5	16 34 20,27	27 3 28,1
8	0	256 59 52,0	4 55 45,7	17 1 19,37	27 43 44,7
	12	263 0 27,0	4 47 59,8	17 28 23,48	28 4 5,4
9	0	268 58 58,0	4 37 6,0	17 55 24,21	28 4 27,3
	12	274 55 44,7	4 23 13,6	18 22 13,27	27 45 7,2
10	0	280 51 11,2	4 6 32,6	18 48 43,29	27 6 39,3
	12	286 45 44,6	3 47 14,4	19 14 48,22	26 9 52,9
11	0	292 39 55,4	— 3 25 29,3	19 40 23,77	— 24 55 47,1
	12	298 34 17,3	3 1 30,4	20 5 27,57	23 25 30,6
12	0	304 29 25,9	2 35 30,0	20 29 59,18	21 40 14,8
	12	310 25 59,1	2 7 41,2	20 53 59,88	19 41 13,1
13	0	316 24 36,7	1 38 17,7	21 17 32,55	17 29 38,3
	12	322 26 0,1	1 7 34,7	21 40 41,49	15 6 42,8
14	0	328 30 49,9	0 35 48,4	22 3 31,96	12 33 38,1
	12	334 39 48,0	— 0 3 15,9	22 26 10,27	9 51 34,9
15	0	340 53 34,4	+ 0 29 43,5	22 48 43,48	7 1 45,7
	12	347 12 46,4	1 2 48,3	23 11 19,25	4 5 27,4
16	0	353 37 58,4	+ 1 35 35,2	23 34 5,86	— 1 4 2,8
	12	0 9 39,3	2 7 38,2	23 57 12,09	+ 2 0 55,5

● Nov. 5 5h 41′,8 N. M. ◐ Nov. 13 9h 36′,0 E. V.

NOVEMBER 1858.

	Mittlerer Mittag und Mitternacht.		☾ im Meridian.			Auf- und Untergang.	
	Par. ☾	Halbm. ☾	Mittl. Zeit.	Ger. Aufst.	Abweichg.	☾	⊙
	′ ″	′ ″	h ′	° ′	° ′	h ′	h ′
1	57 33,4	15 41,0	8 48,8	173 0,5	+ 1 28,9	2 52 *U*	4 30 *U*
	57 18,7	15 37,0	21 10,9 *O*	179 2,3	− 1 44,9	15 3 *A*	18 59 *A*
2	57 4,0	15 33,0	9 32,9	185 2,5	4 55,9	3 2 *U*	4 29 *U*
	56 49,3	15 29,0	21 54,9 *O*	191 3,2	8 2,2	16 22 *A*	19 1 *A*
3	56 34,5	15 25,0	10 17,1	197 6,5	11 1,7	3 12 *U*	4 27 *U*
	56 19,8	15 21,0	22 39,6 *O*	203 14,3	13 52,5	17 42 *A*	19 3 *A*
4	56 5,2	15 17,0	11 2,4	209 28,0	16 32,6	3 25 *U*	4 25 *U*
	55 50,7	15 13,0	23 25,8 *O*	215 48,7	19 0,2	19 1 *A*	19 5 *A*
5	55 36,5	15 9,2	11 49,7	222 17,3	21 13,4	3 39 *U*	4 23 *U*
	55 22,8	15 5,5	* *	* *	* *	20 21 *A*	19 7 *A*
6	55 9,6	15 1,9	0 14,1 *O*	228 53,9	− 23 10,4	3 59 *U*	4 21 *U*
	54 57,1	14 58,5	12 39,0	235 38,1	24 49,6	21 37 *A*	19 9 *A*
7	54 45,6	14 55,3	1 4,3 *O*	242 29,2	26 9,7	4 26 *U*	4 19 *U*
	54 35,1	14 52,5	13 30,0	249 25,6	27 9,6	22 46 *A*	19 11 *A*
8	54 26,0	14 50,0	1 56,0 *O*	256 25,2	27 48,4	5 4 *U*	4 17 *U*
	54 18,3	14 47,9	14 22,0	263 25,9	28 5,7	23 42 *A*	19 13 *A*
9	54 12,3	14 46,2	2 47,9 *O*	270 25,2	28 1,7	5 56 *U*	4 16 *U*
	54 8,1	14 45,1	15 13,5	277 20,7	27 36,6	* *	19 14 *A*
10	54 6,0	14 44,5	3 38,8 *O*	284 10,4	26 51,3	0 23 *A*	4 15 *U*
	54 6,1	14 44,5	16 3,6	290 52,8	25 46,7	6 59 *U*	19 16 *A*
11	54 8,4	14 45,2	4 27,9 *O*	297 26,7	− 24 24,0	0 53 *A*	4 13 *U*
	54 13,1	14 46,5	16 51,5	303 51,8	22 44,6	8 10 *U*	19 18 *A*
12	54 20,3	14 48,4	5 14,5 *O*	310 8,1	20 49,9	1 14 *A*	4 11 *U*
	54 30,1	14 51,1	17 37,0	316 16,1	18 41,1	9 25 *U*	19 20 *A*
13	54 42,4	14 54,5	5 59,0 *O*	322 17,0	16 19,7	1 29 *A*	4 10 *U*
	54 57,3	14 58,5	18 20,7	328 12,0	13 47,0	10 41 *U*	19 22 *A*
14	55 14,6	15 3,2	6 42,1 *O*	334 2,9	11 4,2	1 41 *A*	4 8 *U*
	55 34,3	15 8,6	19 3,3	339 51,5	8 12,6	11 56 *U*	19 23 *A*
15	55 56,2	15 14,6	7 24,5 *O*	345 39,9	5 13,6	1 52 *A*	4 7 *U*
	56 20,0	15 21,1	19 45,8	351 30,4	− 2 8,6	13 12 *U*	19 25 *A*
16	56 45,3	15 27,9	8 7,4 *O*	357 25,4	+ 1 0,9	2 2 *A*	4 5 *U*
	57 11,9	15 35,2	20 29,5	3 27,5	4 13,0	14 30 *U*	19 27 *A*

Nov. 10 6^{h} ☾ Apog.

NOVEMBER 1858.

Mittlerer Mittag und Mitternacht.

Monatstag.		Länge ☾	Breite ☾	Ger. Aufst. ☾ in Zeit.	Abweichg. ☾
	h	° ′ ″	° ′ ″	h ′ ″	° ′ ″
16	0	353 37 58,4	+ 1 35 35,2	23 34 5,86	− 1 4 2,8
	12	0 9 39,3	2 7 38,2	23 57 12,09	+ 2 0 55,5
17	0	6 48 11,9	2 38 29,2	0 20 47,13	5 7 41,9
	12	13 33 52,0	3 7 38,1	0 45 0,51	8 14 15,1
18	0	20 26 44,3	3 34 32,3	1 10 1,74	11 18 12,7
	12	27 26 43,0	3 58 39,8	1 36 0,01	14 16 52,2
19	0	34 33 31,0	4 19 27,8	2 3 3,66	17 7 7,7
	12	41 46 38,4	4 36 25,6	2 31 19,25	19 45 31,4
20	0	49 5 22,3	4 49 4,8	3 0 50,51	22 8 18,9
	12	56 28 48,9	4 57 2,6	3 31 37,13	24 11 38,4
21	0	63 55 54,7	+ 5 0 1,5	4 3 33,55	+ 25 51 43,3
	12	71 25 28,9	4 57 52,6	4 36 28,21	27 5 12,4
22	0	78 56 17,9	4 50 34,6	5 10 3,74	27 49 27,5
	12	86 27 6,2	4 38 13,9	5 43 58,08	28 2 51,7
23	0	93 56 41,7	4 21 7,0	6 17 46,97	27 45 3,3
	12	101 23 58,1	3 59 36,4	6 51 6,89	26 56 55,1
24	0	108 47 59,3	3 34 11,0	7 23 37,95	25 40 27,0
	12	116 7 59,0	3 5 24,2	7 55 5,61	23 58 30,4
25	0	123 23 21,3	2 33 52,6	8 25 21,41	21 54 28,1
	12	130 33 41,1	2 0 13,4	8 54 22,59	19 31 55,5
26	0	137 38 45,3	+ 1 25 5,4	9 22 11,26	+ 16 54 27,5
	12	144 38 28,9	0 49 4,6	9 48 52,88	14 5 25,6
27	0	151 32 54,8	+ 0 12 46,8	10 14 35,25	11 7 55,7
	12	158 22 12,5	− 0 23 15,8	10 39 27,47	8 4 43,6
28	0	165 6 37,1	0 58 32,1	11 3 39,35	4 58 18,1
	12	171 46 24,4	1 32 35,6	11 27 20,63	+ 1 50 50,8
29	0	178 21 54,4	2 5 1,3	11 50 41,01	− 1 15 38,9
	12	184 53 26,3	2 35 27,5	12 13 49,71	4 19 21,8
30	0	191 21 19,7	3 3 33,6	12 36 55,49	7 18 34,8
	12	197 45 52,4	3 29 3,9	13 0 6,37	10 11 40,9
31	0	204 7 20,8	− 3 51 43,4	13 23 29,61	− 12 57 3,8
	12	210 26 0,2	4 11 20,7	13 47 11,61	15 33 10,1

○ Nov. 20 15h 18′,3 V. M. ◑ Nov. 27 6h 28′,4 L. V.

NOVEMBER 1858.

	Mittlerer Mittag und Mitternacht.		☾ im Meridian.			Auf- und Untergang.	
	Par. ☾	Halbm. ☾	Mittl. Zeit.	Ger. Aufst.	Abweichg.	☾	⊙
	′ ″	′ ″	h ′	° ′	° ′	h ′	h ′
16	56 45,3	15 27,9	8 7,4 *O*	357 25,4	+ 1 0,9	2 2 *A*	4 5 *U*
	57 11,9	15 35,2	20 29,5	3 27,5	4 13,0	14 30 *U*	19 27 *A*
17	57 39,3	15 42,7	8 52,3 *O*	9 39,3	7 25,7	2 12 *A*	4 3 *U*
	58 6,8	15 50,2	21 15,9	16 3,7	10 36,6	15 52 *U*	19 29 *A*
18	58 34,0	15 57,6	9 40,5 *O*	22 43,3	13 42,8	2 24 *A*	4 1 *U*
	59 0,3	16 4,7	22 6,3	29 40,6	16 40,9	17 19 *U*	19 30 *A*
19	59 25,0	16 11,4	10 33,4 *O*	36 57,8	19 27,2	2 40 *A*	4 0 *U*
	59 47,3	16 17,5	23 1,9	44 36,2	21 57,5	18 51 *U*	19 31 *A*
20	60 6,9	16 22,9	11 31,8 *O*	52 35,9	24 7,2	3 2 *A*	3 59 *U*
	60 23,0	16 27,3	* *	* *	* *	20 24 *U*	19 33 *A*
21	60 35,4	16 30,7	0 3,1	60 55,4	+ 25 52,1	3 35 *A*	3 58 *U*
	60 43,6	16 32,9	12 35,4 *O*	69 31,6	27 8,1	21 49 *U*	19 35 *A*
22	60 47,6	16 34,0	1 8,5	78 19,2	27 52,1	4 26 *A*	3 57 *U*
	60 47,4	16 33,9	13 41,9 *O*	87 11,6	28 2,2	22 57 *U*	19 37 *A*
23	60 43,0	16 32,7	2 15,2	96 1,3	27 38,3	5 37 *A*	3 56 *U*
	60 34,8	16 30,5	14 47,8 *O*	104 41,7	26 41,5	23 43 *U*	19 39 *A*
24	60 23,2	16 27,3	3 19,4	113 6,9	25 14,6	7 4 *A*	3 55 *U*
	60 8,7	16 23,4	15 49,8 *O*	121 13,3	23 21,1	* *	19 40 *A*
25	59 51,7	16 18,7	4 18,8	128 59,0	21 5,2	0 13 *U*	3 54 *U*
	59 32,8	16 13,6	16 46,4 *O*	136 23,7	18 30,9	8 37 *A*	19 42 *A*
26	59 12,6	16 8,1	5 12,7	143 28,7	+ 15 42,3	0 33 *U*	3 53 *U*
	58 51,5	16 2,3	17 37,8 *O*	150 15,8	12 43,0	10 7 *A*	19 44 *A*
27	58 30,0	15 56,5	6 1,9	156 47,7	9 36,4	0 48 *U*	3 52 *U*
	58 8,5	15 50,6	18 25,2 *O*	163 7,1	6 25,3	11 31 *A*	19 45 *A*
28	57 47,3	15 44,8	6 47,8	169 16,9	+ 3 12,1	1 0 *U*	3 51 *U*
	57 26,6	15 39,2	19 9,9 *O*	175 19,7	− 0 0,8	12 53 *A*	19 46 *A*
29	57 6,6	15 33,7	7 31,8	181 18,3	3 11,4	1 10 *U*	3 50 *U*
	56 47,5	15 28,5	19 53,6 *O*	187 15,2	6 17,9	14 11 *A*	19 47 *A*
30	56 29,3	15 23,6	8 15,4	193 12,9	9 18,4	1 20 *U*	3 50 *U*
	56 12,2	15 18,9	20 37,4 *O*	199 13,3	12 11,4	15 29 *A*	19 48 *A*
31	55 56,1	15 14,5	8 59,7	205 18,3	− 14 55,0	1 32 *U*	3 49 *U*
	55 40,9	15 10,4	21 22,4 *O*	211 29,7	17 27,6	16 48 *A*	19 50 *A*

Nov. 22 5h ☾ Perig.

DECEMBER 1858.

Wahrer Berliner Mittag.

Monats- und Wochentag.		Zeitgleichung. M. Zt. — W. Zt.	Ger. Aufst. ⊙	Abweichg. ⊙	Log. μ.	Culm. Dau ⊙ Sternzei
		′ ″	h ′ ″	° ′ ″		′ ″
1	☿	— 10 48,37	16 29 13,60	— 21 49 13,3	3,05015	2 20,45
2	♃	10 25,39	33 33,20	21 58 22,0	3,03015	20,63
3	♀	10 1,77	37 53,44	22 7 5,2	3,00894	20,80
4	♄	9 37,55	42 14,29	22 15 22,8	2,98641	20,95
5	⊙	— 9 12,75	16 46 35,72	— 22 23 14,4	2,96237	2 21,10
6	☾	8 47,40	50 57,70	22 30 39,8	2,93666	21,25
7	♂	8 21,52	55 20,20	22 37 38,7	2,90913	21,39
8	☿	7 55,16	59 43,19	22 44 11,0	2,87950	21,52
9	♃	7 28,34	17 4 6,64	22 50 16,4	2,84739	21,63
10	♀	7 1,10	8 30,52	22 55 54,7	2,81251	21,74
11	♄	6 33,46	12 54,80	23 1 5,8	2,77430	21,85
12	⊙	— 6 5,45	17 17 19,44	— 23 5 49,4	2,73215	2 21,95
13	☾	5 37,12	21 44,41	23 10 5,5	2,68529	22,04
14	♂	5 8,49	26 9,68	23 13 53,9	2,63246	22,12
15	☿	4 39,59	30 35,22	23 17 14,5	2,57194	22,20
16	♃	4 10,46	35 0,99	23 20 7,1	2,50147	22,26
17	♀	3 41,12	39 26,97	23 22 31,8	2,41714	22,31
18	♄	3 11,60	43 53,12	23 24 28,4	2,31197	22,36
19	⊙	— 2 41,94	17 48 19,42	— 23 25 56,9	2,17231	2 22,40
20	☾	2 12,17	52 45,83	23 26 57,1	1,96473	22,43
21	♂	1 42,31	57 12,33	23 27 29,1	1,55267	22,45
22	☿	1 12,39	18 1 38,89	23 27 32,8	1,32015	22,45
23	♃	0 42,45	6 5,46	23 27 8,2	1,88874	22,45
24	♀	— 0 12,53	10 32,03	23 26 15,4	2,12678	22,44
25	♄	+ 0 17,35	14 58,56	23 24 54,3	2,27989	22,42
26	⊙	+ 0 47,17	18 19 25,02	— 23 23 4,9	2,39287	2 22,40
27	☾	1 16,89	23 51,38	23 20 47,2	2,48216	22,36
28	♂	1 46,48	28 17,61	23 18 1,4	2,55594	22,31
29	☿	2 15,89	32 43,66	23 14 47,5	2,61888	22,25
30	♃	2 45,10	37 9,51	23 11 5,6	2,67367	22,19
31	♀	3 14,07	41 35,12	23 6 55,8	2,72222	22,12
32	♄	3 42,76	46 0,45	23 2 18,1	2,76574	22,04
33	⊙	+ 4 11,15	18 50 25,47	— 22 57 12,7	2,80496	2 21,95

DECEMBER 1858.

Mittlerer Berliner Mittag.

Monats- und Jahrestag.		Sternzeit.	Länge ☉	Breite ☉	Lg. Rad. v. ☉	Halbm. ☉
		h ′ ″	° ′ ″	″		′ ″
1	335	16 40 3,74	249 1 34,3	— 0,37	9,9937242	16 14,91
2	336	44 0,30	250 2 27,9	— 0,45	9,9936609	15,07
3	337	47 56,86	251 3 22,7	— 0,50	9,9935989	15,21
4	338	51 53,42	252 4 18,7	— 0,52	9,9935384	15,34
5	339	16 55 49,98	253 5 15,8	— 0,50	9,9934793	16 15,48
6	340	59 46,54	254 6 13,8	— 0,46	9,9934216	15,61
7	341	17 3 43,10	255 7 12,7	— 0,40	9,9933653	15,73
8	342	7 39,65	256 8 12,4	— 0,32	9,9933106	15,85
9	343	11 36,21	257 9 12,9	— 0,22	9,9932574	15,97
10	344	15 32,77	258 10 14,1	— 0,10	9,9932060	16,09
11	345	19 29,33	259 11 15,9	+ 0,03	9,9931563	16,20
12	346	17 23 25,89	260 12 18,2	+ 0,16	9,9931086	16 16,29
13	347	27 22,45	261 13 21,0	+ 0,29	9,9930629	16,39
14	348	31 19,01	262 14 24,2	+ 0,40	9,9930194	16,48
15	349	35 15,57	263 15 27,8	+ 0,49	9,9929783	16,57
16	350	39 12,13	264 16 31,8	+ 0,56	9,9929395	16,66
17	351	43 8,69	265 17 36,1	+ 0,60	9,9929031	16,74
18	352	47 5,24	266 18 40,9	+ 0,62	9,9928692	16,81
19	353	17 51 1,80	267 19 46,1	+ 0,61	9,9928382	16 16,87
20	354	54 58,36	268 20 51,7	+ 0,57	9,9928099	16,93
21	355	58 54,92	269 21 57,8	+ 0,50	9,9927845	16,99
22	356	18 2 51,48	270 23 4,4	+ 0,41	9,9927618	17,04
23	357	6 48,04	271 24 11,5	+ 0,30	9,9927420	17,09
24	358	10 44,60	272 25 19,0	+ 0,18	9,9927248	17,13
25	359	14 41,16	273 26 27,0	+ 0,06	9,9927102	17,17
26	360	18 18 37,72	274 27 35,5	— 0,05	9,9926980	16 17,19
27	361	22 34,28	275 28 44,5	— 0,16	9,9926883	17,22
28	362	26 30,83	276 29 54,0	— 0,25	9,9926809	17,25
29	363	30 27,39	277 31 3,9	— 0,32	9,9926757	17,27
30	364	34 23,95	278 32 14,2	— 0,37	9,9926725	17,28
31	365	38 20,51	279 33 24,8	— 0,40	9,9926713	17,29
32	366	42 17,07	280 34 35,6	— 0,40	9,9926720	17,29
33	367	18 46 13,63	281 35 46,6	— 0,37	9,9926745	16 17,29

DECEMBER 1858.

Mittlerer Mittag und Mitternacht.

Monatstag.		Länge ☾ ° ' "	Breite ☾ ° ' "	Ger. Aufst. ☾ in Zeit. h ' "	Abweichg. ☾ ° ' "
1	0h	204 7 20,8	− 3 51 43,4	13 23 29,61	− 12 57 3,8
	12	210 26 0,2	4 11 20,7	13 47 11,61	15 33 10,1
2	0	216 42 2,5	4 27 45,4	14 11 17,57	17 58 24,7
	12	222 55 38,2	4 40 50,2	14 35 51,35	20 11 14,2
3	0	229 6 55,5	4 50 30,4	15 0 55,20	22 10 7,0
	12	235 16 0,8	4 56 42,6	15 26 29,45	23 53 31,5
4	0	241 23 0,2	4 59 26,5	15 52 32,47	25 20 15,8
	12	247 27 58,9	4 58 44,1	16 19 0,45	26 29 0,7
5	0	253 31 2,0	4 54 38,2	16 45 47,61	27 18 51,2
	12	259 32 15,4	4 47 15,4	17 12 46,49	27 49 9,5
6	0	265 31 45,4	− 4 36 42,3	17 39 48,45	− 27 59 35,5
	12	271 29 41,0	4 23 8,6	18 6 44,50	27 50 12,4
7	0	277 26 13,1	4 6 44,0	18 33 25,93	27 21 22,8
	12	283 21 35,1	3 47 40,2	18 59 45,05	26 33 49,0
8	0	289 16 3,7	3 26 10,4	19 25 35,79	25 28 29,3
	12	295 9 57,7	3 2 27,0	19 50 53,95	24 6 32,1
9	0	301 3 40,0	2 36 44,3	20 15 37,43	22 29 14,6
	12	306 57 36,3	2 9 17,4	20 39 46,10	20 37 57,6
10	0	312 52 15,7	1 40 21,0	21 3 21,67	18 34 1,8
	12	318 48 9,4	1 10 10,8	21 26 27,35	16 18 47,0
11	0	324 45 52,6	− 0 39 3,2	21 49 7,77	− 13 53 30,2
	12	330 46 1,6	− 0 7 15,2	22 11 28,52	11 19 25,8
12	0	336 49 15,5	+ 0 24 55,4	22 33 36,16	8 37 45,7
	12	342 56 14,0	0 57 9,6	22 55 37,93	5 49 41,0
13	0	349 7 37,4	1 29 7,0	23 17 41,73	− 2 56 24,5
	12	355 24 6,1	2 0 26,5	23 39 56,05	+ 0 0 48,7
14	0	1 46 19,0	2 30 44,4	0 2 29,92	3 0 35,8
	12	8 14 51,3	2 59 36,0	0 25 32,81	6 1 24,1
15	0	14 50 14,5	3 26 34,5	0 49 14,61	9 1 27,0
	12	21 32 53,9	3 51 11,9	1 13 45,39	11 58 40,6
16	0	28 23 7,3	+ 4 12 58,5	1 39 15,13	+ 14 50 38,9
	12	35 21 2,9	4 31 25,3	2 5 53,17	17 34 33,6

● Dec. 4 23h 3',3 N. M. ◐ Dec. 13 4h 22',3 E. V.

DECEMBER 1858.

	Mittlerer Mittag und Mitternacht.		☾ im Meridian.			Auf- und Untergang.	
	Par. ☾	Halbm. ☾	Mittl. Zeit.	Ger. Aufst.	Abweichg.	☾	☉
	′ ″	′ ″	h ′	° ′	° ′	h ′	h ′
1	55 56,1	15 14,5	8 59,7	205 18,3	— 14 55,0	1 33 *U*	3 49 *U*
	55 40,9	15 10,4	21 22,4 *O*	211 29,7	17 27,6	16 48 *A*	19 51 *A*
2	55 26,8	15 6,5	9 45,6	217 48,5	19 47,5	1 46 *U*	3 48 *U*
	55 13,7	15 3,0	22 9,4 *O*	224 15,5	21 52,8	18 6 *A*	19 52 *A*
3	55 1,5	14 59,7	10 33,7	230 51,0	23 42,0	2 3 *U*	3 48 *U*
	54 50,2	14 56,6	22 58,6 *O*	237 34,5	25 13,6	19 23 *A*	19 54 *A*
4	54 39,9	14 53,8	11 23,9	244 25,1	26 26,0	2 28 *U*	3 47 *U*
	54 30,6	14 51,2	23 49,6 *O*	251 21,1	27 18,3	20 34 *A*	19 55 *A*
5	54 22,3	14 49,0	12 15,5	258 20,4	27 49,6	3 2 *U*	3 47 *U*
	54 15,1	14 47,0	* *	* *	* *	21 34 *A*	19 57 *A*
6	54 9,0	14 45,4	0 41,5 *O*	265 20,4	— 27 59,6	3 49 *U*	3 46 *U*
	54 4,2	14 44,1	13 7,3	272 18,7	27 48,3	22 20 *A*	19 58 *A*
7	54 0,7	14 43,1	1 32,9 *O*	279 12,7	27 16,3	4 49 *U*	3 46 *U*
	53 58,7	14 42,5	13 58,0	286 0,3	26 24,3	22 53 *A*	19 59 *A*
8	53 58,3	14 42,4	2 22,6 *O*	292 39,8	25 13,5	5 58 *U*	3 46 *U*
	53 59,6	14 42,8	14 46,6	299 10,1	23 45,3	23 17 *A*	20 0 *A*
9	54 2,7	14 43,6	3 9,9 *O*	305 30,7	22 1,2	7 11 *U*	3 45 *U*
	54 7,8	14 45,0	15 32,6	311 41,9	20 2,6	23 34 *A*	20 2 *A*
10	54 15,0	14 47,0	3 54,8 *O*	317 44,2	17 51,1	8 26 *U*	3 44 *U*
	54 24,3	14 49,5	16 16,4	323 38,6	15 28,1	23 48 *A*	20 3 *A*
11	54 35,9	14 52,7	4 37,5 *O*	329 26,6	— 12 55,1	9 40 *U*	3 44 *U*
	54 49,8	14 56,5	16 58,4	335 10,0	10 13,3	23 58 *A*	20 4 *A*
12	55 6,1	15 0,9	5 19,1 *O*	340 50,5	7 24,0	10 54 *U*	3 44 *U*
	55 24,7	15 6,0	17 39,7	346 30,4	4 28,5	* *	20 5 *A*
13	55 45,6	15 11,7	6 0,4 *O*	352 12,0	— 1 28,1	0 8 *A*	3 44 *U*
	56 8,8	15 18,0	18 21,4	357 57,6	+ 1 35,8	12 9 *U*	20 6 *A*
14	56 33,9	15 24,8	6 42,9 *O*	3 49,9	4 41,7	0 18 *A*	3 44 *U*
	57 0,6	15 32,1	19 5,0	9 51,7	7 47,9	13 26 *U*	20 6 *A*
15	57 28,8	15 39,8	7 27,9 *O*	16 5,8	10 52,2	0 29 *A*	3 44 *U*
	57 57,9	15 47,7	19 51,8	22 35,2	13 52,1	14 48 *U*	20 7 *A*
16	58 27,4	15 55,8	8 16,9 *O*	29 22,6	+ 16 44,8	0 42 *A*	3 44 *U*
	58 56,8	16 3,8	20 43,4	36 30,6	19 26,8	16 14 *U*	20 8 *A*

Dec. 7 21h ☾ Apog.

DECEMBER 1858.

Mittlerer Mittag und Mitternacht.

Monatstag.		Länge ☾	Breite ☾	Ger. Aufstg. ☾ in Zeit.	Abweichg. ☾
	h	° ′ ″	° ′ ″	h ′ ″	° ′ ″
16	0	28 23 7,3	+ 4 12 58,5	1 39 15,13	+ 14 50 38,9
	12	35 21 2,9	4 31 25,3	2 5 53,17	17 34 33,6
17	0	42 26 37,3	4 46 2,9	2 33 47,37	20 7 10,3
	12	49 39 33,8	4 56 24,0	3 3 3,03	22 24 52,8
18	0	56 59 22,6	5 2 4,4	3 33 41,57	24 23 48,7
	12	64 25 18,8	5 2 45,3	4 5 39,05	26 0 2,5
19	0	71 56 21,2	4 58 14,3	4 38 45,07	27 9 53,3
	12	79 31 29,0	4 48 26,7	5 12 42,57	27 50 16,6
20	0	87 9 15,0	4 33 27,3	5 47 8,91	27 59 8,2
	12	94 48 16,5	4 13 30,4	6 21 37,97	27 35 40,8
21	0	102 27 6,9	+ 4 48 59,7	6 55 43,66	+ 26 40 32,3
	12	110 4 22,6	3 20 26,1	7 29 3,18	25 15 39,5
22	0	117 38 46,9	2 48 27,9	8 1 19,41	23 24 3,9
	12	125 9 11,2	2 13 47,2	8 32 21,88	21 9 29,0
23	0	132 34 38,2	1 37 9,6	9 2 6,56	18 35 59,5
	12	139 54 24,6	0 59 19,4	9 30 34,89	15 47 39,3
24	0	147 7 59,4	+ 0 21 1,3	9 57 52,27	12 48 22,0
	12	154 15 4,6	— 0 17 4,9	10 24 6,72	9 41 38,5
25	0	161 15 34,0	0 54 22,1	10 49 27,80	6 30 37,0
	12	168 9 29,0	1 30 17,3	11 14 5,59	3 18 2,9
26	0	174 57 0,8	— 2 4 22,3	11 38 10,41	+ 0 6 19,2
	12	181 38 26,4	2 36 14,4	12 1 52,23	— 3 2 30,3
27	0	188 14 7,3	3 5 32,6	12 25 20,64	6 6 34,1
	12	194 44 27,8	3 32 1,5	12 48 44,50	9 4 13,3
28	0	201 9 55,0	3 55 28,1	13 12 12,02	11 53 56,2
	12	207 30 56,4	4 15 42,8	13 35 50,54	14 34 16,8
29	0	213 47 58,7	4 32 37,9	13 59 46,31	17 3 50,4
	12	220 1 27,3	4 46 8,4	14 24 4,38	19 21 15,0
30	0	226 11 47,3	4 56 11,1	14 48 48,42	21 25 9,6
	12	232 19 22,1	5 2 44,2	15 14 0,45	23 14 15,4
31	0	238 24 32,7	— 5 5 47,8	15 39 40,59	— 24 47 16,7
	12	244 27 38,0	5 5 24,7	16 5 46,89	26 3 5,6

○ Dec. 20 1h 59′,8 V. M. ◑ Dec. 26 18h 31′,8 L. V.

DECEMBER 1858.

Mittlerer Mittag und Mitternacht.			☾ im Meridian.			Auf- und Untergang.	
	Par. ☾	Halbm. ☾	Mittl. Zeit.	Ger. Aufst.	Abweichg.	☾	☉
	′ ″	′ ″	h ′	° ′	° ′	h ′	h ′
16	58 27,4	15 55,8	8 16,9 *O*	29 22,6	+ 16 44,8	0 42 *A*	3 44 *U*
	58 56,8	16 3,8	20 43,4	36 30,6	19 26,8	16 14 *U*	20 8 *A*
17	59 25,4	16 11,6	9 11,4 *O*	44 1,1	21 54,2	1 0 *A*	3 44 *U*
	59 52,5	16 19,0	21 41,0	51 55,0	24 2,5	17 46 *U*	20 9 *A*
18	60 17,2	16 25,7	10 12,0 *O*	60 11,7	25 47,2	1 27 *A*	3 44 *U*
	60 38,9	16 31,6	22 44,4	68 48,4	27 3,9	19 16 *U*	20 9 *A*
19	60 56,9	16 36,5	11 17,8 *O*	77 40,5	27 48,8	2 8 *A*	3 45 *U*
	61 10,6	16 40,2	23 51,8	86 41,3	27 59,2	20 35 *U*	20 10 *A*
20	61 19,6	16 42,7	12 25,8 *O*	95 43,0	27 34,2	3 9 *A*	3 45 *U*
	61 23,6	16 43,8	* *	* *	* *	21 33 *U*	20 10 *A*
21	61 22,4	16 43,5	0 59,4	104 37,7	+ 26 34,6	4 32 *A*	3 45 *U*
	61 16,2	16 41,8	13 32,1 *O*	113 18,7	25 2,8	22 11 *U*	20 11 *A*
22	61 5,3	16 38,8	2 3,6	121 41,1	23 2,5	6 7 *A*	3 46 *U*
	60 50,1	16 34,6	14 33,6 *O*	129 42,3	20 38,2	22 36 *U*	20 11 *A*
23	60 31,2	16 29,5	3 2,1	137 21,4	17 54,7	7 42 *A*	3 47 *U*
	60 9,2	16 23,5	15 29,3 *O*	144 39,5	14 56,5	22 53 *U*	20 12 *A*
24	59 44,9	16 16,9	3 55,2	151 38,3	11 48,0	9 13 *A*	3 47 *U*
	59 18,9	16 9,8	16 19,9 *O*	158 20,4	8 33,0	23 6 *U*	20 12 *A*
25	58 51,9	16 2,4	4 43,8	164 48,7	5 14,8	10 38 *A*	3 48 *U*
	58 24,6	15 55,0	17 6,9 *O*	171 6,2	+ 1 56,1	23 18 *U*	20 13 *A*
26	57 57,4	15 47,6	5 29,5	177 15,9	− 1 20,6	11 59 *A*	3 48 *U*
	57 30,9	15 40,4	17 51,8 *O*	183 20,4	4 33,2	23 28 *U*	20 13 *A*
27	57 5,4	15 33,4	6 13,9	189 22,4	7 39,7	13 19 *A*	3 49 *U*
	56 41,2	15 26,8	18 36,0 *O*	195 21,4	10 38,6	23 39 *U*	20 13 *A*
28	56 18,5	15 20,6	6 58,3	201 28,6	13 28,3	14 38 *A*	3 50 *U*
	55 57,5	15 14,9	19 20,8 *O*	207 36,8	16 7,2	23 52 *U*	20 13 *A*
29	55 38,3	15 9,7	7 43,7	213 50,6	18 33,8	15 56 *A*	3 51 *U*
	55 20,9	15 4,9	20 7,0 *O*	220 11,3	20 46,6	* *	20 13 *A*
30	55 5,3	15 0,7	8 30,8	226 39,6	22 44,2	0 9 *U*	3 52 *U*
	54 51,4	14 56,9	20 55,2 *O*	233 15,7	24 25,0	17 13 *A*	20 13 *A*
31	54 39,2	14 53,6	9 20,1	239 59,2	− 25 47,8	0 31 *U*	3 53 *U*
	54 28,6	14 50,7	21 45,4 *O*	246 49,2	26 51,4	18 25 *A*	20 13 *A*

Dec. 20 15^h ☾ Perig.

Sonnencoordinaten 1858.

0^h M. Zeit.	X	ΔX	Y	ΔY	Z	ΔZ
Jan. 0	+0,1674627	+86089	−0,8887774	+14017	−0,3857118	+ 6083
2	0,2018148		0,8827583		0,3831003	
4	0,2359199	+84829	0,8756439	+19489	0,3800142	+ 8454
6	0,2697367		0,8674416		0,3764559	
8	0,3032229	+83151	0,8581587	+24884	0,3724286	+10796
10	0,3363369		0,8478058		0,3679365	
12	0,3690349	+81046	0,8363945	+30169	0,3629844	+13093
14	0,4012748		0,8239366		0,3575777	
16	0,4330143	+78517	0,8104490	+35306	0,3517235	+15325
18	0,4642111		0,7959510		0,3454304	
20	+0,4948258	+75582	−0,7804626	+40242	−0,3387075	+17468
22	0,5248202		0,7640061		0,3315645	
24	0,5541589	+72281	0,7466038	+44954	0,3240116	+19510
26	0,5828071		0,7282811		0,3160597	
28	0,6107317	+68648	0,7090617	+49422	0,3077195	+21446
30	0,6379040		0,6889691		0,2990005	
Febr. 1	0,6642915	+64708	0,6680273	+53652	0,2899135	+23281
3	0,6898640		0,6462614		0,2804688	
5	0,7145902	+60458	0,6236964	+57630	0,2706769	+25009
7	0,7384398		0,6003588		0,2605494	
9	+0,7613822	+55902	−0,5762765	+61334	−0,2500982	+26619
11	0,7833868		0,5514797		0,2393363	
13	0,8044260	+51058	0,5260005	+64725	0,2282777	+28093
15	0,8244729		0,4998724		0,2169372	
17	0,8435018	+45957	0,4731312	+67770	0,2053307	+29415
19	0,8614920		0,4458120		0,1934736	
21	0,8784242	+40658	0,4179517	+70156	0,1813820	+30577
23	0,8942820		0,3895851		0,1690713	
25	0,9090498	+35200	0,3607478	+72784	0,1565570	+31585
27	0,9227136		0,3314769		0,1438549	
Mrz. 1	+0,9352598	+29606	−0,3018052	+74767	−0,1309790	+32445
3	0,9466768		0,2717660		0,1179435	
5	0,9569509	+23885	0,2413966	+76401	0,1047645	+33155

Anmerkung. $X+\Delta X$, $Y+\Delta Y$, $Z+\Delta Z$, Sonnencoordinaten für die Mitternacht des nebenstehenden Datums.

Sonnencoordinaten 1858.

0^h M. Zeit.	X	ΔX	Y	ΔY	Z	ΔZ
Mrz. 1	+0,9352598	+29606	−0,3018052	+74767	−0,1309790	+32445
3	0,9466768		0,2717660		0,1179435	
5	0,9569509	+23885	0,2413966	+76401	0,1047645	+33155
7	0,9660702		0,2107306		0,0914562	
9	0,9740234	+18048	0,1798051	+77677	0,0780346	+33712
11	0,9807998		0,1486567		0,0645158	
13	0,9863907	+12118	0,1173255	+78567	0,0509172	+34100
15	0,9907900		0,0858514		0,0372565	
17	0,9939932	+ 6139	0,0542744	+79058	0,0235510	+34313
19	0,9960000		−0,0226338		−0,0098186	
21	+0,9968110	+ 162	+0,0090294	+79149	+0,0039231	+34349
23	0,9964295		0,0406771		0,0176576	
25	0,9948614	− 5768	0,0722711	+78858	0,0313682	+34220
27	0,9921134		0,1037749		0,0450390	
29	0,9881914	−11631	0,1351532	+78209	0,0586557	+33940
31	0,9831025		0,1663717		0,0722032	
Apr. 2	0,9768545	−17424	0,1973960	+77217	0,0856665	+33510
4	0,9694537		0,2281915		0,0990314	
6	0,9609098	−23137	0,2587232	+75874	0,1122822	+32930
8	0,9512309		0,2889546		0,1254031	
10	+0,9404284	−28747	+0,3188493	+74168	+0,1383783	+32191
12	0,9285156		0,3483710		0,1511916	
14	0,9155082	−34208	0,3774841	+72101	0,1638273	+31293
16	0,9014244		0,4061524		0,1762696	
18	0,8862844	−39475	0,4313423	+69685	0,1885035	+30241
20	0,8701101		0,4620188		0,2005142	
22	0,8529256	−44513	0,4891528	+66952	0,2122888	+29053
24	0,8347538		0,5157147		0,2238148	
26	0,8156183	−49317	0,5416771	+63937	0,2350807	+27744
28	0,7955429		0,5670127		0,2460748	
30	+0,7745512	−53882	+0,5916955	+60655	+0,2567861	+26323
Mai 2	0,7526676		0,6156985		0,2672031	
4	0,7299142	−58212	0,6389970	+57113	0,2773148	+24788

Anmerkung. $X+\Delta X$, $Y+\Delta Y$, $Z+\Delta Z$, Sonnencoordinaten für die Mitternacht des nebenstehenden Datums.

Sonnencoordinaten 1858.

0^h M. Zeit.		X	ΔX	Y	ΔY	Z	ΔZ
Mai	0	+0,7745512	−53882	+0,5916955	+60655	+0,2567861	+26323
	2	0,7526676		0,6156985		0,2672031	
	4	0,7299142	−58212	0,6389970	+57113	0,2773148	+24788
	6	0,7063168		0,6615635		0,2871092	
	8	0,6819019	−62284	0,6833720	+53306	0,2965749	+23137
	10	0,6566965		0,7043963		0,3057001	
	12	0,6307319	−66060	0,7246107	+49242	0,3144734	+21371
	14	0,6040404		0,7439911		0,3228843	
	16	0,5766556	−69505	0,7625147	+44947	0,3309229	+19504
	18	0,5486118		0,7801615		0,3385803	
	20	+0,5199450	−72599	+0,7969125	+40460	+0,3458485	+17555
	22	0,4906906		0,8127521		0,3527211	
	24	0,4608833	−75343	0,8276649	+35819	0,3591917	+15542
	26	0,4305567		0,8416382		0,3652548	
	28	0,3997454	−77749	0,8546582	+31047	0,3709046	+13474
	30	0,3684808		0,8667129		0,3761364	
Juni	1	0,3367959	−79827	0,8777898	+26147	0,3809441	+11350
	3	0,3047262		0,8878745		0,3853219	
	5	0,2723064	−81557	0,8969568	+21124	0,3892647	+ 9170
	7	0,2395713		0,9050236		0,3927665	
	9	+0,2065599	−82916	+0,9120644	+15987	+0,3958227	+ 6938
	11	0,1733107		0,9180697		0,3984289	
	13	0,1398650	−83874	0,9230323	+10772	0,4005819	+ 4672
	15	0,1062632		0,9269481		0,4022801	
	17	0,0725465	−84425	0,9298134	+ 5521	0,4035223	+ 2393
	19	0,0387537		0,9316279		0,4043084	
	21	+0,0049223	−84594	0,9323923	+ 272	0,4046390	+ 115
	23	−0,0289093		0,9321084		0,4045149	
	25	0,0627040	−84390	0,9307788	− 4955	0,4039378	− 2150
	27	0,0964281		0,9284056		0,4029085	
	29	−0,1300475	−83837	+0,9249914	−10158	+0,4014277	− 4406
Juli	1	0,1635215		0,9205394		0,3994968	
	3	0,1968185	−82920	0,9150523	−15331	0,3971168	− 6650

Anmerkung. $X+\Delta X$, $Y+\Delta Y$, $Z+\Delta Z$, Sonnencoordinaten für die Mitternacht des nebenstehenden Datums.

Sonnencoordinaten 1858.

0^h M. Zeit.	X	ΔX	Y	ΔY	Z	ΔZ
Juli 1	−0,1635215		+0,9205394		+0,3994968	
3	0,1968185	−82920	0,9150523	−15331	0,3971168	− 6650
5	0,2298996		0,9085341		0,3942891	
7	0,2627266	−81626	0,9009897	−20457	0,3910156	− 8877
9	0,2952613		0,8924260		0,3872990	
11	0,3274642	−79941	0,8828517	−25502	0,3831431	−11070
13	0,3592946		0,8722777		0,3785531	
15	0,3907147	−77867	0,8607172	−30425	0,3735350	−13207
17	0,4216890		0,8481852		0,3680952	
19	0,4521828	−75442	0,8346978	−35193	0,3622409	−15275
21	−0,4821612		+0,8202712		+0,3559796	
23	0,5115917	−72686	0,8049237	−39788	0,3493193	−17265
25	0,5404451		0,7886724		0,3422675	
27	0,5686905	−69628	0,7715350	−44209	0,3348313	−19183
29	0,5962976		0,7535280		0,3270180	
31	0,6232357	−66263	0,7346687	−48457	0,3188347	−21027
Aug. 2	0,6494736		0,7149763		0,3102893	
4	0,6749794	−62585	0,6944701	−52514	0,3013905	−22790
6	0,6997225		0,6731706		0,2921467	
8	0,7236702	−58590	0,6511017	−56345	0,2825683	−24456
10	−0,7467915		+0,6282885		+0,2726666	
12	0,7690580	−54300	0,6047578	−59916	0,2624534	−26005
14	0,7904432		0,5805373		0,2519410	
16	0,8109210	−49751	0,5556570	−63197	0,2411427	−27427
18	0,8304696		0,5301464		0,2300714	
20	0,8490674	−44985	0,5040351	−66182	0,2187400	−28720
22	0,8666944		0,4773526		0,2071611	
24	0,8833324	−40028	0,4501271	−68878	0,1953470	−29888
26	0,8989625		0,4223878		0,1833099	
28	0,9135656	−34881	0,3941635	−71285	0,1710621	−30934
30	−0,9271232		+0,3654834		+0,1586160	
Sept. 1	0,9396164	−29549	0,3363789	−73388	9,1459851	−31850
3	0,9510276		0,3068811		0,1331829	

Anmerkung. $X + \Delta X$, $Y + \Delta Y$, $Z + \Delta Z$, Sonnencoordinaten für die Mitternacht des nebenstehenden Datums.

Sonnencoordinaten 1858.

0^h M. Zeit.	X	ΔX	Y	ΔY	Z	ΔZ
Sept. 1	−0,9396164	−29549	+0,3363789	−73388	+0,1459851	−31850
3	0,9510276		0,3068811		0,1331829	
5	0,9613383	−24039	0,2770234	−75164	0,1202242	−32623
7	0,9705330		0,2468419		0,1071245	
9	0,9785980	−18382	0,2163711	−76583	0,0938994	−33239
11	0,9855212		0,1856497		0,0805658	
13	0,9912937	−12624	0,1547151	−77625	0,0671401	−33689
15	0,9959083		0,1236050		0,0536387	
17	0,9993610	− 6812	0,0923559	−78297	0,0400777	−33978
19	1,0016486		0,0610040		0,0264723	
21	−1,0027683	− 972	+0,0295850	−78613	+0,0128384	−34113
23	1,0027182		−0,0018673		−0,0008101	
25	1,0014971	+ 4885	0,0333182	−78584	0,0144585	−34103
27	0,9991030		0,0647325		0,0280915	
29	0,9955354	+10754	0,0960751	−78202	0,0416939	−33940
Oct. 1	0,9907937		0,1273097		0,0552501	
3	0,9848781	+16619	0,1583988	−77450	0,0687434	−33616
5	0,9777922		0,1893038		0,0821571	
7	0,9695409	+22440	0,2199859	−76311	0,0954737	−33120
9	0,9601320		0,2504058		0,1086763	
11	−0,9495750	+28170	−0,2805245	−74783	−0,1217476	−32454
13	0,9378837		0,3103047		0,1346713	
15	0,9250726	+33759	0,3397083	−72880	0,1474312	−31626
17	0,9111576		0,3687010		0,1600123	
19	0,8961548	+39184	0,3972484	−70635	0,1723999	−30651
21	0,8800828		0,4253181		0,1845805	
23	0,8629578	+44436	0,4528777	−68065	0,1965400	−29538
25	0,8447982		0,4798954		0,2082650	
27	0,8256212	+49510	0,5063386	−65174	0,2197412	−28286
29	0,8054457		0,5321757		0,2309549	
31	−0,7842925	+54385	−0,5573737	−61956	−0,2418915	−26891
Nov. 2	0,7621837		0,5818985		0,2525360	
4	0,7391438	+59024	0,6057177	−58407	0,2628739	−25349

Anmerkung. $X+\Delta X$, $Y+\Delta Y$, $Z+\Delta Z$, Sonnencoordinaten für die Mitternacht des nebenstehenden Datums.

Sonnencoordinaten 1858.

0^h M. Zeit.	X	ΔX	Y	ΔY	Z	ΔZ
Nov. 0	−0,7842925	+54385	−0,5573737	−61956	−0,2418915	−26891
2	0,7621837		0,5818985		0,2525360	
4	0,7391438	+59024	0,6057177	−58407	0,2628739	−25349
6	0,7151994		0,6287988		0,2728911	
8	0,6903803	+63378	0,6511104	−54543	0,2825737	−23669
10	0,6647178		0,6726238		0,2919093	
12	0,6382446	+67410	0,6933100	−50394	0,3008856	−21867
14	0,6109944		0,7131445		0,3094919	
16	0,5830013	+71103	0,7321027	−46002	0,3177178	−19960
18	0,5542998		0,7501637		0,3255547	
20	−0,5249224	+74459	−0,7673060	−41396	−0,3329933	−17964
22	0,4949037		0,7835090		0,3400249	
24	0,4642776	+77476	0,7987529	−36588	0,3466410	−15880
26	0,4330772		0,8130181		0,3528326	
28	0,4013393	+80141	0,8262848	−31584	0,3585911	−13709
30	0,3691009		0,8385336		0,3639079	
Dec. 2	0,3364001	+82427	0,8497465	−26392	0,3687747	−11454
4	0,3032779		0,8599058		0,3731836	
6	0,2697773	+84291	0,8689961	−21040	0,3771283	− 9129
8	0,2359425		0,8770046		0,3806027	
10	−0,2018166	+85717	−0,8839206	−15573	−0,3836029	− 6756
12	0,1674443		0,8897371		0,3861258	
14	0,1328700	+86701	0,8944470	−10042	0,3881683	− 4355
16	0,0981368		0,8980469		0,3897298	
18	0,0632867	+87260	0,9005324	− 4473	0,3908079	− 1941
20	−0,0283607		0,9019033		0,3914030	
22	+0,0066008	+87411	0,9021578	+ 1109	0,3915143	+ 478
24	0,0415563		0,9012952		0,3911412	
26	0,0764642	+87147	0,8993135	+ 6702	0,3902824	+ 2906
28	0,1112830		0,8962137		0,3889382	
30	+0,1459691	+86456	−0,8919969	+12284	−0,3871088	+ 5330
32	0,1804780		0,8866660		0,3847954	
34	0,2147645	+85316	0,8802260	+17824	0,3820001	+ 7737

Anmerkung. $X + \Delta X$, $Y + \Delta Y$, $Z + \Delta Z$, Sonnencoordinaten für die Mitternacht des nebenstehenden Datums.

1858		Schiefe der Ekl.	Par. ⊙	Aberr. ⊙	Gleichg. der Aequin. Punkte.	☊ ☾
		° ′ ″	″	″	″	° ′
Jan.	0	23 27 36,55	8,72	— 20,60	+ 2,89	351 29,2
	10	36,63	8,72	20,59	3,45	350 57,4
	20	36,77	8,72	20,58	3,90	350 25,6
	30	36,93	8,71	20,55	4,21	349 53,8
Febr.	9	37,10	8,69	20,51	4,35	349 22,1
	19	37,26	8,67	20,47	4,32	348 50,3
Mrz.	1	37,38	8,65	20,42	4,17	348 18,5
	11	37,45	8,63	20,37	3,91	347 46,7
	21	37,45	8,61	20,31	3,60	347 15,0
	31	37,38	8,58	20,25	3,31	346 43,2
Apr.	10	23 27 37,25	8,56	— 20,20	+ 3,05	346 11,4
	20	37,07	8,53	20,14	2,91	345 39,7
	30	36,85	8,51	20,09	2,90	345 7,9
Mai	10	36,63	8,49	20,04	3,05	344 36,1
	20	36,40	8,47	20,00	3,34	344 4,3
	30	36,21	8,46	19,97	3,75	343 32,6
Juni	9	36,08	8,45	19,94	4,26	343 0,8
	19	36,00	8,44	19,92	4,84	342 29,0
	29	35,98	8,44	19,92	5,43	341 57,2
Juli	9	36,02	8,44	19,92	5,97	341 25,5
	19	23 27 36,11	8,44	— 19,93	+ 6,43	340 53,7
	29	36,24	8,45	19,95	6,79	340 21,9
Aug.	8	36,39	8,46	19,98	7,00	339 50,2
	18	36,54	8,48	20,02	7,05	339 18,4
	28	36,67	8,49	20,06	6,96	338 46,6
Sept.	7	36,76	8,51	20,11	6,77	338 14,8
	17	36,79	8,54	20,16	6,49	337 43,1
	27	36,75	8,56	20,22	6,17	337 11,3
Oct.	7	36,65	8,59	20,28	5,88	336 39,5
	17	36,48	8,61	20,34	5,66	336 7,7
	27	23 27 36,26	8,63	— 20,39	+ 5,54	335 36,0
Nov.	6	36,02	8,66	20,45	5,58	335 4,2
	16	35,77	8,68	20,49	5,79	334 32,4
	26	35,54	8,69	20,53	6,15	334 0,7
Dec.	6	35,35	8,71	20,56	6,63	333 28,9
	16	35,23	8,72	20,58	7,20	332 57,1
	26	35,18	8,72	20,59	7,82	332 25,3
	36	35,20	8,72	20,60	8,39	331 53,6

Planeten-Ephemeride

für

1858.

Berlin	44′	14″,0	östlich von Paris	}	in Zeit.
	53	35,5	östlich von Greenwich		
Berlin	11° 3′	30″,0	östlich von Paris	}	in Bogen.
	13 23	52,5	östlich von Greenwich		

MERCUR 1858.

Heliocentrischer Ort.

0h Mittl. Zt.		Helioc. Länge ☿	Helioc. Breite ☿	Rad. vect. ☿	☿ Aufg.	☿ Unterg.
		° ′ ″	° ′ ″		h ′	h ′
Jan.	0	24 33 43,2	— 2 38 35,6	0,3281166	21 24	5 30
	2	35 56 8,3	— 1 18 23,1	0,3198934	21 17	5 33
	4	47 49 44,9	+ 0 8 49,3	0,3135045	21 8	5 33
	6	60 8 2,3	1 38 35,2	0,3093058	20 57	5 30
	8	72 41 48,9	3 5 24,3	0,3075519	20 43	5 23
	10	85 19 52,7	4 23 33,8	0,3083548	20 28	5 12
	12	97 50 14,5	5 28 11,7	0,3116629	20 10	4 56
	14	110 1 39,9	6 16 8,9	0,3172711	19 52	4 38
	16	121 44 58,2	6 46 18,5	0,3248548	19 34	4 19
	18	132 53 50,0	6 59 23,4	0,3340211	19 17	3 59
	20	143 24 55,2	+ 6 57 21,7	0,3443548	19 2	3 41
	22	153 17 28,8	6 42 48,1	0,3554568	18 50	3 24
	24	162 32 41,6	6 18 22,9	0,3669655	18 40	3 10
	26	171 12 59,8	5 46 34,1	0,3785687	18 33	2 59
	28	179 21 31,1	5 9 27,0	0,3900049	18 28	2 50
	30	187 1 39,9	4 28 43,2	0,4010602	18 25	2 43
Febr.	1	194 16 51,1	3 45 42,4	0,4115617	18 23	2 38
	3	201 10 20,9	3 1 24,9	0,4213725	18 23	2 35
	5	207 45 12,1	2 16 36,4	0,4303839	18 23	2 33
	7	214 4 13,3	1 31 51,2	0,4385113	18 23	2 33
	9	220 9 57,9	+ 0 47 34,6	0,4456884	18 24	2 34
	11	226 4 46,1	+ 0 4 5,2	0,4518646	18 25	2 36
	13	231 50 46,5	— 0 38 22,2	0,4570006	18 26	2 40
	15	237 29 57,9	1 19 36,3	0,4610672	18 27	2 44
	17	243 4 11,0	1 59 27,5	0,4640140	18 28	2 50
	19	248 35 11,0	2 37 47,3	0,4659156	18 29	2 56
	21	254 4 38,5	3 14 27,2	0,4666739	18 29	3 3
	23	259 34 12,8	3 49 18,4	0,4663152	18 29	3 10
	25	265 5 30,7	4 22 10,9	0,4648413	18 29	3 19
	27	270 40 12,0	4 52 53,3	0,4622589	18 28	3 28
Mrz.	1	276 19 57,2	— 5 21 11,3	0,4585805	18 28	3 37
	3	282 6 32,1	5 46 48,4	0,4538245	18 27	3 47

MERCUR 1858.

Geocentrischer Ort.

0h Mittl. Zt.	Geoc. Ger. Aufst. ☿	Geoc. Abweichg. ☿	Log. Entfern. ☿ von ♁	☿ im Merid.
	h ′ ″	° ′ ″		h ′
Jan. 0	20 6 15,94	— 21 13 18,5	9,9795780	1 27,0
2	20 12 16,18	20 27 38,5	9,9548792	1 25,1
4	20 15 50,17	19 44 28,2	9,9289169	1 20,8
6	20 16 32,00	19 6 25,4	9,9026122	1 13,6
8	20 14 3,52	18 36 0,9	9,8773583	1 3,2
10	20 8 23,46	18 15 7,5	9,8549678	0 49,7
12	19 59 56,11	18 4 30,3	9,8374104	0 33,3
14	19 49 34,50	18 3 34,4	9,8263488	0 15,1
16	19 38 32,74	18 10 41,6	9,8226414	23 56,2
18	19 28 8,65	18 23 46,8	9,8260868	23 37,9
20	19 19 25,45	— 18 40 50,2	9,8355792	23 21,3
22	19 13 1,47	19 0 11,7	9,8495405	23 7,0
24	19 9 10,68	19 20 29,9	9,8663689	22 55,3
26	19 7 49,30	19 40 36,8	9,8847141	22 46,0
28	19 8 43,69	19 59 35,0	9,9035703	22 39,0
30	19 11 36,33	20 16 34,9	9,9222549	22 34,0
Febr. 1	19 16 9,35	20 30 54,9	9,9403394	22 30,7
3	19 22 6,40	20 42 1,0	9,9575785	22 28,8
5	19 29 13,27	20 49 25,1	9,9738482	22 28,0
7	19 37 18,00	20 52 44,9	9,9891046	22 28,2
9	19 46 10,68	— 20 51 42,9	0,0033510	22 29,2
11	19 55 43,11	20 46 5,8	0,0166190	22 30,8
13	20 5 48,62	20 35 42,8	0,0289556	22 33,0
15	20 16 21,72	20 20 26,0	0,0404137	22 35,7
17	20 27 17,91	20 0 9,6	0,0510478	22 38,8
19	20 38 33,54	19 34 49,0	0,0609107	22 42,1
21	20 50 5,66	19 4 21,0	0,0700509	22 45,8
23	21 1 51,90	18 28 43,3	0,0785122	22 49,7
25	21 13 50,34	17 47 54,4	0,0863311	22 53,8
27	21 25 59,52	17 1 53,4	0,0935389	22 58,0
Mrz. 1	21 38 18,34	— 16 10 40,0	0,1001580	23 2,5
3	21 50 46,05	15 14 14,1	0,1062040	23 7,0

MERCUR 1858.

Heliocentrischer Ort.

0h Mittl. Zt.		Helioc. Länge. ☿	Helioc. Breite. ☿	Rad. vect. ☿	☿ Aufg.	☿ Unterg.
		° ′ ″	° ′ ″		h ′	h ′
Mrz.	1	276 19 57,2	— 5 21 11,3	0,4585805	18 28	3 37
	3	282 6 32,1	5 46 48,4	0,4538245	18 27	3 47
	5	288 1 47,3	6 9 24,0	0,4480167	18 25	3 58
	7	294 7 42,0	6 28 32,9	0,4411933	18 24	4 9
	9	300 26 23,6	6 43 45,2	0,4333994	18 22	4 21
	11	307 0 8,8	6 54 24,4	0,4246958	18 20	4 33
	13	313 51 27,0	6 59 47,2	0,4151606	18 18	4 47
	15	321 2 57,3	6 59 2,4	0,4048920	18 15	4 59
	17	328 37 30,1	6 51 11,6	0,3940175	18 13	5 13
	19	336 38 3,1	6 35 9,6	0,3826958	18 10	5 28
	21	345 7 35,2	— 6 9 47,7	0,3711249	18 7	5 42
	23	354 8 57,8	5 33 58,6	0,3595493	18 4	5 58
	25	3 44 37,5	4 46 48,5	0,3482626	18 1	6 13
	27	13 56 14,6	3 47 50,3	0,3376093	17 58	6 30
	29	24 44 14,2	2 37 25,1	0,3279772	17 55	6 46
	31	36 7 10,2	— 1 17 4,4	0,3197786	17 52	7 3
Apr.	2	48 1 12,8	+ 0 10 12,5	0,3134203	17 49	7 20
	4	60 19 48,6	1 39 58,3	0,3092570	17 45	7 37
	6	72 53 44,2	3 6 41,9	0,3075414	17 42	7 54
	8	85 31 45,8	4 24 40,8	0,3083833	17 38	8 10
	10	98 1 54,8	+ 5 29 4,4	0,3117284	17 34	8 25
	12	110 12 57,8	6 16 45,1	0,3173694	17 31	8 38
	14	121 55 46,5	6 46 38,2	0,3249803	17 27	8 50
	16	133 4 4,2	6 59 28,1	0,3341678	17 23	9 0
	18	143 34 33,3	6 57 13,5	0,3445164	17 19	9 8
	20	153 26 31,2	6 42 29,5	0,3556275	17 15	9 14
	22	162 41 10,2	6 17 56,5	0,3671401	17 10	9 17
	24	171 20 57,0	5 46 1,7	0,3787431	17 5	9 18
	26	179 29 0,2	5 8 50,5	0,3901755	17 1	9 16
	28	187 8 44,1	4 28 4,1	0,4012239	16 56	9 11
	30	194 23 33,4	+ 3 45 1,5	0,4117164	16 50	9 3
Mai	2	201 16 44,3	3 0 43,3	0,4215165	16 45	8 53

MERCUR 1858.

Geocentrischer Ort.

0h Mittl. Zt.	Geoc. ger. Aufst. ☿	Geoc. Abweichg. ☿	Log. Entfern. ☿ von ♁	☿ im Merid.
	h ′ ″	° ′ ″		h ′
Mrz. 1	21 38 18,34	— 16 10 40,0	0,1001580	23 2,5
3	21 50 46,05	15 14 14,1	0,1062040	23 7,0
5	22 3 22,14	14 12 36,6	0,1116837	23 11,8
7	22 16 6,40	13 5 48,3	0,1165959	23 16,6
9	22 28 58,87	11 53 51,2	0,1209281	23 21,6
11	22 41 59,81	10 36 47,8	0,1246574	23 26,7
13	22 55 9,62	9 14 41,8	0,1277490	23 32,0
15	23 8 28,90	7 47 38,7	0,1301523	23 37,4
17	23 21 58,35	6 15 45,8	0,1318015	23 43,0
19	23 35 38,70	4 39 13,9	0,1326112	23 48,8
21	23 49 30,61	— 2 58 18,2	0,1324747	23 54,8
23	0 3 34,51	— 1 13 19,9	0,1312631	0 1,0
25	0 17 50,42	+ 0 35 10,8	0,1288244	0 7,4
27	0 32 17,63	2 26 33,4	0,1249864	0 13,9
29	0 46 54,46	4 19 53,7	0,1195629	0 20,7
31	1 1 37,80	6 14 2,2	0,1123661	0 27,5
Apr. 2	1 16 22,92	8 7 33,6	0,1032267	0 34,4
4	1 31 3,28	9 58 49,7	0,0920157	0 41,2
6	1 45 30,60	11 46 3,7	0,0786695	0 47,7
8	1 59 35,39	13 27 29,6	0,0632068	0 53,9
10	2 13 7,50	+ 15 1 30,6	0,0457351	0 59,6
12	2 25 56,87	16 26 46,5	0,0264414	1 4,5
14	2 37 54,11	17 42 18,0	0,0055742	1 8,6
16	2 48 50,80	18 47 26,5	9,9834220	1 11,6
18	2 58 39,60	19 41 50,4	9,9602962	1 13,6
20	3 7 14,24	20 25 21,2	9,9365207	1 14,3
22	3 14 29,44	20 57 58,1	9,9124316	1 13,6
24	3 20 21,00	21 19 45,2	9,8883823	1 11,6
26	3 24 45,91	21 30 49,1	9,8647480	1 8,1
28	3 27 42,76	21 31 19,0	9,8419360	1 3,2
30	3 29 12,27	+ 21 21 28,9	9,8203873	0 56,8
Mai 2	3 29 17,77	21 1 42,0	9,8005730	0 49,0

MERCUR 1858.

Heliocentrischer Ort.

0h Mittl. Zt.		Helioc. Länge. ☿	Helioc. Breite. ☿	Rad. vect. ☿	☿ Aufg.	☿ Unterg.
		° ′ ″	° ′ ″		h ′	h ′
Mai	0	194 23 33,4	+ 3 45 1,5	0,4117164	16 50	9 3
	2	201 16 44,3	3 0 43,3	0,4215165	16 45	8 53
	4	207 51 19,3	2 15 54,7	0,4305155	16 39	8 40
	6	214 10 6,9	1 31 9,9	0,4386294	16 33	8 26
	8	220 15 40,0	0 46 53,9	0,4457922	16 27	8 10
	10	226 10 18,7	+ 0 3 25,5	0,4519534	16 21	7 53
	12	231 56 11,4	− 0 39 0,9	0,4570738	16 15	7 35
	14	237 35 17,2	1 20 13,7	0,4611244	16 8	7 18
	16	243 9 26,4	2 0 3,5	0,4640848	16 1	7 1
	18	248 40 24,2	2 38 21,9	0,4659398	15 55	6 45
	20	254 9 51,1	− 3 15 0,3	0,4666814	15 48	6 31
	22	259 39 26,4	3 49 49,7	0,4663058	15 42	6 19
	24	265 10 47,0	4 22 40,3	0,4648150	15 36	6 8
	26	270 45 32,2	4 53 20,5	0,4622156	15 30	5 59
	28	276 25 23,0	5 21 36,3	0,4585203	15 24	5 53
	30	282 12 4,9	5 47 10,6	0,4537477	15 18	5 48
Juni	1	288 7 29,1	6 9 43,3	0,4479237	15 13	5 46
	3	294 13 34,6	6 28 48,8	0,4410845	15 8	5 45
	5	300 32 28,8	6 43 57,2	0,4332758	15 3	5 46
	7	307 6 29,3	6 54 31,9	0,4245583	14 58	5 48
	9	313 58 4,9	− 6 59 49,4	0,4150105	14 54	5 52
	11	321 9 55,2	6 58 58,6	0,4047312	14 50	5 58
	13	328 44 51,0	6 51 0,8	0,3938478	14 47	6 4
	15	336 45 49,6	6 34 50,7	0,3825200	14 44	6 12
	17	345 14 50,1	6 9 19,5	0,3709464	14 42	6 22
	19	354 17 43,2	5 33 20,6	0,3593724	14 41	6 32
	21	3 53 55,4	4 45 59,6	0,3480922	14 41	6 44
	23	14 6 5,9	3 46 50,7	0,3374511	14 42	6 57
	25	24 54 38,4	2 36 15,4	0,3278372	14 44	7 10
	27	36 18 4,8	− 1 15 46,8	0,3196637	14 48	7 23
	29	48 12 33,4	+ 0 11 34,7	0,3133363	14 53	7 37
Juli	1	60 31 27,9	1 41 20,2	0,3092087	15 1	7 50

MERCUR 1858.

Geocentrischer Ort.

0h Mittl. Zt.		Geoc. Ger. Aufst. ☿ h	′	″	Geoc. Abweichg. ☿ °	′	″	Log. Entfern. ☿ von ♁	☿ im Merid. h	′
Mai	0	3	29	12,27	+ 21	21	28,9	9,8203873	0	56,8
	2	3	29	17,77	21	1	42,0	9,8005730	0	49,0
	4	3	28	5,94	20	32	36,4	9,7829803	0	39,9
	6	3	25	46,89	19	55	11,2	9,7680854	0	29,7
	8	3	22	34,35	19	10	51,8	9,7563177	0	18,6
	10	3	18	45,00	18	21	31,0	9,7480157	0	6,9
	12	3	14	37,32	17	29	25,7	9,7433900	23	54,9
	14	3	10	30,29	16	37	7,6	9,7424939	23	42,9
	16	3	6	41,87	15	47	10,2	9,7452200	23	31,2
	18	3	3	27,67	15	1	53,5	9,7513192	23	20,1
	20	3	1	0,13	+ 14	23	14,3	9,7604334	23	9,7
	22	2	59	28,26	13	52	37,8	9,7721443	23	0,3
	24	2	58	57,91	13	30	56,8	9,7860094	22	51,9
	26	2	59	32,17	13	18	34,5	9,8016027	22	44,6
	28	3	1	11,97	13	15	29,1	9,8185315	22	38,4
	30	3	3	56,95	13	21	20,8	9,8364526	22	33,3
Juni	1	3	7	45,78	13	35	35,9	9,8550736	22	29,2
	3	3	12	36,70	13	57	33,0	9,8741508	22	26,2
	5	3	18	28,03	14	26	25,1	9,8934840	22	24,1
	7	3	25	18,32	15	1	22,4	9,9129038	22	23,1
	9	3	33	6,39	+ 15	41	33,2	9,9322701	22	23,0
	11	3	41	51,67	16	26	4,8	9,9514578	22	23,9
	13	3	51	34,06	17	14	1,9	9,9703543	22	25,7
	15	4	2	13,80	18	4	28,0	9,9888403	22	28,5
	17	4	13	51,71	18	56	20,9	0,0068024	22	32,2
	19	4	26	28,63	19	48	34,2	0,0241075	22	36,9
	21	4	40	5,30	20	39	54,4	0,0406077	22	42,7
	23	4	54	41,82	21	28	59,9	0,0561357	22	49,4
	25	5	10	17,15	22	14	21,7	0,0705061	22	57,1
	27	5	26	48,47	22	54	24,5	0,0835196	23	5,7
	29	5	44	10,50	+ 23	27	31,1	0,0949790	23	15,2
Juli	1	6	2	15,18	23	52	9,3	0,1047067	23	25,4

MERCUR 1858.

Heliocentrischer Ort.

0^h Mittl. Zt.		Helioc. Länge. ☿	Helioc. Breite. ☿	Rad. vect. ☿	☿ Aufg.	☿ Unterg.
		° ′ ″	° ′ ″		h ′	h ′
Juli	1	60 31 27,9	+ 1 41 20,2	0,3092087	15 1	7 50
	3	73 5 32,5	3 7 58,3	0,3075318	15 9	8 3
	5	85 43 32,3	4 25 46,7	0,3084129	15 20	8 15
	7	98 13 28,5	5 29 56,1	0,3117951	15 32	8 25
	9	110 24 9,4	6 17 20,6	0,3174691	15 45	8 33
	11	122 6 28,6	6 46 57,6	0,3251074	15 59	8 40
	13	133 14 12,8	6 59 32,4	0,3343158	16 14	8 46
	15	143 44 6,7	6 57 5,3	0,3446792	16 29	8 50
	17	153 35 29,7	6 42 11,1	0,3557993	16 45	8 52
	19	162 49 35,4	6 17 30,2	0,3673158	17 0	8 53
	21	171 28 51,8	+ 5 45 29,8	0,3789184	17 15	8 53
	23	179 36 27,7	5 8 14,5	0,3903467	17 29	8 53
	25	187 15 47,3	4 27 25,5	0,4013883	17 43	8 51
	27	194 30 15,5	3 44 21,3	0,4118715	17 56	8 48
	29	201 23 8,1	3 0 2,4	0,4216604	18 9	8 45
	31	207 57 27,5	2 15 13,7	0,4306470	18 21	8 42
Aug.	2	214 16 1,9	1 30 29,0	0,4387470	18 32	8 38
	4	220 21 24,1	0 46 13,6	0,4458953	18 42	8 33
	6	226 15 54,0	+ 0 2 46,1	0,4520410	18 52	8 28
	8	232 1 39,9	— 0 39 39,4	0,4571454	19 1	8 23
	10	237 40 40,0	— 1 20 51,1	0,4611796	19 9	8 18
	12	243 14 45,4	2 0 39,4	0,4641233	19 17	8 12
	14	248 45 41,0	2 38 56,3	0,4659613	19 24	8 6
	16	254 15 7,2	3 15 33,0	0,4666858	19 29	7 59
	18	259 44 42,7	3 50 20,8	0,4662930	19 34	7 52
	20	265 16 5,3	4 23 9,4	0,4647852	19 38	7 45
	22	270 50 53,8	4 53 47,5	0,4621688	19 41	7 38
	24	276 30 49,5	5 22 0,9	0,4584568	19 42	7 30
	26	282 17 37,9	5 47 32,6	0,4536675	19 42	7 22
	28	288 13 10,4	6 10 2,2	0,4478275	19 40	7 14
	30	294 19 25,9	— 6 29 4,5	0,4409728	19 36	7 5
Sept.	1	300 38 32,3	6 44 9,1	0,4331493	19 30	6 56

MERCUR 1858.

Geocentrischer Ort.

0h Mittl. Zt.	Geoc. Ger. Aufst. ☿	Geoc. Abweichg. ☿	Log. Entfern. ☿ von ♁	☿ im Merid.
	h ′ ″	° ′ ″		h ′
Juli 1	6 2 15,18	+ 23 52 9,3	0,1047067	23 25,4
3	6 20 51,68	24 7 1,0	0,1125661	23 36,1
5	6 39 47,07	24 11 10,5	0,1184852	23 47,2
7	6 58 47,47	24 4 11,4	0,1224645	23 58,3
9	7 17 39,49	23 46 7,5	0,1245765	0 9,3
11	7 36 11,33	23 17 29,8	0,1249515	0 19,9
13	7 54 13,63	22 39 9,8	0,1237553	0 30,1
15	8 11 39,75	21 52 11,5	0,1211693	0 39,6
17	8 28 25,52	20 57 43,8	0,1173705	0 48,5
19	8 44 28,82	19 56 55,6	0,1125223	0 56,7
21	8 59 49,07	+ 18 50 52,2	0,1067651	1 4,1
23	9 14 26,79	17 40 33,5	0,1002169	1 10,9
25	9 28 23,17	16 26 53,4	0,0929729	1 16,9
27	9 41 39,76	15 10 39,8	0,0851062	1 22,3
29	9 54 18,18	13 52 35,4	0,0766735	1 27,1
31	10 6 20,13	12 33 18,5	0,0677119	1 31,2
Aug. 2	10 17 47,04	11 13 23,7	0,0582467	1 34,8
4	10 28 40,13	9 53 22,8	0,0482920	1 37,8
6	10 39 0,31	8 33 45,5	0,0378518	1 40,2
8	10 48 48,06	7 15 0,6	0,0269228	1 42,1
10	10 58 3,47	+ 5 57 36,4	0,0154965	1 43,5
12	11 6 46,13	4 42 2,0	0,0035612	1 44,3
14	11 14 55,09	3 28 47,3	9,9911037	1 44,6
16	11 22 28,78	2 18 24,9	9,9781130	1 44,3
18	11 29 24,97	1 11 30,5	9,9645839	1 43,3
20	11 35 40,69	+ 0 8 44,4	9,9505204	1 41,7
22	11 41 12,13	− 0 49 7,6	9,9359433	1 39,3
24	11 45 54,63	1 41 12,2	9,9208990	1 36,2
26	11 49 42,63	2 26 27,4	9,9054708	1 32,1
28	11 52 29,78	3 3 41,6	9,8897952	1 27,0
30	11 54 9,12	− 3 31 32,5	9,8740820	1 20,7
Sept. 1	11 54 33,58	3 48 28,1	9,8586403	1 13,3

MERCUR 1858.

Heliocentrischer Ort.

0h Mittl. Zt.		Helioc. Länge ☿	Helioc. Breite ☿	Rad. vect. ☿	☿ Aufg.	☿ Unterg.
		° ′ ″	° ′ ″		h ′	h ′
Sept.	1	300 38 32,3	— 6 44 9,1	0,4331493	19 30	6 56
	3	307 12 46,9	6 54 39,2	0,4244181	19 21	6 47
	5	314 4 38,8	6 59 51,6	0,4148580	19 10	6 37
	7	321 16 48,3	6 58 54,8	0,4045683	18 57	6 28
	9	328 52 5,4	6 50 50,0	0,3936765	18 40	6 19
	11	336 53 28,6	6 34 32,1	0,3823434	18 21	6 10
	13	345 23 56,1	6 8 51,9	0,3707678	18 1	6 1
	15	354 26 19,4	5 32 43,1	0,3591959	17 39	5 53
	17	4 3 3,3	4 45 11,6	0,3479227	17 18	5 45
	19	14 15 47,1	3 45 51,8	0,3372944	16 59	5 39
	21	25 4 52,4	— 2 35 6,7	0,3276996	16 43	5 33
	23	36 28 49,2	— 1 14 30,3	0,3195515	16 29	5 29
	25	48 23 43,3	+ 0 12 55,6	0,3132554	16 20	5 25
	27	60 42 56,4	1 42 40,9	0,3091640	16 15	5 22
	29	73 17 9,4	3 9 13,5	0,3075260	16 14	5 19
Oct.	1	85 55 7,5	4 26 51,5	0,3084463	16 16	5 17
	3	98 24 50,9	5 30 46,9	0,3118657	16 22	5 14
	5	110 35 9,5	6 17 55,4	0,3175725	16 29	5 12
	7	122 16 59,7	6 47 16,3	0,3252381	16 38	5 9
	9	133 24 10,3	6 59 36,7	0,3344673	16 48	5 7
	11	143 53 29,3	+ 6 56 57,0	0,3448454	17 0	5 4
	13	153 44 17,8	6 41 52,8	0,3559740	17 12	5 1
	15	162 57 51,0	6 17 4,1	0,3674939	17 24	4 58
	17	171 36 37,3	5 44 58,1	0,3790956	17 36	4 55
	19	179 43 46,0	5 7 38,9	0,3905194	17 48	4 52
	21	187 22 42,0	4 26 47,2	0,4015534	18 0	4 49
	23	194 36 49,4	3 43 41,5	0,4120267	18 13	4 46
	25	201 29 24,3	2 59 21,6	0,4218038	18 25	4 43
	27	208 3 28,6	2 14 32,7	0,4307772	18 37	4 40
	29	214 21 50,4	1 29 48,4	0,4388630	18 49	4 37
	31	220 27 2,1	+ 0 45 33,4	0,4459960	19 1	4 34
Nov.	2	226 21 23,6	0 2 6,6	0,4521260	19 12	4 31

MERCUR 1858.

Geocentrischer Ort.

0h Mittl. Zt.	Geoc. Ger. Aufst. ☿	Geoc. Abweichg. ☿	Log. Entfern. ☿ von ♁	☿ im Merid.
	h ′ ″	° ′ ″		h ′
Sept. 1	11 54 33,58	— 3 48 28,1	9,8586403	1 13,3
3	11 53 36,89	3 52 51,7	9,8439077	1 4,4
5	11 51 14,92	3 43 10,3	9,8304720	0 54,2
7	11 47 27,58	3 18 11,3	9,8190861	0 42,5
9	11 42 21,37	2 37 27,8	9,8106449	0 29,5
11	11 36 11,43	1 41 48,1	9,8061113	0 15,5
13	11 29 23,07	— 0 33 43,1	9,8063825	0 0,8
15	11 22 30,76	+ 0 42 24,9	9,8121006	23 46,0
17	11 16 14,71	2 0 42,9	9,8234776	23 31,9
19	11 11 14,95	3 14 39,4	9,8401945	23 19,0
21	11 8 5,28	+ 4 18 8,2	9,8614341	23 7,9
23	11 7 8,56	5 6 21,8	9,8860267	22 59,1
25	11 8 34,74	5 36 17,4	9,9126531	22 52,7
27	11 12 21,60	5 46 39,2	9,9400304	22 48,6
29	11 18 17,26	5 37 41,4	9,9670475	22 46,6
Oct. 1	11 26 3,55	5 10 47,9	9,9928397	22 46,5
3	11 35 19,33	4 28 8,3	0,0168093	22 47,9
5	11 45 43,58	3 32 16,4	0,0386115	22 50,4
7	11 56 57,29	2 25 51,5	0,0581086	22 53,7
9	12 8 44,68	+ 1 11 24,6	0,0753151	22 57,6
11	12 20 53,49	— 0 8 49,9	0,0903447	23 1,9
13	12 33 14,75	1 32 58,0	0,1033660	23 6,4
15	12 45 42,24	2 59 26,6	0,1145674	23 10,9
17	12 58 11,95	4 27 0,5	0,1241374	23 15,6
19	13 10 41,48	5 54 41,1	0,1322506	23 20,2
21	13 23 9,60	7 21 41,9	0,1390645	23 24,7
23	13 35 35,90	8 47 26,7	0,1447135	23 29,3
25	13 48 0,51	10 11 26,8	0,1493133	23 33,8
27	14 0 23,90	11 33 18,9	0,1529585	23 38,3
29	14 12 46,77	12 52 44,3	0,1557272	23 42,8
31	14 25 9,93	— 14 9 27,1	0,1576823	23 47,3
Nov. 2	14 37 34,20	15 23 13,3	0,1588723	23 51,8

MERCUR 1858.

Heliocentrischer Ort.

0h Mittl. Zt.		Helioc. Länge ☿	Helioc. Breite ☿	Rad. vect. ☿	☿ Aufg.	☿ Unterg.
		° ′ ″	° ′ ″		h ′	h ′
Nov.	0	220 27 2,1	+ 0 45 33,4	0,4459960	19 1	4 34
	2	226 21 23,6	+ 0 2 6,6	0,4521260	19 12	4 31
	4	232 7 2,8	− 0 40 17,8	0,4572142	19 23	4 29
	6	237 45 57,9	1 21 28,2	0,4612318	19 35	4 27
	8	243 19 59,9	2 1 15,5	0,4641586	19 47	4 25
	10	248 50 53,6	2 39 30,9	0,4659796	19 58	4 23
	12	254 20 19,2	3 16 5,9	0,4666868	20 9	4 21
	14	259 49 55,5	3 50 51,9	0,4662770	20 20	4 20
	16	265 21 20,9	4 23 38,8	0,4647522	20 30	4 19
	18	270 56 13,2	4 54 14,7	0,4621191	20 40	4 20
	20	276 36 14,2	− 5 22 25,6	0,4583908	20 50	4 20
	22	282 23 9,7	5 47 54,8	0,4535859	20 59	4 21
	24	288 18 51,0	6 10 21,4	0,4477304	21 8	4 22
	26	294 25 17,2	6 29 20,3	0,4408607	21 17	4 24
	28	300 44 36,3	6 44 21,0	0,4330232	21 24	4 27
	30	307 19 5,9	6 54 46,6	0,4242790	21 31	4 30
Dec.	2	314 11 15,3	6 59 53,7	0,4147071	21 37	4 34
	4	321 23 44,7	6 58 50,8	0,4044074	21 41	4 39
	6	328 59 24,5	6 50 39,1	0,3935079	21 45	4 44
	8	337 1 13,1	6 34 13,0	0,3821696	21 48	4 49
	10	345 32 9,1	− 6 8 23,7	0,3705923	21 49	4 54
	12	354 35 2,9	5 32 4,8	0,3590228	21 48	4 59
	14	4 12 19,7	4 44 22,6	0,3477569	21 46	5 3
	16	14 25 37,4	3 44 52,0	0,3371414	21 41	5 6
	18	25 15 15,9	2 33 56,8	0,3275657	21 34	5 7
	20	36 39 43,8	− 1 13 12,5	0,3194428	21 25	5 5
	22	48 35 4,3	+ 0 14 17,5	0,3131780	21 12	5 1
	24	60 54 36,1	1 44 2,9	0,3091225	20 56	4 53
	26	73 28 58,5	3 10 29,8	0,3075231	20 38	4 40
	28	86 6 54,5	4 27 57,2	0,3084822	20 17	4 25
	30	98 36 25,7	+ 5 31 38,3	0,3119383	19 55	4 8
	31	104 44 28,4	5 57 16,6	0,3145410	19 45	4 0

MERCUR 1858.

Geocentrischer Ort.

0^h Mittl. Zt.	Geoc. Ger. Aufst. ☿	Geoc. Abweichg. ☿	Log. Entfern. ☿ von ♁	☿ im Merid.
	h ′ ″	° ′ ″		h ′
Nov. 0	14 25 9,93	— 14 9 27,1	0,1576823	23 47,3
2	14 37 34,20	15 23 13,3	0,1588723	23 51,8
4	14 50 0,40	16 33 50,4	0,1593345	23 56,4
6	15 2 29,31	17 41 7,1	0,1590950	0 1,0
8	15 15 1,60	18 44 52,3	0,1581704	0 5,6
10	15 27 37,85	19 44 55,2	0,1565683	0 10,4
12	15 40 18,47	20 41 5,2	0,1542877	0 15,2
14	15 53 3,74	21 33 11,5	0,1513199	0 20,0
16	16 5 53,72	22 21 3,3	0,1476466	0 25,0
18	16 18 48,21	23 4 29,0	0,1432422	0 30,0
20	16 31 46,77	— 23 43 17,4	0,1380712	0 35,1
22	16 44 48,56	24 17 16,7	0,1320879	0 40,2
24	16 57 52,36	24 46 15,3	0,1252368	0 45,4
26	17 10 56,41	25 10 1,5	0,1174502	0 50,6
28	17 23 58,32	25 28 24,4	0,1086481	0 55,7
30	17 36 54,86	25 41 13,9	0,0987372	1 0,8
Dec. 2	17 49 41,86	25 48 21,6	0,0876107	1 5,7
4	18 2 13,81	25 49 41,8	0,0751486	1 10,3
6	18 14 23,62	25 45 13,0	0,0612203	1 14,6
8	18 26 2,16	25 34 58,9	0,0456906	1 18,4
10	18 36 57,69	— 25 19 11,0	0,0284306	1 21,4
12	18 46 55,29	24 58 11,5	0,0093395	1 23,5
14	18 55 36,18	24 32 35,1	9,9883788	1 24,3
16	19 2 37,39	24 3 12,6	9,9656308	1 23,4
18	19 7 32,00	23 31 10,9	9,9413832	1 20,4
20	19 9 50,83	22 57 51,7	9,9162453	1 14,9
22	19 9 6,94	22 24 43,6	9,8912668	1 6,3
24	19 5 3,52	21 53 9,9	9,8680102	0 54,3
26	18 57 45,13	21 24 19,2	9,8484666	0 39,1
28	18 47 47,79	20 59 2,3	9,8347091	0 21,3
30	18 36 20,09	— 20 38 5,4	9,8283069	0 1,9
31	18 30 29,70	20 29 31,3	9,8280744	23 52,2

VENUS 1858.

Heliocentrischer Ort.

0h Mittl. Zt.		Helioc. Länge ♀	Helioc. Breite ♀	Rad. vect. ♀	♀ Aufg.	♀ Unterg.
		° ′ ″	° ′ ″		h ′	h ′
Jan.	0	246 9 30,9	+ 0 32 34,1	0,7255016	19 12	2 51
	2	249 20 14,1	0 21 22,2	0,7257456	19 16	2 53
	4	252 30 49,0	+ 0 10 6,2	0,7259819	19 20	2 55
	6	255 41 16,9	— 0 1 10,7	0,7262100	19 24	2 58
	8	258 51 37,7	0 12 27,2	0,7264293	19 27	3 1
	10	262 1 51,9	0 23 41,0	0,7266386	19 30	3 4
	12	265 12 0,1	0 34 50,0	0,7268378	19 32	3 8
	14	268 22 3,0	0 45 52,6	0,7270259	19 34	3 12
	16	271 32 1,2	0 56 46,4	0,7272026	19 36	3 16
	18	274 41 55,3	1 7 29,3	0,7273677	19 37	3 21
	20	277 51 45,7	— 1 17 59,6	0,7275192	19 38	3 26
	22	281 1 33,1	1 28 15,4	0,7276580	19 38	3 31
	24	284 11 18,1	1 38 15,0	0,7277839	19 38	3 37
	26	287 21 1,3	1 47 56,3	0,7278960	19 38	3 42
	28	290 30 43,3	1 57 17,9	0,7279937	19 38	3 48
	30	293 40 24,5	2 6 17,8	0,7280770	19 37	3 54
Febr.	1	296 50 5,4	2 14 54,4	0,7281459	19 36	4 0
	3	299 59 46,3	2 23 6,6	0,7281998	19 35	4 6
	5	303 9 28,4	2 30 52,5	0,7282388	19 33	4 12
	7	306 19 11,3	2 38 10,9	0,7282624	19 31	4 19
	9	309 28 56,0	— 2 45 0,3	0,7282709	19 29	4 26
	11	312 38 42,6	2 51 19,8	0,7282643	19 27	4 32
	13	315 48 31,9	2 57 7,8	0,7282422	19 25	4 39
	15	318 58 23,9	3 2 23,6	0,7282049	19 22	4 46
	17	322 8 18,8	3 7 6,3	0,7281530	19 19	4 52
	19	325 18 17,4	3 11 14,6	0,7280856	19 16	4 59
	21	328 28 19,7	3 14 47,8	0,7280036	19 13	5 6
	23	331 38 26,0	3 17 45,8	0,7279073	19 10	5 13
	25	334 48 36,6	3 20 7,5	0,7277969	19 7	5 19
	27	337 58 51,9	3 21 52,6	0,7276725	19 3	5 26
Mrz.	1	341 9 11,6	— 3 23 0,6	0,7275349	18 59	5 32
	3	344 19 36,1	3 23 31,4	0,7273840	18 55	5 39

VENUS 1858.

Geocentrischer Ort.

0h Mittl. Zt.	Geoc. Ger. Aufst. ♀	Geoc. Abweichg. ♀	Log. Entfern. ♀ von ♁	♀ im Merid.
	° ′ ″	° ′ ″		h ′
Jan. 0	17 40 49,83	− 23 8 46,1	0,2141232	23 1,5
2	17 51 45,16	23 17 20,7	0,2154405	23 4,6
4	18 2 41,71	23 23 3,8	0,2167137	23 7,6
6	18 13 39,05	23 25 54,0	0,2179428	23 10,7
8	18 24 36,65	23 25 50,3	0,2191278	23 13,8
10	18 35 34,02	23 22 52,6	0,2202686	23 16,8
12	18 46 30,65	23 17 1,2	0,2213652	23 19,9
14	18 57 26,04	23 8 17,0	0,2224172	23 23,0
16	19 8 19,71	22 56 41,5	0,2234252	23 26,0
18	19 19 11,17	22 42 16,3	0,2243900	23 28,9
20	19 29 59,99	− 22 25 4,1	0,2253116	23 31,8
22	19 40 45,76	22 5 8,0	0,2261911	23 34,7
24	19 51 28,14	21 42 31,2	0,2270290	23 37,6
26	20 2 6,76	21 17 17,4	0,2278265	23 40,3
28	20 12 41,36	20 49 30,9	0,2285833	23 43,0
30	20 23 11,73	20 19 15,8	0,2293002	23 45,6
Febr. 1	20 33 37,63	19 46 37,1	0,2299774	23 48,2
3	20 43 58,93	19 11 39,5	0,2306142	23 50,6
5	20 54 15,53	18 34 28,4	0,2312104	23 53,0
7	21 4 27,32	17 55 9,0	0,2317654	23 55,3
9	21 14 34,25	− 17 13 46,9	0,2322790	23 57,6
11	21 24 36,33	16 30 28,3	0,2327503	23 59,7
13	21 34 33,56	15 45 18,7	0,2331789	0 1,8
15	21 44 25,99	14 58 24,3	0,2335650	0 3,8
17	21 54 13,71	14 9 51,6	0,2339085	0 5,7
19	22 3 56,81	13 19 46,5	0,2342089	0 7,5
21	22 13 35,53	12 28 15,1	0,2344671	0 9,3
23	22 23 9,98	11 35 23,8	0,2346834	0 11,0
25	22 32 40,41	10 41 18,4	0,2348575	0 12,6
27	22 42 7,04	9 46 5,2	0,2349897	0 14,2
Mrz. 1	22 51 30,15	− 8 49 50,1	0,2350799	0 15,7
3	23 0 50,02	7 52 39,0	0,2351276	0 17,1

VENUS 1858.

Heliocentrischer Ort.

0h Mittl. Zt.		Helioc. Länge. ♀	Helioc. Breite. ♀	Rad. vect. ♀	♀ Aufg.	♀ Unterg.
		° ′ ″	° ′ ″		h ′	h ′
Mrz.	1	341 9 11,6	— 3 23 0,6	0,7275349	18 59	5 32
	3	344 19 36,1	3 23 31,4	0,7273840	18 55	5 39
	5	347 30 5,7	3 23 24,8	0,7272206	18 51	5 46
	7	350 40 40,2	3 22 40,8	0,7270450	18 48	5 52
	9	353 51 20,2	3 21 19,6	0,7268581	18 44	5 59
	11	357 2 5,8	3 19 21,2	0,7266602	18 40	6 5
	13	0 12 57,0	3 16 45,9	0,7264518	18 36	6 11
	15	3 23 53,6	3 13 34,3	0,7262337	18 32	6 18
	17	6 34 55,9	3 9 46,7	0,7260067	18 28	6 25
	19	9 46 4,2	3 5 23,9	0,7257711	18 24	6 31
	21	12 57 18,0	— 3 0 26,5	0,7255279	18 20	6 37
	23	16 8 37,7	2 54 55,5	0,7252779	18 15	6 44
	25	19 20 4,1	2 48 51,9	0,7250216	18 11	6 51
	27	22 31 36,5	2 42 16,6	0,7247600	18 7	6 57
	29	25 43 14,9	2 35 10,7	0,7244938	18 3	7 4
	31	28 54 59,6	2 27 35,6	0,7242240	17 59	7 11
Apr.	2	32 6 50,8	2 19 32,7	0,7239513	17 55	7 17
	4	35 18 48,6	2 11 3,4	0,7236764	17 51	7 24
	6	38 30 52,6	2 2 9,1	0,7234006	17 47	7 30
	8	41 43 3,8	1 52 51,5	0,7231244	17 43	7 36
	10	44 55 21,2	— 1 43 12,3	0,7228489	17 40	7 43
	12	48 7 45,7	1 33 13,4	0,7225749	17 36	7 50
	14	51 20 16,8	1 22 56,5	0,7223031	17 32	7 57
	16	54 32 55,1	1 12 23,4	0,7220345	17 29	8 3
	18	57 45 40,2	1 1 36,3	0,7217697	17 25	8 10
	20	60 58 32,7	0 50 37,2	0,7215099	17 22	8 17
	22	64 11 32,3	0 39 27,4	0,7212556	17 19	8 23
	24	67 24 39,1	0 28 10,4	0,7210079	17 16	8 30
	26	70 37 53,0	0 16 47,7	0,7207673	17 13	8 37
	28	73 51 14,1	— 0 5 21,0	0,7205349	17 10	8 43
	30	77 4 42,6	+ 0 6 6,8	0,7203111	17 8	8 50
Mai	2	80 18 18,4	0 17 34,2	0,7200972	17 6	8 56

VENUS 1858.

Geocentrischer Ort.

0ʰ Mittl. Zt.		Geoc. Ger. Aufst. ♀	Geoc Abweichg. ♀		Log. Entfern. ♀ von ♁	♀ im Merid.
		h ' "		° ' "		h '
Mrz.	1	22 51 30,15	−	8 49 50,1	0,2350799	0 15,7
	3	23 0 50,02		7 52 39,0	0,2351276	0 17,1
	5	23 10 6,95		6 54 37,9	0,2351320	0 18,5
	7	23 19 21,22		5 55 52,7	0,2350923	0 19,9
	9	23 28 33,17		4 56 29,4	0,2350078	0 21,2
	11	23 37 43,11		3 56 33,8	0,2348773	0 22,4
	13	23 46 51,35		2 56 12,1	0,2346998	0 23,7
	15	23 55 58,20		1 55 30,1	0,2344746	0 24,9
	17	0 5 3,98	−	0 54 34,0	0,2342009	0 26,1
	19	0 14 9,04	+	0 6 30,3	0,2338786	0 27,3
	21	0 23 13,69	+	1 7 36,9	0,2335070	0 28,5
	23	0 32 18,26		2 8 40,0	0,2330862	0 29,7
	25	0 41 23,12		3 9 33,6	0,2326156	0 30,9
	27	0 50 28,59		4 10 12,0	0,2320955	0 32,1
	29	0 59 34,98		5 10 29,6	0,2315252	0 33,3
	31	1 8 42,69		6 10 20,5	0,2309053	0 34,6
Apr.	2	1 17 52,03		7 9 38,9	0,2302337	0 35,9
	4	1 27 3,34		8 8 19,2	0,2295098	0 37,2
	6	1 36 16,92		9 6 15,5	0,2287329	0 38,5
	8	1 45 33,09		10 3 21,9	0,2279011	0 39,9
	10	1 54 52,11	+	10 59 32,2	0,2270137	0 41,3
	12	2 4 14,26		11 54 40,5	0,2260690	0 42,8
	14	2 13 39,76		12 48 40,7	0,2250663	0 44,3
	16	2 23 8,84		13 41 26,7	0,2240045	0 45,9
	18	2 32 41,69		14 32 52,3	0,2228832	0 47,6
	20	2 42 18,48		15 22 51,6	0,2217016	0 49,3
	22	2 51 59,34		16 11 18,7	0,2204592	0 51,1
	24	3 1 44,43		16 58 7,1	0,2191562	0 53,0
	26	3 11 33,83		17 43 11,3	0,2177919	0 54,9
	28	3 21 27,61		18 26 25,7	0,2163664	0 56,9
	30	3 31 25,85	+	19 7 44,3	0,2148784	0 59,0
Mai	2	3 41 28,52		19 47 1,9	0,2133276	1 1,2

VENUS 1858.

Heliocentrischer Ort.

0^h Mittl. Zt.		Helioc. Länge. ♀	Helioc. Breite. ♀	Rad. vect. ♀	♀ Aufg.	♀ Unterg.
		° ′ ″	° ′ ″		h ′	h ′
Mai	0	77 4 42,6	+ 0 6 6,8	0,7203111	17 8	8 50
	2	80 18 18,4	0 17 34,2	0,7200972	17 6	8 56
	4	83 32 0,9	0 28 58,2	0,7198929	17 4	9 3
	6	86 45 50,6	0 40 17,5	0,7196996	17 2	9 9
	8	89 59 47,2	0 51 29,7	0,7195179	17 0	9 16
	10	93 13 50,9	1 2 32,0	0,7193481	16 59	9 22
	12	96 28 1,1	1 13 22,7	0,7191910	16 58	9 28
	14	99 42 17,8	1 23 59,7	0,7190467	16 58	9 33
	16	102 56 40,4	1 34 20,9	0,7189160	16 58	9 39
	18	106 11 9,6	1 44 24,0	0,7187993	16 58	9 44
	20	109 25 43,9	+ 1 54 7,4	0,7186969	16 58	9 49
	22	112 40 23,8	2 3 29,0	0,7186091	16 59	9 54
	24	115 55 8,1	2 12 27,0	0,7185362	17 0	9 58
	26	119 9 57,2	2 20 59,6	0,7184786	17 2	10 2
	28	122 24 50,0	2 29 5,1	0,7184364	17 4	10 6
	30	125 39 46,0	2 36 41,9	0,7184096	17 6	10 9
Juni	1	128 54 45,2	2 43 48,6	0,7183986	17 9	10 12
	3	132 9 46,5	2 50 23,7	0,7184029	17 12	10 14
	5	135 24 49,8	2 56 25,9	0,7184233	17 16	10 16
	7	138 39 54,1	3 1 54,1	0,7184588	17 20	10 18
	9	141 54 58,9	+ 3 6 47,3	0,7185098	17 24	10 19
	11	145 10 3,5	3 11 4,4	0,7185758	17 28	10 20
	13	148 25 7,0	3 14 44,4	0,7186571	17 33	10 21
	15	151 40 9,4	3 17 47,1	0,7187531	17 38	10 21
	17	154 55 8,9	3 20 11,6	0,7188636	17 43	10 21
	19	158 10 6,2	3 21 57,5	0,7189881	17 48	10 20
	21	161 24 59,3	3 23 4,5	0,7191263	17 54	10 19
	23	164 39 48,8	3 23 32,4	0,7192778	18 0	10 18
	25	167 54 32,8	3 23 21,4	0,7194422	18 6	10 16
	27	171 9 11,0	3 22 31,2	0,7196186	18 12	10 14
	29	174 23 43,1	+ 3 21 2,2	0,7198067	18 19	10 11
Juli	1	177 38 7,9	3 18 54,8	0,7200058	18 25	10 9

VENUS 1858.

Geocentrischer Ort.

0h Mittl. Z.		Geoc. Ger. Aufst. ♀	Geoc. Abweichg. ♀	Log. Entfern. ♀ von ♁	♀ im Merid.
		h ′ ″	° ′ ″		h ′
Mai	0	3 31 25,85	+ 19 7 44,3	0,2148784	0 59,0
	2	3 41 28,52	19 47 1,9	0,2133276	1 1,2
	4	3 51 35,61	20 24 12,5	0,2117128	1 3,4
	6	4 1 47,05	20 59 11,2	0,2100334	1 5,7
	8	4 12 2,71	21 31 52,8	0,2082872	1 8,1
	10	4 22 22,45	22 2 11,9	0,2064734	1 10,5
	12	4 32 46,02	22 30 3,9	0,2045906	1 13,1
	14	4 43 13,16	22 55 24,4	0,2026379	1 15,6
	16	4 53 43,54	23 18 9,2	0,2006143	1 18,2
	18	5 4 16,86	23 38 14,5	0,1985186	1 20,9
	20	5 14 52,67	+ 23 55 37,1	0,1963509	1 23,6
	22	5 25 30,59	24 10 14,0	0,1941107	1 26,4
	24	5 36 10,15	24 22 2,9	0,1917980	1 29,1
	26	5 46 50,94	24 31 1,7	0,1894125	1 31,9
	28	5 57 32,44	24 37 9,0	0,1869539	1 34,7
	30	6 8 14,21	24 40 23,8	0,1844225	1 37,6
Juni	1	6 18 55,78	24 40 45,7	0,1818168	1 40,4
	3	6 29 36,62	24 38 14,5	0,1791357	1 43,2
	5	6 40 16,27	24 32 50,8	0,1763791	1 45,9
	7	6 50 54,23	24 24 35,4	0,1735452	1 48,7
	9	7 1 30,01	+ 24 13 30,0	0,1706322	1 51,4
	11	7 12 3,15	23 59 36,4	0,1676396	1 54,1
	13	7 22 33,17	23 42 57,0	0,1645661	1 56,7
	15	7 32 59,66	23 23 34,9	0,1614116	1 59,2
	17	7 43 22,19	23 1 33,8	0,1581731	2 1,7
	19	7 53 40,44	22 36 57,0	0,1548522	2 4,1
	21	8 3 54,05	22 9 48,9	0,1514485	2 6,5
	23	8 14 2,80	21 40 13,7	0,1479615	2 8,7
	25	8 24 6,39	21 8 16,2	0,1443913	2 10,9
	27	8 34 4,69	20 34 1,5	0,1407377	2 13,0
	29	8 43 57,59	+ 19 57 34,2	0,1370002	2 15,0
Juli	1	8 53 44,96	19 18 59,7	0,1331787	2 16,9

VENUS 1858.

Heliocentrischer Ort.

0h Mittl. Zt.		Helioc. Länge ♀	Helioc. Breite ♀	Rad. vect. ♀	♀ Aufg.	♀ Unterg.
		° ′ ″	° ′ ″		h ′	h ′
Juli	1	177 38 7,9	+ 3 18 54,8	0,7200058	18 25	10 9
	3	180 52 25,0	3 16 9,5	0,7202155	18 32	10 6
	5	184 6 33,9	3 12 46,7	0,7204348	18 38	10 3
	7	187 20 33,8	3 8 47,4	0,7206632	18 44	10 0
	9	190 34 24,8	3 4 12,2	0,7209001	18 51	9 57
	11	193 48 5,9	2 59 2,2	0,7211442	18 57	9 54
	13	197 1 37,3	2 53 18,5	0,7213954	19 3	9 50
	15	200 14 58,6	2 47 2,2	0,7216525	19 9	9 46
	17	203 28 9,0	2 40 14,4	0,7219149	19 15	9 42
	19	206 41 9,1	2 32 56,8	0,7221812	19 21	9 38
	21	209 53 58,0	+ 2 25 10,6	0,7224514	19 28	9 34
	23	213 6 36,3	2 16 57,4	0,7227240	19 34	9 30
	25	216 19 3,6	2 8 18,9	0,7229986	19 40	9 26
	27	219 31 19,9	1 59 16,7	0,7232741	19 46	9 21
	29	222 43 25,5	1 49 52,6	0,7235496	19 52	9 17
	31	225 55 20,0	1 40 8,3	0,7238245	19 58	9 12
Aug.	2	229 7 4,4	1 30 5,9	0,7240977	20 4	9 7
	4	232 18 38,2	1 19 47,0	0,7243683	20 10	9 3
	6	235 30 1,5	1 9 13,8	0,7246356	20 16	8 58
	8	238 41 15,2	0 58 28,3	0,7248988	20 21	8 53
	10	241 52 19,5	+ 0 47 32,2	0,7251570	20 27	8 48
	12	245 3 14,2	0 36 27,7	0,7254094	20 33	8 43
	14	248 14 0,4	0 25 17,4	0,7256554	20 39	8 38
	16	251 24 38,6	0 14 2,6	0,7258941	20 44	8 33
	18	254 35 9,0	+ 0 2 45,8	0,7261247	20 50	8 28
	20	257 45 32,0	− 0 8 31,1	0,7263466	20 56	8 23
	22	260 55 48,6	0 19 46,3	0,7265588	21 1	8 18
	24	264 5 59,3	0 30 57,1	0,7267612	21 7	8 13
	26	267 16 4,3	0 42 2,4	0,7269528	21 13	8 8
	28	270 26 4,4	0 52 59,5	0,7271333	21 18	8 3
	30	273 36 0,1	− 1 3 46,2	0,7273018	21 24	7 58
Sept.	1	276 45 52,1	1 14 21,3	0,7274584	21 29	7 53

VENUS 1858.

Geocentrischer Ort.

0h Mittl. Zt.	Geoc. Ger. Aufst. ♀	Geoc. Abweichg. ♀	Log. Entfern. ♀ von ♁	♀ im Merid.
	h ′ ″	° ′ ″		h ″
Juli 1	8 53 44,96	+ 19 18 59,7	0,1331787	2 16,9
3	9 3 26,77	18 38 23,3	0,1292717	2 18,7
5	9 13 2,99	17 55 50,4	0,1252782	2 20,4
7	9 22 33,66	17 11 26,6	0,1211970	2 22,1
9	9 31 58,79	16 25 17,2	0,1170267	2 23,6
11	9 41 18,45	15 37 28,3	0,1127655	2 25,0
13	9 50 32,71	14 48 5,7	0,1084114	2 26,4
15	9 59 41,69	13 57 15,2	0,1039636	2 27,7
17	10 8 45,50	13 5 2,7	0,0994221	2 28,8
19	10 17 44,31	12 11 34,1	0,0947850	2 29,9
21	10 26 38,28	+ 11 16 55,2	0,0900525	2 30,9
23	10 35 27,60	10 21 11,7	0,0852231	2 31,9
25	10 44 12,52	9 24 29,2	0,0802975	2 32,7
27	10 52 53,25	8 26 53,2	0,0752748	2 33,5
29	11 1 30,07	7 28 29,0	0,0701538	2 34,3
31	11 10 3,24	6 29 22,0	0,0649338	2 34,9
Aug. 2	11 18 33,04	5 29 37,3	0,0596123	2 35,5
4	11 26 59,74	4 29 20,2	0,0541882	2 36,1
6	11 35 23,62	3 28 35,9	0,0486596	2 36,6
8	11 43 44,94	2 27 29,9	0,0430231	2 37,1
10	11 52 3,95	+ 1 26 6,7	0,0372761	2 37,5
12	12 0 20,90	+ 0 24 32,7	0,0314173	2 37,9
14	12 8 36,05	— 0 37 7,1	0,0254436	2 38,3
16	12 16 49,63	1 38 47,8	0,0193524	2 38,6
18	12 25 1,84	2 40 23,6	0,0131431	2 38,9
20	12 33 12,94	3 41 49,8	0,0068138	2 39,2
22	12 41 23,13	4 43 1,1	0,0003621	2 39,5
24	12 49 32,66	5 43 52,3	9,9937868	2 39,8
26	12 57 41,74	6 44 19,1	9,9870867	2 40,1
28	13 5 50,60	7 44 16,3	9,9802583	2 40,3
30	13 13 59,47	— 8 43 38,6	9,9732997	2 40,6
Sept. 1	13 22 8,51	9 42 22,1	9,9662071	2 40,9

VENUS 1858.

Heliocentrischer Ort.

0h Mittl. Zt.		Helioc. Länge ♀	Helioc. Breite ♀	Rad. vect. ♀	♀ Aufg.	♀ Unterg.
		° ′ ″	° ′ ″		h ′	h ′
Sept.	1	276 45 52,1	— 1 14 21,3	0,7274584	21 29	7 53
	3	279 55 40,9	1 24 42,3	0,7276020	21 35	7 48
	5	283 5 26,9	1 34 47,9	0,7277323	21 41	7 43
	7	286 15 10,9	1 44 35,6	0,7278489	21 46	7 38
	9	289 24 53,4	1 54 4,3	0,7279516	21 52	7 33
	11	292 34 35,0	2 3 12,0	0,7280399	21 58	7 28
	13	295 44 16,1	2 11 57,0	0,7281136	22 3	7 23
	15	298 53 57,5	2 20 17,9	0,7281725	22 9	7 18
	17	302 3 39,2	2 28 13,2	0,7282166	22 14	7 13
	19	305 13 22,0	2 35 41,3	0,7282455	22 19	7 9
	21	308 23 6,4	— 2 42 41,0	0,7282593	22 24	7 4
	23	311 32 52,6	2 49 11,1	0,7282580	22 29	6 59
	25	314 42 41,1	2 55 10,2	0,7282413	22 35	6 55
	27	317 52 32,6	3 0 37,2	0,7282093	22 40	6 51
	29	321 2 27,0	3 5 31,7	0,7281625	22 45	6 46
Oct.	1	324 12 24,6	3 9 52,0	0,7281006	22 50	6 42
	3	327 22 25,8	3 13 37,6	0,7280239	22 54	6 38
	5	330 32 31,0	3 16 47,9	0,7279328	22 59	6 34
	7	333 42 40,5	3 19 22,3	0,7278274	23 3	6 30
	9	336 52 54,5	3 21 20,2	0,7277080	23 7	6 26
	11	340 3 13,0	— 3 22 41,1	0,7275752	23 11	6 22
	13	343 13 36,2	3 23 24,9	0,7274292	23 15	6 18
	15	346 24 4,3	3 23 31,3	0,7272702	23 18	6 15
	17	349 34 37,8	3 23 0,5	0,7270992	23 21	6 12
	19	352 45 16,2	3 21 52,3	0,7269164	23 23	6 9
	21	355 56 0,1	3 20 6,8	0,7267224	23 25	6 6
	23	359 6 49,7	3 17 44,2	0,7265179	23 27	6 3
	25	2 17 44,5	3 14 45,1	0,7263035	23 28	6 0
	27	5 28 45,1	3 11 9,9	0,7260799	23 29	5 57
	29	8 39 51,8	3 6 59,3	0,7258476	23 29	5 54
	31	11 51 4,0	— 3 2 13,9	0,7256073	23 29	5 52
Nov.	2	15 2 22,5	2 56 54,5	0,7253599	23 28	5 49

VENUS 1858.

Geocentrischer Ort.

0^h Mittl. Zt.	Geoc. Ger. Aufst. ♀	Geoc. Abweichg. ♀	Log. Entfern. ♀ von ♁	♀ im Merid.
	h ′ ″	° ′ ″		h ′
Sept. 1	13 22 8,51	— 9 42 22,1	9,9662071	2 40,9
3	13 30 17,92	10 40 21,3	9,9589776	2 41,1
5	13 38 27,83	11 37 31,8	9,9516063	2 41,4
7	13 46 38,35	12 33 48,0	9,9440885	2 41,7
9	13 54 49,58	13 29 5,5	9,9364200	2 42,0
11	14 3 1,52	14 23 18,9	9,9285958	2 42,3
13	14 11 14,19	15 16 22,9	9,9206114	2 42,6
15	14 19 27,52	16 8 13,0	9,9124619	2 43,0
17	14 27 41,43	16 58 43,9	9,9041444	2 43,3
19	14 35 55,82	17 47 50,9	9,8956549	2 43,7
21	14 44 10,51	— 18 35 29,2	9,8869887	2 44,0
23	14 52 25,37	19 21 35,1	9,8781437	2 44,4
25	15 0 40,17	20 6 3,6	9,8691149	2 44,8
27	15 8 54,59	20 48 51,0	9,8598969	2 45,2
29	15 17 8,38	21 29 53,7	9,8504858	2 45,5
Oct. 1	15 25 21,18	22 9 7,5	9,8408759	2 45,8
3	15 33 32,54	22 46 28,9	9,8310603	2 46,1
5	15 41 41,95	23 21 54,9	9,8210318	2 46,4
7	15 49 48,77	23 55 22,1	9,8107834	2 46,6
9	15 57 52,32	24 26 47,6	9,8003081	2 46,8
11	16 5 51,81	— 24 56 8,6	9,7895991	2 46,9
13	16 13 46,31	25 23 23,0	9,7786513	2 46,9
15	16 21 34,81	25 48 28,9	9,7674584	2 46,8
17	16 29 16,22	26 11 25,1	9,7560161	2 46,6
19	16 36 49,42	26 32 10,4	9,7443224	2 46,3
21	16 44 13,13	26 50 44,3	9,7323750	2 45,8
23	16 51 26,04	27 7 6,6	9,7201727	2 45,1
25	16 58 26,76	27 21 18,1	9,7077170	2 44,3
27	17 5 13,83	27 33 19,3	9,6950079	2 43,2
29	17 11 45,66	27 43 11,6	9,6820461	2 41,8
31	17 18 0,56	— 27 50 55,8	9,6688445	2 40,2
Nov. 2	17 23 56,71	27 56 33,6	9,6551000	2 38,2

VENUS 1858.

Heliocentrischer Ort.

0h Mittl. Zt.		Helioc. Länge ♀	Helioc. Breite ♀	Rad. vect. ♀	♀ Aufg.	♀ Unterg.
		° ′ ″	° ′ ″		h ′	h ′
Nov.	0	11 51 4,0	− 3 2 13,9	0,7256073	23 29	5 52
	2	15 2 22,5	2 56 54,5	0,7253599	23 28	5 49
	4	18 13 46,7	2 51 2,2	0,7251062	23 26	5 46
	6	21 25 17,2	2 44 37,7	0,7248468	23 23	5 43
	8	24 36 53,6	2 37 42,3	0,7245828	23 20	5 40
	10	27 48 36,5	2 30 17,2	0,7243146	23 16	5 37
	12	31 0 25,7	2 22 23,7	0,7240435	23 12	5 34
	14	34 12 21,5	2 14 3,5	0,7237701	23 6	5 30
	16	37 24 23,4	2 5 17,8	0,7234952	22 59	5 26
	18	40 36 32,1	1 56 8,1	0,7232199	22 52	5 22
	20	43 48 47,5	− 1 46 36,2	0,7229446	22 44	5 17
	22	47 1 9,7	1 36 44,0	0,7226707	22 35	5 12
	24	50 13 38,7	1 26 32,9	0,7223988	22 25	5 7
	26	53 26 14,3	1 16 5,5	0,7221295	22 14	5 1
	28	56 38 57,2	1 5 23,0	0,7218644	22 2	4 54
	30	59 51 47,2	0 54 27,8	0,7216036	21 48	4 47
Dec.	2	63 4 44,2	0 43 21,5	0,7213482	21 34	4 40
	4	66 17 48,3	0 32 6,8	0,7210992	21 19	4 32
	6	69 30 59,6	0 20 45,9	0,7208573	21 3	4 24
	8	72 44 18,0	− 0 9 20,2	0,7206229	20 47	4 16
	10	75 57 44,0	+ 0 2 7,6	0,7203974	20 31	4 7
	12	79 11 16,9	0 13 35,2	0,7201813	20 14	3 59
	14	82 24 57,0	0 25 0,8	0,7199747	19 57	3 50
	16	85 38 44,1	0 36 21,8	0,7197789	19 39	3 41
	18	88 52 38,2	0 47 36,8	0,7195943	19 22	3 32
	20	92 6 38,8	0 58 42,8	0,7194216	19 6	3 23
	22	95 20 46,4	1 9 37,7	0,7192613	18 51	3 15
	24	98 35 0,4	1 20 19,6	0,7191139	18 37	3 7
	26	101 49 20,6	1 30 46,5	0,7189799	18 23	2 59
	28	105 3 46,9	1 40 56,1	0,7188598	18 10	2 51
	30	108 18 18,8	+ 1 50 46,6	0,7187538	17 59	2 43
	31	109 55 36,8	1 55 34,0	0,7187063	17 53	2 40

VENUS 1858.

Geocentrischer Ort.

0h Mittl. Zt.	Geoc. Ger. Aufst. ♀	Geoc. Abweichg. ♀	Log. Entfern. ♀ von ♁	♀ im Merid.
	h ′ ″	° ′ ″		h ′
Nov. 0	17 18 0,56	— 27 50 55,8	9,6688445	2 40,2
2	17 23 56,71	27 56 33,6	9,6554000	2 38,2
4	17 29 32,20	28 0 6,9	9,6417281	2 35,9
6	17 34 44,92	28 1 36,8	9,6278414	2 33,2
8	17 39 32,67	28 1 5,3	9,6137618	2 30,2
10	17 43 53,08	27 58 33,7	9,5995171	2 26,6
12	17 47 43,69	27 54 3,4	9,5851445	2 22,6
14	17 51 2,03	27 47 35,4	9,5706934	2 18,0
16	17 53 45,69	27 39 9,7	9,5562265	2 12,8
18	17 55 52,20	27 28 45,0	9,5418197	2 7,1
20	17 57 19,49	— 27 16 20,5	9,5275654	2 0,6
22	17 58 5,63	27 1 53,8	9,5135739	1 53,5
24	17 58 9,19	26 45 20,9	9,4999711	1 45,7
26	17 57 29,41	26 26 39,5	9,4869025	1 37,1
28	17 56 6,03	26 5 44,0	9,4745266	1 27,9
30	17 53 59,85	25 42 32,4	9,4630190	1 17,9
Dec. 2	17 51 12,74	25 17 2,6	9,4525664	1 7,2
4	17 47 47,73	24 49 17,7	9,4433565	0 55,9
6	17 43 49,03	24 19 24,9	9,4355779	0 44,0
8	17 39 22,20	23 47 33,9	9,4294060	0 31,7
10	17 34 34,05	— 23 14 5,9	9,4249930	0 19,0
12	17 29 32,33	22 39 26,8	9,4224582	0 6,1
14	17 24 25,48	22 4 8,3	9,4218720	23 53,1
16	17 19 22,19	21 28 48,3	9,4232627	23 40,2
18	17 14 30,87	20 54 6,2	9,4265902	23 27,4
20	17 9 59,44	20 20 44,5	9,4317721	23 15,0
22	17 5 54,57	19 49 20,9	9,4386782	23 3,1
24	17 2 21,80	19 20 27,2	9,4471436	22 51,6
26	16 59 25,24	18 54 28,8	9,4569775	22 40,8
28	16 57 7,59	18 31 44,4	9,4679800	22 30,6
30	16 55 30,39	— 18 12 23,8	9,4799558	22 21,1
31	16 54 57,12	18 4 1,5	9,4862487	22 16,6

MARS 1858.

Heliocentrischer Ort.

0^h Mittl. Zt.		Helioc. Länge ♂	Helioc. Breite ♂	Rad. vect. ♂	♂ Aufg.	♂ Unterg.
		° ′ ″	° ′ ″		h ′	h ′
Jan.	0	171 1 59,2	+ 1 33 34,3	1,657730	13 40	0 17
	4	172 47 55,0	1 31 41,0	1,656072	13 37	0 6
	8	174 34 3,9	1 29 42,2	1,654262	13 34	23 54
	12	176 20 27,1	1 27 37,9	1,652302	13 30	23 42
	16	178 7 5,7	1 25 28,2	1,650194	13 26	23 31
	20	179 54 1,0	1 23 13,2	1,647938	13 22	23 19
	24	181 41 14,3	1 20 53,1	1,645536	13 17	23 7
	28	183 28 46,9	1 18 27,9	1,642990	13 13	22 55
Febr.	1	185 16 39,7	1 15 57,5	1,640302	13 8	22 43
	5	187 4 54,1	1 13 22,0	1,637476	13 3	22 31
	9	188 53 31,1	+ 1 10 41,6	1,634513	12 58	22 20
	13	190 42 32,1	1 7 56,4	1,631415	12 52	22 8
	17	192 31 58,3	1 5 6,5	1,628186	12 46	21 56
	21	194 21 50,9	1 2 12,0	1,624828	12 39	21 44
	25	196 12 11,2	0 59 12,9	1,621342	12 32	21 32
Mrz.	1	198 3 0,3	0 56 9,2	1,617733	12 25	21 20
	5	199 54 19,3	0 53 1,1	1,614005	12 17	21 7
	9	201 46 9,5	0 49 48,8	1,610160	12 9	20 55
	13	203 38 32,2	0 46 32,4	1,606202	12 0	20 42
	17	205 31 28,6	0 43 12,0	1,602136	11 50	20 29
	21	207 24 59,8	+ 0 39 47,7	1,597965	11 39	20 15
	25	209 19 7,0	0 36 19,7	1,593692	11 28	20 1
	29	211 13 51,1	0 32 48,2	1,589321	11 16	19 46
Apr.	2	213 9 13,3	0 29 13,4	1,584857	11 4	19 31
	6	215 5 14,9	0 25 35,4	1,580305	10 50	19 15
	10	217 1 57,1	0 21 54,4	1,575669	10 35	18 59
	14	218 59 21,1	0 18 10,4	1,570955	10 20	18 43
	18	220 57 27,9	0 14 23,7	1,566167	10 3	18 25
	22	222 56 18,5	0 10 34,6	1,561311	9 45	18 7
	26	224 55 53,7	0 6 43,3	1,556391	9 27	17 48
	30	226 56 14,4	+ 0 2 50,2	1,551413	9 7	17 29
Mai	4	228 57 21,9	− 0 1 4,7	1,546383	8 46	17 9

MARS 1858.

Geocentrischer Ort.

0h Mittl. Zt.		Geoc. Ger. Aufst. ♂			Geoc. Abweichg. ♂			Log. Entfern. ♂ von ♁	♂ im Merid.	
		h	′	″	°	′	″		h	′
Jan.	0	13	38	1,24	− 8	30	19,6	0,2129382	18	58,7
	4	13	46	12,49	9	16	43,8	0,2022667	18	51,1
	8	13	54	19,86	10	1	48,2	0,1912231	18	43,5
	12	14	2	22,77	10	45	27,7	0,1797982	18	35,8
	16	14	10	20,50	11	27	37,5	0,1679853	18	28,0
	20	14	18	12,43	12	8	14,3	0,1557828	18	20,1
	24	14	25	57,87	12	47	15,4	0,1431885	18	12,0
	28	14	33	36,21	13	24	39,4	0,1301978	18	3,9
Febr.	1	14	41	6,61	14	0	24,1	0,1167989	17	55,7
	5	14	48	28,02	14	34	27,4	0,1029822	17	47,2
	9	14	55	39,13	− 15	6	46,5	0,0887396	17	38,7
	13	15	2	38,40	15	37	19,4	0,0740696	17	29,9
	17	15	9	24,34	16	6	5,3	0,0589776	17	20,9
	21	15	15	55,36	16	33	4,9	0,0434719	17	11,6
	25	15	22	9,91	16	58	19,9	0,0275559	17	2,1
Mrz.	1	15	28	6,22	17	21	51,9	0,0112341	16	52,3
	5	15	33	42,05	17	43	41,1	9,9945115	16	42,1
	9	15	38	54,90	18	3	48,3	9,9773998	16	31,5
	13	15	43	41,97	18	22	13,9	9,9599307	16	20,5
	17	15	48	0,30	18	39	0,4	9,9421441	16	9,1
	21	15	51	47,09	− 18	54	11,5	9,9240952	15	57,1
	25	15	54	59,54	19	7	49,5	9,9058469	15	44,5
	29	15	57	34,73	19	19	56,9	9,8874665	15	31,3
Apr.	2	15	59	29,39	19	30	33,1	9,8690445	15	17,5
	6	16	0	40,12	19	39	37,9	9,8506906	15	2,9
	10	16	1	3,60	19	47	8,4	9,8325511	14	47,5
	14	16	0	37,26	19	53	2,9	9,8148124	14	31,3
	18	15	59	19,56	19	57	17,9	9,7976876	14	14,2
	22	15	57	10,33	19	59	50,5	9,7814072	13	56,3
	26	15	54	10,53	20	0	35,0	9,7662115	13	37,5
	30	15	50	22,57	− 19	59	25,5	9,7523559	13	18,0
Mai	4	15	45	50,45	19	56	18,6	9,7401048	12	57,7

MARS 1858.

Heliocentrischer Ort.

0h Mittl. Zt.		Helioc. Länge. ♂	Helioc. Breite. ♂	Rad. vect. ♂	♂ Aufg.	♂ Unterg.
		° ′ ″	° ′ ″		h ′	h ′
Mai	0	226 56 14,4	+ 0 2 50,2	1,551413	9 7	17 29
	4	228 57 21,9	— 0 1 4,7	1,546383	8 46	17 9
	8	230 59 17,1	0 5 1,2	1,541307	8 25	16 49
	12	233 2 1,0	0 8 58,8	1,536192	8 3	16 28
	16	235 5 34,2	0 12 57,2	1,531044	7 40	16 7
	20	237 9 57,6	0 16 56,2	1,525868	7 17	15 46
	24	239 15 12,1	0 20 55,6	1,520672	6 54	15 26
	28	241 21 18,3	0 24 54,8	1,515461	6 32	15 6
Juni	1	243 28 16,7	0 28 53,8	1,510244	6 10	14 46
	5	245 36 8,1	0 32 52,1	1,505029	5 49	14 26
	9	247 44 53,2	— 0 36 49,2	1,499821	5 29	14 7
	13	249 54 32,3	0 40 41,8	1,494628	5 10	13 49
	17	252 5 5,8	0 44 38,5	1,489457	4 52	13 31
	21	254 16 34,1	0 48 30,0	1,484316	4 35	13 14
	25	256 28 57,2	0 52 18,8	1,479213	4 19	12 58
	29	258 42 15,1	0 56 4,5	1,474155	4 4	12 42
Juli	3	260 56 28,1	0 59 46,6	1,469151	3 52	12 26
	7	263 11 36,0	1 3 24,6	1,464210	3 40	12 11
	11	265 27 38,6	1 6 58,2	1,459339	3 29	11 57
	15	267 44 35,7	1 10 26,9	1,454545	3 19	11 43
	19	270 2 27,1	— 1 13 50,1	1,449837	3 11	11 29
	23	272 21 12,2	1 17 7,5	1,445222	3 3	11 16
	27	274 40 50,4	1 20 18,5	1,440710	2 56	11 3
	31	277 1 20,9	1 23 22,7	1,436309	2 49	10 51
Aug.	4	279 22 42,9	1 26 19,5	1,432027	2 43	10 40
	8	281 44 55,5	1 29 8,6	1,427872	2 37	10 29
	12	284 7 57,5	1 31 49,5	1,423851	2 32	10 19
	16	286 31 47,3	1 34 21,6	1,419973	2 28	10 8
	20	288 56 23,8	1 36 44,6	1,416243	2 24	9 58
	24	291 21 45,9	1 38 58,0	1,412670	2 20	9 48
	28	293 47 51,4	— 1 41 1,3	1,409262	2 17	9 39
Sept.	1	296 14 38,5	1 42 54,2	1,406024	2 14	9 31

MARS 1858.

Geocentrischer Ort.

0^h Mittl. Zt.		Geoc. Ger. Aufst. ♂	Geoc. Abweichg. ♂	Log. Entfern. ♂ von ♁	♂ im Merid.
		h ′ ″	° ′ ″		h ′
Mai	0	15 50 22,57	− 19 59 25,5	9,7523559	13 18,0
	4	15 45 50,45	19 56 18,6	9,7401048	12 57,7
	8	15 40 40,37	19 51 14,7	9,7297264	12 36,7
	12	15 35 0,99	19 44 21,1	9,7214661	12 15,3
	16	15 29 3,32	19 35 55,0	9,7155093	11 53,6
	20	15 22 59,74	19 26 23,3	9,7119590	11 31,7
	24	15 17 2,93	19 16 17,8	9,7108202	11 10,0
	28	15 11 24,52	19 6 14,5	9,7120219	10 48,6
Juni	1	15 6 14,66	18 56 50,4	9,7154319	10 27,7
	5	15 1 42,40	18 48 43,1	9,7208708	10 7,4
	9	14 57 55,03	− 18 42 29,7	9,7281164	9 47,8
	13	14 54 58,09	18 38 41,5	9,7369160	9 29,1
	17	14 52 55,20	18 37 42,4	9,7469907	9 11,3
	21	14 51 47,58	18 39 44,6	9,7580718	8 54,4
	25	14 51 34,79	18 44 52,5	9,7699110	8 38,4
	29	14 52 15,19	18 53 1,6	9,7823098	8 23,3
Juli	3	14 53 46,86	19 4 5,4	9,7950987	8 9,1
	7	14 56 7,72	19 17 53,7	9,8081371	7 55,6
	11	14 59 15,59	19 34 14,6	9,8213035	7 43,0
	15	15 3 8,21	19 52 52,2	9,8344862	7 31,1
	19	15 7 42,85	− 20 13 27,6	9,8475935	7 19,9
	23	15 12 56,74	20 35 39,7	9,8605581	7 9,4
	27	15 18 47,12	20 59 6,7	9,8733380	6 59,4
	31	15 25 11,66	21 23 28,4	9,8859107	6 50,1
Aug.	4	15 32 8,49	21 48 25,5	9,8982607	6 41,2
	8	15 39 35,97	22 13 39,3	9,9103740	6 32,9
	12	15 47 32,60	22 38 50,1	9,9222348	6 25,1
	16	15 55 56,76	23 3 37,9	9,9338296	6 17,7
	20	16 4 46,56	23 27 42,2	9,9451531	6 10,8
	24	16 14 0,32	23 50 43,7	9,9562102	6 4,3
	28	16 23 36,47	− 24 12 23,9	9,9670173	5 58,1
Sept.	1	16 33 33,77	24 32 26,1	9,9775875	5 52,3

MARS 1858.

Heliocentrischer Ort.

0h Mittl. Zt.		Helioc. Länge ♂	Helioc. Breite ♂	Rad. vect. ♂	♂ Aufg.	♂ Unterg.
		° ′ ″	° ′ ″		h ′	h ′
Sept.	1	296 14 38,5	— 1 42 54,2	1,406024	2 14	9 31
	5	298 42 5,2	1 44 36,2	1,402964	2 11	9 23
	9	301 10 10,0	1 46 7,1	1,400089	2 8	9 16
	13	303 38 50,3	1 47 26,6	1,397404	2 4	9 9
	17	306 8 3,6	1 48 34,2	1,394916	2 1	9 3
	21	308 37 47,4	1 49 29,5	1,392628	1 58	8 58
	25	311 7 59,7	1 50 12,5	1,390546	1 54	8 53
	29	313 38 38,1	1 50 43,2	1,388675	1 50	8 49
Oct.	3	316 9 39,6	1 51 1,2	1,387020	1 46	8 45
	7	318 41 1,3	1 51 6,1	1,385584	1 42	8 42
	11	321 12 40,5	— 1 50 58,0	1,384371	1 38	8 40
	15	323 44 34,2	1 50 37,0	1,383381	1 33	8 39
	19	326 16 39,3	1 50 3,1	1,382621	1 27	8 38
	23	328 48 52,8	1 49 16,5	1,382089	1 21	8 37
	27	331 21 11,7	1 48 16,9	1,381786	1 15	8 37
	31	333 53 33,1	1 47 4,2	1,381712	1 8	8 37
Nov.	4	336 25 53,8	1 45 39,1	1,381871	1 1	8 38
	8	338 58 10,6	1 44 1,7	1,382262	0 53	8 39
	12	341 30 20,3	1 42 12,0	1,382881	0 45	8 40
	16	344 2 19,8	1 40 10,5	1,383728	0 37	8 41
	20	346 34 6,6	— 1 37 57,4	1,384802	0 28	8 43
	24	349 5 37,7	1 35 33,1	1,386100	0 19	8 46
	28	351 36 49,8	1 32 58,1	1,387619	0 10	8 48
Dec.	2	354 7 40,2	1 30 12,6	1,389356	0 1	8 50
	6	356 38 6,2	1 27 17,0	1,391306	23 51	8 52
	10	359 8 5,3	1 24 12,0	1,393465	23 41	8 54
	14	1 37 34,8	1 20 58,3	1,395830	23 31	8 56
	18	4 6 32,4	1 17 36,3	1,398394	23 21	8 59
	22	6 34 55,8	1 14 6,2	1,401151	23 10	9 1
	26	9 2 42,8	1 10 28,6	1,404096	22 59	9 3
	30	11 29 50,9	— 1 6 44,2	1,407223	22 48	9 5
	31	12 6 31,6	1 5 47,1	1,408032	22 46	9 5

MARS 1858.

Geocentrischer Ort.

0h Mittl. Zt.	Geoc. Ger. Aufst. ♂	Geoc. Abweichg. ♂	Log. Entfern. ♂ von ♁	♂ im Merid.
	h ′ ″	° ′ ″		h ′
Sept. 1	16 33 33,77	— 24 32 26,1	9,9775875	5 52,3
5	16 43 51,14	24 50 33,7	9,9879324	5 46,9
9	16 54 27,52	25 6 31,2	9,9980555	5 41,6
13	17 5 21,54	25 20 2,5	0,0079591	5 36,8
17	17 16 31,68	25 30 53,1	0,0176517	5 32,2
21	17 27 56,27	25 38 48,9	0,0271403	5 27,8
25	17 39 33,81	25 43 38,2	0,0364445	5 23,7
29	17 51 22,96	25 45 11,1	0,0455789	5 19,7
Oct. 3	18 3 22,50	25 43 17,9	0,0545572	5 15,9
7	18 15 31,17	25 37 50,1	0,0633859	5 12,3
11	18 27 47,62	— 25 28 40,8	0,0720675	5 8,8
15	18 40 10,25	25 15 45,0	0,0806058	5 5,4
19	18 52 37,44	24 59 0,2	0,0890083	5 2,1
23	19 5 7,63	24 38 24,6	0,0972873	4 58,8
27	19 17 39,58	24 13 58,9	0,1054527	4 55,6
31	19 30 12,20	23 45 43,5	0,1135170	4 52,4
Nov. 4	19 42 44,56	23 13 41,2	0,1214832	4 49,1
8	19 55 15,63	22 37 56,0	0,1293522	4 45,9
12	20 7 44,35	21 58 33,3	0,1371232	4 42,6
16	20 20 9,76	21 15 40,8	0,1447974	4 39,2
20	20 32 30,93	— 20 29 27,4	0,1523823	4 35,8
24	20 44 47,28	19 40 2,0	0,1598844	4 32,3
28	20 56 58,43	18 47 34,0	0,1673112	4 28,7
Dec. 2	21 9 4,12	17 52 13,1	0,1746637	4 25,1
6	21 21 4,18	16 54 9,3	0,1819388	4 21,3
10	21 32 58,40	15 53 34,6	0,1891319	4 17,4
14	21 44 46,59	14 50 41,8	0,1962427	4 13,5
18	21 56 28,63	13 45 43,5	0,2032719	4 9,4
22	22 8 4,59	12 38 52,5	0,2102238	4 5,2
26	22 19 34,69	11 30 20,2	0,2171017	4 0,9
30	22 30 59,29	— 10 20 18,2	0,2239051	3 56,6
31	22 33 49,62	10 2 35,0	0,2255941	3 55,5

VESTA 1858.

Geocentrischer Ort.

0h Mittl. Zt.		Geoc. Ger. Aufst. ♈	Geoc. Abweichg. ♈	Log. Entfern. ♈ von ♁	Log. Entfern. ♈ von ☉	♈ im Merid.	♈ Halb. Tagb.
		h ′	° ′			h ′	h ′
Jan.	0	13 35,2	− 2 34,9	0,3602	0,3580	18 55,9	5 49
	10	13 49,3	3 26,0	0,3348	0,3561	18 30,6	5 45
	20	14 2,2	4 5,4	0,3076	0,3543	18 4,1	5 42
	30	14 13,8	4 32,0	0,2789	0,3526	17 36,2	5 39
Febr.	9	14 23,7	4 44,8	0,2488	0,3508	17 6,7	5 38
	19	14 31,5	4 43,1	0,2179	0,3491	16 35,1	5 38
Mrz.	1	14 36,8	4 26,9	0,1869	0,3475	16 1,0	5 40
	11	14 39,2	3 56,8	0,1568	0,3459	15 23,9	5 43
	21	14 38,6	3 14,5	0,1290	0,3444	14 43,9	5 46
	31	14 34,8	2 24,2	0,1054	0,3429	14 0,7	5 50
Apr.	10	14 28,2	− 1 31,3	0,0879	0,3416	13 14,6	5 55
	20	14 19,5	0 43,6	0,0782	0,3402	12 26,5	5 59
	30	14 10,1	− 0 8,9	0,0771	0,3390	11 37,7	6 2
Mai	10	14 1,2	+ 0 6,8	0,0848	0,3379	10 49,4	6 3
	20	13 54,1	− 0 0,1	0,0999	0,3368	10 2,8	6 3
	30	13 49,6	0 29,4	0,1206	0,3359	9 18,9	6 0
Juni	9	13 47,9	1 18,9	0,1451	0,3350	8 37,8	5 56
	19	13 49,3	2 25,2	0,1719	0,3343	7 59,8	5 50
	29	13 53,5	3 45,3	0,1993	0,3336	7 24,5	5 44
Juli	9	14 0,2	5 14,3	0,2268	0,3331	6 51,8	5 36
	19	14 9,1	− 6 50,6	0,2536	0,3327	6 21,3	5 27
	29	14 20,0	8 31,3	0,2793	0,3324	5 52,8	5 18
Aug.	8	14 32,6	10 14,0	0,3037	0,3322	5 25,9	5 9
	18	14 46,7	11 56,9	0,3267	0,3321	5 0,6	4 59
	28	15 2,1	13 37,9	0,3483	0,3322	4 36,6	4 50
Sept.	7	15 18,7	15 15,3	0,3684	0,3323	4 13,8	4 40
	17	15 36,5	16 48,2	0,3871	0,3326	3 52,1	4 31
	27	15 55,2	18 14,1	0,4043	0,3330	3 31,4	4 22
Oct.	7	16 14,9	19 32,1	0,4201	0,3335	3 11,7	4 14
	17	16 35,4	20 40,9	0,4345	0,3341	2 52,8	4 6
	27	16 56,6	− 21 39,6	0,4476	0,3348	2 34,5	3 59
Nov.	6	17 18,4	22 26,3	0,4592	0,3357	2 16,9	3 54
	16	17 40,7	23 1,0	0,4696	0,3366	1 59,8	3 50
	26	18 3,4	23 22,9	0,4786	0,3376	1 43,1	3 47
Dec.	6	18 26,3	23 31,8	0,4863	0,3387	1 26,5	3 46
	16	18 49,3	23 27,5	0,4926	0,3399	1 10,1	3 47
	26	19 12,3	23 10,2	0,4977	0,3412	0 53,7	3 49
	36	19 35,2	22 40,6	0,5014	0,3426	0 37,1	3 53

VESTA 1858.

Ephemeride für die Opposition.

12ʰ Mittl. Zt.		Geoc. Ger. Aufst. ⚶	Geoc. Abweichg. ⚶	Log. Entfern. ⚶ von ♁	Log. Entfern. ⚶ von ☉
		h ′ ″	° ′ ″		
Apr.	5	14 31 26,85	— 1 55 1,7	0,0949000	0,3421606
	6	14 30 45,54	1 49 43,6	0,0932104	0,3420228
	7	14 30 2,79	1 44 26,7	0,0915937	0,3418857
	8	14 29 18,65	1 39 11,6	0,0900517	0,3417493
	9	14 28 33,19	1 33 58,6	0,0885863	0,3416137
	10	14 27 46,45	1 28 48,4	0,0871989	0,3414788
	11	14 26 58,51	1 23 41,5	0,0858914	0,3413448
	12	14 26 9,43	1 18 38,3	0,0846649	0,3412115
	13	14 25 19,28	1 13 39,5	0,0835209	0,3410791
	14	14 24 28,13	1 8 45,4	0,0824604	0,3409474
	15	14 23 36,07	— 1 3 56,6	0,0814847	0,3408165
	16	14 22 43,15	0 59 13,6	0,0805945	0,3406864
	17	14 21 49,47	0 54 37,0	0,0797909	0,3405571
	18	14 20 55,11	0 50 7,2	0,0790744	0,3404286
	19	14 20 0,15	0 45 44,7	0,0784459	0,3403009
	20	14 19 4,67	0 41 29,9	0,0779057	0,3401740
	21	14 18 8,76	0 37 23,3	0,0774540	0,3400480
☍	22	14 17 12,49	0 33 25,2	0,0770910	0,3399228
	23	14 16 15,94	0 29 36,2	0,0768167	0,3397984
	24	14 15 19,20	0 25 56,6	0,0766311	0,3396748
	25	14 14 22,35	— 0 22 26,8	0,0765342	0,3395521
	26	14 13 25,47	0 19 7,0	0,0765260	0,3394302
	27	14 12 28,64	0 15 57,7	0,0766060	0,3393092
	28	14 11 31,95	0 12 59,2	0,0767739	0,3391891
	29	14 10 35,46	0 10 11,8	0,0770292	0,3390698
	30	14 9 39,26	0 7 35,9	0,0773713	0,3389514
Mai	1	14 8 43,43	0 5 11,7	0,0777994	0,3388339
	2	14 7 48,04	0 2 59,4	0,0783130	0,3387172
	3	14 6 53,17	— 0 0 59,3	0,0789112	0,3386015
	4	14 5 58,90	+ 0 0 48,3	0,0795931	0,3384866
	5	14 5 5,30	+ 0 2 23,2	0,0803577	0,3383726
	6	14 4 12,45	0 3 45,1	0,0812040	0,3382594

⚶ ☍ ☉ Apr. 22. 6ʰ 44′ Lichtstärke = 1,53

JUNO 1858.

Geocentrischer Ort.

0ʰ Mittl. Zt.		Geoc. Ger. Aufst. ⚵	Geoc. Abweichg. ⚵	Log. Entfern. ⚵ von ♁	Log. Entfern. ⚵ von ☉	⚵ im Merid.	⚵ Halb. Tagb.
		h ′	° ′			h ′	h ′
Jan.	0	9 10,1	+ 0 19,4	0,1637	0,3584	14 30,8	6 5
	10	9 4,4	0 52,4	0,1504	0,3633	13 45,7	6 8
	20	8 56,7	1 52,3	0,1435	0,3683	12 58,6	6 13
	30	8 47,9	3 14,6	0,1446	0,3733	12 10,3	6 20
Febr.	9	8 39,5	4 51,5	0,1540	0,3783	11 22,5	6 28
	19	8 32,4	6 33,7	0,1711	0,3833	10 36,0	6 37
Mrz.	1	8 27,6	8 12,2	0,1945	0,3883	9 51,8	6 46
	11	8 25,5	9 40,4	0,2223	0,3932	9 10,2	6 54
	21	8 26,3	10 54,8	0,2527	0,3981	8 31,6	7 1
	31	8 29,8	11 53,6	0,2841	0,4029	1 55,7	7 7
Apr.	10	8 35,4	+ 12 36,3	0,3155	0,4076	7 21,8	7 11
	20	8 43,1	13 3,9	0,3461	0,4123	6 50,1	7 13
	30	8 52,5	13 17,1	0,3754	0,4169	6 20,1	7 15
Mai	10	9 3,1	13 17,3	0,4031	0,4214	5 51,3	7 15
	20	9 14,8	13 5,7	0,4290	0,4259	5 23,5	7 14
	30	9 27,3	12 43,4	0,4530	0,4302	4 56,6	7 12
Juni	9	9 40,4	12 11,4	0,4752	0,4345	4 30,3	7 8
	19	9 54,0	11 31,0	0,4955	0,4387	4 4,5	7 5
	29	10 7,9	10 43,0	0,5139	0,4428	3 38,9	7 0
Juli	9	10 22,0	9 48,6	0,5305	0,4468	3 13,6	6 55
	19	10 36,3	+ 8 48,7	0,5453	0,4506	2 48,5	6 50
	29	10 50,7	7 44,3	0,5583	0,4544	2 23,5	6 44
Aug.	8	11 5,2	6 36,1	0,5696	0,4581	1 58,5	6 38
	18	11 19,7	5 25,2	0,5792	0,4617	1 33,6	6 31
	28	11 34,1	4 12,4	0,5871	0,4651	1 8,6	6 25
Sept.	7	11 48,5	2 58,4	0,5933	0,4684	0 43,6	6 18
	17	12 2,9	1 44,1	0,5977	0,4717	0 18,5	6 12
	27	12 17,2	+ 0 30,5	0,6005	0,4749	23 53,4	6 6
Oct.	7	12 31,3	− 0 41,7	0,6015	0,4780	23 28,1	6 0
	17	12 45,3	1 51,7	0,6008	0,4810	23 2,7	5 53
	27	12 59,1	− 2 58,4	0,5984	0,4838	22 37,0	5 47
Nov.	6	13 12,7	4 1,2	0,5942	0,4865	22 11,2	5 42
	16	13 26,0	4 59,2	0,5882	0,4892	21 45,1	5 37
	26	13 38,9	5 51,5	0,5804	0,4918	21 18,6	5 32
Dec.	6	13 51,4	6 37,3	0,5708	0,4942	20 51,6	5 28
	16	14 3,2	7 15,6	0,5594	0,4966	20 24,0	5 25
	26	14 14,4	7 45,8	0,5463	0,4988	19 55,8	5 22
	36	14 24,8	8 6,7	0,5316	0,5010	19 26,7	5 20

JUNO 1858.

Ephemeride für die Opposition.

12^h Mittl. Zt.	Geoc. Ger. Aufst. ⚵	Geoc. Abweichg. ⚵	Log. Entfern. ⚵ von ♁	Log. Entfern. ⚵ von ☉
	h ′ ″	° ′ ″		
Jan. 16	8 59 32,91	+ 1 28 30,0	0,145073	0,366554
17	8 58 44,43	1 35 0,2	0,144535	0,367054
18	8 57 55,17	1 41 44,9	0,144075	0,367554
19	8 57 5,20	1 48 43,8	0,143693	0,368054
20	8 56 14,59	1 55 56,5	0,143391	0,368554
21	8 55 23,42	2 3 22,7	0,143169	0,369054
22	8 54 31,77	2 11 1,9	0,143028	0,369555
23	8 53 39,70	2 18 53,6	0,142969	0,370056
24	8 52 47,30	2 26 57,5	0,142991	0,370557
25	8 51 54,63	2 35 13,0	0,143096	0,371057
26	8 51 1,77	+ 2 43 39,7	0,143284	0,371558
27	8 50 8,80	2 52 17,1	0,143556	0,372059
28	8 49 15,80	3 1 4,7	0,143912	0,372560
29	8 48 22,84	3 10 1,9	0,144353	0,373061
30	8 47 29,99	3 19 8,2	0,144877	0,373562
31	8 46 37,32	3 28 23,1	0,145485	0,374063
☍ Fbr. 1	8 45 44,91	3 37 46,1	0,146176	0,374563
2	8 44 52,81	3 47 16,6	0,146950	0,375064
3	9 44 1,11	3 56 54,0	0,147807	0,375564
4	8 43 9,88	4 6 37,8	0,148746	0,376065
5	8 42 19,19	+ 4 16 27,4	0,149768	0,376565
6	8 41 29,14	4 26 22,3	0,150872	0,377065
7	8 40 39,77	4 36 21,8	0,152057	0,377565
8	8 39 51,16	4 46 25,4	0,153322	0,378065
9	8 39 3,37	4 56 32,5	0,154666	0,378565
10	8 38 16,47	5 6 42,5	0,156087	0,379065
11	8 37 30,53	5 16 54,7	0,157585	0,379564
12	8 36 45,60	5 27 8,6	0,159158	0,380064
13	8 36 1,75	5 37 23,6	0,160805	0,380563
14	8 35 19,04	5 47 39,1	0,162524	0,381062
15	8 34 37,53	+ 5 57 54,6	0,164313	0,381561
16	8 33 57,27	6 8 9,5	0,166172	0,382059

⚵ ☍ ☉ Febr. 1. $11^h 49'$ Lichtstärke = 1,806

PALLAS 1858.

Geocentrischer Ort.

0ʰ Mittl. Zt.		Geoc. Ger. Aufst. ⚴	Geoc. Abweichg. ⚴	Log. Entfern. ⚴ von ♁	Log. Entfern. ⚴ von ☉	⚴ im Merid.	⚴ Halb. Tagb.
		h ′	° ′			h ′	h ′
Jan.	0	15 39,0	+ 1 48,4	0,5062	0,4317	20 59,7	6 12
	10	15 54,2	2 26,1	0,4956	0,4358	20 35,5	6 16
	20	16 8,7	3 18,2	0,4838	0,4397	20 10,6	6 20
	30	16 22,2	4 25,1	0,4709	0,4436	19 44,6	6 26
Febr.	9	16 34,6	5 46,8	0,4572	0,4474	19 17,6	6 33
	19	16 45,6	7 23,2	0,4428	0,4512	18 49,2	6 42
Mrz.	1	16 55,0	9 13,3	0,4280	0,4549	18 19,2	6 52
	11	17 2,7	11 15,4	0,4132	0,4585	17 47,4	7 3
	21	17 8,3	13 27,2	0,3988	0,4620	17 13,6	7 16
	31	17 11,7	15 45,0	0,3855	0,4654	16 37,6	7 30
Apr.	10	17 12,7	+ 18 4,0	0,3737	0,4688	15 59,1	7 44
	20	17 11,2	20 17,8	0,3641	0,4721	15 18,2	7 59
	30	17 7,4	22 19,4	0,3573	0,4753	14 35,0	8 13
Mai	10	17 1,5	24 1,4	0,3537	0,4784	13 49,7	8 26
	20	16 53,9	25 16,8	0,3537	0,4814	13 2,6	8 36
	30	16 45,4	26 1,0	0,3574	0,4843	12 14,7	8 42
Juni	9	16 36,9	26 11,9	0,3645	0,4872	11 26,8	8 44
	19	16 29,1	25 50,4	0,3749	0,4900	10 39,6	8 41
	29	16 22,7	25 0,4	0,3880	0,4927	9 53,7	8 34
Juli	9	16 18,2	23 47,3	0,4031	0,4953	9 9,8	8 24
	19	16 15,6	+ 22 16,5	0,4197	0,4978	8 27,8	8 13
	29	16 15,3	20 34,0	0,4373	0,5002	7 48,1	8 1
Aug.	8	16 17,0	18 45,0	0,4553	0,5026	7 10,3	7 48
	18	16 20,6	16 52,8	0,4734	0,5049	6 34,5	7 36
	28	16 25,8	15 1,5	0,4913	0,5070	6 0,3	7 25
Sept.	7	16 32,6	13 13,3	0,5086	0,5091	5 27,7	7 14
	17	16 40,8	11 30,3	0,5251	0,5112	4 56,4	7 5
	27	16 50,2	9 54,1	0,5406	0,5131	4 26,4	6 56
Oct.	7	17 0,5	8 25,6	0,5552	0,5149	3 57,3	6 47
	17	17 11,7	7 6,0	0,5686	0,5167	3 29,1	6 40
	27	17 23,6	+ 5 55,8	0,5807	0,5184	3 1,5	6 34
Nov.	6	17 36,2	4 55,5	0,5916	0,5200	2 34,7	6 29
	16	17 49,2	4 5,6	0,6010	0,5216	2 8,3	6 24
	26	18 2,6	3 26,2	0,6091	0,5230	1 42,3	6 21
Dec.	6	18 16,4	2 57,4	0,6158	0,5244	1 16,6	6 18
	16	18 30,2	2 39,2	0,6210	0,5257	0 51,0	6 17
	26	18 44,2	2 31,3	0,6247	0,5269	0 25,6	6 16
	36	18 58,1	2 33,5	0,6270	0,5280	0 0,0	6 16

PALLAS 1858.

Ephemeride für die Opposition.

12h Mittl. Zt.	Geoc. Ger. Aufst. ⚴	Geoc. Abweichg. ⚴	Log. Entfern. ⚴ von ♁	⚴ von ☉
	h ′ ″	° ′ ″		
Mai 9	17 1 47,84	+ 23 56 51,8	0,353805	0,478235
10	17 1 6,65	24 5 50,2	0,353622	0,478542
11	17 0 24,51	24 14 32,4	0,353476	0,478848
12	16 59 41,45	24 22 57,9	0,353365	0,479153
13	16 58 57,50	24 31 6,6	0,353291	0,479457
14	16 58 12,72	24 38 58,0	0,353253	0,479761
15	16 57 27,14	24 46 31,8	0,353252	0,480064
16	16 56 40,83	24 53 47,8	0,353288	0,480366
17	16 55 53,81	25 0 45,6	0,353361	0,480667
18	16 55 6,14	25 7 24,9	0,353471	0,480967
19	16 54 17,86	+ 25 13 45,6	0,353618	0,481266
20	16 53 29,03	25 19 47,4	0,353802	0,481565
21	16 52 39,68	25 25 30,2	0,354022	0,481862
22	16 51 49,88	25 30 53,8	0,354280	0,482159
23	16 50 59,67	25 35 58,0	0,354574	0,482455
24	16 50 9,10	25 40 42,7	0,354905	0,482750
25	16 49 18,22	25 45 7,8	0,355272	0,483044
☍ 26	16 48 27,07	25 49 13,1	0,355674	0,483338
27	16 47 35,70	25 52 58,6	0,356113	0,483631
28	16 46 44,17	25 56 24,2	0,356588	0,483923
29	16 45 52,51	+ 25 59 29,9	0,357098	0,484214
30	16 45 0,78	26 2 15,6	0,357644	0,484504
31	16 44 9,02	26 4 41,2	0,358226	0,484793
Juni 1	16 43 17,29	26 6 46,8	0,358842	0,485081
2	16 42 25,64	26 8 32,3	0,359493	0,485368
3	16 41 34,10	26 9 57,7	0,360178	0,485655
4	16 40 42,74	26 11 3,0	0,360896	0,485941
5	16 39 51,61	26 11 48,4	0,361649	0,486226
6	16 39 0,74	26 12 13,8	0,362435	0,486510
7	16 38 10,20	26 12 19,4	0,363254	0,486794
8	16 37 20,02	+ 26 12 5,2	0,364106	0,487077
9	16 36 30,27	26 11 31,4	0,364991	0,487358

⚴ ☍ ☉ Mai 26 $18^h 56' 52''$ Lichtstärke = 0,504

CERES 1858.

Geocentrischer Ort.

0h Mittl. Zt.		Geoc. Ger. Aufst. ⚳	Geoc. Abweichg. ⚳	Log. Entfern. ⚳ von ♁	Log. Entfern. ⚳ von ☉	⚳ im Merid.	⚳ Halb. Tagb.
		h '	° '			h '	h '
Jan.	0	15 48,8	— 14 47,1	0,5242	0,4299	21 6,1	4 43
	10	15 4,4	15 42,1	0,5127	0,4312	20 37,8	4 37
	20	16 19,5	16 29,7	0,4995	0,4325	20 10,0	4 33
	30	16 33,9	17 10,6	0,4846	0,4338	19 42,7	4 29
Febr.	9	16 47,5	17 45,0	0,4680	0,4351	19 16,0	4 25
	19	17 0,0	18 13,7	0,4498	0,4365	18 49,4	4 22
Mrz.	1	17 11,2	18 37,8	0,4301	0,4378	18 22,7	4 20
	11	17 21,0	18 58,2	0,4090	0,4391	17 55,5	4 18
	21	17 29,0	19 16,6	0,3868	0,4404	17 26,9	4 16
	31	17 34,9	19 34,0	0,3639	0,4417	16 56,5	4 14
Apr.	10	17 38,5	— 19 51,5	0,3409	0,4430	16 23,6	4 12
	20	17 39,6	20 10,8	0,3185	0,4442	15 47,8	4 10
	30	17 37,9	20 31,9	0,2978	0,4455	15 8,4	4 7
Mai	10	17 33,6	20 55,2	0,2800	0,4468	14 25,6	4 4
	20	17 26,9	21 20,3	0,2664	0,4480	13 39,4	4 2
	30	17 18,3	21 45,4	0,2584	0,4493	12 50,5	3 59
Juni	9	17 8,6	22 9,7	0,2568	0,4505	11 59,7	3 56
	19	16 59,0	22 32,1	0,2617	0,4517	11 8,5	3 53
	29	16 50,5	22 53,5	0,2729	0,4529	10 18,5	3 51
Juli	9	16 43,8	23 13,9	0,2893	0,4540	9 30,6	3 48
	19	16 39,5	— 23 34,9	0,3096	0,4552	8 45,7	3 46
	29	16 37,8	23 57,1	0,3325	0,4563	8 4,4	3 43
Aug.	8	16 38,7	24 20,7	0,3568	0,4574	7 26,6	3 40
	18	16 42,2	24 46,2	0,3815	0,4584	6 52,4	3 37
	28	16 47,9	25 12,6	0,4059	0,4595	6 21,3	3 34
Sept.	7	16 55,5	25 39,1	0,4296	0,4605	5 52,6	3 30
	17	17 5,0	26 5,0	0,4520	0,4615	5 26,2	3 26
	27	17 16,0	26 28,9	0,4731	0,4624	5 1,2	3 23
Oct.	7	17 28,3	26 50,0	0,4927	0,4634	4 37,2	3 20
	17	17 41,8	27 7,4	0,5106	0,4642	4 13,7	3 18
	27	17 56,3	— 27 20,1	0,5268	0,4651	3 50,3	3 16
Nov.	6	18 11,6	27 27,5	0,5413	0,4659	3 26,4	3 15
	16	18 27,5	27 29,0	0,5541	0,4667	3 1,7	3 15
	26	18 43,9	27 24,2	0,5651	0,4675	2 36,1	3 15
Dec.	6	19 0,8	27 12,8	0,5745	0,4682	2 9,8	3 17
	16	19 17,9	26 54,7	0,5820	0,4689	1 42,9	3 20
	26	19 35,2	26 29,9	0,5879	0,4696	1 15,8	3 23
	36	19 52,5	25 58,9	0,5921	0,4702	0 48,9	3 27

CERES 1858.

Ephemeride für die Opposition.

12h Mittl. Zt.		Geoc. Ger. Aufst. ⚳	Geoc. Abweichg. ⚳	Log. Entfern. ⚳ von ♁	Log. Entfern. ⚳ von ☉
		h ′ ″	° ′ ″		
Mai	24	17 23 10,82	− 21 31 28,8	0,262085	0,448594
	25	17 22 19,00	21 34 0,0	0,261279	
	26	17 21 26,33	21 36 30,9	0,260534	0,448840
	27	17 20 32,85	21 39 1,6	0,259850	
	28	17 19 38,61	21 41 31,8	0,259228	0,449086
	29	17 18 43,67	21 44 1,5	0,258669	
	30	17 17 48,09	21 46 30,7	0,258174	0,449331
	31	17 16 51,92	21 48 59,3	0,257743	
Juni	1	17 15 55,21	21 51 27,3	0,257377	0,449576
	2	17 14 58,04	21 53 54,5	0,257077	
	3	17 14 0,45	− 21 56 20,9	0,256843	0,449819
	4	17 13 2,51	21 58 46,5	0,256675	
	5	17 12 4,29	22 1 11,3	0,256578	0,450062
	6	17 11 5,84	22 3 35,1	0,256538	
	7	17 10 7,24	22 5 58,0	0,256571	0,450304
☍	8	17 9 8,55	22 8 20,0	0,256671	
	9	17 8 9,84	22 10 41,0	0,256838	0,450546
	10	17 7 11,17	22 13 1,0	0,257078	
	11	17 6 12,61	22 15 20,0	0,257375	0,450787
	12	17 5 14,23	22 17 38,0	0,257743	
	13	17 4 16,09	− 22 19 55,0	0,258178	0,451027
	14	17 3 18,26	22 22 11,0	0,258680	
	15	17 2 20,81	22 24 26,0	0,259247	0,451266
	16	17 1 23,80	22 26 40,0	0,259879	
	17	17 0 27,28	22 28 53,1	0,260575	0,451505
	18	16 59 31,33	22 31 5,2	0,261335	
	19	16 58 35,99	22 33 16,4	0,262158	0,451743
	20	16 57 41,33	22 35 26,7	0,263048	
	21	16 56 47,40	22 37 36,1	0,263988	0,451981
	22	16 55 54,25	22 39 44,7	0,264993	
	23	16 55 1,94	− 22 41 52,5	0,266058	0,452217
	24	16 54 10,51	22 43 59,5	0,267181	
	25	16 53 20,00	22 46 5,9	0.268361	0,452452

⚳ ☍ ☉ Juni 8. $21^h\,10'\,17''$ Lichtstärke = 0,919

JUPITER 1858.

Heliocentrischer Ort.

0h Mittl. Zt.		Helioc. Länge ♃	Helioc. Breite ♃	Rad. vect. ♃	♃ Aufg.	♃ Unterg.
		° ′ ″	° ′ ″		h ′	h ′
Jan.	0	46 9 47,0	— 1 2 38,8	4,99179	0 27	14 47
	4	46 31 25,8	2 20,8	4,99261	0 11	14 31
	8	46 53 4,2	2 2,6	4,99343	23 55	14 16
	12	47 14 42,2	1 44,3	4,99426	23 40	14 1
	16	47 36 19,7	1 25,8	4,99509	23 24	13 46
	20	47 57 56,7	1 7,2	4,99594	23 9	13 32
	24	48 19 33,3	0 48,4	4,99679	22 54	13 18
	28	48 41 9,4	0 29,5	4,99765	22 38	13 4
Febr.	1	49 2 45,1	1 0 10,5	4,99851	22 23	12 51
	5	49 24 20,3	0 59 51,4	4,99938	22 8	12 38
	9	49 45 55,0	— 0 59 32,1	5,00026	21 53	12 25
	13	50 7 29,2	59 12,7	5,00115	21 38	12 12
	17	50 29 2,8	58 53,1	5,00204	21 23	12 0
	21	50 50 35,9	58 33,4	5,00294	21 9	11 48
	25	51 12 8,5	58 13,6	5,00385	20 54	11 36
Mrz.	1	51 33 40,6	57 53,7	5,00476	20 40	11 24
	5	51 55 12,3	57 33,6	5,00568	20 26	11 12
	9	52 16 43,5	57 13,4	5,00661	20 11	11 0
	13	52 38 14,1	56 53,1	5,00754	19 57	10 49
	17	52 59 44,2	56 32,7	5,00849	19 43	10 38
	21	53 21 13,9	— 0 56 12,1	5,00944	19 29	10 26
	25	53 42 43,1	55 51,4	5,01040	19 15	10 15
	29	54 4 11,8	55 30,6	5,01137	19 1	10 4
Apr.	2	54 25 40,0	55 9,6	5,01234	18 47	9 54
	6	54 47 7,7	54 48,5	5,01332	18 33	9 43
	10	55 8 35,0	54 27,3	5,01431	18 19	9 32
	14	55 30 1,7	54 6,0	5,01530	18 5	9 22
	18	55 51 28,0	53 44,6	5,01630	17 51	9 11
	22	56 12 53,7	53 23,0	5,01730	17 38	9 0
	26	56 34 19,0	53 1,3	5,01831	17 25	8 50
	30	56 55 43,7	— 0 52 39,5	5,01932	17 11	8 39
Mai	4	57 17 8,0	52 17,6	5,02034	16 58	8 29

JUPITER 1858.

Geocentrischer Ort.

0h Mittl. Zt.	Geoc. Ger. Aufst. ♃	Geoc Abweichg. ♃	Log. Entfern. ♃ von ♁	♃ im Merid.
	h ' "	° ' "		h '
Jan. 0	2 16 13,84	+ 12 25 41,0	0,6512364	7 36,9
4	16 19,32	12 27 26,9	0,6569141	7 21,3
8	16 37,55	12 30 17,7	0,6626762	7 5,8
12	17 8,45	12 34 12,6	0,6684907	6 50,5
16	17 51,84	12 39 9,7	0,6743270	6 35,5
20	18 47,43	12 45 7,0	0,6801551	6 20,6
24	19 54,85	12 52 1,6	0,6859465	6 6,0
28	21 13,67	12 59 50,2	0,6916772	5 51,5
Febr. 1	22 43,45	13 8 29,5	0,6973268	5 37,3
5	24 23,78	13 17 56,7	0,7028778	5 23,2
9	2 26 14,26	+ 13 28 8,8	0,7083127	5 9,2
13	28 14,49	13 39 2,5	0,7136150	4 55,5
17	30 24,02	13 50 34,3	0,7187687	4 41,9
21	32 42,37	14 2 40,7	0,7237601	4 28,4
25	35 9,04	14 15 17,9	0,7285786	4 15,1
Mrz. 1	37 43,55	14 28 22,5	0,7332151	4 1,9
5	40 25,50	14 41 51,3	0,7376635	3 48,8
9	43 14,50	14 55 41,3	0,7419169	3 35,9
13	46 10,16	15 9 49,5	0,7459682	3 23,0
17	49 12,09	15 24 12,8	0,7498106	3 10,3
21	2 52 19,84	+ 15 38 48,0	0,7534382	2 57,6
25	55 32,99	15 53 32,0	0,7568476	2 45,1
29	58 51,13	16 8 22,0	0,7600369	2 32,6
Apr. 2	3 2 13,92	16 23 15,4	0,7630043	2 20,2
6	5 41,04	16 38 9,8	0,7657484	2 7,9
10	9 12,17	16 53 3,0	0,7682667	1 55,7
14	12 46,98	17 7 52,6	0,7705565	1 43,5
18	16 25,09	17 22 36,2	0,7726155	1 31,3
22	20 6,13	17 37 11,5	0,7744437	1 19,2
26	23 49,77	17 51 36,4	0,7760414	1 7,2
30	3 27 35,69	+ 18 5 49,3	0,7774102	0 55,2
Mai 4	31 23,62	18 19 48,6	0,7785506	0 43,2

JUPITER 1858.

Heliocentrischer Ort.

0h Mittl. Zt.		Helioc. Länge. ♃	Helioc. Breite. ♃	Rad. vect. ♃	♃ Aufg.	♃ Unterg.
		° ′ ″	° ′ ″		h ′	h ′
Mai	0	56 55 43,7	— 0 52 39,5	5,01932	17 11	8 39
	4	57 17 8,0	52 17,6	5,02034	16 58	8 29
	8	57 38 31,7	51 55,6	5,02137	16 44	8 19
	12	57 59 55,0	51 33,5	5,02241	16 31	8 8
	16	58 21 17,7	51 11,2	5,02345	16 17	7 58
	20	58 42 39,9	50 48,9	5,02450	16 4	7 48
	24	59 4 1,6	50 26,4	5,02555	15 51	7 37
	28	59 25 22,8	50 3,9	5,02661	15 37	7 27
Juni	1	59 46 43,4	49 41,2	5,02768	15 24	7 16
	5	60 8 3,5	49 18,5	5,02875	15 11	7 5
	9	60 29 23,1	— 0 48 55,6	5,02982	14 58	6 54
	13	60 50 42,2	48 32,7	5,03090	14 45	6 44
	17	61 12 0,6	48 9,6	5,03199	14 32	6 33
	21	61 33 18,5	47 46,5	5,03308	14 19	6 22
	25	61 54 35,8	47 23,2	5,03418	14 5	6 11
	29	62 15 52,6	46 59,9	5,03529	13 52	6 0
Juli	3	62 37 8,8	46 36,4	5,03640	13 39	5 49
	7	62 58 24,5	46 12,8	5,03752	13 26	5 38
	11	63 19 39,6	45 49,1	5,03865	13 13	5 27
	15	63 40 54,1	45 25,3	5,03978	13 0	5 15
	19	64 2 8,0	— 0 45 1,5	5,04092	12 47	5 3
	23	64 23 21,3	44 37,5	5,04206	12 34	4 52
	27	64 44 33,9	44 13,5	5,04321	12 21	4 40
	31	65 5 46,0	43 49,4	5,04436	12 7	4 28
Aug.	4	65 26 57,4	43 25,2	5,04552	11 54	4 16
	8	65 48 8,3	43 0,9	5,04668	11 41	4 4
	12	66 9 18,5	42 36,5	5,04785	11 27	3 51
	16	66 30 28,1	42 12,0	5,04902	11 14	3 38
	20	66 51 37,1	41 47,5	5,05020	11 0	3 25
	24	67 12 45,5	41 22,9	5,05139	10 46	3 12
	28	67 33 53,3	— 0 40 58,2	5,05258	10 32	2 59
Sept.	1	67 55 0,4	40 33,4	5,05377	10 18	2 46

JUPITER 1858.

Geocentrischer Ort.

0^h Mittl. Zt.		Geoc. Ger. Aufst. ♃	Geoc. Abweichg. ♃	Log. Entfern. ♃ von ♁	♃ im Merid.
		h ′ ″	° ′ ″		h ′
Mai	0	3 27 35,69	+ 18 5 49,3	0,7774102	0 55,2
	4	31 23,62	18 19 48,6	0,7785506	0 43,2
	8	35 13,31	18 33 32,7	0,7794610	0 31,3
	12	39 4,42	18 47 0,0	0,7801412	0 19,4
	16	42 56,62	19 0 9,0	0,7805902	0 7,5
	20	46 49,55	19 12 58,1	0,7808085	23 55,6
	24	50 42,89	19 25 26,1	0,7807981	23 43,7
	28	54 36,33	19 37 32,2	0,7805611	23 31,8
Juni	1	58 29,62	19 49 15,5	0,7800989	23 19,9
	5	4 2 22,46	20 0 35,1	0,7794104	23 8,0
	9	4 6 14,54	+ 20 11 30,3	0,7784954	22 56,1
	13	10 5,50	20 22 0,2	0,7773547	22 44,2
	17	13 54,95	20 32 4,1	0,7759900	22 32,3
	21	17 42,52	20 41 41,6	0,7744027	22 20,3
	25	21 27,90	20 50 52,5	0,7725969	22 8,3
	29	25 10,78	20 59 36,7	0,7705735	21 56,2
Juli	3	28 50,83	21 7 54,1	0,7683335	21 44,1
	7	32 27,67	21 15 44,6	0,7658781	21 32,0
	11	36 0,87	21 23 8,2	0,7632081	21 19,7
	15	39 29,99	21 30 4,8	0,7603263	21 7,5
	19	4 42 54,62	+ 21 36 34,8	0,7572374	20 55,1
	23	46 14,32	21 42 38,7	0,7539457	20 42,6
	27	49 28,74	21 48 17,1	0,7504552	20 30,1
	31	52 37,47	21 53 30,5	0,7467694	20 17,5
Aug.	4	55 40,04	21 58 19,4	0,7428920	20 4,8
	8	58 35,95	22 2 44,2	0,7388271	19 51,9
	12	5 1 24,66	22 6 45,8	0,7345824	19 39,0
	16	4 5,65	22 10 25,1	0,7301663	19 25,9
	20	6 38,47	22 13 43,1	0,7255886	19 12,7
	24	9 2,64	22 16 40,8	0,7208586	18 59,3
	28	5 11 17,69	+ 22 19 19,0	0,7159861	18 45,8
Sept.	1	13 23,10	22 21 38,7	0,7109815	18 32,1

JUPITER 1858.

Heliocentrischer Ort.

0h Mittl. Zt.		Helioc. Länge ♃	Helioc. Breite ♃	Rad. vect. ♃	♃ Aufg.	♃ Unterg.
		° ′ ″	° ′ ″		h ′	h ′
Sept.	1	67 55 0,4	— 0 40 33,4	5,05377	10 18	2 46
	5	68 16 6,9	40 8,5	5,05497	10 4	2 32
	9	68 37 12,8	39 43,5	5,05617	9 50	2 18
	13	68 58 18,1	39 18,5	5,05738	9 36	2 4
	17	69 19 22,8	38 53,4	5,05859	9 21	1 50
	21	69 40 26,8	38 28,2	5,05981	9 6	1 36
	25	70 1 30,2	38 2,9	5,06103	8 51	1 21
	29	70 22 33,0	37 37,6	5,06226	8 36	1 6
Oct.	3	70 43 35,2	37 12,2	5,06349	8 21	0 51
	7	71 4 36,7	36 46,7	5,06473	8 6	0 35
	11	71 25 37,7	— 0 36 21,1	5,06597	7 50	0 19
	15	71 46 38,1	35 55,5	5,06722	7 34	0 3
	19	72 7 37,9	35 29,8	5,06847	7 18	23 47
	23	72 28 37,0	35 4,0	5,06973	7 1	23 31
	27	72 49 35,5	34 38,2	5,07099	6 45	23 14
	31	73 10 33,4	34 12,3	5,07225	6 28	22 57
Nov.	4	73 31 30,7	33 46,4	5,07352	6 11	22 40
	8	73 52 27,5	33 20,4	5,07479	5 54	22 23
	12	74 13 23,7	32 54,3	5,07606	5 37	22 5
	16	74 34 19,2	32 28,2	5,07734	5 19	21 47
	20	74 55 14,1	— 0 32 2,0	5,07862	5 2	21 29
	24	75 16 8,4	31 35,8	5,07991	4 45	21 11
	28	75 37 2,1	31 9,5	5,08120	4 27	20 53
Dec.	2	75 57 55,1	30 43,1	5,08250	4 9	20 34
	6	76 18 47,5	30 16,7	5,08380	3 51	20 15
	10	76 39 39,3	29 50,2	5,08511	3 33	19 57
	14	77 0 30,5	29 23,7	5,08642	3 15	19 39
	18	77 21 21,1	28 57,1	5,08773	2 57	19 21
	22	77 42 11,0	28 30,5	5,08905	2 39	19 3
	26	78 3 0,3	28 3,8	5,09037	2 22	18 44
	30	78 23 48,9	— 0 27 37,1	5,09169	2 5	18 26
	31	78 29 1,0	27 30,4	5,09202	2 1	18 21

JUPITER 1858.

Geocentrischer Ort.

0h Mittl. Zt.	Geoc. Ger. Aufst. ♃	Geoc. Abweichg. ♃	Log. Entfern. ♃ von ♁	♃ im Merid.
	h ′ ″	° ′ ″		h ″
Sept. 1	5 13 23,10	+ 22 21 38,7	0,7109815	18 32,1
5	15 18,31	22 23 40,8	0,7058578	18 18,2
9	17 2,73	22 25 26,1	0,7006295	18 4,2
13	18 35,85	22 26 55,7	0,6953157	17 50,0
17	19 57,22	22 28 10,6	0,6899359	17 35,6
21	21 6,42	22 29 11,7	0,6845115	17 21,0
25	22 3,07	22 29 59,8	0,6790637	17 6,1
29	22 46,75	22 30 35,3	0,6736154	16 51,1
Oct. 3	23 17,08	22 30 58,7	0,6681924	16 35,8
7	23 33,71	22 31 10,5	0,6628249	16 20,3
11	5 23 36,44	+ 22 31 10,9	0,6575460	16 4,6
15	23 25,23	22 31 0,3	0,6523905	15 48,7
19	23 0,11	22 30 38,7	0,6473930	15 32,5
23	22 21,24	22 30 6,1	0,6425876	15 16,1
27	21 28,86	22 29 21,9	0,6380103	14 59,4
31	20 23,29	22 28 25,9	0,6336991	14 42,5
Nov. 4	19 5,04	22 27 17,8	0,6296931	14 25,5
8	17 34,82	22 25 57,6	0,6260329	14 8,2
12	15 53,60	22 24 25,2	0,6227553	13 50,7
16	14 2,47	22 22 40,5	0,6198941	13 33,1
20	5 12 2,69	+ 22 20 43,7	0,6174799	13 15,4
24	9 55,58	22 18 35,2	0,6155379	12 57,5
28	7 42,56	22 16 15,9	0,6140918	12 39,5
Dec. 2	5 25,19	22 13 46,9	0,6131612	12 21,4
6	3 5,17	22 11 9,7	0,6127619	12 3,3
10	0 44,32	22 8 26,6	0,6129007	11 45,2
14	4 58 24,45	22 5 39,8	0,6135765	11 27,1
18	56 7,29	22 2 51,9	0,6147813	11 9,0
22	53 54,47	22 0 5,8	0,6165018	10 51,0
26	51 47,52	21 57 24,5	0,6187204	10 33,2
30	4 49 47,89	+ 21 54 51,0	0,6214162	10 15,4
31	49 19,28	21 54 14,2	0,6221621	10 11,0

SATURN 1858.

Heliocentrischer Ort.

0h Mittl. Zt.		Helioc. Länge ♄ ° ′ ″	Helioc. Breite ♄ ° ′ ″	Rad. vect. ♄	♄ Aufg. h ′	♄ Unterg. h ′
Jan.	0	114 20 53,3	+ 0 5 7,0	9,05521	5 9	21 17
	4	114 29 48,4	5 30,3	9,05573	4 51	21 0
	8	114 38 43,4	5 53,5	9,05626	4 33	20 43
	12	114 47 38,4	6 16,7	9,05679	4 16	20 27
	16	114 56 33,3	6 39,9	9,05733	3 58	20 10
	20	115 5 28,1	7 3,2	9,05787	3 40	19 53
	24	115 14 22,9	7 26,4	9,05841	3 23	19 37
	28	115 23 17,5	7 49,6	9,05895	3 5	19 20
Febr.	1	115 32 12,1	8 12,8	9,05949	2 47	19 3
	5	115 41 6,6	8 36,0	9,06003	2 31	18 47
	9	115 50 1,0	+ 0 8 59,2	9,06058	2 14	18 31
	13	115 58 55,3	9 22,4	9,06113	1 56	18 14
	17	116 7 49,6	9 45,6	9,06169	1 39	17 58
	21	116 16 43,7	10 8,8	9,06224	1 22	17 42
	25	116 25 37,8	10 32,0	9,06280	1 5	17 25
Mrz.	1	116 34 31,8	10 55,2	9,06336	0 48	17 9
	5	116 43 25,7	11 18,3	9,06393	0 32	16 53
	9	116 52 19,5	11 41,5	9,06450	0 15	16 37
	13	117 1 13,3	12 4,6	9,06507	23 59	16 21
	17	117 10 6,9	12 27,7	9,06564	23 43	16 5
	21	117 19 0,5	+ 0 12 50,8	9,06622	23 27	15 49
	25	117 27 54,1	13 13,9	9,06680	23 11	15 33
	29	117 36 47,6	13 37,0	9,06738	22 55	15 17
Apr.	2	117 45 41,0	14 0,1	9,06796	22 40	15 2
	6	117 54 34,3	14 23,2	9,06855	22 25	14 46
	10	118 3 27,6	14 46,3	9,06914	22 10	14 31
	14	118 12 20,9	15 9,4	9,06973	21 55	14 16
	18	118 21 14,1	15 32,5	9,07033	21 40	14 1
	22	118 30 7,3	15 55,5	9,07093	21 25	13 46
	26	118 39 0,4	16 18,6	9,07153	21 11	13 31
	30	118 47 53,5	+ 0 16 41,6	9,07214	20 56	13 16
Mai	4	118 56 46,5	17 4,6	9,07275	20 42	13 1

SATURN 1858.

Geocentrischer Ort.

0h Mittl. Zt.		Geoc. Ger. Aufst. ♄ h	′	″	Geoc. Abweichg. ♄ °	′	″	Log. Entfern. ♄ von ♁	♄ im Merid. h	′
Jan.	0	7	52	27,82	+ 21	2	33,2	0,9088730	13	13,2
	4		51	8,90		6	30,2	0,9080189	12	56,1
	8		49	47,79		10	30,2	0,9074306	12	39,0
	12		48	25,27		14	31,2	0,9071134	12	21,8
	16		47	2,10		18	30,9	0,9070711	12	4,7
	20		45	39,10		22	27,2	0,9073041	11	47,5
	24		44	17,08		26	18,1	0,9078091	11	30,4
	28		42	56,79		30	1,5	0,9085811	11	13,3
Febr.	1		41	38,94		33	36,1	0,9096126	10	56,2
	5		40	24,22		37	0,3	0,9108959	10	39,2
	9	7	39	13,30	+ 21	40	12,9	0,9124211	10	22,2
	13		38	6,83		43	12,7	0,9141768	10	5,3
	17		37	5,43		45	58,5	0,9161491	9	48,6
	21		36	9,63		48	29,4	0,9183214	9	31,9
	25		35	19,88		50	44,8	0,9206767	9	15,3
Mrz.	1		34	36,56		52	44,1	0,9231980	8	58,8
	5		33	59,97		54	27,1	0,9258678	8	42,4
	9		33	30,38		55	53,5	0,9286698	8	26,1
	13		33	8,05		57	3,0	0,9315861	8	10,0
	17		32	53,17		57	55,3	0,9345980	7	54,0
	21	7	32	45,82	+ 21	58	30,4	0,9376873	7	38,1
	25		32	46,06		58	48,3	0,9408354	7	22,3
	29		32	53,85		58	49,1	0,9440250	7	6,7
Apr.	2		33	9,12		58	32,9	0,9472408	6	51,1
	6		33	31,79		57	59,9	0,9504680	6	35,7
	10		34	1,77		57	10,0	0,9536917	6	20,5
	14		34	38,92		56	3,4	0,9568976	6	5,3
	18		35	23,08		54	40,1	0,9600713	5	50,3
	22		36	14,02		53	0,3	0,9631996	5	35,4
	26		37	11,47		51	4,2	0,9662705	5	20,6
	30	7	38	15,17	+ 21	48	52,1	0,9692736	5	5,9
Mai	4		39	24,87		46	24,2	0,9721997	4	51,2

SATURN 1858.

Heliocentrischer Ort.

0h Mittl. Zt.		Helioc. Länge. ♄	Helioc. Breite. ♄	Rad. vect. ♄	♄ Aufg.	♄ Unterg.
		° ′ ″	° ′ ″		h ′	h ′
Mai	0	118 47 53,5	+ 0 16 41,6	9,07214	20 56	13 16
	4	118 56 46,5	17 4,6	9,07275	20 42	13 1
	8	119 5 39,5	17 27,6	9,07336	20 28	12 46
	12	119 14 32,5	17 50,6	9,07397	20 14	12 31
	16	119 23 25,4	18 13,6	9,07459	20 0	12 16
	20	119 32 18,3	18 36,6	9,07521	19 46	12 1
	24	119 41 11,1	18 59,5	9,07583	19 32	11 47
	28	119 50 3,9	19 22,5	9,07645	19 18	11 32
Juni	1	119 58 56,6	19 45,4	9,07708	19 4	11 17
	5	110 7 49,3	20 8,4	9,07771	19 51	11 3
	9	120 16 41,9	+ 0 20 31,3	9,07835	18 38	10 49
	13	120 25 34,4	20 54,2	9,07899	18 24	10 34
	17	120 34 26,9	21 17,1	9,07963	18 11	10 20
	21	120 43 19,3	21 40,0	9,08027	17 58	10 6
	25	120 52 11,7	22 2,9	9,08092	17 45	9 51
	29	121 1 4,0	22 25,8	9,08157	17 32	9 37
Juli	3	121 9 56,2	22 48,7	9,08222	17 19	9 23
	7	121 18 48,3	23 11,6	9,08287	17 6	9 8
	11	121 27 40,3	23 34,4	9,08353	16 53	8 53
	15	121 36 32,2	23 57,2	9,08419	16 41	8 39
	19	121 45 24,0	+ 0 24 20,0	9,08485	16 28	8 25
	23	121 54 15,7	24 42,8	9,08551	16 15	8 11
	27	122 3 7,4	25 5,6	9,08618	16 2	7 57
	31	122 11 59,0	25 28,4	9,08685	15 49	7 42
Aug.	4	122 20 50,4	25 51,1	9,08752	15 36	7 28
	8	122 29 41,7	26 13,9	9,08820	15 23	7 14
	12	122 38 32,9	26 36,6	9,08888	15 10	6 59
	16	122 47 24,0	26 59,3	9,08956	14 57	6 45
	20	122 56 15,1	27 22,0	9,09025	14 44	6 30
	24	123 5 6,1	27 44,7	9,09093	14 32	6 15
	28	123 13 57,0	+ 0 28 7,3	9,09162	14 19	6 1
Sept.	1	123 22 47,8	28 30,0	9,09231	14 5	5 46

SATURN 1858.

Geocentrischer Ort.

0ʰ Mittl. Zt.	Geoc. Ger. Aufst. ♄	Geoc. Abweichg. ♄	Log. Entfern. ♄ von ♁	♄ im Merid.
	h ′ ″	° ′ ″		h ′
Mai 0	7 38 15,17	+ 21 48 52,1	0,9692736	5 5,9
4	39 24,87	46 24,2	0,9721997	4 51,2
8	40 40,33	43 40,5	0,9750400	4 36,7
12	42 1,30	40 41,3	0,9777844	4 22,3
16	43 27,50	37 26,7	0,9804252	4 8,0
20	44 58,60	33 56,9	0,9829535	3 53,7
24	46 34,28	30 12,3	0,9853630	3 39,5
28	48 14,22	26 13,3	0,9876485	3 25,4
Juni 1	49 58,14	22 0,2	0,9898053	3 11,4
5	51 45,77	17 33,4	0,9918284	2 57,4
9	7 53 36,82	+ 21 12 53,0	0,9937128	2 43,5
13	55 30,99	7 59,4	0,9954536	2 29,6
17	57 27,98	2 53,0	0,9970465	2 15,8
21	59 27,45	20 57 34,7	0,9984890	2 2,0
25	8 1 29,11	52 4,9	0,9997783	1 48,3
29	3 32,67	46 24,2	1,0009126	1 34,6
Juli 3	5 37,87	40 33,0	1,0018904	1 20,9
7	7 44,45	34 32,0	1,0027090	1 7,2
11	9 52,12	28 21,9	1,0033662	0 53,6
15	12 0,58	22 3,5	1,0038601	0 40,0
19	8 14 9,51	+ 20 15 37,7	1,0041900	0 26,3
23	16 18,64	9 5,4	1,0043562	0 12,7
27	18 27,70	2 27,5	1,0043587	23 59,1
31	20 36,43	19 55 44,9	1,0041976	23 45,5
Aug. 4	22 44,59	48 58,5	1,0038725	23 31,8
8	24 51,89	42 9,4	1,0033828	23 18,2
12	26 58,03	35 18,7	1,0027292	23 4,5
16	29 2,71	28 27,8	1,0019128	22 50,8
20	31 5,65	21 37,9	1,0009356	22 37,1
24	33 6,60	14 50,3	0,9998000	22 23,4
28	8 35 5,29	+ 19 8 6,0	0,9985080	22 9,6
Sept. 1	37 1,48	1 26,6	0,9970617	21 55,7

SATURN 1858.

Heliocentrischer Ort.

0h Mittl. Zt.		Helioc. Länge. ♄	Helioc. Breite. ♄	Rad. vect. ♄	♄ Aufg.	♄ Unterg.
		° ′ ″	° ′ ″		h ′	h ′
Sept.	1	123 22 47,8	+ 0 28 30,0	9,09231	14 5	5 46
	5	123 31 38,4	28 52,6	9,09300	13 52	5 32
	9	123 40 28,9	29 15,3	9,09369	13 39	5 17
	13	123 49 19,4	29 37,9	9,09439	13 26	5 2
	17	123 58 9,8	30 0,5	9,09509	13 13	4 48
	21	124 7 0,2	30 23,1	9,09579	12 59	4 33
	25	124 15 50,4	30 45,7	9,09650	12 45	4 18
	29	124 24 40,5	31 8,2	9,09721	12 32	4 3
Oct.	3	124 33 30,6	31 30,8	9,09792	12 18	3 48
	7	124 42 20,7	31 53,3	9,09863	12 4	3 33
	11	124 51 10,6	+ 0 32 15,8	9,09935	11 50	3 18
	15	125 0 0,5	32 38,3	9,10007	11 36	3 3
	19	125 8 50,3	33 0,8	9,10079	11 22	2 48
	23	125 17 40,1	33 23,2	9,10151	11 7	2 33
	27	125 26 29,8	33 45,7	9,10224	10 53	2 18
	31	125 35 19,4	34 8,1	9,10297	10 38	2 3
Nov.	4	125 44 9,0	34 30,5	9,10370	10 23	1 47
	8	125 52 58,6	34 52,9	9,10444	10 8	1 32
	12	126 1 48,1	35 15,3	9,10518	9 53	1 17
	16	126 10 37,5	35 37,7	9,10592	9 37	1 1
	20	126 19 26,9	+ 0 36 0,1	9,10666	9 21	0 45
	24	126 28 16,2	36 22,4	9,10741	9 6	0 30
	28	126 37 5,4	36 44,7	9,10816	8 50	0 14
Dec.	2	126 45 54,5	37 7,0	9,10891	8 34	23 58
	6	126 54 43,6	37 29,3	9,10966	8 18	23 42
	10	127 3 32,7	37 51,5	9,11042	8 1	23 26
	14	127 12 21,7	38 13,7	9,11117	7 44	23 10
	18	127 21 10,6	38 35,9	9,11193	7 27	22 54
	22	127 29 59,4	38 58,1	9,11269	7 10	22 38
	26	127 38 48,2	39 20,2	9,11345	6 53	22 22
	30	127 47 36,9	+ 0 39 42,3	9,11422	6 36	22 5
	31	127 49 49,1	39 47,9	9,11441	6 32	22 1

SATURN 1858.

Geocentrischer Ort.

0ʰ Mittl. Zt.		Geoc. Ger. Aufst. ♄			Geoc. Abweichg. ♄			Log. Entfern. ♄ von ♁	♄ im Merid.	
		h	′	″	°	′	″		h	′
Sept.	1	8	37	1,48	+ 19	1	26,6	0,9970617	21	55,7
	5		38	54,86	18	54	53,2	0,9954626	21	41,9
	9		40	45,14		48	27,6	0,9937140	21	27,9
	13		42	32,01		42	11,2	0,9918202	21	13,9
	17		44	15,19		36	5,7	0,9897858	20	59,9
	21		45	54,43		30	12,4	0,9876166	20	45,8
	25		47	29,46		24	32,7	0,9853180	20	31,6
	29		49	0,02		19	8,3	0,9828950	20	17,3
Oct.	3		50	25,83		14	0,6	0,9803532	20	3,0
	7		51	46,60		9	11,4	0,9776996	19	48,6
	11	8	53	2,02	+ 18	4	42,1	0,9749434	19	34,0
	15		54	11,85		0	34,5	0,9720935	19	19,4
	19		55	15,85	17	56	49,7	0,9691599	19	4,7
	23		56	13,81		53	29,0	0,9661532	18	49,9
	27		57	5,51		50	33,7	0,9630841	18	35,0
	31		57	50,72		48	5,0	0,9599634	18	20,0
Nov.	4		58	29,23		46	4,1	0,9568040	18	4,9
	8		59	0,85		44	32,1	0,9536199	17	49,6
	12		59	25,43		43	29,8	0,9504271	17	34,3
	16		59	42,86		42	57,5	0,9472415	17	18,8
	20	8	59	53,11	+ 17	42	55,7	0,9440781	17	3,2
	24		59	56,13		43	24,2	0,9409539	16	47,5
	28		59	51,88		44	23,4	0,9378852	16	31,6
Dec.	2		59	40,38		45	52,9	0,9348894	16	15,7
	6		59	21,70		47	52,3	0,9319855	15	59,6
	10		58	55,98		50	20,8	0,9291932	15	43,4
	14		58	23,43		53	17,1	0,9265309	15	27,1
	18		57	44,33		56	39,6	0,9240163	15	10,7
	22		56	58,99	18	0	26,6	0,9216665	14	54,1
	26		56	7,75		4	36,2	0,9194978	14	37,5
	30	8	55	11,06	+ 18	9	6,5	0,9175272	14	20,8
	31		54	56,06		10	17,0	0,9170672	14	16,6

URANUS 1858.

Heliocentrischer Ort.

0h Mittl. Zt.		Helioc. Länge. ♅	Helioc. Breite. ♅	Rad. vect. ♅	♅ Aufg.	♅ Unterg.
		° ′ ″	° ′ ″		h ′	h ′
Jan.	0	57 44 12,7	— 0 12 28,2	19,47867	1 4	16 45
	4	57 46 57,7	12 26,1	19,47798	0 48	16 28
	8	57 49 42,6	12 23,9	19,47729	0 32	16 12
	12	57 52 27,6	12 21,8	19,47660	0 16	15 56
	16	57 55 12,5	12 19,6	19,47590	0 0	15 40
	20	57 57 57,5	12 17,5	19,47521	23 44	15 24
	24	58 0 42,4	12 15,3	19,47452	23 29	15 8
	28	58 3 27,3	12 13,2	19,47383	23 13	14 52
Febr.	1	58 6 12,2	12 11,0	19,47313	22 57	14 36
	5	58 8 57,2	12 8,9	19,47244	22 41	14 20
	9	58 11 42,1	— 0 12 6,7	19,47175	22 26	14 4
	13	58 14 26,9	12 4,6	19,47106	22 10	13 48
	17	58 17 11,7	12 2,4	19,47037	21 54	13 33
	21	58 19 56,6	12 0,3	19,46968	21 38	13 18
	25	58 22 41,4	11 58,1	19,46899	21 22	13 2
Mrz.	1	58 25 26,2	11 56,0	19,46830	21 7	12 47
	5	58 28 10,9	11 53,8	19,46760	20 52	12 32
	9	58 30 55,7	11 51,7	19,46691	20 36	12 17
	13	58 33 40,6	11 49,5	19,46621	20 21	12 2
	17	58 36 25,4	11 47,4	19,46552	20 6	11 47
	21	58 39 10,2	— 0 11 45,2	19,46482	19 50	11 32
	25	58 41 55,1	11 43,1	19,46413	19 34	11 17
	29	58 44 40,0	11 40,9	19,46343	19 19	11 2
Apr.	2	58 47 24,8	11 38,7	19,46273	19 4	10 48
	6	58 50 9,6	11 36,5	19,46203	18 48	10 33
	10	58 52 54,6	11 34,4	19,46133	18 33	10 18
	14	58 55 39,6	11 32,2	19,46063	18 18	10 4
	18	58 58 24,5	11 30,0	19,45993	18 3	9 49
	22	59 1 9,5	11 27,8	19,45923	17 48	9 34
	26	59 3 54,6	11 25,7	19,45853	17 33	9 20
	30	59 6 39,7	— 0 11 23,5	19,45783	17 17	9 6
Mai	4	59 9 24,8	11 21,3	19,45713	17 2	8 51

URANUS 1858.

Geocentrischer Ort.

0h Mittl. Zt.		Geoc. Ger. Aufst. ♅ (h ' ")	Geoc. Abweichg. ♅ (° ' ")	Log. Entfern. ♅ von ♁	♅ im Merid. (h ')
Jan.	0	3 33 46,54	+ 18 59 49,0	1,2732412	8 54,5
	4	33 21,72	58 27,3	1,2743781	8 38,3
	8	32 59,74	57 15,5	1,2755878	8 22,2
	12	32 40,78	56 14,1	1,2768639	8 6,1
	16	32 24,98	55 23,7	1,2781984	7 50,0
	20	32 12,46	54 44,8	1,2795841	7 34,1
	24	32 3,30	54 17,6	1,2810123	7 18,1
	28	31 57,54	54 2,4	1,2824745	7 2,3
Febr.	1	31 55,23	53 59,3	1,2839634	6 46,5
	5	31 56,39	54 8,4	1,2854718	6 30,7
	9	3 32 1,05	+ 18 54 29,6	1,2869920	6 15,0
	13	32 9,19	55 3,1	1,2885166	5 59,4
	17	32 20,80	55 48,5	1,2900371	5 43,8
	21	32 35,82	56 45,9	1,2915458	5 28,3
	25	32 54,19	57 54,6	1,2930358	5 12,8
Mrz.	1	33 15,82	59 14,5	1,2945010	4 57,4
	5	33 40,62	19 0 45,1	1,2959350	4 42,1
	9	34 8,50	2 26,2	1,2973318	4 26,8
	13	34 39,37	4 17,0	1,2986854	4 11,5
	17	35 13,11	6 17,2	1,2999901	3 56,3
	21	3 35 49,58	+ 19 8 26,2	1,3012404	3 41,1
	25	36 28,63	10 43,3	1,3024311	3 26,0
	29	37 10,11	13 8,0	1,3035583	3 10,9
Apr.	2	37 53,86	15 39,5	1,3046186	2 55,9
	6	38 39,75	18 17,4	1,3056081	2 40,9
	10	39 27,65	21 1,0	1,3065231	2 25,9
	14	40 17,36	23 49,5	1,3073602	2 11,0
	18	41 8,72	26 42,4	1,3081165	1 56,1
	22	42 1,53	29 38,9	1,3087897	1 41,2
	26	42 55,64	32 38,3	1,3093780	1 26,3
	30	3 43 50,87	+ 19 35 40,1	1,3098797	1 11,4
Mai	4	44 47,03	38 43,7	1,3102936	0 56,6

URANUS 1858.

Heliocentrischer Ort.

0h Mittl. Zt.		Helioc. Länge ♅	Helioc. Breite ♅	Rad. vect. ♅	♅ Aufg.	♅ Unterg.
		° ′ ″	° ′ ″		h ′	h ′
Mai	0	59 6 39,7	− 0 11 23,5	19,45783	17 17	9 6
	4	59 9 24,8	11 21,3	19,45713	17 2	8 51
	8	59 12 9,9	11 19,1	19,45642	16 47	8 37
	12	59 14 55,1	11 17,0	19,45572	16 32	8 22
	16	59 17 40,4	11 14,8	19,45502	16 17	8 8
	20	59 20 25,6	11 12,7	19,45432	16 2	7 54
	24	59 23 10,9	11 10,5	19,45362	15 46	7 39
	28	59 25 56,2	11 8,4	19,45292	15 31	7 25
Juni	1	59 28 41,5	11 6,2	19,45222	15 16	7 10
	5	59 31 26,9	11 4,0	19,45152	15 1	6 55
	9	59 34 12,3	− 0 11 1,8	19,45081	14 46	6 41
	13	59 36 57,7	10 59,7	19,45011	14 31	6 27
	17	59 39 43,2	10 57,5	19,44940	14 16	6 12
	21	59 42 28,6	10 55,3	19,44870	14 0	5 57
	25	59 45 14,1	10 53,1	19,44799	13 45	5 43
	29	59 47 59,6	10 51,0	19,44729	13 30	5 28
Juli	3	59 50 45,2	10 48,8	19,44658	13 15	5 13
	7	59 53 30,7	10 46,6	19,44588	13 0	4 59
	11	59 56 16,1	10 44,4	19,44517	12 45	4 44
	15	59 59 1,5	10 42,3	19,44447	12 29	4 29
	19	60 1 47,0	− 0 10 40,1	19,44377	12 14	4 14
	23	60 4 32,5	10 37,9	19,44307	11 59	3 59
	27	60 7 17,9	10 35,7	19,44236	11 43	3 44
	31	60 10 3,4	10 33,5	19,44166	11 27	3 29
Aug.	4	60 12 48,8	10 31,3	19,44095	11 11	3 14
	8	60 15 34,2	10 29,1	19,44025	10 56	2 59
	12	60 18 19,6	10 26,9	19,43954	10 41	2 44
	16	60 21 5,0	10 24,8	19,43884	10 26	2 29
	20	60 23 50,4	10 22,6	19,43813	10 10	2 14
	24	60 26 35,8	10 20,4	19,43743	9 54	1 58
	28	60 29 21,2	− 0 10 18,2	19,43672	9 39	1 42
Sept.	1	60 32 6,6	10 16,0	19,43602	9 23	1 26

URANUS 1858.

Geocentrischer Ort.

0^h Mittl. Zt.		Geoc. Ger. Aufst. ♅			Geoc. Abweichg. ♅			Log. Entfern. ♅ von ♁	♅ im Merid.	
		h	'	"	°	'	"		h	'
Mai	0	3	43	59,87	+ 19	35	40,1	1,3098797	1	11,4
	4		44	47,03		38	43,7	1,3102936	0	56,6
	8		45	43,97		41	48,4	1,3106183	0	41,8
	12		46	41,53		44	53,7	1,3108529	0	27,0
	16		47	39,50		47	58,7	1,3109965	0	12,2
	20		48	37,69		51	3,0	1,3110486	23	57,4
	24		49	35,91		54	5,9	1,3110097	23	42,6
	28		50	34,00		57	7,0	1,3108807	23	27,8
Juni	1		51	31,79	20	0	5,8	1,3106615	23	13,0
	5		52	29,11		3	1,9	1,3103525	22	58,1
	9	3	53	25,78	+ 20	5	54,6	1,3099550	22	43,3
	13		54	21,63		8	43,3	1,3094708	22	28,5
	17		55	16,46		11	27,7	1,3089012	22	13,6
	21		56	10,10		14	7,4	1,3082477	21	58,7
	25		57	2,38		16	41,9	1,3075129	21	43,9
	29		57	53,17		19	10,9	1,3066999	21	28,9
Juli	3		58	42,29		21	33,9	1,3058106	21	14,0
	7		59	29,59		23	50,7	1,3048476	20	59,0
	11	4	0	14,89		26	0,9	1,3038142	20	44,0
	15		0	58,04		28	4,1	1,3027141	20	28,9
	19	4	1	38,89	+ 20	29	59,9	1,3015512	20	13,8
	23		2	17,29		31	48,3	1,3003299	19	58,7
	27		2	53,13		33	28,8	1,2990543	19	43,5
	31		3	26,30		35	1,4	1,2977295	19	28,3
Aug.	4		3	56,67		36	25,8	1,2963596	19	13,0
	8		4	24,10		37	41,7	1,2949493	18	57,7
	12		4	48,47		38	48,8	1,2935046	18	42,4
	16		5	9,71		39	47,1	1,2920318	18	27,0
	20		5	27,73		40	36,4	1,2905369	18	11,5
	24		5	42,48		41	16,7	1,2890263	17	56,0
	28	4	5	53,89	+ 20	41	47,8	1,2875060	17	40,4
Sept.	1		6	1,93		42	9,8	1,2859824	17	24,7

URANUS 1858.

Heliocentrischer Ort.

0h Mittl. Zt.	Helioc. Länge ♅	Helioc. Breite ♅	Rad. vect. ♅	♅ Aufg.	♅ Unterg.
	° ′ ″	° ′ ″		h ′	h ′
Sept. 1	60 32 6,6	— 0 10 16,0	19,43602	9 23	1 26
5	60 34 51,9	10 13,8	19,43531	9 8	1 11
9	60 37 37,2	10 11,6	19,43461	8 52	0 55
13	60 40 22,5	10 9,4	19,43390	8 36	0 39
17	60 43 7,9	10 7,3	19,43319	8 20	0 23
21	60 45 53,3	10 5,1	19,43248	8 4	0 7
25	60 48 38,6	10 2,9	19,43177	7 48	23 51
29	60 51 24,0	10 0,7	19,43106	7 32	23 35
Oct. 3	60 54 9,4	9 58,5	19,43035	7 16	23 19
7	60 56 54,9	9 56,3	19,42964	7 0	23 3
11	60 59 40,3	— 0 9 54,1	19,42893	6 44	22 47
15	61 2 25,8	9 51,9	19,42822	6 28	22 31
19	61 5 11,3	9 49,8	19,42751	6 12	22 14
23	61 7 56,9	9 47,6	19,42680	5 56	21 57
27	61 10 42,4	9 45,4	19,42609	5 40	21 41
31	61 13 28,0	9 43,2	19,42537	5 24	21 25
Nov. 4	61 16 13,7	9 41,0	19,42466	5 7	21 8
8	61 18 59,4	9 38,8	19,42394	4 51	20 51
12	61 21 45,1	9 36,6	19,42323	4 35	20 34
16	61 24 30,8	9 34,4	19,42251	4 19	20 17
20	61 27 16,6	— 0 9 32,2	19,42180	4 2	20 1
24	61 30 2,5	9 30,0	19,42108	3 46	19 44
28	61 32 48,3	9 27,8	19,42037	3 30	19 27
Dec. 2	61 35 34,2	9 25,6	19,41965	3 14	19 11
6	61 38 20,1	9 23,4	19,41894	2 57	18 55
10	61 41 6,1	9 21,2	19,41822	2 41	18 38
14	61 43 52,0	9 19,0	19,41750	2 25	18 21
18	61 46 38,0	9 16,8	19,41678	2 9	18 4
22	61 49 24,0	9 14,6	19,41607	1 53	17 47
26	61 52 10,1	9 12,4	19,41535	1 37	17 31
30	61 54 56,1	— 0 9 10,2	19,41464	1 20	17 14
31	61 55 37,6	9 9,7	19,41446	1 16	17 10

URANUS 1858.

Geocentrischer Ort.

0^h Mittl. Zt.	Geoc. Ger. Aufst. ♅	Geoc. Abweichg. ♅	Log. Entfern. ♅ von ♁	♅ im Merid.
	h ′ ″	° ′ ″		h ″
Sept. 1	4 6 1,93	+ 20 42 9,8	1,2859824	17 24,7
5	6 6,55	42 22,4	1,2844623	17 9,1
9	6 7,72	42 25,7	1,2829532	16 53,3
13	6 5,44	42 19,6	1,2814624	16 37,5
17	5 59,76	42 4,4	1,2799976	16 21,6
21	5 50,71	41 40,0	1,2785658	16 5,7
25	5 38,37	41 6,7	1,2771742	15 49,7
29	5 22,80	40 24,6	1,2758300	15 33,7
Oct. 3	5 4,08	39 33,9	1,2745403	15 17,6
7	4 42,33	38 34,7	1,2733127	15 1,5
11	4 4 17,67	+ 20 37 27,5	1,2721547	14 45,3
15	3 50,27	36 12,6	1,2710730	14 29,1
19	3 20,35	34 50,5	1,2700740	14 12,8
23	2 48,09	33 21,6	1,2691634	13 56,5
27	2 13,70	31 46,6	1,2683466	13 40,2
31	1 37,38	30 5,7	1,2676288	13 23,8
Nov. 4	0 59,39	28 19,7	1,2670149	13 7,4
8	0 19,99	26 29,4	1,2665093	12 50,9
12	3 59 39,46	24 35,5	1,2661158	12 34,5
16	58 58,11	22 38,7	1,2658367	12 18,0
20	3 58 16,24	+ 20 20 39,9	1,2656738	12 1,6
24	57 34,12	18 39,8	1,2656278	11 45,1
28	56 52,02	16 39,3	1,2656991	11 28,6
Dec. 2	56 10,26	14 39,2	1,2658881	11 12,2
6	55 29,15	12 40,6	1,2661945	10 55,7
10	54 48,99	10 44,3	1,2666159	10 39,3
14	54 10,07	8 51,3	1,2671491	10 22,9
18	53 32,67	7 2,4	1,2677906	10 6,5
22	52 57,05	5 18,5	1,2685368	9 50,1
26	52 23,45	3 40,3	1,2693824	9 33,8
30	3 51 52,08	+ 20 2 8,6	1,2703227	9 17,5
31	51 44,61	1 46,8	1,2705720	9 13,4

TRABANT I. 1858.

Austritte. Mittl. Zt.			Austritte. Mittl. Zt.			Austritte. Mittl. Zt.		
		h ′ ″			h ′ ″			h ′ ″
Jan.	1	5 4 49,8 *	Mrz.	2	9 30 38,6 *	Mai	1	(13 51 40,7)
	2	23 33 46,8		4	3 59 31,4		3	(8 20 23,0)*
	4	18 2 49,8		5	22 28 31,0		5	(2 49 9,9)
	6	12 31 45,0 *		7	16 57 25,2		6	(21 17 50,6)
	8	7 0 48,4 *		9	11 26 25,2		8	(15 46 34,5)
	10	1 29 45,9		11	5 55 17,2 *		10	(10 15 14,9)
	11	19 58 49,5		13	0 24 15,3		12	(4 44 0,1)
	13	14 27 45,1		14	18 53 8,4		13	(23 12 38,9)
	15	8 56 49.1 *		16	13 22 7,0		15	(17 41 21,2)
	17	3 25 47,1		18	7 50 57,9 *		17	(12 9 59,9)
	18	21 54 51,1		20	2 19 54,6		19	(6 38 43,1)
	20	16 23 47,0		21	20 48 46,2			Eintritte.
	22	10 52 50,9 *		23	15 17 43,5		20	(22 59 34,9)
	24	5 21 49,1 *		25	9 46 33,1 *		22	(17 28 15,0)
	25	23 50 53,1		27	4 15 28,3		24	(11 56 52,1)
	27	18 19 48,9		28	22 44 18,7		26	(6 25 33,4)
	29	12 48 52,6 *		30	17 13 14,2		28	(0 54 9,2)
	31	7 17 50,7 *	Apr.	1	11 42 2,3		29	(19 22 47,3)
Fbr.	2	1 46 54,6		3	6 10 55,9		31	(13 51 22,7)
	3	20 15 50,3		5	0 39 44,7	Juni	2	(8 20 2,2)
	5	14 44 53,4		6	19 8 38,7		4	(2 48 36,5)
	7	9 13 50,9 *		8	13 37 25,4		5	(21 17 12,7)
	9	3 42 54,4		10	8 6 17,1 *		7	(15 45 46,3)
	10	22 11 49,8		12	2 35 4,4		9	(10 14 23,9)
	12	16 40 52,4		13	21 3 56,9		11	(4 42 56,7)
	14	11 9 49,4 *		15	15 32 42,0		12	(23 11 30,9)
	16	5 38 52,5 *		17	(10 1 31,9)		14	(17 40 2,8)
	18	0 7 47,0		19	(4 30 17,4)		16	(12 8 38,5)
	19	18 36 48,9		20	(22 59 8,1)		18	(6 37 9,7)
	21	13 5 45,2		22	(17 27 51,9)		20	(1 5 42,1)
	23	7 34 47,4 *		24	(11 56 39,9)		21	19 34 12,6
	25	2 3 41,2		26	(6 25 23,7)		23	14 2 46,2
	26	20 32 42,1		28	(0 54 12,7)		25	8 31 16,2
	28	15 1 37,5		29	(19 22 54,8)		27	2 59 47,1
							28	21 28 16,0
							30	15 56 48,0

TRABANT I. 1858.

	Geoc. Ob. Conj. Mittl. Zt.	a/b		Geoc. Ob. Conj. Mittl. Zt.	a/b		Geoc. Ob. Conj. Mittl. Zt.	a/b
	h ′			h ′			h ′	
Jan. 1	2 48,1	+19,1	Mrz. 2	7 16,9		Mai 1	12 29,3	+20,3
2	21 16,1		4	1 46,8		3	6 59,8	
4	15 44,1		5	20 16,9	+20,2	5	1 30,4	
6	10 12,1		7	14 46,9		6	20 0,9	
8	4 40,4	+19,3	9	9 17,1		8	14 31,4	+20,3
9	23 8,7		11	3 47,2		10	9 1,9	
11	17 37,0		12	22 17,4	+20,2	12	3 32,4	
13	12 5,3		14	16 47,6		13	22 2,8	
15	6 33,9	+19,5	16	11 17,9		15	16 33,5	+20,3
17	1 2,5		18	5 48,1		17	11 3,9	
18	19 31,1		20	0 18,3	+20,3	19	5 34,4	
20	13 59,8		21	18 48,5		21	0 4,9	
22	8 28,6	+19,7	23	13 18,8		22	18 35,4	+20,2
24	2 57,5		25	7 49,0		24	13 5,9	
25	21 26,5		27	2 19,5	+20,3	26	7 36,4	
27	15 55,4		28	20 49,8		28	2 6,8	
29	10 24,5	+19,8	30	15 20,2		29	20 37,3	+20,3
31	4 53,5		Apr. 1	9 50,6		31	15 7,7	
Fbr. 1	23 22,8		3	4 21,1	+20,3	Juni 2	9 38,1	
3	17 52,0		4	22 51,5		4	4 8,5	
5	12 21,3	+19,9	6	17 22,0		5	22 38,9	+20,3
7	6 50,7		8	11 52,4		7	17 9,3	
9	1 20,2		10	6 23,0	+20,3	9	11 39,7	
10	19 49,6		12	0 53,4		11	6 10,0	
12	14 19,1	+20,0	13	19 24,1		13	0 40,3	+20,3
14	8 48,7		15	13 54,4		14	19 10,6	
16	3 18,4		17	8 24,9	+20,3	16	13 41,0	
17	21 48,1		19	2 55,4		18	8 11,3	
19	16 17,7	+20,1	20	21 25,9		20	2 41,5	+20,3
21	10 47,4		22	15 56,5		21	21 11,7	
23	5 17,3		24	10 27,1	+20,3	23	15 42,0	
24	23 47,1		26	4 57,6		25	10 12,2	
26	18 17,0	+20,2	27	23 28,2		27	4 42,3	+20,4
28	12 46,9		29	17 58,7		28	23 12,4	
						30	17 42,5	

TRABANT I. 1858.

Eintritte.	Mittl. Zt.		Eintritte.	Mittl. Zt.		Eintritte.	Mittl. Zt.	
		h ′ ″			h ′ ″			h ′ ″
Juli	2	10 25 16,6	Sept.	2	8 59 24,4	Nov.	1	13 4 9,1 *
	4	4 53 45,9		4	3 27 46,4		3	7 32 37,0 *
	5	23 22 13,1		5	21 56 6,1		5	2 1 2,9
	7	17 50 43,7		7	16 24 26,6 *		6	20 29 33,8
	9	12 19 11,0		9	10 52 47,5 *		8	14 58 0,6 *
	11	6 47 38,8		11	5 21 9,6		10	9 26 30,4 *
	13	1 16 5,0		12	23 49 29,5		12	3 54 58,0
	14	19 44 33,8		14	18 17 49,7		13	22 23 30,9
	16	14 13 0,0 *		16	12 46 10,7 *		15	16 51 59,6 *
	18	8 41 26,2		18	7 14 33,0		17	11 20 31,4 *
	20	3 9 51,1		20	1 42 52,7		19	5 49 1,1 *
	21	21 38 18,6		21	20 11 13,4		21	0 17 36,3
	23	16 6 43,8 *		23	14 39 34,2 *		22	18 46 7,1 *
	25	10 35 8,5		25	9 7 57,3 *		24	13 14 41,5 *
	27	5 3 32,4		27	3 36 17,3		26	7 43 12,9 *
	28	23 31 58,4		28	22 4 38,6		28	2 11 50,6
	30	18 0 22,8		30	16 32 59,4 *		29	20 40 23,7
Aug.	1	12 28 46,3 *	Oct.	2	11 1 23,2 *	Dec.	1	15 9 0,6 *
	3	6 57 9,3		4	5 29 43,5		3	9 47 34,2 *
	5	1 25 33,7		5	23 58 5,9		5	4 6 14,3 *
	6	19 53 57,3		7	18 26 27,3		6	22 34 49,9
	8	14 22 20,0 *		9	12 54 52,0 *			Austritte.
	10	8 50 42,0		11	7 23 13,1		8	19 13 11,5 *
	12	3 19 5,5		13	1 51 36,4		10	13 41 49,5 *
	13	21 47 28,3		14	20 19 58,6		12	8 10 33,8 *
	15	16 15 49,8 *		16	14 48 24,3 *		14	2 39 13,6
	17	10 44 11,4		18	9 16 46,5 *		15	21 7 57,4
	19	5 12 33,8		20	3 45 11,0		17	15 36 37,4 *
	20	23 40 56,4		21	22 13 34,1		19	10 5 24,4 *
	22	18 9 17,2		23	16 42 1,2 *		21	4 34 6,5 *
	24	12 37 38,0 *		25	11 10 24,6 *		22	23 2 52,9
	26	7 6 0,0		27	5 38 50,5		24	17 31 35,2 *
	28	1 34 22,1		29	0 7 15,1		26	12 0 24,5 *
	29	20 2 42,4		30	18 35 44,2 *		28	6 29 8,8 *
	31	14 31 3,1 *					30	0 57 57,7
							31	19 26 41,9

TRABANT I. 1858.

	Geoc. Ob. Conj. Mittl. Zt.	a/b		Geoc. Ob. Conj. Mittl. Zt.	a/b		Geoc. Ob. Conj. Mittl. Zt.	a/b
	h ′			h ′			h ′	
Juli 2	12 12,6		Sept. 2	11 23,9		Nov. 1	15 1,2	+20,8
4	6 42,7	+20,4	4	5 52,6		3	9 27,7	
6	1 12,7		6	0 21,1	+20,8	5	3 54,0	
7	19 42,8		7	18 49,7		6	22 20,3	
9	14 12,8		9	13 18,1		8	16 46,6	+20,9
11	8 42,8	+20,5	11	7 46,5		10	11 12,8	
13	3 12,7		13	2 14,9	+20,9	12	5 39,0	
14	21 42,6		14	20 43,1		14	0 5,1	
16	16 12,4		16	15 11,4		15	18 31,1	+20,9
18	10 42,2	+20,5	18	9 39,6		17	12 57,2	
20	5 12,0		20	4 7,6	+20,9	19	7 23,1	
21	23 41,8		21	22 35,5		21	1 49,1	
23	18 11,5		23	17 3,5		22	20 15,0	+20,9
25	12 41,2	+20,6	25	11 31,4		24	14 40,9	
27	7 10,9		27	5 59,2	+20,9	26	9 6,8	
29	1 40,5		29	0 27,0		28	3 32,6	
30	20 10,2		30	18 54,7		29	21 58,4	+20,9
Aug. 1	14 39,6	+20,6	Oct. 2	13 22,3		Dec. 1	16 24,3	
3	9 9,1		4	7 49,8	+20,9	3	10 50,1	
5	3 38,7		6	2 17,3		5	5 16,0	
6	22 8,0		7	20 44,7		6	23 41,8	+21,0
8	16 37,4	+20,6	9	15 12,1		8	18 7,6	
10	11 6,8		11	9 39,4	+20,9	10	12 33,5	
12	5 36,1		13	4 6,6		12	6 59,4	
14	0 5,4		14	22 33,7		14	1 25,3	+21,1
15	18 34,6	+20,7	16	17 0,7		15	19 51,2	
17	13 3,7		18	11 27,7	+20,9	17	14 17,2	
19	7 32,8		20	5 54,6		19	8 43,3	
21	2 1,9		22	0 21,4		21	3 9,2	+21,2
22	20 30,9	+20,7	23	18 48,2		22	21 35,3	
24	14 59,9		25	13 14,9	+20,9	24	16 1,4	
26	9 28,9		27	7 41,5		26	10 27,6	
28	3 57,8		29	2 8,1		28	4 53,8	+21,3
29	22 26,5	+20,8	30	20 34,7		29	23 20,1	
31	16 55,3					31	17 46,3	+21,4

TRABANT I.

t — Ob. Conj.	x	y'	t — Ob. Conj.	x	y'
0ᵗ 0ʰ 0'	+ 0,00	+ 5,70	0ᵗ 11ʰ 0'	+ 5,69	— 0,32
20	0,28	5,69	20	5,67	0,60
40	0,56	5,67	40	5,63	0,88
1 0	0,84	5,64	12 0	5,58	1,16
20	1,12	5,59	20	5,52	1,43
40	1,39	5,53	40	5,44	1,70
0 2 0	+ 1,66	+ 5,45	0 13 0	+ 5,35	— 1,96
20	1,93	5,36	20	5,25	2,22
40	2,19	5,26	40	5,13	2,48
3 0	2,45	5,15	14 0	5,00	2,73
20	2,70	5,02	20	4,86	2,98
40	2,94	4,88	40	4,70	3,22
0 4 0	+ 3,18	+ 4,72	0 15 0	+ 4,54	— 3,45
20	3,41	4,56	20	4,37	3,66
40	3,63	4,40	40	4,19	3,87
5 0	3,84	4,22	16 0	3,99	4,07
20	4,04	4,02	20	3,78	4,26
40	4,24	3,81	40	3,56	4,44
0 6 0	+ 4,42	+ 3,59	0 17 0	+ 3,34	— 4,62
20	4,59	3,37	20	3,11	4,78
40	4,75	3,14	40	2,87	4,92
7 0	4,90	2,90	18 0	2,63	5,06
20	5,04	2,66	20	2,38	5,18
40	5,16	2,42	40	2,12	5,30
0 8 0	+ 5,28	+ 2,16	0 19 0	+ 1,86	— 5,39
20	5,38	1,90	20	1,59	5,47
40	5,47	1,63	40	1,32	5,54
9 0	5,54	1,36	20 0	1,04	5,60
20	5,60	1,08	20	0,76	5,64
40	5,64	0,80	40	0,48	5,68
0 10 0	+ 5,67	+ 0,52	0 21 0	+ 0,20	— 5,69
20	5,69	+ 0,24	20	— 0,08	5,70
40	5,70	— 0,04	40	0,36	5,68
11 0	5,69	0,32	22 0	0,64	5,66

Synod. Umlaufszeit 42ʰ 28,'6

TRABANT I.

t − Ob. Conj.	x	y′	t − Ob. Conj.	x	y′
t h ′			t h ′		
0 22 0	− 0,64	− 5,66	1 9 0	− 5,62	+ 0,96
20	0,92	5,63	20	5,56	1,23
40	1,20	5,57	40	5,49	1,51
23 0	1,47	5,50	10 0	5,41	1,78
20	1,74	5,42	20	5,32	2,04
40	2,00	5,33	40	5,21	2,30
1 0 0	− 2,26	− 5,23	1 11 0	− 5,09	+ 2,56
20	2,52	5,11	20	4,96	2,80
40	2,77	4,98	40	4,82	3,04
1 0	3,01	4,84	12 0	4,66	3,28
20	3,25	4,68	20	4,50	3,50
40	3,47	4,52	40	4,32	3,72
1 2 0	− 3,69	− 4,35	1 13 0	− 4,13	+ 3,93
20	3,90	4,16	20	3,93	4,13
40	4,10	3,96	40	3,72	4,32
3 0	4,29	3,75	14 0	3,50	4,50
20	4,47	3,53	20	3,28	4,66
40	4,64	3,31	40	3,04	4,82
1 4 0	− 4,80	− 3,07	1 15 0	− 2,80	+ 4,96
20	4,94	2,83	20	2,56	5,09
40	5,08	2,59	40	2,30	5,21
5 0	5,20	2,34	16 0	2,04	5,32
20	5,31	2,08	20	1,78	5,41
40	5,40	1,82	40	1,51	5,49
1 6 0	− 5,48	− 1,55	1 17 0	− 1,23	+ 5,56
20	5,55	1,27	20	0,96	5,62
40	5,61	1,00	40	0,68	5,66
7 0	5,65	0,72	18 0	0,40	5,68
20	5,68	0,44	20	− 0,12	5,70
40	5,69	− 0,16	40	+ 0,16	5,69
1 8 0	− 5,70	+ 0,12	1 19 0	+ 0,44	+ 5,68
20	5,68	0,40	20	0,72	5,65
40	5,66	0,68	40	1,00	5,61
9 0	5,62	0,96	20 0	1,27	5,55

Synod. Umlaufszeit $42^{h}\,28'{,}6$

TRABANT II. 1858.

Austritte.	Mittl. Zt.	Eintritte.	Mittl. Zt.	Eintritte.	Mittl. Zt.
	h ′ ″		h ′ ″		h ′ ″
Jan. 2	1 4 54,7	Mai 2	(21 17 53,1)	Sept. 4	4 40 34,5
5	14 22 46,9 *	6	(10 36 24,0)	7	17 58 30,9
9	3 40 38,5	9	(23 54 32,2)	11	7 17 32,4
12	16 58 31,3	13	(13 13 7,5)	14	20 35 27,8
16	6 16 23,9 *	17	(2 31 16,0)	18	9 54 26,7 *
19	19 34 16,5		Eintritte.	21	23 12 20,8
23	8 52 10,2 *	20	(13 24 54,9)	25	12 31 16,8 *
26	22 10 3,3	24	(2 43 0,6)	29	1 49 10,0
30	11 27 57,9 *	27	(16 1 42,2)	Oct. 2	15 8 2,8 *
Fbr. 3	0 45 52,0	31	(5 19 47,9)	6	4 25 55,0
6	14 3 47,7	Juni 3	(18 38 33,5)	9	17 44 44,3 *
10	3 21 42,8	7	(7 56 38,9)	13	7 2 35,8
13	16 39 39,5	10	(21 15 28,7)	16	20 21 21,6
17	5 57 35,5 *	14	(10 33 34,2)	20	9 39 12,8 *
20	19 15 33,5	17	(23 52 27,6)	23	22 57 54,6
24	8 33 30,8 *	21	(13 10 32,9)	27	12 15 45,7 *
27	21 51 30,1	25	2 29 29,6	31	1 34 23,9
Mrz. 3	11 9 29,4 *	28	15 47 34,5	Nov. 3	14 52 14,9 *
7	0 27 30,1	Juli 2	5 6 34,1	7	4 10 49,1
10	13 45 31,6	5	18 24 38,6	10	17 28 40,4 *
14	3 3 33,3	9	7 43 40,7	14	6 47 10,6 *
17	16 21 37,2	12	21 1 44,7	17	20 5 2,1
21	5 39 39,9	16	10 20 48,8	21	9 23 28,7 *
24	18 57 46,7	19	23 38 52,0	24	22 41 20,7
28	8 15 50,8 *	23	12 57 57,7 *	28	11 59 43,7 *
31	21 34 0,9	27	2 16 0,0	Dec. 2	1 17 36,8
Apr. 4	10 52 6,0	30	15 35 6,9 *	5	14 35 56,1 *
8	0 10 19,8	Aug. 3	4 53 8,4		Austritte.
11	13 28 25,6	6	18 12 16,1	9	6 21 46,0 *
15	2 46 43,5	10	7 30 16,3	12	19 40 5,1 *
18	(16 4 49,8)	13	20 49 23,7	16	8 58 2,7 *
22	(5 23 11,7)	17	10 7 23,3	19	22 16 18,7
25	(18 41 18,9)	20	23 26 29,7	23	11 34 16,9 *
29	(7 59 45,3) *	24	12 44 28,1 *	27	0 52 29,4
		28	2 3 33,4	30	14 10 28,0 *
		31	15 21 31,0 *		

TRABANT II. 1858.

Geoc. Ob. Conj. Mittl. Zt.		$\frac{a}{b}$	Geoc. Ob. Conj. Mittl. Zt.		$\frac{a}{b}$	Geoc. Ob. Conj. Mittl. Zt.		$\frac{a}{b}$
	h ′			h ′			h ′	
Jan. 1	21 25,1	+19,1	Mai 2	19 30,9	+20,3	Spt. 4	8 35,9	
5	10 39,2		6	8 56,7		7	21 54,7	+20,8
8	23 53,9	+19,3	9	22 22,1	+20,3	11	11 14,0	
12	13 9,2		13	11 48,0		15	0 31,8	+20,9
16	2 25,1	+19,5	17	1 13,5	+20,2	18	13 50,1	
19	15 41,5		20	14 39,5		22	3 6,7	+20,9
23	4 58,5	+19,7	24	4 5,0	+20,2	25	16 23,9	
26	18 16,0		27	17 31,2		29	5 39,4	+20,9
30	7 34,1	+19,8	31	6 56,6	+20,3	Oct. 2	18 55,4	
Fbr. 2	20 52,7		Juni 3	20 22,7		6	8 9,8	+20,9
6	10 12,0	+19,9	7	9 48,0	+20,3	9	21 24,5	
9	23 31,6		10	23 14,0		13	10 37,6	+20,9
13	12 51,8	+20,0	14	12 39,3	+20,3	16	23 51,0	
17	2 12,3		18	2 5,2		20	13 3,0	+20,9
20	15 33,2	+20,1	21	15 30,2	+20,4	24	2 15,2	
24	4 54,4		25	4 56,0		27	15 26,0	+20,8
27	18 16,1	+20,2	28	18 20,8	+20,4	31	4 37,1	
Mrz. 3	7 38,2		Juli 2	7 46,3		Nov. 3	17 46,8	+20,8
6	21 0,6	+20,2	5	21 10,7	+20,4	7	6 56,6	
10	10 23,5		9	10 35,9		10	20 5,1	+20,9
13	23 46,5	+20,2	13	0 0,0	+20,5	14	9 14,0	
17	13 9,8		16	13 24,9		17	22 21,9	+20,9
21	2 33,3	+20,3	20	2 48,4	+20,5	21	11 30,0	
24	15 57,1		23	16 13,0		25	0 37,2	+20,9
28	5 21,1	+20,3	27	5 36,1	+20,6	28	13 44,7	
31	18 45,3		30	19 0,2		Dec. 2	2 51,4	+20,9
Apr. 4	8 9,8	+20,3	Aug. 3	8 22,7	+20,6	5	15 58,5	
7	21 34,5		6	21 46,1		9	5 5,1	+21,0
11	10 59 3	+20,3	10	11 8,0	+20,6	12	18 12,1	
15	0 24,4		14	0 30,8		16	7 18,9	+21,1
18	13 49,4	+20,3	17	13 52,1	+20,7	19	20 26,2	
22	3 14,7		21	3 14,1		23	9 33,4	+21,2
25	16 39,9	+20,3	24	16 34,6	+20,7	26	22 41,1	
29	6 5,6		28	5 55,8		30	11 48,8	+21,3
			31	19 15,5	+20,8			

TRABANT II.

t — Ob. Conj.	x	y'	t — Ob. Conj.	x	y'
t h '			t h '		
0 0 0	+ 0,00	+ 9,07	0 22 0	+ 9,05	— 0,45
0 40	0,45	9,05	22 40	9,02	0,89
1 20	0,89	9,02	23 20	8,97	1,34
2 0	1,33	8,97	1 0 0	8,89	1,78
2 40	1,77	8,89	0 40	8,79	2,21
3 20	2,20	8,79	1 20	8,67	2,64
0 4 0	+ 2,63	+ 8,68	1 2 0	+ 8,53	— 3,06
4 40	3,05	8,54	2 40	8,37	3,48
5 20	3,47	8,38	3 20	8,19	3,88
6 0	3,88	8,20	4 0	7,99	4,28
6 40	4,28	8,00	4 40	7,77	4,66
7 20	4,67	7,78	5 20	7,53	5,04
0 8 0	+ 5,04	+ 7,54	1 6 0	+ 7,27	— 5,41
8 40	5,40	7,28	6 40	7,00	5,76
9 20	5,75	7,01	7 20	6,71	6,10
10 0	6,09	6,72	8 0	6,40	6,42
10 40	6,41	6,41	8 40	6,08	6,72
11 20	6,72	6,09	9 20	5,74	7,01
0 12 0	+ 7,01	+ 5,75	1 10 0	+ 5,39	— 7,28
12 40	7,28	5,40	10 40	5,03	7,54
13 20	7,54	5,03	11 20	4,66	7,78
14 0	7,78	4,66	12 0	4,27	8,00
14 40	8,00	4,27	12 40	3,87	8,20
15 20	8,20	3,88	13 20	3,46	8,38
0 16 0	+ 8,38	+ 3,47	1 14 0	+ 3,04	— 8,54
16 40	8,54	3,06	14 40	2,62	8,68
17 20	8,68	2,63	15 20	2,19	8,80
18 0	8,80	2,20	16 0	1,76	8,89
18 40	8,89	1,76	16 40	1,32	8,97
19 20	8,97	1,32	17 20	0,88	9,02
0 20 0	+ 9,02	+ 0,88	1 18 0	+ 0,44	— 9,05
20 40	9,05	+ 0,44	18 40	— 0,01	9,07
21 20	9,07	— 0,01	19 20	0,46	9,05
22 0	9,05	0,45	20 0	0,90	9,02

Synod. Umlaufszeit 85ʰ 17,9′

TRABANT II.

t − Ob. Conj.	x	y'	t − Ob. Conj.	x	y'
ᵗ ʰ ′			ᵗ ʰ ′		
1 20 0	− 0,90	− 9,02	2 18 0	− 8,97	+ 1,35
20 40	1,34	8,97	18 40	8,89	1,79
21 20	1,78	8,89	19 20	8,79	2,22
22 0	2,21	8,79	20 0	8,67	2,65
22 40	2,64	8,67	20 40	8,53	3,07
23 20	3,06	8,53	21 20	8,37	3,49
2 0 0	− 3,48	− 8,37	2 22 0	− 8,19	+ 3,89
0 40	3,89	8,19	22 40	7,99	4,29
1 20	4,29	7,99	23 20	7,77	4,67
2 0	4,68	7,77	3 0 0	7,53	5,05
2 40	5,05	7,53	0 40	7,27	5,42
3 20	5,41	7,27	1 20	7,00	5,77
2 4 0	− 5,76	− 7,00	3 2 0	− 6,71	+ 6,11
4 40	6,10	6,71	2 40	6,40	6,43
5 20	6,42	6,40	3 20	6,08	6,73
6 0	6,73	6,08	4 0	5,74	7,02
6 40	7,02	5,74	4 40	5,39	7,29
7 20	7,29	5,39	5 20	5,02	7,55
2 8 0	− 7,55	− 5,02	3 6 0	− 4,64	+ 7,79
8 40	7,79	4,65	6 40	4,25	8,01
9 20	8,00	4,26	7 20	3,86	8,21
10 0	8,20	3,87	8 0	3,45	8,38
10 40	8,38	3,46	8 40	3,04	8,54
11 20	8,54	3,04	9 20	2,61	8,68
2 12 0	− 8,68	− 2,62	3 10 0	− 2,18	+ 8,80
12 40	8,80	2,19	10 40	1,75	8,90
13 20	8,90	1,75	11 20	1,31	8,98
14 0	8,97	1,31	12 0	0,87	9,03
14 40	9,02	0,87	12 40	− 0,43	9,06
15 20	9,05	− 0,43	13 20	+ 0,02	9,07
2 16 0	− 9,07	+ 0,02	3 14 0	+ 0,47	+ 9,06
16 40	9,05	0,47	14 40	0,91	9,02
17 20	9,02	0,91	15 20	1,35	8,97
18 0	8,97	1,35	16 0	1,79	8,89

Synod. Umlaufszeit 85ʰ 17′,9

TRABANT III. 1858.

Mitte der Verfinster. Mittl. Zt.		Verfinster. Halbe Dauer.	Geocentr. Ob. Conj. Mittl. Zt.		a/b
	h ′ ″	h ′ ″		h ′	
Jan. 5	10 54 48,1 *	0 57 44,8	Jan. 5	5 50,3	+ 19,2
12	14 57 0,4	0 57 42,5	12	9 40,5	
19	18 59 7,8	0 57 41,3	19	13 35,6	+ 19,6
26	23 1 4,9	0 57 41,2	26	17 35,2	
Febr. 3	3 3 6,9	0 57 42,2	Febr. 3	21 39,1	+ 19,9
10	7 5 39,3 *	0 57 44,4	10	1 47,6	
17	11 7 55,3 *	0 57 47,7	17	5 59,5	+ 20,1
24	15 10 36,2	0 57 51,9	24	10 15,2	
Mrz. 3	19 12 35,0	0 57 57,2	Mrz. 3	14 33,3	+ 20,2
10	23 14 22,2	0 58 3,7	10	18 53,7	
18	3 15 55,9	0 58 11,2	17	23 16,2	+ 20,3
25	7 17 30,5 *	0 58 19,7	25	3 40,8	
Apr. 1	11 19 32,4	0 58 29,2	Apr. 1	8 7,5	+ 20,3
8	15 21 12,1	0 58 39,6	8	12 35,4	
15	19 23 12,2	0 58 51,0	15	17 4,8	+ 20,3
22	23 24 27,4	0 59 3,4	22	21 34,4	
30	3 25 28,7	0 59 16,7	30	2 4,5	+ 20,3
Mai 7	7 26 16,5	0 59 31,1	Mai 7	6 34,9	
14	11 27 4,2	0 59 46,3	14	11 5,7	+ 20,3
21	15 28 19,2	1 0 2,2	21	15 37,0	
28	19 29 9,7	1 0 18,8	28	20 7,9	+ 20,3
Juni 4	23 30 18,6	1 0 36,5	Juni 5	0 38,7	
12	3 30 42,8	1 0 54,8	12	5 8,2	+ 20,3
19	7 30 52,5	1 1 13,9	19	9 36,9	
26	11 30 51,2	1 1 33,7	26	14 4,5	+ 20,4
Juli 3	15 30 51,1 *	1 1 54,3	Juli 3	18 31,0	
10	19 31 20,1	1 2 15,4	10	22 56,5	+ 20,5
17	23 31 24,2	1 2 37,1	18	3 20,2	
25	3 31 47,1	1 2 59,5	25	7 42,4	+ 20,6
Aug. 1	7 31 27,6	1 2 22,6	Aug. 1	12 1,8	
8	11 30 55,8	1 2 46,4	8	16 18,5	+ 20,6
15	15 30 17,8 *	1 3 11,0	15	20 32,6	
22	19 29 44,4	1 3 36,0	23	0 43,7	+ 20,7
29	23 29 44,2	1 4 1,4	30	4 52,2	
Sept. 6	3 29 21,5	1 4 27,2	Sept. 6	8 56,9	+ 20,8
13	7 29 20,1	1 4 53,4	13	12 58,0	
20	11 28 41,5 *	1 5 19,8	20	16 54,4	+ 20,9
27	15 27 55,0 *	1 5 46,8	27	20 46,1	

TRABANT III. 1858.

Mitte der Verfinster. Mittl. Zt.		Verfinster. Halbe Dauer.	Geocentr. Ob. Conj. Mittl. Zt.		$\frac{a}{b}$
	h ′ ″	h ′ ″		h ′	
Oct. 4	19 27 9,9	1 7 14,3	Oct. 5	0 33,2	+ 20,9
11	23 26 34,8	1 7 42,4	12	4 15,5	
19	3 26 39,7	1 8 11,0	19	7 53,7	+ 20,9
26	7 26 26,0 *	1 8 39,9	26	11 26,6	
Nov. 2	11 26 37,9 *	1 9 8,9	Nov. 2	14 55,3	+ 20,8
9	15 26 20,2 *	1 9 38,2	9	18 19,3	
16	19 26 1,1 *	1 10 7,8	16	21 39,4	+ 20,9
23	23 25 51,8	1 10 37,8	24	0 56,8	
Dec. 1	3 25 58,0	1 11 8,2	Dec. 1	4 12,2	+ 20,9
8	7 26 49,7 *	1 11 38,4	8	7 27,3	
15	11 27 25,4 *	1 12 8,8	15	10 42,0	+ 21,1
22	15 28 28,7 *	1 12 39,6	22	13 58,8	
29	19 29 4,8	1 13 10,6	29	17 17,2	+ 21,3

TRABANT IV. 1858.

Jan. 10	20 59 18,0	....	Jan. 10	8 45,2	+ 22,1
27	15 16 6,4	....	27	2 32,6	+ 22,7
Febr. 13	9 32 19,4 *	....	Fbr. 12	21 16,3	+ 23,0
Mrz. 2	3 48 12,8	....	Mrz. 1	16 46,0	+ 23,2
18	22 4 13,2	....	18	12 49,5	+ 23,3
Apr. 4	16 19 12,6	....	Apr. 4	9 17,4	+ 23,4
21	10 33 40,9	....	21	6 2,1	+ 23,3
Mai 8	4 48 4,7	....	Mai 8	2 56,9	+ 23,3
24	23 1 13,8	....	24	23 54,1	+ 23,2
Juni 10	17 13 49,9	....	Juni 10	20 47,4	+ 23,2
27	11 26 26,2	....	27	17 34,4	+ 23,2
Juli 14	5 37 45,5	....	Juli 14	14 4,2	+ 23,3
30	23 48 34,7	....	31	10 12,3	+ 23,3
Aug. 16	17 59 35,5	....	Aug. 17	5 50,9	+ 23,4
Sept. 2	12 9 30,2 *	....	Sept. 3	0 50,0	+ 23,4
19	6 19 7,5	....	19	19 2,4	+ 23,5
Oct. 6	0 29 18,2	....	Oct. 6	12 18,7	+ 23,5
22	18 38 50,4 *	....	23	4 32,5	+ 23,4
Nov. 8	12 48 30,8 *	....	Nov. 8	19 46,3	+ 23,5
25	6 59 14,2 *	....	25	10 12,7	+ 23,6
Dec. 12	1 9 50,0	....	Dec. 12	0 14,8	+ 23,8
28	19 20 51,9	....	28	14 25,8	+ 24,2

TRABANT III.

t — Ob. Conj.	x	y'	t — Ob. Conj.	x	y'
$0^t\ 0^h\ 0'$	+ 0,00	+ 14,46	$1^t\ 20^h\ 0'$	+ 14,45	— 0,53
1 20	0,71	14,44	21 20	14,41	1,23
2 40	1,41	14,39	22 40	14,33	1,93
4 0	2,11	14,31	2 0 0	14,22	2,63
5 20	2,80	14,19	1 20	14,08	3,32
6 40	3,49	14,04	2 40	13,90	4,00
0 8 0	+ 4,17	+ 13,85	2 4 0	+ 13,69	— 4,67
9 20	4,83	13,63	5 20	13,44	5,33
10 40	5,49	13,38	6 40	13,16	5,98
12 0	6,14	13,09	8 0	12,86	6,61
13 20	6,77	12,78	9 20	12,53	7,23
14 40	7,38	12,43	10 40	12,16	7,83
0 16 0	+ 7,98	+ 12,06	2 12 0	+ 11,77	— 8,42
17 20	8,56	11,66	13 20	11,34	8,98
18 40	9,12	11,23	14 40	10,89	9,52
20 0	9,65	10,77	16 0	10,41	10,04
21 20	10,16	10,29	17 20	9,91	10,53
22 40	10,65	9,78	18 40	9,38	11,00
1 0 0	+ 11,12	+ 9,25	2 20 0	+ 8,83	— 11,45
1 20	11,55	8,70	21 20	8,27	11,86
2 40	11,96	8,13	22 40	7,68	12,25
4 0	12,35	7,54	3 0 0	7,08	12,61
5 20	12,70	6,93	1 20	6,46	12,94
6 40	13,02	6,30	2 40	5,82	13,24
1 8 0	+ 13,31	+ 5,66	3 4 0	+ 5,17	— 13,51
9 20	13,57	5,00	5 20	4,50	13,74
10 40	13,80	4,33	6 40	3,82	13,95
12 0	13,99	3,65	8 0	3,14	14,12
13 20	14,15	2,97	9 20	2,45	14,26
14 40	14,28	2,28	10 40	1,75	14,36
1 16 0	+ 14,38	+ 1,58	3 12 0	+ 1,05	— 14,43
17 20	14,44	0,88	13 20	+ 0,35	14,46
18 40	14,46	+ 0,17	14 40	— 0,35	14,45
20 0	14,45	— 0,53	16 0	1,06	14,42

Synod. Umlaufszeit $7^t\ 3^h\ 59',6$

TRABANT III.

t − Ob. Conj.	x	y′	t − Ob. Conj.	x	y′
t h ′			t h ′		
3 16 0	− 1,06	− 14,42	5 12 0	− 14,37	+ 1,58
17 20	1,76	14,35	13 20	14,28	2,28
18 40	2,46	14,25	14 40	14,15	2,97
20 0	3,15	14,12	16 0	13,99	3,66
21 20	3,83	13,95	17 20	13,80	4,34
22 40	4,50	13,75	18 40	13,57	5,00
4 0 0	− 5,17	− 13,51	5 20 0	− 13,31	+ 5,66
1 20	5,82	13,24	21 20	13,02	6,30
2 40	6,46	12,94	22 40	12,70	6,93
4 0	7,08	12,61	6 0 0	12,34	7,54
5 20	7,69	12,25	1 20	11,96	8,13
6 40	8,28	11,86	2 40	11,55	8,70
4 8 0	− 8,84	− 11,45	6 4 0	− 11,11	+ 9,25
9 20	9,39	11,00	5 20	10,65	9,78
10 40	9,91	10,53	6 40	10,16	10,29
12 0	10,41	10,04	8 0	9,65	10,77
13 20	10,89	9,52	9 20	9,11	11,23
14 40	11,34	8,98	10 40	8,55	11,66
4 16 0	− 11,76	− 8,41	6 12 0	− 7,98	+ 12,07
17 20	12,16	7,83	13 20	7,38	12,44
18 40	12,53	7,23	14 40	6,76	12,79
20 0	12,86	6,61	16 0	6,13	13,10
21 20	13,17	5,98	17 20	5,49	13,38
22 40	13,44	5,33	18 40	4,83	13,63
5 0 0	− 13,69	− 4,67	6 20 0	− 4,16	+ 13,85
1 20	13,90	4,00	21 20	3,48	14,04
2 40	14,08	3,31	22 40	2,79	14,19
4 0	14,22	2,62	7 0 0	2,10	14,31
5 20	14,33	1,93	1 20	1,40	14,39
6 40	14,41	1,23	2 40	− 0,70	14,44
5 8 0	− 14,45	− 0,52	7 4 0	+ 0,00	+ 14,46
9 20	14,46	+ 0,18	5 20	0,71	14,44
10 40	14,43	0,88	6 40	1,41	14,39
12 0	14,37	1,58	8 0	2,11	14,31

Synod. Umlaufszeit $7^t\ 3^h\ 59',6$

TRABANT IV.

t — Ob. Conj.	x	y'	t — Ob. Conj.	x	y'
$0^t\ 0^h$	+ 0,00	+ 25,44	$4^t\ 6^h$	+ 25,43	— 0,59
3	1,19	25,41	9	25,37	1,78
6	2,38	25,32	12	25,26	2,97
9	3,56	25,18	15	25,10	4,15
12	4,74	24,99	18	24,87	5,32
15	5,91	24,74	21	24,60	6,48
0 18	+ 7,06	+ 24,44	5 0	+ 24,27	— 7,62
21	8,20	24,08	3	23,89	8,75
1 0	9,32	23,67	6	23,45	9,86
3	10,42	23,20	9	22,96	10,95
6	11,49	22,69	12	22,42	12,01
9	12,54	22,13	15	21,83	13,05
1 12	+ 13,57	+ 21,52	5 18	+ 21,20	— 14,06
15	14,56	20,86	21	20,52	15,04
18	15,52	20,15	6 0	19,79	15,98
21	16,45	19,40	3	19,02	16,89
2 0	17,34	18,61	6	18,20	17,76
3	18,19	17,77	9	17,35	18,60
2 6	+ 19,01	+ 16,90	6 12	+ 16,46	— 19,39
9	19,78	15,99	15	15,53	20,14
12	20,51	15,05	18	14,57	20,85
15	21,19	14,08	21	13,58	21,51
18	21,82	13,07	7 0	12,56	22,12
21	22,41	12,03	3	11,51	22,68
3 0	+ 22,95	+ 10,97	7 6	+ 10,43	— 23,20
3	23,44	9,88	9	9,33	23,66
6	23,88	8,77	12	8,21	24,07
9	24,26	7,64	15	7,07	24,43
12	24,59	6,49	18	5,92	24,74
15	24,87	5,33	21	4,76	24,99
3 18	+ 25,09	+ 4,16	8 0	+ 3,58	— 25,18
21	25,26	2,98	3	2,40	25,32
4 0	25,37	1,80	6	1,21	25,41
3	25,43	+ 0,61	9	+ 0,02	25,44
6	25,43	— 0,59	12	— 1,18	25,41

Synod. Umlaufszeit $16^t\ 18^h\ 5',1$

TRABANT IV.

t — Ob. Conj.	x	y'	t — Ob. Conj.	x	y'
8ᵗ 12ʰ	— 1,18	— 25,41	12ᵗ 18ʰ	— 25,38	+ 1,76
15	2,37	25,33	21	25,27	2,95
18	3,55	25,19	13 0	25,10	4,13
21	4,72	25,00	3	24,88	5,30
9 0	5,88	24,74	6	24,60	6,46
3	7,04	24,44	9	24,27	7,61
9 6	— 8,18	— 24,08	13 12	— 23,89	+ 8,74
9	9,30	23,67	15	23,46	9,85
12	10,40	23,21	18	22,97	10,93
15	11,48	22,70	21	22,43	12,00
18	12,53	22,14	14 0	21,84	13,04
21	13,55	21,53	3	21,20	14,05
10 0	— 14,55	— 20,87	14 6	— 20,52	+ 15,02
3	15,51	20,16	9	19,80	15,97
6	16,44	19,41	12	19,03	16,88
9	17,33	18,62	15	18,22	17,75
12	18,18	17,79	18	17,36	18,59
15	18,99	16,92	21	16,47	19,38
10 18	— 19,77	— 16,01	15 0	— 15,55	+ 20,13
21	20,50	15,07	3	14,59	20,84
11 0	21,18	14,09	6	13,60	21,50
3	21,81	13,08	9	12,57	22,11
6	22,40	12,04	12	11,52	22,68
9	22,94	10,98	15	10,45	23,19
11 12	— 23,43	— 9,89	15 18	— 9,35	+ 23,66
15	23,87	8,79	21	8,23	24,07
18	24,26	7,66	16 0	7,09	24,43
21	24,59	6,51	3	5,94	24,73
12 0	24,87	5,35	6	4,77	24,98
3	25,09	4,18	9	3,60	25,18
12 6	— 25,26	— 3,00	16 12	— 2,42	+ 25,32
9	25,37	1,81	15	1,23	25,41
12	25,43	— 0,62	18	— 0,03	25,44
15	25,43	+ 0,57	21	+ 1,16	25,41
18	25,38	1,76	17 0	2,35	25,31

Synod. Umlaufszeit 16ᵗ 18ʰ 5′,1

Lage und Gröfse des Saturns-Ringes
nach
Bessel.

0^h	p	l	a	b	u	u'
	° ′	° ′	″	″	° ′	° ′
Jan. 0	−7 37,3	−21 47,3	46,27	−17,17	175 24,0	132 3,1
20	7 37,1	22 19,7	46,44	17,64	173 44,4	130 23,6
Febr. 9	7 36,5	22 49,2	45,89	17,80	172 11,0	128 50,2
Mrz. 1	7 35,8	23 10,2	44,77	17,61	171 3,4	127 42,7
21	7 35,5	23 19,3	43,30	17,14	170 36,4	127 15,8
Apr. 10	7 35,8	23 15,6	41,73	16,48	170 55,1	127 34,6
30	7 36,6	22 59,6	40,26	15,73	171 57,1	128 36,7
Mai 20	7 37,5	22 32,4	39,01	14,95	173 35,5	130 15,3
Juni 9	7 37,9	21 55,5	38,06	14,21	175 41,5	132 21,3
29	7 37,6	21 10,8	37,43	13,52	178 5,8	134 45,7
Juli 19	7 36,3	20 20,6	37,15	12,92	180 39,4	137 19,4
Aug. 8	7 33,9	19 27,5	37,22	12,40	183 13,6	139 53,7
28	7 30,8	18 34,8	37,64	11,99	185 40,4	142 20,6
Sept. 17	7 27,3	17 46,2	38,40	11,72	187 51,7	144 31,9
Oct. 7	7 24,0	17 5,8	39,49	11,61	189 39,2	146 19,6
27	7 21,4	16 37,5	40,84	11,68	190 55,1	147 35,6
Nov. 16	7 20,1	16 25,1	42,36	11,97	191 32,7	148 13,3
Dec. 6	7 20,4	16 30,6	43,88	12,47	191 28,0	148 8,7
26	7 22,2	16 53,2	45,15	13,12	190 42,3	147 23,1
31	7 22,9	17 1,0	45,40	13,29	190 25,4	147 6,2

p .... Winkel der kleinen halben Axe der Ring-Ellipse mit dem Declinations-Kreise; östlich positiv, westlich negativ.

l .... Erhöhungs-Winkel der Erde über der Ring-Ebene, vom Saturn aus gesehen; nördlich positiv, südlich negativ.

a .... Grofse Axe der Ring-Ellipse.

b .... Kleine Axe der Ring-Ellipse; positiv wenn die nördliche, negativ, wenn die südliche Fläche des Ringes sichtbar ist.

u .... Länge der Erde vom Saturn aus gesehen, gezählt auf der Ring-Ebene, vom aufsteigenden Knoten des Ringes im Aequator an.

u′ .... Dieselbe Länge, gezählt vom aufsteigenden Knoten des Ringes in der Ekliptik an.

Scheinbare

Oerter der Haupt-Sterne

für

1858.

Epoche: Culminations-Zeit für Berlin.

Reductions-Formeln

nach

BESSEL.

Allgemeine Praecession .... 50",238

$A = t - 0,02652 \sin 2\odot - 0,33325 \sin \Omega + 0,00401 \sin 2\Omega$
$B = - 0'',5799 \cos 2\odot - 8'',9771 \cos \Omega + 0'',0877 \cos 2\Omega$
$C = - 20'',255 \cos \varepsilon \cos \odot$
$D = - 20'',255 \sin \odot$

$a = 46'',0616 + 20'',0539 \sin \alpha \operatorname{tg} \delta$
$b = \operatorname{tg} \delta \cos \alpha$
$c = \sec \delta \cos \alpha$
$d = \sec \delta \sin \alpha$

$a' = 20'',0539 \cos \alpha$
$b' = - \sin \alpha$
$c' = \operatorname{tg} \varepsilon \cos \delta - \sin \delta \sin \alpha$
$d' = \sin \delta \cos \alpha$

m eigene Bewegung in gerader Aufsteigung.
m' eigene Bewegung in Abweichung.
t Tage seit Anfang des Jahres, in Theilen des Jahres ausgedrückt.

$$AR \text{ app.} = AR\ 1858 + Aa + Bb + Cc + Dd + tm$$

$$\text{Decl. app.} = \text{Decl. } 1858 + Aa' + Bb' + Cc' + Dd' + tm'$$

Setzt man

$A\ 20'',0539 = g \cos G$ $\qquad D = h \cos H$
$B = g \sin G$ $\qquad C = h \sin H$
$A\ 46'',0616 = f$ $\qquad C \operatorname{tg} \varepsilon = i$

so wird

$$AR \text{ app.} = AR\ 1858 + f + tm + g \sin (G + \alpha) \operatorname{tg} \delta + h \sin (H + \alpha) \sec \delta$$

$$\text{Decl. app.} = \text{Decl. } 1858 + i \cos \delta + tm' + g \cos (G + \alpha) + h \cos (H + \alpha) \sin \delta.$$

Mittlere Oerter

der Haupt-Sterne für 1858

nach

BESSEL.

Namen.	Mittl. G. A. 1858	Jährl. Veränd. 1858	Mittl. Abweichg. 1858	Jährl. Veränd 1858
	h ′ ″	″	° ′ ″	″
α Andromed.	0 1 3,177	+ 3,8036	+ 28 18 23,00	+ 19,905
γ Pegasi	0 5 55,719	+ 3,0822	+ 14 23 37,21	+ 20,023
α Cassiopej.	0 32 28,401	+ 3,3553	+ 55 45 27,51	+ 19,806
α Arietis	1 59 10,495	+ 3,3632	+ 22 47 19,88	+ 17,258
α Ceti	2 54 51,531	+ 3,1264	+ 3 31 46,03	+ 14,371
α Persei	3 14 12,391	+ 4,2434	+ 49 21 6,21	+ 13,226
α Tauri	4 27 46,508	+ 3,4334	+ 16 13 12,41	+ 7,683
α Aurigae	5 6 12,283	+ 4,4200	+ 45 50 54,86	+ 4,243
β Orionis	5 7 42,846	+ 2,8799	− 8 22 10,05	+ 4,506
β Tauri	5 17 19,105	+ 3,7886	+ 28 28 57,56	+ 3,507
α Orionis	5 47 29,075	+ 3,2464	+ 7 22 35,45	+ 1,088
α Can. maj.	6 38 53,304	+ 2,6442	− 16 31 30,24	− 4,627
α Gemin. (*)	7 25 31,597	+ 3,8388	+ 32 11 44,01	− 7,391
α Can. min.	7 31 51,998	+ 3,1456	+ 5 35 5,27	− 8,897
β Gemin.	7 36 37,186	+ 3,6811	+ 28 21 54,70	− 8,273
α Hydrae	9 20 36,410	+ 2,9469	− 8 2 44,03	− 15,377
α Leonis	10 0 48,260	+ 3,2016	+ 12 39 34,12	− 17,399
α Urs. maj.	10 54 55,744	+ 3,7733	+ 62 30 58,91	− 19,345
β Leonis	11 41 48,736	+ 3,0642	+ 15 21 56,61	− 20,097
β Virginis	11 43 17,845	+ 3,1242	+ 2 33 51,59	− 20,302
γ Urs. maj.	11 46 20,862	+ 3,1972	+ 54 29 1,72	− 20,037
α Virginis	13 17 42,993	+ 3,1496	− 10 25 9,61	− 18,969
η Urs. maj.	13 41 56,568	+ 2,3749	+ 50 1 23,66	− 18,127
α Bootis	14 9 11,085	+ 2,7328	+ 19 55 24,63	− 18,928
1 α Librae	14 42 50,355	+ 3,3052	− 15 24 16,40	− 15,286

(*) Bei α Geminorum gilt die ger. Aufsteig. für das Mittel beider Sterne, die Abweichung für den folgenden helleren. Nach Mädler's Bahn ist für 1858,5

G. A. des schwächern Sterns = G. A. des hellern − 0,″342
Abw. » » » = Abw. » » − 2,″38

Mittlere Oerter
der Haupt-Sterne für 1858
nach
Bessel.

Namen.	Mittl. G. A. 1858	Jährl. Veränd. 1858	Mittl. Abweichg. 1858	Jährl. Veränd. 1858
	h ′ ″	″	° ′ ″	″
2 α Librae	14 43 1,787	+ 3,3071	— 15 26 57,02	— 15,256
β Urs. min.	14 51 9,823	— 0,2625	+ 74 44 7,29	— 14,764
α Coronae	15 28 40,537	+ 2,5372	+ 27 11 42,22	— 12,371
α Serpentis	15 37 16,601	+ 2,9512	+ 6 52 29,32	— 11,658
α Scorpii	16 20 42,437	+ 3,6668	— 26 6 48,16	— 8,465
α Herculis	17 8 10,417	+ 2,7319	+ 14 33 17,93	— 4,466
α Ophiuchi	17 28 20,481	+ 2,7783	+ 12 39 59,82	— 2,973
γ Draconis	17 53 18,755	+ 1,3939	+ 51 30 23,77	— 0,641
α Lyrae	18 32 7,828	+ 2,0305	+ 38 39 12,42	+ 3,072
γ Aquilae	19 39 30,579	+ 2,8547	+ 10 16 11,57	+ 8,429
α Aquilae	19 43 51,273	+ 2,9281	+ 8 29 45,52	+ 9,148
β Aquilae	19 48 20,371	+ 2,9496	+ 6 3 16,06	+ 8,629
1 α Capric.	20 9 46,443	+ 3,3304	— 12 56 40,53	+ 10,738
2 α Capric.	20 10 10,425	+ 3,3350	— 12 58 57,38	+ 10,766
α Cygni	20 36 35,461	+ 2,0420	+ 44 46 27,49	+ 12,649
α Cephei	21 15 11,293	+ 1,4386	+ 61 59 2,99	+ 15,074
β Cephei	21 26 48,727	+ 0,8036	+ 69 56 13,71	+ 15,678
α Aquarii	21 58 29,321	+ 3,0823	— 1 0 30,41	+ 17,282
α Pisc. austr.	22 49 47,920	+ 3,3330	— 30 22 31,82	+ 18,893
α Pegasi	22 57 41,381	+ 2,9830	+ 14 26 31,71	+ 19,363
α Urs. min.	1 7 25,520	+ 18,5140	+ 88 33 8,70	+ 19,195
δ Urs. min.	18 18 8,930	— 19,3450	+ 86 36 2,64	+ 1,601

Obere Culmination.

1838	α URSAE MINORIS. Ger. Aufstg.		α URSAE MINORIS. Abweichg.		δ URSAE MINORIS. Ger. Aufstg.		δ URSAE MINORIS. Abweichg.	
	1^h		+ 88°		18^h		+ 86°	
Jan. 0	7′ 12″,98		33′ 32″,22		17′ 44″,35		35′ 52″,57	
1	12,10	88	32,36	14	44,31	4	52,20	37
2	11,21	89	32,48	12	44,30	1	51,82	38
3	10,28	93	32,58	10	44,30	0	51,46	36
4	9,36	92	32,66	8	44,33	3	51,10	36
5	8,45	91	32,70	4	44,37	4	50,75	35
6	7,57	88	32,75	5	44,42	5	50,42	33
7	6,75	82	32,77	2	44,46	4	50,13	29
8	5,98	77	32,79	2	44,49	3	49,83	30
9	5,22	76	32,82	3	44,53	4	49,53	30
10	7 4,50	72	33 32,87	5	17 44,55	2	35 49,24	29
11	3,75	75	32,92	5	44,58	3	48,92	32
12	2,99	76	32,99	7	44,60	2	48,61	31
13	2,16	83	33,04	5	44,63	3	48,27	34
14	1,30	86	33,11	7	44,67	4	47,90	37
15	7 0,41	89	33,15	4	44,72	5	47,54	36
16	6 59,45	96	33,18	3	44,81	9	47,18	36
17	58,50	95	33,17	1	44,93	12	46,84	34
18	57,58	92	33,15	2	45,05	12	46,50	34
19	56,67	91	33,10	5	45,20	15	46,17	33
20	6 55,81	86	33 33,06	4	17 45,35	15	35 45,87	30
21	54,99	82	33,01	5	45,50	15	45,59	28
22	54,23	76	32,94	7	45,62	12	45,32	27
23	53,49	74	32,88	6	45,75	13	45,04	28
24	52,80	69	32,84	4	45,87	12	44,77	27
25	52,05	75	32,80	4	45,99	12	44,49	28
26	51,28	77	32,77	3	46,10	11	44,20	29
27	50,48	80	32,73	4	46,21	11	43,88	32
28	49,64	84	32,70	3	46,36	15	43,55	33
29	48,76	88	32,64	6	46,52	16	43,23	32
30	6 47,85	91	33 32,58	6	17 46,71	19	35 42,90	33
31	46,96	89	32,49	9	46,93	22	42,58	32
32	46,06	90	32,37	12	47,12	19	42,30	28
	O. C. + 0″,83 cos φ				O. C. + 0″,35 cos φ			
	U. C. − 0″,83 cos φ				U. C. − 0″,35 cos φ			

Obere Culmination.

1858	α URSAE MINORIS. Ger. Aufstg.		α URSAE MINORIS. Abweichg.		δ URSAE MINORIS. Ger. Aufstg.		δ URSAE MINORIS. Abweichg.	
	1^h		+ 88^h		18°		+ 86°	
Febr. 0	6′ 46″,96	90	33′ 32″,49	12	17′ 46″,93	19	35′ 42″,58	28
1	46,06	83	32,37	12	47,12	24	42,30	27
2	45,23	78	32,25	15	47,36	24	42,03	25
3	44,45	73	32,10	15	47,60	23	41,78	24
4	43,72	69	31,95	14	47,83	22	41,54	22
5	43,03	64	31,81	14	48,05	20	41,32	21
6	42,39	66	31,67	12	48,25	19	41,11	24
7	41,73	66	31,55	12	48,44	21	40,87	23
8	41,07	68	31,43	11	48,65	18	40,64	27
9	40,39	75	31,32	11	48,83	22	40,37	27
10	6 39,64	75	33 31,21	13	17 49,05	22	35 40,10	27
11	38,89	79	31,08	13	49,27	26	39,83	27
12	38,10	80	30,95	16	49,53	27	39,56	26
13	37,30	79	30,79	18	49,80	29	39,30	25
14	36,51	76	30,61	20	50,09	29	39,05	23
15	35,75	72	30,41	21	50,38	31	38,82	20
16	35,03	65	30,20	23	50,69	31	38,62	18
17	34,38	60	29,97	22	51,00	30	38,44	17
18	33,78	55	29,75	21	51,30	28	38,27	17
19	33,23	50	29,54	22	51,58	26	38,10	15
20	6 32,73	52	33 29,32	20	17 51,84	27	35 37,95	16
21	32,21	54	29,12	18	52,11	25	37,79	16
22	31,67	56	28,94	19	52,36	26	37,63	20
23	31,11	60	28,75	18	52,62	29	37,43	19
24	30,51	61	28,57	19	52,91	27	37,24	21
25	29,90	66	28,38	21	53,18	34	37,03	20
26	29,24	66	28,17	23	53,52	32	36,83	17
27	28,58	61	27,94	25	53,84	35	36,66	17
28	27,97	59	27,69	28	54,19	35	36,49	15
29	27,38	53	27,41	27	54,54	37	36,34	13
30	6 26,85	47	33 27,14	27	17 54,91	35	35 36,21	10
31	26,38	40	26,87	28	55,26	33	36,11	7
32	25,98		26,59		55,59		36,04	
	O. C. + 0″,83 cos φ				O. C. + 0″,35 cos φ			
	U. C. − 0″,83 cos φ				U. C. − 0″,35 cos φ			

Obere Culmination.

1858	α URSAE MINORIS. Ger. Aufstg.		α URSAE MINORIS. Abweichg.		δ URSAE MINORIS. Ger. Aufstg.		δ URSAE MINORIS. Abweichg.	
	1^h		$+88°$		18^h		$+86°$	
Mrz. 0	6′ 27″,97		33′ 27″,69		17′ 54″,19		35′ 36″,49	
1	27,38	59	27,41	28	54,54	35	36,34	15
2	26,85	53	27,14	27	54,91	37	36,21	13
3	26,38	47	26,87	27	55,26	35	36,11	10
4	25,98	40	26,59	28	55,59	33	36,04	7
5	25,61	37	26,31	28	55,92	33	35,95	9
6	25,26	35	26,06	25	56,23	31	35,88	7
7	24,92	34	25,81	25	56,54	31	35,78	10
8	24,55	37	25,58	23	56,84	30	35,69	9
9	24,17	38	25,35	23	57,13	29	35,58	11
10	6 23,74	43	33 25,11	24	17 57,46	33	35 35,45	13
11	23,31	43	24,86	25	57,79	33	35,33	12
12	22,86	45	24,60	26	58,15	36	35,22	11
13	22,41	45	24,30	30	58,51	36	35,13	9
14	21,98	43	24,01	29	58,89	38	35,05	8
15	21,62	36	23,70	31	59,26	37	35,00	5
16	21,31	31	23,37	33	17 59,65	39	34,97	3
17	21,05	26	23,05	32	18 0,01	36	34,97	0
18	20,86	19	22,73	32	0,39	38	34,97	0
19	20,73	13	22,43	30	0,71	32	34,98	1
20	6 20,59	14	33 22,14	29	18 1,04	33	35 34,98	0
21	20,46	13	21,87	27	1,36	32	34,98	0
22	20,29	17	21,60	27	1,69	33	34,95	3
23	20,12	17	21,34	26	1,99	30	34,95	0
24	19,90	22	21,07	27	2,32	33	34,91	4
25	19,68	22	20,80	27	2,69	37	34,87	4
26	19,43	25	20,51	29	3,04	35	34,85	2
27	19,20	23	20,20	31	3,42	38	34,84	1
28	19,00	20	19,87	33	3,79	37	34,85	1
29	18,88	12	19,55	32	4,19	40	34,90	5
30	6 18,81	7	33 19,20	35	18 4,57	38	35 34,96	6
31	18,79	2	18,87	33	4,93	36	35,05	9
32	18,84	5	18,54	33	5,27	34	35,14	9
	O. C. + 0″,83 cos ϕ				O. C. + 0″,35 cos ϕ			
	U. C. — 0″,83 cos ϕ				U. C. — 0″,35 cos ϕ			

Obere Culmination.

1858	α URSAE MINORIS. Ger. Aufstg.		α URSAE MINORIS. Abweichg.		δ URSAE MINORIS. Ger. Aufstg.		δ URSAE MINORIS. Abweichg.	
	1h		+88°		18h		+86°	
Apr. 0	6′ 18″,79	5	33′ 18″,87	33	18′ 4″,93	34	35′ 35″,06	9
1	18,84	9	18,54	31	5,27	33	35,14	9
2	18,93	9	18,23	30	5,60	32	35,23	9
3	19,02	9	17,93	27	5,92	30	35,32	8
4	19,11	6	17,66	28	6,22	31	35,40	7
5	19,17	3	17,38	27	6,53	31	35,47	4
6	19,20	0	17,11	27	6,84	31	35,51	5
7 {	19,20	3	16,84	27	7,15	33	35,56	7
	19,17	2	16,57	31				
8	19,15	1	16,26	31	7,48	35	35,63	6
9	6 19,16	6	33 15,95	35	18 7,83	36	35 35,69	9
10	19,22	12	15,60	31	8,19	35	35,78	10
11	19,34	16	15,29	34	8,54	37	35,88	14
12	19,50	23	14,95	32	8,91	35	36,02	16
13	19,73	27	14,63	32	9,26	34	36,18	16
14	20,00	32	14,31	29	9,60	30	36,34	16
15	20,32	30	14,02	28	9,90	31	36,50	16
16	20,62	29	13,74	25	10,21	27	36,66	16
17	20,91	27	13,49	26	10,48	27	36,82	17
18	21,18	24	13,23	25	10,75	28	36,99	14
19	6 21,42	21	33 12,98	26	18 11,03	27	35 37,13	13
20	21,63	19	12,72	26	11,30	28	37,26	13
21	21,82	21	12,46	28	11,58	31	37,39	15
22	22,03	22	12,18	29	11,89	30	37,54	14
23	22,25	28	11,89	31	12,19	32	37,68	16
24	22,53	34	11,58	30	12,51	30	37,84	18
25	22,87	39	11,28	30	12,81	31	38,02	23
26	23,26	46	10,98	29	13,12	29	38,25	22
27	23,72	51	10,69	28	13,41	27	38,47	22
28	24,23	50	10,41	25	13,68	26	38,69	26
29	6 24,73	52	10,16	24	18 13,94	23	35 38,95	24
30	25,25	48	9,92	23	14,17	22	39,19	24
31	25,73		9,69		14,39		39,43	
	O. C. + 0″,83 cos φ				O. C. + 0″,35 cos φ			
	U. C. − 0″,83 cos φ				U. C. − 0″,35 cos φ			

Obere Culmination.

1858	α URSAE MINORIS. Ger. Aufstg.		α URSAE MINORIS. Abweichg.		δ URSAE MINORIS. Ger. Aufstg.		δ URSAE MINORIS. Abweichg.	
	1^h		$+88°$		18^h		$+86°$	
Mai 0	6′ 25″,25		33′ 9″,92		18′ 14″,17		35′ 39″,19	
1	25,73	48	9,69	23	14,39	22	39,43	24
2	26,19	46	9,48	21	14,60	21	39,64	21
3	26,62	43	9,27	21	14,81	21	39,85	21
4	27,02	40	9,05	22	15,04	23	40,05	20
5	27,39	37	8,82	23	15,27	23	40,24	19
6	27,79	40	8,56	26	15,51	24	40,44	20
7	28,22	43	8,31	25	15,76	25	40,65	21
8	28,69	47	8,05	26	16,01	25	40,87	22
9	29,23	54	7,80	25	16,25	24	41,13	26
10	6 29,83	60	33 7,53	27	18 16,50	25	35 41,40	27
11	30,47	64	7,30	23	16,72	22	41,69	29
12	31,15	68	7,07	23	16,92	20	41,98	29
13	31,83	68	6,88	19	17,10	18	42,28	30
14	32,51	68	6,70	18	17,27	17	42,56	28
15	33,17	66	6,53	17	17,42	15	42,86	30
16	33,78	61	6,37	16	17,55	13	43,12	26
17	34,36	58	6,21	16	17,70	15	43,36	24
18	34,91	55	6,03	18	17,84	14	43,61	25
19	35,44	53	5,86	17	18,00	16	43,86	25
20	6 36,01	57	33 5,67	19	18 18,17	17	35 44,11	25
21	36,60	59	5,47	20	18,34	17	44,37	26
22	37,24	64	5,27	20	18,52	18	44,64	27
23	37,95	71	5,08	19	18,70	18	44,95	31
24	38,70	75	4,88	20	18,85	15	45,27	32
25	39,49	79	4,71	17	18,99	14	45,61	34
26	40,30	81	4,55	16	19,11	12	45,93	32
27	41,13	83	4,42	13	19,20	9	46,27	34
28	41,93	80	4,32	10	19,28	8	46,60	33
29	42,68	75	4,21	11	19,34	6	46,91	31
30	6 43,42	74	33 4,12	9	18 19,40	6	35 47,18	27
31	44,10	68	4,03	9	19,47	7	47,46	28
32	44,76	66	3,93	10	19,54	7	47,75	29
	O. C. + 0″,83 cos φ				O. C. + 0″,35 cos φ			
	U. C. − 0″,83 cos φ				U. C. − 0″,35 cos φ			

Obere Culmination.

1858		α URSAE MINORIS. Ger. Aufstg.		α URSAE MINORIS. Abweichg.		δ URSAE MINORIS. Ger. Aufstg.		δ URSAE MINORIS. Abweichg.	
		1^h		$+88^\circ$		18^h		$+86^\circ$	
Juni	0	6′ 44″,10	66	33′ 4″,03	10	18′ 19″,47	7	35′ 47″,46	29
	1	44,76	65	3,93	11	19,54	8	47,75	27
	2	45,41	69	3,82	14	19,62	9	48,02	27
	3	46,10	72	3,68	13	19,71	7	48,29	31
	4	46,82	77	3,55	13	19,78	10	48,60	30
	5	47,59	82	3,42	12	19,88	8	48,90	34
	6	48,41	87	3,30	12	19,96	7	49,24	34
	7	49,28	90	3,18	10	20,03	4	49,58	37
	8	50,18	92	3,08	9	20,07	2	49,95	35
	9	51,10	89	2,99	5	20,09	2	50,30	35
	10	6 51,99	88	33 2,94	3	18 20,11	1	35 50,65	35
	11	52,87	83	2,91	2	20,10	3	51,00	32
	12	53,70	81	2,89	2	20,07	2	51,32	30
	13	54,51	76	2,87	2	20,05	3	51,62	29
	14	55,27	72	2,85	4	20,02	2	51,91	29
	15	55,99	75	2,81	4	20,00	1	52,20	28
	16	56,74	75	2,77	6	19,99	1	52,48	29
	17	57,49	80	2,71	4	20,00	0	52,77	31
	18	59,29	85	2,67	7	20,00	1	53,08	33
	19	6 59,14	89	2,60	6	20,01	0	53,41	34
	20	7 0,03	94	33 2,54	4	18 20,01	3	35 53,75	36
	21	0,97	96	2,50	2	19,98	5	54,11	36
	22	1,93	96	2,48	2	19,93	7	54,47	36
	23	2,89	95	2,50	3	19,86	9	54,83	35
	24	3,84	91	2,53	4	19,77	11	55,18	34
	25	4,75	86	2,57	5	19,66	12	55,52	31
	26	5,61	83	2,62	5	19,54	12	55,83	30
	27	6,44	78	2,67	5	19,42	9	56,13	29
	28	7,22	77	2,72	3	19,33	10	56,42	28
	29	7,99	76	2,75	2	19,23	8	56,70	28
	30	7 8,75	78	33 2,77	2	18 19,15	9	35 56,98	30
	31	9,53	84	2,79	3	19,06	9	57,28	29
	32	10,37		2,82		18,97		57,57	
		O. C. + 0″,83 cos φ				O. C. + 0″,35 cos φ			
		U. C. − 0″,83 cos φ				U. C. − 0″,35 cos φ			

Obere Culmination.

1858	α URSAE MINORIS. Ger. Aufstg.		α URSAE MINORIS. Abweichg.		δ URSAE MINORIS. Ger. Aufstg.		δ URSAE MINORIS. Abweichg.	
	1^h		$+88^\circ$		18^h		$+86^\circ$	
Juli 0	7′ 8″,75		33′ 2″,77		18′ 19″,15		35′ 56″,98	
		78		2		9		30
1	9,53		2,79		19,06		57,28	
		84		3		9		29
2	10,37		2,82		18,97		57,57	
		88		2		8		33
3	11,25		2,84		18,89		57,90	
		92		1		10		35
4	12,17		2,85		18,79		58,25	
		97		6		11		34
5	13,14		2,91		18,68		58,59	
		97		7		14		35
6	14,11		2,98		18,54		58,94	
		95		9		15		36
7	15,06		3,07		18,39		59,30	
		96		11		18		33
8	16,02		3,18		18,21		59,63	
		90		12		19		31
9	16,92		3,30		18,02		35 59,94	
		84		12		20		28
10	7 17,76		33 3,42		18 17,82		36 0,22	
		81		13		18		29
11	18,57		3,55		17,64		0,51	
		79		12		20		26
12	19,36		3,67		17,44		0,77	
		74		11		17		26
13	20,10		3,78		17,27		1,03	
		78		10		18		28
14	20,88		3,88		17,09		1,31	
		78		8		16		27
15	21,66		3,96		16,93		1,58	
		82		9		15		28
16	22,48		4,05		16,78		1,86	
		88		11		17		31
17	23,36		4,16		16,61		2,17	
		92		10		18		32
18	24,28		4,26		16,43		2,49	
		94		12		20		32
19	25,22		4,38		16,23		2,81	
		94		13		23		31
20	7 26,16		33 4,51		18 16,00		36 3,12	
		94		17		24		33
21	27,10		4,68		15,76		3,45	
		89		18		26		30
22	27,99		4,86		15,50		3,75	
		85		20		27		27
23	28,84		5,06		15,23		4,02	
		79		20		28		26
24	29,63		5,26		14,95		4,28	
		75		19		25		24
25	30,38		5,45		14,70		4,52	
		71		19		27		23
26	31,09		5,64		14,43		4,75	
		72		18		24		22
27	31,81		5,82		14,19		4,97	
		72		17		25		24
28	32,53		5,99		13,94		5,21	
		75		16		23		24
29	33,28		6,15		13,71		5,45	
		78		15		23		27
30	7 34,06		33 6,30		18 13,48		36 5,72	
		85		17		24		27
31	34,91		6,47		13,24		5,99	
		86		16		26		30
32	35,77		6,63		12,98		6,29	
	O. C. + 0″,83 cos φ U. C. − 0″,83 cos φ				O. C. + 0″,35 cos φ U. C. − 0″,35 cos φ			

Obere Culmination.

1858		α URSAE MINORIS. Ger. Aufstg.		α URSAE MINORIS. Abweichg.		δ URSAE MINORIS. Ger. Aufstg.		δ URSAE MINORIS. Abweichg.	
		1h		+ 88°		18h		+ 86°	
Aug.	0	7′ 34″,91	86	33′ 6″,47	16	18′ 13″,24	26	36′ 5″,99	30
	1	35,77	89	6,63	20	12,98	27	6,29	29
	2	36,66	87	6,83	22	12,71	31	6,58	28
	3	37,53	87	7,05	24	12,40	32	6,86	27
	4	38,40	82	7,29	24	12,08	33	7,13	25
	5	39,22	75	7,53	26	11,75	33	7,38	22
	6	39,97	71	7,79	26	11,42	34	7,60	22
	7	40,68	67	8,05	27	11,08	33	7,82	19
	8	41,35	63	8,32	25	10,75	31	8,01	19
	9	41,98	62	8,57	23	10,44	29	8,20	19
	10	7 42,60	64	33 8,80	22	18 10,15	31	36 8,39	19
	11	43,24	68	9,02	21	9,84	29	8,58	21
	12	43,92	72	9,23	22	9,55	30	8,79	22
	13	44,64	76	9,45	22	9,25	31	9,01	22
	14	45,40	79	9,67	25	8,94	32	9,23	25
	15	46,19	79	9,92	25	8,62	35	9,48	25
	16	46,98	78	10,17	28	8,27	36	9,73	23
	17	47,76	75	10,45	30	7,91	38	9,96	22
	18	48,51	69	10,75	32	7,53	40	10,18	19
	19	49,20	65	11,07	30	7,13	37	10,37	18
	20	7 49,85	59	33 11,37	33	18 6,76	40	36 10,55	15
	21	50,44	55	11,70	30	6,36	38	10,70	13
	22	50,99	53	12,00	30	5,98	37	10,83	16
	23	51,52	51	12,30	28	5,61	34	10,99	12
	24	52,03	56	12,58	28	5,27	35	11,11	14
	25	52,59	58	12,86	27	4,92	33	11,25	15
	26	53,17	61	13,13	27	4,59	35	11,40	18
	27	53,78	65	13,40	27	4,24	35	11,58	18
	28	54,43	67	13,67	29	3,89	38	11,76	17
	29	55,10	67	13,96	31	3,51	39	11,93	20
	30	7 55,77	67	33 14,27	33	18 3,12	42	36 12,13	17
	31	56,44	60	14,60	36	2,70	41	12,30	14
	32	57,04		14,96		2,29		12,44	
		O. C. + 0″,83 cos φ				O. C. + 0″,35 cos φ			
		U. C. − 0″,83 cos φ				U. C. − 0″,35 cos φ			

Obere Culmination.

1858	α URSAE MINORIS. Ger. Aufstg.		α URSAE MINORIS. Abweichg.		δ URSAE MINORIS. Ger. Aufstg.		δ URSAE MINORIS. Abweichg.	
	1^h		$+88^\circ$		18^h		$+86^\circ$	
Sept. 0	7′ 56″,44		33′ 14″,60		18′ 2″,70		36′ 12″,30	
1	57,04	60	14,96	36	2,29	41	12,44	14
2	57,60	56	15,32	36	1,85	44	12,60	16
3	58,11	51	15,67	35	1,43	42	12,70	10
4	58,57	46	16,03	36	1,00	43	12,79	9
5	58,98	41	16,38	35	0,59	41	12,86	7
6	59,36	38	16,71	33	18 0,19	40	12,94	8
7	7 59,77	41	17,03	32	17 59,81	38	13,01	7
8	8 0,18	41	17,35	32	59,42	39	13,09	8
9	0,65	47	17,66	31	59,05	37	13,20	11
10	8 1,14	49	33 17,97	31	17 58,67	38	36 13,31	11
11	1,65	51	18,29	32	58,28	39	13,45	14
12	2,21	56	18,63	34	57,87	41	13,57	12
13	2,73	52	18,99	36	57,46	41	13,70	13
14	3,24	51	19,36	37	57,00	46	13,81	11
15	3,69	45	19,74	38	56,57	43	13,90	9
16	4,10	41	20,13	39	56,10	47	13,96	6
17	4,44	34	20,52	39	55,64	46	14,00	4
18	4,73	29	20,91	39	55,20	44	14,02	2
19	4,99	26	21,27	36	54,77	43	14,04	2
20	8 5,24	25	33 21,63	36	17 54,35	42	36 14,04	0
21	5,48	24	21,98	35	53,95	40	14,06	2
22	5,76	28	22,32	34	53,55	40	14,09	3
23	6,07	31	22,65	33	53,16	39	14,14	5
24	6,42	35	22,99	34	52,77	39	14,18	4
25	6,79	37	23,34	35	52,37	40	14,24	6
26	7,18	39	23,71	37	51,93	44	14,29	5
27	7,55	37	24,09	38	51,49	44	14,34	5
28	7,89	34	24,50	41	51,03	46	14,37	3
29	8,17	28	24,89	39	50,58	45	14,39	2
30	8 8,39	22	33 25,32	43	17 50,10	48	36 14,38	1
31	8,55	16	25,73	41	49,65	45	14,35	3
32	8,67	12	26,12	39	49,19	46	14,31	4
	O. C. + 0″,83 cos φ				O. C. + 0″,35 cos φ			
	U. C. − 0″,83 cos φ				U. C. − 0″,35 cos φ			

Obere Culmination.

1858	α URSAE MINORIS. Ger. Aufstg.	Diff.	α URSAE MINORIS. Abweichg.	Diff.	δ URSAE MINORIS. Ger. Aufstg.	Diff.	δ URSAE MINORIS. Abweichg.	Diff.
	1h		+ 88°		18h		+ 86°	
Oct. 0	8′ 8″,39	16	33′ 25″,32	41	17′ 50″,10	45	36′ 14″,38	3
1	8,55	12	25,73	39	49,65	46	14,35	4
2	8,67	7	26,12	39	49,19	43	14,31	8
3	8,74	8	26,51	37	48,76	40	14,26	6
4	8,82	10	26,88	36	48,36	42	14,20	5
5	8,92	11	27,24	35	47,94	38	14,15	3
6	9,03	18	27,59	34	47,56	39	14,12	2
7	9,21	18	27,93	36	47,17	41	14,10	3
8	9,39	21	28,29	35	46,76	41	14,07	0
9	9,60	21	28,64	39	46,35	44	14,07	1
10	8 9,81	20	33 29,03	39	17 45,91	43	36 14,06	2
11	10,01	14	29,42	43	45,48	46	14,04	4
12	10,15	7	29,85	40	45,02	46	14,00	6
13	10,22	3	30,25	43	44,56	45	13,94	9
14	10,25	2	30,68	41	44,11	46	13,85	11
15	10,23	8	31,09	41	43,65	43	13,74	10
16	10,15	9	31,50	38	43,22	40	13,64	13
17	10,06	9	31,88	38	42,82	40	13,51	14
18	9,97	6	32,26	34	42,42	40	13,37	10
19	9,91	6	32,60	34	42,02	37	13,27	10
20	8 9,85	2	33 32,94	36	17 41,65	36	36 13,17	8
21	9,83	1	33,30	35	41,29	39	13,09	8
22	9,84	3	33,65	36	40,90	39	13,01	8
23	9,87	4	34,01	38	40,51	42	12,93	8
24	9,91	3	34,39	40	40,09	41	12,85	10
25	9,88	4	34,79	40	39,68	43	12,75	9
26	9,84	10	35,19	41	39,25	43	12,66	15
27	9,74	18	35,60	41	38,82	43	12,51	15
28	9,56	21	36,01	40	38,39	40	12,36	18
29	9,35	26	36,41	39	37,99	40	12,18	18
30	8 9,09	28	33 36,80	36	17 37,59	37	36 12,00	18
31	8,81	28	37,16	35	37,22	35	11,82	19
32	8,53		37,51		36,87		11,63	

	α URSAE MINORIS	δ URSAE MINORIS
O. C.	$+ 0'',83 \cos \phi$	$+ 0'',35 \cos \phi$
U. C.	$- 0'',83 \cos \phi$	$- 0'',35 \cos \phi$

Obere Culmination.

1858	α URSAE MINORIS. Ger. Aufstg.		α URSAE MINORIS. Abweichg.		δ URSAE MINORIS. Ger. Aufstg.		δ URSAE MINORIS. Abweichg.	
	1^h		$+88°$		18^h		$+86°$	
Nov. 0	8′ 8″,81	28	33′ 37″,16	35	17′ 37″,22	35	36′ 11″,82	19
1	8,53	26	37,51	34	36,87	35	11,63	19
2	8,27	23	37,85	32	36,52	34	11,44	15
3	8,04	19	38,17	32	36,18	33	11,29	16
4	7,85	15	38,49	35	35,85	36	11,13	14
5	7,70	15	38,84	35	35,49	36	10,99	15
6	7,55	17	39,19	37	35,13	38	10,84	15
7	7,38	19	39,56	37	34,75	37	10,69	15
8	7,19	26	39,93	39	34,38	38	10,54	18
9	6,93	31	40,32	38	34,00	37	10,36	20
10	8 6,62	36	33 40,70	38	17 33,63	39	36 10,16	24
11	6,26	43	41,08	36	33,24	36	9,92	23
12	5,83	44	41,44	36	32,88	34	9,69	25
13	5,39	47	41,80	32	32,54	30	9,44	25
14	4,92	45	42,12	31	32,24	31	9,19	24
15	4,47	42	42,43	30	31,93	29	8,95	24
16	4,05	40	42,73	28	31,64	27	8,71	22
17	3,65	34	43,01	29	31,37	30	8,49	20
18	3,31	34	43,30	31	31,07	28	8,29	20
19	2,97	31	43,61	32	30,79	30	8,09	20
20	8 2,66	35	33 43,93	32	17 30,49	31	36 7,89	20
21	2,31	39	44,25	35	30,18	31	7,69	23
22	1,92	44	44,60	34	29,87	33	7,46	25
23	1,48	51	44,94	34	29,54	32	7,21	28
24	0,97	56	45,28	34	29,22	30	6,93	26
25	8 0,41	59	45,62	31	28,92	28	6,67	31
26	7 59,82	63	45,93	29	28,64	27	6,36	31
27	59,19	63	46,22	28	28,37	24	6,05	29
28	58,56	61	46,50	24	28,13	24	5,76	30
29	57,95	57	46,74	25	27,89	20	5,46	28
30	7 57,38	55	33 46,99	24	17 27,69	22	36 5,18	27
31	56,83	51	47,23	24	27,47	20	4,91	26
32	56,32		47,47		27,27		4,65	
	O. C. + 0″,83 cos φ U. C. − 0″,83 cos φ				O. C. + 0″,35 cos φ U. C. − 0″,35 cos φ			

Obere Culmination.

1858	α URSAE MINORIS. Ger. Aufstg.		α URSAE MINORIS. Abweichg.		δ URSAE MINORIS. Ger. Aufstg.		δ URSAE MINORIS. Abweichg.	
	1h		+ 88°		18h		+ 86°	
Dec. 0	7′ 57″,38	55	33′ 46″,99	24	17′ 27″,69	22	36′ 5″,18	27
1	56,83	51	47,23	24	27,47	20	4,91	26
2	56,32	48	47,47	25	27,27	22	4,65	24
3	55,84	51	47,72	26	27,05	23	4,41	26
4	55,33	50	47,98	28	26,82	24	4,15	25
5	54,83	56	48,26	27	26,58	24	3,90	28
6	54,27	62	48,53	28	26,34	25	3,62	30
7	53,65	65	48,81	29	26,09	23	3,32	30
8	53,00	73	49,10	25	25,86	23	3,02	34
9	52,27	77	49,35	26	25,63	19	2,68	34
10	7 51,50	76	33 49,61	21	17 25,44	17	36 2,34	34
11	50,74	78	49,82	18	25,27	15	2,00	34
12	49,96	73	50,00	22	25,12	14	1,66	32
13	49,23	70	50,22	17	24,98	11	1,34	31
14	48,53	66	50,39	18	24,87	13	1,03	30
15	47,87	64	50,57	17	24,74	13	0,73	28
16	47,23	63	50,74	19	24,61	13	0,45	29
17	46,60	62	50,93	21	24,48	14	36 0,16	28
18	45,98	64	51,14	20	24,34	16	35 59,88	30
19	45,34	70	51,34	19	24,18	14	59,58	30
20	7 44,64	74	33 51,53	21	17 24,04	15	35 59,28	34
21	43,90	82	51,74	20	23,89	14	58,94	35
22	43,08	83	51,94	19	23,75	13	58,59	36
23	42,25	88	52,13	16	23,62	8	58,23	36
24	41,37	88	52,29	13	23,54	7	57,87	37
25	40,49	86	52,42	13	23,47	5	57,50	37
26	39,63	84	52,55	11	23,42	3	57,13	34
27	38,79	76	52,66	10	23,39	2	56,79	32
28	38,03	74	52,76	9	{ 23,37 23,35	2 3	56,47 56,16	31 31
29	37,29	73	52,85	9	23,32	6	55,85	28
30	7 36,56	70	33 52,94	10	17 23,26	5	35 55,57	31
31	35,86	73	53,04	11	23,21	4	55,26	30
32	35,13		53,15		23,17		54,96	
	O. C. + 0″,83 cos φ U. C. − 0″,83 cos φ				O. C. + 0″,35 cos φ U. C. − 0″,35 cos φ			

1858	α ANDROMEDAE. Ger. Aufstg.		α ANDROMEDAE. Abweichg.		γ PEGASI. Ger. Aufstg.		γ PEGASI. Abweichg.	
	0ʰ		+ 28°		0ʰ		+ 14°	
Jan. 0	1′ 2″,82	12	18′ 32″,41	87	5′ 55″,57	11	23′ 42″,21	78
10	2,70	12	31,54	114	55,46	9	41,43	89
20	2,58	11	30,40	133	55,37	9	40,54	96
30	2,47	9	29,07	148	55,28	7	39,58	97
Febr. 9	2,38	6	27,59	155	55,21	5	38,61	96
19	2,32	3	26,04	156	55,16	3	37,65	88
Mrz. 1	2,29	0	24,48	148	55,13	1	36,77	73
11	2,29	5	23,00	146	55,14	4	36,04	61
21	* 2,34	9	* 21,54	107	* 55,18	9	* 35,43	28
31	2,43	14	20,47	79	55,27	13	35,15	0
Apr. 10	2,57	19	19,68	45	55,40	16	35,15	31
20	2,76	23	19,23	7	55,56	21	35,46	62
30	2,99	27	19,16	31	55,77	25	36,08	93
Mai 10	3,26	30	19,47	71	56,02	28	37,01	125
20	3,56	33	20,18	110	56,30	30	38,26	152
30	3,89	35	21,28	144	56,60	32	39,78	177
Juni 9	4,24	35	22,72	177	56,92	33	41,55	195
19	4,59	35	24,49	203	57,25	33	43,50	209
29	4,94	35	26,52	226	57,58	32	45,59	220
Juli 9	5,29	32	28,78	242	57,90	32	47,79	222
19	5,61	31	31,20	252	58,22	29	50,01	220
29	5,92	26	33,72	256	58,51	25	52,21	214
Aug. 8	6,18	23	36,28	255	58,76	23	54,35	204
18	6,41	19	38,83	249	58,99	19	56,39	187
28	6,60	15	41,32	240	59,18	14	58,26	170
Sept. 7	6,75	11	43,72	224	59,32	11	23 59,96	150
17	6,86	7	45,96	206	59,43	8	24 1,46	129
27	6,93	3	48,02	185	59,51	3	2,75	106
Oct. 7	6,96	1	49,87	161	59,54	1	3,81	84
17	6,95	3	51,48	136	59,55	2	4,65	62
27	6,92	6	52,84	107	59,53	5	5,27	40
Nov. 6	6,86	8	53,91	80	59,48	6	5,67	19
16	6,78	9	54,71	49	59,42	8	5,86	2
26	6,69	12	55,20	17	59,34	9	5,84	22
Dec. 6	6,57	12	55,37	15	59,25	10	5,62	39
16	6,45	12	55,22	45	59,15	10	5,23	57
26	6,33	13	54,77	75	59,05	11	4,66	72
36	6,20		54,02		58,94		3,94	

1858		α CASSIOPEIAE. Ger. Aufstg.		α CASSIOPEIAE. Abweichg.		α ARIETIS. Ger. Aufstg.		α ARIETIS. Abweichg.	
		0^h		$+55°$		1^h		$+22°$	
Jan.	0	32′ 27″,75	27	45′ 45″,73	39	59′ 11″,00	11	47′ 31″,00	26
	10	27,48	27	45,84	90	10,89	12	30,74	43
	20	27,21	25	44,44	137	10,77	13	30,31	60
	30	26,96	23	43,07	174	10,64	14	29,71	71
Febr.	9	26,73	19	41,33	208	10,50	14	29,00	82
	19	26,54	14	39,25	231	10,36	12	28,18	88
Mrz.	1	26,40	9	36,94	246	10,24	10	27,30	88
	11	26,31	2	34,48	246	10,14	7	26,42	86
	21	26,29	7	32,02	261	10,07	3	25,56	75
	31	* 26,36	14	* 29,41	216	10,04	1	24,81	62
Apr.	10	26,50	21	27,25	188	10,05	6	24,19	43
	20	26,71	28	25,37	154	10,11	12	23,76	23
	30	26,99	34	23,83	109	* 10,23	16	* 23,53	8
Mai	10	27,33	40	22,74	63	10,39	21	23,61	35
	20	27,73	44	22,11	14	10,60	25	23,96	63
	30	28,17	47	21,97	35	10,85	28	24,59	92
Juni	9	28,64	49	22,32	86	11,13	31	25,51	115
	19	29,13	50	23,18	130	11,44	33	26,66	136
	29	29,63	48	24,48	177	11,77	35	28,02	157
Juli	9	30,11	47	26,25	214	12,12	34	29,59	172
	19	30,58	44	28,39	248	12,46	34	31,31	180
	29	31,02	40	30,87	277	12,80	33	33,11	185
Aug.	8	31,42	35	33,64	299	13,13	31	34,96	186
	18	31,77	30	36,63	312	13,44	28	36,82	182
	28	32,07	25	39,75	325	13,72	26	38,64	175
Sept.	7	32,32	19	43,00	327	13,98	23	40,39	164
	17	32,51	13	46,27	324	14,21	19	42,03	151
	27	32,64	8	49,51	314	14,40	17	43,54	136
Oct.	7	32,72	2	52,65	301	14,57	13	44,90	122
	17	32,74	3	55,66	278	14,70	10	46,12	103
	27	32,71	7	45 58,44	250	14,80	7	47,15	87
Nov.	6	32,64	12	46 0,94	217	14,87	4	48,02	69
	16	32,52	17	3,11	178	14,91	1	48,71	52
	26	32,35	19	4,89	135	14,92	2	49,23	35
Dec.	6	32,16	23	6,24	88	14,90	4	49,58	15
	16	31,93	25	7,12	37	14,86	8	49,73	1
	26	31,68	27	7,49	13	14,78	9	49,72	19
	36	31,41		7,36		14,69		49,53	

1858	α CETI. Ger. Aufstg.		α CETI. Abweichg.		α PERSEI. Ger. Aufstg.		α PERSEI. Abweichg.	
	2h		+3°		3h		+49°	
Jan. 0	54′ 52″,45		31′ 52″,18		14′ 13″,52		21′ 24″,12	
10	52,37	8	51,52	66	13,39	13	25,11	99
20	52,27	10	50,91	61	13,22	17	25,79	68
30	52,15	12	50,38	53	13,01	21	26,09	30
Febr. 9	52,02	13	49,92	46	12,78	23	25,98	11
19	51,88	14	49,58	34	12,53	25	25,53	45
Mrz. 1	51,74	14	49,35	23	12,29	24	24,72	81
11	51,61	13	49,27	8	12,06	23	23,59	113
21	51,51	10	49,34	7	11,87	19	22,17	142
31	51,43	8	49,57	23	11,72	15	20,59	158
Apr. 10	51,38	5	50,00	43	11,62	10	18,88	171
20	51,38	0	50,61	61	11,59	3	17,12	176
30	51,42	4	51,44	83	11,62	3	15,41	171
Mai 10	✲ 51,52	10	✲ 52,58	114	✲ 11,73	11	✲ 13,64	177
20	51,66	14	53,83	125	11,91	18	12,23	141
30	51,84	18	55,27	144	12,15	24	11,05	118
Juni 9	52,06	22	56,85	158	12,45	30	10,16	89
19	52,32	26	31 58,54	169	12,80	35	9,56	60
29	52,60	28	32 0,32	178	13,18	38	9,29	27
Juli 9	52,89	29	2,11	179	13,61	43	9,35	6
19	53,21	32	3,89	178	14,04	43	9,74	39
29	53,52	31	5,57	168	14,50	46	10,46	72
Aug. 8	53,83	31	7,14	157	14,95	45	11,45	99
18	54,14	31	8,55	141	15,39	44	12,73	128
28	54,43	29	9,74	119	15,82	43	14,20	147
Sept. 7	54,70	27	10,69	95	16,24	42	15,88	168
17	54,95	25	11,39	70	16,62	38	17,74	186
27	55,18	23	11,83	44	16,98	36	19,74	200
Oct. 7	55,37	19	12,03	20	17,30	32	21,81	207
17	55,55	18	11,97	6	17,59	29	23,95	214
27	55,69	14	11,72	25	17,84	25	26,12	217
Nov. 6	55,81	12	11,28	44	18,04	20	28,28	216
16	55,90	9	10,72	56	18,19	15	30,39	211
26	55,95	5	10,04	68	18,30	11	32,40	201
Dec. 6	55,98	3	9,32	72	18,35	5	34,28	188
16	55,97	1	8,57	75	18,35	0	35,95	167
26	55,94	3	7,81	76	18,30	5	37,40	145
36	55,87	7	7,11	70	18,20	10	38,55	115

1858	α TAURI. Ger. Aufstg.		α TAURI. Abweichg.		α AURIGAE. Ger. Aufstg.		α AURIGAE. Abweichg.	
	4^h		+ 16°		5^h		+ 45°	
Jan. 0	27′ 47″,83	2	13′ 22″,11	23	6′ 14″,19	1	51′ 7″,79	135
10	47,81	5	21,88	23	14,20	5	9,14	122
20	47,76	9	21,65	23	14,15	11	10,36	101
30	47,67	13	21,42	24	14,04	16	11,37	79
Febr. 9	47,54	14	21,18	25	13,88	20	12,16	51
19	47,40	17	20,93	25	13,68	22	12,67	23
Mrz. 1	47,23	16	20,68	26	13,46	24	12,90	9
11	47,07	16	20,42	25	13,22	24	12,81	39
21	46,91	14	20,17	22	12,98	22	12,42	67
31	46,77	11	19,95	16	12,76	19	11,75	91
Apr. 10	46,66	7	19,79	10	12,57	15	10,84	113
20	46,59	4	19,69	0	12,42	10	9,71	125
30	46,55	1	19,69	12	12,32	4	8,46	136
Mai 10	46,56	6	19,81	26	12,28	3	7,10	138
20	46,62	11	20,07	44	12,31	8	5,72	137
30	* 46,73	16	* 20,51	55	12,39	16	4,35	141
Juni 9	46,89	19	21,06	69	* 12,55	21	* 2,94	117
19	47,08	23	21,75	82	12,76	26	1,77	100
29	47,31	26	22,57	91	13,02	30	51 0,77	85
Juli 9	47,57	28	23,48	98	13,32	35	50 59,92	64
19	47,85	31	24,46	102	13,67	37	59,28	46
29	48,16	31	25,48	100	14,04	39	58,82	25
Aug. 8	48,47	31	26,48	97	14,43	41	58,57	5
18	48,78	32	27,45	89	14,84	42	58,52	13
28	49,10	31	28,34	78	15,26	43	58,65	31
Sept. 7	49,41	31	29,12	65	15,69	42	58,96	47
17	49,72	29	29,77	51	16,11	41	50 59,43	62
27	50,01	28	30,28	37	16,52	41	51 0,05	78
Oct. 7	50,29	26	30,65	22	16,93	38	0,83	92
17	50,55	24	30,87	9	17,31	37	1,75	105
27	50,79	22	30,96	3	17,68	34	2,80	116
Nov. 6	51,01	19	30,93	11	18,02	30	3,96	126
16	51,20	16	30,82	18	18,32	26	5,22	135
26	51,36	13	30,64	23	18,58	22	6,57	143
Dec. 6	51,49	8	30,41	24	18,80	16	8,00	144
16	51,57	5	30,17	25	18,96	10	9,44	145
26	51,62	1	29,92	27	19,06	4	10,89	138
36	51,63		29,65		19,10		12,27	

1858	β ORIONIS. Ger. Aufstg.		β ORIONIS. Abweichg.		β TAURI. Ger. Aufstg.		β TAURI. Abweichg.	
	5h		−8°		5h		+28°	
Jan. 0	7′ 44,″29	0	22′ 4,″28	153	17′ 20,″71	3	29′ 7,″94	42
10	44,29	4	5,81	134	20,74	2	8,36	40
20	44,25	8	7,15	113	20,72	7	8,76	34
30	44,17	12	8,28	89	20,65	11	9,10	26
Febr. 9	44,05	14	9,17	67	20,54	14	9,36	17
19	43,91	16	9,84	41	20,40	17	9,53	4
Mrz. 1	43,75	18	10,25	16	20,23	18	9,57	8
11	43,57	17	10,41	9	20,05	19	9,49	20
21	43,40	16	10,32	33	19,86	17	9,29	32
31	43,24	14	9,99	57	19,69	15	8,97	41
Apr. 10	43,10	11	9,42	81	19,54	12	8,56	48
20	42,99	8	8,61	105	19,42	8	8,08	51
30	42,91	4	7,56	127	19,34	3	7,57	50
Mai 10	42,87	0	6,29	145	19,31	1	7,07	48
20	42,87	5	4,84	164	19,32	7	6,59	42
30	42,92	10	3,20	195	19,39	11	6,17	34
Juni 9	* 43,02	14	22 * 1,25	188	* 19,50	18	* 5,83	24
19	43,16	17	21 59,37	191	19,68	20	5,59	12
29	43,33	20	57,46	192	19,88	24	5,47	9
Juli 9	43,53	24	55,54	186	20,12	28	5,47	11
19	43,77	25	53,68	173	20,40	30	5,58	18
29	44,02	27	51,95	155	20,70	31	5,76	28
Aug. 8	44,29	29	50,40	131	21,01	33	6,04	32
18	44,58	29	49,09	102	21,34	34	6,36	36
28	44,87	29	48,07	70	21,68	34	6,72	37
Sept. 7	45,16	30	47,37	33	22,02	34	7,09	35
17	45,46	28	47,04	5	22,36	34	7,44	34
27	45,74	28	47,09	40	22,70	33	7,78	32
Oct. 7	46,02	27	47,49	77	23,03	32	8,10	32
17	46,29	25	48,26	109	23,35	30	8,42	29
27	46,54	22	49,35	136	23,65	28	8,71	30
Nov. 6	46,76	21	50,71	158	23,93	26	9,01	31
16	46,97	17	52,29	172	24,19	23	9,32	31
26	47,14	15	54,01	179	24,42	19	9,63	35
Dec. 6	47,29	10	55,80	180	24,61	15	9,98	37
16	47,39	7	57,60	173	24,76	11	10,35	39
26	47,46	2	21 59,33	164	24,87	5	10,74	40
36	47,48		22 0,97		24,92		11,14	

1858		α ORIONIS. Ger. Aufstg.		α ORIONIS. Abweichg.		α CANIS MAJORIS. Ger. Aufstg.		α CANIS MAJORIS. Abweichg.	
		5^h		$+7^\circ$		6^h		-16°	
Jan.	0	47′ 30″,59	5	22′ 42″,89	83	38′ 54″,84	7	31′ 23″,65	234
	10	30,64	0	42,06	73	54,91	3	25,99	216
	20	30,64	4	41,33	61	54,94	3	28,15	192
	30	30,60	8	40,72	49	54,91	7	30,07	167
Febr.	9	30,52	12	40,23	36	54,84	11	31,74	136
	19	30,40	15	39,87	26	54,73	14	33,10	106
Mrz.	1	30,25	16	39,61	17	54,59	17	34,16	75
	11	30,09	16	39,44	5	54,42	18	34,91	42
	21	29,93	16	39,39	3	54,24	18	35,33	11
	31	29,77	15	39,42	15	54,06	18	35,44	21
Apr.	10	29,62	13	39,57	24	53,88	16	35,23	50
	20	29,49	9	39,81	35	53,72	14	34,73	80
	30	29,40	5	40,16	46	53,58	12	33,93	107
Mai	10	29,35	2	40,62	59	53,46	7	32,86	132
	20	29,33	3	41,21	70	53,39	4	31,54	155
	30	29,36	6	41,91	80	53,35	0	29,99	173
Juni	9	29,42	13	42,71	99	53,35	4	28,26	187
	19	✻ 29,55	15	✻ 43,70	96	53,39	8	26,39	199
	29	29,70	18	44,66	102	53,47	12	*24,40*	221
Juli	9	29,88	22	45,68	103	✻ 53,59	15	✻ 22,19	200
	19	30,10	24	46,71	99	53,74	19	20,19	190
	29	30,34	26	47,70	90	53,93	20	18,29	174
Aug.	8	30,60	27	48,60	80	54,13	24	16,55	151
	18	30,87	29	49,40	65	54,37	25	15,04	123
	28	31,16	30	50,05	46	54,62	27	13,81	86
Sept.	7	31,46	29	50,51	25	54,89	28	12,95	47
	17	31,75	30	50,76	2	55,17	29	12,48	3
	27	32,05	30	50,78	22	55,46	30	12,45	41
Oct.	7	32,35	29	50,56	43	55,76	30	12,86	86
	17	32,64	29	50,13	63	56,06	29	13,72	128
	27	32,93	26	49,50	81	56,35	29	15,00	165
Nov.	6	33,19	25	48,69	92	56,64	27	16,65	199
	16	33,44	22	47,77	101	56,91	25	18,64	223
	26	33,66	20	46,76	106	57,16	22	20,87	241
Dec.	6	33,86	15	45,70	103	57,38	19	23,28	250
	16	34,01	12	44,67	99	57,57	14	25,78	250
	26	34,13	7	43,68	92	57,71	10	28,28	241
	36	34,20		42,76		57,81		30,69	

1858	α GEMINORUM. Ger. Aufstg.		α GEMINORUM. Abweichg.		α CANIS MINORIS. Ger. Aufstg.		α CANIS MINORIS. Abweichg.	
	7h		+ 32°		7h		+ 5°	
Jan. 0	25′ 33″,51	17	11′ 47″,83	39	31′ 53″,52	15	35′ 10″,51	130
10	33,68	11	48,22	55	53,67	10	9,21	113
20	33,79	6	48,77	67	53,77	4	8,08	96
30	33,85	1	49,44	75	53,81	0	7,12	76
Febr. 9	33,84	6	50,19	78	53,81	5	6,36	61
19	33,78	10	50,97	73	53,76	9	5,75	42
Mrz. 1	33,68	14	51,70	67	53,67	12	5,33	28
11	33,54	17	52,37	57	53,55	14	5,05	11
21	33,37	18	52,94	42	53,41	16	4,94	1
31	33,19	19	53,36	25	53,25	16	4,93	11
Apr. 10	33,00	17	53,61	8	53,09	15	5,04	19
20	32,83	16	53,69	7	52,94	13	5,23	30
30	32,67	13	53,62	24	52,81	11	5,53	39
Mai 10	32,54	9	53,38	37	52,70	9	5,92	46
20	32,45	6	53,01	50	52,61	5	6,38	55
30	32,39	1	52,51	59	52,56	2	6,93	62
Juni 9	32,38	3	51,92	66	52,54	2	7,55	65
19	32,41	7	51,26	73	52,56	5	8,20	71
29	32,48	12	50,53	75	52,61	9	8,91	72
Juli 9	32,60	16	49,78	86	52,70	13	9,63	81
	✲		✲		✲		✲	
19	32,76	19	48,92	80	52,83	15	10,44	66
29	32,95	22	48,12	80	52,98	17	11,10	58
Aug. 8	33,17	25	47,32	83	53,15	20	11,68	46
18	33,42	28	46,49	82	53,35	23	12,14	32
28	33,70	29	45,67	86	53,58	24	12,46	11
Sept. 7	33,99	32	44,81	85	53,82	27	12,57	12
17	34,31	33	43,96	85	54,09	27	12,45	35
27	34,64	35	43,11	84	54,36	30	12,10	59
Oct. 7	34,99	36	42,27	83	54,66	30	11,51	85
17	35,35	36	41,44	77	54,96	31	10,66	107
27	35,71	36	40,67	68	55,27	31	9,59	127
Nov. 6	36,07	36	39,99	59	55,58	30	8,32	144
16	36,43	34	39,40	44	55,88	30	6,88	152
26	36,77	32	38,96	27	56,18	27	5,36	159
Dec. 6	37,09	29	38,69	8	56,45	25	3,77	155
16	37,38	25	38,61	10	56,70	21	2,22	151
26	37,63	19	38,71	27	56,91	17	35 0,71	139
36	37,82		38,98		57,08		34 59,32	

1858		β GEMINORUM.				α HYDRAE.			
		Ger. Aufstg.		Abweichg.		Ger. Aufstg.		Abweichg.	
		7h		+ 28°		9h		— 8°	
Jan.	0	36′ 39″,01	18	21′ 58″,05	12	20′ 37″,56	23	2′ 39″,25	228
	10	39,19	12	58,17	29	37,79	20	41,53	218
	20	39,31	6	58,46	43	37,99	14	43,71	200
	30	39,37	1	58,89	55	38,13	9	45,71	180
Fbr.	9	39,38	5	21 59,44	60	38,22	5	47,51	156
	19	39,33	9	22 0,04	61	38,27	0	49,07	131
Mrz.	1	39,24	13	0,65	60	38,27	4	50,38	106
	11	39,11	16	1,25	52	38,23	8	51,44	82
	21	38,95	17	1,77	43	38,15	11	52,26	56
	31	38,78	18	2,20	30	38,04	12	52,82	35
Apr.	10	38,60	17	2,50	17	37,92	13	53,17	11
	20	38,43	15	2,67	5	37,79	13	53,28	9
	30	38,28	13	2,72	9	37,66	13	53,19	29
Mai	10	38,15	9	2,63	20	37,53	12	52,90	47
	20	38,06	6	2,43	31	37,41	10	52,43	63
	30	38,00	2	2,12	39	37,31	8	51,80	77
Juni	9	37,98	2	1,73	46	37,23	6	51,03	91
	19	38,00	6	1,27	52	37,17	4	50,12	102
	29	38,06	9	0,75	55	37,13	1	49,10	108
Juli	9	38,15	15	22 0,20	66	37,12	1	48,02	113
	19	✡ 38,30	17	✡ 21 59,54	63	37,13	4	46,89	113
	29	38,47	20	58,91	66	37,17	7	45,76	107
Aug.	8	38,67	23	58,25	70	37,24	10	44,69	107
	18	38,90	25	57,55	74	✡ 37,34	12	✡ 43,62	80
	28	39,15	28	56,81	79	37,46	16	42,82	58
Sept.	7	39,43	30	56,02	84	37,62	18	42,24	35
	17	39,73	31	55,18	86	37,80	21	41,89	1
	27	40,04	33	54,32	91	38,01	24	41,88	31
Oct.	7	40,37	35	53,41	92	38,25	27	42,19	66
	17	40,72	35	52,49	91	38,52	29	42,85	101
	27	41,07	35	51,58	87	38,81	31	43,86	137
Nov.	6	41,42	35	50,71	80	39,12	32	45,23	168
	16	41,77	33	49,91	68	39,44	32	46,91	193
	26	42,10	32	49,23	55	39,76	33	48,84	215
Dec.	6	42,42	29	48,68	37	40,09	31	50,99	228
	16	42,71	24	48,31	19	40,40	28	53,27	232
	26	42,95	21	48,12	1	40,68	26	55,59	234
	36	43,16		48,11		40,94		57,93	

1858	α LEONIS. Ger. Aufstg.		α LEONIS. Abweichg.		α URSAE MAJORIS. Ger. Aufstg.		α URSAE MAJORIS. Abweichg.	
	10h		+ 12°		10h		+ 62°	
Jan. 0	0′ 49″,44	27	39′ 32″,35	143	54′ 58″,26	56	30′ 43″,28	26
10	49,71	25	30,92	120	58,82	50	43,54	82
20	49,96	19	29,72	92	59,32	43	44,36	132
30	50,15	15	28,80	66	54 59,75	35	45,68	176
Febr. 9	50,30	9	28,14	40	55 0,10	25	47,44	215
19	50,39	5	27,74	15	0,35	16	49,59	237
Mrz. 1	50,44	0	27,59	7	0,51	6	51,96	254
11	50,44	4	27,66	23	0,57	3	54,50	257
21	50,40	6	27,89	36	0,54	11	57,07	251
31	50,34	10	28,25	45	0,43	19	30 59,58	234
Apr. 10	50,24	11	28,70	51	0,24	24	31 1,92	206
20	50,13	12	29,21	52	55 0,00	28	3,98	170
30	50,01	12	29,73	53	54 59,72	32	5,68	130
Mai 10	49,89	11	30,26	49	59,40	33	6,98	85
20	49,78	10	30,75	45	59,07	33	7,83	39
30	49,68	9	31,20	40	58,74	33	8,22	8
Juni 9	49,59	7	31,60	33	58,41	30	8,14	60
19	49,52	6	31,93	25	58,11	27	7,54	103
29	49,46	3	32,18	18	57,84	24	6,51	149
Juli 9	49,43	1	32,36	8	57,60	20	5,02	186
19	49,42	2	32,44	3	57,40	14	3,16	224
29	49,44	4	32,41	14	57,26	10	31 0,92	256
Aug. 8	49,48	6	32,27	29	57,16	4	30 58,36	280
18	* 49,54	10	* 31,98	49	57,12	1	55,56	305
28	49,64	12	31,49	65	* 57,13	9	* 52,51	353
Sept. 7	49,76	16	30,84	82	57,22	15	48,98	331
17	49,92	18	30,02	105	57,37	22	45,67	335
27	50,10	22	28,97	124	57,59	28	42,32	334
Oct. 7	50,32	25	27,73	144	57,87	35	38,98	324
17	50,57	27	26,29	162	58,22	42	35,74	306
27	50,84	30	24,67	178	58,64	47	32,68	283
Nov. 6	51,14	33	22,89	188	59,11	53	29,85	253
16	51,47	33	21,01	193	54 59,64	57	27,32	212
26	51,80	35	19,08	195	55 0,21	59	25,20	165
Dec. 6	52,15	33	17,13	185	0,80	61	23,55	116
16	52,48	32	15,28	174	1,41	60	22,39	62
26	52,80	30	13,54	156	2,01	57	21,77	3
36	53,10		11,98		2,58		21,74	

1858		β LEONIS. Ger. Aufstg.		β LEONIS. Abweichg.		β VIRGINIS. Ger. Aufstg.		β VIRGINIS. Abweichg.	
		11h		+ 15°		11h		+ 2°	
Jan.	0	41′ 49″,42	33	21′ 49″,47	177	43′ 18″,38	32	33′ 48″,66	209
	10	49,75	30	47,70	147	18,70	31	46,57	193
	20	50,05	28	46,23	116	19,01	26	44,64	171
	30	50,33	24	45,07	81	19,27	24	42,93	145
Febr.	9	50,57	20	44,26	47	19,51	19	41,48	118
	19	50,77	14	43,79	14	19,70	15	40,30	90
Mrz.	1	50,91	11	43,65	16	19,85	10	39,40	63
	11	51,02	6	43,81	41	19,95	6	38,77	37
	21	51,08	2	44,22	61	20,01	3	38,40	14
	31	51,10	1	44,83	76	20,04	0	38,26	5
Apr.	10	51,09	4	45,59	86	20,04	3	38,31	21
	20	51,05	6	46,45	90	20,01	5	38,52	34
	30	50,99	8	47,35	90	19,96	7	38,86	44
Mai	10	50,91	9	48,25	84	19,89	7	39,30	49
	20	50,82	9	49,09	76	19,82	8	39,79	53
	30	50,73	10	49,85	66	19,74	9	40,32	55
Juni	9	50,63	9	50,51	54	19,65	8	40,87	55
	19	50,54	9	51,05	40	19,57	9	41,42	53
	29	50,45	9	51,45	25	19,48	8	41,95	49
Juli	9	50,36	7	51,70	8	19,40	7	42,44	44
	19	50,29	7	51,78	9	19,33	6	42,88	38
	29	50,22	5	51,69	28	19,27	4	43,26	[illegible]
Aug.	8	50,17	3	51,41	45	19,23	3	43,56	16
	18	50,14	1	50,96	66	19,20	1	43,72	3
	28	50,13	2	50,30	87	19,19	2	43,75	14
Sept.	7	50,15	5	49,43	122	19,21	5	43,61	38
	17	* 50,20	8	* 48,21	134	* 19,26	8	* 43,23	59
	27	50,28	12	46,87	155	19,34	12	42,64	83
Oct.	7	50,40	16	45,32	177	19,46	16	41,81	109
	17	50,56	20	43,55	198	19,62	20	40,72	135
	27	50,76	24	41,57	212	19,82	24	39,37	160
Nov.	6	51,00	28	39,45	224	20,06	27	37,77	182
	16	51,28	31	37,21	231	20,33	31	35,95	202
	26	51,59	32	34,90	230	20,64	32	33,93	213
Dec.	6	51,91	35	32,60	224	20,96	34	31,80	222
	16	52,26	35	30,36	210	21,30	34	29,58	222
	26	52,61	34	28,26	189	21,64	34	27,36	215
	36	52,95		26,37		21,98		25,21	

1858		γ URSAE MAJORIS. Ger. Aufstg.		γ URSAE MAJORIS. Abweichg.		α VIRGINIS. Ger. Aufstg.		α VIRGINIS. Abweichg.	
		11h		+54°		13h		−10°	
Jan.	0	46′ 22,″34	50	28′ 44,″15	64	17′ 42,″86	34	25′ 11,″33	209
	10	22,84	45	43,51	4	43,20	34	13,42	208
	20	23,29	41	43,47	51	43,54	32	15,50	204
	30	23,70	36	43,98	104	43,86	29	17,54	190
Febr.	9	24,06	29	45,02	151	44,15	27	19,44	172
	19	24,35	22	46,53	187	44,42	23	21,16	153
Mrz.	1	24,57	14	48,40	219	44,65	19	22,69	131
	11	24,71	7	50,59	237	44,84	16	24,00	108
	21	24,78	0	52,96	243	45,00	13	25,08	86
	31	24,78		55,39		45,13		25,94	
			6		243		9		63
Apr.	10	24,72	12	28 57,82	231	45,22	6	26,57	45
	20	24,60	16	29 0,13	208	45,28	4	27,02	25
	30	24,44	19	2,21	178	45,32	0	27,27	10
Mai	10	24,25	21	3,99	144	45,32	1	27,37	3
	20	24,04	24	5,43	104	45,31	3	27,34	16
	30	23,80	24	6,47	60	45,28	5	27,18	26
Juni	9	23,56	23	7,07	18	45,23	6	26,92	35
	19	23,33	23	7,25	28	45,17	8	26,57	41
	29	23,10	21	6,97	75	45,09	9	26,16	49
Juli	9	22,89		6,22		45,00		25,67	
			19		114		9		53
	19	22,70	17	5,08	156	44,91	10	25,14	56
	29	22,53	14	3,52	195	44,81	11	24,58	59
Aug.	8	22,39	10	29 1,57	228	44,70	9	23,99	57
	18	22,29	6	28 59,29	257	44,61	9	23,42	55
	28	22,23	2	56,72	283	44,52	7	22,87	46
Sept.	7	22,21	3	53,89	337	44,45	4	22,41	36
	17	✡ 22,24	9	✡ 50,52	324	44,41	2	22,05	21
	27	22,33	15	47,28	332	44,39	2	21,84	3
Oct.	7	22,48	20	43,96	336	44,41	8	21,81	23
	17	22,68		40,60		✡ 44,49		✡ 22,04	
			27		333		11		48
	27	22,95	32	37,27	321	44,60	17	22,52	75
Nov.	6	23,27	38	34,06	302	44,77	21	23,27	104
	16	23,65	43	31,04	274	44,98	25	24,31	132
	26	24,08	46	28,30	238	45,23	28	25,63	157
Dec.	6	24,54	49	25,92	196	45,51	32	27,20	178
	16	25,03	50	23,96	143	45,83	34	28,98	194
	26	25,53	49	22,53	93	46,17	34	30,92	205
	36	26,02		21,60		46,51		32,97	

1858		η URSAE MAJORIS.				α BOOTIS.			
		Ger. Aufstg.		Abweichg.		Ger. Aufstg.		Abweichg.	
		13^h		$+50°$		14^h		$+19°$	
Jan.	0	41′ 56″,74	44	1′ 3″,19	201	9′ 10″,87	34	55′ 11″,46	234
	10	57,18	44	1 1,18	143	11,21	34	9,12	204
	20	57,62	43	0 59,75	85	11,55	33	7,08	168
	30	58,05	41	58,90	21	11,88	32	5,40	126
Fbr.	9	58,46	38	58,69	36	12,20	30	4,14	82
	19	58,84	34	0 59,05	97	12,50	27	3,32	37
Mrz.	1	59,18	28	1 0,02	144	12,77	23	2,95	6
	11	59,46	22	1,46	192	13,00	21	3,01	46
	21	59,68	17	3,38	224	13,21	16	3,47	82
	31	59,85	11	5,62	247	13,37	14	4,29	110
Apr.	10	41 59,96	6	8,09	260	13,51	10	5,39	132
	20	42 0,02	1	10,69	263	13,61	6	6,71	147
	30	42 0,03	5	13,32	255	13,67	4	8,18	155
Mai	10	41 59,98	9	15,87	239	13,71	1	9,73	156
	20	59,89	12	18,26	215	13,72	2	11,29	150
	30	59,77	16	20,41	182	13,70	4	12,79	139
Juni	9	59,61	18	22,23	146	13,66	6	14,18	126
	19	59,43	20	23,69	108	13,60	9	15,44	105
	29	59,23	22	24,77	60	13,51	10	16,49	84
Juli	9	59,01	23	25,37	18	13,41	12	17,33	59
	19	58,78	23	25,55	28	13,29	12	17,92	34
	29	58,55	23	25,27	76	13,17	14	18,26	8
Aug.	8	58,32	23	24,51	118	13,03	13	18,34	22
	18	58,09	20	23,33	162	12,90	14	18,12	50
	28	57,89	18	21,71	203	12,76	12	17,62	77
Sept.	7	57,71	15	19,68	240	12,64	10	16,85	108
	17	57,56	11	17,28	274	12,54	7	15,77	137
	27	57,45	7	14,54	301	12,47	5	14,40	164
Oct.	7	57,38	0	11,53	361	12,42	0	12,76	192
	17	* 57,38	6	* 7,92	346	12,42	4	10,84	240
	27	57,44	12	4,46	355	* 12,46	10	* 8,44	241
Nov.	6	57,56	19	1 0,91	355	12,56	14	6,03	259
	16	57,75	25	0 57,36	352	12,70	19	3,44	270
	26	58,00	31	53,84	331	12,89	24	55 0,74	278
Dec.	6	58,31	36	50,53	306	13,13	28	54 57,96	274
	16	58,67	40	47,47	268	13,41	30	55,22	265
	26	59,07	43	44,79	226	13,71	33	52,57	245
	36	59,50		42,53		14,04		50,12	

1856	1 α LIBRAE. Ger. Aufstg.		1 α LIBRAE. Abweichg.		2 α LIBRAE. Ger. Aufstg.		2 α LIBRAE. Abweichg.	
	14h		−15°		14h		−15°	
Jan. 0	42′ 49″,72	34	24′ 19″,52	162	43′ 1″,15	34	27′ 0″,13	162
10	50,06	34	21,14	169	1,49	34	1,75	168
20	50,40	34	22,83	169	1,83	34	3,43	169
30	50,74	33	24,52	166	2,17	33	5,12	166
Febr. 9	51,07	32	26,18	156	2,50	32	6,78	156
19	51,39	29	27,74	143	2,82	29	8,34	143
Mrz. 1	51,68	26	29,17	126	3,11	27	9,77	126
11	51,94	24	30,43	109	3,38	24	11,03	109
21	52,18	21	31,52	91	3,62	20	12,12	91
31	52,39	18	32,43	72	3,82	19	13,03	72
Apr. 10	52,57	16	33,15	55	4,01	15	13,75	55
20	52,73	12	33,70	40	4,16	12	14,30	40
30	52,85	9	34,10	26	4,28	10	14,70	26
Mai 10	52,94	7	34,36	14	4,38	7	14,96	15
20	53,01	4	34,50	4	4,45	4	15,11	4
30	53,05	1	34,54	5	4,49	1	15,15	4
Juni 9	53,06	1	34,49	13	4,50	1	15,11	12
19	53,05	4	34,36	20	4,49	5	14,99	20
29	53,01	7	34,16	26	4,44	6	14,79	27
Juli 9	52,94	8	33,90	32	4,38	9	14,52	32
19	52,86	11	33,58	39	4,29	10	14,20	40
29	52,75	12	33,19	43	4,19	12	13,80	42
Aug. 8	52,63	13	32,76	47	4,07	13	13,38	47
18	52,50	13	32,29	49	3,94	13	12,91	49
28	52,37	13	31,80	49	3,81	13	12,42	49
Sept. 7	52,24	11	31,31	47	3,68	11	11,93	47
17	52,13	9	30,84	39	3,57	9	11,46	40
27	52,04	5	30,45	30	3,48	6	11,06	30
Oct. 7	51,99	2	30,15	16	3,42	1	10,76	16
17	51,97	3	29,99	2	3,41	3	10,60	1
27	52,00	9	30,01	25	3,44	8	10,61	25
Nov. 6	✲ 52,09	13	✲ 30,26	47	✲ 3,52	14	✲ 10,86	47
16	52,22	19	30,73	73	3,66	18	11,33	72
26	52,41	23	31,46	97	3,84	23	12,05	97
Dec. 6	52,64	27	32,43	120	4,07	28	13,02	119
16	52,91	31	33,63	139	4,35	30	14,21	139
26	53,22	32	35,02	153	4,65	33	15,60	153
36	53,54		36,55		4,98		17,13	

1858		β URSAE MINORIS. Ger. Aufstg.		Abweichg.		α CORONAE. Ger. Aufstg.		Abweichg.	
		14h		+ 74°		15h		+ 27°	
Jan.	0	51′ 8,″50	77	43′ 44,″07	238	28′ 39,″84	31	11′ 26,″81	264
	10	9,27	83	41,69	180	40,15	32	24,17	233
	20	10,10	88	39,89	117	40,47	34	21,84	194
	30	10,98	89	38,72	48	40,81	33	19,90	148
Febr.	9	11,87	87	38,24	17	41,14	33	18,42	100
	19	12,74	82	38,41	86	41,47	32	17,42	47
Mrz.	1	13,56	74	39,27	144	41,79	29	16,95	5
	11	14,30	63	40,71	200	42,08	27	17,00	55
	21	14,93	52	42,71	243	42,35	24	17,55	101
	31	15,45	38	45,14	278	42,59	21	18,56	141
Apr.	10	15,83	24	47,92	300	42,80	18	19,97	172
	20	16,07	10	50,92	312	42,98	15	21,69	197
	30	16,17	5	54,04	310	43,13	11	23,66	212
Mai	10	16,12	18	43 57,14	300	43,24	8	25,78	220
	20	15,94	30	44 0,14	277	43,32	5	27,98	219
	30	15,64	43	2,91	249	43,37	1	30,17	211
Juni	9	15,21	52	5,40	210	43,38	2	32,28	198
	19	14,69	61	7,50	168	43,36	6	34,26	177
	29	14,08	69	9,18	120	43,30	8	36,03	153
Juli	9	13,39	74	10,38	70	43,22	11	37,56	124
	19	12,65	77	11,08	18	43,11	13	38,80	95
	29	11,88	79	11,26	35	42,98	16	39,75	61
Aug.	8	11,09	80	10,91	85	42,82	17	40,36	25
	18	10,29	78	10,06	136	42,65	18	40,61	9
	28	9,51	74	8,70	185	42,47	18	40,52	46
Sept.	7	8,77	68	6,85	230	42,29	17	40,06	82
	17	8,09	61	4,55	270	42,12	15	39,24	118
	27	7,48	52	44 1,85	307	41,97	13	38,06	152
Oct.	7	6,96	41	43 58,78	337	41,84	9	36,54	187
	17	6,55	28	55,41	360	41,75	5	34,67	218
	27	6,27	15	51,81	415	41,70	0	32,49	245
Nov.	6	* 6,12	1	* 47,66	385	41,70	5	30,04	295
	16	6,13	17	43,81	380	* 41,75	11	* 27,09	288
	26	6,30	33	40,01	367	41,86	16	24,21	296
Dec.	6	6,63	46	36,34	344	42,02	21	21,25	299
	16	7,09	60	32,90	308	42,23	25	18,26	291
	26	7,69	71	29,82	262	42,48	29	15,35	274
	36	8,40		27,20		42,77		12,61	

1858		α SERPENTIS. Ger. Aufstg.		α SERPENTIS. Abweichg.		α SCORPII. Ger. Aufstg.		α SCORPII. Abweichg.	
		15h		+ 6°		16h		− 26°	
Jan.	0	37′ 15,″87	29	52′ 18,″70	212	20′ 41,″31	31	6′ 52,″45	55
	10	16,16	31	16,58	199	41,62	32	53,00	71
	20	16,47	31	14,59	179	41,94	35	53,71	80
	30	16,78	32	12,80	152	42,29	35	54,51	88
Febr.	9	17,10	31	11,28	120	42,64	35	55,39	91
	19	17,41	30	10,08	85	42,99	34	56,30	91
Mrz.	1	17,71	28	9,23	49	43,33	34	57,21	89
	11	17,99	27	8,74	12	43,67	32	58,10	83
	21	18,26	23	8,62	23	43,99	30	58,93	76
	31	18,49	22	8,85	52	44,29	28	6 59,69	70
Apr.	10	18,71	18	9,37	80	44,57	26	7 0,39	64
	20	18,89	17	10,17	101	44,83	23	1,03	58
	30	19,06	13	11,18	116	45,06	21	1,61	53
Mai	10	19,19	10	12,34	127	45,27	18	2,14	48
	20	19,29	8	13,61	129	45,45	14	2,62	44
	30	19,37	4	14,90	130	45,59	11	3,06	40
Juni	9	19,41	2	16,20	124	45,70	8	3,46	37
	19	19,43	2	17,44	117	45,78	3	3,83	33
	29	19,41	4	18,61	104	45,81	0	4,16	27
Juli	9	19,37	8	19,65	91	45,81	4	4,43	20
	19	19,29	9	20,56	76	45,77	8	4,63	12
	29	19,20	12	21,32	57	45,69	11	4,75	3
Aug.	8	19,08	14	21,89	41	45,58	14	4,78	9
	18	18,94	14	22,30	19	45,44	15	4,69	18
	28	18,80	15	22,49	0	45,29	17	4,51	30
Sept.	7	18,65	14	22,49	23	45,12	16	4,21	41
	17	18,51	13	22,26	44	44,96	16	3,80	47
	27	18,38	10	21,82	67	44,80	13	3,33	55
Oct.	7	18,28	8	21,15	93	44,67	11	2,78	56
	17	18,20	3	20,22	117	44,56	6	2,22	55
	27	18,17	1	19,05	140	44,50	2	1,67	51
Nov.	6	18,18	6	17,65	162	44,48	4	1,16	39
	16	18,24	12	16,03	203	44,52	9	0,77	28
	26	✲ 18,36	16	✲ 14,00	200	44,61	16	0,49	10
Dec.	6	18,52	21	12,00	212	✲ 44,77	21	✲ 0,39	10
	16	18,73	25	9,88	216	44,98	25	0,49	27
	26	18,98	27	7,72	216	45,23	28	0,76	44
	36	19,25		5,56		45,51		1,20	

1858		α HERCULIS.				α OPHIUCHI.			
		Ger. Aufstg.		Abweichg.		Ger. Aufstg.		Abweichg.	
		17h		+ 14°		17h		+ 12°	
Jan.	0	8′ 9″,33	22	33′ 6″,20	231	28′ 19″,35	21	39′ 48″,65	220
	10	9,55	25	3,89	218	19,56	23	46,45	211
	20	9,80	28	33 1,71	196	19,79	26	44,34	190
	30	10,08	29	32 59,75	169	20,05	28	42,44	165
Febr.	9	10,37	30	58,06	131	20,33	29	40,79	132
	19	10,67	30	56,75	92	20,62	30	39,47	93
Mrz.	1	10,97	30	55,83	50	20,92	30	38,54	52
	11	11,27	30	55,33	4	21,22	30	38,02	10
	21	11,57	28	55,29	39	21,52	29	37,92	32
	31	11,85	27	55,68	78	21,81	28	38,24	72
Apr.	10	12,12	26	56,46	115	22,09	26	38,96	107
	20	12,38	23	57,61	146	22,35	25	40,03	137
	30	12,61	21	32 59,07	167	22,60	22	41,40	163
Mai	10	12,82	18	33 0,74	185	22,82	20	43,03	179
	20	13,00	15	2,59	195	23,02	17	44,82	190
	30	13,15	12	4,54	199	23,19	14	46,72	195
Juni	9	13,27	9	6,53	195	23,33	11	48,67	191
	19	13,36	4	8,48	188	23,44	6	50,58	187
	29	13,40	1	10,36	173	23,50	3	52,45	174
Juli	9	13,41	3	12,09	155	23,53	1	54,19	157
	19	13,38	6	13,64	136	23,52	5	55,76	139
	29	13,32	10	15,00	113	23,47	8	57,15	118
Aug.	8	13,22	13	16,13	87	23,39	12	58,33	93
	18	13,09	15	17,00	62	23,27	14	59,26	69
	28	12,94	17	17,62	33	23,13	16	39 59,95	42
Sept.	7	12,77	17	17,95	5	22,97	17	40 0,37	15
	17	12,60	18	18,00	24	22,80	18	0,52	11
	27	12,42	16	17,76	53	22,62	17	0,41	40
Oct.	7	12,26	15	17,23	84	22,45	15	40 0,01	68
	17	12,11	11	16,39	111	22,30	12	39 59,33	97
	27	12,00	8	15,28	142	22,18	9	58,36	123
Nov.	6	11,92	3	13,86	167	22,09	5	57,13	149
	16	11,89	1	12,19	190	22,04	0	55,64	175
	26	11,90	6	10,29	210	22,04	4	53,89	194
Dec.	6	11,96	13	8,19	248	22,08	11	51,95	229
	16	✱ 12,09	15	✱ 5,71	233	✱ 22,19	14	✱ 49,66	219
	26	12,24	21	3,38	232	22,33	18	47,47	220
	36	12,45		1,06		22,51		45,27	

1858	γ DRACONIS. Ger. Aufstg.		γ DRACONIS. Abweichg.		α LYRAE. Ger. Aufstg.		α LYRAE. Abweichg.	
	17^h		$+51°$		18^h		$+38°$	
Jan. 0	53′ 16″,74	17	30′ 11″,38	343	32′ 6″,17	12	39′ 2″,83	310
10	16,91	23	7,95	325	6,29	17	38 59,73	301
20	17,14	28	4,70	296	6,46	21	56,72	279
30	17,42	32	30 1,74	253	6,67	25	53,93	249
Febr. 9	17,74	36	29 59,21	202	6,92	28	51,44	207
19	18,10	39	57,19	143	7,20	31	49,37	159
Mrz. 1	18,49	40	55,76	81	7,51	32	47,78	103
11	18,89	40	54,95	17	7,83	34	46,75	45
21	19,29	40	54,78	49	8,17	34	46,30	17
31	19,69	38	55,27	111	8,51	34	46,47	74
Apr. 10	20,07	36	56,38	169	8,85	33	47,21	129
20	20,43	33	29 58,07	215	9,18	31	48,50	180
30	20,76	30	30 0,22	259	9,49	29	50,30	222
Mai 10	21,06	24	2,81	290	9,78	27	52,52	257
20	21,30	20	5,71	314	10,05	23	55,09	283
30	21,50	14	8,85	325	10,28	19	38 57,92	300
Juni 9	21,64	9	12,10	326	10,47	15	39 0,92	308
19	21,73	2	15,36	322	10,62	10	4,00	309
29	21,75	3	18,58	307	10,72	5	7,09	300
Juli 9	21,72	9	21,65	286	10,77	0	10,09	284
19	21,63	15	24,51	255	10,77	5	12,93	264
29	21,48	20	27,06	222	10,72	10	15,57	235
Aug. 8	21,28	25	29,28	186	10,62	14	17,92	204
18	21,03	28	31,14	139	10,48	18	19,96	168
28	20,75	32	32,53	95	10,30	21	21,64	129
Sept. 7	20,43	33	33,48	46	10,09	24	22,93	86
17	20,10	34	33,94	1	9,85	24	23,79	43
27	19,76	33	33,93	54	9,61	26	24,22	4
Oct. 7	19,43	32	33,39	104	9,35	24	24,18	49
17	19,11	29	32,35	152	9,11	22	23,69	95
27	18,82	25	30,83	200	8,89	20	22,74	139
Nov. 6	18,57	20	28,83	242	8,69	16	21,35	182
16	18,37	14	26,41	280	8,53	12	19,53	219
26	18,23	8	23,61	311	8,41	7	17,34	254
Dec. 6	18,15	0	20,50	332	8,34	1	14,80	281
16	* 18,15	6	* 17,18	379	8,33	3	11,99	298
26	18,21	14	13,39	346	8,36	11	9,01	339
36	18,35		9,93		* 8,47		* 5,62	

1858	γ AQUILAE. Ger. Aufstg.		γ AQUILAE. Abweichg.		α AQUILAE. Ger. Aufstg.		α AQUILAE. Abweichg.	
	19^h		$+10^\circ$		19^h		$+8^\circ$	
Jan. 0	39′ 29″,38	8	16′ 4″,20	170	43′ 50″,10	7	29′ 38″,11	157
10	* 29,46	12	* 2,50	186	* 50,17	12	* 36,54	173
20	29,58	15	16 0,64	161	50,29	15	34,81	150
30	29,73	18	15 59,03	144	50,44	18	33,31	133
Febr. 9	29,91	20	57,59	121	50,62	20	31,98	112
19	30,11	24	56,38	93	50,82	23	30,86	83
Mrz. 1	30,35	25	55,45	58	51,05	25	30,03	51
11	30,60	27	54,87	21	51,30	27	29,52	14
21	30,87	28	54,66	18	51,57	28	29,38	22
31	31,15	30	54,84	58	51,85	29	29,60	60
Apr. 10	31,45	30	55,42	94	52,14	31	30,20	96
20	31,75	30	56,36	129	52,45	30	31,16	128
30	32,05	30	57,65	157	52,75	30	32,44	156
Mai 10	32,35	28	15 59,22	183	53,05	29	34,00	180
20	32,63	28	16 1,05	199	53,34	28	35,80	195
30	32,91	25	3,04	212	53,62	25	37,75	207
Juni 9	33,16	22	5,16	215	53,87	23	39,82	211
19	33,38	19	7,31	217	54,10	19	41,93	209
29	33,57	14	9,48	209	54,29	16	44,02	203
Juli 9	33,71	11	11,57	198	54,45	11	46,05	192
19	33,82	6	13,55	184	54,56	7	47,97	178
29	33,88	2	15,39	165	54,63	2	49,75	158
Aug. 8	33,90	2	17,04	144	54,65	2	51,33	138
18	33,88	7	18,48	122	54,63	5	52,71	117
28	33,81	10	19,70	98	54,58	10	53,88	94
Sept. 7	33,71	13	20,68	73	54,48	12	54,82	70
17	33,58	15	21,41	48	54,36	15	55,52	46
27	33,43	16	21,89	22	54,21	16	55,98	23
Oct. 7	33,27	17	22,11	4	54,05	16	56,21	3
17	33,10	16	22,07	29	53,89	16	56,18	27
27	32,94	14	21,78	55	53,73	14	55,91	51
Nov. 6	32,80	12	21,23	79	53,59	12	55,40	72
16	32,68	10	20,44	103	53,47	9	54,68	96
26	32,58	6	19,41	123	53,38	6	53,72	114
Dec. 6	32,52	2	18,18	143	53,32	2	52,58	134
16	32,50	2	16,75	156	53,30	1	51,24	145
26	32,52	5	15,19	165	53,31	6	49,79	153
36	32,57		13,54		53,37		48,26	

1858	β AQUILAE.				ι α CAPRICORNI.			
	Ger. Aufstg.		Abweichg.		Ger. Aufstg.		Abweichg.	
	19h		+ 6°		20h		− 12°	
Jan. 0	48′ 19″,22	8	3′ 8″,53	146	9′ 45″,43	7	56′ 50″,02	29
10	* 19,30	11	* 7,07	160	* 45,50	11	* 50,31	27
20	19,41	15	5,47	136	45,61	14	50,58	16
30	19,56	17	4,11	122	45,75	16	50,74	7
Febr. 9	19,73	20	2,89	102	45,91	20	50,81	7
19	19,93	22	1,87	74	46,11	22	50,74	24
Mrz. 1	20,15	25	1,13	44	46,33	24	50,50	42
11	20,40	27	0,69	10	46,57	27	50,08	58
21	20,67	28	0,59	26	46,84	28	49,50	79
31	20,95	29	0,85	60	47,12	30	48,71	96
Apr. 10	21,24	30	1,45	93	47,42	31	47,76	111
20	21,54	30	2,38	126	47,73	32	46,65	123
30	21,84	30	3,64	150	48,05	32	45,42	131
Mai 10	22,14	29	5,14	172	48,37	31	44,11	136
20	22,43	28	6,86	186	48,68	31	42,75	136
30	22,71	26	8,72	197	48,99	28	41,39	131
Juni 9	22,97	23	10,69	199	49,27	27	40,08	123
19	23,20	20	12,68	197	49,54	23	38,85	112
29	23,40	16	14,65	190	49,77	19	37,73	98
Juli 9	23,56	12	16,55	178	49,96	16	36,75	82
19	23,68	7	18,33	163	50,12	11	35,93	64
29	23,75	3	19,96	146	50,23	6	35,29	47
Aug. 8	23,78	1	21,42	125	50,29	1	34,82	33
18	23,77	5	22,67	104	50,30	2	34,49	15
28	23,72	10	23,71	83	50,28	7	34,34	3
Sept. 7	23,62	12	24,54	61	50,21	10	34,31	7
17	23,50	14	25,15	39	50,11	13	34,38	15
27	23,36	16	25,54	16	49,98	15	34,53	24
Oct. 7	23,20	16	25,70	5	49,83	15	34,77	25
17	23,04	15	25,65	27	49,68	15	35,02	29
27	22,89	15	25,38	49	49,53	14	35,31	31
Nov. 6	22,74	12	24,89	71	49,39	13	35,62	33
16	22,62	9	24,18	88	49,26	9	35,95	32
26	22,53	6	23,30	108	49,17	7	36,27	33
Dec. 6	22,47	2	22,22	122	49,10	2	36,60	33
16	22,45	1	21,00	135	49,08	0	36,93	32
26	22,46	5	19,65	141	49,08	5	37,25	30
36	22,51		18,24		49,13		37,55	

1858	²α CAPRICORNI. Ger. Aufstg.	Diff.	Abweichg.	Diff.	α CYGNI. Ger. Aufstg.	Diff.	Abweichg.	Diff.
	20ʰ		— 12°		20ʰ		+ 44°	
Jan. 0	10′ 9,42″	6	59′ 6,87″	29	36′ 33,59″	4	46′ 27,97″	273
10	✱ 9,48	11	✱ 7,16	27	33,55	0	25,24	287
20	9,59	14	7,43	16	✱ 33,55	6	✱ 22,37	322
30	9,73	17	7,59	4	33,61	10	19,15	285
Febr. 9	9,90	19	7,63	7	33,71	16	16,30	264
19	10,09	22	7,56	24	33,87	21	13,66	234
Mrz. 1	10,31	25	7,32	41	34,08	24	11,32	195
11	10,56	26	6,91	60	34,32	29	9,37	146
21	10,82	28	6,31	78	34,61	32	7,91	92
31	11,10	30	5,53	95	34,93	34	6,99	34
Apr. 10	11,40	31	4,58	111	35,27	37	6,65	25
20	11,71	32	3,47	124	35,64	37	6,90	82
30	12,03	32	2,23	131	36,01	38	7,72	139
Mai 10	12,35	32	59 0,92	136	36,39	37	9,11	189
20	12,67	30	58 59,56	136	36,76	35	11,00	233
30	12,97	29	58,20	131	37,11	33	13,33	271
Juni 9	13,26	26	56,89	123	37,44	29	16,04	298
19	13,52	23	55,66	112	37,73	25	19,02	321
29	13,75	20	54,54	98	37,98	20	22,23	333
Juli 9	13,95	15	53,56	81	38,18	14	25,56	338
19	14,10	11	52,75	64	38,32	9	28,94	336
29	14,21	6	52,11	49	38,41	4	32,30	325
Aug. 8	14,27	2	51,62	30	38,45	3	35,55	307
18	14,29	3	51,32	16	38,42	7	38,62	285
28	14,26	6	51,16	3	38,35	13	41,47	256
Sept. 7	14,20	10	51,13	6	38,22	17	44,03	223
17	14,10	13	51,19	17	38,05	21	46,26	185
27	13,97	15	51,36	23	37,84	23	48,11	142
Oct. 7	13,82	15	51,59	27	37,61	25	49,53	98
17	13,67	15	51,86	28	37,36	25	50,51	51
27	13,52	15	52,14	31	37,11	26	51,02	0
Nov. 6	13,37	12	52,45	32	36,85	24	51,02	48
16	13,25	9	52,77	33	36,61	22	50,54	98
26	13,16	7	53,10	33	36,39	19	49,56	146
Dec. 6	13,09	3	53,43	32	36,20	16	48,10	188
16	13,06	1	53,75	32	36,04	11	46,22	227
26	13,07	5	54,07	29	35,93	7	43,95	257
36	13,12		54,36		35,86		41,38	

1858		α CEPHEI. Ger. Aufstg.		α CEPHEI. Abweichg.		β CEPHEI. Ger. Aufstg.		β CEPHEI. Abweichg.	
		21ʰ		+ 61°		21ʰ		+ 69°	
Jan.	0	15′ 8″,39	21	59′ 9″,16	261	26′ 44″,70	35	56′ 21″,86	248
	10	8,18	13	6,55	289	44,35	27	19,38	282
	20	8,05	6	3,66	310	44,08	16	16,56	305
	30	* 7,99	2	59 0,56	348	43,92	4	13,51	320
Febr.	9	8,01	11	58 * 57,08	308	* 43,88	8	* 10,31	352
	19	8,12	18	54,00	290	43,96	19	6,79	303
Mrz.	1	8,30	27	51,10	258	44,15	31	3,76	279
	11	8,57	33	48,52	215	44,46	40	56 0,97	238
	21	8,90	40	46,37	167	44,86	50	55 58,59	192
	31	9,30	45	44,70	108	45,36	57	56,67	137
Apr.	10	9,75	49	43,62	48	45,93	63	55,30	77
	20	10,24	51	43,14	13	46,56	66	54,53	17
	30	10,75	53	43,27	76	47,22	69	54,36	48
Mai	10	11,28	52	44,03	135	47,91	68	54,84	108
	20	11,80	50	45,38	187	48,59	65	55,92	165
	30	12,30	47	47,25	237	49,24	61	57,57	214
Juni	9	12,77	42	49,62	280	49,85	56	55 59,71	263
	19	13,19	37	52,42	314	50,41	48	56 2,34	300
	29	13,56	30	55,56	338	50,89	39	5,34	330
Juli	9	13,86	23	58 58,94	356	51,28	29	8,64	353
	19	14,09	15	59 2,50	365	51,57	20	12,17	366
	29	14,24	7	6,15	367	51,77	9	15,83	373
Aug.	8	14,31	1	9,82	360	51,86	2	19,56	371
	18	14,30	9	13,42	347	51,84	12	23,27	362
	28	14,21	16	16,89	325	51,72	22	26,89	345
Sept.	7	14,05	23	20,14	298	51,50	31	30,34	320
	17	13,82	28	23,12	265	51,19	39	33,54	293
	27	13,54	34	25,77	227	50,80	46	36,47	254
Oct.	7	13,20	37	28,04	182	50,34	52	39,01	211
	17	12,83	40	29,86	132	49,82	56	41,12	165
	27	12,43	41	31,18	78	49,26	58	42,77	110
Nov.	6	12,02	41	31,96	25	48,68	60	43,87	57
	16	11,61	40	32,21	33	48,08	59	44,44	3
	26	11,21	38	31,88	90	47,49	56	44,41	63
Dec.	6	10,83	34	30,98	144	46,93	53	43,78	118
	16	10,49	30	29,54	194	46,40	47	42,60	174
	26	10,19	23	27,60	240	45,93	39	40,86	224
	36	9,96		25,20		45,54		38,62	

1858	α AQUARII. Ger. Aufstg.	Diff.	α AQUARII. Abweichg.	Diff.	α PISCIS AUSTRINI. Ger. Aufstg.	Diff.	α PISCIS AUSTRINI. Abweichg.	Diff.
	21h		−1°		22h		−30°	
Jan. 0	58' 28,65"	3	0' 35,26"	71	49' 47,72"	9	22' 43,54"	44
10	28,62	1	35,97	69	47,63	5	43,10	72
20	28,61	2	36,66	63	47,58	3	42,38	98
30	28,63	5	37,29	51	47,55	0	41,40	123
Febr. 9	✱ 28,68	8	✱ 37,80	40	47,55	2	40,17	145
19	28,76	11	38,20	14	✱ 47,57	7	✱ 38,72	185
Mrz. 1	28,87	14	38,34	7	47,64	10	36,87	187
11	29,01	17	38,27	34	47,74	14	35,00	206
21	29,18	20	37,93	60	47,88	18	32,94	217
31	29,38	24	37,33	89	48,06	21	30,77	225
Apr. 10	29,62	26	36,44	114	48,27	25	28,52	231
20	29,88	28	35,30	140	48,52	28	26,21	233
30	30,16	30	33,90	161	48,80	32	23,88	229
Mai 10	30,46	32	32,29	180	49,12	33	21,59	219
20	30,78	32	30,49	190	49,45	36	19,40	205
30	31,10	32	28,59	200	49,81	36	17,35	185
Juni 9	31,42	30	26,59	201	50,17	36	15,50	161
19	31,72	29	24,58	198	50,53	35	13,89	134
29	32,01	27	22,60	190	50,88	33	12,55	102
Juli 9	32,28	23	20,70	176	51,21	31	11,53	67
19	32,51	20	18,94	161	51,52	27	10,86	33
29	32,71	15	17,33	141	51,79	23	10,53	3
Aug. 8	32,86	12	15,92	121	52,02	18	10,56	33
18	32,98	6	14,71	99	52,20	14	10,89	65
28	33,04	3	13,72	75	52,34	8	11,54	89
Sept. 7	33,07	2	12,97	53	52,42	4	12,43	112
17	33,05	5	12,44	35	52,46	1	13,55	125
27	33,00	8	12,09	14	52,45	5	14,80	134
Oct. 7	32,92	10	11,95	2	52,40	8	16,14	132
17	32,82	11	11,97	17	52,32	11	17,46	130
27	32,71	13	12,14	31	52,21	13	18,76	118
Nov. 6	32,58	12	12,45	42	52,08	14	19,94	100
16	32,46	12	12,87	52	51,94	15	20,94	77
26	32,34	10	13,39	59	51,79	14	21,71	55
Dec. 6	32,24	9	13,98	66	51,65	12	22,26	27
16	32,15	7	14,64	69	51,53	12	22,53	3
26	32,08	5	15,33	72	51,41	9	22,50	29
36	32,03		16,05		51,32		22,21	

1858		α PEGASI.			
		Ger. Aufstg.		Abweichg.	
		22^h		$+14^\circ$	
Jan.	0	57′ 40″,83	8	26′ 33″,83	106
	10	40,75	6	32,77	116
	20	40,69	4	31,61	120
	30	40,65	2	30,41	120
Febr.	9	40,63	1	29,21	113
	19	40,64	4	28,08	99
Mrz.	1	40,68	8	27,09	83
	11	* 40,76	12	* 26,26	58
	21	40,88	15	25,68	23
	31	41,03	19	25,45	11
Apr.	10	41,22	23	25,56	44
	20	41,45	25	26,00	81
	30	41,70	29	26,81	117
Mai	10	41,99	31	27,98	148
	20	42,30	32	29,46	174
	30	42,62	33	31,20	198
Juni	9	42,95	33	33,18	218
	19	43,28	31	35,36	230
	29	43,59	30	37,66	236
Juli	9	43,89	27	40,02	237
	19	44,16	24	42,39	231
	29	44,40	21	44,70	223
Aug.	8	44,61	16	46,93	210
	18	44,77	12	49,03	191
	28	44,89	8	50,94	172
Sept.	7	44,97	4	52,66	148
	17	45,01	0	54,14	126
	27	45,01	3	55,40	102
Oct.	7	44,98	6	56,42	76
	17	44,92	9	57,18	51
	27	44,83	9	57,69	27
Nov.	6	44,74	11	57,96	2
	16	44,63	12	57,98	20
	26	44,51	11	57,78	44
Dec.	6	44,40	11	57,34	63
	16	44,29	10	56,71	83
	26	44,19	9	55,88	99
	36	44,10		54,89	

Constanten für die Stern-Tage 1858.

1858		Lg. A.	Lg. B.	Lg. C.	Lg. D.	Lg. E.
Jan.	0	8,7597	**0,9164 n**	0,5085 n	1,2999	−∞
	10	8,9818	**0,9211 n**	0,8064 n	1,2791	8,4362
	20	9,1209	**0,9286 n**	0,9721 n	1,2427	8,7373
	30	9,2188	**0,9377 n**	1,0811 n	1,1879	8,9134
Febr.	9	9,2912	**0,9470 n**	1,1568 n	1,1096	9,0383
	19	9,3471	**0,9555 n**	1,2093 n	0,9973	9,1352
Mrz.	1	9,3920	**0,9620 n**	1,2438 n	0,8270	9,2144
	11	9,4293	**0,9658 n**	1,2632 n	0,5190	9,2813
	21	9,4623	**0,9664 n**	1,2690 n	9,2738 n	9,3393
	31	9,4930	**0,9638 n**	1,2619 n	0,5628 n	9,3905
Apr.	10	9,5232	**0,9581 n**	1,2415 n	0,8447 n	9,4362
	20	9,5540	**0,9499 n**	1,2068 n	1,0048 n	9,4776
	30	9,5857	**0,9399 n**	1,1556 n	1,1114 n	9,5154
Mai	10	9,6184	**0,9290 n**	1,0834 n	1,1863 n	9,5502
	20	9,6516	**0,9184 n**	0,9821 n	1,2392 n	9,5824
	30	9,6847	**0,9091 n**	0,8336 n	1,2751 n	9,6123
Juni	9	9,7171	**0,9021 n**	0,5863 n	1,2970 n	9,6104
	19	9,7482	**0,8982 n**	9,9017 n	1,3061 n	9,6667
	29	9,7774	**0,8977 n**	0,3581	1,3032 n	9,6915
Juli	9	9,8042	**0,9005 n**	0,7239	1,2882 n	9,7150
	19	9,8284	**0,9062 n**	0,9120	1,2599 n	9,7373
	29	9,8500	**0,9138 n**	1,0341	1,2167 n	9,7585
Aug.	8	9,8689	**0,9223 n**	1,1197	1,1549 n	9,7787
	18	9,8854	**0,9307 n**	1,1810	1,0680 n	9,7980
	28	9,8998	**0,9378 n**	1,2240	0,9429 n	9,8164
Sept.	7	9,9124	**0,9428 n**	1,2519	0,7465 n	9,8342
	17	9,9239	0,9450 n	1,2665	0,3451 n	9,8512
	27	9,9347	0,9439 n	1,2683	0,0914	9,8676
Oct.	7	9,9453	0,9396 n	1,2572	0,6689	9,8834
	17	9,9564	0,9320 n	1,2325	0,9019	9,8986
	27	9,9682	0,9218 n	1,1920	1,0442	9,9134
Nov.	6	9,9811	0,9097 n	1,1324	1,1413	9,9276
	16	9,9949	0,8969 n	1,0470	1,2098	9,9414
	26	0,0097	0,8848 n	0,9226	1,2573	9,9547
Dec.	6	0,0250	0,8748 n	0,7263	1,2879	9,9677
	16	0,0406	0,8680 n	0,3237	1,3037	9,9803
	26	0,0558	0,8653 n	0,0726 n	1,3057	9,9925
	36	0,0705	0,8667 n	0,6469 n	1,2938	0,0044

$k = -0,959$

An diese Oerter mufs der Strenge nach vor der Vergleichung mit den Beobachtungen noch die tägliche Aberration angebracht werden. Wenn t der Stundenwinkel östlich positiv, ϕ die Polhöhe, δ die Declination, so beträgt die Correction in gr. Aufstg.:

$$+0'',021 \frac{\cos\phi \cos t}{\cos\delta} \text{ in Zeit;}$$

in Abweichg.:

$$-0'',31 \cos\phi \sin t \sin\delta$$

in Bogen. Für die obere Culmination wird in Zeit

$$d\alpha = +0'',021 \cos\phi \sec\delta$$
$$d\delta = 0$$

Für die untere Culmination in Zeit

$$d\alpha = -0''021 \cos\phi \sec\delta$$
$$d\delta = 0$$

Oder die Beobachtungen müssen verbessert werden durch

$$\text{O. C.} -0'',021 \cos\phi \sec\delta$$
$$\text{U. C.} +0'',021 \cos\phi \sec\delta$$

Das Argument der nebenstehenden Tafel für die Stern-Tage ist, wenn

θ.......... Sternzeit der Beobachtungen in Theilen des Tages ausgedrückt;

l.......... Länge des Ortes der Beobachtung von Berlin gezählt, ausgedrückt in Theilen des Tages, und östlich negativ, westlich positiv genommen bezeichnet;

für

1) $\theta < 18^h\ 40'$

von Anfang des Jahres bis zu dem Tage wo $AR \odot = \theta$

Argum. = Datum $+ \theta + k + l + 1$,

von da an bis zu dem Ende des Jahres

Argum. = Datum $+ \theta + k + l + 2$.

Für

2) $\theta > 18^h\ 40'$

von Anfang des Jahres bis zu dem Tage wo $AR \odot = \theta$

Argum. = Datum $+ \theta + k + l$,

von da an bis zu dem Ende des Jahres

Argum. = Datum $+ \theta + k + l + 1$.

Bei der folgenden Tafel für die mittleren Tage ist es einfach die mittlere Zeit.

Constanten für die mittleren Tage 1858.

1858		f	g	G	h	H	i
Jan.	0	+ 2″,63	+ 8″,33	277° 54′	+ 20″,21	350° 59′	− 1″,37
	10	4,40	8,56	282 57	20,07	341 31	2,76
	20	6,08	8,89	287 19	19,85	331 54	4,06
	30	7,62	9,28	290 57	19,57	322 4	5,22
Febr.	9	9,01	9,68	293 54	19,28	311 57	6,22
	19	10,25	10,07	296 19	19,00	301 35	7,02
Mrz.	1	11,37	10,41	298 23	18,78	290 58	7,60
	11	12,39	10,70	300 16	18,62	280 12	7,95
	21	13,37	10,93	302 10	18,58	269 22	8,06
	31	14,36	11,12	304 12	18,64	258 37	7,93
Apr.	10	+ 15,39	+ 11,29	306 26	+ 18,79	248 3	− 7,56
	20	16,53	11,45	308 55	19,01	237 45	6,98
	30	17,78	11,65	311 39	19,28	227 46	6,20
Mai	10	19,17	11,90	314 31	19,56	218 7	5,24
	20	20,69	12,24	317 24	19,82	208 46	4,15
	30	22,34	12,66	320 11	20,04	199 41	2,93
Juni	9	24,07	13,17	322 43	20,19	190 48	1,64
	19	25,86	13,76	324 54	20,25	182 1	− 0,31
	29	27,66	14,40	326 43	20,23	173 16	+ 1,03
Juli	9	29,42	15,08	328 9	20,11	164 27	2,34
	19	+ 31,11	+ 15,76	329 14	+ 19,94	155 30	+ 3,58
	29	32,69	16,43	330 2	19,70	146 21	4,74
Aug.	8	34,14	17,06	330 37	19,42	136 56	5,75
	18	35,45	17,64	331 4	19,15	127 12	6,62
	28	36,64	18,16	331 28	18,90	117 9	7,29
Sept.	7	37,72	18,62	331 53	18,71	106 49	7,77
	17	38,72	19,02	332 24	18,60	96 17	8,03
	27	39,70	19,39	333 3	18,59	85 36	8,04
Oct.	7	40,69	19,73	333 51	18,69	74 54	7,83
	17	41,75	20,08	334 50	18,86	64 19	7,38
	27	+ 42,91	+ 20,46	335 57	+ 19,11	53 55	+ 6,70
Nov.	6	44,20	20,88	337 9	19,40	43 44	5,82
	16	45,65	21,38	338 23	19,69	33 49	4,75
	26	47,23	21,94	339 35	19,94	24 8	3,54
Dec.	6	48,94	22,58	340 38	20,13	14 38	2,21
	16	50,73	23,28	341 32	20,24	5 15	+ 0,80
	26	52,55	24,02	342 14	20,24	355 54	− 0,63
	36	54,37	24,78	342 43	20,15	346 30	2,05

Erscheinungen und Beobachtungen.

Sonnen- und Mond-Finsternisse.

Im Jahre 1858 werden zwei Sonnen- und zwei Mond-Finsternisse stattfinden, von denen die erste Sonnen- und die erste Mond-Finsternifs in unserer Gegend sichtbar sein wird.

I. Mond-Finsternifs .... 1858 Febr. 27.

Anfang der Finsternifs überhaupt .... 10^h 3′ M. B. Zt.
Gröfste Verfinsterung 4,0 Zoll am südl. Rande 11 7 » » »
Ende der Finsternifs .... 12 11 » » »

Der Mond steht zu diesen Zeiten im Zenith der Örter, deren geographische Lage der Reihe nach ist:

63° 24′ östl Länge von Ferro und 9° 10′ nördl. Breite
47 54 » » » » » 8 53 » »
32 24 » » » » » 8 36 » »

Diese Finsternifs wird während ihres ganzen Verlaufes in Europa und Afrika, während des ersten Theiles in Asien und Australien, so wie gegen das Ende auch in Amerika sichtbar sein.

II. Sonnen-Finsternifs .... 1858 März 14 und 15.

Anfang auf der Erde überhaupt .... Mrz. 14 22^h 16′ W. B. Zt.
in 326° 57′ östl. Länge von Ferro
4 25 südl. Breite.
Anfang der centralen (ringf.) Verfinsterung » 14 23 26 » » »
in 309° 57′ östl. Länge von Ferro
11 18 nördl. Breite.
Centrale Verfinsterung im Mittage .... » 15 1 29 » » »
in 8° 54′ östl. Länge von Ferro
45 41 nördl. Breite.
Ende der centralen Verfinsterung .... » 15 2 13 » » »
in 82° 13′ östl. Länge von Ferro
69 17 nördl. Breite.
Ende auf der Erde überhaupt .... » 15 3 23 » » »
in 67° 20′ östl. Länge von Ferro
53 46 nördl. Breite.

Diese Finsternifs wird in ganz Europa, dem östlichen Theile von Nord-Amerika, dem nördlichen Theile von Süd-Amerika, dem nordwestlichen Theile von Afrika und dem westlich gelegenen Theile von Asien sichtbar sein. Die Grenzlinie der Sichtbarkeit gegen Westen, Süden und Osten geht nämlich durch die folgenden Punkte:

281° 22′ östl. Länge von Ferro und 60° nördl. Breite
284 34 » » » » » 50 » »
287 29 » » » » » 40 » »
290 7 » » » » » 30 » »

292° 39′	östl.	Länge	von	Ferro	und	20°		nördl.	Breite
295 15	»	»	»	»	»	10		»	»
298 10	»	»	»	»	»	0		Breite	
301 51	»	»	»	»	»	10		südl.	Breite
307 48	»	»	»	»	»	20		»	»
314 53	»	»	»	»	»	23	38′	»	»
319 33	»	»	»	»	»	23	39	»	»
345 55	»	»	»	»	»	20		»	»
4 4	»	»	»	»	»	10		»	»
13 46	»	»	»	»	»	0		Breite	
22 5	»	»	»	»	»	10		nördl.	Breite
32 32	»	»	»	»	»	20		»	»
37 33	»	»	»	»	»	23	28	»	»
51 48	»	»	»	»	»	30		»	»
55 4	»	»	»	»	»	31		»	»
58 58	»	»	»	»	»	32		»	»
63 53	»	»	»	»	»	33		»	»
70 54	»	»	»	»	»	34		»	»
80 4	»	»	»	»	»	34	40	»	»
88 26	»	»	»	»	»	40		»	»
93 25	»	»	»	»	»	50		»	»
96 10	»	»	»	»	»	60		»	»

Die Linie der centralen Verfinsterung, welche auf der westlichen Halbkugel nahe am nördlichen Rande von Süd-Amerika vorübergeht, auf der östlichen Halbkugel England und Skandinavien durchschneidet, geht durch die folgenden Punkte:

297° 22′	östl.	Länge	von	Ferro	und	12°	30′	nördl.	Breite
301 5	»	»	»	»	»	12		»	»
306 13	»	»	»	»	»	11	30	»	»
309 57	»	»	»	»	»	11	18	»	»
319 35	»	»	»	»	»	11	30	»	»
323 57	»	»	»	»	»	12		»	»
326 44	»	»	»	»	»	12	30	»	»
344 1	»	»	»	»	»	20		»	»
354 37	»	»	»	»	»	30		»	»
3 19	»	»	»	»	»	40		»	»
8 10	»	»	»	»	»	45		»	»
8 54	»	»	»	»	»	45	41	»	»
13 57	»	»	»	»	»	50		»	»
15 16	»	»	»	»	»	51		»	»
16 39	»	»	»	»	»	52		»	»
18 7	»	»	»	»	»	53		»	»
19 40	»	»	»	»	»	54		»	»
21 18	»	»	»	»	»	55		»	»

23°	3′	östl.	Länge	von	Ferro	und	56°		nördl.	Breite
24	55	»	»	»	»	»	57		»	»
26	55	»	»	»	»	»	58		»	»
29	5	»	»	»	»	»	59		»	»
31	26	»	»	»	»	»	60		»	»
33	59	»	»	»	»	»	61		»	»
36	47	»	»	»	»	»	62		»	»
39	54	»	»	»	»	»	63		»	»

Die Finsternifs wird ringförmig erscheinen innerhalb einer Zone, deren nördliche und südliche Grenzlinie durch folgende Punkte geht;

die nördliche durch die Punkte:

295°	56′	östl.	Länge	von	Ferro	und	13°		nördl.	Breite
303	43	»	»	»	»	»	12		»	»
313	10	»	»	»	»	»	11	36′	»	»
321	42	»	»	»	»	»	12		»	»
327	35	»	»	»	»	»	13		»	»
343	30	»	»	»	»	»	20		»	»
354	13	»	»	»	»	»	30		»	»
2	54	»	»	»	»	»	40		»	»
7	53	»	»	»	»	»	45		»	»
13	26	»	»	»	»	»	50		»	»
14	44	»	»	»	»	»	51		»	»
16	6	»	»	»	»	»	52		»	»
17	33	»	»	»	»	»	53		»	»
19	4	»	»	»	»	»	54		»	»
20	41	»	»	»	»	»	55		»	»
22	24	»	»	»	»	»	56		»	»
24	13	»	»	»	»	»	57		»	»
26	11	»	»	»	»	»	58		»	»
28	19	»	»	»	»	»	59		»	»
30	36	»	»	»	»	»	60		»	»
33	8	»	«	»	»	»	61		»	»
35	50	»	«	»	»	»	62		»	»
38	52	»	»	»	»	»	63		»	»
53	20	»	»	«	»	»	66	32	»	»

die südliche durch die Punkte:

295°	29′	östl.	Länge	von	Ferro	und	12°	30′	nördl.	Breite
302	57	»	»	»	»	»	11	30	»	»
313	20	»	»	»	»	»	10	57	»	»
322	39	»	»	»	»	»	11	30	»	»
328	13	»	»	»	»	»	12	30	»	»
344	36	»	»	»	»	»	20		»	»
355	2	»	»	»	»	»	30		»	»

3°	45′	östl.	Länge	von	Ferro	und	40°		nördl.	Breite
8	39	»	»	»	»	»	45		»	»
14	29	»	»	»	»	»	50		»	»
15	49	»	»	»	»	»	51		»	»
17	14	»	»	»	»	»	52		»	»
18	42	»	»	»	»	»	53		»	»
20	17	»	»	»	»	»	54		»	»
21	57	»	»	»	»	»	55		»	»
23	44	»	»	»	»	»	56		»	»
25	38	»	»	»	»	»	57		»	»
27	41	»	»	»	»	»	58		»	»
29	54	»	»	»	»	»	59		»	»
32	18	»	»	»	»	»	60		»	»
34	54	»	»	»	»	»	61		»	»
37	47	»	»	»	»	»	62		»	»
40	55	»	»	»	»	»	63		»	»
56	48	»	»	»	»	»	66	32′	»	»

Innerhalb dieser Zone liegt Oxford, sehr nahe nördlich derselben Christiania, südlich London.

Um den Anfang und das Ende, wie auch die Gröfse der Finsternifs für einen einzelnen Ort auf der Erde nahe richtig zu bestimmen, kann man sich der folgenden Zahlen und Formeln bedienen. Es sei h die wahre Berliner Zeit, l die Länge des Ortes von Berlin, östlich positiv und westlich negativ genommen, ϕ die Polhöhe und ϕ' die verbesserte Breite, welche letztere man mittelst der im Jahrbuch für 1852 gegebenen Tafeln ohne Mühe aus ϕ herleitet. Aus der folgenden Tafel:

h			p	Diff.	q	Diff.	p'	q'
Mrz. 14	22^h	50′	−2,3107		+0,0611		+ 0,8729	+ 0,4811
				+1455		+807		
	23	0	2,1652		0,1418			
				1455		807		
		10	2,0197		0,2225			
				1456		807		
		20	1,8741		0,3032		+ 0,8734	+ 0,4844
				1456		807		
		30	1,7285		0,3839			
				1456		808		
		40	1,5829		0,4647			
				1456		808		
		50	1,4373		0,5455		+ 0,8739	+ 0,4847
				1457		808		
15	0	0	1,2916		0,6263			
				1457		808		
		10	1,1459		0,7071			
				1457		808		
		20	1,0002		0,7879		+ 0,8743	+ 0,4849
				1457		808		
		30	0,8545		0,8687			
				1457		808		
		40	0,7088		0,9495			
				1458		809		
		50	0,5630		1,0304		+ 0,8746	+ 0,485
				1458		808		
	1	0	0,4172		1,1112			

h		p		q		p'	q'
Mrz. 15	1h 0'	−0,4172	+1458	+1,1112	+809		
	10	0,2714	1458	1,1921	809		
	20	−0,1256	1459	1,2730	809	+ 0,8751	+ 0,4853
	30	+0,0203	1459	1,3539	809		
	40	0,1662	1459	1,4348	809		
	50	0,3121	1459	1,5157	809	+ 0,8756	+ 0,4855
	2 0	0,4580	1460	1,5966	809		
	10	0,6040	1460	1,6775	810		
	20	0,7500	1460	1,7585	810	+ 0,8759	+ 0,4858
	30	0,8960	1460	1,8395	810		
	40	1,0420	1460	1,9205	810		
	50	1,1880	1460	2,0015	810		
	3 0	1,3340	1460	2,0825	810	+ 0,8762	+ 0,4861
	10	1,4800	1461	2,1635	810		
	20	1,6261	1461	2,2445	811		
	30	1,7722		2,3256		+ 0,8765	+ 0,4864

nehme man für die wahre Berliner Zeit, welche dem Anfang und Ende der Finsternifs entspricht, die Werthe von p, q, p' und q', und berechne dann:

$$u = +1{,}8176 \cos\phi' \sin(h+l)$$
$$v = +1{,}8163 \sin\phi' + 0{,}0675 \cos\phi' \cos(h+l)$$
$$u' = +0{,}4759 \cos\phi' \cos(h+l)$$
$$v' = -0{,}0177 \cos\phi' \sin(h+l),$$
$$m \sin M = p - u \qquad n \sin N = p' - u'$$
$$m \cos M = q - v \qquad n \cos N = q' - v'$$
$$\cos\psi = m \sin(M - N),$$

wobei m und n immer positiv, ψ immer positiv und kleiner als 180° genommen werden müssen. Alsdann ist die Zeit des Anfanges und Endes, in wahrer Zeit des betreffenden Ortes:

$$t = h + l - \frac{m}{n}\cos(M-N) \mp \frac{\sin\psi}{n},$$

als Einheit die Stunde verstanden. Das obere Zeichen gilt für den Anfang, das untere für das Ende.

Der Winkel, welchen der Radius der Sonnenscheibe am Berührungspunkte mit dem Stundenkreise des Sonnenmittelpunktes bildet, ist $Q = 90° + N \pm \psi$;
dieser Winkel wird von Norden durch Osten bis 360° gezählt, und die doppelten Zeichen sind wie oben anzuwenden.

Die Gröfse der Finsternifs ist in Zollen

$$= 23{,}83 \sin\tfrac{1}{2}\psi^2 \quad \text{oder} \quad = 23{,}83 \cos\tfrac{1}{2}\psi^2,$$

je nachdem ψ kleiner oder gröfser als 90° ist.

Man kann zum Beginnen der Rechnung für einen in Europa gelegenen Ort $h = 2^h\ 0'$
für einen in Amerika $h = 1\ 0$
annehmen und hiermit die Rechnung durchführen, wodurch man h bis auf einige Minuten bereits genau erhält. Wiederholt man hierauf die Rechnung für die beiden, für Anfang und Ende gefundenen Zeitmomente, so wird man dieselben innerhalb 1 Minute genau erhalten. Die hierbei vernachlässigte Vergröſserung des Mond-Halbmessers durch die Parallaxe hat den hauptsächlichsten Einfluſs auf die nicht ganz strenge Richtigkeit des Resultates.

Für eine Anzahl verschieden gelegener Sternwarten ist die Rechnung bereits ausgeführt worden, wonach man die Gröſse der Phase für andere Örter ableiten kann; hierbei werde noch bemerkt, daſs die angegebene Zeit die wahre eines jeden Ortes ist.

Namen des Orts.	Anfang.	Q	Ende.	Q	Gröſse in Zollen.
	h ′	°	h ′	°	
Altona	Mrz. 15 0 25,9	237	Mrz. 15 2 56,8	47	10,5
Armagh	14 23 1,7	225	» 1 35,7	67	10,7
Berlin	15 0 43,6	240	» 3 12,9	44	9,8
Bonn	» 0 7,1	237	» 2 43,0	44	10,3
Brüssel	14 23 53,1	235	» 2 30,0	46	10,8
Christiania	15 0 33,3	232	» 2 58,6	56	11,7
Copenhagen	» 0 40,7	236	» 3 9,0	49	10,8
Cracow	» 1 18,4	248	» 3 42,2	37	8,3
Edinburg	14 23 21,0	226	» 1 53,0	57	10,9
Genf	15 0 0,0	240	» 2 36,8	38	9,3
Göttingen	» 0 24,7	238	» 2 56,7	44	10,1
Greenwich	14 23 30,2	230	» 2 8,6	50	11,7
Kazan	15 3 42,6	256	» 5 46,5	42	8,0
Königsberg	» 1 23,1	242	» 3 44,9	44	9,6
Leiden	14 23 56,4	234	» 2 30,7	48	11,0
London	» 23 31,3	231	» 2 7,9	50	11,6
Marseille	» 23 52,9	242	» 2 30,7	34	8,7
Moskau	15 2 47,6	251	» 4 58,5	41	8,4
München	» 0 31,8	243	» 3 3,4	38	9,0
Nicolajew	» 2 25,8	261	» 4 32,9	27	6,0
Oxford	14 23 27,6	231	» 2 2,4	51	11,7
Padua	15 0 31,9	246	» 3 3,1	33	8,1
Palermo	» 0 38,0	256	» 3 1,4	20	5,8
Paris	14 23 41,6	235	» 2 19,5	45	10,6
Pulkowa	15 2 9,6	242	» 4 25,7	50	10,2

Namen des Ortes.	Anfang.	Q	Ende.	Q	Gröfse in Zollen.
	h ′	°	h ′	°	
Stockholm	Mrz. 15 1 9,4	236	Mrz. 15 3 32,5	52	11,2
Upsala	„ 1 7,3	235	„ 3 30,2	53	11,4
Warschau	„ 1 24,2	244	„ 3 47,4	40	9,0
Washington	14 17 15,0	212	14 19 1,6	91	5,6
Wien	15 0 58,4	247	15 3 25,4	36	8,2

III. Mondfinsternifs .... 1858 Aug. 24.

Anfang der Finsternifs überhaupt .... 1ʰ 57′ M. B. Zt.
Gröfste Verfinsterung, 5,7 Zoll am nördl. Rande 3 14 » » »
Ende der Finsternifs .... 4 31 » » »

Der Mond steht zu diesen Zeiten im Zenith der Örter, deren geographische Lage der Reihe nach ist:

182° 6′ östl. Länge von Ferro und 12° 1′ südl. Breite
163 25 » » » » » 11 43 » »
144 44 » » » » » 11 25 » »

Diese Finsternifs wird während ihres ganzen Verlaufes in Australien und dem südlichen Theile von Asien, während des Anfanges im südwestlichen Theile von Nord-Amerika und während des Endes im östlichen Theile von Afrika sichtbar sein.

IV. Sonnen-Finsternifs .... 1858 Sept. 7.

Anfang auf der Erde überhaupt .... 0ʰ 29′ W. B. Zt.
in 293° 4′ östl. Länge von Ferro
6 59 nördl. Breite.
Anfang der totalen Verfinsterung .... 1 35 » » »
in 277° 56′ östl. Länge von Ferro
5 56 südl. Breite.
Totale Verfinsterung im Mittage .... 3 37 » » »
in 336° 49′ östl. Länge von Ferro
33 54 südl. Breite.
Ende der totalen Verfinsterung .... 4 33 » » »
in 41° 12′ östl. Länge von Ferro
62 10 südl. Breite.
Ende auf der Erde überhaupt .... 5 39 » » »
in 29° 7′ östl. Länge von Ferro
49 32 südl. Breite.

Diese Finsternifs wird in Mittel- und Süd-Amerika, und kleinen Theilen von Nord-Amerika und Afrika sichtbar sein. Die Grenzlinie der Sichtbarkeit gegen Westen, Norden und Osten geht nämlich durch folgende Punkte:

257°	21′	östl.	Länge	von	Ferro	und	60°		südl.	Breite
258	8	»	»	»	»	»	50		»	»
259	9	»	»	»	»	»	40		»	»
260	11	»	»	»	»	»	30		»	»
261	19	»	»	»	»	»	20		»	»
262	37	»	»	»	»	»	10		»	»
264	15	»	»	»	»	»	0		Breite	
266	28	»	»	»	»	»	10		nördl.	Breite
270	5	»	»	»	»	»	20		»	»
272	13	»	»	»	»	»	23	28′	»	»
278	52	»	»	»	»	»	27	17	»	»
292	24	»	»	»	»	»	28	2	»	»
320	12	»	»	»	»	»	23	28	»	»
327	30	»	»	»	»	»	20		»	»
340	6	»	»	»	»	»	10		»	»
348	54	»	»	»	»	»	0		Breite	
358	9	»	»	»	»	»	10		südl.	Breite
11	56	»	»	»	»	»	20		»	»
19	22	»	»	»	»	»	23	28	»	»
44	38	»	»	»	»	»	29	23	»	»
54	26	»	»	»	»	»	30		»	»
64	42	»	»	»	»	»	40		»	»
70	57	»	»	»	»	»	50		»	»
77	20	»	»	»	»	»	60		»	»

Zur Bestimmung der Linie, auf welcher die Finsternifs central erscheint, dienen die folgenden Punkte:

297°	13′	östl.	Länge	von	Ferro	und	6°		südl.	Breite
302	22	»	»	»	»	»	7		»	»
310	45	»	»	»	»	»	10		»	»
324	12	»	»	»	»	»	20		»	»
333	15	»	»	»	»	»	30		»	»
336	49	»	»	»	»	»	33	54′	»	»

Diese Linie durchschneidet Süd-Amerika, 6′ nördlich und südlich von derselben wird die Finsternifs uoch total erscheinen.

Zur genäherten Berechnung von Anfang und Ende, so wie der Gröfse dieser Finsternifs für verschiedene Örter, dienen die folgenden Tafeln und Formeln:

h	p		q		p'	q'
3ʰ 10′	−2,2024		+0,0135		+0,9000	−0,4854
		+1500		−809		
20	2,0524		−0,0674			
		1500		809		
30	1,9024		0,1483			
		1500		809		
40	1,7524		0,2292			
		1499		809		
50	1,6025		0,3101			

′′		p		q		p′	q′
3^h	50′	−1,6025	+1499	−0,3101	−809		
4	0	1,4526	1499	0,3910	808		
	10	1,3027	1499	0,4718	809	+ 0,8992	− 0,4851
	20	1,1528	1498	0,5527	808		
	30	1,0030	1498	0,6336	808		
	40	0,8532	1498	0,7144	808		
	50	0,7034	1498	0,7952	808		
5	0	0,5536	1498	0,8760	808		
	10	0,4038	1497	0,9568	808	+ 0,8985	− 0,4848
	20	0,2541	1497	1,0376	808		
	30	− 0,1044	1497	1,1184	808		
	40	+ 0,0453	1497	1,1992	808		
	50	0,1950	1497	1,2800	807		
6	0	0,3447	1496	1,3607	807		
	10	0,4943	1496	1,4414	807	+ 0,8977	− 0,4844
	20	0,6439	1496	1,5221	807		
	30	0,7935	1495	1,6028	807		
	40	0,9430	1495	1,8635	807		
	50	1,0925	1495	1,7642	807		
7	0	1,2420	1495	1,8449	807		
	10	1,3915		1,9256		+ 0,8970	− 0,4840

$$u = + 1,8360 \cos\phi' \sin(h + l)$$
$$v = + 1,8257 \sin\phi' - 0,1938 \cos\phi' \cos(h + l)$$
$$u' = + 0,4807 \cos\phi' \cos(h + l)$$
$$v' = + 0,0507 \cos\phi' \sin(h + l),$$

$$\text{Gröſse} = 24,07 \sin \tfrac{1}{2}\psi^2 \quad \text{oder} \quad = 24,07 \cos \tfrac{1}{2}\psi^2$$

Die Rechnung ist nach derselben Weise anzustellen, wie sie oben bei der Finsterniſs vom 15. März angedeutet ist. Indem mit $h = 7^h$ der Anfang gemacht und die Rechnung für Anfang und Ende wiederholt ward, hat sich für das Vorgebirge der guten Hoffnung ergeben:

Anfang	6^h 41′,7	W. Zeit d. V.	$Q = 237°$
Ende	7 33,4	» » » »	$Q = 178$

Gröſse = 1,4 Zoll.

Elemente der Sonnen-Finsternisse.

Wahre Berliner Zeit.

1858	März 15.	Sept. 7.
	h ′ ″	h ′ ″
●	0 56 31,1	3 10 11,2
Länge ☾ und ⊙	354° 38 37,5	164° 37 30,1
mot. hor. ☾ Länge	34 18,4	34 50,2
mot. hor. ⊙ Länge	2 29,3	2 25,7
Breite ☾	+ 0 37 42,9	− 0 33 8,1
mot. hor. ☾ Breite	+ 3 8,7	− 3 12,1
Parallaxe ☾	58 14,4	58 42,1
Parallaxe ⊙	8,6	8,5
Halbmesser ☾	15 52,2	15 59,7
Halbmesser ⊙	16 5,6	15 54,1

Elemente der Mond-Finsternisse.

Mittlere Berliner Zeit.

1858	Febr. 27.	Aug. 24.
	h ′ ″	h ′ ″
○	10 58 14,1	3 5 26,5
Länge ☾	159° 4 0,8	331° 4 0,0
mot. hor. ☾ Länge	33 49,0	31 26,3
mot. hor. ⊙ Länge	2 30,5	2 24,7
Breite ☾	+ 0 47 52,8	− 0 41 39,7
mot. hor. ☾ Breite	− 3 5,0	+ 2 52,6
Parallaxe ☾	57 48,6	55 43,5
Parallaxe ⊙	8,7	8,5
Halbmesser ☾	15 45,2	15 11,1
Halbmesser ⊙	16 9,6	15 50,9

Planeten-Constellationen.

1858		Mittl. Berl. Zeit.	
		h ′	
Jan.	3	19 15	☿ im ☊
	5	18 59	♀ im ☋
	7	20 5	♂ ☌ ☾ in *AR*
	8	8 59	☿ im Perihel
	13	18 12	♀ ☌ ☾ in *AR*
	14	16 22	☿ ☌ ☾ in *AR*
	„	19 27	♄ ☍ ☉
	„	19 44	☿ untere ☌ ☉
	18	16 43	☿ gröfste nördliche Breite
	„	21 22	☿ ☌ ♀ in *AR*
	22	16 22	♃ ☌ ☾ in *AR*
	23	22 38	♅ ☌ ☾ in *AR*
	26	22 10	♃ □ ☉
	27	19 25	♄ ☌ ☾ in *AR*
	31	17 28	♂ □ ☉
Febr.	5	8 41	♂ ☌ ☾ in *AR*
	7	18 13	☿ gröfste westliche Ausweichung 25° 49′,8
	8	23 16	♀ im Aphel
	11	4 34	☿ im ☋
	„	4 57	☿ ☌ ☾ in *AR*
	13	2 57	♀ ☌ ☾ in *AR*..................Decl. ♀ —15° 42′,4 „ ☾ —17 0,0
	„	19 33	♅ □ ☉
	19	3 17	♃ ☌ ☾ in *AR*
	20	4 36	♅ ☌ ☾ in *AR*
	21	8 37	☿ im Aphel
	24	0 47	♄ ☌ ☾ in *AR*
	28	2 3	♀ obere ☌ ☉
Mrz.	3	15 36	♀ gröfste südliche Breite
	5	15 15	♂ ☌ ☾ in *AR*
	13	18 48	☿ gröfste südliche Breite
	14	7 27	☿ ☌ ☾ in *AR*
	15	10 16	♀ ☌ ☾ in *AR*
	18	16 48	♃ ☌ ☾ in *AR*
	19	11 28	♅ ☌ ☾ in *AR*
	20	10 18 31″	☉ in ♈..................................Frühlingsanfang
	23	5 37	♄ ☌ ☾ in *AR*
	25	4 44	☿ obere ☌ ☉

Planeten - Constellationen.

1858		Mittl. Berl. Zeit. h	'	
Apr.	1	18	30	☿ im ☊
	2	11	5	♂ ☌ ☾ in *AR*
	„	12	49	☿ ☌ ♀ in *AR*..................Diff. in Decl. 56',8
	6	8	15	☿ im Perihel
	11	12	14	♄ □ ☉
	14	11	5	♀ ☌ ☾ in *AR*
	„	22	11	☿ ☌ ☾ in *AR*
	15	10	54	♃ ☌ ☾ in *AR*
	„	21	2	⛢ ☌ ☾ in *AR*
	16	15	58	☿ gröſste nördliche Breite
	19	12	19	♄ ☌ ☾ in *AR*
	20	1	14	☿ gröſste östliche Ausweichung.....20° 10',0
	25	2	53	☿ ☌ ♃ in *AR*
	28	22	24	♀ im ☊
	29	1	16	♀ ☌ ♃ in *AR*..................Diff. in Decl. 45',9
	„	12	25	☿ ☌ ♀ in *AR*
	„	14	17	♂ ☌ ☾ in *AR*
Mai	1	20	15	☿ ☌ ♃ in *AR*
	2	14	10	♀ ☌ ⛢ in *AR*..................Diff. in Decl. 20',6
	„	21	14	♂ im ☋
	10	3	49	☿ im ☋
	11	17	6	☿ untere ☌ ☉
	12	20	14	☿ ☌ ☾ in *AR*
	13	6	38	♃ ☌ ☾ in *AR*
	„	9	8	⛢ ☌ ☾ in *AR*
	14	5	59	♀ ☌ ☾ in *AR*
	15	15	35	♂ ☍ ☉
	16	22	37	♄ ☌ ☾ in *AR*
	19	13	22	♃ ☌ ☉
	20	6	6	⛢ ☌ ☉
	„	7	53	☿ im Aphel
	22	22	44	♃ ☌ ⛢ in *AR*..................Diff. in Decl. 32',3
	26	3	8	♂ ☌ ☾ in *AR*
Juni	1	7	40	♀ im Perihel
	7	8	0	☿ gröſste westliche Ausweichung 23° 48',9
	9	15	41	☿ ☌ ☾ in *AR*
	„	18	4	☿ gröſste südliche Breite
	„	22	18	⛢ ☌ ☾ in *AR*

Planeten-Constellationen.

1858		Mittl. Berl. Zeit.	
		h '	
Juni	10	3 18	♃ ☌ ☾ in *AR*
	13	0 3	♀ ☌ ☾ in *AR*
	"	12 25	♄ ☌ ☾ in *AR*
	"	13 42	☿ ☌ ♅ in *AR*
	17	0 15	☿ ☌ ♃ in *AR*
	20	1 19	♀ ☌ ♄ in *AR*
	21	6 59 0″	☉ in ♋ .... Sommersanfang
	"	22 7	♂ ☌ ☾ in *AR*
	23	10 19	♀ gröſste nördliche Breite
	28	17 46	☿ im ☊
Juli	3	7 30	☿ im Perihel
	"	14 21	☉ in Erdferne
	7	10 32	♅ ☌ ☾ in *AR*
	"	22 55	♃ ☌ ☾ in *AR*
	8	16 47	☿ obere ☌ ☉
	10	14 19	☿ ☌ ☾ in *AR*
	11	4 20	♄ ☌ ☾ in *AR*
	12	21 29	♀ ☌ ☾ in *AR* .... Decl. ♀ +14° 51′,1
			" ☾ +14 31,2
	13	15 14	☿ gröſste nördliche Breite
	15	1 2	☿ ☌ ♄ in *AR*
	19	12 41	♂ ☌ ☾ in *AR*
	24	19 25	♄ ☌ ☉
Aug.	3	20 20	♅ ☌ ☾ in *AR*
	4	15 51	♃ ☌ ☾ in *AR*
	6	3 5	☿ im ☋
	7	20 25	♄ ☌ ☾ in *AR*
	10	16 39	☿ ☌ ☾ in *AR* .... Decl. ☿ +5° 31′,2
			" ☾ +5 44,2
	11	21 42	♀ ☌ ☾ in *AR*
	16	7 8	☿ im Aphel
	"	19 15	♂ ☌ ☾ in *AR*
	18	6 0	☿ gröſste östliche Ausweichung ...... 27° 24′,6
	"	11 45	♀ in ☋
	26	14 16	♅ □ ☉
	31	3 10	♅ ☌ ☾ in *AR*
Sept.	1	4 51	♃ ☌ ☾ in *AR*

Planeten-Constellationen.

1858		Mittl. Berl. Zeit.	
		h '	
Sept.	4	10 50	♄ ☌ ☾ in *AR*
	5	12 2	♂ □ ☉
	„	17 21	☿ gröſste südliche Breite
	8	0 1	☿ ☌ ☾ in *AR*
	10	20 42	♀ ☌ ☾ in *AR*
	13	2 34	♃ □ ☉
	14	9 53	☿ untere ☌ ☉
	„	11 41	♂ ☌ ☾ in *AR*
	21	16 4	♀ im Aphel
	22	21 9 0″	☉ in ♎ ....Herbstanfang
	24	17 2	☿ im ☊
	27	8 22	♅ ☌ ☾ in *AR*
	28	13 41	♃ ☌ ☾ in *AR*
	29	6 46	☿ im Perihel
	30	0 36	☿ gröſste westliche Ausweichung...17° 54′,2
Oct.	1	22 26	♄ ☌ ☾ in *AR*
	3	18 0	♀ gröſste östliche Ausweichung......46° 43′,6
	5	10 11	☿ ☌ ☾ in *AR*
	6	13 21	♂ gröſste südliche Breite
	9	14 31	☿ gröſste nördliche Breite
	10	14 42	♀ ☌ ☾ in *AR*.....................Decl. ♀ —24° 50′,6 „ ☾ —26 2,9
	13	10 9	♂ ☌ ☾ in *AR*
	14	8 19	♀ gröſste südliche Breite
	15	19 29	♃ ☌ ☾ in *AR*
	23		♀ gröſster Glanz
	24	14 17	♅ ☌ ☾ in *AR*
	29	7 7	♄ ☌ ☾ in *AR*
	„	16 11	☿ obere ☌ ☉
	30	8 36	♂ im Perihel
Nov.	2	2 21	☿ im ☋
	4	5 19	♄ □ ☉
	5	17 37	☿ ☌ ☾ in *AR*
	8	17 41	♀ ☌ ☾ in *AR*.......................Decl. ♀ —28° 0′,4 „ ☾ —28 6,7
	11	12 23	♂ ☌ ☾ in *AR*
	12	6 24	☿ im Aphel
	20	21 59	♅ ☌ ☾ in *AR*

Planeten-Constellationen.

1858	Mittl. Berl. Zeit.	
Nov. 22	0ʰ 20′	♃ ☌ ☾ in *AR*
23	13 36	♅ ☍ ☉
25	14 21	♄ ☌ ☾ in *AR*
Dec. 2	2 39	☿ ☌ ♀ in *AR*……………Diff. in Decl. 33′,1
„	16 37	☿ gröſste südliche Breite
6	1 43	♀ ☌ ☾ in *AR*
„	17 21	☿ ☌ ☾ in *AR*
8	9 5	♃ ☍ ☉
9	15 7	♀ im ☊
10	16 27	♂ ☌ ☾ in *AR*……………Decl. ♂ −15° 42′,9
		„ ☾ −15 26,0
12	20 11	☿ gröſste östliche Ausweichung…… 20° 31′,6
13	16 56	♀ untere ☌ ☉
18	7 29	♅ ☌ ☾ in *AR*
19	5 55	♃ ☌ ☾ in *AR*
21	14 56 22″	☉ in ♑……………Wintersanfang
„	16 18	☿ in ☊
22	21 50	♄ ☌ ☾ in *AR*……………Decl. ♄ +18° 1′,4
		„ ☾ +19 4,1
		Bedeckung.
	22 22	♄'s Centrum Eintritt 113°
	23 9	♄'s Centrum Austritt 291°
26	6 2	☿ im Perihel
29	23 40	☿ untere ☌ ☉
31	2 46	☉ in Erdnähe.

Stern-Bedeckungen 1858.

Stern-Bedeckungen 1858.

No.	1858	Namen.	Gr.	Eintritt. Mittl. Zt.	Eintritt. Ort.	Austritt. Mittl. Zt.	Austritt. Ort.
				h '	°	h '	°
1	Jan. 6	50 Virginis	6	15 6,7	60	15 35,7	12
2	8	(166) Librae	7	18 30,7	120	19 52,3	299
3	„	(171) Librae	7	19 18,5	123	20 40,3	293
4	16	27 χ^3 Capricor.	6	3 40,5	131	4 2,7	168
5	23	47 Arietis	6	4 19,8	89	5 20,6	214
6	30	47 ρ Leonis	4	17 18,2	191	17 41,8	237
7	Febr. 1	(213) Virginis	7	11 25,6	142	12 30,4	288
8	2	40 ψ Virginis	5 6	17 58,0	2',2	südl. v. ☾'s Rde.	
9	17	(262) Piscium	7	7 10,7	81	8 9,1	223
10	19	48 ε Arietis	5	12 25,4	7	12 42,2	327
11	20	16 (*g* Pleiadum)	5 6	5 43,3	105	6 44,1	216
12	„	17 (*b* Pleiadum)	4 5	6 8,0	2',9	südl. v. ☾'s Rde.	
13	„	19 (*e* Pleiadum)	5	5 56,5	75	7 10,3	248
14	„	20 (*c* Pleiadum)	5	6 17,0	106	7 18,0	218
15	22	(236) Tauri	7	5 17,9	144	5 52,9	203
16	23	47 Geminorum	6	12 55,8	1',5	nördl. v. ☾'s Rde.	
17	25	83 *q* Cancri	6	16 38,1	117	17 30,3	294
18	27	59 *c* Leonis	5 6	16 8,8	88	16 59,0	338
19	Mrz. 6	23 τ Scorpii	3 4	14 35,8	132	15 46,2	266
20	9	(84) *p* Sagittarii	6	18 16,8	153	18 41,2	188
21	16	60 Piscium	6	7 25,3	110	8 2,9	200
22	18	(112) Arietis	6 7	7 16,8	102	8 8,4	221
23	19	16 (*g* Pleiadum)	5 6	12 16,1	49	12 55,9	293
24	„	17 (*b* Pleiadum)	4 5	12 12,0	88	12 58,6	254
25	„	19 (*e* Pleiadum)	5	12 46,2	2',2	nördl. v. ☾'s Rde.	
26	21	(236) Tauri	7	12 5,0	85	12 55,8	287
27	„	136 *C* Tauri	4 5	13 12,0	160	13 33,0	211
28	24	43 γ Cancri	5	5 56,9	101	7 8,9	300
29	25	8 Leonis	6 7	5 33,8	120	6 42,4	288
30	30	85 Virginis	6	14 15,5	2',3	südl. v. ☾'s Rde.	
31	31	(116) α Solitarii	7	14 1,6	109	15 20,2	308
32	Apr. 4	(339) γ^1 Sagitt.	5	14 42,7	132	15 46,7	237
33	6	58 ω Sagittarii	6	17 9,6	3',0	südl. v. ☾'s Rde.	
34	7	(298) Capricor.	6	17 9,9	1',8	südl. v. ☾'s Rde.	
35	19	77 $\varkappa$ Geminor.	4	13 23,7	187	13 31,1	205
36	22	45 Leonis	6	13 57,6	175	14 28,2	242
37	25	28 Virginis	6	10 46,4	105	11 56,2	329
38	27	(22) Virginis	6	11 34,8	2',1	nördl. v. ☾'s Rde.	

Stern-Bedeckungen 1858.

No.	T	h	p	q	p'	q'
	h ′	° ′				
1	15 24,0	− 38 12,8	− 0,5072	+ 0,6449	+ 0,4933	− 0,2529
2	19 12,0	− 3 1,8	− 0,0304	0,9552	0,5101	− 0,1913
3	19 58,8	+ 8 25,7	+ 0,0982	0,9770	0,5103	− 0,1945
4	3 52,1	+ 38 25,8	+ 0,2512	1,1340	0,5250	+ 0,1994
5	4 49,8	− 27 21,8	− 0,3436	0,6643	0,5614	+ 0,2045
6	17 31,5	+ 56 37,7	+ 0,6606	0,9208	0,5281	− 0,2636
7	11 57,9	− 47 6,6	− 0,4009	+ 0,8636	+ 0,5043	− 0,2744
8	17 56,4	+ 30 26,9	+ 0,4772	1,1262	0,4987	− 0,2604
9	7 41,7	+ 69 6,4	+ 0,5429	0,8362	0,5245	+ 0,2709
10	12 33,3	+ 115 11,1	+ 0,6050	0,5793	0,5603	+ 0,1988
11	6 12,7	+ 9 25,2	+ 0,0408	0,6231	0,5745	+ 0,1579
12	6 9,7	+ 8 38,7	− 0,0060	0,7927	0,5745	+ 0,1579
13	6 34,1	+ 14 41,0	+ 0,1547	0,4970	0,5749	+ 0,1569
14	6 48,6	+ 18 9,8	+ 0,1510	0,6344	0,5749	+ 0,1563
15	5 35,7	− 29 17,4	− 0,3212	0,6840	0,5987	+ 0,0129
16	12 57,0	+ 62 10,9	+ 0,4633	0,2828	0,5923	− 0,0909
17	17 4,6	+ 94 5,9	+ 0,6149	0,7682	0,5533	− 0,2209
18	16 33,7	+ 62 44,9	+ 0,4551	0,6194	0,5191	− 0,2723
19	15 10,6	− 34 36,3	− 0,3150	+ 1,0347	+ 0,5373	− 0,0948
20	18 29,8	− 23 51,7	− 0,2831	1,2169	0,5447	+ 0,0949
21	7 44,2	+ 100 5,3	+ 0,5194	0,9720	0,5288	+ 0,2789
22	7 43,8	+ 75 35,1	+ 0,5570	0,8366	0,5589	+ 0,2231
23	12 35,7	+ 132 3,2	+ 0,4717	0,7435	0,5800	+ 0,1573
24	12 35,7	+ 132 1,9	+ 0,4520	0,9196	0,5800	+ 0,1573
25	12 45,9	+ 134 31,4	+ 0,4800	0,5891	0,5800	+ 0,1570
26	12 30,8	+ 101 23,1	+ 0,5967	0,7010	0,5969	+ 0,0076
27	13 24,5	+ 114 14,8	+ 0,6010	1,0612	0,5965	+ 0,0047
28	6 32,9	− 28 39,5	− 0,3080	0,4902	0,5600	− 0,1844
29	6 8,1	− 47 23,9	− 0,4381	0,6590	0,5409	− 0,2278
30	14 16,0	+ 17 38,9	+ 0,3574	1,1778	0,5086	− 0,2394
31	14 40,8	+ 12 36,4	+ 0,1107	0,9045	0,5171	− 0,2066
32	15 14,4	− 27 16,6	− 0,2686	+ 1,1207	+ 0,5456	+ 0,0050
33	17 11,0	− 23 53,6	− 0,3175	1,2767	0,5370	+ 0,1270
34	17 8,7	− 36 28,2	− 0,4715	1,2056	0,5289	+ 0,1773
35	13 29,2	+ 116 8,2	+ 0,6415	1,0830	0,5800	− 0,1291
36	14 12,9	+ 88 58,2	+ 0,7195	0,9736	0,5182	− 0,2562
37	11 20,4	+ 15 5,1	+ 0,0908	0,7748	0,4997	− 0,2647
38	11 37,0	− 2 3,0	− 0,1827	0,6683	0,5129	− 0,2198

Stern-Bedeckungen 1858.

No.	1858	Namen.	Gr.	Eintritt. Mittl. Zt.	Eintritt. Ort.	Austritt. Mittl. Zt.	Austritt. Ort.
				h ′	°	h ′	°
39	Apr. 28	(262) Librae	7	13 27,3	189	13 48,1	218
40	29	1 *b* Scorpii	5	8 51,9	109	9 58,7	299
41	»	4 Scorpii	6 7	11 35,9	126	12 52,9	277
42	Mai 13	25 η Tauri	3	6 46,3	117	7 27,9	227
43	»	27 (*f* Pleiadum)	5	7 32,4	152	7 49,0	191
44	»	28 (*h* Pleiadnm)	5 6	7 23,3	122	8 0,7	221
45	18	83 *q* Cancri	6	11 18,9	2′,7 nördl. v. ☾'s Rde.		
46	19	32 α Leonis	1	10 3,4	160	10 51,2	263
47	20	56 Leonis	7	9 16,8	151	10 16,4	277
48	25	(166) Librae	7	8 26,0	84	9 27,8	336
49	»	(171) Librae	7	9 8,3	88	10 15,3	331
50	27	23 τ Scorpii	3 4	13 52,4	172	14 13,6	193
51	Juni 2	49 δ Capricorni	3 4	13 58,2	22	14 55,4	284
52	3	58 Aquarii	6	13 11,1	358	13 39,3	308
53	4	96 Aquarii	6	13 40,6	79	14 42,2	220
54	9	17 (*b* Pleiadum)	4 5	15 5,0	0′,5 nördl. v. ☾'s Rde.		
55	»	23 (*d* Pleiadum)	5	15 4,1	65	15 52,5	257
56	20	85 Virginis	6	8 21,2	130	9 39,2	294
57	21	(116) α Solitarii	7	9 38,4	62	10 26,0	350
58	28	17 Capricorni	6	14 40,1	1′,1 nördl. v. ☾'s Rde.		
59	30	42 Aquarii	6	10 57,0	92	11 57,6	216
60	Juli 1	81 Aquarii	6	10 44,5	50	11 45,9	256
61	7	59 χ Tauri	6	14 30,4	128	14 59,4	198
62	10	57 *A* Geminor.	6	8 24,9	136	9 2,1	250
63	12	(74) Leonis	7	8 19,4	1′,5 nördl. v. ☾'s Rde		
64	19	(262) Librae	7	7 5,2	101	8 25,0	308
65	»	(282) Solitarii	6	10 25,3	2′,2 südl. v. ☾'s Rde.		
66	27	33 ι Aquarii	4 5	11 53,1	91	12 58,1	204
67	31	(8) Piscium	7	12 20,4	55	13 24,8	238
68	Aug. 2	48 ε Arietis	5	13 37,9	45	14 35,7	261
69	3	(151) (Pleiadum)	7	9 30,1	63	10 14,7	265
70	»	25 η Tauri	3	9 28,1	102	10 8,1	226
71	»	27 (*f* Pleiadum)	5	10 17,1	0′,4 südl. v. ☾'s Rde.		
72	»	28 (*h* Pleiadum)	5 6	10 4,7	121	10 36,1	207
73	17	23 τ Scorpii	3 4	8 50,8	87	10 7,6	283
74	22	22 η Capricorni	5	12 31,3	12	13 21,3	286
75	23	49 δ Capricorni	3 4	7 50,3	36	8 54,9	272

Stern-Bedeckungen 1858.

No.	T	h	p	q	p'	q'
	h ′	° ′				
39	13 39,0	+ 16 57,0	+ 0,2903	+ 1,1924	+ 0,5247	— 0,1790
40	9 25,4	— 56 46,0	— 0,5185	0,8360	0,5331	— 0,1408
41	12 16,0	— 15 7,4	— 0,1236	1,0267	0,5347	— 0,1347
42	7 6,7	+ 103 8,0	+ 0,5665	+ 0,9335	+ 0,5990	+ 0,1553
43	7 39,9	+ 111 2,5	+ 0,5242	1,0646	0,5995	+ 0,1539
44	7 43,9	+ 112 3,4	+ 0,5609	0,9932	0,5995	+ 0,1536
45	11 18,8	+ 88 13,9	+ 0,4668	0,4572	0,5489	— 0,2182
46	10 26,3	+ 63 37,4	+ 0,6280	0,8610	0,5271	— 0,2478
47	9 47,7	+ 42 58,7	+ 0,4981	0,8314	0,5111	— 0,2644
48	8 58,9	— 21 42,8	— 0,2945	0,7923	0,5180	— 0,1944
49	9 40,9	— 11 26,4	— 0,1970	0,8292	0,5183	— 0,1933
50	14 0,5	+ 28 38,8	+ 0,3097	1,2114	0,5421	— 0,0889
51	14 26,0	— 37 5,8	— 0,2915	+ 0,7338	+ 0,5101	+ 0,2230
52	13 27,2	— 62 4,0	— 0,4218	0,6180	0,5045	+ 0,2484
53	14 12,9	— 63 37,4	— 0,5811	0,8980	0,5041	+ 0,2669
54	15 3,3	— 110 7,5	— 0,5019	0,5340	0,5957	+ 0,1604
55	15 28,1	— 104 17,2	— 0,5834	0,7572	0,5953	+ 0,1593
56	8 58,9	+ 18 57,0	+ 0,2110	0,9506	0,5045	— 0,2325
57	10 2,7	+ 23 43,2	+ 0,1534	0,7333	0,5134	— 0,1996
58	14 37,0	+ 6 36,6	+ 0,1850	0,6878	0,5234	+ 0,1795
59	11 27,9	— 61 37,6	— 0,5877	0,9520	0,5055	+ 0,2409
60	11 13,2	— 75 32,5	— 0,5779	+ 0,7410	+ 0,5003	+ 0,2598
61	14 42,2	— 97 12,8	— 0,6968	0,9524	0,6009	+ 0,1163
62	8 43,4	+ 130 33,9	+ 0,4963	1,0307	0,6090	— 0,1141
63	8 20,7	+ 96 8,4	+ 0,4889	0,4981	0,5621	— 0,2325
64	7 45,2	+ 9 4,2	+ 0,0705	0,9034	0,5220	— 0,1733
65	10 26,2	+ 48 32,5	+ 0,5507	1,1850	0,5229	— 0,1688
66	12 24,4	— 18 15,8	— 0,2779	1,0314	0,5078	+ 0,2384
67	12 52,8	— 53 30,4	— 0,4842	0,7133	0,5182	+ 0,2596
68	14 7,5	— 59 34,2	— 0,4817	+ 0,5559	+ 0,5593	+ 0,1947
69	9 51,6	— 134 43,0	— 0,4284	0,8442	0,5791	+ 0,1497
70	9 48,5	— 135 29,9	— 0,4579	1,0226	0,5791	+ 0,1498
71	10 17,8	— 128 34,6	— 0,5591	1,1434	0,5797	+ 0,1485
72	10 19,7	— 128 5,6	— 0,5443	1,0637	0,5797	+ 0,1485
73	9 30,1	+ 41 39,9	+ 0,4085	0,8730	0,5403	— 0,0840
74	12 54,0	+ 30 23,1	+ 0,3954	0,7437	0,5215	+ 0,1993
75	8 30,0	— 45 31,1	— 0,5404	0,9705	0,5144	+ 0,2281

Stern-Bedeckungen 1858.

No.	1858		Namen.	Gr.	Eintritt. Mittl. Zt.	Eintritt. Ort.	Austritt. Mittl. Zt.	Austritt. Ort.
					h ′	°	h ′	°
76	Aug.	24	57 σ Aquarii	5	6 46,2	20	7 31,2	289
77		»	58 Aquarii	6	6 57,8	97	7 51,6	211
78		»	(176) Aquarii	7	12 52,8	46	14 6,0	240
79		29	(112) Arietis	6 7	8 2,6	87	8 49,0	227
80		»	34 μ Arietis	6	11 59,3	52	13 1,7	250
81		30	16 (*g* Pleiadum)	5 6	14 22,7	135	14 47,9	179
82		»	18 (*m* Pleiadum)	7	14 53,2	11	15 32,4	303
83		»	19 (*e* Pleiadum)	5	14 24,3	94	15 26,1	221
84		»	20 (*c* Pleiadum)	5	15 0,0	146	15 13,6	169
85	Sept.	1	(236) Tauri	7	14 2,8	68	15 1,2	276
86		18	17 Capricorni	6	11 34,4	49	12 41,2	254
87		20	42 Aquarii	6	7 56,7	0′,9 südl. v. ☾'s Rde.		
88		21	81 Aquarii	6	6 27,6	85	7 28,0	215
89		»	82 Aquarii	6	7 36,5	19	8 32,1	275
90		24	104 Piscium	6 7	15 51,3	355	16 19,1	308
91		28	(136) Aurigae	6 7	14 38,6	169	14 42,6	175
92		30	77 ϰ Geminorum	4	15 19,5	1′,6 südl. v. ☾'s Rde.		
93	Oct.	3	47 ρ Leonis	4	15 49,6	71	16 31,6	339
94		»	49 Leonis	6	17 14,1	152	18 7,9	265
95		11	(159) Scorpii	6 7	5 4,1	115	6 15,5	253
96		16	(154) Capricorni	7	4 55,7	139	5 19,3	175
97		18	(176) Aquarii	7	5 6,0	11	5 52,2	289
98		»	73 λ Aquarii	4	13 18,8	87	14 12,0	209
99		21	(262) Piscium	7	4 57,9	121	5 24,9	180
100		»	(8) Piscium	7	10 0,2	103	10 46,6	185
101		23	48 ε Arietis	5	8 40,2	36	9 35,4	270
102		24	27 (*f* Pleiadum)	5	4 35,2	110	5 12,0	217
103		»	28 (*h* Pleiadum)	5 6	4 33,7	91	5 17,3	236
104		26	(43) Aurigae	7	12 1,9	172	12 7,3	181
105		29	(74) Leonis	7	13 31,4	113	14 38,0	291
106	Nov.	10	40 τ Sagittarii	4	4 1,1	130	4 49,1	201
107		18	104 Piscium	6 7	10 36,8	1′,2 nördl. v. ☾'s Rde.		
108		19	34 μ Arietis	6	13 34,7	107	14 27,7	214
109		20	16 (*g* Pleiadum)	5 6	14 2,5	119	14 52,7	216
110		»	19 (*e* Pleiadum)	5	14 10,3	84	15 16,1	253
111		»	20 (*c* Pleiadum)	5	14 30,0	112	15 24,6	226
112		»	(151) (Pleiadum)	7	15 39,6	0′,9 südl. v. ☾'s Rde.		
113		21	59 χ Tauri	6	2 46,7	82	3 30,9	254

Stern-Bedeckungen 1858.

No.	T	h	p	q	p'	q'
	h '	° '				
76	7 10,4	− 75 28,2	− 0,4953	+ 0,6383	+ 0,5083	+ 0,2528
77	7 25,9	− 71 51,1	− 0,6349	0,9504	0,5081	+ 0,2530
78	13 30,7	+ 17 30,4	+ 0,2101	0,8606	0,5067	+ 0,2583
79	8 26,6	− 112 2,4	− 0,5943	0,9118	0,5470	+ 0,2148
80	12 31,0	− 52 58,7	− 0,4623	0,5844	0,5495	+ 0,2076
81	14 34,5	− 36 30,5	− 0,4721	0,7528	0,5724	+ 0,1508
82	15 11,9	− 27 12,9	− 0,1981	0,2845	0,5731	+ 0,1494
83	14 55,5	− 31 19,7	− 0,3623	0,6224	0,5729	+ 0,1500
84	15 6,0	− 28 46,0	− 0,4023	0,7495	0,5730	+ 0,1493
85	14 30,1	− 67 4,2	− 0,5690	+ 0,5177	+ 0,5993	+ 0,0055
86	12 7,7	+ 49 59,1	+ 0,4934	0,8287	0,5236	+ 0,1834
87	7 54,9	− 34 13,8	− 0,5033	1,1285	0,5104	+ 0,2461
88	6 57,7	− 58 47,0	− 0,5790	0,9234	0,5090	+ 0,2656
89	8 4,6	− 42 18,1	− 0,3177	0,7020	0,5081	+ 0,2663
90	16 4,2	+ 41 46,1	+ 0,5176	0,4379	0,5356	+ 0,2495
91	14 42,6	− 33 33,6	− 0,3583	0,7368	0,5969	+ 0,0228
92	15 18,2	− 54 52,9	− 0,4626	0,8718	0,5826	− 0,1309
93	16 10,0	− 81 18,4	− 0,6878	+ 0,5920	+ 0,5307	− 0,2640
94	17 40,8	− 59 5,1	− 0,4536	0,8608	0,5299	− 0,2649
95	5 41,8	+ 36 23,5	+ 0,3828	1,0252	0,5463	− 0,0741
96	5 8,9	− 35 8,7	− 0,4133	1,1582	0,5165	+ 0,1960
97	5 28,8	− 49 5,4	− 0,3591	0,6688	0,5059	+ 0,2552
98	13 46,3	+ 72 29,5	+ 0,5180	0,9264	0,5061	+ 0,2620
99	5 11,1	− 86 13,0	− 0,7272	0,9824	0,5288	+ 0,2679
100	10 23,1	− 10 13,7	− 0,2301	0,8458	0,5316	+ 0,2643
101	9 5,8	− 51 53,8	− 0,4399	0,4873	0,5710	+ 0,1914
102	4 53,2	− 129 8,6	− 0,5219	1,0326	0,5877	+ 0,1485
103	4 55,7	− 128 37,4	− 0,5011	0,9548	0,5877	+ 0,1484
104	12 4,1	− 56 18,7	− 0,5285	0,8180	0,6027	− 0,0298
105	15 6,5	− 54 51,9	− 0,4839	0,6488	0,5475	− 0,2235
106	4 25,4	+ 11 19,0	+ 0,0660	+ 1,1934	+ 0,5389	+ 0,0839
107	10 37,0	+ 13 56,6	+ 0,3038	0,3775	0,5429	+ 0,2484
108	14 1,2	+ 50 26,5	+ 0,4159	0,7692	0,5707	+ 0,2071
109	14 29,1	+ 45 55,6	+ 0,3854	0,7203	0,5947	+ 0,1480
110	14 43,3	+ 46 23,0	+ 0,4370	0,5767	0,5951	+ 0,1474
111	14 58,3	+ 49 59,7	+ 0,4463	0,7110	0,5954	+ 0,1467
112	15 42,1	+ 60 33,6	+ 0,5039	0,8910	0,5956	+ 0,1446
113	3 5,0	− 137 1,5	− 0,4655	0,9150	0,6053	+ 0,1106

Stern-Bedeckungen 1858.

No.	1858	Namen.	Gr.	Eintritt.		Austritt.	
				Mittl. Zt.	Ort.	Mittl. Zt.	Ort.
				h ′	°	h ′	°
114	Nov. 22	136 *C* Tauri	4 5	10 16,5	79	11 21,7	270
115	»	(287) Aurigae	7	14 42,6	97	15 52,2	274
116	23	39 γ^1 Geminor.	6 7	10 28,1	144	11 7,3	221
117	24	9 μ^1 Cancri	6	12 26,7	1′,6 südl. v. ☾'s Rde.		
118	Dec. 17	[414] Arietis	7	6 17,6	5	6 52,2	301
119	»	48 ε Arietis	5	5 57,0	73	7 1,0	233
120	19	(136) Aurigae	6 7	17 57,4	3′,6 nördl. v. ☾'s Rde.		
121	20	(43) Aurigae	7	6 24,9	60	7 14,1	292
122	21	57 *A* Geminor.	6	5 32,2	72	6 17,6	297
123	22	33 η Cancri	6	7 51,7	174	8 8,5	211
124	»	39 Cancri	6	10 51,9	161	11 31,5	235
125	»	40 Cancri	6	11 0,4	171	11 29,6	225
126	»	(136) Cancri	7	11 40,8	159	12 25,2	241
127	»	(180) Cancri	7	16 36,8	175	17 12,8	242
128	»	(224) Cancri	7	20 8,3	99	20 58,7	311
129	»	Saturn Centrum		22 22,1	113	23 8,7	291
130	23	16 ψ Leonis	6	13 24,4	126	14 34,2	293
131	24	37 o^1 Sextantis	6	19 7,9	85	19 57,9	343

Stern-Bedeckungen 1858.

No.	T	h	p	q	p'	q'
	h '	° '				
114	10 49,3	− 41 42,6	− 0,4012	+ 0,4639	+ 0,6159	+ 0,0011
115	15 16,1	+ 22 45,6	+ 0,2267	0,4485	0,6156	− 0,0146
116	10 47,4	− 58 4,8	− 0,5111	0,7780	0,6074	− 0,0821
117	12 26,7	− 49 10,9	− 0,3934	0,8654	0,5859	− 0,1587
118	6 35,5	− 37 46,9	− 0,2641	+ 0,3603	+ 0,5723	+ 0,1915
119	6 27,7	− 39 49,5	− 0,4220	0,6104	0,5720	+ 0,1917
120	17 58,4	+ 96 18,1	+ 0,5850	0,3994	0,6209	+ 0,0122
121	6 48,9	− 81 7,2	− 0,6003	0,5499	0,6213	− 0,0347
122	5 54,1	− 110 14,1	− 0,5889	0,7023	0,6106	− 0,1153
123	8 0,1	− 95 6,3	− 0,5523	1,0100	0,5870	− 0,1888
124	11 11,9	− 48 39,3	− 0,3892	0,8042	0,5837	− 0,1966
125	11 13,8	− 48 25,5	− 0,3905	0,8335	0,5839	− 0,1966
126	12 3,8	− 36 18,6	− 0,2846	0,7610	0,5827	− 0,1985
127	16 54,0	+ 34 13,7	+ 0,4440	0,7814	0,5770	− 0,2089
128	20 32,4	+ 86 51,4	+ 0,5667	0,6750	0,5731	− 0,2158
129	22 45,8	+ 118 54,5	+ 0,5397	0,8458	0,5729	− 0,2207
130	14 0,4	− 21 38,4	− 0,2033	0,6396	0,5547	− 0,2442
131	19 32,9	+ 47 0,8	+ 0,3495	0,5901	0,5295	− 0,2701

Ort der Sterne welche bedeckt werden.

	Namen.	Gr.	Ger. Aufstg. 1858		Abweichg. 1858		
			°	′		°	′
60	Piscium	6	10	0,56	+	5	58,00
(262)	Piscium	7	13	46,52	+	8	3,47
(8)	Piscium	7	16	0,69	+	9	32,18
104	Piscium	6 7	22	54,81	+	13	33,87
(112)	Arietis	6 7	36	24,97	+	18	15,14
34	μ Arietis	6	38	35,25	+	19	21,34
47	Arietis	6	42	29,01	+	20	5,93
[414]	Arietis	7	42	41,07	+	21	2,92
48	ε Arietis	5	42	46,42	+	20	46,27
16	(*g* Pleiadum)	5 6	54	5,38	+	23	50,44
17	(*b* Pleiadum)	4 5	54	6,66	+	23	39,96
18	(*m* Pleiadum)	7	54	10,23	+	24	23,50
19	(*e* Pleiadum)	5	54	11,30	+	24	1,22
20	(*c* Pleiadum)	5	54	20,58	+	23	55,34
23	(*d* Pleiadum)	5	54	28,53	+	23	30,39
(151	(Pleiadum)	7	54	45,63	+	23	50,86
25	η Tauri	3	54	45,58	+	23	39,82
27	(*f* Pleiadum)	5	55	10,68	+	23	37,01
28	(*h* Pleiadum)	5 6	55	10,93	+	23	42,02
59	χ Tauri	6	63	29,04	+	25	17,49
(136)	Aurigae	6 7	81	45,22	+	27	34,06
(236)	Tauri	7	85	30,22	+	27	55,28
136	*C* Tauri	4 5	86	5,95	+	27	34,47
(287)	Aurigae	7	88	1,17	+	27	33,69
(43)	Aurigae	7	92	21,67	+	27	15,77
39	y^1 Geminorum	6 7	102	30,37	+	26	15,84
47	Geminorum	6	105	38,56	+	27	5,21
57	*A* Geminorum	6	108	42,24	+	25	19,26
77	$\varkappa$ Geminorum	4	113	57,86	+	24	44,16
9	μ^1 Cancri	6	119	28,29	+	23	2,35
33	η Cancri	6	126	7,31	+	20	55,29
39	Cancri	6	127	58,97	+	20	30,45
40	Cancri	6	128	0,27	+	20	28,28
(136)	Cancri	7	128	25,02	+	20	22,68
43	γ Cancri	5	128	45,88	+	21	58,69
(180)	Cancri	7	130	40,01	+	19	21,60

Ort der Sterne welche bedeckt werden.

	Namen.	Gr.	Ger. Aufstg. 1858			Abweichg. 1858	
			°	′		°	′
(224)	Cancri	7	132	47,25	+	18	41,23
83	*q* Cancri	6	137	45,77	+	18	18,45
(74)	Leonis	7	139	24,98	+	17	11,81
8	Leonis	6 7	142	17,99	+	17	4,42
16	ψ Leonis	6	143	59,89	+	14	40,18
32	α Leonis	1	150	12,12	+	12	39,66
45	Leonis	6	155	2,21	+	10	29,15
47	ρ Leonis	4	156	19,97	+	10	2,23
49	Leonis	6	156	53,75	+	9	23,07
37	o^1 Sextantis	6	159	40,36	+	7	7,28
56	Leonis	7	162	9,69	+	6	56,63
59	*c* Leonis	5 6	163	20,77	+	6	51,87
(213)	Virginis	7	178	26,42	—	0	58,35
28	Virginis	6	188	39,28	—	6	43,02
40	ψ Virginis	5 6	191	44,60	—	8	45,97
50	Virginis	6	195	34,91	—	9	34,36
85	Virginis	6	204	29,02	—	15	3,08
(22)	Virginis	6	211	53,68	—	17	32,14
(116)	α Solitarii	7	216	42,83	—	19	48,82
(166)	Librae	7	219	31,99	—	20	34,16
(171)	Librae	7	219	47,38	—	20	43,57
(262)	Librae	7	224	29,40	—	22	46,02
(282)	Solitarii	6	225	23,69	—	23	26,33
1	*b* Scorpii	5	235	36,61	—	25	18,95
4	Scorpii	6 7	236	43,83	—	25	50,58
23	τ Scorpii	3 4	246	45,77	—	27	54,96
(159)	Scorpii	6 7	249	1,93	—	28	14,45
(339)	γ^1 Sagittarii	5	268	59,16	—	29	34,91
40	τ Sagittarii	4	284	31,07	—	27	52,28
(84)	*p* Sagittarii	6	288	54,68	—	28	8,18
58	ω Sagittarii	6	296	46,89	—	26	40,34
17	Capricorni	6	309	28,88	—	22	1,60
(298)	Capricorni	6	309	46,02	—	23	15,00
22	η Capricorni	5	314	4,81	—	20	24,75
(454)	Capricorni	7	314	38,96	—	20	44,69
27	χ^3 Capricorni	6	315	21,38	—	21	7,30

Ort der Sterne welche bedeckt werden.

	Namen.	Gr.	Ger. Aufstg. 1858	Abweichg. 1858
49	δ Capricorni	3 4	324° 47′,80	— 16° 45′,96
33	ι Aquarii	4 5	329 41,50	— 14 33,22
42	Aquarii	6	332 17,69	— 13 32,22
57	σ Aquarii	5	335 46,94	— 11 24,02
58	Aquarii	6	336 2,29	— 11 37,79
(176)	Aquarii	7	338 9,37	— 10 6,03
73	λ Aquarii	4	341 17,94	— 8 20,03
81	Aquarii	6	343 30,12	— 7 49,22
82	Aquarii	6	343 47,54	— 7 19,99
96	Aquarii	6	348 0,43	— 5 53,94

Sterne im Parallel des Mondes 1858.

Culm. Berlin.	Namen.	Gr.	Ger. Aufstg.	St. Bew.	☾ Rad. Culm. Stzt.	Abweichg.	St. Bew.
			h ′ ″			° ′ ″	
Jan. 1	η Cancri	6	8 24 31,2			+ 20 55	
	γ Cancri	4 5	8 35 5,4			+ 21 59	
	Mond U	....	8 26 55,2	156,9″	73,97″	+ 22 57 54	— 673″
	Mond O	16,6	8 57 30,4	149,1	72,08	+ 20 33 42	— 766
	83 Cancri	6	9 11 4,5			+ 18 18	
	ψ Leonis	6	9 36 1,0			+ 14 40	
2	83 Cancri	6	9 11 4,5			+ 18 18	
	ψ Leonis	9	9 36 1,0			+ 14 40	
	Mond U	....	9 26 34,8	141,7	70,23	+ 17 53 0	— 838
	Mond O	17,6	9 54 13,6	134,9	68,51	+ 14 59 54	— 889
	45 Leonis *	6	10 20 9,9			+ 10 29	
	ρ Leonis *	4	10 25 21,0			+ 10 2	
3	45 Leonis *	6	10 20 9,9			+ 10 29	
	ρ Leonis *	4	10 25 21,0			+ 10 2	
	Mond U	....	10 20 36,0	129,0	66,98	+ 11 58 24	— 923
	Mond O	18,7	10 45 53,2	124,0	65,66	+ 8 51 30	— 944
	σ Leonis *	4	11 13 49,6			+ 6 48	
	τ Leonis	5	11 20 38,8			+ 3 38	
4	σ Leonis *	4	11 13 49,7			+ 6 48	
	τ Leonis	5	11 20 38,9			+ 3 38	
	Mond U	....	11 10 16,4	119,9	64,59	+ 5 42 0	— 950
	Mond O	19,7	11 33 56,8	116,9	63,76	+ 2 32 18	— 947
	10 Virginis	6	12 2 25,3			+ 2 42	
	η Virginis	3 4	12 12 38,9			+ 0 7	
5	10 Virginis	6	12 2 25,3			+ 2 42	
	η Virginis	3 4	12 12 39,0			+ 0 7	
	Mond U	....	11 57 6,4	114,7	63,17	— 0 35 54	— 934
	Mond O	20,7	12 19 55,2	113,5	62,82	— 3 40 42	— 913
	28 Virginis	6	12 34 37,7			— 6 43	
	ψ Virginis	5	12 46 58,6			— 8 46	
6	28 Virginis	6	12 34 37,7			— 6 43	
	ψ Virginis	5	12 46 58,6			— 8 46	
	Mond U	....	12 42 34,0	113,1	62,70	— 6 40 48	— 886
	Mond O	21,8	13 5 12,0	113,4	62,80	— 9 34 48	— 853
	α Virginis	1	13 17 43,0			— 10 25	
	h Virginis	5	13 25 29,6			— 9 26	

Sterne im Parallel des Mondes 1858.

Culm. Berlin.	Namen.	Gr.	Ger. Aufstg.	St. Bew.	☾ Rad. Culm. Stat.	Abweichg.	St. Bew.
			h ′ ″	″	″	° ′ ″	″
Jan. 7	α Virginis	1	13 17 43,0			—10 25	
	h, Virginis	5	13 25 29,7			— 9 26	
	Mond *U*	....	13 27 58,4	114,4	63,09	—12 21 24	—813
	Mond *O*	22,8	13 51 1,2	116,1	63,55	—14 59 30	—767
	*B.A.C.*4700	5 6	14 3 5,2			—15 38	
	*B.A.C.*4722	6	14 7 35,0			—17 32	
8	*B.A.C.*4700	5 6	14 3 5,2			—15 38	
	*B.A.C.*4722	6	14 7 35,0			—17 32	
	Mond *U*	....	14 14 28,0	118,4	64,17	—17 27 36	—714
	Mond *O*	23,8	14 38 24,8	121,2	64,91	—19 44 36	—655
	20 Librae	3 4	14 55 45,5			—24 43	
	ι¹ Librae	4 5	15 4 7,6			—19 15	
9	20 Librae	3 4	14 55 45,6			—24 43	
	ι¹ Librae	4 5	15 4 7,7			—19 15	
	Mond *U*	....	15 2 57,2	124,3	65,74	—21 49 0	—589
	Mond *O*	24,8	15 28 8,8	127,6	66,62	—23 39 12	—513
	*B.A.C.*5347	5	15 59 27,9			—25 57	
	c² Scorpii	5	16 3 33,2			—27 33	
10	*B.A.C.*5347	5	15 59 28,0			—25 57	
	c² Scorpii	5	16 3 33,2			—27 33	
	Mond *U*	....	15 54 0,8	131,1	67,49	—25 13 42	—431
	Mond *O*	25,9	16 20 33,2	134,3	68,31	—26 31 6	—342
11	Mond *U*	....	16 47 42,4	137,1	69,02	—27 29 48	—244
	Mond *O*	26,9	17 15 22,8	139,5	69,58	—28 8 30	—142
12	Mond *U*	....	17 43 26,8	141,1	69,95	—28 26 6	— 34
	Mond *O*	27,9	18 11 44,0	141,7	70,09	—28 22 0	+ 76
13	Mond *U*	....	18 40 4,0	141,5	70,01	—27 55 48	+186
	Mond *O*	29,0	19 8 15,6	140,3	69,70	—27 7 36	+295
14	Mond *U*	....	19 36 8,8	138,5	69,20	—25 58 6	+400
15	Mond *O*	0,2	20 3 36,0	136,1	68,57	—24 28 12	+498
	Mond *U*	....	20 30 32,0	133,2	67,85	—22 39 24	+589
16	Mond *O*	1,3	20 56 53,2	130,3	67,09	—20 33 12	+672
	Mond *U*	....	21 22 39,6	127,5	66,36	—18 11 18	+746

Sterne im Parallel des Mondes 1858.

Culm. Berlin.	Namen.		Gr.	Ger. Aufstg.	St. Bew.	☾ Rad. Culm. Stat.	Abweichg.	St. Bew.
				h ′ ″	″	″	° ′ ″	″
Jan. 17	Mond	O	2,3	21 47 53,2	124,9	65,69	— 15 35 48	+ 808
	Mond	U	....	22 12 38,4	122,7	65,14	— 12 48 30	+ 863
18	Mond	O	3,3	22 37 1,2	121,1	64,73	— 9 51 18	+ 907
	Mond	U	....	23 1 8,8	120,2	64,51	— 6 46 6	+ 943
	φ Aquarii		4 5	23 6 57,7			— 6 49	
	ψ¹ Aquarii		5	23 11 34,0			— 10 23	
19	φ Aquarii		4 5	23 6 57,7			— 6 49	
	ψ¹ Aquarii		5	23 11 34,0			— 10 23	
	Mond	O	4,4	23 25 8,8	119,9	64,48	— 3 35 0	+ 968
	Mond	U	....	23 49 11,2	120,5	64,68	— 0 19 54	+ 982
	λ Piscium		5	23 34 47,7			+ 1 0	
	19 Piscium		6	23 39 8,1			+ 2 42	
20	λ Piscium		5	23 34 47,7			+ 1 0	
	19 Piscium		6	23 39 8,1			+ 2 42	
	Mond	O	5,4	0 13 25,2	121,9	65,10	+ 2 57 12	+ 988
	Mond	U	....	0 38 1,6	124,2	65,76	+ 6 14 12	+ 981
	δ Piscium	✻	4 5	0 41 19,0			+ 6 49	
	ε Piscium	✻	4	0 55 34,6			+ 7 8	
21	δ Piscium	✻	4 5	0 41 19,0			+ 6 49	
	ε Piscium	✻	4	0 55 34,6			+ 7 8	
	Mond	O	6,4	1 3 11,6	127,5	66,65	+ 9 28 42	+ 963
	Mond	U	....	1 29 6,0	131,7	67,77	+ 12 38 18	+ 931
	94 Piscium		5	1 19 1,9			+ 18 30	
	η Piscium		3 4	1 23 53,4			+ 14 37	
22	94 Piscium		5	1 19 1,9			+ 18 30	
	η Piscium		3 4	1 23 53,4			+ 14 37	
	Mond	O	7,5	1 55 55,2	136,7	69,10	+ 15 40 12	+ 885
	Mond	U	....	2 23 48,4	142,4	70,60	+ 18 31 6	+ 823
	μ Arietis		5 6	2 34 22,4			+ 19 24	
	π Arietis		5 6	2 41 23,0			+ 16 52	
23	μ Arietis		5 6	2 34 22,4			+ 19 24	
	π Arietis		5 6	2 41 23,0			+ 16 52	
	Mond	O	8,5	2 52 56,4	148,8	72,20	+ 21 8 0	+ 743
	Mond	U	....	3 23 21,6	155,5	73,83	+ 23 26 48	+ 642
	17 Tauri		4	3 36 28,0			+ 23 40	
	27 Tauri		4	3 40 44,4			+ 23 37	

Sterne im Parallel des Mondes 1858.

Culm. Berlin.	Namen.	Gr.	Ger. Aufstg.	St. Bew.	☾ Rad. Culm. Stat.	Abweichg.	St. Bew.
			h ′ ″	″	″	° ′ ″	″
Jan. 24	17 Tauri	4	3 36 28,0			+23 40	
	27 Tauri	4	3 40 44,4			+23 37	
	Mond *O*	9,5	3 55 5,2	161,8	75,37	+25 23 42	+524
	Mond *U*	....	4 28 2,0	167,5	76,70	+26 55 6	+387
	τ Tauri	4 5	4 33 44,9			+22 41	
	ι Aurigae	3	4 47 46,6			+32 56	
25	τ Tauri	4 5	4 33 44,9			+22 41	
	ι Aurigae	3	4 47 46,5			+32 56	
	Mond *O*	10,6	5 1 58,8	171,7	77.68	+27 57 24	+234
	Mond *U*	....	5 36 36,4	174,2	78,21	+28 28 6	+ 71
	136 Tauri	5	5 44 26,0			+27 34	
	139 Tauri	5 6	5 49 12,9			+25 56	
26	136 Tauri	5	5 44 26,0			+27 34	
	139 Tauri	5 6	5 49 12,9			+25 56	
	Mond *O*	11,6	6 11 30,4	174,4	78,23	+28 25 42	− 96
	Mond *U*	....	6 46 12,8	172,3	77,71	+27 49 54	−260
	τ Geminor.	4 5	7 2 8,0			+30 28	
	δ Geminor.	3 4	7 11 40,4			+22 14	
27	τ Geminor.	4 5	7 2 8,0			+30 28	
	δ Geminor.	3 4	7 11 40,4			+22 14	
	Mond *O*	12,7	7 20 18,4	168,3	76,73	+26 42 12	−416
	Mond *U*	....	7 53 26,4	162,8	75,38	+25 5 12	−553
	β Geminor.	1 2	7 36 39,5			+28 22	
	φ Geminor.	5	7 44 50,3			+27 8	
28	β Geminor.	1 2	7 36 39,5			+28 22	
	φ Geminor.	5	7 44 50,3			+27 8	
	Mond *O*	13,7	8 25 21,2	156,3	73,80	+23 2 18	−672
	60 Cancri ✲	6	8 48 12,1			+12 10	
	ν Cancri	6	8 54 28,0			+25 0	
29	60 Cancri ✲	6	8 48 12,1			+12 10	
	ν Cancri	6	8 54 28,0			+25 0	
	Mond *U*	....	8 55 56,4	149,5	72,11	+20 37 42	−771
	Mond *O*	14,7	9 25 10,4	142,9	70,43	+17 55 30	−848
	ν Leonis ✲	5	9 50 36,7			+13 7	
	α Leonis ✲	1 2	10 0 50,2			+12 39	

Sterne im Parallel des Mondes 1858.

Culm. Berlin.	Namen.	Gr.	Ger. Aufstg.	St. Bew.	☾ Rad. Culm. Stzt.	Abweichg.	St. Bew.
			h ′ ″	″	″	° ′ ″	″
Jan. 30	*ν* Leonis ✶	5	9 50 36,7			+ 13 7	
	α Leonis ✶	1 2	10 0 50,2			+ 12 39	
	Mond *U*	....	9 53 6,4	136,6	68,84	+ 15 0 0	— 906
	Mond *O*	15,8	10 19 52,0	131,1	67,41	+ 11 54 48	— 944
	c Leonis ✶	5	10 53 24,8			+ 6 52	
	χ Leonis ✶	5	10 57 43,1			+ 8 6	
31	*c* Leonis ✶	5	10 53 24,8			+ 6 52	
	χ Leonis ✶	5	10 57 43,1			+ 8 6	
	Mond *U*	....	10 45 36,0	126,4	66,17	+ 8 43 24	— 967
	Mond *O*	16,8	11 10 29,2	122,6	65,16	+ 5 28 54	— 976
	ν Leonis	4 5	11 29 42,2			— 0 3	
	β Virginis	3 4	11 43 19,4			+ 2 34	
Febr. 1	*ν* Leonis	4 5	11 29 42,2			— 0 3	
	β Virginis	3 4	11 43 19,4			+ 2 34	
	Mond *U*	....	11 34 41,2	119,5	64,38	+ 2 13 54	— 973
	Mond *O*	17,9	11 58 22,8	117,5	63,82	— 0 59 24	— 959
	f Virginis	6	12 29 30,0			— 5 3	
	28 Virginis	6	12 34 38,6			— 6 43	
2	*f* Virginis	6	12 29 30,0			— 5 3	
	28 Virginis	6	12 34 38,6			— 6 43	
	Mond *U*	....	12 21 44,4	116,2	63,50	— 4 9 0	— 936
	Mond *O*	18,9	12 44 55,6	115,7	63,39	— 7 13 12	— 905
	α Virginis	1	13 17 43,9			— 10 25	
	h Virginis	5	13 25 30,5			— 9 26	
3	*α* Virginis	1	13 17 43,9			— 10 25	
	h Virginis	5	13 25 30,6			— 9 26	
	Mond *U*	....	13 8 5,2	116,0	63,49	— 10 10 30	— 867
	Mond *O*	19,9	13 31 21,6	116,9	63,78	— 12 59 30	— 822
	89 Virginis	5	13 42 10,6			— 17 26	
	B.A.C. 4700	5 6	14 3 6,1			— 15 38	
4	89 Virginis	5	13 42 10,6			— 17 26	
	B.A.C. 4700	5 6	14 3 6,1			— 15 38	
	Mond *U*	....	13 54 53,2	118,4	64,24	— 15 38 42	— 770
	Mond *O*	21,0	14 18 46,8	120,5	64,83	— 18 7 0	— 712
	20 Librae	3 4	14 55 46,5			— 24 43	
	ι[1] Librae	4 5	15 4 8,6			— 19 15	

Sterne im Parallel des Mondes 1858.

Culm. Berlin.	Namen.	Gr.	Ger. Aufstg.	St. Bew.	☾ Rad. Culm. Strt.	Abweichg.	St. Bew.
			h ′ ″	″	″	° ′ ″	″
Febr. 5	20 Librae	3 4	14 55 46,6			—24 43	
	ι^1 Librae	4 5	15 4 8,6			—19 15	
	Mond *U*	....	14 43 8,0	123,1	65,54	—20 22 54	—646
	Mond *O*	22,0	15 8 2,0	126,0	66,33	—22 25 6	—574
	ρ Scorpii	4 5	15 48 7,6			—28 48	
	δ Scorpii	2 3	15 51 56,8			—22 13	
6	ρ Scorpii	4 5	15 48 7,7			—28 48	
	δ Scorpii	2 3	15 51 56,8			—22 13	
	Mond *U*	....	15 33 32,0	129,1	67,15	—24 12 12	—495
	Mond *O*	23,0	15 59 38,8	132,1	67,96	—25 42 48	—410
	α Scorpii	1 2	16 20 42,4			—26 7	
	τ Scorpii	3 4	16 27 3,0			—27 55	
7	α Scorpii	1 2	16 20 42,5			—26 7	
	τ Scorpii	3 4	16 27 3,0			—27 55	
	Mond *U*	....	16 26 22,0	135,1	68,71	—26 55 36	—318
	Mond *O*	24,1	16 53 38,4	137,7	69,36	—27 49 12	—217
	θ Ophiuchi	3 4	17 13 17,4			—24 51	
	b Ophiuchi	5	17 17 41,9			—24 2	
8	θ Ophiuchi	3 4	17 13 17,4			—24 51	
	b Ophiuchi	5	17 17 41,9			—24 2	
	Mond *U*	....	17 21 22,8	139,7	69,85	—28 22 30	—114
	Mond *O*	25,1	17 49 27,6	141,1	70,16	—28 34 36	— 6
	δ Sagittarii	3 4	18 11 53,9			—29 53	
	λ Sagittarii	3	18 19 12,1			—25 30	
9	Mond *U*	....	18 17 43,6	141,5	70,26	—28 24 54	+104
	Mond *O*	26,1	18 46 0,8	141,2	70,14	—27 53 0	+214
10	Mond *U*	....	19 14 10,0	140,2	69,82	—26 59 12	+323
	Mond *O*	27,2	19 42 2,4	138,4	69,34	—25 44 6	+427
11	Mond *U*	....	20 9 30,8	136,2	68,73	—24 8 30	+528
	Mond *O*	28,2	20 36 30,0	133,7	68,04	—22 13 42	+619
12	Mond *U*	....	21 2 58,4	131,1	67,33	—20 1 18	+703
	Mond *O*	29,2	21 28 55,6	128,5	66,64	—17 33 6	+778
13	Mond *U*	....	21 54 23,6	126,3	66,03	—14 50 54	+843

Sterne im Parallel des Mondes 1858.

Culm. Berlin.	Namen.	Gr.	Ger. Aufstg.	St. Bew.	☾ Rad. Culm. Stst.	Abweichg.	St. Bew.
			h ′ ″	″	″	° ′ ″	″
Fbr. 14	Mond *O*	0,6	22 19 26,8	124,3	65,53	−11 56 42	+ 898
	Mond *U*	....	22 44 10,8	123,1	65,18	− 8 52 42	+ 941
15	Mond *O*	1,6	23 8 42,0	122,3	65,00	− 5 41 0	+ 974
	Mond *U*	....	23 33 8,8	122,2	65,02	− 2 23 48	+ 997
16	Mond *O*	2,6	23 57 39,6	123,0	65,24	+ 0 56 36	+1005
	Mond *U*	....	0 22 24,0	124,5	65,69	+ 4 17 42	+1003
17	Mond *O*	3,7	0 47 31,6	126,9	66,36	+ 7 37 12	+ 990
	Mond *U*	....	1 13 12,0	130,1	67,25	+10 52 30	+ 961
	η Piscium	3 4	1 23 53,1			+14 37	
	π Piscium *	6	1 29 34,4			+11 25	
18	η Piscium	3 4	1 23 53,1			+14 37	
	π Piscium *	6	1 29 34,4			+11 25	
	Mond *O*	4,7	1 39 35,6	134,0	68,34	+14 0 36	+ 918
	Mond *U*	....	2 6 51,2	138,7	69,59	+16 58 48	+ 862
	η Arietis	5 6	2 4 51,4			+20 33	
	θ Arietis	5 6	2 10 14,0			+19 15	
19	η Arietis	5 6	2 4 51,4			+20 33	
	θ Arietis	5 6	2 10 14,0			+19 15	
	Mond *O*	5,7	2 35 6,4	143,9	70,97	+19 43 54	+ 788
	Mond *U*	....	3 4 27,2	149,5	72,41	+22 12 30	+ 696
	δ Arietis	4 5	3 3 31,2			+19 11	
	τ¹ Arietis	5	3 13 2,4			+20 38	
20	δ Arietis	4 5	3 3 31,2			+19 11	
	τ¹ Arietis	5	3 13 2,4			+20 38	
	Mond *O*	6,8	3 34 55,6	155,1	73,82	+24 21 24	+ 589
	Mond *U*	....	4 6 29,6	160,4	75,10	+26 7 0	+ 466
	χ Tauri	5 6	4 13 57,6			+25 17	
	ν¹ Tauri	4 5	4 17 49,7			+22 29	
21	χ Tauri	5 6	4 13 57,6			+25 17	
	ν¹ Tauri	4 5	4 17 49,7			+22 29	
	Mond *O*	7,8	4 39 1,6	164,8	76,15	+27 26 30	+ 328
	Mond *U*	....	5 12 18,4	167,8	76,79	+28 17 12	+ 177
	β Tauri	2	5 17 20,3			+28 29	
	χ Aurigae	5	5 23 30,2			+32 5	

Sterne im Parallel des Mondes 1858.

Culm. Berlin.	Namen.	Gr.	Ger. Aufstg.	St. Bew.	☾ Rad. Culm. Stzt.	Abweichg.	St. Bew.
			h ′ ″	″	″	° ′ ″	″
Fbr. 22	β Tauri	2	5 17 20,3			+28 29	
	χ Aurigae	5	5 23 30,2			+32 5	
	Mond O	8,9	5 46 1,6	169,1	77,15	+28 37 12	+ 22
	Mond U	....	6 19 49,6	168,6	76,98	+28 25 54	−134
	κ Aurigae	4 5	6 6 21,4			+29 33	
	48 Aurigae	5 6	6 19 28,0			+30 35	
23	κ Aurigae	4 5	6 6 21,4			+29 33	
	48 Aurigae	5 6	6 19 28,0			+30 35	
	Mond O	9,9	6 53 19,2	166,1	76,39	+27 43 30	−288
	Mond U	....	7 26 10,8	162,2	75,41	+26 31 36	−430
	ι Geminor.	4	7 16 56,2			+28 5	
	υ Geminor.	4 5	7 27 12,2			+27 12	
24	ι Geminor.	4	7 16 56,2			+28 5	
	υ Geminor.	4 5	7 27 12,2			+27 12	
	Mond O	10,9	7 58 8,0	157,1	74,14	+24 52 24	−559
	Mond U	....	8 29 0,0	151,5	72,69	+22 49 6	−671
	η Cancri	6	8 24 31,7			+20 55	
	γ Cancri	4 5	8 35 6,0			+21 59	
25	η Cancri	6	8 24 31,6			+20 55	
	γ Cancri	4 5	8 35 6,0			+21 59	
	Mond O	12,0	8 58 41,2	145,4	71,16	+20 25 12	−765
	Mond U	....	9 27 12,0	139,7	69,65	+17 44 18	−841
	π^2 Cancri	6	9 7 25,4			+15 32	
	83 Cancri	6	9 11 5,2			+18 18	
26	π^2 Cancri	6	9 7 25,4			+15 32	
	83 Cancri	6	9 11 5,2			+18 18	
	Mond O	13,0	9 54 36,4	134,4	68,25	+14 50 0	−900
	Mond U	....	10 21 0,0	129,7	66,99	+11 45 42	−942
	45 Leonis ✲	6	10 20 10,9			+10 29	
	ρ Leonis ✲	4	10 25 22,0			+10 2	
27	45 Leonis ✲	6	10 20 10,9			+10 29	
	ρ Leonis ✲	4	10 25 22,0			+10 2	
	Mond O	14,0	10 46 31,2	125,7	65,92	+ 8 34 36	−968
	σ Leonis ✲	4	11 13 50,9			+ 6 48	
	τ Leonis	5	11 20 40,1			+ 3 38	

Sterne im Parallel des Mondes 1858.

Culm. Berlin.	Namen.	Gr.	Ger. Aufstg.	St. Bew.	☾ Rad. Culm. Stst.	Abweichg.	St. Bew.
			h ′ ″	″	″	° ′ ″	″
Fbr. 28	σ Leonis *	4	11 13 50,9			+ 6 48	
	τ Leonis	5	11 20 40,1			+ 3 38	
	Mond *U*	....	11 11 19,6	122,5	65,05	+ 5 19 42	—980
	Mond *O*	15,1	11 35 33,6	120,1	64,39	+ 2 3 36	—981
	10 Virginis	6	12 2 26,7			+ 2 42	
	η Virginis	3 4	12 12 40,4			+ 0 7	
Mrz. 1	10 Virginis	6	12 2 26,7			+ 2 42	
	η Virginis	3 4	12 12 40,4			+ 0 7	
	Mond *U*	....	11 59 23,6	118,4	63,95	— 1 11 30	—969
	Mond *O*	16,1	12 22 58,4	117,5	63,71	— 4 23 12	—947
	ψ Virginis	5	12 47 0,1			— 8 46	
	θ Virginis	4 5	13 2 37,8			— 4 47	
2	ψ Virginis	5	12 47 0,1			— 8 46	
	θ Virginis	4 5	13 2 37,8			— 4 47	
	Mond *U*	....	12 46 26,4	117,3	63,69	— 7 29 48	—917
	Mond *O*	17,1	13 9 56,0	117,7	63,85	—10 29 18	—878
	*B.A.C.*4531	6	13 27 10,0			—12 29	
	86 Virginis	6	13 38 24,2			—12 43	
3	*B.A.C.*4531	6	13 27 10,0			—12 29	
	86 Virginis	6	13 38 24,3			—11 43	
	Mond *U*	....	13 33 35,2	118,8	64,19	—13 20 18	—831
	Mond *O*	18,2	13 57 30,4	120,5	64,67	—16 1 0	—776
	*B.A.C.*4722	6	14 7 36,7			—17 32	
	λ Virginis	4 5	14 11 27,4			—12 43	
4	*B.A.C.*4722	6	14 7 36,8			—17 32	
	λ Virginis	4 5	14 11 27,5			—12 43	
	Mond *U*	....	14 21 48,4	122,5	65,28	—18 30 6	—714
	Mond *O*	19,2	14 46 33,6	125,0	65,99	—20 46 0	—645
	20 Librae	3 4	14 55 47,4			—24 43	
	ι¹ Librae	4 5	15 4 9,5			—19 15	
5	20 Librae	3 4	14 55 47,5			—24 43	
	ι¹ Librae	4 5	15 4 9,5			—19 15	
	Mond *U*	....	15 11 50,0	127,7	66,76	—22 47 24	—568
	Mond *O*	20,2	15 37 39,2	130,5	67,53	—24 32 54	—485
	σ Scorpii	3 4	16 12 34,9			—25 15	
	α Scorpii	1 2	16 20 43,4			—26 7	

Sterne im Parallel des Mondes 1858.

Culm. Berlin.	Namen.	Gr.	Ger. Aufstg.	St. Bew.	☾ Rad. Culm. Stzt.	Abweichg.	St. Bew.
			h ' "	"	"	° ' "	"
Mrz. 6	σ Scorpii	3 4	16 12 34,9			−25 15	
	α Scorpii	1 2	16 20 43,4			−26 7	
	Mond U	....	16 4 2,4	133,3	68,28	−26 1 6	− 396
	Mond O	21,3	16 30 57,2	135,8	68,96	−27 10 48	− 301
	θ Ophiuchi	3 4	17 13 18,3			−24 51	
	b Ophiuchi	5	17 17 42,8			−24 2	
7	θ Ophiuchi	3 4	17 13 18,3			−24 51	
	b Ophiuchi	5	17 17 42,8			−24 2	
	Mond U	....	16 58 19,6	137,9	69,52	−28 0 48	− 200
	Mond O	22,3	17 26 4,4	139,5	69,92	−28 30 18	− 95
	γ^2 Sagitt.	3 4	17 56 42,1			−30 25	
	δ Sagittarii	3 4	18 11 54,8			−29 53	
8	γ^2 Sagitt.	3 4	17 56 42,1			−30 25	
	δ Sagittarii	3 4	18 11 54,8			−29 53	
	Mond U	....	17 54 4,4	140,3	70,15	−28 38 30	+ 13
	Mond O	23,3	18 22 10,4	140,5	70,17	−28 25 0	+ 122
	σ Sagittarii	2 3	18 46 28,1			−26 28	
	ζ Sagittarii	3 4	18 53 34,9			−30 5	
9	σ Sagittarii	2 3	18 46 28,1			−26 28	
	ζ Sagittarii	3 4	18 53 34,9			−30 5	
	Mond U	....	18 50 14,4	140,0	70,00	−27 49 42	+ 231
	Mond O	24,4	19 18 7,6	138,8	69,67	−26 52 54	+ 337
	ω Sagittarii	5	19 47 8,4			−26 40	
	c Sagittarii	5	19 53 55,5			−28 6	
10	ω Sagittarii	5	19 47 8,5			−26 40	
	c Sagittarii	5	19 53 55,5			−28 6	
	Mond U	....	19 45 43,6	137,1	69,19	−25 35 12	+ 439
	Mond O	25,4	20 12 56,4	135,1	68,61	−23 57 24	+ 538
11	Mond U	....	20 39 43,2	132,8	67,98	−22 6 42	+ 629
	Mond O	26,4	21 6 2,8	130,4	67,34	−19 46 30	+ 712
12	Mond U	....	21 31 56,0	128,4	66,75	−17 16 12	+ 789
	Mond O	27,5	21 57 26,0	126,6	66,24	−14 31 36	+ 856
13	Mond U	....	22 22 36,8	125,1	65,85	−11 34 30	+ 914
	Mond O	28,5	22 47 34,4	124,5	65,61	− 8 27 0	+ 960
14	Mond U	....	23 12 26,4	124,3	65,55	− 5 11 18	+ 996
	Mond O	29,5	23 37 20,8	124,8	65,69	− 1 49 30	+1020

Sterne im Parallel des Mondes 1858.

Culm. Berlin.	Namen.		Gr.	Ger. Aufstg.	St. Bew.	☾ Rad. Culm. Stat.	Abweichg.	St. Bew.
				h ′ ″	″	″	° ′ ″	″
Mrz. 15	Mond	*U*	....	0 2 25,6	126,1	66,04	+ 1 35 48	+1031
16	Mond	*O*	1,0	0 27 50,4	128,1	66,61	+ 5 1 54	+1029
	Mond	*U*	....	0 53 44,8	131,1	67,39	+ 8 26 0	+1011
17	Mond	*O*	2,0	1 20 18,0	134,6	68,37	+11 45 6	+ 977
	Mond	*U*	....	1 47 38,8	138,9	69,52	+14 55 48	+ 927
18	Mond	*O*	3,1	2 15 55,2	143,9	70,82	+17 54 42	+ 860
	Mond	*U*	....	2 45 12,8	149,2	72,19	+20 38 24	+ 774
19	ε Arietis		4 5	2 51 5,8			+20 46	
	δ Arietis		4 5	3 3 30,8			+19 11	
	Mond	*O*	4,1	3 15 34,4	154,4	73,55	+23 3 6	+ 671
	Mond	*U*	....	3 46 58,0	159,5	74,81	+25 5 30	+ 551
	17 Tauri		4	3 36 27,2			+23 40	
	27 Tauri		4	3 40 43,6			+23 37	
20	17 Tauri		4	3 36 27,2			+23 40	
	27 Tauri		4	3 40 43,6			+23 37	
	Mond	*O*	5,1	4 19 18,0	163,7	75,87	+26 42 18	+ 416
	Mond	*U*	....	4 52 22,0	166,7	76,62	+27 50 48	+ 269
	n Tauri		6	5 10 45,6			+21 57	
	β Tauri		2	5 17 19,8			+28 29	
21	*n* Tauri		6	5 10 45,5			+21 57	
	β Tauri		2	5 17 19,8			+28 29	
	Mond	*O*	6,2	5 25 53,2	168,2	76,98	+28 29 18	+ 114
	Mond	*U*	....	5 59 31,6	167,9	76,91	+28 36 36	— 42
	3 Geminor.		6	6 1 7,7			+23 8	
	ϰ Aurigae		4 5	6 6 20,9			+29 33	
22	3 Geminor.		6	6 1 7,7			+23 8	
	ϰ Aurigae		4 5	6 6 20,9			+29 33	
	Mond	*O*	7,2	6 32 55,6	165,8	76,40	+28 13 6	— 193
	Mond	*U*	....	7 5 44,4	162,3	75,51	+27 19 54	— 338
	ι Geminor.		4	7 16 55,9			+28 5	
	b^2 Gemin.		5 6	7 21 0,3			+28 12	
23	ι Geminor.		4	7 16 55,8			+28 5	
	b^2 Gemin.		5 6	7 21 0,3			+28 12	
	Mond	*O*	8,3	7 37 42,4	157,5	74,31	+25 59 0	— 469
	Mond	*U*	....	8 8 37,6	151,7	72,92	+24 13 24	— 586

Sterne im Parallel des Mondes 1858.

Culm. Berlin.	Namen.	Gr.	Ger. Aufstg.	St. Bew.	☾ Rad. Culm. Strt.	Abweichg.	St. Bew.
			h ′ ″	″	″	° ′ ″	″
Mrz. 23	6 Cancri	5	7 54 49,4			+28 11	
	ψ^2 Cancri	4	8 1 55,6			+25 56	
24	6 Cancri	5	7 54 49,4			+28 11	
	ψ^2 Cancri	4	8 1 55,5			+25 56	
	Mond *O*	9,3	8 38 24,4	146,0	71,42	+22 6 0	−686
	Mond *U*	....	9 7 1,6	140,2	69,92	+19 40 12	−770
	ξ Cancri	5	9 1 13,5			+22 37	
	83 Cancri	6	9 11 5,0			+18 18	
25	ξ Cancri	5	9 1 13,4			+22 37	
	83 Cancri	6	9 11 5,0			+18 18	
	Mond *O*	10,3	9 34 31,6	134,8	68,49	+16 59 18	−837
	Mond *U*	....	10 1 0,8	130,1	67,19	+14 6 30	−889
	ν Leonis ✲	5	9 50 36,9			+13 7	
	α Leonis ✲	1 2	10 0 50,5			+12 39	
26	ν Leonis ✲	5	9 50 36,9			+13 7	
	α Leonis ✲	1 2	10 0 50,5			+12 39	
	Mond *O*	11,4	10 26 36,8	126,0	66,06	+11 4 42	−927
	Mond *U*	....	10 51 27,6	122,6	65,11	+ 7 56 36	−952
	c Leonis ✲	5	10 53 25,3			+ 6 52	
	χ Leonis ✲	5	10 57 43,6			+ 8 6	
27	c Leonis ✲	5	10 53 25,3			+ 6 52	
	χ Leonis ✲	5	10 57 43,6			+ 8 6	
	Mond *O*	12,4	11 15 42,8	120,0	64,37	+ 4 44 48	−964
	Mond *U*	....	11 39 31,6	118,2	63,85	+ 1 31 42	−965
	ν Leonis	4 5	11 29 42,9			− 0 3	
	β Virginis	3 4	11 43 20,2			+ 2 34	
28	ν Leonis	4 5	11 29 42,9			− 0 3	
	β Virginis	3 4	11 43 20,2			+ 2 34	
	Mond *O*	13,4	12 3 2,8	117,1	63,54	− 1 40 36	−956
	Mond *U*	....	12 26 25,6	116,8	63,44	− 4 50 6	−937
	q Virginis	6	12 26 29,3			− 8 40	
	χ Virginis	5	12 31 57,6			− 7 13	
29	q Virginis	6	12 26 29,3			− 8 40	
	χ Virginis	5	12 31 57,6			− 7 13	
	Mond *O*	14,5	12 49 48,0	117,1	63,52	− 7 54 42	−908
	α Virginis	1	13 17 45,1			−10 25	
	h Virginis	5	13 25 31,7			− 9 26	

Sterne im Parallel des Mondes 1858.

Culm. Berlin.	Namen.	Gr.	Ger. Aufstg.	St. Bew.	☾ Rad. Culm. Stat.	Abweichg.	St. Bew.
			h ′ ″	″	″	° ′ ″	″
Mrz. 30	α Virginis	1	13 17 45,1			—10 25	
	h Virginis	5	13 25 31,7			— 9 26	
	Mond *U*	....	13 13 17,6	117,9	63,78	—10 52 42	—870
	Mond *O*	15,5	13 37 1,6	119,4	64,20	—13 42 18	—825
	*B.A.C.*4700	5 6	14 3 7,5			—15 38	
	*B.A.C.*4722	6	14 7 37,3			—17 32	
31	*B.A.C.*4700	5 6	14 3 7,5			—15 38	
	*B.A.C.*4722	6	14 7 37,3			—17 32	
	Mond *U*	....	14 1 6,0	121,3	64,76	—16 21 54	—770
	Mond *O*	16,5	14 25 36,0	123,7	65,42	—18 49 36	—707
	20 Librae	3 4	14 55 48,2			—24 43	
	ι[1] Librae	4 5	15 4 10,2			—19 15	
Apr. 1	20 Librae	3 4	14 55 48,2			—24 43	
	ι[1] Librae	4 5	15 4 10,2			—19 15	
	Mond *U*	....	14 50 36,0	126,3	66,16	—21 3 54	—636
	Mond *O*	17,6	15 16 8,0	129,0	66,93	—23 3 24	—557
	δ Scorpii	2 3	15 51 58,5			—22 13	
	β[1] Scorpii	2	15 57 13,0			—19 25	
2	δ Scorpii	2 3	15 51 58,6			—22 13	
	β[1] Scorpii	2	15 57 13,0			—19 25	
	Mond *U*	....	15 42 13,2	131,8	67,69	—24 46 24	—472
	Mond *O*	18,6	16 8 50,0	134,3	68,40	—26 11 36	—380
	α Scorpii	1 2	16 20 44,3			—26 7	
	τ Scorpii	3 4	16 27 4,9			—27 55	
3	α Scorpii	1 2	16 20 44,3			—26 7	
	τ Scorpii	3 4	16 27 4,9			—27 55	
	Mond *U*	....	16 35 55,2	136,5	69,01	—27 17 48	—282
	Mond *O*	19,6	17 3 24,0	138,2	69,49	—28 4 0	—179
	d Ophiuchi	4	17 18 19,1			—29 44	
	*B.A.C.*5925	5 6	17 25 27,6			—32 29	
4	*d* Ophiuchi	4	17 18 19,2			—29 44	
	*B.A.C.*5925	5 6	17 25 27,7			—32 29	
	Mond *U*	....	17 31 9,2	139,2	69,80	—28 29 24	— 74
	Mond *O*	20,7	17 59 3,2	139,6	69,91	—28 33 30	+ 33
	φ Sagittarii	3 4	18 36 48,5			—27 8	
	σ Sagittarii	2 3	18 46 29,0			—26 28	

Sterne im Parallel des Mondes 1858.

Culm. Berlin.	Namen.	Gr.	Ger. Aufstg.	St. Bew.	☾ Rad. Culm. Stat.	Abweichg.	St. Bew.
			h ′ ″	″	″	° ′ ″	″
Apr. 5	φ Sagittarii	3 4	18 36 48,5			−27 8	
	σ Sagittarii	2 3	18 46 29,0			−26 28	
	Mond *U*	....	18 26 57,6	139,3	69,83	−28 16 12	+ 139
	Mond *O*	21,7	18 54 43,6	138,3	69,58	−27 37 42	+ 245
	*B.A.C.*6666	6	19 21 5,9			−27 16	
	*h*² Sagittar.	4 5	19 28 4,8			−25 12	
6	*B.A.C.*6666	6	19 21 6,0			−27 16	
	*h*² Sagittar.	4 5	19 28 4,8			−25 12	
	Mond *U*	....	19 22 14,0	136,7	69,18	−26 38 18	+ 348
	Mond *O*	22,7	19 49 23,6	134,8	68,66	−25 18 48	+ 446
	*B.A.C.*7077	6	20 24 25,3			−25 25	
	ψ Capricor.	4 5	20 37 41,7			−25 47	
7	*B.A.C.*7077	6	20 24 25,3			−25 25	
	ψ Capricor.	4 5	20 37 41,8			−25 47	
	Mond *U*	....	20 16 8,0	132,5	68,07	−23 40 12	+ 540
	Mond *O*	23,8	20 42 25,6	130,3	67,45	−21 43 30	+ 626
	θ Capricor.	4	20 57 58,3			−17 48	
	ι Capricor.	4 5	21 14 20,7			−17 26	
8	θ Capricor.	4	20 57 58,4			−17 48	
	ι Capricor.	4 5	21 14 20,7			−17 26	
	Mond *U*	....	21 8 16,8	128,3	66,86	−19 30 0	+ 707
	Mond *O*	24,8	21 33 44,4	126,4	66,34	−17 1 6	+ 781
	ι Aquarii	4	21 58 46,2			−14 33	
	*e*² Aquarii	6	22 3 2,3			−12 16	
9	Mond *U*	....	21 58 52,0	125,0	65,92	−14 18 12	+ 847
	Mond *O*	25,8	22 23 45,6	124,1	65,63	−11 22 54	+ 904
10	Mond *U*	....	22 48 31,6	123,7	65,52	− 8 17 0	+ 954
	Mond *O*	26,9	23 13 17,6	124,1	65,59	− 5 2 18	+ 992
11	Mond *U*	....	23 38 13,2	125,3	65,87	− 1 40 54	+1021
	Mond *O*	27,9	0 3 26,8	127,1	66,37	+ 1 44 48	+1035
12	Mond *U*	....	0 29 9,2	130,0	67,09	+ 5 12 18	+1037
	Mond *O*	28,9	0 55 29,6	133,6	68,05	+ 8 38 36	+1023
13	Mond *U*	....	1 22 38,8	138,1	69,21	+12 0 18	+ 991

Sterne im Parallel des Mondes 1858.

Culm. Berlin.	Namen.	Gr.	Ger. Aufstg.	St. Bew.	☾ Rad. Culm. Stat.	Abweichg.	St. Bew.
			h ′ ″	″	″	° ′ ″	″
Apr. 14	Mond O	0,5	1 50 45,6	143,1	70,53	+15 13 48	+941
	Mond U	....	2 19 57,6	148,9	71,98	+18 15 12	+870
15	Mond O	1,6	2 50 19,6	154,9	73,48	+21 0 24	+779
	Mond U	....	3 21 52,8	160,6	74,93	+23 25 6	+665
16	Mond O	2,6	3 54 32,0	165,8	76,21	+25 25 18	+534
	Mond U	....	4 28 7,2	169,9	77,20	+26 57 30	+386
17	Mond O	3,6	5 2 21,6	172,3	77,80	+27 59 0	+227
	Mond U	....	5 36 52,4	172,6	77,93	+28 28 6	+ 64
	136 Tauri	5	5 44 24,7			+27 34	
	139 Tauri	5 6	5 49 11,7			+25 56	
18	136 Tauri	5	5 44 24,7			+27 34	
	139 Tauri	5 6	5 49 11,7			+25 56	
	Mond O	4,7	6 11 15,6	171,0	77,56	+28 24 36	— 98
	Mond U	....	6 45 7,2	167,4	76,73	+27 49 18	—253
	49 Aurigae	5 6	6 26 16,3			+28 8	
	ε Geminor.	3 4	6 35 12,6			+25 16	
19	49 Aurigae	5 6	6 26 16,2			+28 8	
	ε Geminor.	3 4	6 35 12,6			+25 16	
	Mond O	5,7	7 18 6,4	162,2	75,53	+26 44 18	—395
	Mond U	....	7 49 58,4	156,3	74,06	+25 12 30	—521
	ν Geminor.	4 5	7 27 11,4			+27 12	
	β Geminor.	1 2	7 36 38,6			+28 22	
20	ν Geminor.	4 5	7 27 11,3			+27 12	
	β Geminor.	1 2	7 36 38,5			+28 22	
	Mond O	6,8	8 20 34,8	149,7	72,44	+23 17 24	—628
	Mond U	....	8 49 53,2	143,3	70,80	+21 2 30	—718
	79 Cancri	6	9 2 12,9			+22 34	
	83 Cancri	6	9 11 4,7			+18 18	
21	79 Cancri	6	9 2 12,9			+22 34	
	83 Cancri	6	9 11 4,7			+18 18	
	Mond O	7,8	9 17 55,6	137,1	69,20	+18 31 18	— 792
	Mond U	....	9 44 48,0	131,7	67,72	+15 47 6	—848
	ν Leonis *	5	9 50 36,6			+13 7	
	α Leonis *	1 2	10 0 50,2			+12 39	

Sterne im Parallel des Mondes 1858.

Culm. Berlin.	Namen.	Gr.	Ger. Aufstg.	St. Bew.	☾ Rad. Culm. Stzt.	Abweichg.	St. Bew.
			h ′ ″	″	″	° ′ ″	″
Apr. 22	ν Leonis ✲	5	9 50 36,6			+13 7	
	α Leonis ✲	1 2	10 0 50,2			+12 39	
	Mond O	8,8	10 10 38,4	126,8	66,41	+12 53 0	−891
	Mond U	....	10 35 36,0	122,9	65,31	+ 9 51 36	−921
	ρ Leonis ✲	4	10 25 21,8			+10 2	
	l Leonis ✲	5	10 41 49,4			+11 18	
23	ρ Leonis ✲	4	10 25 21,8			+10 2	
	l Leonis ✲	5	10 41 49,4			+11 18	
	Mond O	9,9	10 59 51,6	119,8	64,41	+ 6 45 30	−939
	Mond U	....	11 23 34,4	117,5	63,74	+ 3 36 48	−947
	τ Leonis	5	11 20 40,1			+ 3 38	
	89 Leonis	6	11 27 8,1			+ 3 51	
24	τ Leonis	5	11 20 40,1			+ 3 38	
	89 Leonis	6	11 27 8,1			+ 3 51	
	Mond O	10,9	11 46 54,4	116,0	63,29	+ 0 27 36	−944
	Mond U	....	12 10 1,6	115,3	63,06	− 2 40 12	−932
	10 Virginis	6	12 2 26,9			+ 2 42	
	η Virginis	3 4	12 12 40,7			+ 0 7	
25	10 Virginis	6	12 2 26,9			+ 2 42	
	η Virginis	3 4	12 12 40,7			+ 0 7	
	Mond O	11,9	12 33 4,4	115,3	63,03	− 5 44 54	−913
	Mond U	....	12 56 11,2	116,0	63,20	− 8 44 42	−884
	ψ Virginis	5	12 47 0,6			− 8 46	
	g Virginis	6	13 0 30,0			− 9 59	
26	ψ Virginis	5	12 47 0,6			− 8 46	
	g Virginis	6	13 0 30,0			− 9 59	
	Mond O	13,0	13 19 30,0	117,3	63,54	−11 37 48	−847
	Mond U	....	13 43 8,0	119,1	64,04	−14 22 36	−800
	83 Virginis	6	13 36 52,9			−15 28	
	89 Virginis	5	13 42 12,2			−17 26	
27	83 Virginis	6	13 36 52,9			−15 28	
	89 Virginis	5	13 42 12,2			−17 26	
	Mond O	14,0	14 7 10,4	121,4	64,66	−16 57 18	−746
	5 Librae	6	14 38 10,8			−14 52	
	α^2 Librae	2 3	14 43 4,2			−15 27	

Sterne im Parallel des Mondes 1858.

Culm. Berlin.	Namen.	Gr.	Ger. Aufstg.	St. Bew.	☾ Rad. Culm. Stst.	Abweichg.	St. Bew.
			h ′ ″	″	″	° ′ ″	″
Apr. 28	5 Librae	6	14 38 10,8			−14 52	
	α^2 Librae	2 3	14 43 4,2			−15 27	
	Mond *U*	....	14 31 42,0	124,0	65,38	−19 20 24	−683
	Mond *O*	15,0	14 56 47,2	126,9	66,15	−21 30 0	−612
	γ Librae	4 5	15 27 37,8			−14 19	
	κ Librae	5	15 33 48,9			−19 13	
29	γ Librae	4 5	15 27 37,8			−14 19	
	κ Librae	5	15 33 48,9			−19 13	
	Mond *U*	....	15 22 26,8	129,7	66,95	−23 24 36	−533
	Mond *O*	16,1	15 48 40,8	132,6	67,71	−25 2 36	−446
	σ Scorpii	3 4	16 12 36,4			−25 15	
	α Scorpii	1 2	16 20 45,0			−26 7	
30	σ Scorpii	3 4	16 12 36,4			−25 15	
	α Scorpii	1 2	16 20 45,0			−26 7	
	Mond *U*	....	16 15 26,4	135,0	68,39	−26 22 30	−352
	Mond *O*	17,1	16 42 39,6	137,1	68,95	−27 23 12	−253
	θ Ophiuchi	3 4	17 13 20,0			−24 51	
	d Ophiuchi	4	17 18 20,0			−29 44	
Mai 1	θ Ophiuchi	3 4	17 13 20,0			−24 51	
	d Ophiuchi	4	17 18 20,0			−29 54	
	Mond *U*	....	17 10 13,6	138,5	69,36	−28 3 42	−151
	Mond *O*	18,1	17 38 0,0	139,1	69,57	−28 23 12	− 45
	δ Sagittarii	3 4	18 11 56,7			−29 53	
	λ Sagittarii	3	18 19 14,8			−25 30	
2	δ Sagittarii	3 4	18 11 56,7			−29 53	
	λ Sagittarii	3	18 19 14,9			−25 30	
	Mond *U*	....	18 5 50,0	139,1	69,58	−28 21 30	+ 61
	Mond *O*	19,2	18 33 34,4	138,3	69,39	−27 58 36	+167
	ζ Sagittarii	3 4	18 53 36,8			−30 5	
	τ Sagittarii	3 4	18 58 6,6			−27 52	
3	ζ Sagittarii	3 4	18 53 36,8			−30 5	
	τ Sagittarii	3 4	18 58 6,7			−27 52	
	Mond *U*	....	19 1 4,8	136,7	69,03	−27 15 0	+269
	Mond *O*	20,2	19 28 14,0	134,7	68,54	−26 11 18	+368
	b Sagittarii	5	19 48 15,8			−27 33	
	c Sagittarii	5	19 53 57,3			−28 6	

Sterne im Parallel des Mondes 1858.

Culm. Berlin.	Namen.	Gr.	Ger. Aufstg.	St. Bew.	☾ Rad. Culm. Stat.	Abweichg.	St. Bew.
			h ' "	"	"	° ' "	"
Mai 4	*b* Sagittarii	5	19 48 15,8			—27 33	
	c Sagittarii	5	19 53 57,3			—28 6	
	Mond *U*	....	19 54 56,8	132,3	67,95	—24 48 18	+ 460
	Mond *O*	21,2	20 21 10,4	129,9	67,30	—23 7 24	+ 548
	20 Capric.	6	20 51 33,5			—19 35	
	η Capric.	5 6	20 56 20,6			—20 25	
5	20 Capric.	6	20 51 33,5			—19 35	
	η Capric.	5 6	20 56 20,7			—20 25	
	Mond *U*	....	20 46 54,0	127,5	66,65	—21 9 36	+ 629
	Mond *O*	22,3	21 12 9,6	125,1	66,05	—18 56 12	+ 704
	γ Capric.	3 4	21 32 14,5			—17 18	
	δ Capric.	3	21 39 13,2			—16 46	
6	γ Capric.	3 4	21 32 14,5			—17 18	
	δ Capric.	3	21 39 13,2			—16 46	
	Mond *U*	....	21 37 0,4	123,3	65,54	—16 28 42	+ 771
	Mond *O*	23,3	22 1 31,2	121,9	65,14	—13 48 18	+ 832
	σ Aquarii	4 5	22 23 8,7			—11 24	
	λ Aquarii	4	22 45 13,0			— 8 20	
7	σ Aquarii	4 5	22 23 8,7			—11 24	
	λ Aquarii	4	22 45 13,1			— 8 20	
	Mond *U*	....	22 25 48,4	121,1	64,90	—10 56 30	+ 885
	Mond *O*	24,3	22 50 0,0	120,9	64,84	— 7 54 42	+ 931
	φ Aquarii	4 5	23 6 58,8			— 6 49	
	96 Aquarii	5 6	23 12 2,8			— 5 54	
8	φ Aquarii	4 5	23 6 58,8			— 6 49	
	96 Aquarii	5 6	23 12 2,9			— 5 54	
	Mond *U*	....	23 14 14,8	121,6	64,99	— 4 44 36	+ 968
	Mond *O*	25,4	23 38 42,0	123,0	65,36	— 1 27 54	+ 997
9	Mond *U*	....	0 3 31,6	125,4	65,97	+ 1 53 24	+1014
	Mond *O*	26,4	0 28 54,8	128,5	66,82	+ 5 16 54	+1020
10	Mond *U*	....	0 55 2,4	132,7	67,90	+ 8 40 6	+1010
	Mond *O*	27,4	1 22 6,0	137,9	69,21	+11 59 42	+ 984
11	Mond *U*	....	1 50 16,4	143,9	70,71	+15 12 18	+ 939
	Mond *O*	28,5	2 19 42,0	150,4	72,36	+18 13 42	+ 872

Sterne im Parallel des Mondes 1858.

Culm. Berlin.	Namen.	Gr.	Ger. Aufstg.	St. Bew.	☾ Rad. Culm. Stzt.	Abweichg.	St. Bew.
Mai 12	Mond *U*	....	h ′ ″ 2 50 29,2	″ 157,5	″ 74,08	° ′ ″ +20 59 30	″ +783
13	Mond *O*	0,1	3 22 39,6	164,2	75,73	+23 25 0	+668
	Mond *U*	....	3 56 8,4	170,5	77,19	+25 25 30	+534
14	Mond *O*	1,2	4 30 43,6	175,2	78,31	+26 57 0	+379
	Mond *U*	....	5 6 4,4	177,9	78,98	+27 56 0	+210
15	Mond *O*	2,2	5 41 44,8	178,3	79,12	+28 20 36	+ 36
	Mond *U*	....	6 17 15,2	176,3	78,67	+28 10 30	−136
16	Mond *O*	3,3	6 52 6,8	172,1	77,70	+27 26 48	−299
	Mond *U*	....	7 25 56,0	165,9	76,31	+26 12 18	−445
17	δ Geminor.	3 4	7 11 39,1			+22 15	
	ι Geminor.	4	7 16 55,0			+28 5	
	Mond *O*	4,3	7 58 26,4	159,0	74,65	+24 30 24	−571
	Mond *U*	....	8 29 30,4	151,7	72,85	+22 25 18	−677
	η Cancri	6	8 24 30,6			+20 55	
	γ Cancri	4 5	8 35 5,0			+21 59	
18	η Cancri	6	8 24 30,6			+20 55	
	γ Cancri	4 5	8 35 5,0			+21 59	
	Mond *O*	5,4	8 59 5,6	144,3	71,03	+20 1 12	−761
	Mond *U*	....	9 27 16,4	137,6	69,30	+17 22 0	−827
	π^2 Cancri	6	9 7 24,5			+15 32	
	83 Cancri	6	9 11 4,3			+18 18	
19	π^2 Cancri	6	9 7 24,5			+15 32	
	83 Cancri	6	9 11 4,3			+18 18	
	Mond *O*	6,4	9 54 10,8	131,6	67,73	+14 31 18	−877
	Mond *U*	....	10 19 58,4	126,5	66,35	+11 32 24	−911
	45 Leonis *	6	10 20 10,4			+10 29	
	ρ Leonis *	4	10 25 21,5			+10 2	
20	45 Leonis *	6	10 20 10,4			+10 29	
	ρ Leonis *	4	10 25 21,5			+10 2	
	Mond *O*	7,4	10 44 50,0	122,3	65,20	+ 8 28 0	−931
	Mond *U*	....	11 8 57,2	119,0	64,29	+ 5 20 36	−942
	*B.A.C.*3836	6	11 6 37,5			+ 3 2	
	σ Leonis *	4	11 13 50,6			+ 6 48	

Q 2

Sterne im Parallel des Mondes 1858.

Culm. Berlin.	Namen.	Gr.	Ger. Aufstg.	St. Bew.	☾ Rad. Culm. Stzt.	Abweichg.	St. Bew.
			h ' "	"	'	° ' "	"
Mai 21	*B.A.C.*3836	6	11 6 37,5			+ 3 2	
	σ Leonis ✲	4	11 13 50,6			+ 6 48	
	Mond *O*	8,5	11 32 30,8	116,7	63,61	+ 2 12 6	−941
	Mond *U*	....	11 55 42,0	115,2	63,17	− 0 55 18	−933
	β Virginis	3 4	11 43 19,9			+ 2 34	
	10 Virginis	6	12 2 26,8			+ 2 42	
22	β Virginis	3 4	11 43 19,9			+ 2 34	
	10 Virginis	6	12 2 26,8			+ 2 42	
	Mond *O*	9,5	12 18 40,0	114,5	62,96	− 4 0 12	−916
	Mond *U*	....	12 41 34,8	114,7	62,96	− 7 0 54	−890
	χ Virginis	5	12 31 57,6			− 7 13	
	ψ Virginis	5	12 47 0,5			− 8 46	
23	χ Virginis	5	12 31 57,6			− 7 13	
	ψ Virginis	5	12 47 0,5			− 8 46	
	Mond *O*	10,5	13 4 35,2	115,6	63,15	− 9 55 48	−858
	Mond *U*	....	13 27 49,6	116,9	63,52	−12 43 24	−816
	α Virginis	1	13 17 45,3			−10 25	
	75 Virginis	6	13 25 19,1			−14 38	
24	α Virginis	1	13 17 45,3			−10 25	
	75 Virginis	6	13 25 19,1			−14 38	
	Mond *O*	11,6	13 51 24,4	118,9	64,05	−15 22 6	−769
	Mond *U*	....	14 15 26,0	121,4	64,70	−17 50 30	−713
	*B.A.C.*4700	5 6	14 3 7,9			−15 38	
	*B.A.C.*4722	6	14 7 37,8			−17 32	
25	*B.A.C.*4700	5 6	14 3 7,9			−15 38	
	*B.A.C.*4722	6	14 7 37,8			−17 32	
	Mond *O*	12,6	14 39 59,6	124,2	65,44	−20 6 48	−648
	Mond *U*	....	15 5 8,0	127,2	66,23	−22 9 30	−577
	20 Librae	3 4	14 55 48,9			−24 43	
	ι¹ Librae	4 5	15 4 11,0			−19 15	
26	20 Librae	3 4	14 55 48,9			−24 43	
	ι¹ Librae	4 5	15 4 11,0			−19 15	
	Mond *O*	13,6	15 30 52,4	130,2	67,02	−23 57 0	−496
	Mond *U*	....	15 57 12,4	133,1	67,77	−25 27 36	−409
	ρ Scorpii	4 5	15 48 10,5			−28 48	
	δ Scorpii	2 3	15 51 59,6			−22 13	

Sterne im Parallel des Mondes 1858.

Culm. Berlin.	Namen.	Gr.	Ger. Aufstg.	St. Bew.	☾ Rad. Culm. Stat.	Abweichg.	St. Bew.
			h ' "	'	"	° ' "	"
Mai 27	ρ Scorpii	4 5	15 48 10,6			—28 48	
	δ Scorpii	2 3	15 51 59,6			—22 13	
	Mond *O*	14,7	16 24 4,8	135,6	68,42	—26 40 0	—314
	A Ophiuchi	5	17 6 40,4			—26 23	
	θ Ophiuchi	3 4	17 13 20,6			—24 51	
28	*A* Ophiuchi	5	17 6 40,4			—26 23	
	θ Ophiuchi	3 4	17 13 20,6			—24 51	
	Mond *U*	....	16 51 23,6	137,5	68,93	—27 32 54	—214
	Mond *O*	15,7	17 19 1,6	138,7	69,26	—28 5 24	—111
	B.A.C. 6074	5	17 50 1,4			—30 14	
	γ^1 Sagittarii	4	17 56 0,6			—29 35	
29	*B.A.C.* 6074	5	17 50 1,4			—30 14	
	γ^1 Sagittarii	4	17 56 0,6			—29 35	
	Mond *U*	....	17 46 49,2	139,1	69,39	—28 17 0	— 5
	Mond *O*	16,7	18 14 37,2	138,8	69,30	—28 7 24	+101
	φ Sagittarii	3 4	18 36 50,2			—27 8	
	σ Sagittarii	2 3	18 46 30,8			—26 28	
30	φ Sagitthrii	3 4	18 36 50,3			—27 8	
	σ Sagittarii	2 3	18 46 30,8			—26 28	
	Mond *U*	....	18 42 15,2	137,5	69,01	—27 36 54	+204
	Mond *O*	17,8	19 9 34,8	135,7	68,56	—26 45 54	+304
	ω Sagittarii	5	19 47 11,1			—26 40	
	A Sagittarii	5	19 50 20,7			—26 35	
31	ω Sagittarii	5	19 47 11,2			—26 40	
	A Sagittarii	5	19 50 20,7			—26 35	
	Mond *U*	....	19 36 28,4	133,3	67,97	—25 35 24	+400
	Mond *O*	18,8	20 2 51,6	130,6	67,30	—24 6 30	+488
	ρ Capricor.	5	20 20 47,9			—18 17	
	υ Capricor.	5 6	20 32 0,3			—18 38	
Juni 1	ρ Capricor.	5	20 20 48,0			—18 17	
	υ Capricor.	5 6	20 32 0,3			—18 38	
	Mond *U*	....	20 28 42,0	127,8	66,59	—22 20 30	+571
	Mond *O*	19,8	20 53 58,8	125,0	65,88	—20 18 48	+645
	ε Capricorni	4 5	21 29 9,8			—20 6	
	γ Capricor.	3 4	21 32 15,4			—17 18	

Sterne im Parallel des Mondes 1858.

Culm. Berlin.	Namen.	Gr.	Ger. Aufstg.	St. Bew.	☾ Rad. Culm. Stzt.	Abweichg.	St. Bew.
			h ′ ″	″	″	° ′ ″	″
Juni 2	ε Capricor.	4 5	21 29 9,8			−20 6	
	γ Capricor.	3 4	21 32 15,4			−17 18	
	Mond U	....	21 18 44,4	122,6	65,24	−18 2 54	+713
	Mond O	20,8	21 43 2,8	120,5	64,69	−15 34 6	+774
	50 Aquarii	6	22 16 52,4			−14 15	
	σ Aquarii	4 5	22 23 9,6			−11 24	
3	50 Aquarii	6	22 16 52,4			−14 15	
	σ Aquarii	4 5	22 23 9,6			−11 24	
	Mond U	....	22 6 59,2	119,1	64,28	−12 53 54	+827
	Mond O	21,9	22 30 40,8	118,1	64,04	−10 3 48	+874
	φ Aquarii	4 5	23 6 59,7			− 6 49	
	ψ² Aquarii	4 5	23 10 33,2			− 9 57	
4	φ Aquarii	4 5	23 6 59,7			− 6 49	
	ψ² Aquarii	4 5	23 10 33,2			− 9 57	
	Mond U	....	22 54 15,6	117,9	63,99	− 7 5 6	+913
	Mond O	22,9	23 17 52,4	118,4	64,14	− 3 59 12	+944
	λ Piscium	5	23 34 49,4			+ 1 0	
	21 Piscium	6	23 42 12,7			+ 0 17	
5	λ Piscium	5	23 34 49,5			+ 1 0	
	21 Piscium	6	23 42 12,7			+ 0 17	
	Mond U	....	23 41 41,2	119,8	64,53	− 0 47 54	+968
	Mond O	23,9	0 5 52,0	122,1	65,15	+ 2 27 18	+982
	45 Piscium ☼	6	0 18 23,8			+ 6 54	
	δ Piscium ☼	4 5	0 41 20,0			+ 6 49	
6	45 Piscium ☼	6	0 18 23,8			+ 6 54	
	δ Piscium ☼	4 5	0 41 20,1			+ 6 49	
	Mond U	....	0 30 36,0	125,4	66,02	+ 5 44 12	+986
	Mond O	25,0	0 56 5,6	129,7	67,15	+ 9 0 42	+976
	η Piscium	3 4	1 23 54,1			+14 37	
	101 Pisc. ☼	6	1 28 11,9			+13 56	
7	Mond U	....	1 22 32,4	134,9	68,52	+12 13 54	+953
	Mond O	26,0	1 50 8,0	141,1	70,10	+15 20 42	+912
8	Mond U	....	2 19 2,8	148,1	71,85	+18 17 18	+851
	Mond O	27,0	2 49 25,2	155,7	73,69	+20 59 36	+768

Sterne im Parallel des Mondes 1858.

Culm. Berlin.	Namen.		Gr.	Ger. Aufstg.	St. Bew.	☾ Rad. Culm. Stzt.	Abweichg.	St. Bew.
				h ′ ″	″	″	° ′ ″	″
Juni 9	Mond	U	....	3 21 19,2	163,3	75,52	+23 22 48	+661
	Mond	O	28,1	3 54 41,6	170,2	77,19	+25 22 18	+530
10	Mond	U	....	4 29 23,2	176,4	78,56	+26 53 18	+377
	Mond	O	29,1	5 5 4,0	180,1	79,47	+27 52 0	+208
11	Mond	U	....	5 41 17,6	181,6	79,79	+28 15 48	+ 29
12	Mond	O	0,9	6 17 31,2	180,2	79,48	+28 3 42	−150
	Mond	U	....	6 53 13,6	176,4	78,60	+27 16 30	−321
13	Mond	O	1,9	7 27 56,8	170,5	77,26	+25 56 42	−474
	Mond	U	....	8 1 20,8	163,4	75,58	+24 8 12	−608
14	Mond	O	3,0	8 33 14,4	155,6	73,72	+21 55 18	−718
	Mond	U	....	9 3 35,2	147,9	71,84	+19 22 48	−804
15	α Cancri	✲	4	8 50 44,0			+12 24	
	κ Cancri	✲	5	9 0 4,2			+11 14	
	Mond	O	4,0	9 32 26,0	140,7	70,03	+16 35 6	−869
	Mond	U	....	9 59 54,8	134,3	68,38	+13 36 24	−915
	ν Leonis	✲	5	9 50 36,0			+13 7	
	α Leonis	✲	1 2	10 0 49,6			+12 40	
16	ν Leonis	✲	5	9 50 36,0			+13 7	
	α Leonis	✲	1 2	10 0 49,6			+12 40	
	Mond	O	5,0	10 26 12,0	128,7	66,94	+10 30 18	−945
	Mond	U	....	10 51 29,2	124,3	65,73	+ 7 19 48	−959
	c Leonis	✲	5	10 53 24,6			+ 6 52	
	χ Leonis	✲	5	10 57 43,0			+ 8 6	
17	c Leonis	✲	5	10 53 24,6			+ 6 52	
	χ Leonis	✲	5	10 57 42,9			+ 8 6	
	Mond	O	6,1	11 15 58,4	120,7	64,78	+ 4 7 36	−961
	Mond	U	....	11 39 51,2	118,2	64,08	+ 0 55 54	−954
	υ Leonis		4 5	11 29 42,4			− 0 3	
	β Virginis		3 4	11 43 19,7			+ 2 34	
18	υ Leonis		4 5	11 29 42,3			− 0 3	
	β Virginis		3 4	11 43 19,7			+ 2 34	
	Mond	O	7,1	12 3 18,8	116,5	63,61	− 2 13 24	−938
	Mond	U	....	12 26 31,6	115,7	63,38	− 5 18 36	−912

Sterne im Parallel des Mondes 1858.

Culm. Berlin.	Namen.	Gr.	Ger. Aufstg.	St. Bew.	☾ Rad. Culm. Stat.	Abweichg.	St. Bew.
			h ′ ″	″	″	° ′ ″	
Juni 18	*q* Virginis	6	12 26 29,1			— 8 40	
	χ Virginis	5	12 31 57,4			— 7 13	
19	*q* Virginis	6	12 26 29,0			— 8 40	
	χ Virginis	5	12 31 57,4			— 7 13	
	Mond *O*	8,1	12 49 40,0	115,8	63,36	— 8 18 6	—881
	Mond *U*	....	13 12 53,2	116,5	63,55	—11 10 36	—842
	α Virginis	1	13 17 45,1			—10 25	
	h Virginis	5	13 25 31,8			— 9 26	
20	α Virginis	1	13 17 45,1			—10 25	
	h Virginis	5	13 25 31,8			— 9 26	
	Mond *O*	9,2	13 36 18,8	117,9	63,91	—13 54 30	—796
	Mond *U*	....	14 0 4,8	119,9	64,43	—16 28 36	—743
	*B.A.C.*4700	5 6	14 3 7,8			—15 38	
	*B.A.C.*4722	6	14 7 37,7			—17 32	
21	*B.A.C.*4700	5 6	14 3 7,8			—15 38	
	*B.A.C.*4722	6	14 7 37,7			—17 32	
	Mond *O*	10,2	14 24 17,2	122,3	65,07	—18 51 18	—683
	Mond *U*	....	14 49 0,8	125,1	65,79	—21 1 18	—615
	12 Librae	6	14 46 8,6			—24 3	
	20 Librae	3 4	14 55 48,9			—24 43	
22	12 Librae	6	14 46 8,6			—24 3	
	20 Librae	3 4	14 55 48,9			—24 43	
	Mond *O*	11,2	15 14 19,2	128,0	66,55	—22 56 54	—540
	Mond *U*	....	15 40 12,8	130,9	67,31	—24 36 42	—457
	ρ Scorpii	4 5	15 48 10,7			—28 48	
	δ Scorpii	2 3	15 51 59,7			—22 13	
23	ρ Scorpii	4 5	15 48 10,7			—28 48	
	δ Scorpii	2 3	15 51 59,7			—22 13	
	Mond *O*	12,3	16 6 41,2	133,8	68,01	—25 59 18	—368
	Mond *U*	....	16 33 40,4	136,1	68,60	—27 3 18	—272
	α Scorpii	1 2	16 20 45,7			—26 7	
	τ Scorpii	3 4	16 27 6,4			—27 55	
24	α Scorpii	1 2	16 20 45,7			—26 7	
	τ Scorpii	3 4	16 27 6,4			—27 55	
	Mond *O*	13,3	17 1 4,8	137,9	69,05	—27 47 36	—171

Sterne im Parallel des Mondes 1858.

Culm. Berlin.	Namen.	Gr.	Ger. Aufstg.	St. Bew.	☾ Rad. Culm. Stzt.	Abweichg.	St. Bew.
			h ′ ″	″	″	° ′ ″	″
Juni 24	Mond *U*	....	17 28 46,8	138,9	69,31	−28 11 18	− 66
	θ Ophiuchi	3 4	17 13 21,0			−24 51	
	d Ophiuchi	4	17 18 21,0			−29 44	
25	*θ* Ophiuchi	3 4	17 13 21,0			−24 51	
	d Ophiuchi	4	17 18 21,0			−29 44	
	Mond *O*	14,3	17 56 36,4	139,1	69,35	−28 14 0	+ 39
	δ Sagittarii	3 4	18 11 58,0			−29 53	
	λ Sagittarii	3	18 19 16,1			−25 30	
26	*δ* Sagittarii	3 4	18 11 58,0			−29 53	
	λ Sagittarii	3	18 19 16,2			−25 30	
	Mond *U*	....	18 24 23,6	138,6	69,19	−27 55 30	+145
	Mond *O*	15,4	18 51 58,4	137,1	68,83	−27 16 12	+247
	*B.A.C.*6666	6	19 21 8,5			−27 16	
	*h*² Sagittar.	4 5	19 28 7,3			−25 12	
27	*B.A.C.*6666	6	19 21 8,5			−27 16	
	*h*² Sagittar.	4 5	19 28 7,3			−25 12	
	Mond *U*	....	19 19 12,0	135,1	68,30	−26 16 36	+347
	Mond *O*	16,4	19 45 57,6	132,5	67,64	−24 57 54	+440
	4 Capricor.	6	20 9 44,2			−22 15	
	*B.A.C.*7049	6	20 21 14,6			−22 52	
28	4 Capricor.	6	20 9 44,2			−22 15	
	*B.A.C.*7049	6	20 21 14,6			−22 52	
	Mond *U*	....	20 12 10,4	129,6	66,90	−23 21 18	+525
	Mond *O*	17,4	20 37 48,0	126,7	66,14	−21 28 18	+604
	29 Capric.	6	21 7 56,2			−15 45	
	ι Capricor.	4 5	21 14 23,3			−17 26	
29	29 Capric.	6	21 7 56,2			−15 45	
	ι Capricor.	4 5	21 14 23,3			−17 26	
	Mond *U*	....	21 2 50,4	123,8	65,40	−19 20 18	+674
	Mond *O*	18,5	21 27 20,0	121,2	64,72	−16 59 6	+737
	δ Capricor.	3	21 39 15,0			−16 46	
	μ Capricor.	5	21 45 36,0			−14 13	
30	*δ* Capricor.	3	21 39 15,0			−16 46	
	μ Capricor.	5	21 45 36,1			−14 13	
	Mond *U*	....	21 51 21,2	119,0	64,15	−14 26 6	+792

Sterne im Parallel des Mondes 1858.

Culm. Berlin.	Namen.	Gr.	Ger. Aufstg.	St. Bew.	☾ Rad. Culm. Stzt.	Abweichg.	St. Bew.
			h ′ ″	″	″	° ′ ″	″
Juni 30	Mond *O*	19,5	22 14 58,8	117,3	63,71	— 11 42 54	+839
	67 Aquarii	6	22 35 51,8			— 7 42	
	λ Aquarii	4	22 45 14,8			— 8 20	
Juli 1	67 Aquarii	6	22 35 51,8			— 7 42	
	λ Aquarii	4	22 45 14,8			— 8 20	
	Mond *U*	....	22 38 20,0	116,3	63,45	— 8 51 6	+878
	Mond *O*	20,5	23 1 32,8	116,0	63,37	— 5 52 12	+911
	λ Piscium	5	23 34 50,3			+ 1 0	
	21 Piscium	6	23 42 13,6			+ 0 17	
2	λ Piscium	5	23 34 50,3			+ 1 0	
	21 Piscium	6	23 42 13,6			+ 0 17	
	Mond *U*	....	23 24 46,0	116,3	63,50	— 2 47 36	+935
	Mond *O*	21,6	23 48 8,4	117,6	63,87	+ 0 20 54	+949
	d Piscium ✲	5 6	0 13 19,6			+ 7 24	
	45 Piscium ✲	6	0 18 24,7			+ 6 54	
3	*d* Piscium ✲	5 6	0 13 19,6			+ 7 24	
	45 Piscium ✲	6	0 18 24,7			+ 6 54	
	Mond *U*	....	0 11 51,2	119,7	64,48	+ 3 31 48	+957
	Mond *O*	22,6	0 36 4,8	122,7	65,32	+ 6 43 12	+955
	ε Piscium ✲	4	0 55 36,4			+ 7 8	
	ζ Piscium ✲	4 5	1 6 20,6			+ 6 50	
4	ε Piscium ✲	4	0 55 36,4			+ 7 8	
	ζ Piscium ✲	4 5	1 6 20,6			+ 6 50	
	Mond *U*	....	1 1 0,4	126,7	66,41	+ 9 52 54	+941
	Mond *O*	23,6	1 26 50,0	131,7	67,74	+ 12 58 36	+914
	β Arietis	2 3	1 46 49,6			+ 20 7	
	B.A.C. 607	6	1 51 44,8			+ 20 22	
5	β Arietis	2 3	1 46 49 7			+ 20 7	
	B.A.C. 607	6	1 51 44,9			+ 20 22	
	Mond *U*	....	1 53 44,8	137,6	69,28	+ 15 57 18	+872
	Mond *O*	24,7	2 21 55,6	144,4	70,99	+ 18 45 54	+812
	ε Arietis	4 5	2 51 7,2			+ 20 46	
	ζ Arietis	4 5	3 6 45,9			+ 20 31	
6	ε Arietis	4 5	2 51 7,3			+ 20 46	
	ζ Arietis	4 5	3 6 45,9			+ 20 31	

Sterne im Parallel des Mondes 1858.

Culm. Berlin.	Namen.		Gr.	Ger. Aufstg.	St. Bew.	☾ Rad. Culm. Stat.	Abweichg.	St. Bew.
				h ′ ″	″	″	° ′ ″	″
Juli 6	Mond	U	....	2 51 31,2	151,6	72,81	+21 20 36	+731
	Mond	O	25,7	3 22 36,4	159,3	74,65	+23 37 6	+630
7	Mond	U	....	3 55 12,0	166,5	76,38	+25 31 12	+508
	Mond	O	26,7	4 29 9,6	172,9	77,85	+26 58 30	+362
8	Mond	U	....	5 4 14,0	177,5	78,90	+27 54 54	+200
	Mond	O	27,8	5 40 1,2	180,0	79,43	+28 17 36	+ 26
9	Mond	U	....	6 16 2,4	179,8	79,35	+28 5 6	−152
	Mond	O	28,8	6 51 45,6	176,9	78,73	+27 17 24	−323
10	Mond	U	....	7 26 42,0	172,1	77,60	+25 56 36	−481
11	Mond	O	0,6	8 0 30,4	165,7	76,07	+24 5 54	−622
	Mond	U	....	8 32 56,0	158,5	74,34	+21 49 30	−739
12	Mond	O	1,6	9 3 53,6	151,1	72,53	+19 12 12	−830
	Mond	U	....	9 33 24,0	144,1	70,78	+16 18 42	−901
13	Mond	O	2,7	10 1 33,2	137,7	69,16	+13 13 24	−949
	Mond	U	....	10 28 30,4	132,1	67,72	+10 0 24	−979
14	Mond	O	3,7	10 54 26,8	127,5	66,52	+ 6 43 6	−991
	Mond	U	....	11 19 33,6	123,9	65,56	+ 3 24 24	−992
	τ Leonis		5	11 20 39,4			+ 3 38	
	υ Leonis		4 5	11 29 42,1			− 0 3	
15	τ Leonis		5	11 20 39,4			+ 3 38	
	υ Leonis		4 5	11 29 42,1			− 0 3	
	Mond	O	4,7	11 44 2,4	121,1	64,85	+ 0 7 6	−980
	Mond	U	....	12 8 4,4	119,3	64,38	− 3 6 54	−958
	10 Virginis		6	12 2 26,3			+ 2 42	
	η Virginis		3 4	12 12 40,1			+ 0 7	
16	10 Virginis		6	12 2 26,3			+ 2 42	
	η Virginis		3 4	12 12 40,1			+ 0 7	
	Mond	O	5,8	12 31 50,4	118,4	64,14	− 6 15 30	−927
	Mond	U	....	12 55 30,0	118,3	64,12	− 9 17 12	−889
	ψ Virginis		5	12 47 0,1			− 8 46	
	g Virginis		6	13 0 29,5			− 9 59	
17	ψ Virginis		5	12 47 0,1			− 8 46	

Sterne im Parallel des Mondes 1858.

Culm. Berlin.	Namen.	Gr.	Ger. Aufstg.	St. Bew.	☾ Rad. Culm. Stzt.	Abweichg.	St. Bew.
			h ′ ″	″	″	° ′ ″	″
Juli 17	*g* Virginis	6	13 0 29,5			— 9 59	
	Mond *O*	6,8	13 19 12,4	118,9	64,29	—12 10 30	—843
	Mond *U*	....	13 43 6,4	120,1	64,63	—14 53 48	—790
	83 Virginis	6	13 36 52,6			—15 28	
	89 Virginis	5	13 42 11,9			—17 26	
18	83 Virginis	6	13 36 52,6			—15 28	
	89 Virginis	5	13 42 11,8			—17 26	
	Mond *O*	7,8	14 7 18,4	122,0	65,12	—17 26 0	—730
	Mond *U*	....	14 31 55,2	124,2	65,72	—19 45 30	—664
	α^2 Librae	2 3	14 43 4,2			—15 27	
	*B.A.C.*4923	6	14 49 13,2			—20 46	
19	α^2 Librae	2 3	14 43 4,2			—15 27	
	*B.A.C.*4923	6	14 49 13,2			—20 46	
	Mond *O*	8,9	14 57 0,8	126,7	66,40	—21 51 6	—590
	Mond *U*	....	15 22 38,0	129,5	67,11	—23 41 24	—511
	39 Librae	4 5	15 28 27,8			—27 40	
	b Scorpii	5	15 42 29,8			—25 19	
20	39 Librae	4 5	15 28 27,8			—27 40	
	b Scorpii	5	15 42 29,8			—25 19	
	Mond *O*	9,9	15 48 48,8	132,3	67,81	—25 15 6	—424
	Mond *U*	....	16 15 30,8	134,7	68,44	—26 30 42	—332
	σ Scorpii	3 4	16 12 37,1			—25 15	
	α Scorpii	1 2	16 20 45,7			—26 7	
21	σ Scorpii	3 4	16 12 37,1			—25 15	
	α Scorpii	1 2	16 20 45,7			—26 7	
	Mond *O*	10,9	16 42 40,4	136,8	68,95	—27 27 18	—233
	Mond *U*	....	17 10 12,0	138,3	69,30	—28 3 42	—131
	A Ophiuchi	5	17 6 40,8			—26 23	
	d Ophiuchi	4	17 18 21,1			—29 44	
22	*A* Ophiuchi	5	17 6 40,8			—26 23	
	d Ophiuchi	4	17 18 21,1			—29 44	
	Mond *O*	12,0	17 37 58,0	139,1	69,48	—28 19 24	— 25
	Mond *U*	....	18 5 48,8	139,3	69,45	—28 13 54	+ 81
	δ Sagittarii	3 4	18 11 58,2			—29 53	
	λ Sagittarii	3	18 19 16,4			—25 30	

Sterne im Parallel des Mondes 1858.

Culm. Berlin.	Namen.	Gr.	Ger. Aufstg.	St. Bew.	☾ Rad. Culm. Stat.	Abweichg.	St. Bew.
			h ′ ″	″	″	° ′ ″	″
Juli 23	δ Sagittarii	3 4	18 11 58,2			−29 53	
	λ Sagittarii	3	18 19 16,4			−25 30	
	Mond O	13,0	18 33 35,2	138,4	69,22	−27 47 12	+187
	Mond U	....	19 1 7,2	136,8	68,80	−26 59 42	+288
	ζ Sagittarii	3 4	18 53 38,6			−30 5	
	τ Sagittarii	3 4	18 58 8,5			−27 52	
24	ζ Sagittarii	3 4	18 53 38,6			−30 5	
	τ Sagittarii	3 4	18 58 8,5			−27 52	
	Mond O	14,0	19 28 17,2	134,7	68,23	−25 52 12	+386
	Mond U	....	19 54 58,8	132,2	67,54	−24 25 42	+478
	b Sagittarii	5	19 48 17,9			−27 33	
	c Sagittarii	5	19 53 59,4			−28 6	
25	b Sagittarii	5	19 48 17,9			−27 33	
	c Sagittarii	5	19 53 59,5			−28 6	
	Mond O	15,1	20 21 7,6	129,3	66,78	−22 41 30	+562
	21 Capric.	6	20 52 55,9			−18 5	
	θ Capricor.	4	20 58 1,5			−17 48	
26	21 Capric.	6	20 52 55,9			−18 5	
	θ Capricor.	4	20 58 1,5			−17 48	
	Mond U	....	20 46 41,6	126,4	66,00	−20 41 12	+639
	Mond O	16,1	21 11 41,6	123,6	65,25	−18 26 18	+708
	γ Capricor.	3 4	21 32 16,9			−17 18	
	δ Capricor.	3	21 39 15,6			−16 46	
27	γ Capricor.	3 4	21 32 16,9			−17 18	
	δ Capricor.	3	21 39 15,6			−16 46	
	Mond U	....	21 36 9,6	121,1	64,58	−15 58 30	+769
	Mond O	17,1	22 0 9,2	118,9	64,02	−13 19 36	+820
	σ Aquarii	4 5	22 23 11,2			−11 24	
	70 Aquarii	6	22 41 5,2			−11 18	
28	σ Aquarii	4 5	22 23 11,2			−11 24	
	70 Aquarii	6	22 41 5,2			−11 18	
	Mond U	....	22 23 46,4	117,4	63,60	−10 31 12	+863
	Mond O	18,2	22 47 8,0	116,3	63,34	− 7 35 0	+898
	φ Aquarii	4 5	23 7 1,3			− 6 49	
	96 Aquarii	5 6	23 12 5,3			− 5 54	

Sterne im Parallel des Mondes 1858.

Culm. Berlin.	Namen.	Gr.	Ger. Aufstg.	St. Bew.	☾ Rad. Culm. Stst.	Abweichg.	St. Bew.
			h ′ ″	″	″	° ′ ″	″
Juli 29	φ Aquarii	4 5	23 7 1,3			— 6 49	
	96 Aquarii	5 6	23 12 5,4			— 5 54	
	Mond *U*	....	23 10 21,2	116,0	63,27	— 4 32 48	+923
	Mond *O*	19,2	23 33 34,0	116,3	63,41	— 1 26 12	+940
	22 Piscium	6	23 44 44,9			+ 2 9	
	29 Piscium	5 6	23 54 35,8			— 3 49	
30	22 Piscium	6	23 44 44,9			+ 2 9	
	29 Piscium	5 6	23 54 35,8			— 3 49	
	Mond *U*	....	23 56 56,4	117,5	63,76	+ 1 43 6	+951
	Mond *O*	20,2	0 20 37,2	119,4	64,33	+ 4 53 12	+949
	δ Piscium ✲	4 5	0 41 21,8			+ 6 49	
	ε Piscium ✲	4	0 55 37,2			+ 7 8	
31	δ Piscium ✲	4 5	0 41 21,8			+ 6 49	
	ε Piscium ✲	4	0 55 37,3			+ 7 8	
	Mond *U*	....	0 44 46,8	122,3	65,14	+ 8 2 6	+938
	Mond *O*	21,3	1 9 35,6	126,0	66,18	+11 7 42	+917
	η Piscium	3 4	1 23 55,9			+14 37	
	B.A.C. 477	6	1 28 16,7			+16 42	
Aug. 1	η Piscium	3 4	1 23 55,9			+14 37	
	B.A.C. 477	6	1 28 16,7			+16 42	
	Mond *U*	....	1 35 14,4	130,6	67,44	+14 7 42	+881
	Mond *O*	22,3	2 1 53,6	136,1	68,89	+16 59 18	+833
	μ Arietis	5 6	2 34 24,2			+19 24	
	ε Arietis	4 5	2 51 8,1			+20 46	
2	μ Arietis	5 6	2 34 24,2			+19 24	
	ε Arietis	4 5	2 51 8,2			+20 46	
	Mond *U*	....	2 29 42,4	142,1	70,49	+19 39 36	+767
	Mond *O*	23,3	2 58 48,0	148,9	72,18	+22 5 6	+681
	17 Tauri	4	3 36 29,1			+23 40	
	27 Tauri	4	3 40 45,5			+23 37	
3	17 Tauri	4	3 36 29,2			+23 40	
	27 Tauri	4	3 40 45,5			+23 37	
	Mond *U*	....	3 29 15,2	155,7	73,88	+24 12 12	+584
	Mond *O*	24,4	4 1 3,6	162,3	75,47	+25 57 6	+463
	τ Tauri	4 5	4 33 45,4			+22 41	
	k Tauri	5 6	4 49 30,0			+24 50	

Sterne im Parallel des Mondes 1858.

Culm. Berlin.	Namen.		Gr.	Ger. Aufstg.	St. Bew.	☾ Rad. Culm. Stat	Abweichg.	St. Bew.
				h ′ ″	″	″	° ′ ″	″
Aug. 4	τ Tauri		4 5	4 33 45,5			+22 41	
	k Tauri		5 6	4 49 30,0			+24 50	
	Mond	U	....	4 34 6,4	168,0	76,83	+27 16 6	+ 323
	Mond	O	25,4	5 8 10,4	172,3	77,82	+28 5 42	+ 170
5	Mond	U	....	5 42 55,6	174,9	78,36	+28 23 24	+ 6
	Mond	O	26,5	6 17 56,8	175,1	78,38	+28 7 48	— 162
6	Mond	U	....	6 52 46,8	173,0	77,87	+27 18 42	— 327
	Mond	O	27,5	7 27 1,2	169,1	76,91	+25 57 42	— 481
7	Mond	U	....	8 0 18,8	163,7	75,61	+24 7 24	— 619
	Mond	O	28,5	8 32 26,8	157,5	74,09	+21 51 18	— 738
8	Mond	U	....	9 3 18,4	151,1	72,48	+19 13 42	— 835
9	Mond	O	0,3	9 32 52,8	144,8	70,90	+16 19 0	— 909
	Mond	U	....	10 1 14,8	139,0	69,43	+13 11 24	— 963
10	Mond	O	1,3	10 28 31,2	133,9	68,12	+ 9 55 0	— 998
	Mond	U	....	10 54 52,0	129,7	67,01	+ 6 33 30	—1015
11	Mond	O	2,3	11 20 26,8	126,3	66,13	+ 3 10 12	—1017
	Mond	U	....	11 45 26,4	123,9	65,49	— 0 12 6	—1005
12	Mond	O	3,4	12 10 1,6	122,1	65,07	— 3 30 54	— 982
	Mond	U	....	12 34 21,6	121,3	64,88	— 6 44 0	— 948
13	q Virginis		6	12 26 28,6			— 8 40	
	χ Virginis		5	12 31 56,9			— 7 13	
	Mond	O	4,4	12 58 36,4	121,3	64,88	— 9 49 30	— 906
	Mond	U	....	13 22 54,4	121,9	65,07	—12 45 36	— 855
	α Virginis		1	13 17 44,6			—10 25	
	h Virginis		5	13 25 31,3			— 9 26	
14	α Virginis		1	13 17 44,6			—10 25	
	h Virginis		5	13 25 31,3			— 9 26	
	Mond	O	5,4	13 47 22,8	123,0	65,41	—15 30 42	— 796
	Mond	U	....	14 12 8,8	124,7	65,89	—18 3 30	— 731
	*B.A.C.*4700		5 6	14 3 7,3			—15 38	
	*B.A.C.*4722		6	14 7 37,2			—17 32	
15	*B.A.C.*4700		5 6	14 3 7,3			—15 38	
	*B.A.C.*4722		6	14 7 37,2			—17 32	

Sterne im Parallel des Mondes 1858.

Culm. Berlin.	Namen.	Gr.	Ger. Aufstg.	St. Bew.	☾ Rad. Culm. Stzt.	Abweichg.	St. Bew.
			h ′ ″	″	″	° ′ ″	″
Aug. 15	Mond *O*	6,5	14 37 17,6	126,8	66,47	—20 22 30	—658
	Mond *U*	....	15 2 53,2	129,1	67,11	—22 26 18	—578
	20 Librae	3 4	14 55 48,4			—24 43	
	ι^1 Librae	4 5	15 4 10,5			—19 15	
16	20 Librae	3 4	14 55 48,4			—24 43	
	ι^1 Librae	4 5	15 4 10,5			—19 15	
	Mond *O*	7,5	15 28 57,6	131,5	67,77	—24 13 42	—494
	Mond *U*	....	15 55 30,8	133,9	68,39	—25 43 24	—403
	ρ Scorpii	4 5	15 48 10,3			—28 48	
	δ Scorpii	2 3	15 51 59,3			—22 13	
17	ρ Scorpii	4 5	15 48 10,2			—28 48	
	δ Scorpii	2 3	15 51 59,3			—22 13	
	Mond *O*	8,5	16 22 31,2	136,0	68,93	—26 51 18	—306
	Mond *U*	....	16 49 54,8	137,8	69,35	—27 45 24	—204
	26 Ophiuchi	6	16 51 31,1			—24 46	
	A Ophiuchi	5	17 6 40,6			—26 23	
18	26 Ophiuchi	6	16 51 31,1			—24 46	
	A Ophiuchi	5	17 6 40,6			—26 23	
	Mond *O*	9,6	17 17 35,6	138,9	69,62	—28 15 54	—101
	Mond *U*	....	17 45 25,6	139,3	69,71	—28 25 24	+ 5
	γ^1 Sagitt.	4	17 56 1,1			—29 35	
	*B.A.C.*6127	5	17 59 9,1			—28 28	
19	γ^1 Sagitt.	4	17 56 1,1			—29 35	
	*B.A.C.*6127	5	17 59 9,1			—28 28	
	Mond *O*	10,6	18 13 16,4	139,0	69,60	—28 13 42	+111
	Mond *U*	....	18 40 59,6	138,1	69,29	—27 40 48	+217
	ϕ Sagittarii	3 4	18 36 51,0			—27 8	
	σ Sagittarii	2 3	18 46 31,6			—26 28	
20	ϕ Sagittarii	3 4	18 36 51,0			—27 8	
	σ Sagittarii	2 3	18 46 31,6			—26 28	
	Mond *O*	11,6	19 8 26,8	136,4	68,83	—26 47 12	+318
	Mond *U*	....	19 35 30,8	134,2	68,23	—25 33 48	+414
	*B.A.C.*6666	6	19 21 8,9			—27 16	
	h^2 Sagittarii	4 5	19 28 7,7			—25 12	

Sterne im Parallel des Mondes 1858.

Culm. Berlin.	Namen.	Gr.	Ger. Aufstg.	St. Bew.	☾ Rad. Culm. Stzt.	Abweichg.	St. Bew.
			h ′ ″	″	″	° ′ ″	″
Aug. 21	*B.A.C.*6666	6	19 21 8,8			—27 16	
	*h*² Sagittarii	4 5	19 28 7,7			—25 12	
	Mond *O*	12,7	20 2 6,8	131,7	67,54	—24 1 36	+506
	Mond *U*	....	20 28 11,6	129,0	66,80	—22 11 54	+590
	ψ Capricor.	4 5	20 37 45,2			—25 47	
	ω Capricor.	4 5	20 43 24,8			—27 27	
22	ψ Capricor.	4 5	20 37 45,2			—25 47	
	ω Capricor.	4 5	20 43 24,8			—27 27	
	Mond *O*	13,7	20 53 43,6	126,3	66,05	—20 6 6	+667
	Mond *U*	....	21 18 44,4	123,8	65,35	—17 45 48	+736
	ι Capricor.	4 5	21 14 24,2			—17 26	
	γ Capricor.	3 4	21 32 17,2			—17 18	
23	ι Capricor.	4 5	21 14 24,2			—17 26	
	γ Capricor.	3 4	21 32 17,2			—17 18	
	Mond *O*	14,7	21 43 16,4	121,6	64,72	—15 12 36	+795
	Mond *U*	....	22 7 24,0	119,7	64,21	—12 28 18	+846
	50 Aquarii	6	22 16 54,4			—14 15	
	σ Aquarii	4 5	22 23 11,6			—11 24	
24	50 Aquarii	6	22 16 54,4			—14 15	
	σ Aquarii	4 5	22 23 11,6			—11 24	
	Mond *O*	15,8	22 31 12,4	118,4	63,84	— 9 34 42	+889
	λ Aquarii	4	22 45 16,0			— 8 20	
	82 Aquarii	6	22 55 13,9			— 7 20	
25	λ Aquarii	4	22 45 16,0			— 8 20	
	82 Aquarii	6	22 55 13,9			— 7 20	
	Mond *U*	....	22 54 48,4	117,7	63,64	— 6 33 30	+922
	Mond *O*	16,8	23 18 19,2	117,5	63,63	— 3 26 36	+945
	λ Piscium	5	23 34 51,7			+ 1 0	
	21 Piscium	6	23 42 14,9			+ 0 17	
26	λ Piscium	5	23 34 51,7			+ 1 0	
	21 Piscium	6	23 42 15,0			+ 0 17	
	Mond *U*	....	23 41 52,8	118,1	63,81	— 0 15 54	+960
	Mond *O*	17,8	0 5 38,0	119,5	64,20	+ 2 56 36	+964
	45 Piscium *	6	0 18 26,2			+ 6 54	
	δ Piscium *	4 5	0 41 22,4			+ 6 49	

Sterne im Parallel des Mondes 1858.

Culm. Berlin.	Namen.	Gr.	Ger. Aufstg.	St. Bew.	☾ Rad. Culm. Stat.	Abweichg.	St. Bew.
			h ′ ″	″	″	° ′ ″	″
Aug. 27	45 Piscium ✶	6	0 18 26,2			+ 6 54	
	δ Piscium ✶	4 5	0 41 22,5			+ 6 49	
	Mond U	....	0 29 43,6	121,5	64,81	+ 6 8 54	+957
	Mond O	18,9	0 54 19,6	124,5	65,64	+ 9 18 42	+939
	η Piscium	3 4	1 23 56,6			+14 37	
	101 Pisc. ✶	6	1 28 14,5			+13 56	
28	η Piscium	3 4	1 23 56,6			+14 37	
	101 Pisc. ✶	6	1 28 14,5			+13 56	
	Mond U	....	1 19 35,2	128,1	66,68	+12 23 36	+909
	Mond O	19,9	1 45 39,6	132,6	67,90	+15 21 0	+864
	η Arietis	5 6	2 4 54,7			+20 33	
	θ Arietis	5 6	2 10 17,2			+19 15	
29	η Arietis	5 6	2 4 54,7			+20 33	
	θ Arietis	5 6	2 10 17,2			+19 15	
	Mond U	....	2 12 41,6	137,7	69,27	+18 8 12	+806
	Mond O	20,9	2 40 48,4	143,4	70,76	+20 42 0	+730
	ζ Arietis	4 5	3 6 47,7			+20 31	
	τ^1 Arietis	5	3 13 5,0			+20 38	
30	ζ Arietis	4 5	3 6 47,7			+20 31	
	τ^1 Arietis	5	3 13 5,1			+20 38	
	Mond U	....	3 10 5,6	149,4	72,30	+22 59 18	+610
	Mond O	22,0	3 40 33,6	155,3	73,78	+24 56 42	+531
	φ Tauri	5	4 11 40,4			+27 0	
	υ^1 Tauri	4 5	4 17 51,7			+22 29	
31	φ Tauri	5	4 11 40,5			+27 0	
	υ^1 Tauri	4 5	4 17 51,8			+22 29	
	Mond U	....	4 12 10,8	160,7	75,12	+26 30 48	+408
	Mond O	23,0	4 44 47,6	165,3	76,21	+27 38 36	+268
	n Tauri	6	5 10 47,4			+21 57	
	β Tauri	2	5 17 21,7			+28 29	
Sept. 1	n Tauri	6	5 10 47,5			+21 57	
	β Tauri	2	5 17 21,8			+28 29	
	Mond U	....	5 18 10,8	168,3	76,94	+28 17 24	+119
	Mond O	24,1	5 52 0,8	169,7	77,25	+28 25 36	− 38
	η Geminor.	3 4	6 6 20,7			+22 33	
	μ Geminor.	3	6 14 24,5			+22 35	

Sterne im Parallel des Mondes 1858.

Culm. Berlin.	Namen.	Gr.	Ger. Aufstg.	St. Bew.	☾ Rad. Culm. Stst.	Abweichg.	St. Bew.
			h ′ ″	″	″	° ′ ″	″
Sept. 2	η Geminor.	3 4	6 6 20,8			+22 33	
	μ Geminor.	3	6 14 24,6			+22 35	
	Mond U	....	6 25 56,4	169,3	77,10	+28 2 6	— 196
	Mond O	25,1	6 59 34,8	166,8	76,53	+27 7 36	— 348
	υ Geminor.	4 5	7 27 12,3			+27 12	
	β Geminor.	1 2	7 36 39,4			+28 22	
3	υ Geminor.	4 5	7 27 12,3			+27 12	
	β Geminor.	1 2	7 36 39,4			+28 22	
	Mond U	....	7 32 36,0	163,1	75,59	+25 43 24	— 491
	Mond O	26,1	8 4 44,8	158,3	74,37	+23 52 0	— 621
4	Mond U	....	8 35 50,8	152,7	72,99	+21 36 30	— 731
	Mond O	27,2	9 5 50,4	147,2	71,55	+19 0 36	— 825
5	Mond U	....	9 34 44,0	141,8	70,16	+16 7 54	— 900
	Mond O	28,2	10 2 35,2	136,9	68,87	+13 2 24	— 954
6	Mond U	....	10 29 31,6	132,7	67,74	+ 9 47 30	— 992
	Mond O	29,2	10 55 41,2	129,1	66,80	+ 6 26 48	—1013
7	Mond U	....	11 21 13,2	126,4	66,06	+ 3 3 24	—1019
8	Mond O	0,9	11 46 17,6	124,5	65,55	— 0 19 48	—1011
	Mond U	....	12 11 3,6	123,3	65,25	— 3 40 6	— 990
9	Mond O	1,9	12 35 40,0	122,9	65,16	— 6 55 12	— 959
	Mond U	....	13 0 15,6	123,1	65,26	—10 2 48	— 916
10	Mond O	3,0	13 24 58,0	124,0	65,52	—13 1 0	— 865
	Mond U	....	13 49 53,6	125,4	65,93	—15 47 54	— 804
11	Mond O	4,0	14 15 8,4	127,2	66,44	—18 21 54	— 735
	Mond U	....	14 40 46,8	129,3	67,04	—20 41 18	— 658
	*B.A.C.*4896	6	14 43 40,5			—17 12	
	*B.A.C.*4923	6	14 49 12,5			—20 46	
12	*B.A.C.*4896	6	14 43 40,5			—17 12	
	*B.A.C.*4923	6	14 49 12,5			—20 46	
	Mond O	5,0	15 6 51,2	131,5	67,67	—22 44 42	— 575
	Mond U	....	15 33 22,8	133,7	68,29	—24 30 42	— 484
	39 Librae	4 5	15 28 27,0			—27 40	
	b Scorpii	5	15 42 29,0			—25 19	

Sterne im Parallel des Mondes 1858.

Culm. Berlin.	Namen.	Gr.	Ger. Aufstg.	St. Bew.	☾ Rad. Culm. Strt.	Abweichg.	St. Bew
			h ' "	"	"	° ' "	"
Sept. 13	39 Librae	4 5	15 28 27,0			—27 40	
	b Scorpii	5	15 42 29,0			—25 19	
	Mond *O*	6,1	16 0 20,4	135,9	68,86	—25 58 6	—388
	Mond *U*	....	16 27 41,2	137,5	69,32	—27 5 54	—289
	α Scorpii	1 2	16 20 44,9			—26 7	
	τ Scorpii	3 4	16 27 5,6			—27 55	
14	α Scorpii	1 2	16 20 44,9			—26 7	
	τ Scorpii	3 4	16 27 5,6			—27 55	
	Mond *O*	7,1	16 55 20,0	138,8	69,66	—27 53 18	—185
	Mond *U*	....	17 23 10,0	139,5	69,83	—28 19 42	— 79
	θ Ophiuchi	3 4	17 13 20,4			—24 51	
	d Ophiuchi	4	17 18 20,4			—29 44	
15	θ Ophiuchi	3 4	17 13 20,4			—24 51	
	d Ophiuchi	4	17 18 20,4			—29 44	
	Mond *O*	8,1	17 51 3,6	139,4	69,82	—28 24 48	+ 27
	Mond *U*	....	18 18 52,8	138,7	69,62	—28 8 42	+134
	δ Sagittarii	3 4	18 11 57,7			—29 53	
	λ Sagittarii	3	18 19 15,9			—25 30	
16	δ Sagittarii	3 4	18 11 57,7			—29 53	
	λ Sagittarii	3	18 19 15,8			—25 30	
	Mond *O*	9,2	18 46 29,2	137,3	69,25	—27 31 36	+237
	Mond *U*	....	19 13 46,4	135,4	68,73	—26 34 12	+336
	τ Sagittarii	3 4	18 58 8,1			—27 52	
	ψ Sagittarii	5	19 6 53,7			—25 30	
17	τ Sagittarii	3 4	18 58 8,1			—27 52	
	ψ Sagittarii	5	19 6 53,7			—25 30	
	Mond *O*	10,2	19 40 38,4	133,1	68,11	—25 17 24	+431
	Mond *U*	....	20 7 1,6	130,7	67,42	—23 42 6	+520
	4 Capricor.	6	20 9 44,6			—22 15	
	*B.A.C.*7049	6	20 21 15,1			—22 52	
18	4 Capricor.	6	20 9 44,6			—22 15	
	*B.A.C.*7049	6	20 21 15,1			—22 52	
	Mond *O*	11,2	20 32 54,4	128,1	66,70	—21 49 42	+603
	Mond *U*	....	20 58 16,8	125,7	66,00	—19 41 30	+679
	θ Capricor.	4	20 58 1,6			—17 48	
	ι Capricor.	4 5	21 14 24,1			—17 26	

Sterne im Parallel des Mondes 1858.

Culm. Berlin.	Namen.	Gr.	Ger. Aufstg.	St. Bew.	☾ Rad. Culm. Stzt.	Abweichg.	St. Bew.
			h ′ ″	″	″	° ′ ″	″
Sept. 19	θ Capricor.	4	20 58 1,6			−17 48	
	ι Capricor.	4 5	21 14 24,1			−17 26	
	Mond *O*	12,3	21 23 10,8	123,4	65,35	−17 18 54	+746
	Mond *U*	....	21 47 40,4	121,5	64,80	−14 43 30	+807
	δ Capricor.	3	21 39 15,9			−16 46	
	μ Capricor.	5	21 45 37,0			−14 13	
20	δ Capricor.	3	21 39 15,9			−16 46	
	μ Capricor.	5	21 45 37,0			−14 13	
	Mond *O*	13,3	22 11 50,0	120,1	64,38	−11 56 48	+860
	Mond *U*	....	22 35 46,0	119,3	64,11	− 9 0 30	+903
	67 Aquarii	6	22 35 53,1			− 7 42	
	λ Aquarii	4	22 45 16,1			− 8 20	
21	67 Aquarii	6	22 35 53,1			− 7 42	
	λ Aquarii	4	22 45 16,1			− 8 20	
	Mond *O*	14,3	22 59 34,8	118,9	64,02	− 5 56 24	+937
	Mond *U*	....	23 23 24,0	119,3	64,12	− 2 46 18	+963
	κ Piscium	4 5	23 19 43,0			+ 0 29	
	16 Piscium	6	23 29 12,5			+ 1 19	
22	κ Piscium	4 5	23 19 43,0			+ 0 29	
	16 Piscium	6	23 29 12,5			+ 1 19	
	Mond *O*	15,4	23 47 22,4	120,5	64,41	+ 0 27 48	+976
	d Piscium ✲	5 6	0 13 21,4			+ 7 24	
	45 Piscium ✲	6	0 18 26,5			+ 6 54	
23	*d* Piscium ✲	5 6	0 13 21,4			+ 7 24	
	45 Piscium ✲	6	0 18 26,5			+ 6 54	
	Mond *U*	....	0 11 38,4	122,3	64,91	+ 3 43 42	+980
	Mond *O*	16,4	0 36 20,8	124,9	65,63	+ 6 59 12	+972
	ε Piscium ✲	4	0 55 38,4			+ 7 8	
	ζ Piscium ✲	4 5	1 6 22,7			+ 6 49	
24	ε Piscium ✲	4	0 55 38,4			+ 7 8	
	ζ Piscium ✲	4 5	1 6 22,7			+ 6 49	
	Mond *U*	....	1 1 39,2	128,3	66,55	+10 11 36	+949
	Mond *O*	17,4	1 27 42,0	132,2	67,66	+13 18 12	+914
	γ′ Arietis	3 4	1 45 48,5			+18 36	
	ι Arietis	6	1 49 39,8			+17 7	

Sterne im Parallel des Mondes 1858.

Culm. Berlin.	Namen.	Gr.	Ger. Aufstg.	St. Bew.	☾ Rad. Culm. Stat.	Abweichg.	St. Bew.
			h ′ ″	″	″	° ′ ″	″
Sept. 25	γ^1 Arietis	3 4	1 45 48,5			+18 36	
	ι Arietis	6	1 49 39,9			+17 7	
	Mond U	....	1 54 38,0	137,1	68,94	+16 16 0	+862
	Mond O	18,5	2 22 34,4	142,3	70,32	+19 1 48	+794
	ζ Arietis	4 5	3 6 48,4			+20 31	
	τ^1 Arietis	5	3 13 5,8			+20 38	
26	ζ Arietis	4 5	3 6 48,5			+20 31	
	τ^1 Arietis	5	3 13 5,8			+20 38	
	Mond U	....	2 51 36,4	147,9	71,78	+21 32 18	+709
	Mond O	19,5	3 21 45,6	153,5	73,21	+23 44 6	+606
	11 Tauri	6	3 32 21,6			+24 52	
	η Tauri	3	3 39 6,7			+23 40	
27	11 Tauri	6	3 32 21,6			+24 52	
	η Tauri	3	3 39 6,7			+23 40	
	Mond U	....	3 53 0,0	158,8	74,52	+25 33 36	+486
	Mond O	20,5	4 25 13,2	163,2	75,62	+26 57 48	+354
	β Tauri	2	5 17 22,7			+28 29	
	χ Aurigae	5	5 23 32,6			+32 5	
28	β Tauri	2	5 17 22,7			+28 29	
	χ Aurigae	5	5 23 32,6			+32 5	
	Mond U	....	4 58 12,0	166,3	76,40	+27 54 6	+207
	Mond O	21,6	5 31 39,2	167,9	76,80	+28 20 36	+ 56
	κ Aurigae	4 5	6 6 23,2			+29 33	
	48 Aurigae	5 6	6 19 29,7			+30 35	
29	κ Aurigae	4 5	6 6 23,3			+29 33	
	48 Aurigae	5 6	6 19 29,8			+30 35	
	Mond U	....	6 5 14,0	167,7	76,76	+28 16 18	− 98
	Mond O	22,6	6 38 36,8	165,8	76,30	+27 41 24	−249
	ι Geminor.	4	7 16 57,3			+28 4	
	υ Geminor.	4 5	7 27 13,1			+27 12	
30	ι Geminor.	4	7 16 57,3			+28 4	
	υ Geminor.	4 5	7 27 13,2			+27 12	
	Mond U	....	7 11 26,4	162,3	75,47	+26 37 0	−393
	Mond O	23,7	7 43 27,6	157,7	74,34	+25 5 18	−523
	η Cancri	6	8 24 32,0			+20 55	
	γ Cancri	4 5	8 35 6,3			+21 59	

Sterne im Parallel des Mondes 1858.

Culm. Berlin.	Namen.		Gr.	Ger. Aufstg.	St. Bew.	☾ Rad. Culm. Stst.	Abweichg.	St. Bew.
				h ′ ″	″	″	° ′ ″	″
Oct. 1	η Cancri		6	8 24 32,1			+20 55	
	γ Cancri		4 5	8 35 6,3			+21 59	
	Mond	*U*	....	8 14 29,6	152,5	73,04	+23 8 54	−639
	Mond	*O*	24,7	8 44 27,2	147,1	71,64	+20 50 54	−739
	π^2 Cancri		6	9 7 25,5			+15 32	
	83 Cancri		6	9 11 5,2			+18 18	
2	π^2 Cancri		6	9 7 25,5			+15 32	
	83 Cancri		6	9 11 5,3			+18 18	
	Mond	*U*	....	9 13 20,1	141,8	70,25	+18 14 48	−821
	Mond	*O*	25,7	9 41 11,6	136,9	68,95	+15 23 48	−887
3	Mond	*U*	....	10 8 7,2	132,5	67,78	+12 21 18	−937
	Mond	*O*	26,8	10 34 15,6	129,0	66,79	+ 9 10 18	−971
4	Mond	*U*	....	10 59 45,2	126,1	66,00	+ 5 53 48	−991
	Mond	*O*	27,8	11 24 45,2	124,0	65,41	+ 2 34 36	−998
5	Mond	*U*	....	11 49 24,8	122,7	65,04	− 0 44 42	−993
	Mond	*O*	28,8	12 13 54,0	122,2	64,87	− 4 1 48	−975
6	Mond	*U*	....	12 38 20,4	122,3	64,90	− 7 14 6	−946
7	Mond	*O*	0,4	13 2 52,8	123,1	65,11	−10 19 36	−908
	Mond	*U*	....	13 27 37,6	124,5	65,48	−13 16 12	−857
8	Mond	*O*	1,4	13 52 41,2	126,3	65,98	−16 1 48	−798
	Mond	*U*	....	14 18 8,8	128,3	66,58	−18 34 36	−729
9	Mond	*O*	2,4	14 44 3,2	130,7	67,23	−20 52 42	−651
	Mond	*U*	....	15 10 26,0	133,1	67,89	−22 54 30	−566
10	Mond	*O*	3,5	15 37 16,8	135,3	68,52	−24 38 30	−474
	Mond	*U*	....	16 4 33,2	137,3	69,07	−26 3 24	−375
	σ Scorpii		3 4	16 12 35,9			−25 15	
	α Scorpii		1 2	16 20 44,5			−26 7	
11	σ Scorpii		3 4	16 12 35,9			−25 15	
	α Scorpii		1 2	16 20 44,5			−26 7	
	Mond	*O*	4,5	16 32 10,4	138,9	69,50	−27 8 12	−272
	Mond	*U*	....	17 0 2,4	139,7	69,77	−27 52 6	−167
	θ Ophiuchi		3 4	17 13 20,0			−24 51	
	d Ophiuchi		4	17 18 20,0			−29 44	

Sterne im Parallel des Mondes 1858.

Culm. Berlin.	Namen.	Gr.	Ger. Aufstg.	St. Bew.	☾ Rad. Culm. Stzt.	Abweichg.	St. Bew.
			h ′ ″	″	″	° ′ ″	
Oct. 12	θ Ophiuchi	3 4	17 13 20,0			—24 51	
	d Ophiuchi	4	17 18 19,9			—29 44	
	Mond O	5,5	17 28 0,8	139,9	69,85	—28 14 42	— 59
	Mond U	....	17 55 57,2	139,5	69,73	—28 15 48	+ 47
	μ¹ Sagittar.	4	18 5 19,0			—21 6	
	δ Sagittarii	3 4	18 11 57,2			—29 53	
13	μ¹ Sagittar.	4	18 5 19,0			—21 6	
	δ Sagittarii	3 4	18 11 57,2			—29 53	
	Mond O	6,6	18 23 43,2	138,2	69,45	—27 55 48	+153
	Mond U	....	18 51 10,8	136,4	68,99	—27 15 12	+253
	σ Sagittarii	2 3	18 46 30,8			—26 28	
	ο Sagittarii	4	18 56 13,4			—21 57	
14	σ Sagittarii	2 3	18 46 30,8			—26 28	
	ο Sagittarii	4	18 56 13,3			—21 57	
	Mond O	7,6	19 18 13,6	134,1	68,41	—26 14 42	+351
	Mond U	....	19 44 48,0	131,6	67,73	—24 55 30	+441
	b Sagittarii	5	19 48 17,2			—27 33	
	c Sagittarii	5	19 53 58,8			—28 6	
15	b Sagittarii	5	19 48 17,2			—27 33	
	c Sagittarii	5	19 53 58,8			—28 6	
	Mond O	8,6	20 10 50,8	128,9	67,01	—23 18 36	+526
	Mond U	....	20 36 21,6	126,3	66,29	—21 25 24	+605
	υ Capricor.	5 6	20 32 1,2			—18 38	
	ψ Capricor.	4 5	20 37 44,7			—25 47	
16	υ Capricor.	5 6	20 32 1,2			—18 38	
	ψ Capricor.	4 5	20 37 44,6			—25 47	
	Mond O	9,7	21 1 22,0	123,8	65,61	—19 17 0	+678
	Mond U	....	21 25 55,2	121,8	65,01	—16 54 54	+743
	γ Capricor.	3 4	21 32 16,9			—17 18	
	δ Capricor.	3	21 39 15,7			—16 46	
17	γ Capricor.	3 4	21 32 16,9			—17 18	
	δ Capricor.	3	21 39 15,7			—16 46	
	Mond O	10,7	21 50 6,0	120,1	64,53	—14 20 24	+801
	Mond U	....	22 14 0,4	118,9	64,19	—11 34 54	+852
	θ Aquarii	4 5	22 9 24,0			— 8 29	
	σ Aquarii	4 5	22 23 11,5			—11 24	

Sterne im Parallel des Mondes 1858.

Culm. Berlin.	Namen.	Gr.	Ger. Aufstg.	St. Bew.	☾ Rad. Culm. Stzt.	Abweichg.	St. Bew.
			h ′ ″	″	″	° ′ ″	″
Oct. 18	θ Aquarii	4 5	22 9 24,0			— 8 29	
	σ Aquarii	4 5	22 23 11,5			—11 24	
	Mond O	11,7	22 37 44,8	118,5	64,02	— 8 39 54	+897
	Mond U	....	23 1 27,2	118,7	64,03	— 5 36 48	+932
	φ Aquarii	4 5	23 7 1,9			— 6 49	
	96 Aquarii	5 6	23 12 6,0			— 5 54	
19	φ Aquarii	4 5	23 7 1,9			— 6 49	
	96 Aquarii	5 6	23 12 6,0			— 5 54	
	Mond O	12,8	23 25 16,0	119,5	64,24	— 2 27 24	+960
	Mond U	....	23 49 20,0	121,2	64,67	+ 0 46 24	+977
	λ Piscium	5	23 34 51,9			+ 1 0	
	21 Piscium	6	23 42 15,2			+ 0 17	
20	λ Piscium	5	23 34 51,9			+ 1 0	
	21 Piscium	6	23 42 15,2			+ 0 17	
	Mond O	13,8	0 13 48,8	123,7	65,32	+ 4 2 42	+984
	Mond U	....	0 38 52,0	127,0	66,19	+ 7 19 0	+978
	δ Piscium ✲	4 5	0 41 23,0			+ 6 49	
	ε Piscium ✲	4	0 55 38,6			+ 7 8	
21	δ Piscium ✲	4 5	0 41 23,1			+ 6 49	
	ε Piscium ✲	4	0 55 38,6			+ 7 8	
	Mond O	14,8	1 4 39,2	131,0	67,26	+10 32 48	+958
	Mond U	....	1 31 20,0	135,9	68,52	+13 40 54	+921
	η Piscium	3 4	1 23 57,4			+14 37	
	101 Pisc. ✲	6	1 28 15,3			+13 56	
22	η Piscium	3 4	1 23 57,4			+14 37	
	101 Pisc. ✲	6	1 28 15,3			+13 56	
	Mond O	15,9	1 59 3,2	141,4	69,95	+16 40 6	+868
	40 Arietis	6	2 40 39,1			+17 42	
	ε Arietis	4 5	2 51 10,3			+20 46	
23	40 Arietis	6	2 40 39,1			+17 42	
	ε Arietis	4 5	2 51 10,3			+20 46	
	Mond U	....	2 27 55,6	147,4	71,47	+19 26 36	+795
	Mond O	16,9	2 58 1,2	153,5	73,03	+21 56 42	+703
	17 Tauri	4	3 36 31,5			+23 40	
	27 Tauri	4	3 40 47,9			+23 37	

Sterne im Parallel des Mondes 1858.

Culm. Berlin.	Namen.	Gr.	Ger. Aufstg.	St. Bew.	☾ Rad. Culm. Stat.	Abweichg.	St. Bew.
			h ′ ″	″	″	° ′ ″	″
Oct. 24	17 Tauri	4	3 36 31,5			+23 40	
	27 Tauri	4	3 40 47,9			+23 37	
	Mond *U*	....	3 29 20,0	159,5	74,52	+24 6 18	+591
	Mond *O*	17,9	4 1 46,4	164,8	75,82	+25 51 42	+461
	k Tauri	5 6	4 49 32,6			+24 50	
	103 Tauri	6	4 59 32,1			+24 4	
25	*k* Tauri	5 6	4 49 32,7			+24 50	
	103 Tauri	6	4 59 32,1			+24 4	
	Mond *U*	....	4 35 9,2	168,9	76,81	+27 9 24	+315
	Mond *O*	19,0	5 9 11,2	171,2	77,41	+27 56 54	+159
	136 Tauri	5	5 44 28,6			+27 34	
	139 Tauri	5 6	5 49 15,5			+25 56	
26	136 Tauri	5	5 44 28,7			+27 34	
	139 Tauri	5 6	5 49 15,5			+25 56	
	Mond *U*	....	5 43 29,6	171,6	77,54	+28 12 42	− 1
	Mond *O*	20,0	6 17 40,4	169,9	77,19	+27 56 24	−160
	53 Geminor.	6	7 7 9,0			+28 8	
	ι Geminor.	4	7 16 58,2			+28 5	
27	53 Geminor.	6	7 7 9,0			+28 8	
	ι Geminor.	4	7 16 58,3			+28 5	
	Mond *U*	....	6 51 20,8	166,6	76,40	+27 9 0	−312
	Mond *O*	21,1	7 24 11,2	161,7	75,25	+25 52 42	−449
	φ Geminor.	5	7 44 52,0			+27 8	
	ω¹ Cancri	6	7 52 23,9			+25 47	
28	φ Geminor.	5	7 44 52,0			+27 8	
	ω¹ Cancri	6	7 52 23,9			+25 47	
	Mond *U*	....	7 55 57,6	156,0	73,87	+24 10 12	−572
	Mond *O*	22,1	8 26 32,8	149,9	72,36	+22 4 54	−678
	B.A.C. 3138	6	9 5 33,6			+21 52	
	83 Cancri	6	9 11 6,0			+18 18	
29	*B.A.C.* 3138	6	9 5 33,6			+21 52	
	83 Cancri	6	9 11 6,1			+18 18	
	Mond *U*	....	8 55 54,4	143,8	70,82	+19 40 18	−766
	Mond *O*	23,1	9 24 6,0	138,2	69,36	+16 59 54	−836
	ν Leonis ✲	5	9 50 37,5			+13 7	
	α Leonis ✲	1 2	10 0 51,0			+12 39	

Sterne im Parallel des Mondes 1858.

Culm. Berlin.	Namen.	Gr.	Ger. Aufstg. h ′ ″	St. Bew. ″	☾ Rad. Culm. Stzt. ″	Abweichg. ° ′ ″	St. Bew.
Oct. 30	ν Leonis ✲	5	9 50 37,6			+13 7	
	α Leonis ✲	1 2	10 0 51,0			+12 39	
	Mond *U*	....	9 51 13,2	133,1	68,03	+14 7 6	−890
	Mond *O*	24,2	10 17 24,8	128,9	66,88	+11 4 54	−930
	c Leonis ✲	5	10 53 25,4			+ 6 52	
	χ Leonis ✲	5	10 57 43,7			+ 8 6	
31	c Leonis ✲	5	10 53 25,4			+ 6 52	
	χ Leonis ✲	5	10 57 43,7			+ 8 6	
	Mond *U*	....	10 42 50,0	125,5	65,92	+ 7 56 6	−956
	Mond *O*	25,2	11 7 38,8	122,9	65,17	+ 4 43 18	−970
Nov. 1	Mond *U*	....	11 32 2,0	121,1	64,67	+ 1 28 54	−973
	Mond *O*	26,3	11 56 9,2	120,2	64,38	− 1 44 54	−964
2	Mond *U*	....	12 20 10,0	120,1	64,30	− 4 55 54	−945
	Mond *O*	27,3	12 44 12,8	120,5	64,41	− 8 2 12	−916
3	Mond *U*	....	13 8 26,0	121,7	64,71	−11 1 42	−878
	Mond *O*	28,3	13 32 57,2	123,5	65,17	−13 52 30	−829
4	Mond *U*	....	13 57 52,0	125,7	65,75	−16 32 36	−771
	Mond *O*	29,3	14 23 14,8	128,2	66,41	−19 0 12	−70
5	Mond *U*	....	14 49 9,2	130,9	67,12	−21 13 24	−62
6	Mond *O*	0,8	15 15 35,6	133,5	67,82	−23 10 24	−54
	Mond *U*	....	15 42 32,4	135,9	68,47	−24 49 36	−45
7	Mond *O*	1,8	16 9 56,8	138,0	69,03	−26 9 42	−35
	Mond *U*	....	16 37 42,4	139,5	69,44	−27 9 36	−24
8	Mond *O*	2,8	17 5 40,8	140,2	69,66	−27 48 24	−14
	Mond *U*	....	17 33 43,6	140,1	69,69	−28 5 42	− 3
9	Mond *O*	3,9	18 1 40,8	139,3	69,50	−28 1 42	+ 7
	Mond *U*	....	18 29 22,8	137,7	69,12	−27 36 36	+17
	φ Sagittarii	3 4	18 36 49,8			−27 8	
	σ Sagittarii	2 3	18 46 30,4			−26 28	
10	φ Sagittarii	3 4	18 36 49,8			−27 8	
	σ Sagittarii	2 3	18 46 30,4			−26 28	
	Mond *O*	4,9	18 56 41,6	135,4	68,58	−26 51 18	+27

Sterne im Parallel des Mondes 1858.

Culm. Berlin.	Namen.	Gr.	Ger. Aufstg.	St. Bew.	☾ Rad. Culm. Stzt.	Abweichg.	St. Bew.
			h ' "	"	"	° ' "	"
Nov. 10	Mond *U*	....	19 23 31,2	132,8	67,91	—25 46 42	+370
	*B.A.C.*6666	6	19 21 7,7			—27 16	
	h^2 Sagittar.	4 5	19 28 6,6			—25 12	
11	*B.A.C.*6666	6	19 21 7,6			—27 16	
	h^2 Sagittar.	4 5	19 28 6,6			—25 12	
	Mond *O*	5,9	19 49 46,8	129,9	67,17	—24 24 0	+456
	Mond *U*	....	20 15 27,2	126,9	66,40	—22 44 36	+536
	σ Capricor.	5 6	20 11 14,8			—19 34	
	ρ Capricor.	5	20 20 48,4			—18 17	
12	σ Capricor.	5 6	20 11 14,8			—19 34	
	ρ Capricor.	5	20 20 48,3			—18 17	
	Mond *O*	7,0	20 40 32,4	124,1	65,64	—20 49 54	+610
	Mond *U*	....	21 5 4,4	121,5	64,94	—18 41 6	+677
	θ Capricor.	4	20 58 0,9			—17 47	
	ι Capricor.	4 5	21 14 23,4			—17 26	
13	θ Capricor.	4	20 58 0,9			—17 47	
	ι Capricor.	4 5	21 14 23,4			—17 26	
	Mond *O*	8,0	21 29 8,0	119,2	64,33	—16 19 42	+737
	Mond *U*	....	21 52 48,0	117,6	63,86	—13 47 0	+790
	δ Capricor.	3	21 39 15,3			—16 46	
	μ Capricor.	5	21 45 36,4			—14 13	
14	δ Capricor.	3	21 39 15,3			—16 46	
	μ Capricor.	5	21 45 36,4			—14 13	
	Mond *O*	9,0	22 16 11,6	116,5	63,55	—11 4 12	+837
	Mond *U*	....	22 39 26,0	116,0	63,42	— 8 12 36	+878
	67 Aquarii	6	22 35 52,7			— 7 42	
	λ Aquarii	4	22 45 15,7			— 8 20	
15	67 Aquarii	6	22 35 52,7			— 7 42	
	λ Aquarii	4	22 45 15,7			— 8 20	
	Mond *O*	10,1	23 2 39,6	116,3	63,48	— 5 13 36	+911
	Mond *U*	....	23 26 1,6	117,5	63,76	— 2 8 36	+938
	λ Piscium	5	23 34 51,7			+ 1 0	
	21 Piscium	6	23 42 15,1			+ 0 17	
16	λ Piscium	5	23 34 51,7			+ 1 0	
	21 Piscium	6	23 42 15,1			+ 0 17	

Sterne im Parallel des Mondes 1858.

Culm. Berlin.	Namen.	Gr.	Ger. Aufstg.	St. Bew.	☾ Rad. Culm. Stzt.	Abweichg.	St. Bew.
			h ′ ″	″	″	° ′ ″	″
Nov. 16	Mond O	11,1	23 49 41,6	119,3	64,26	+ 1 0 54	+956
	Mond U	....	0 13 50,0	122,1	65,00	+ 4 13 0	+963
	d Piscium ✲	5 6	0 13 21,4			+ 7 24	
	45 Piscium ✲	6	0 18 26,5			+ 6 54	
17	*d* Piscium ✲	5 6	0 13 21,4			+ 7 24	
	45 Piscium ✲	6	0 18 26,5			+ 6 54	
	Mond O	12,1	0 38 37,2	125,9	65,98	+ 7 25 42	+961
	Mond U	....	1 4 14,8	130,5	67,19	+10 36 36	+945
	ε Piscium ✲	4	0 55 38,6			+ 7 8	
	ζ Piscium ✲	4 5	1 6 22,9			+ 6 49	
18	ε Piscium ✲	4	0 55 38,6			+ 7 8	
	ζ Piscium ✲	4 5	1 6 22,9			+ 6 49	
	Mond O	13,2	1 30 53,2	136,1	68,61	+13 42 48	+913
	Mond U	....	1 58 42,4	142,3	70,21	+16 40 54	+864
	γ^1 Arietis	3 4	1 45 49,0			+18 36	
	ι Arietis	6	1 49 40,3			+17 7	
19	γ^1 Arietis	3 4	1 45 49,0			+18 36	
	ι Arietis	6	1 49 40,3			+17 7	
	Mond O	14,2	2 27 51,2	149,2	71,93	+19 27 12	+796
	Mond U	....	2 58 24,8	156,4	73,68	+21 57 30	+703
	ε Arietis	4 5	2 51 10,6			+20 46	
	ζ Arietis	4 5	3 6 49,4			+20 31	
20	ε Arietis	4 5	2 51 10,6			+20 46	
	ζ Arietis	4 5	3 6 49,4			+20 31	
	Mond O	15,2	3 30 23,6	163,3	75,37	+24 7 12	+590
	φ Tauri	5	4 11 42,6			+27 0	
	υ^1 Tauri	4 5	4 17 53,9			+22 29	
21	φ Tauri	5	4 11 42,6			+27 0	
	υ^1 Tauri	4 5	4 17 53,9			+22 29	
	Mond U	....	4 3 41,6	169,5	76,85	+25 52 6	+456
	Mond O	16,3	4 38 6,4	174,3	77,98	+27 8 6	+302
	β Tauri	2	5 17 24,3			+28 29	
	χ Aurigae	5	5 23 34,3			+32 5	
22	β Tauri	2	5 17 24,3			+28 29	
	χ Aurigae	5	5 23 34,3			+32 5	

Sterne im Parallel des Mondes 1858.

Culm. Berlin.	Namen.	Gr.	Ger. Aufstg.	St. Bew.	☾ Rad. Culm. Stzt.	Abweichg.	St. Bew.
			h ′ ″	″	″	° ′ ″	″
Nov. 22	Mond *U*	....	5 13 16,8	177,1	78,63	+27 52 6	+136
	Mond *O*	17,3	5 48 46,4	177,3	78,75	+28 2 12	− 34
	κ Aurigae	4 5	6 6 25,0			+29 33	
	μ Geminor.	3	6 14 27,1			+22 35	
23	κ Aurigae	4 5	6 6 25,0			+29 33	
	μ Geminor.	3	6 14 27,1			+22 35	
	Mond *U*	....	6 24 5,2	175,3	78,31	+27 38 18	−205
	Mond *O*	18,4	6 58 46,8	171,2	77,37	+26 41 30	−362
	υ Geminor.	4 5	7 27 15,0			+27 12	
	κ Geminor.	3 4	7 35 57,0			+24 41	
24	υ Geminor.	4 5	7 27 15,1			+27 12	
	κ Geminor.	3 4	7 35 57,0			+24 41	
	Mond *U*	....	7 32 27,6	165,5	76,04	+25 14 36	−503
	Mond *O*	19,4	8 4 53,2	158,7	74,45	+23 21 6	−628
	39 Cancri	6	8 32 0,3			+20 30	
	δ Cancri	4	8 36 40,9			+18 40	
25	39 Cancri	6	8 32 0,3			+20 30	
	δ Cancri	4	8 36 40,9			+18 40	
	Mond *U*	....	8 35 56,0	151,8	72,75	+21 5 12	−729
	Mond *O*	20,4	9 5 34,8	144,9	71,05	+18 30 54	−811
	18 Leonis ✲	6	9 38 47,9			+12 28	
	ν Leonis ✲	5	9 50 38,4			+13 7	
26	18 Leonis ✲	6	9 38 47,9			+12 28	
	ν Leonis ✲	5	9 50 38,5			+13 7	
	Mond *U*	....	9 33 54,8	138,6	69,45	+15 42 18	−873
	Mond *O*	21,5	10 1 3,2	133,0	68,01	+12 43 0	−917
	45 Leonis ✲	6	10 20 12,2			+10 29	
	ρ Leonis ✲	4	10 25 23,3			+10 2	
27	45 Leonis ✲	6	10 20 12,2			+10 29	
	ρ Leonis ✲	4	10 25 23,3			+10 2	
	Mond *U*	....	10 27 10,8	128,4	66,78	+ 9 36 24	−946
	Mond *O*	22,5	10 52 28,4	124,7	65,77	+ 6 25 18	−963
	σ Leonis ✲	4	11 13 51,8			+ 6 48	
	τ Leonis	5	11 20 41,0			+ 3 38	

Sterne im Parallel des Mondes 1858.

Culm. Berlin.	Namen.		Gr.	Ger. Aufstg.	St. Bew.	☾ Rad. Culm. Stat.	Abweichg.	St. Bew.
				h ′ ″	″	″	° ′ ″	″
Nov. 28	σ Leonis	*	4	11 13 51,8			+ 6 48	
	τ Leonis		5	11 20 41,0			+ 3 38	
	Mond	U	....	11 17 7,6	121,9	65,01	+ 3 12 6	−967
	Mond	O	23,6	11 41 18,8	120,1	64,48	− 0 0 48	−960
	10 Virginis		6	12 2 27,4			+ 2 42	
	η Virginis		3 4	12 12 41,1			+ 0 7	
29	10 Virginis		6	12 2 27,5			+ 2 42	
	η Virginis		3 4	12 12 41,1			+ 0 7	
	Mond	U	....	12 5 13,2	119,1	64,19	− 3 11 24	−944
	Mond	O	24,6	12 29 0,8	119,0	64,11	− 6 17 54	−918
	ψ Virginis		5	12 47 0,8			− 8 46	
	g Virginis		6	13 0 30,1			− 9 59	
30	ψ Virginis		5	12 47 0,8			− 8 46	
	g Virginis		6	13 0 30,1			− 9 59	
	Mond	U	....	12 52 51,6	119,5	64,24	− 9 18 24	−886
	Mond	O	25,6	13 16 53,2	120,8	64,55	− 12 11 24	−843
Dec. 1	Mond	U	....	13 41 13,2	122,7	65,03	− 14 55 0	−792
	Mond	O	26,7	14 5 58,8	125,0	65,62	− 17 27 36	−732
2	Mond	U	....	14 31 14,0	127,6	66,30	− 19 47 30	−664
	Mond	O	27,7	14 57 2,0	130,4	67,01	− 21 52 48	−588
3	Mond	U	....	15 23 24,0	133,3	67,72	− 23 42 0	−503
	Mond	O	28,7	15 50 18,0	135,8	68,37	− 25 13 36	−412
4	Mond	U	....	16 17 40,4	137,9	68,90	− 26 26 0	−312
5	Mond	O	0,0	16 45 24,4	139,3	69,28	− 27 18 18	−210
	Mond	U	....	17 13 21,6	140,1	69,46	− 27 49 36	−103
6	Mond	O	1,1	17 41 21,6	139,8	69,43	− 27 59 36	+ 3
	Mond	U	....	18 9 14,8	138,9	69,19	− 27 48 18	+109
7	Mond	O	2,1	18 36 50,8	137,1	68,75	− 27 16 18	+211
	Mond	U	....	19 4 1,2	134,6	68,14	− 26 24 18	+308
8	Mond	O	3,1	19 30 39,2	131,7	67,41	− 25 13 30	+399
	Mond	U	....	19 56 40,4	128,5	66,61	− 23 45 18	+482

Sterne im Parallel des Mondes 1858.

Culm. Berlin.	Namen.	Gr.	Ger. Aufstg.	St. Bew.	☾ Rad. Culm. Stzt.	Abweichg.	St. Bew.
			h ′ ″	″	″	° ′ ″	″
Dec. 9	ω Sagittarii	5	19 47 11,0			—26 40	
	A Sagittarii	5	19 50 20,6			—26 35	
	Mond O	4,2	20 22 2,8	125,3	65,78	—22 1 12	+558
	Mond U	....	20 46 47,6	122,3	64,98	—20 2 36	+626
	21 Capric.	6	20 52 55,0			—18 5	
	θ Capricor.	4	20 58 0,6			—17 48	
10	21 Capric.	6	20 52 54,9			—18 5	
	θ Capricor.	4	20 58 0,6			—17 48	
	Mond O	5,2	21 10 56,8	119,4	64,24	—17 51 6	+688
	Mond U	....	21 34 31,4	116,9	63,61	—15 28 6	+741
	δ Capricor.	3	21 39 15,0			—16 46	
	μ Capricor.	5	21 45 36,1			—14 13	
11	δ Capricor.	3	21 39 15,0			—16 46	
	μ Capricor.	5	21 45 36,1			—14 13	
	Mond O	6,2	21 57 46,4	115,1	63,11	—12 55 6	+788
	Mond U	....	22 20 40,0	113,9	62,78	—10 13 18	+829
	θ Aquarii	4 5	22 9 23,3			— 8 29	
	σ Aquarii	4 5	22 23 10,9			—11 24	
12	θ Aquarii	4 5	22 9 23,3			— 8 29	
	σ Aquarii	4 5	22 23 10,9			—11 24	
	Mond O	7,3	22 43 22,0	113,3	62,63	— 7 24 0	+864
	Mond U	....	23 6 1,6	113,4	62,68	— 4 28 30	+891
	82 Aquarii	6	22 55 13,4			— 7 20	
	φ Aquarii	4 5	23 7 1,4			— 6 49	
13	82 Aquarii	6	22 55 13,4			— 7 20	
	φ Aquarii	4 5	23 7 1,4			— 6 49	
	Mond O	8,3	23 28 48,0	114,4	62,94	— 1 28 6	+912
	Mond U	....	23 51 50,4	116,1	63,45	+ 1 35 48	+926
	19 Piscium	6	23 39 11,8			+ 2 42	
	22 Piscium	6	23 44 45,3			+ 2 9	
14	19 Piscium	6	23 39 11,8			+ 2 42	
	22 Piscium	6	23 44 45,3			+ 2 9	
	Mond O	9,3	0 15 19,6	118,9	64,19	+ 4 41 42	+932
	Mond U	....	0 39 26,8	122,5	65,17	+ 7 47 54	+928
	δ Piscium *	4 5	0 41 22,8			+ 6 49	
	ε Piscium *	4	0 55 38,4			+ 7 8	

Sterne im Parallel des Mondes 1858.

Culm. Berlin.	Namen.	Gr.	Ger. Aufstg.	St. Bew.	☾ Rad. Culm. Stst.	Abweichg.	St. Bew.
			h ′ ″	″	″	° ′ ″	″
Dec. 15	δ Piscium *	4 5	0 41 22,8			+ 6 49	
	ε Piscium *	4	0 55 38,4			+ 7 8	
	Mond O	10,4	1 4 23,2	127,1	66,40	+10 52 12	+913
	Mond U	....	1 30 20,8	132,6	67,85	+13 52 6	+884
	η Piscium	3 4	1 23 57,4			+14 37	
	101 Pisc. *	6	1 28 15,3			+13 56	
16	η Piscium	3 4	1 23 57,4			+14 37	
	101 Pisc. *	6	1 28 15,2			+13 56	
	Mond O	11,4	1 57 30,4	139,1	69,51	+16 44 48	+840
	Mond U	....	2 26 2,4	146,3	71,33	+19 26 48	+777
	μ Arietis	5 6	2 34 26,5			+19 24	
	π Arietis	5 6	2 41 27,0			+16 52	
17	μ Arietis	5 6	2 34 26,5			+19 24	
	π Arietis	5 6	2 41 27,0			+16 52	
	Mond O	12,4	2 56 4,4	154,1	73,23	+21 54 12	+694
	Mond U	....	3 27 40,0	161,8	75,10	+24 2 30	+586
	17 Tauri	4	3 36 32,2			+23 40	
	27 Tauri	4	3 40 48,6			+23 37	
18	17 Tauri	4	3 36 32,2			+23 40	
	27 Tauri	4	3 40 48,6			+23 37	
	Mond O	13,5	4 0 46,8	169,1	76,80	+25 47 12	+457
	Mond U	....	4 35 13,6	175,2	78,18	+27 3 54	+306
	υ¹ Tauri	4 5	4 17 54,2			+22 29	
	τ Tauri	4 5	4 33 48,9			+22 41	
19	υ¹ Tauri	4 5	4 17 54,2			+22 29	
	τ Tauri	4 5	4 33 48,9			+22 41	
	Mond O	14,5	5 10 42,0	179,3	79,12	+27 48 48	+140
	Mond U	....	5 46 45,2	180,9	79,48	+27 59 12	− 37
	η Geminor.	3 4	6 6 23,9			+22 33	
	μ Geminor.	3	6 14 27,7			+22 35	
20	η Geminor.	3 4	6 6 23,9			+22 33	
	μ Geminor.	3	6 14 27,7			+22 35	
	Mond O	15,6	6 22 52,0	179,7	79,25	+27 34 12	−213
	b¹ Gemin.	5 6	7 20 35,0			+28 24	
	υ Geminor.	4 5	7 27 15,8			+27 12	

Sterne im Parallel des Mondes 1858.

Culm. Berlin.	Namen.	Gr.	Ger. Aufstg.	St. Bew.	☾ Rad. Culm. Stzt.	Abweichg.	St. Bew.
			h ′ ″	″	″	° ′ ″	″
Dec. 21	b^1 Gemin.	5 6	7 20 35,1			+ 28 24	
	υ Geminor.	4 5	7 27 15,8			+ 27 12	
	Mond *U*	....	6 58 30,8	176,3	78,44	+ 26 34 36	− 381
	Mond *O*	16,6	7 33 14,8	170,8	77,18	+ 25 2 48	− 534
	6 Cancri	5	7 54 53,2			+ 28 11	
	ψ^2 Cancri	4	8 1 59,2			+ 25 56	
22	6 Cancri	5	7 54 53,2			+ 28 11	
	ψ^2 Cancri	4	8 1 59,2			+ 25 56	
	Mond *U*	....	8 6 44,4	164,0	75,62	+ 23 2 30	− 665
	Mond *O*	17,6	8 38 49,2	156,7	73,89	+ 20 38 12	− 774
	B.A.C. 3138	6	9 5 35,4			+ 21 52	
	83 Cancri	6	9 11 7,9			+ 18 18	
23	*B.A.C.* 3138	6	9 5 35,5			+ 21 52	
	83 Cancri	6	9 11 7,9			+ 18 18	
	Mond *U*	....	9 9 25,6	149,5	72,13	+ 17 54 42	− 856
	Mond *O*	18,7	9 38 38,0	142,7	70,42	+ 14 56 30	− 920
	ν Leonis ✲	5	9 50 39,4			+ 13 7	
	α Leonis ✲	1 2	10 0 52,8			+ 12 39	
24	ν Leonis ✲	5	9 50 39,4			+ 13 7	
	α Leonis ✲	1 2	10 0 52,8			+ 12 39	
	Mond *U*	....	10 6 33,2	136,7	68,90	+ 11 48 0	− 962
	Mond *O*	19,7	10 33 21,6	131,5	67,59	+ 8 33 0	− 986
	c Leonis ✲	5	10 53 27,2			+ 6 52	
	χ Leonis ✲	5	10 57 45,5			+ 8 6	
25	c Leonis ✲	5	10 53 27,2			+ 6 52	
	χ Leonis ✲	5	10 57 45,5			+ 8 6	
	Mond *U*	....	10 59 14,8	127,4	66,52	+ 5 14 48	− 994
	Mond *O*	20,7	11 24 24,8	124,4	65,69	+ 1 56 6	− 990
	β Virginis	3 4	11 43 21,7			+ 2 34	
	10 Virginis	6	12 2 28,3			+ 2 42	
26	β Virginis	3 4	11 43 21,7			+ 2 34	
	10 Virginis	6	12 2 28,4			+ 2 42	
	Mond *U*	....	11 49 3,6	122,2	65,11	− 1 20 36	− 975
	Mond *O*	21,8	12 13 21,6	120,9	64,77	− 4 33 12	− 950
	q Virginis	6	12 26 30,6			− 8 40	
	χ Virginis	5	12 31 58,9			− 7 13	

Sterne im Parallel des Mondes 1858.

Culm. Berlin.	Namen.	Gr.	Ger. Aufstg.	St. Bew.	☾ Rad. Culm. Stst.	Abweichg.	St. Bew.
			h ′ ″			° ′ ″	
Dec. 27	*q* Virginis	6	12 26 30,7			— 8 40	
	χ Virginis	5	12 31 58,9	″	″	— 7 13	″
	Mond *U*	....	12 37 29,6	120,5	64,65	— 7 39 42	—914
	Mond *O*	22,8	13 1 37,6	120,9	64,74	—10 38 36	—873
	α Virginis	1	13 17 46,2			—10 25	
	h Virginis	5	13 25 32,8			— 9 26	
28	α Virginis	1	13 17 46,2			—10 25	
	h Virginis	5	13 25 32,8			— 9 26	
	Mond *U*	....	13 25 54,4	121,9	65,01	—13 28 18	—823
	Mond *O*	23,8	13 50 27,2	123,6	65,44	—16 7 12	—765
	*B.A.C.*4700	5 6	14 3 8,4			—15 38	
	*B.A.C.*4722	6	14 7 38,3			—17 32	
29	*B.A.C.*4700	5 6	14 3 8,5			—15 38	
	*B.A.C.*4722	6	14 7 38,3			—17 32	
	Mond *U*	....	14 15 22,4	125,7	65,99	—18 33 48	—699
	Mond *O*	24,9	14 40 45,2	128,2	66,61	—20 46 36	—627
	20 Librae	3 4	14 55 49,1			—24 43	
	*B.A.C.*4984	6	15 1 38,1			—23 26	
30	20 Librae	3 4	14 55 49,1			—24 43	
	*B.A.C.*4984	6	15 1 38,1			—23 26	
	Mond *U*	....	15 6 38,4	130,7	67,27	—22 44 12	—547
	Mond *O*	25,9	15 33 2,8	133,3	67,91	—24 25 0	—459
31	Mond *U*	....	15 59 56,8	135,7	68,48	—25 47 48	—368
	Mond *O*	26,9	16 27 16,8	137,5	68,94	—26 51 24	—267

0h Mittl. Berl. Zt.		i Neigung gegen den Erd-Äquator.	Δ Aufst. Kn. im Erd-Äq. bis aufst. Kn. i. d. Ekl.	☊' Aufst. Knoten im Erd-Äquator.	Mittlere Länge. ☾
		° ′ ″	° ′ ″	° ′ ″	° ′ ″
Jan.	0	21 59 52	170 56 47	0 35 5	104 0 57,0
	10	22 0 0	170 23 1	37 15	235 46 47,3
	20	0 8	169 49 16	39 24	7 32 37,5
	30	0 17	169 15 30	41 34	139 18 27,8
Febr.	9	0 27	168 41 45	43 43	271 4 18,1
	19	0 37	168 8 0	45 52	42 50 8,3
Mrz.	1	0 48	167 34 15	48 0	174 35 58,6
	11	0 59	167 0 30	50 8	306 21 48,9
	21	1 10	166 26 46	52 16	78 7 39,2
	31	1 22	165 53 2	54 23	209 53 29,5
Apr.	10	22 1 34	165 19 19	0 56 30	341 39 19,7
	20	1 46	164 45 36	58 37	113 25 10,0
	30	1 59	164 11 53	1 0 44	245 11 0,3
Mai	10	2 13	163 38 10	2 50	16 56 50,5
	20	2 27	163 4 28	4 56	148 42 40,8
	30	2 41	162 30 46	7 1	280 28 31,1
Juni	9	2 56	161 57 4	9 6	52 14 21,4
	19	3 11	161 23 23	11 10	184 0 11,6
	29	3 27	160 49 42	13 14	315 46 1,9
Juli	9	3 43	160 16 2	15 18	87 31 52,2
	19	22 4 0	159 42 22	1 17 21	219 17 42,5
	29	4 18	159 8 43	19 24	351 3 32,8
Aug.	8	4 36	158 35 4	21 26	122 49 23,0
	18	4 54	158 1 25	23 28	254 35 13,3
	28	5 13	157 27 47	25 29	26 21 3,6
Sept.	7	5 32	156 54 10	27 29	158 6 53,8
	17	5 52	156 20 33	29 29	289 52 44,1
	27	6 12	155 46 56	31 29	61 38 34,4
Oct.	7	6 32	155 13 20	33 28	193 24 24,6
	17	6 53	154 39 45	35 26	325 10 14,9
	27	22 7 14	154 6 10	1 37 24	96 56 5,2
Nov.	6	7 35	153 32 36	39 21	228 41 55,5
	16	7 57	152 59 2	41 18	0 27 45,7
	26	8 19	152 25 29	43 14	132 13 36,0
Dec.	6	8 42	151 51 56	45 10	263 59 26,2
	16	9 6	151 18 24	47 5	35 45 16,5
	26	9 30	150 44 52	48 59	167 31 6,7
	36	9 54	150 11 22	50 53	299 16 57,0

Bewegung der mittleren Länge des Mondes.

Mittlere Tage.

Tage.	Mittl. Länge ☾ °	′	″
0	0	0	0,0
1	13	10	35,0
2	26	21	10,1
3	39	31	45,1
4	52	42	20,1
5	65	52	55,1
6	79	3	30,2
7	92	14	5,2
8	105	24	40,2
9	118	35	15,2
10	131	45	50,3

Mittlere Stunden.

Stunden.	Mittl. Länge ☾ °	′	″
0	0	0	0,0
1	0	32	56,5
2	1	5	52,9
3	1	38	49,4
4	2	11	45,8
5	2	44	42,3
6	3	17	38,8
7	3	50	35,2
8	4	23	31,7
9	4	56	28,1
10	5	29	24,6
11	6	2	21,1
12	6	35	17,5
13	7	8	14,0
14	7	41	10,4
15	8	14	6,9
16	8	47	3,4
17	9	19	59,8
18	9	52	56,3
19	10	25	52,7
20	10	58	49,2
21	11	31	45,6
22	12	4	42,1
23	12	37	38,6
24	13	10	35,0

Mittlere Minuten.

Minut.	Mittl. Länge ☾ ′	″
0	0	0,0
1	0	32,9
2	1	5,9
3	1	38,8
4	2	11,8
5	2	44,7
6	3	17,6
7	3	50,6
8	4	23,5
9	4	56,5
10	5	29,4
11	6	2,4
12	6	35,3
13	7	8,2
14	7	41,2
15	8	14,1
16	8	47,1
17	9	20,0
18	9	52,9
19	10	25,9
20	10	58,8
21	11	31,8
22	12	4,7
23	12	37,6
24	13	10,6
25	13	43,5
26	14	16,5
27	14	49,4
28	15	22,3
29	15	55,3
30	16	28,2
31	17	1,2
32	17	34,1
33	18	7,1
34	18	40,0
35	19	12,9
36	19	45,9
37	20	18,8
38	20	51,8

Mittlere Minuten.

Minut.	Mittl. Länge ☾ ′	″
39	21	24,7
40	21	57,6
41	22	30,6
42	23	3,5
43	23	36,5
44	24	9,4
45	24	42,3
46	25	15,3
47	25	48,2
48	26	21,2
49	26	54,1
50	27	27,0
51	28	0,0
52	28	32,9
53	29	5,9
54	29	38,8
55	30	11,8
56	30	44,7
57	31	17,6
58	31	50,6
59	32	23,5
60	32	56,5

Mittlere Secunden.

Sec.	Mittl. Länge ☾ ′	″
0	0	0,0
10	0	5,5
20	0	11,0
30	0	16,5
40	0	22,0
50	0	27,5
60	0	32,9

Tafel I. Argument: Sternzeit der Beobachtung.

Sternzeit. h	′	Correction.	°	′	″	″	Sternzeit. h	′	Correction.	°	′	″	″
0	0	−	1	23	50	61	6	0	−	0	26	2	218
	10		1	24	51	51		10		0	22	24	221
	20		1	25	42	41		20		0	18	43	223
	30		1	26	23	32		30		0	15	0	224
	40		1	26	55	22		40		0	11	16	225
	50		1	27	17	12		50		0	7	31	227
1	0	−	1	27	29	3	7	0	−	0	3	44	226
	10		1	27	32	8		10	+	0	0	2	227
	20		1	27	24	18		20		0	3	49	226
	30		1	27	6	27		30		0	7	35	225
	40		1	26	39	37		40		0	11	20	223
	50		1	26	2	47		50		0	15	3	222
2	0	−	1	25	15	56	8	0	+	0	18	45	219
	10		1	24	19	66		10		0	22	24	217
	20		1	23	13	75		20		0	26	1	214
	30		1	21	58	85		30		0	29	35	210
	40		1	20	33	94		40		0	33	5	206
	50		1	18	59	103		50		0	36	31	202
3	0	−	1	17	16	111	9	0	+	0	39	53	197
	10		1	15	25	120		10		0	43	10	192
	20		1	13	25	128		20		0	46	22	187
	30		1	11	17	136		30		0	49	29	181
	40		1	9	1	144		40		0	52	30	175
	50		1	6	37	151		50		0	55	25	168
4	0	−	1	4	6	159	10	0	+	0	58	13	162
	10		1	1	27	165		10		1	0	55	155
	20		0	58	42	172		20		1	3	30	147
	30		0	55	50	179		30		1	5	57	140
	40		0	52	51	184		40		1	8	17	132
	50		0	49	47	190		50		1	10	29	123
5	0	−	0	46	37	195	11	0	+	1	12	32	115
	10		0	43	22	200		10		1	14	27	107
	20		0	40	2	204		20		1	16	14	98
	30		0	36	38	208		30		1	17	52	88
	40		0	33	10	212		40		1	19	20	80
	50		0	29	38	216		50		1	20	40	70
6	0		0	26	2		12	0		1	21	50	

Tafel I. Argument: Sternzeit der Beobachtung.

Sternzeit.		Correction.					Sternzeit.		Correction.				
h	'		h	'	"	"	h	'		°	'	"	"
12	0	+	1	21	50	61	18	0	+	0	24	2	218
	10		1	22	51	51		10		0	20	24	221
	20		1	23	42	41		20		0	16	43	223
	30		1	24	23	32		30		0	13	0	224
	40		1	24	55	22		40		0	9	16	225
	50		1	25	17	12		50		0	5	31	227
13	0	+	1	25	29	3	19	0	+	0	1	44	226
	10		1	25	32	8		10	−	0	2	2	227
	20		1	25	24	18		20		0	5	49	226
	30		1	25	6	27		30		0	9	35	225
	40		1	24	39	37		40		0	13	20	223
	50		1	24	2	47		50		0	17	3	222
14	0	+	1	23	15	56	20	0	−	0	20	45	219
	10		1	22	19	66		10		0	24	24	217
	20		1	21	13	75		20		0	28	1	214
	30		1	19	58	85		30		0	31	35	210
	40		1	18	33	94		40		0	35	5	206
	50		1	16	59	103		50		0	38	31	202
15	0	+	1	15	16	111	21	0	−	0	41	53	197
	10		1	13	25	120		10		0	45	10	192
	20		1	11	25	128		20		0	48	22	187
	30		1	9	17	136		30		0	51	29	181
	40		1	7	1	144		40		0	54	30	175
	50		1	4	37	151		50		0	57	25	168
16	0	+	1	2	6	159	22	0	−	1	0	13	162
	10		0	59	27	165		10		1	2	55	155
	20		0	56	42	172		20		1	5	30	147
	30		0	53	50	179		30		1	7	57	140
	40		0	50	51	184		40		1	10	17	132
	50		0	47	47	190		50		1	12	29	123
17	0	+	0	44	37	195	23	0	−	1	14	32	115
	10		0	41	22	200		10		1	16	27	107
	20		0	38	2	204		20		1	18	14	98
	30		0	34	38	208		30		1	19	52	88
	40		0	31	10	212		40		1	21	20	80
	50		0	27	38	216		50		1	22	40	70
	0		0	24	2		24	0	−	1	23	50	

Tafel II. Zweite Correction, stets positiv.

Argumente: Sternzeit und beobachtete Höhe.

Sternzeit.	Beobachtete Höhe. 0°	5°	10°	15°	20°	25°	30°	35°	Sternzeit.
h '	' "	' "	' "	' "	' "	' "	' "	' "	h '
0 0	0 0	0 0	0 1	0 1	0 2	0 3	0 3	0 4	12 0
30	0 0	0 0	0 0	0 0	0 1	0 1	0 1	0 1	30
1 0	0 0	0 0	0 0	0 0	0 0	0 0	0 0	0 0	13 0
30	0 0	0 0	0 0	0 0	0 0	0 0	0 0	0 0	30
2 0	0 0	0 0	0 1	0 1	0 1	0 2	0 2	0 2	14 0
30	0 0	0 1	0 2	0 2	0 3	0 4	0 5	0 6	30
3 0	0 0	0 1	0 3	0 4	0 5	0 7	0 8	0 10	15 0
30	0 0	0 2	0 4	0 6	0 8	0 10	0 13	0 16	30
4 0	0 0	0 3	0 5	0 8	0 11	0 14	0 18	0 21	16 0
30	0 0	0 3	0 7	0 10	0 14	0 18	0 23	0 27	30
5 0	0 0	0 4	0 8	0 13	0 17	0 22	0 27	0 33	17 0
30	0 0	0 5	0 10	0 15	0 20	0 25	0 31	0 38	30
6 0	0 0	0 5	0 11	0 16	0 22	0 28	0 35	0 42	18 0
30	0 0	0 5	0 11	0 17	0 23	0 30	0 37	0 45	30
7 0	0 0	0 6	0 12	0 17	0 24	0 30	0 38	0 46	19 0
30	0 0	0 6	0 11	0 17	0 24	0 30	0 37	0 45	30
8 0	0 0	0 5	0 11	0 17	0 23	0 29	0 36	0 43	20 0
30	0 0	0 5	0 10	0 15	0 21	0 27	0 33	0 40	30
9 0	0 0	0 4	0 9	0 14	0 18	0 24	0 29	0 36	21 0
30	0 0	0 4	0 8	0 12	0 16	0 20	0 25	0 30	30
10 0	0 0	0 3	0 6	0 9	0 13	0 16	0 20	0 24	22 0
30	0 0	0 2	0 5	0 7	0 10	0 12	0 15	0 18	30
11 0	0 0	0 2	0 3	0 5	0 7	0 8	0 10	0 13	23 0
30	0 0	0 1	0 2	0 3	0 4	0 5	0 6	0 8	30
12 0	0 0	0 0	0 1	0 1	0 2	0 3	0 3	0 4	24 0

Tafel II. Zweite Correction, stets positiv.

Argumente: Sternzeit und beobachtete Höhe.

Sternzeit.	Beobachtete Höhe. 35°	40°	45°	50°	55°	60°	65°	70°	Sternzeit.
h '	' "	' "	' "	' "	' "	' "	' "	' "	h '
0 0	0 4	0 5	0 5	0 7	0 8	0 9	0 12	0 15	12 0
30	0 1	0 2	0 2	0 2	0 3	0 3	0 4	0 5	30
1 0	0 0	0 0	0 0	0 0	0 0	0 0	0 0	0 0	13 0
30	0 0	0 1	0 1	0 1	0 1	0 1	0 1	0 2	30
2 0	0 2	0 3	0 3	0 4	0 5	0 6	0 7	0 9	14 0
30	0 6	0 7	0 8	0 10	0 12	0 14	0 18	0 23	30
3 0	0 10	0 12	0 15	0 17	0 21	0 25	0 31	0 40	15 0
30	0 16	0 19	0 22	0 27	0 32	0 39	0 48	1 1	30
4 0	0 21	0 26	0 31	0 37	0 44	0 53	1 6	1 24	16 0
30	0 27	0 33	0 39	0 47	0 56	1 8	1 24	1 47	30
5 0	0 33	0 40	0 47	0 56	1 7	1 22	1 41	2 10	17 0
30	0 38	0 45	0 54	1 5	1 17	1 34	1 56	2 29	30
6 0	0 42	0 50	1 0	1 11	1 26	1 44	2 8	2 45	18 0
30	0 45	0 53	1 4	1 16	1 31	1 50	2 16	2 55	30
7 0	0 46	0 55	1 5	1 18	1 33	1 53	2 20	2 59	19 0
30	0 45	0 54	1 5	1 17	1 32	1 52	2 19	2 58	30
8 0	0 43	0 52	1 2	1 14	1 28	1 47	2 13	2 50	20 0
30	0 40	0 48	0 57	1 8	1 22	1 39	2 3	2 37	30
9 0	0 36	0 43	0 51	1 0	1 12	1 28	1 49	2 19	21 0
30	0 30	0 36	0 43	0 51	1 2	1 15	1 32	1 58	30
10 0	0 24	0 29	0 35	0 41	0 50	1 0	1 14	1 35	22 0
30	0 18	0 22	0 26	0 31	0 37	0 45	0 56	1 12	30
11 0	0 13	0 15	0 18	0 22	0 26	0 31	0 39	0 50	23 0
30	0 8	0 9	0 11	0 13	0 16	0 19	0 24	0 31	30
12 0	0 4	0 5	0 5	0 7	0 8	0 9	0 12	0 15	24 0

Tafel III. Dritte Correction, stets positiv.

Argumente: Sternzeit und Datum.

Sternzeit.	Januar 1.	Februar 1.	März 1.	April 1.	Mai 1.	Juni 1.	Juli 1.
h	′ ″	′ ″	′ ″	′ ″	′ ″	′ ″	′ ″
0	1 4	1 1	0 54	0 45	0 37	0 34	0 35
2	1 4	1 7	1 4	0 56	0 46	0 39	0 36
4	1 4	1 11	1 12	1 8	0 59	0 50	0 43
6	1 2	1 12	1 17	1 18	1 13	1 4	0 55
8	1 0	1 10	1 18	1 23	1 22	1 17	1 8
10	0 58	1 5	1 14	1 22	1 26	1 25	1 19
12	0 56	0 59	1 6	1 15	1 23	1 26	1 25
14	0 56	0 53	0 56	1 4	1 14	1 21	1 24
16	0 56	0 49	0 48	0 52	1 1	1 10	1 17
18	0 58	0 48	0 43	0 42	0 47	0 56	1 5
20	1 0	0 50	0 42	0 37	0 38	0 43	0 52
22	1 2	0 55	0 46	0 38	0 34	0 35	0 41
24	1 4	1 1	0 54	0 45	0 37	0 34	0 35

Tafel III. Dritte Correction, stets positiv.

Argumente: Sternzeit und Datum.

Sternzeit.	Juli 1.	August 1.	Septbr. 1.	October 1.	Novbr. 1.	Decbr. 1.	Decbr. 31.
h	′ ″	′ ″	′ ″	′ ″	′ ″	′ ″	′ ″
0	0 35	0 42	0 52	1 4	1 15	1 23	1 26
2	0 36	0 37	0 44	0 53	1 5	1 15	1 23
4	0 43	0 39	0 40	0 45	0 53	1 3	1 13
6	0 55	0 46	0 41	0 40	0 43	0 50	1 0
8	1 8	0 57	0 48	0 41	0 38	0 40	0 47
10	1 19	1 9	0 57	0 47	0 39	0 35	0 37
12	1 25	1 18	1 8	0 56	0 45	0 37	0 34
14	1 24	1 23	1 16	1 7	0 55	0 45	0 37
16	1 17	1 21	1 20	1 15	1 7	0 57	0 47
18	1 5	1 14	1 19	1 20	1 17	1 10	1 0
20	0 52	1 3	1 12	1 19	1 22	1 20	1 13
22	0 41	0 51	1 3	1 13	1 21	1 25	1 23
24	0 35	0 42	0 52	1 4	1 15	1 23	1 26

Tafel I.

Stunden.

Mittl. Zt.	Sternzeit.		
h	h	'	"
1	1	0	9,86
2	2	0	19,71
3	3	0	29,57
4	4	0	39,43
5	5	0	49,28
6	6	0	59,14
7	7	1	9,00
8	8	1	18,85
9	9	1	28,71
10	10	1	38,56
11	11	1	48,42
12	12	1	58,28
13	13	2	8,13
14	14	2	17,99
15	15	2	27,85
16	16	2	37,70
17	17	2	47,56
18	18	2	57,42
19	19	3	7,27
20	20	3	17,13
21	21	3	26,99
22	22	3	36,84
23	23	3	46,70
24	24	3	56,56

Minuten.

Mittl. Zt.	Sternzeit.	
'	'	"
0	0	0,00
1	1	0,16
2	2	0,33
3	3	0,49
4	4	0,66
5	5	0,82
6	6	0,99
7	7	1,15
8	8	1,31
9	9	1,48
10	10	1,64

Minuten.

Mittl. Zt.	Sternzeit.	
'	'	"
10	10	1,64
11	11	1,81
12	12	1,97
13	13	2,14
14	14	2,30
15	15	2,46
16	16	2,63
17	17	2,79
18	18	2,96
19	19	3,12
20	20	3,29
21	21	3,45
22	22	3,61
23	23	3,78
24	24	3,94
25	25	4,11
26	26	4,27
27	27	4,44
28	28	4,60
29	29	4,76
30	30	4,93
31	31	5,09
32	32	5,26
33	33	5,42
34	34	5,59
35	35	5,75
36	36	5,91
37	37	6,08
38	38	6,24
39	39	6,41
40	40	6,57
41	41	6,74
42	42	6,90
43	43	7,06
44	44	7,23
45	45	7,39
46	46	7,56
47	47	7,72
48	48	7,89

Minuten.

Mittl. Zt.	Sternzeit.	
'	'	"
48	48	7,89
49	49	8,05
50	50	8,21
51	51	8,38
52	52	8,54
53	53	8,71
54	54	8,87
55	55	9,04
56	56	9,20
57	57	9,36
58	58	9,53
59	59	9,69
60	60	9,86

Secunden.

Mittl. Zt.	Sternzeit.
"	"
0	0,00
4	4,01
7	7,02
11	11,03
15	15,04
18	18,05
22	22,06
26	26,07
29	29,08
33	33,09
37	37,10
40	40,11
44	44,12
48	48,13
51	51,14
55	55,15
58	58,16
60	60,16

Tafel II.

Stunden.

Sternzeit.	Mittl. Zt.		
h	h	′	″
1	0	59	50,17
2	1	59	40,34
3	2	59	30,51
4	3	59	20,68
5	4	59	10,85
6	5	59	1,02
7	6	58	51,19
8	7	58	41,36
9	8	58	31,53
10	9	58	21,70
11	10	58	11,87
12	11	58	2,05
13	12	57	52,22
14	13	57	42,39
15	14	57	32,56
16	15	57	22,73
17	16	57	12,90
18	17	57	3,07
19	18	56	53,24
20	19	56	43,41
21	20	56	33,58
22	21	56	23,75
23	22	56	13,92
24	23	56	4,09

Minuten.

Sternzeit.	Mittl. Zt.	
′	′	″
0	0	0,00
1	0	59,84
2	1	59,67
3	2	59,51
4	3	59,34
5	4	59,18
6	5	59,02
7	6	58,85
8	7	58,69
9	8	58,53
10	9	58,36

Minuten.

Sternzeit.	Mittl. Zt.	
′	′	″
10	9	58,36
11	10	58,20
12	11	58,03
13	12	57,87
14	13	57,71
15	14	57,54
16	15	57,38
17	16	57,21
18	17	57,05
19	18	56,89
20	19	56,72
21	20	56,56
22	21	56,40
23	22	56,23
24	23	56,07
25	24	55,90
26	25	55,74
27	26	55,58
28	27	55,41
29	28	55,25
30	29	55,09
31	30	54,92
32	31	54,76
33	32	54,59
34	33	54,43
35	34	54,27
36	35	54,10
37	36	53,94
38	37	53,77
39	38	53,61
40	39	53,45
41	40	53,28
42	41	53,12
43	42	52,96
44	43	52,79
45	44	52,63
46	45	52,46
47	46	52,30
48	47	52,14

Minuten.

Sternzeit.	Mittl. Zt.	
′	′	″
48	47	52,14
49	48	51,97
50	49	51,81
51	50	51,64
52	51	51,48
53	52	51,32
54	53	51,15
55	54	50,99
56	55	50,83
57	56	50,66
58	57	50,50
59	58	50,33
60	59	50,17

Secunden.

Sternzeit.	Mittl. Zt.
″	″
4	3,99
7	6,98
11	10,97
15	14,96
18	17,95
22	21,94
26	25,93
29	28,92
33	32,91
37	36,90
40	39,89
44	43,88
48	47,87
51	50,86
55	54,85
59	58,84
60	59,84

Länge und Breite der Haupt-Sternwarten,

zusammengestellt von Prof. Wolfers.

Name des Ortes.	Geographische Breite. + nördlich, — südlich.	Länge von Berlin in Zt. + westlich, — östlich.	Östliche Länge von Ferro in Bogen.
	° ′ ″	h ′ ″	° ′ ″
Åbo	+ 60 26 56,8	— 0 35 33,3	39 56 49,5
Altona	+ 53 32 45,3	+ 0 13 49,1	27 36 12,9
Armagh	+ 54 21 12,7	+ 1 20 11,0	11 0 45,0
Berlin	+ 52 30 16,7	0 0 0	31 3 24,6
Bern	+ 46 57 6,0	+ 0 23 49,3	25 6 10,5
Bilk	+ 51 12 25,0	+ 0 26 30,0	24 25 54,6
Bonn	+ 50 43 45,0	+ 0 25 11,0	24 45 45,0
Bremen	+ 53 4 36,0	+ 0 18 19,6	26 28 36,0
Breslau	+ 51 6 56,0	— 0 14 34,5	34 42 7,5
Brüssel	+ 50 51 10,5	+ 0 36 7,9	22 1 31,5
Cambridge (Engl.)	+ 52 12 51,8	+ 0 53 12,0	17 45 30,6
Cambridge (Mass.)	+ 42 22 48,6	+ 5 38 4,1	306 32 28,1
Christiania	+ 59 54 43,7	+ 0 10 40,7	28 23 19,5
Copenhagen	+ 55 40 53,0	+ 0 3 15,7	30 14 34,5
Cracow	+ 50 3 50,0	— 0 26 14,4	37 37 6,0
Danzig	+ 54 21 18,0	— 0 21 9,5	36 20 52,5
Dorpat	+ 58 22 47,1	— 0 53 19,5	44 23 22,5
Dublin	+ 53 23 13,0	+ 1 18 57,5	11 19 7,5
Durham	+ 54 46 6,2	+ 0 59 53,5	16 5 7,5
Edinburg	+ 55 57 23,2	+ 1 6 19,1	14 28 43,5
Florenz	+ 43 46 40,8	+ 0 8 32,0	28 55 30,0
Genf	+ 46 11 58,8	+ 0 28 57,8	23 49 3,3
Gotha	+ 50 56 5,2	+ 0 10 39,8	28 23 33,0
Göttingen	+ 51 31 47,9	+ 0 13 49,2	27 36 12,2
Greenwich	+ 51 28 38,2	+ 0 53 35,5	17 39 37,5
Hamburg	+ 53 33 7,0	+ 0 13 41,4	27 38 9,0
Helsingfors	+ 60 9 42,3	— 0 46 16,0	42 37 30,0
Kazan	+ 55 47 23,0	— 2 22 57,0	66 47 45,0
Königsberg	+ 54 42 50,4	— 0 28 25,0	38 9 45,0
Kremsmünster	+ 48 3 23,8	— 0 2 57,6	31 47 54,0
Leiden	+ 52 9 27,4	+ 0 35 38,0	22 8 59,6
Leipzig	+ 51 20 20,5	+ 0 4 5,3	30 2 10,5
Liverpool	+ 53 24 47,8	+ 1 5 35,6	14 39 35,9
London (Mr. Bischop's Obs.)	+ 51 31 29,9	+ 0 54 12,6	17 30 21,0
Madras	+ 13 4 9,2	— 4 27 21,5	97 53 52,5
Mailand	+ 45 28 0,7	+ 0 16 28,8	26 51 17,7

Name des Ortes.	Geographische Breite. + nördlich, — südlich.	Länge von Berlin in Zt. + westlich, — östlich.	Östliche Länge von Ferro in Bogen.
	° ′ ″	h ′ ″	° ′ ″
Manheim	+ 49 29 12,9	+ 0 19 44,0	26 7 30,6
Marseille	+ 43 17 49,0	+ 0 32 6,5	23 1 53,0
Modena	+ 44 38 52,8	+ 0 9 52,1	28 35 28,5
Moskau	+ 55 45 19,8	— 1 36 41,4	55 13 51,0
München	+ 48 8 45,0	+ 0 7 9,0	29 16 15,0
Neapel	+ 40 51 46,6	— 0 3 24,8	31 54 42,0
Nicolajew	+ 46 58 20,6	— 1 14 19,6	49 38 24,0
Olmütz	+ 49 35 43,0	— 0 15 32,2	34 56 33,0
Oxford	+ 51 45 36,0	+ 0 58 38,1	16 23 58,5
Padua	+ 45 24 2,5	+ 0 6 5,8	29 32 2,3
Palermo	+ 38 6 44,0	+ 0 0 9,9	31 1 1,5
Paramatta	— 33 48 49,8	— 9 10 30,8	168 41 12,0
Paris	+ 48 50 13,0	+ 0 44 14,0	20 0 0,0
Petersburg	+ 59 56 29,7	— 1 7 38,1	47 58 1,1
Philadelphia	+ 39 57 7,5	+ 5 54 12,0	302 30 29,6
Prag	+ 50 5 18,5	— 0 4 8,6	32 5 39,0
Pulkowa	+ 59 46 18,7	— 1 7 43,3	47 59 18,9
Rom	+ 41 53 52,0	+ 0 3 40,0	30 8 30,0
Senftenberg	+ 50 5 10,0	— 0 12 15,1	34 7 16,5
Speyer	+ 49 18 55,2	+ 0 19 49,0	26 6 15,0
Stockholm	+ 59 20 34,0	— 0 18 39,3	35 43 19,5
Turin	+ 45 4 6,0	+ 0 22 47,1	25 21 43,5
Upsala	+ 59 51 50,0	— 0 16 59,3	35 18 19,5
Venedig	+ 45 25 49,5	+ 0 4 10,1	30 0 58,5
Vorgeb. d. g. H.	— 33 56 3,0	— 0 20 20,5	36 8 37,5
Warschau	+ 52 13 5,0	— 0 30 31,7	38 41 25,2
Washington	+ 38 53 38,6	+ 6 1 45,7	300 37 5,0
Wien	+ 48 12 35,5	— 0 11 56,6	34 2 39,5

Anhang.

Über die Einrichtung des Jahrbuchs.

Im Allgemeinen giebt das Jahrbuch für jeden Wandelstern zwei Gattungen von Polar-Coordinaten an. Bei der Sonne und dem Monde bezieht sich die eine auf die Hauptebenen des Berliner Meridians und des Äquators, die andere auf die Ekliptik und die Linie der Frühlings-Tag- und Nachtgleiche. Bei den ältern Planeten ist der Anfangspunkt der Coordinaten einmal in die Sonne verlegt und die Ekliptik die Grundebene, das anderemal in den Mittelpunkt der Erde und der Äquator die Grundebene. Beide stehen auf den zwei nebeneinander stehenden Seiten des aufgeschlagenen Buches. Die kleinen Planeten machen hiervon eine Ausnahme.

Die Zeit, welche überall, wo nicht ausdrücklich eine andere erwähnt ist, verstanden werden mufs, ist die mittlere Zeit des Berliner Meridians (neue Sternwarte), welche in Zeit

44′ 14″,0 östlich vom Pariser und
53 35,5 östlich vom Greenwicher

bei der Berechnung angenommen worden ist. Der Anfang des Tages ist um Mittag und die Zählung der Stunden durchgängig bis 24 angenommen, so dafs die Stunden unter 12 die Nachmittagsstunden desselben bürgerlichen Tages, die über 12 wenn man sie um 12 vermindert, die Vormittagsstunden des nächstfolgenden bürgerlichen Tages sind. Alle Längen, Breiten, geraden Aufsteigungen und Abweichungen beziehen sich auf das wahre oder scheinbare Äquinoctium und die wahre oder scheinbare Lage der verschiedenen Ebenen, wobei die Nutation und Schiefe der Ekliptik durchgängig nach den fortgeführten Tab. Regiom. von Bessel zu Grunde gelegt sind.

Alle Angaben sind, unter vollständiger Berücksichtigung jeder Correction, aus den Tafeln berechnet und so angesetzt, wie diese sie geben. Hiernach werden diese Ephemeriden den Astronomen die zeitraubenden, unmittelbaren Berechnungen aus den Tafeln ersparen.

Das Jahrbuch theilt sich, aufser der Angabe der Bezeichnungen und der Festrechnung, in folgende Hauptabschnitte:

I. Sonnen- und Mond-Ephemeride.

Bei diesem ersten Abschnitt hat jeder Monat sechs Seiten, welche durch die besondere Paginirung I-VI von einander unterschieden sind. Die Seite I enthält die Data, welche bei der Beobachtung der Sonne gebraucht werden und ihre Epoche ist daher, wie die Überschrift angiebt, der wahre Berliner Mittag. Sie enthält aufser dem Datum des Monats und dem Wochentage in fünf nebeneinander stehenden Columnen

1) die Zeitgleichung oder den Unterschied zwischen mittlerer und wahrer Zeit,
2) die gerade Aufsteigung der Sonne oder die Sternzeit im wahren Mittage,
3) die Abweichung der Sonne.

   Bei diesen beiden Angaben ist die Aberration bereits angebracht, die Parallaxe aber noch nicht berücksichtigt.

4) Log. μ,
5) die Sternzeit, welche der Sonnendurchmesser gebraucht, um über den Meridianfaden eines Fernrohrs hinwegzugehen.

Log. μ bezeichnet den Log. der Anzahl von Bogensecunden, um welche die Abweichung der Sonne von dem wahren Mittage des vorhergehenden Tages bis zum wahren Mittage des folgenden Tages zu- oder abgenommen hat. Er wird gebraucht bei der Gaufsischen Art, die Mittagsverbesserung bei correspondirenden Sonnenhöhen zu berechnen. Wenn h die mittlere halbe Zwischenzeit in Zeitsecunden der wahren Sonnenzeit, zwischen der vormittägigen und nachmittägigen gleichgrofsen Höhe, ϕ die Polhöhe und δ die Abweichung der Sonne ist, so wird die Mittagsverbesserung in Zeitsecunden

$$= \frac{0{,}07958\,h}{206265\ \mathrm{tg}\ 15h}\,\mu\ \mathrm{tg}\,\delta - \frac{0{,}07958\,h}{206265\ \sin\ 15h}\,\mu\ \mathrm{tg}\,\phi.$$

Dieselbe ist algebraisch an den unverbesserten Mittag anzubringen, um den wahren zu erhalten. Das Zeichen von μ ist zu berücksichtigen, es ist nämlich μ positiv, wenn die Sonne sich dem Nordpol nähert und negativ, wenn sie sich von demselben entfernt.

Auf der Seite II, deren Epoche der mittlere Berliner Mittag ist, stehen nebeneinander, aufser dem Monats- und Jahrestag:

1) die Sternzeit, um mittlere Zeit auf Sternzeit und umgekehrt zu reduciren,

2) die Länge
3) die Breite
4) die Entfernung
} der Sonne, erforderlich um heliocentrische Planetenörter auf geocentrische zu reduciren, daher ohne angebrachte Aberration,

5) der scheinbare Halbmesser der Sonne, der bei Beobachtungen ihrer Abweichung gebraucht wird.

Alle diese Angaben, mit Ausnahme der Culminationsdauer und des Halbmessers der Sonne, sind den Tafeln Carlini's, unter Anbringung von Bessel's Correctionen entnommen, die beiden eben erwähnten Angaben sind nach Bessel's Tab. Regiom. berechnet.

Von den folgenden vier Seiten, III-VI jedes Monats, geben die ungeraden III und V

die Länge
» Breite
» gerade Aufsteigung in Zeit
» Abweichung
} des Mondes

für jeden mittlern Mittag und Mitternacht. Unten stehen die Mondphasen oder die Augenblicke, wann die Länge des Mondes um 0°, 90°, 180°

und 270° von der Länge der Sonne verschieden ist. Bei der letzten ist auf Aberration Rücksicht genommen.

Auf den geraden Seiten IV und VI befindet sich die Äquatoreal-Horizontal-Parallaxe und der Halbmesser des Mondes, vom Centrum der Erde aus gesehen, für mittlern Mittag und Mitternacht. Ferner folgt die mittlere Zeit, wann der Mond in seiner obern und untern Culmination in Berlin ist, und seine gerade Aufsteigung und Abweichung, vom Centrum der Erde aus gesehen, für diese Culminationszeiten. Endlich die mittleren Zeiten des Auf- und Unterganges des Mondes und der Sonne, berechnet mit einer Horizontal-Refraction von 36′ und bei dem Monde mit einer mittleren Parallaxe von 57′. Unten stehen die mittlern Zeiten, wann der Mond, nach seiner wirklich stattfindenden Parallaxe, der Erde am nächsten oder fernsten ist, das Perig. und Apog. ☾.

Die Länge und Breite des Mondes sind nach Burkhardts's Tafeln, die Parallaxe nach Adams und hieraus der Halbmesser des Mondes nach Burckhardt Table XXXII berechnet, nur die angebrachte Nutation, so wie die zur Verwandlung der Länge und Breite in gerade Aufsteigung und Abweichung erforderliche Schiefe der Ekliptik ist den Tab. Regiom. entnommen; beide finden sich von 10 zu 10 Tagen Pag. 80 angegeben.

Die Angaben für die Culmination des Mondes sind so berechnet, dafs die angesetzten Gröfsen bis auf 0,″1 sicher sind, der Buchstab *0* bezeichnet die obere Culmination. Man wendet sie an, um die Zeit der Culmination und den Ort des Mondes zu derselben für jeden andern Ort der Erde zu finden, weshalb der leichtern Interpolation wegen die untern Culminationen hinzugefügt sind. Sie dienen ferner zur leichtern Berechnung des Auf- und Unterganges des Mondes, wie auch bei der vorläufigen Berechnung der Sternbedeckungen. Man kann aus ihnen die Culminationsdauer des Mondes berechnen oder die Zeit, welche der Halbmesser des Mondes gebraucht, um durch den Meridian zu gehen. Wenn m die Zunahme der AR. ☾ in einem Mondtage bezeichnet, oder strenger die Geschwindigkeit, mit der der Mond zur Zeit seiner Culmination seine AR. ändert, wobei ein Mondtag als Zeit-Einheit angesehen wird, wenn δ die wahre geocentrische Abweichung und π die Äquatoreal-Horizontal-Parallaxe zur Zeit der Culmination bedeutet (diese ist zur Berechnung der

Ephemeriden zwar streng interpolirt, aber nicht abgedruckt worden, läſst sich übrigens aus den nach mittlerer Zeit angeführten Örtern leicht herleiten), so ist die Dauer des Durchganges des Mond-Halbmessers in Secunden der Sternzeit

$$= \frac{109}{6000} \cdot \frac{360^\circ + m}{360^\circ} \pi \sec \delta.$$

Mit Hülfe von zwei Tafeln, eine für $\frac{109}{6000} \pi$ mit dem Argumente π, eine zweite für $\frac{360^\circ + m}{360^\circ}$ mit dem Argumente m, wird man die Berechnung leicht ausführen können. Die weiter unten, bei den Sternen im Parallel des Mondes aufgeführten Angaben dieser Gröſse sind auf diese Weise berechnet worden.

Von Pag. 74-79 folgen dann die Sonnencoordinaten in Bezug auf den Äquator, berechnet mit Berücksichtigung der Breite der Sonne für die mittleren Tage von zwei zu zwei Tagen. Neben den Columnen X, Y, Z stehen die Gröſsen ΔX, ΔY, ΔZ, welche die Differenz der Sonnencoordinaten der mittlern Mitternacht von denen des mittlern Mittags angeben. Es sind deshalb die Gröſsen $X + \Delta X$, $Y + \Delta Y$, $Z + \Delta Z$ die Sonnencoordinaten für die mittlere Mitternacht des Tages, der mit ΔX, ΔY, ΔZ auf gleicher Horizontalreihe steht. So werden z. B. für 1858 Jan. 0 12^h die Sonnencoordinaten

$$+ 0{,}1760716 \quad - 0{,}8873757 \quad - 0{,}3851035.$$

Diese Coordinaten beziehen sich ebenfalls auf das wahre Äquinoctium und sind unmittelbar bei Planetenberechnungen anzuwenden, um den heliocentrischen Ort in den geocentrischen zu verwandeln, wenn man den Ort des Planeten auf parallele Axen, durch den Mittelpunkt der Sonne gelegt, in ähnlicher Art bezogen hat.

Es sind nämlich hier drei rechtwinklige Coordinatenaxen durch den Mittelpunkt der Erde gelegt, die Axe der X in die Linie der Frühlings-Tag- und Nachtgleiche (die X positiv gezählt nach dem Widderpunkt zu), die Axe der Y senkrecht darauf in der Ebene des Äquators (die Y positiv gezählt nach dem Colur des Sommersolstizes zu), die Axe der Z senkrecht auf den Äquator (die Z positiv gezählt nach dem Nordpole zu). Die angegebenen X, Y, Z sind daher die Coordinaten des Sonnenmittelpunktes in Bezug auf den Mittelpunkt der Erde, wenn die mittlere Entfernung der Sonne von der Erde als Einheit angenommen wird.

Bei Cometen-Ephemeriden kann es manchmal angenehmer sein, die Sonnen-Coordinaten statt wie hier auf das jedesmalige scheinbare oder wahre Äquinoctium, auf ein mittleres Äquinoctium zu einer bestimmten Zeit t bezogen zu haben. Die dazu nöthigen Reductionsformeln sind, wenn X', Y', Z' diese mittlern Coordinaten, aus den hier gegebenen X, Y, Z für eine beliebige Zeit t gültig, berechnet werden sollen und ε' die mittlere Schiefe der Ekliptik zur Zeit t', ε die scheinbare Schiefe zur Zeit t, p die allgemeine jährliche Präcession und $\Delta\lambda$ die Nutation in Länge zur Zeit t bezeichnet:

$$X' - X = + \frac{Y}{\cos \varepsilon'} \{p(t-t') + \Delta\lambda\}$$

$$Y' - Y = - X \cos \varepsilon' \{p(t-t') + \Delta\lambda\} - Z(\varepsilon' - \varepsilon)$$

$$Z' - Z = - X \sin \varepsilon' \{p(t-t') + \Delta\lambda\} + Y(\varepsilon' - \varepsilon),$$

wobei $t-t'$ in Theilen des Jahres ausgedrückt wird. Sind die Elemente ebenfalls auf das mittlere Äquinoctium von t' bezogen, und hat man so den Ort in Bezug auf dasselbe gefunden, so bringt man ihn nachher durch Anbringung der Nutation und Präcession auf das wahre Äquinoctium.

Diese Art der Berechnung ist vielleicht die bequemste, wenn man alles scharf bestimmen will, da die Tabelle der $X'-X$ etc. und die letzte Transformation vom mittlern auf das wahre Äquinoctium unabhängig von der etwanigen Änderung der Elemente ist und ein- für allemal angefertigt werden kann.

Am Schlusse dieses Abschnitts sind auf Pag. 80 die hauptsächlichsten Data zusammengestellt, deren man bei verschiedenen Reductionen bedarf. Sie gelten für den mittlern Mittag.

Die scheinbare Schiefe der Ekliptik, deren bereits oben erwähnt worden ist und deren man bei der Verwandlung scheinbarer Längen und Breite in scheinbare gerade Aufsteigungen und Abweichungen bedarf.

Die Parallaxe ☉, welche wegen der veränderlichen Entfernung der Sonne von der Erde zur Berechnung der Höhenparallaxen angewendet werden muſs.

Die Aberration ☉ muſs zu den auf Seite II angegebenen Längen gelegt werden, wenn man die Längen zu kennen nöthig hätte, wie sie bei einer unmittelbaren Beobachtung der Längen gefunden werden würden.

Diefs ist bei der Berechnung der Finsternisse erforderlich, wenn man die Ekliptik zur Grundebene wählt. Diese beobachteten Längen sind immer kleiner, als die wirklich stattfindenden.

Die Gleichung der Äquinoctial-Punkte (Nutation in Länge) wird erfordert, wenn man von mittleren Längen auf die wahren übergehen wollte. Das Zeichen ist so zu verstehen, dafs die angesetzte Gröfse immer algebraisch an den mittleren Ort anzubringen ist, um den wahren zu erhalten. Diese vier Data sind nach den Elementen der Tab. Regiom. berechnet.

Die Länge des Mondknotens, gezählt vom mittleren Äquinoctium, wird bei Berechnung der Nutation für Sterne gebraucht und ist Burkhardt's Tafeln entnommen.

II. Planeten-Ephemeriden.

In diesem Abschnitt sind die Planeten-Örter so genau berechnet, dafs man durch Interpolation den ganz strengen Ort, wie er sich aus den Tafeln ergiebt, erhalten kann. Aufserdem sind die Verfinsterungen der Jupiters-Trabanten und die Mittel, ihre Stellungen gegen den Hauptplaneten zu finden, wie auch die nöthigen Data für den Saturnsring angegeben.

Zwischen den Tabellen, welche sich auf die ältern Planeten Mercur, Venus, Mars, Jupiter, Saturn und Uranus beziehen, und denen für die neueren Planeten Vesta, Juno, Pallas, Ceres findet eine Verschiedenheit statt.

Bei den ältern Planeten steht auf den zwei nebeneinander stehenden Seiten des aufgeschlagenen Buches und zwar auf der geraden der heliocentrische Ort des Planeten, bezogen auf die wahre oder scheinbare Ekliptik und das wahre oder scheinbare Äquinoctium, nebst der mittleren Zeit des Auf- und Unterganges; auf der ungeraden Seite der geocentrische Ort, bezogen auf den wahren oder scheinbaren Äquator, nebst der Culminationszeit. Alle Örter sind das reine Resultat der Berechnung aus den Tafeln. Die Angaben gelten für den mittlern Mittag und sind für Mercur und Venus von zwei zu zwei, bei den übrigen von vier zu vier Tagen berechnet. Die zum Grunde liegenden Tafeln sind bei Mercur, Venus und Mars die von Herrn von Lindenau, bei Jupiter, Saturn und Uranus die von Herrn Bouvard. Einige kleine Verbesserungen bei den erstern, welche sich aus der genauern Untersuchung ihrer Construction ergeben haben, sind nicht so erheblich, daſs sie hier aufgeführt zu werden brauchten. Die angewandte Nutation und Schiefe ist nicht die der Tafeln, sondern die Pag. 80 nach Bessel aufgeführte.

Sollen die geocentrischen Örter mit den beobachteten verglichen werden, so hat man auf Parallaxe und Aberration Rücksicht zu nehmen. Die letztere wird am einfachsten angebracht, wenn man eine Beobachtung, welche zur mittlern Zeit t angestellt ist, ansieht als sei der gefundene Ort gültig für die Zeit

$$t - 493'',15\,\Delta$$

(wo Δ die Entfernung des Planeten von der Erde bezeichnet), oder umgekehrt einen aus dem Jahrbuche für die Zeit t hergeleiteten Ort betrachtet, als ob er um die Zeit

$$t + 493'',15\,\Delta$$

beobachtet werden müſste.

Die auf dieser Seite angesetzte Zeit der Culmination ist nicht strenge berechnet, sondern nur so weit, als sie für den Gebrauch hinreicht. Die angesetzten Zahlen (τ) sind nämlich, wenn α die AR. des Planeten zur Zeit des mittlern Mittages und θ die Sternzeit zu derselben Zeit bedeutet,

$$\alpha - \theta = \tau$$

also der östliche Stundenwinkel. Wollte man sie schärfer finden, so müſste man diese Gröſsen, d. h.

$$\tau = \alpha - \theta \text{ oder } 24^h - (\alpha - \theta) = 24^h - \tau,$$

je nachdem die Culmination später oder früher als der Mittag eintritt, noch vergröſsern oder verkleinern in dem Verhältniſs, in welchem ein Planetentag, d. h. die Zeit von einer Culmination bis zur nächstfolgenden, gröſser oder kleiner als ein mittlerer Tag ist. Diese Correction ist in den selten vorkommenden Fällen leicht vorzunehmen. Übrigens ist noch zu bemerken, daſs statt der negativen Stunden die Zeit vor 24^h angesetzt ist. Steht daher z. B. bei einem Datum die Culminationszeit 23^h, so tritt hier die Incongruenz ein, daſs 23^h des vorhergehenden Tages oder 1^h vor dem mittlern Mittage des beigesetzten Datums verstanden werden muſs.

Auch die auf der linken Seite angesetzten Auf- und Untergänge sind nur beiläufig mittelst der zur Zeit der Culmination stattfindenden Abweichung berechnet, ohne auf die Änderung derselben bis zu dem Moment des wirklichen Auf- oder Unterganges Rücksicht zu nehmen.

Die Ephemeriden der kleinen Planeten geben nicht den heliocentrischen Ort, welcher bei der bisherigen Art der Berechnung der Störungen nicht erhalten wird, sondern nur ihren geocentrischen Ort, welcher bis auf einige Zehntheile der Minute richtig sein wird, nebst der Zeit ihrer Culmination und ihrem halben Tagebogen. Aus den beiden letztern Angaben läfst sich durch einfache Subtraction oder Addition die Zeit ihres Auf- oder Unterganges herleiten. Die Entfernungen des Planeten von der Sonne und Erde (r und Δ) können dazu dienen, die Lichtstärke des Planeten zu berechnen. Als Einheit der Lichtstärke ist nach Bessel die Lichtstärke angenommen, welche stattfinden würde in einer Opposition des Planeten, bei welcher der Planet und die Erde genau auf einer geraden Linie und respective in ihren mittlern Entfernungen von der Sonne ständen. Wenn daher r die Entfernung des Planeten von der Sonne zu einer beliebigen Zeit und Δ die Entfernung des Planeten von der Erde zu derselben Zeit ist, so wird die Lichtstärke etwa sein bei:

Vesta ..... $\frac{10,43}{r^2\,\Delta^2}$, Pallas ..... $\frac{24,31}{r^2\,\Delta^2}$,

Juno ..... $\frac{19,38}{r^2\,\Delta^2}$, Ceres ..... $\frac{23,90}{r^2\,\Delta^2}$.

Für den Monat, welcher die Opposition dieser Planeten einschliefst, ist eine scharf berechnete Ephemeride gegeben; die derselben zu Grunde liegenden osculirenden Elemente werden später aufgeführt werden. Diese scharfe Ephemeride geht von Tag zu Tag fort, bei ihr darf man die Aberrationszeit, wie oben bei den alten Planeten, nicht anzubringen vergessen.

Auf die Planeten-Ephemeriden folgen die Erscheinungen der Jupiters-Trabanten. Auf der linken Seite finden sich die Zeitangaben für die Verfinsterungen der Trabanten in dem Schattenkegel des Jupiter, welche von seinem Stande gegen die Sonne abhängen, auf der rechten Seite die Angaben, aus denen man den Ort des Trabanten, wie er vom Mittelpunkt der Erde aus gesehen, zu einer beliebigen Zeit, in Bezug auf den Mittelpunkt der Jupitersscheibe erscheint, herleiten kann. Bei den Verfinsterungen ist für die beiden innern Trabanten die Zeit des Ein-

oder Austritts, für die beiden äufsern Trabanten die Mitte der Verfinsterung und ihre halbe Dauer angegeben, alles in mittlerer Berliner Zeit und so, wie man die Erscheinung unmittelbar beobachten kann. Zu Grunde liegen die Tafeln des Herrn von Damoiseau. Die in Klammern angegebenen Verfinsterungen lassen sich, wegen zu grofser Nähe des Planeten an der Sonne, nicht beobachten, die Sternchen (*) bezeichnen die Verfinsterungen, bei denen in Berlin die Sonne unter und der Jupiter über dem Horizont steht. Für den geocentrischen Ort ist die Zeit der jedesmaligen scheinbaren obern Conjunction des Trabanten mit der Erde, oder die Zeit, wann der Jupiter sich in einer auf die Ebene der Trabantenbahn senkrecht gelegten Ebene zwischen der Erde und dem Trabanten befindet, angesetzt. Mit jedem Trabanten sind Hülfstafeln verbunden, welche für die mittlere synodische Umlaufszeit die Abscissen und Ordinaten des Ortes des Trabanten in seiner als kreisförmig angenommenen Bahn ergeben. Die Axe der Abscissen liegt senkrecht auf der Conjunctions-Ebene, sie sind positiv nach Osten hin; die Axe der Ordinaten liegt in der Conjunctions-Ebene, sie sind positiv nach der obern Conjunction hin, beide natürlich in der Ebene der Trabanten-Bahn und der Anfangspunkt der Coordinaten im Mittelpunkte der Jupitersscheibe. Die Einheit, in welcher die Coordinaten ausgedrückt sind, ist der Halbmesser des Jupiter. Die kreisförmige Bahn wird sich der Erde als eine Ellipse darstellen, deren kleine Axe in der Conjunctions-Ebene liegt, so dafs die Abscissen ungeändert bleiben, die Ordinaten aber in dem Verhältnifs der halben kleinen zur halben grofsen Axe vermindert werden müssen. Dieses Verhältnifs ist unter der Rubrik $\frac{a}{b}$ neben den Zeiten der oberen Conjunction angesetzt. Wünscht man nun für eine Zeit T, welche zwischen die beiden auf einander folgenden Zeiten t und t' der obern Conjunction fällt, den Ort des Trabanten zu haben, so geht man mit dem Argument

$$T - t$$

in die Hülfstafel ein, nimmt daraus die entsprechenden x und y' und hat damit in Halbmessern des Jupiter den Stand des Trabanten, in Bezug auf den Mittelpunkt des Jupiter, gegeben durch

$$x, \text{ und } y = y' : \frac{a}{b},$$

wobei man die Zeichen von x, y' und $\frac{s}{s}$ zu berücksichtigen hat. Das Zeichen der letztern Gröſse deutet an, welche Fläche der Trabantenbahn, ob man die obere (nördliche, dem Nordpole der Ekliptik zugekehrte bei positivem $\frac{s}{s}$), oder die untere (südliche) sieht.

Für den Anblick im Fernrohr steht der Trabant bei positivem x rechts, bei negativem links vom Jupiter; bei positivem y unter- und bei negativem oberhalb einer Linie, welche mit den Streifen parallel durch das Centrum des Jupiter gezogen werden kann.

Man könnte hier mit Leichtigkeit noch eine kleine Correction anbringen, wenn die Zwischenzeiten zweier auf einander folgenden obern Conjunctionen beträchtlich von der mittleren synodischen Umlaufszeit verschieden wären. Wäre die letztere T', so würde man mit dem Argument

$$(T-t)\,\frac{T'}{t'-t}$$

eingehen müssen. Ebenso finden sich die Vorübergänge der Trabanten vor der Jupitersscheibe durch die Zeiten der untern Conjunction, das Mittel aus den obern, und die Ein- und Austritte der Trabanten in die Jupitersscheibe durch die Zeiten, zu denen $\sqrt{x^2+y^2}=1$, wobei man von der elliptischen Gestalt des Jupiter abstrahirt. Indessen sind diese letztern Momente nur als beiläufige Näherungen zu betrachten, da für diese feinern und genauern Bestimmungen die Tafeln sich nicht einfach genug einrichten lieſsen, und aus gleichem Grunde wird die ersterwähnte Verbesserung, wegen des Unterschiedes zwischen der wahren und mittlern synodischen Umlaufszeit, unnöthig sein.

Am Schlusse dieses Abschnittes Pag. 154 stehen die Data für die Lage und Gröſse des Saturnsringes, deren Bedeutung dort hinzugefügt ist. Es liegen folgende Bestimmungen nach Bessel zu Grunde:

Aufsteigender Knoten des Saturns-Ringes auf der beweglichen Ebene der Ekliptik . . . . $= 166°\ 53'\ 8''{,}9 + 46''{,}462\ (t-1800)$

Neigung gegen dieselbe . . $= 28\ \ 10\ \ 44{,}7 - 0{,}350\ (t-1800)$

Durchmesser des Ringes in der Entfernung, deren Logarithmus $= 0{,}9796480$ . . . . $= 39''{,}311$.

III. Scheinbare Örter der Haupt-Sterne.

Dieser Abschnitt enthält die Örter der beiden Polarsterne und der 45 Besselschen Hauptsterne, welche Schumacher in seinen vortrefflichen Hülfstafeln zu geben angefangen hatte. Sie sind alle nach den Formeln der Tab. Regiom. für die obern Culminationen im Berliner Meridian berechnet. Das hinzugefügte Sternchen zeigt an, daſs in dem Zwischenraume, neben welchem es steht, zwei Culminationen auf denselben mittlern Tag fallen, worauf man bei der Interpolation für die zwischenliegenden Tage zu achten hat. Bei den Polarsternen sind die zwei Culminationen, welche an dem einen Tage des Jahres stattfinden, unmittelbar angesetzt. Will man die tägliche Aberration berücksichtigen, so sind bei den Polarsternen unten auf jeder Seite, für die übrigen Sterne am Schlusse pag. 195 die nöthigen Correctionen angegeben.

Bei dem Doppelstern α Geminorum ist für die frühere Epoche, aus der die jährliche Änderung hergeleitet ist, das Mittel beider Sterne angenommen worden. Daher rührt die pag. 157 unten bemerkte Reduction, wenn man jetzt den hellern nimmt. Die angeführte Mädlersche Bestimmung scheint sich der Wahrheit mehr zu nähern, als die früher benutzte Herschelsche.

Zur Herleitung des scheinbaren Ortes eines Sternes aus seinem mittlern sind pag. 194 und 196 zwei Reductionstafeln aufgeführt, welche ihre Erläuterung zum Theil neben sich haben, auſserdem sind vorn p. 156 die ausführlichen Formeln nebst den Constanten der Präcession neben der Zusammenstellung der mittlern Örter der Hauptsterne aufgeführt.

IV. Erscheinungen und Beobachtungen.

Unter dieser Rubrik findet man:

alle stattfindenden Sonnen- und Mondfinsternisse,
die Planeten-Constellationen,
die Sternbedeckungen und
die Sterne im Parallel des Mondes.

Die Sonnen- und Mond-Finsternisse sind so weit angedeutet, daſs an die Gegenden der Erde, in denen sie sichtbar sind, sich daraus ableiten kann. Finsternisse, die in Gegenden, aus welchen man Beobachtungen erwarten kann, von gröfserem Interesse sind, werden mit mehr Detail gegeben; so wie alsdann auch Formeln mit bestimmten numerischen Coefficienten hinzugefügt werden, welche für einen beliebigen Ort die genäherte Vorausberechnung der Hauptmomente erleichtern. Die Elemente aller Finsternisse finden sich am Ende pag. 207 völlig strenge aus den Tafeln hergeleitet.

Die hierauf folgenden Planeten-Constellationen geben die Zeiten an, in welchen sich die Planeten entweder in den Hauptpunkten ihrer elliptischen Bahn, Sonnennähe und Sonnenferne, befinden, oder in den vier Hauptpunkten in Bezug auf die Lage der Ebene ihrer Bahn gegen die Ekliptik, den auf- und niedersteigenden Knoten, die gröfste nördliche und südliche Breite, oder in den vier Hauptpunkten ihres synodischen Laufes, die untere und obere Conjunction mit der Sonne und die gröfsten östlichen und westlichen Ausweichungen für Mercur und Venus, so wie die Conjunctionen, Oppositionen und Quadraturen für die übrigen Planeten. Endlich sind auch für die ältern hellern Planeten ihre Conjunctionen unter sich und mit dem Monde, in Bezug auf gerade Aufsteigung angegeben, so wie bei allen jede Nähe des Mondes, welche in unsern oder andern Gegenden der Erde eine Bedeckung bewirken könnten, sorgfältig untersucht und wo es nöthig ist, die Zahlenangaben beigefügt sind. Bedeckungen der Planeten durch den Mond, welche in Berlin sichtbar sind, werden hier und aufserdem der bessern Übersicht wegen unter den Stern-Bedeckungen aufgeführt.

Die nun folgenden Stern-Bedeckungen sind für den Berliner Meridian, nach der im Jahrbuch von 1830 entwickelten Form, so berechnet, dafs keiner der in Baily's Verzeichnifs von Zodiakalsternen aufgeführten Sterne übergegangen ist, der für Berlin bedeckt wird oder dem Mondrande bis auf etwa 4′ nahe kommt. Einige Bedeckungen, die noch unter den Berliner Horizont fallen, sowie alle Planeten-Bedeckungen sind mitgenommen. Die vier geraden Seiten pag. 214-220 geben die für Berlin geltenden Ein- und Austritte der einzelnen Sterne, sowie den Ort an der Mondscheibe, wo dies geschieht. Dieser Ort ist so zu verstehen, dafs er vom nördlichsten Punkte der Mondscheibe durch Ost, Süd und West bis 360° gezählt wird. Im Fernrohr liegt demnach 0° unten und 90° rechts, 180° oben und 270° links.

Für nicht zu weit von Berlin entfernte Orte auf der Erde wird man durch Anbringung des Längenunterschiedes das ungefähre Zeitmoment der Erscheinung aus den für Berlin geltenden Zeiten ableiten können. Will man jedoch dasselbe, mit Rücksicht auf die Parallaxe und die eigene Bewegung des Mondes, genauer erhalten, so kann man hierzu die auf den ungeraden Seiten pag. 215-221 aufgeführten Gröfsen folgendermafsen benutzen. Es sei ϕ' die sogenannte verbesserte Breite irgend welchen Ortes, r der zugehörige Erdradius und d der östliche Längenunterschied des Ortes von Berlin, gezählt von 0° bis 360° oder westlich negativ genommen, ferner sei k eine Constante, deren Logarithmus

$$\log k = 9{,}43537,$$

und λ eine zweite Constante, deren Logarithmus

$$\log \lambda = 9{,}41916.$$

Man nehme für irgend einen Stern die angesetzten Gröfsen T, h, p, q, p', q' aus der Tafel, so wie D die Abweichung des Sterns aus pag. 222-223 und berechne die Gröfsen

$$a = r \cos \phi' \sin (h + d)$$

$$b = r \cos \phi' \cos (h + d)$$

$$u = a \qquad\qquad u' = b\lambda$$

$$v = r \sin \phi' \cos D - b \sin D \qquad\qquad v' = a\lambda \sin D = a' \sin D$$

$$= c - b \sin D$$

$$m \sin M = p - u \qquad\qquad n \sin N = p' - u'$$

$$m \cos M = q - v \qquad\qquad n \cos N = q' - v'$$

(m und n stets positiv)

$$\cos \psi = \frac{m \sin (M - N)}{k} \qquad (\psi \text{ immer} < 180^\circ)$$

$$t = -\frac{m}{n} \cos (M - N) - \frac{k}{n} \sin \psi$$

$$t' = -\frac{m}{n} \cos (M - N) + \frac{k}{n} \sin \psi$$

$$Q = N - 90^\circ + \psi$$

$$Q = N - 90^\circ - \psi.$$

Alsdann ist, wenn man die bei t und t' erhaltenen Zeiten als Ganze und Brüche von Stunden betrachtet und d ebenso ausdrückt, die Zeit des Eintritts für den Ort

$$T + t + d$$

und der dazu gehörige Ort auf der Mondscheibe Q, ebenso die Zeit des Austritts

$$T + t' + d$$

und der Ort Q'. Diese beiden Zeiten sind in mittlerer Zeit des Ortes auf der Erde, Q und Q' im oben bezeichneten Sinne zu verstehen. Man kann sich für einen gegebenen Ort die Rechnung erleichtern, wenn man für die astronomische oder unmittelbar beobachtete Polhöhe φ ein für allemal nach Bessel Astr. Nachr. No. 438 für

$$\log e = 8{,}9122052$$
$$\sin \psi = e \sin \varphi$$
$$\log (r \cos \varphi') = \log \cos \varphi - \log \cos \psi$$
$$\log (r \sin \varphi') = \log \sin \varphi - \log \cos \psi - 0{,}0029084$$

berechnet und wenn man sich aufserdem eine Tafel entwirft für alle Winkel $h + d$ von 0° bis 140° von 10 zu 10 Minuten, in welcher die Gröfsen u, $\log b$, u' und $\log a'$ bis auf die vierte Decimale angesetzt sind. Endlich kann man noch zur Erleichterung der Rechnung eine Tafel im voraus berechnen, aus welcher man für $D = 0°$ bis 30° den Werth von c ebenfalls bis auf die vierte Decimale entnehmen kann.

Die Sterne im Parallel des Mondes, pag. 224-275 sind dieselben, welche der Nautical almanac enthält, und welche rechtzeitig mitzutheilen Herr Hind die Güte hat. Es ist durchaus nothwendig, nur ein derartiges Verzeichnifs bekannt zu machen, damit correspondirende Beobachtungen derselben Sterne an solchen Orten, deren Länge genau bestimmt ist und solchen, deren Länge erst ermittelt werden soll, erhalten werden können. Die Sternörter sind, mit Weglassung der Hundertel von Secunden in den AR. aus dem Nautical almanac unverändert entnommen, die Mondsörter sind dieselben, welche in der früheren Mond-Ephemeride dieses Jahrbuches enthalten sind, nur ist die ger. Aufsteigung in Zeit ausgedrückt. Die stündliche Bewegung in ger. Aufsteigung und Abweichung ist hinzugefügt, um für andere Orte auf der Erde beide Coordinaten bestimmen zu können, außerdem ist die Culminationsdauer des Mondhalbmessers in Sternzeit hinzugefügt, welche zur Reduction des beobachteten Mondrandes auf den Mittelpunkt erforderlich und nach den bereits oben erwähnten Formeln berechnet worden ist. Die hinzugefügten * bezeichnen solche Sterne, welche wegen ihrer Stellung in Bezug auf den Äquator, durch die Beobachtung ihrer Abweichung und der des Mondes in beiden Hemisphären, zur genauern Kenntniſs der Mond-Parallaxe führen können.

V. Hülfs-Tafeln für 1858.

Hier sind zunächst pag. 276 und 277 die Hülfsmittel angegeben, um die Libration des Mondes zu ermitteln. Bezeichnet man mit

λ, β die Länge und Breite, mit α' und δ' die ger. Aufsteigung und Abweichung des Mondes von dem Beobachtungsorte aus gesehen,

☋ den niedersteigenden Knoten der Mondbahn = 180° + ☊☾, wie er pag. 80 angegeben worden,

I Neigung des Mond-Äquators = 1° 28′ 47″,

l_0 die mittlere Länge des Mondes, wie sie aus pag. 276 und 277 für jede Zeit gefunden werden kann, und

C den Winkel, den der Mond-Meridian der Mitte der Mondscheibe mit dem Declinationskreise desselben macht; positiv genommen, wenn der nördliche Theil des Declinationskreises bei dem Anblick der Mondscheibe westlich vom Mond-Meridian liegt;

so berechnet man in Verbindung mit den pag. 276 aufgeführten Gröſsen i, Δ und ☊

$$\Delta\lambda = 0{,}57 \sin 2(\lambda - ☋)$$
$$a' = \cos(\lambda - ☋) \sin I$$
$$\operatorname{tg} B' = \sin(\lambda - ☋) \operatorname{tg} I$$

und hat damit

Libration in der Breite . . . . . . $b' = B' - \beta$

Libration in der Länge . . $l' = l - l_0 = \lambda + \Delta\lambda - a'b' - l_0$

$$\sin C = -\sin i \frac{\cos(l - ☋ + \Delta)}{\cos \delta'} = -\sin i \frac{\cos(\alpha' - ☊')}{\cos b'}$$

Tafeln dafür finden sich im Berliner astr. Jahrbuch für 1843.

Die Tafeln mit der Ueberschrift zur Bestimmung der Breite durch Beobachtungen des Polarsterns außerhalb des Meridians, pag. 278-282, sollen die Berechnung der Polhöhe eines Ortes, mittelst der zu irgend einer Zeit beobachteten Höhe des Polarsterns erleichtern. Ihr Gebrauch wird am einfachsten aus dem folgenden Beispiel klar werden.

Beispiel. Es sei 1858 März 6. unter einem Meridian von 50° 24′ westlich von Berlin um 7^h 43′ 35″ mittl. Zeit, die von dem Einfluſs der Refraction bereits befreite Höhe des Polarsterns = 46° 17′ 28″ beobachtet worden.

Die westliche Meridiandifferenz in Zeit	3^h	21′	36″
Mittlere Zeit der Beobachtung	7	43	35
Mittlere Berliner Zeit	11^h	5′	11″
Sternzeit im mittlern Mittage März 6.	22	55	33,67
11^h Mittlere Zeit = Sternzeit (p. 283)	11	1	48,42
5′ » » = »		5	0,82
11″ » » = »			11,03
Berliner Sternzeit	10^h	2′	33,″94
Merid.-Differenz	3	21	36
Sternzeit des Ortes	6	40	57,94

	Beob. Höhe	46° 17′ 28″	
Tafel I.	. . 6^h 40′ 58″. .	− 10 54	I. Corr.
		46 6 34	
Tafel II.	Höhe 46° 17′ Stzt. 6^h 41,′0	+ 1 7	II. Corr.
Tafel III.	März 6. Stzt. 6^h 41,′0	+ 1 17	III. Corr.

Gesuchte Polhöhe + 46° 8′ 58″.

Die beiden Tafeln: Tafel I. Verwandlung der mittlern Zeit in Sternzeit pag. 283, und Tafel II. Verwandlung der Sternzeit in mittlere Zeit pag. 284, dienen dazu, die so häufigen Verwandlungen beider Zeiten zu erleichtern, und werden jedem Beobachter bekannt sein.

Zuletzt folgt das Verzeichniſs der Länge und Breite der Hauptsternwarten pag. 285-286, wie Professor Wolfers aus den besten ihm bekannt gewordenen Quellen es zusammengetragen hat.

Von den Mondrechnungen dieses Jahres hat Herr Navigationslehrer Domke in Danzig die eine Hälfte, Herr Luther in Bilk die andere Hälfte berechnet. Die Rechnung für Merkur verdanke ich Herrn Olde in Hamburg, für Venus Herrn Stud. Volkmann in Berlin. Die vier andern alten Planeten, wie auch die scheinbaren Örter der Sterne haben die Herren Volkmann und Hoffmann (jetzt in Dresden) übernommen. In die kleinen Planeten haben sich, wie früher für Ceres, Pallas und Juno, wieder die Herren Professor Wolfers, Professor Galle und Dr. Bremiker getheilt. Die Berechnung der Ephemeride der Vesta habe ich diesesmal ausgeführt. Von den neu entdeckten kleinen Planeten werden die Ephemeriden, welche geliefert werden konnten, am Schlusse des Bandes zusammengestellt sich finden.

Für die vier älteren der kleinen Planeten sind die zum Grunde gelegten osculirenden Elemente die folgenden:

1858	Vesta April 23,0 M. B. Zt. 1858	Juno Febr. 1,0 M. B. Zt. 1858	Pallas Mai 27,0 M. B. Zt. 1858	Ceres Juni 9,5 M. B. Zt. 1858
L	218° 26′ 19″,6	104° 40′ 54″,4	224° 1′ 38″,2	249° 24′ 37″,9
M	327 53 23,8	50 41 41,1	101 53 33,8	99 57 38,8
π	250 32 55,8	53 59 13,3	122 8 4,4	149 26 59,1
☊	103 24 25,9	171 0 12,6	172 39 33,8	80 49 3,0
i	7 8 15,5	13 3 14,6	34 42 18,1	10 36 31,3
ϕ	5 10 26,2	14 50 30,8	13 51 11,0	4 34 39,1
μ	977,85354	813,88717	769,47451	770,87000
Lg a	0,3731552	0,426295	0,4425416	0,4420169

Die Längen jedesmal auf das mittlere Äquinoctium der Epoche bezogen.

Über die Berechnung der speciellen Störungen.

In dem Jahrgange von 1838 dieser Ephemeriden habe ich die Methode der Berechnung der speciellen Störungen eines Planeten, gegründet auf die Variation der Elemente, durch ein ausführliches Beispiel erläutert. Seitdem hat Herr Bond in Cambridge (U. S), die Integration einer Differentialgleichung zweiter Ordnung von der Form wie sie bei den Störungen der Coordinaten selbst stattfindet, gezeigt und zwar bereits im Jahre 1849, in den „Memoirs of the American Academy of Arts and Sciences, New Series Vol. IV. Part. I." Die Abhandlung war am 29. Mai 1849 unter dem Titel „On some applications of the Method of Mechanical Quadratures" der Akademie vorgelegt. Ohne sie zu kennen, hatte ich am 27. Novbr. 1851 der hiesigen Akademie dieselbe Methode vorgelegt, da in der That nach der Form der Differentialgleichung, sobald man den eigentlichen Punkt, worauf es hier ankommt, in das Auge gefafst hat, nämlich die Bestimmung eines so genäherten Werthes aus der bloſsen Summation, dafs die Correktionen für das wirkliche Integral nur sehr unbeträchtlich werden, eine wesentliche Verschiedenheit zweier Methoden nicht stattfinden kann. Endlich habe ich in Nr. 814 der astronomischen Nachrichten eine Verbesserung derselben hinzugefügt, um durch eine kleine Hülfstafel einen Werth, der nur näherungsweise gefunden ward, sogleich mit der hier nöthigen Strenge zu erhalten. Bei der jetzt häufig gewordenen Anwendung dieser Methode, werde ich hier das, was zur Vollständigkeit derselben gehört, zusammenstellen.

Die Störungen, welche ein Planet erleidet, sind wenigstens für eine längere Reihe von Jahren so klein, daſs die Vergleichung der Coordinaten bei einer rein elliptischen Bewegung mit den wirklichen gestörten, nur kleine Unterschiede in denselben zeigt. Anstatt die Differentialgleichungen der Elemente zu integriren, und daraus den Unterschied der Elemente zu finden, suche man durch die Integration den kleineren Unterschied der Coordinaten selbst zu erhalten.

Es mögen zu dem Ende die Coordinaten eines Planeten, wenn er sich ohne Störungen in einer reinen Ellipse um die Sonne bewegte, bei beliebiger Fundamental-Ebene, aber den Anfangspunkt der Coordinaten in das Centrum der Sonne verlegt, bezeichnet werden durch

$$x^0 \quad y^0 \quad z^0.$$

Die elliptische Bewegung wird dann bekanntlich von den drei Differentialgleichungen zweiter Ordnung abhängen

$$(1) \qquad \begin{aligned} \frac{ddx^0}{dt^2} + \frac{k^2(1+m)\,x^0}{r^{0\,3}} &= 0 \\ \frac{ddy^0}{dt^2} + \frac{k^2(1+m)\,y^0}{r^{0\,3}} &= 0 \\ \frac{ddz^0}{dt^2} + \frac{k^2(1+m)\,z^0}{r^{0\,3}} &= 0 \end{aligned}$$

in welchen k^2 die anziehende Kraft der Sonne bezeichnet und mk^2 die des Planeten, so wie

$$r^{0\,2} = x^{0\,2} + y^{0\,2} + z^{0\,2}.$$

Aus diesen Gleichungen leitet man den Ausdruck der elliptischen Elemente her, durch welche die Ableitung eines späteren Ortes am direktesten erhalten wird.

Tritt ein störender Planet hinzu, der sowohl auf die Sonne als auf den gestörten Planeten einwirkt, so wird die rechte Seite der Gleichungen (1) nicht mehr $= 0$, sondern wenn X, Y, Z, die nach den Coordinaten-Axen zerlegten störenden Kräfte bezeichnen, so genommen, daſs sie die relative Bewegung des Planeten um die Sonne bestimmen, wenn man sie nur an den gestörten Planeten angebracht annimmt, so werden die Gleichungen

$$(2)\qquad \begin{aligned} \frac{ddx}{dt^2} + \frac{k^2(1+m)\,x}{r^3} &= X \\ \frac{ddy}{dt^2} + \frac{k^2(1+m)\,y}{r^3} &= Y \\ \frac{ddz}{dt^2} + \frac{k^2(1+m)\,z}{r^3} &= Z \end{aligned}$$

wobei die Richtung der störenden Kräfte so genommen ist, dafs sie die Coordinaten vergröfsern. Die Coordinaten x y z werden dann die wahren Coordinaten des gestörten Planeten und der Ausdruck der Kräfte wird, wenn $m' k^2$ die anziehende Kraft des störenden Planeten bezeichnet, so wie x' y' z' und r', seine heliocentrischen Coordinaten:

$$(3)\qquad \begin{aligned} X &= m' k^2 \left(\frac{x'-x}{\varrho^3} - \frac{x'}{r'^3}\right) \\ Y &= m' k^2 \left(\frac{y'-y}{\varrho^3} - \frac{y'}{r'^3}\right) \\ Z &= m' k^2 \left(\frac{z'-z}{\varrho^3} - \frac{z'}{r'^3}\right) \end{aligned}$$

wobei ϱ, der Abstand beider Planeten von einander, gegeben ist durch

$$\varrho^2 = (x'-x)^2 + (y'-y)^2 + (z'-z)^2$$

so wie
$$r'^2 = x'^2 + y'^2 + z'^2$$

Aus diesen Gleichungen (2) kann man eben so wie aus den Gleichungen (1), variable, von der störenden Kraft abhängige Elemente herleiten, wie sie bei (1) als constante Gröfsen gefunden sind. Nur wird man nicht mehr die Elemente selbst finden, sondern Differentialgleichungen für sie erhalten, durch deren Integration die Elemente als Funktionen der Zeit erst ermittelt werden müssen. Die allgemeine Integration derselben ist nicht ausführbar. Aber durch mechanische Quadratur kann man unter der Voraussetzung, dafs für hinlänglich kurze Zeiten die variablen Elemente als constant betrachtet werden können, mit so grofser Annäherung an die Wahrheit den numerischen Werth der variablen Elemente ableiten, dafs kaum eine wesentliche Abweichung von der Wahrheit stattfinden wird, wenn man die nöthigen Vorsichtsmafsregeln anwendet.

Will man aber statt der Störungen der Elemente die Störungen der Coordinaten selbst ermitteln, so sei

$$(4)\qquad x = x^0 + \xi,\quad y = y^0 + \eta,\quad z = z^0 + \zeta;$$

Zieht man hier die beiden Gleichungen (1) und (2) von einander ab, so erhält man

$$
(5)\qquad
\begin{aligned}
\frac{dd\xi}{dt^2} &= X + k^2(1+m)\left\{\frac{x^0}{r^{0\,3}} - \frac{x}{r^3}\right\}\\
\frac{dd\eta}{dt^2} &= Y + k^2(1+m)\left\{\frac{y^0}{r^{0\,3}} - \frac{y}{r^3}\right\}\\
\frac{dd\zeta}{dt^2} &= Z + k^2(1+m)\left\{\frac{z^0}{r^{0\,3}} - \frac{z}{r^3}\right\}
\end{aligned}
$$

Wäre die rechte Seite frei von den Gröfsen ξ η ζ, welche man erst durch die Integration ermitteln soll, so würde die Integration eines zweiten Differentials durch mechanische Quadratur, die Aufgabe vollständig lösen. Dieses ist aber nicht der Fall. Auch bei der Voraussetzung, die im Folgenden immer festgehalten werden soll, dafs die Coordinaten des störenden Planeten, oder x', y', z', nach ihrem ganz strengen Werthe aus den Tafeln der älteren Planeten, welche hier allein in Betracht kommen, ermittelt werden können, so wie bei der Annahme die stets gilt, dafs man die rein elliptischen Coordinaten für jede beliebige Zeit angeben kann, also auch x^0 y^0 z^0 unabhängig von der Integration gefunden werden können, ist die Gröfse ξ in dem x des Ausdruckes für X, η in dem y des Ausdruckes für Y, ζ in dem z des Ausdruckes für Z, und endlich sind alle drei zusammen in dem Werthe von ρ enthalten. Dieses findet bei X, Y, Z statt. Ebendasselbe gilt aber auch von den Werthen $\frac{x}{r^3}$, $\frac{y}{r^3}$, $\frac{z}{r^3}$ in den Gleichungen für $\frac{dd\xi}{dt^2}$, $\frac{dd\eta}{dt^2}$, $\frac{dd\zeta}{dt^2}$, in deren jedem alle drei Gröfsen vorkommen.

Will man deshalb die mechanische Quadratur anwenden, so wird nichts anderes übrig bleiben, als durch eine indirekte Rechnung den Werth so zu ermitteln, dafs man für die drei Gröfsen ξ, η, ζ zuerst Näherungswerthe einführt, und indem man durch dieselben dem wahren numerischen Werthe nahe gekommen ist, durch die Integration Werthe erhält, die noch viel mehr genähert sind, und dabei die Berechnung so lange fortsetzt, bis die vorläufigen Annahmen völlig mit den durch die Integration erhaltenen Werthen übereinstimmen.

Solche Näherungswerthe gewährt glücklicherweise die mechanische Quadratur selbst. Es ist nämlich nach den Formeln und Bezeichnungen des Jahrbuchs für 1837 der Weg, auf welchem man ein zweifaches Integral erhält, der folgende.

Soll $\int\limits_{b}^{b'} dx \int f(x)\, dx$ gefunden werden, so bestimme man für verschiedene Werthe von x, die eine arithmetische Reihe bilden, die numerischen Werthe von

$$f(a),\quad f(a+\omega),\quad f(a+2\omega)\ldots\quad f(a+n\omega).$$

Das gewählte Intervall ω muſs nicht zu groſs sein, um keine allzumühsame Verbesserung der später vorzunehmenden Summation nöthig zu machen, aber auch nicht zu klein, um nicht zu viele Werthe zu berechnen zu haben. Die Grenzen b und b' müssen innerhalb a und $a+n\omega$ liegen. Doch ist es nicht nöthig, daſs sie mit einem der berechneten Werthe zusammenfallen. Da aus den auf einander folgenden Werthen fa bis $f(a+n\omega)$ irgend ein Werth durch Interpolation gefunden werden kann, der dem $f(b)$ oder $f(b')$ entspricht, und ebendasselbe auch bei allen aus der Reihe fa bis $f(a+n\omega)$ abgeleiteten Werthen, sofern sie für eines der Argumente a bis $a+n\omega$ gelten, statt findet, so wird man immer den Anfangswerth oder Endwerth des Integrals durch Interpolation finden können, wenn man ihn für mehrere der Argumente a bis $a+n\omega$ hat. Indessen wird man auch bei der Auswahl der Werthe a bis $a+n\omega$ es so einrichten können, daſs einer oder ein Mittel aus zweien mit den Grenzen übereinkommen. Hier werde ich deshalb annehmen, daſs die Anfangsgrenze auf $a+\frac{1}{2}\omega$ trifft, die Endgrenze auf $a+i\omega$ oder $a+(i+\frac{1}{2})\omega$.

Für die Integration bedarf man der ersten, zweiten etc. Differenzen der Gröſsen fa, $f(a+\omega)$ etc. Werde die $n$te Differenz durch f_0^n bezeichnet, analog den Differentialquotienten, und werde, um anzugeben zu welcher Stelle sie gehört, das Mittel der beiden Argumentenwerthe, aus deren Differenzen sie hervorgeht, dem f_0^n hinzugefügt, so daſs also

$$f(a+\omega)-f(a) = f'_0(a+\tfrac{1}{2}\omega)$$
$$f'_0(a+\tfrac{3}{2}\omega)-f'_0(a+\tfrac{1}{2}\omega) = f''_0(a+\omega)$$
$$f''_0(a+2\omega)-f''_0(a+\omega) = f'''_0(a+\tfrac{3}{2}\omega) \quad \text{etc.}$$

so wird sich das folgende Schema bilden:

Arg.	Funkt.	I. Diff.	II. Diff.	III. Diff.
a	$f(a)$		$f_0''(a)$	
		$f_0'(a+\frac{1}{2}\omega)$		$f_0'''(a+\frac{1}{2}\omega)\ldots$
$a+\omega$	$f(a+\omega)$		$f_0''(a+\omega)$	
		$f_0'(a+\frac{3}{2}\omega)$		$f_0'''(a+\frac{3}{2}\omega)\ldots$
$a+2\omega$	$f(a+2\omega)$		$f_0''(a+2\omega)$	
		$f_0'(a+\frac{5}{2}\omega)$		$f_0'''(a+\frac{5}{2}\omega)\ldots$
$a+3\omega$	$f(a+3\omega)$		$f_0''(a+3\omega)$	

Ebenso bedarf man aber auch der summirten Reihen für die Integration. Man bezeichne die erste summirte Reihe analog den Differenzen durch ${}'f_0$, mit Hinzufügung eines Argumentes in demselben Sinne wie bei den Differenzen, so daſs also

$$f(a+\omega) + {}'f_0(a+\tfrac{1}{2}\omega) = {}'f_0(a+\tfrac{3}{2}\omega)$$
$${}''f_0(a) \qquad + {}'f_0(a+\tfrac{1}{2}\omega) = {}''f_0(a+\omega)$$
$${}''f_0(a+\omega) + {}'f_0(a+\tfrac{3}{2}\omega) = {}''f_0(a+2\omega)$$

weil nämlich

$${}''f_0(a+2\omega) - {}''f_0(a+\omega) = {}'f_0(a+\tfrac{3}{2}\omega),$$

so wird sich ein zweites Schema bilden:

Arg.	Funkt.	I. summ. Reihe	II. summ. Reihe
a	$f(a)$		${}''f_0(a)\quad\ldots$
		${}'f_0(a+\frac{1}{2}\omega)$	
$a+\omega$	$f(a+\omega)$		${}''f_0(a+\omega)\ \ldots$
		${}'f_0(a+\frac{3}{2}\omega)$	
$a+2\omega$	$f(a+2\omega)$		${}''f_0(a+2\omega)\ldots$
		${}'f_0(a+\frac{5}{2}\omega)$	
$a+3\omega$	$f(a+3\omega)$		${}''f_0(a+3\omega)\ldots$

Es bedarf dabei jede summirte Reihe eines Anfangswerthes für irgend ein Argument, ähnlich wie das Integral einer Constante bedarf.

Mit Hülfe dieser beiden Schemata läſst sich das einfache und doppelte Integral von fx durch mechanische Quadratur folgendermaſsen bestimmen:

Es sei die Anfangsgrenze $a+\frac{1}{2}\omega$, die Endgrenze $a+(i+\frac{1}{2})\omega$. Man setze in der ersten summirten Reihe

$$C_1 = -\tfrac{1}{24}f_0'(a+\tfrac{1}{2}\omega) + \tfrac{17}{5760}f_0'''(a+\tfrac{1}{2}\omega)$$

an die Stelle von ${}'f_0(a+\frac{1}{2}\omega)$ oder

$$C_1 = {}'f_0(a+\tfrac{1}{2}\omega)$$

und in der zweiten summirten Reihe den Werth

$$C_2 = +\tfrac{1}{24}f(a+\omega) - \tfrac{17}{5760}(2f_0''(a+\omega)+f_0''a)\,..$$

an die Stelle von ${}''f_0(a)$ oder

$$C_2 = {}''f_0 a$$

und bilde damit die Tafel beliebig weit fortgesetzt

Arg.	Funkt.	I. summ. Reihe	II. summ. Reihe
a	$f(a)$		$C_2 = {}''f_0 a$
$a + \omega$	$f(a + \omega)$	$C_1 = {}'f_0(a + \frac{1}{2}\omega)$	${}''f_0(a + \omega)$
$a + 2\omega$	$f(a + 2\omega)$	${}'f_0(a + \frac{3}{2}\omega)$	${}''f_0(a + 2\omega)$
$a + 3\omega$	$f(a + 3\omega)$	${}'f_0(a + \frac{5}{2}\omega)$	${}''f_0(a + 3\omega)$

so wird das erste Integral:

$$\int_{a+\frac{1}{2}\omega}^{a+(i+\frac{1}{2})\omega} f(x)dx = \omega\{{}'f_0\left(a + (i + \tfrac{1}{2})\omega\right) + \tfrac{1}{24} f'_0\left(a + (i + \tfrac{1}{2})\omega\right) - \tfrac{17}{5760} f'''_0\left(a + (i + \tfrac{1}{2})\omega\right) \ldots$$

und das Doppelintegral

$$\int_{a+\frac{1}{2}\omega}^{a+(i+\frac{1}{2})\omega} dx \int f(x)\,dx = \omega^2\{\tfrac{1}{2}\{{}''f_0(a + i\omega) + {}''f_0(a + (i + 1)\omega)\} - \tfrac{1}{48}\{f(a + i\omega) + f(a + (i + 1)\omega)\} + \tfrac{17}{3840}\{f''_0(a + i\omega) + f''_0(a + (i + 1)\omega)\}$$

Bliebe dagegen zwar die Anfangsgrenze, aber änderte sich die Endgrenze in $a + i\omega$, so würde

$$\int_{a+\frac{1}{2}\omega}^{a+i\omega} f(x)\,dx = \omega\,\{\tfrac{1}{2}\{{}'f_0(a + (i + \tfrac{1}{2})\omega) + {}'f_0(a + (i - \tfrac{1}{2})\omega)\} - \tfrac{1}{24}\{f'_0\left(a + (i + \tfrac{1}{2})\omega\right) + f'_0(a + (i - \tfrac{1}{2})\omega)\} + \tfrac{11}{1440}\{f'''_0(a + (i + \tfrac{1}{2})\omega) + f'''_0(a + (i - \tfrac{1}{2})\omega)\} \ldots$$

und das Doppelintegral

$$\int_{a+\frac{1}{2}\omega}^{a+i\omega} dx \int f(x)\,dx = \omega^2\{{}''f_0(a + i\omega) + \tfrac{1}{12}f(a + i\omega) - \tfrac{1}{240}f''_0(a + i\omega) \ldots$$

Bei der Integration der hier vorkommenden Gröfsen ist die Zeit das Argument. Wird deshalb das Doppelintegral bis zur Zeit $a + i\omega$ verlangt, so werden für dieselbe Zeit die Funktionen ${}''f_0(a + i\omega)$, $f(a + i\omega)$, $f''_0(a + i\omega)$ gebildet werden müssen, wobei namentlich

$$f(a + i\omega) = \frac{dd\xi}{dt^2}$$

wenn die erste Differentialgleichung als Beispiel gewählt wird, eine Gröfse, welche die Kenntnifs von ξ, η, ζ schon verlangt. Indessen wenn keine aufserordentliche Fälle vorkommen, so werden die Brüche $\frac{1}{12}$ und $-\frac{1}{240}$, mit welchen im Ausdrucke des Integrals $f(a+i\omega)$ und $f_0''(a+i\omega)$ multiplicirt sind, eine falsche Annahme für diese Werthe nur in geringem Maafse einwirken lassen. Man wird, wenn man bis zu $f(a+(i-1)\omega)$ die Rechnung strenge durchgeführt hat, aus dem Gange dieser Funktion bis zur Zeit $a+(i-1)\omega$, einen nicht ganz unsicheren Schlufs auf ihren Werth $f(a+i\omega)$ machen können, und der Faktor $\frac{1}{12}$ wesentlich beitragen den Irrthum zu verringern. Noch mehr findet dieses bei $f_0''(a+i\omega)$ statt. Der Werth aber, von dem hauptsächlich das Doppelintegral abhängt, $''f_0(a+i\omega)$, ist an sich schon durch die früheren Rechnungen bis zur Zeit $a+(i-1)\omega$ gegeben, weil

$$''f_0(a+i\omega) = ''f_0(a+(i-1)\omega) + 'f_0(a+(i-\tfrac{1}{2})\omega)$$
$$= ''f_0(a+(i-1)\omega) + 'f_0(a+(i-\tfrac{3}{2})\omega) + f(a+(i-1)\omega)$$

Hat man also alle Gröfsen bis zu $f(a+(i-1)\omega)$ strenge gegeben, so hat man es in seiner Gewalt für $f(a+i\omega)$ einen so genäherten Schätzungswerth zu erhalten, dafs man mit Sicherheit hoffen darf, wenn man diesen Näherungswerth verwendet, um die rechte Seite der Gleichungen numerisch zu berechnen, es werde eine kurze indirekte Rechnung zum Ziele führen. Mit dem Näherungswerthe führt man die Integration aus, und mit dem genäherten Integral berechnet man die Correctionen, welche in $\int\int fx\,dx^2$ vorkommen, um die genaueren Werthe des Integrals zur Berechnung des zweiten Differentialquotienten zu erhalten. Man schreitet auf diese Weise von Intervall zu Intervall vor. Aus $f(a+(i-1)\omega)$ findet man $f(a+i\omega)$, aus diesem $f(a+(i+1)\omega)$ u. s. w.

Für den Anfang der Rechnung d. h. für $f(a)$ und $f(a+\omega)$ nimmt man zuerst $\xi\ \eta\ \zeta = 0$ und findet daraus $f(a)$ und $f(a+\omega)$ genähert, woraus sich C_1, C_2 und $C_1 + C_2$ ergeben. Die Integrationsformel auf diese fünf Werthe angewandt, giebt dann die Gröfsen $f(a)$ und $f(a+\omega)$ strenge, und von diesem Anfange an schreitet dann die Rechnung in ganz gleichmäfsiger Weise fort.

Die erste Rechnungsform, die hier vorgeschlagen werden kann, wird sich deshalb so aufstellen lassen.

In dem Ausdrucke von X, Y, Z vernachlässigt man einstweilen den Betrag der Störungen, welche bei dem gestörten Planeten x^0 in x verwandeln und da x', y', z' strenge bekannt sind, eben so auch x^0, y^0, z^0 für jede beliebige Zeit angegeben werden können, so wird man

$$X = m'k^2 \left(\frac{x'-x^0}{\varrho^{0\,3}} - \frac{x'}{r'^3}\right)$$

$$Y = m'k^2 \left(\frac{y'-y^0}{\varrho^{0\,3}} - \frac{y'}{r'^3}\right)$$

$$Z = m'k^2 \left(\frac{z'-z^0}{\varrho^{0\,3}} - \frac{z'}{r'^3}\right)$$

wobei

$$\varrho^2 = (x'-x^0)^2 + (y'-y^0)^2 + (z'-z^0)^2$$

für alle Zeiten a, $a+\omega$, $a+2\omega$, ... $a+n\omega$ berechnen können. Der Fehler, der aus der Substitution von x^0 statt x entsteht, ist in der That bei diesen Kräften ungemein gering, da er von der zweiten Potenz der Massen herrührt.

Für den zweiten Theil der Gleichungen (5)

$$\frac{x^0}{r^{0\,3}} - \frac{x}{r^3}, \quad \frac{y^0}{r^{0\,3}} - \frac{y}{r^3}, \quad \frac{z^0}{r^{0\,3}} - \frac{z}{r^3},$$

kann man, wenn ξ η ζ klein sind, das erste Differential der Gröfsen $\frac{x^0}{r^{0\,3}}$, $\frac{y^0}{r^{0\,3}}$, $\frac{z^0}{r^{0\,3}}$ einführen. Es wird

$$\frac{x}{r^3} = \frac{x^0}{r^{0\,3}} + \frac{\xi}{r^{0\,3}} - \frac{3x^0}{r^{0\,4}}\,\delta r^0$$

$$\frac{y}{r^3} = \frac{y^0}{r^{0\,3}} + \frac{\eta}{r^{0\,3}} - \frac{3y^0}{r^{0\,4}}\,\delta r^0$$

$$\frac{z}{r^3} = \frac{z^0}{r^{0\,3}} + \frac{\zeta}{r^{0\,3}} - \frac{3z^0}{r^{0\,4}}\,\delta r^0$$

wenn

$$\delta r^0 = \frac{x^0}{r^0}\xi + \frac{y^0}{r^0}\eta + \frac{z^0}{r^0}\zeta,$$

und folglich

$$k^2(1+m)\left(\frac{x^0}{r^{0\,3}} - \frac{x}{r^3}\right) = \left(3\frac{x^0}{r^0}\delta r - \xi\right)\frac{k^2(1+m)}{r^{0\,3}}$$

$$k^2(1+m)\left(\frac{y^0}{r^{0\,3}} - \frac{y}{r^3}\right) = \left(3\frac{y^0}{r^0}\delta r - \eta\right)\frac{k^2(1+m)}{r^{0\,3}}$$

$$k^2(1+m)\left(\frac{z^0}{r^{0\,3}} - \frac{z}{r^3}\right) = \left(3\frac{z^0}{r^0}\delta r - \zeta\right)\frac{k^2(1+m)}{r^{0\,3}}$$

Die Gleichungen werden folglich, so bald man auf dem oben angezeigten Wege einen Näherungswerth für $\xi\ \eta\ \zeta$ erhalten hat, er möge mit $\xi_0\ \eta_0\ \zeta_0$ bezeichnet werden, in der folgenden Ordnung in Anwendung kommen. Zuerst berechnet man

$$\delta r^0 = \frac{x^0}{r^0}\xi_0 + \frac{y^0}{r^0}\eta_0 + \frac{z^0}{r^0}\zeta_0$$

findet damit

$$\frac{dd\xi_1}{dt^2} = m'k^2\left(\frac{x'-x^0}{\varrho^{0\,3}} - \frac{x'}{r'^3}\right) + \frac{k^2(1+m)}{r^{0\,3}}\left(3\frac{x^0}{r^0}\delta r^0 - \xi_0\right)$$

$$\frac{dd\eta_1}{dt^2} = m'k^2\left(\frac{y'-y^0}{\varrho^{0\,3}} - \frac{y'}{r'^3}\right) + \frac{k^2(1+m)}{r^{0\,3}}\left(3\frac{y^0}{r^0}\delta r^0 - \eta_0\right)$$

$$\frac{dd\zeta_1}{dt^2} = m'k^2\left(\frac{z'-z^0}{\varrho^{0\,3}} - \frac{z'}{r'^3}\right) + \frac{k^2(1+m)}{r^{0\,3}}\left(3\frac{z^0}{r^0}\delta r^0 - \zeta_0\right)$$

und durch Anwendung der Integralformeln auf diese Zahlen ein Integral ξ_1, η_1, ζ_1, welches zuverlässig schon näher der Wahrheit kommt als $\xi_0\ \eta_0$ u. ζ_0. Eine Wiederholung derselben Operation wird die genauen Werthe $\xi\ \eta\ \zeta$ geben, wenn man $\xi_1\ \eta_1\ \zeta_1$ statt $\xi_0\ \eta_0\ \zeta_0$ einführt.

Man kann auf diese Weise durch alle Intervalle a bis $a + n\omega$ die Rechnung durchführen. Allein die strengste Genauigkeit wird man dabei nicht erreichen. Denn einmal sind die Gröfsen $X\ Y\ Z$ nicht strenge richtig, weil $\xi\ \eta\ \zeta$ bei ihnen vernachlässigt sind. Dann aber wird bei gröfseren $\xi\ \eta\ \zeta$ das erste Glied in der Entwickelung von $\frac{x^0}{r^{0\,3}} - \frac{x}{r^3}$, $\frac{y^0}{r^{0\,3}} - \frac{y}{r^3}$, $\frac{z^0}{r^{0\,3}} - \frac{z}{r^3}$, nicht mehr ausreichen. Wollte man deshalb auch die ganze Rechnung noch einmal durchmachen für alle Intervalle, und mit den jedenfalls sehr genäherten $\xi\ \eta\ \zeta$ die Werthe für $X\ Y\ Z$ verbessern, so würde man doch wegen der nicht vollständigen Strenge der Annahme, dafs

$$\frac{x_0}{r^{0\,3}} - \frac{x}{r^3} = \left(3\frac{x^0}{r^0}\delta r - \xi\right)\frac{1}{r^{0\,3}}$$

$$\frac{y_0}{r^{0\,3}} - \frac{y}{r^3} = \left(3\frac{y^0}{r^0}\delta r - \eta\right)\frac{1}{r^{0\,3}}$$

$$\frac{z^0}{r^{0\,3}} - \frac{z}{r^3} = \left(3\frac{z^0}{r^0}\delta r - \zeta\right)\frac{1}{r^{0\,3}}$$

die ganz strengen Werthe nicht erreichen.

Den ersten Mangel, dafs die Werthe von $X\ Y\ Z$ wegen der vernachlässigten ξ, η, ζ, nicht genau sind, kann man dadurch beseitigen, dafs man die Werthe von $X\ Y\ Z$ nicht auf einmal für alle Intervalle berechnet, sondern bei ihnen ebenso wie bei den Daten für $\frac{dd\xi}{dt^2}$, $\frac{dd\eta}{dt^2}$, $\frac{dd\zeta}{dt^2}$, immer von Intervall zu Intervall fortschreitet, und jedesmal in X, Y, Z, die ersten genäherten Werthe $\xi_0\ \eta_0\ \zeta_0$ einführt. Bei diesen Kräften werden diese genäherten Werthe völlig ausreichen, weil der Faktor m' in unserem Sonnensysteme immer kleiner als 0,001, bei einer etwas sorgfältigen Berücksichtigung der Mittel die man hat, gleich zuerst der Wahrheit sich zu nähern, den etwanigen Mangel völlig unmerklich macht. Man fügt folglich den im Voraus berechneten Werthen von $x^0\ y^0\ z^0$ jedesmal das zum nächsten Intervall gehörige $\xi_0\ \eta_0\ \zeta_0$ hinzu. Die Rechnung wird dadurch allerdings weniger angenehm, aber man hat auch den Vortheil, eine völlige Strenge zu erreichen.

Der zweite Mangel würde sich beseitigen lassen, wenn man statt der Differentialformel die eigentliche Form

$$\frac{x^0}{r^{0\,3}} - \frac{x}{r^3},\quad \frac{y^0}{r^{0\,3}} - \frac{y}{r^3},\quad \frac{z^0}{r^{0\,3}} - \frac{z}{r^3},$$

beibehielte. Diese Art der Ermittelung der numerischen Werthe würde indessen sowohl ungenau, durch die Differenz zweier nicht sehr verschiedener Gröfsen zur Erhaltung eines kleinen Werthes, als auch wegen der nachherigen Einführung der verbesserten Werthe von ξ_0, η_0, ζ_0, zu weitläufig sein. Eine bequeme und nicht sehr ausgedehnte Tafel wird diesen Mangel völlig beseitigen. Schreibt man nämlich

$$k^2(1+m)\left(\frac{x^0}{r^{0\,3}} - \frac{x}{r^3}\right) = \frac{k^2(1+m)}{r^{0\,3}}\left\{\left(1-\frac{r^{0\,3}}{r^3}\right)x - \xi\right\}$$

$$k^2(1+m)\left(\frac{y^0}{r^{0\,3}} - \frac{y}{r^3}\right) = \frac{k^2(1+m)}{r^{0\,3}}\left\{\left(1-\frac{r^{0\,3}}{r^3}\right)y - \eta\right\}$$

$$k^2(1+m)\left(\frac{z^0}{r^{0\,3}} - \frac{z}{r^3}\right) = \frac{k^2(1+m)}{r^{0\,3}}\left\{\left(1-\frac{r^{0\,3}}{r^3}\right)z - \zeta\right\}$$

so läfst sich $1 - \frac{r^{0\,3}}{r^3}$ durch eine Tafel strenge finden, ohne dafs die Einführung verbesserter Werthe für $\xi_0\ \eta_0\ \zeta_0$ eine zu grofse Weitläufigkeit machte. Denn da

$$r^2 = r^{0\,2} + 2x^0\xi + 2y^0\eta + 2z^0\zeta + \xi^2 + \eta^2 + \zeta^2$$

so wird

$$\frac{r^2}{r^{0\,2}} = 1 + 2\,\frac{(x^0 + \frac{1}{2}\xi)\,\xi + (y^0 + \frac{1}{2}\eta)\,\eta + (z^0 + \frac{1}{2}\zeta)\,\zeta}{r^{0\,2}},$$

Sei

$$\frac{x^0 + \frac{1}{2}\xi}{r^{0\,2}}\,\xi + \frac{y^0 + \frac{1}{2}\eta}{r^{0\,2}}\,\eta + \frac{z^0 + \frac{1}{2}\zeta}{r^{0\,2}}\,\zeta = q,$$

so wird

$$\frac{r^2}{r^{0\,2}} = 1 + 2q$$

$$\frac{r^{0\,3}}{r^3} = (1 + 2q)^{-\frac{3}{2}} = 1 - 3q + \frac{3 \cdot 5}{1 \cdot 2}\,q^2 - \frac{3 \cdot 5 \cdot 7}{1 \cdot 2 \cdot 3}\,q^3 + \frac{3 \cdot 5 \cdot 7 \cdot 9}{1 \cdot 2 \cdot 3 \cdot 4}\,q^4 \ldots$$

Setzt man daher

$$f = 3 \cdot \left\{1 - \frac{5}{2}\,q + \frac{5 \cdot 7}{2 \cdot 3}\,q^2 - \frac{5 \cdot 7 \cdot 9}{2 \cdot 3 \cdot 4}\,q^3 \ldots\right\}$$

so wird

$$1 - \frac{r^{0\,3}}{r^3} = fq$$

und

$$k^2(1 + m)\left(\frac{x^0}{r^{0\,3}} - \frac{x}{r^3}\right) = \frac{k^2(1 + m)}{r^{0\,3}}\left\{fqx - \xi\right\}$$

$$k^2(1 + m)\left(\frac{y^0}{r^{0\,3}} - \frac{y}{r^3}\right) = \frac{k^2(1 + m)}{r^{0\,3}}\left\{fqy - \eta\right\}$$

$$k^2(1 + m)\left(\frac{z^0}{r^{0\,3}} - \frac{z}{r^3}\right) = \frac{k^2(1 + m)}{r^{0\,3}}\left\{fqz - \zeta\right\}$$

auf welche Weise das Glied fq den durch Differentiation erhaltenen Faktor $3\,\frac{\delta r^0}{r^0}$ strenge ersetzt.

Die dazu nöthige Tafel für f mit dem Argumente q ist hinten angehängt, und in der Ausdehnung von $-0{,}030$ bis $+0{,}030$ auf 7 Decimalen im Logarithmus berechnet. Wahrscheinlich wird diese Ausdehnung für alle Fälle genügen. Denn da q nahe dem Incremente des hyperbolischen Logarithmus von r durch die Störungen gleich ist, so wird dem Werthe von $q = 0{,}030$, bei dem mittleren Werthe des r für die kleinen Planeten etwa 0,08 in der Störung des Rad. vect. entsprechen, die wohl zunächst nicht eintreffen wird. Die Tafel ist übrigens nicht unmittelbar nach der Reihe, sondern nach dem durch die Entwickelung nach einem Kettenbruche erhaltenen Näherungs-Werthe berechnet:

$$f = 3 \cdot \frac{1 + q}{1 + \frac{7}{2}q + \frac{35}{12}q^2}$$

bei welchem der Fehler im nächsten Gliede der Reihen-Entwickelung $3 \times -\frac{35}{720} q^4$ beträgt, und hier keinen merklichen Einfluſs mehr äuſsern kann.

Stellt man hiernach die strenge Berechnung der Störungen zusammen, so wird sie die folgende sein:

Für die verschiedenen Intervalle a, $a+\omega$, $a+2\omega$, $a+3\omega$, ... $(a+n\omega)$ berechnet man die elliptischen Coordinaten x^0, y^0, z^0, r^0, so wie die des störenden Planeten x', y', z', r'. Man bildet dann für den nächsten Ort nach dem schon berechneten $x^0+\xi^0$, $y^0+\eta^0$, $z^0+\zeta^0$, so wie $x^0+\frac{1}{2}\xi^0$, $y^0+\frac{1}{2}\eta^0$, $z^0+\frac{1}{2}\zeta^0$; und berechnet mit diesen Werthen zuerst

$$X = m'k^2 \left\{\frac{x'-x^0-\xi^0}{\varrho^{0\,3}} - \frac{x'}{r'^3}\right\}$$

$$Y = m'k^2 \left\{\frac{y'-y^0-\eta^0}{\varrho^{0\,3}} - \frac{y'}{r'^3}\right\}$$

$$Z = m'k^2 \left\{\frac{z'-z^0-\zeta^0}{\varrho^{0\,3}} - \frac{z'}{r'^3}\right\}$$

wo

$$\varrho^{0\,2} = (x'-x^0-\xi^0)^2 + (y'-y^0-\eta^0)^2 + (z'-z^0-\zeta^0)^2.$$

Bei diesen Werthen braucht man nur die einfache Zahl in der zweiten summirten Reihe zu nehmen oder höchstens wenn man von $a+(i-1)\omega$ auf $a+i\omega$ übergeht, die Zahl

$$''f_0(a+i\omega) + \tfrac{1}{12}f(a+(i-1)\omega)$$

Man bedarf nämlich gewöhnlich hier nur bei ξ^0 η^0 ζ^0 der Werthe bis auf 5 Decimalen, und wenn man die Störungen selbst bis zur 7ten Decimale berechnet, so wird bei schicklich gewähltem Intervalle ω, die Correktion von $''f_0(a+i\omega)$ nur auf die 6te und 7te Decimale fallen. Eben so bildet man aus den untereinanderstehenden Zahlen x^0 und ξ^0, y^0 und η^0, z^0 und ζ^0 die Werthe $x^0+\frac{1}{2}\xi^0$, $y^0+\frac{1}{2}\eta^0$, $z^0+\frac{1}{2}\zeta^0$. Auch diese werden keiner späteren Verbesserungen bedürfen. Man berechnet dann

$$q = \frac{x^0+\frac{1}{2}\xi^0}{r^{0\,2}}\,\xi^0 + \frac{y^0+\frac{1}{2}\eta^0}{r^{0\,2}}\,\eta^0 + \frac{z^0+\frac{1}{2}\zeta}{r^{0\,2}}\,\zeta^0$$

wobei man nach dem Gange der Funktionen $f(a+n\omega)$ bis zu $n=i-1$ hin, oder der Gröſsen $\frac{dd\xi}{dt^2}$, $\frac{dd\eta}{dt^2}$, $\frac{dd\zeta}{dt^2}$ für die Multiplikatoren $\xi^0\,\eta^0\,\zeta^0$ die möglichst genäherten Werthe zu ermitteln gesucht hat, nimmt aus der Tafel den zugehörigen Werth von f und erhält damit die Werthe

$$\frac{k^2(1+m)}{r^{0\,3}}\left\{fq(x^0+\xi^0)-\xi^0\right\} = \delta\cdot\frac{dd\xi}{dt^2}.$$

$$\frac{k^2(1+m)}{r^{0\,3}}\left\{fq(y^0+\eta^0)-\eta^0\right\} = \delta\cdot\frac{dd\eta}{dt^2}.$$

$$\frac{k^2(1+m)}{r^{0\,3}}\left\{fq(z^0+\zeta^0)-\zeta^0\right\} = \delta\cdot\frac{dd\zeta}{dt^2}.$$

Die Summe dieser Gröfsen mit X, Y, Z, giebt die zuverlässig schon sehr genäherten Werthe von $\frac{dd\xi}{dt^2}$, $\frac{dd\eta}{dt^2}$, $\frac{dd\zeta}{dt^2}$, oder die Gröfse $f(a+i\omega)$. Das vermittelst dieser Gröfse erhaltene Doppelintegral

$$''f_0(a+i\omega) + \tfrac{1}{12}f(a+i\omega) - \tfrac{1}{240}f_0''(a+i\omega)$$

wird schon bei der ersten Wiederholung die der Wahrheit völlig oder so gut wie völlig entsprechenden Werthe ξ, η, ζ, geben, mit denen man die Rechnung von q an wiederholt, und dann keine merkliche Änderung mehr finden wird.

Die Anordnung der Rechnung, welche mir am bequemsten erschien, ist die folgende. Auf zwei neben einander stehenden Seiten wurden, nachdem $x^0\, y^0\, z^0\, r^0$, $x'\, y'\, z'\, r'$ berechnet waren, in einer vertikalen Spalte unter einander geschrieben:

t	I. $a+i\omega$		II. $a+i\omega$
	x^0 ξ^0		$\lg\frac{(x^0+\frac{1}{2}\xi^0)}{r^{0\,2}}$ $\lg\xi^0$
	y^0 η^0		$\lg\frac{y^0+\frac{1}{2}\eta^0}{r^{0\,2}}$ $\lg\eta^0$
	z^0 ζ^0		$\lg\frac{z^0+\frac{1}{2}\zeta^0}{r^{0\,2}}$ $\lg\zeta^0$
	$\lg(x^0+\frac{1}{2}\xi^0)$ $\lg(y^0+\frac{1}{2}\eta^0)$ $\lg(z^0+\frac{1}{2}\zeta^0)$ $\lg r^{0\,2}$		$\frac{x^0+\frac{1}{2}\xi^0}{r^{0\,2}}\xi^0$ $\frac{y^0+\frac{1}{2}\eta^0}{r^{0\,2}}\eta^0$ $\frac{z^0+\frac{1}{2}\zeta^0}{r^{0\,2}}\zeta^0$

	I.		II.
x	x' $x^0 + \xi^0$		q lg q lg f
y	y' $y^0 + \eta^0$		lg (fq) lg $x^0 + \xi^0$ lg $y^0 + \eta^0$ lg $z^0 + \zeta^0$
z	z' $z^0 + \zeta^0$		fqx ξ^0
	lg $(x' - x)$ lg $(y' - y)$ lg $\begin{Bmatrix}\cos\\ \sin\end{Bmatrix}$		fqy η^0
	lg $z' - z$ lg $\frac{y' - y}{\cos}$ lg $\begin{Bmatrix}\cos\\ \sin\end{Bmatrix}$		fqz ζ^0
	lg ϱ lg ϱ^3 lg $\frac{m^0}{\varrho^3}$		lg $r^{0\,3}$ lg $\frac{k^2(1+m)}{r^{0\,3}}\,\omega^2$
	lg $m^0\,\frac{x' - x}{\varrho^3}$ lg $-m^0\,\frac{x'}{r'^3}$ B od. C		lg $(fqx - \xi^0)$ lg $(fqy - \eta^0)$ lg $(fqz - \zeta^0)$
	lg $m^0\,\frac{y' - y}{\varrho^3}$ lg $-m^0\,\frac{y'}{r'^3}$ B od. C		X^0 $\delta \cdot \frac{dd\xi}{dt^2}$
	lg $m^0\,\frac{z' - z}{\varrho^3}$ lg $-m^0\,\frac{z'}{r'^3}$ B od. C		Y^0 $\delta \cdot \frac{ddy}{dt^2}$
	lg X^0 lg Y^0 lg Z^0		Z^0 $\delta \cdot \frac{dd\zeta}{dt^2}$
			$\omega^2\,\frac{dd\xi}{dt^2}$ $\omega^2\,\frac{dd\eta}{dt^2}$ $\omega^2\,\frac{dd\zeta}{dt^2}$

In diesen Columnen bedarf nur der Erklärung 1) die Bezeichnung $\lg \left\{ \begin{matrix} \cos \\ \sin \end{matrix} \right\}$. Sie soll ausdrücken, dafs wenn man z. B. zur Erhaltung von $\sqrt{((x'-x)^2 + (y'-y)^2)}$ den Quotienten $\frac{x'-x}{y'-y} = \operatorname{tg} \gamma$ setzt, an die Stelle von $\lg \left\{ \begin{matrix} \cos \\ \sin \end{matrix} \right\}$ entweder der $\lg \cos$, oder der $\lg \sin$ gesetzt werden soll, immer der log der Funktion, welche den gröfsten Werth hat und daher sich am leichtesten interpoliren läfst, um entweder durch den Bruch $\frac{x'-x}{\sin \gamma}$ oder $\frac{y'-y}{\cos \gamma}$ den Werth der Quadratwurzel zu erhalten; 2) die eingeführte Gröfse m^0. Wenn man die Störungen in Einheiten der siebenten Decimale haben will, so wird $\lg m^0 = 3{,}4711629 + \lg m' + 2 \lg \omega$, wo der erste Logarithme k^2 in Einheiten der siebenten Decimale ist, und bei ω als Einheit der Tag zu nehmen ist. Es wird vortheilhaft sein, da das Doppelintegral $\int dx \int f(x)\, dx$ eine Multiplikation mit ω^2 verlangt, sogleich $\omega^2 \cdot \frac{dd\xi}{dt^2}$ anzusetzen, um nachher nicht nöthig zu haben $''f_0(a+i\omega)$ mit ω^2 zu multipliziren; 3) die Bezeichnung B oder C. Es bezieht sich diese auf die Gaufsischen Logarithmen, da je nachdem die Summe der Zahlen deren Logarithmen man vor sich hat zu nehmen ist, oder die Differenz, eine von diesen Gröfsen mit dem gröfseren Logarithmen zu verbinden ist; 4) die Einführung des Faktors ω^2 in $\lg \frac{k^2(1+m)}{r_0^3}\, \omega^2$ erklärt sich aus dem unter 2) bemerkten Umstande, dafs $\omega^2 \frac{dd\xi}{dt^2}$ am vortheilhaftesten angesetzt wird.

Wenn die erste Rechnung durchgeführt ist, so verbessert man die unter II aufgeführte Columne, vermittelst der jetzt genauer zu erhaltenden Werthe von $\xi_0\ \eta_0\ \zeta_0$, bei welchen indessen $\frac{x^0 + \frac{1}{2}\xi^0}{r_0^2}$, $\frac{y^0 + \frac{1}{2}\eta^0}{r_0^2}$, $\frac{z^0 + \frac{1}{2}\zeta^0}{r_0^2}$ mit seinem früheren Werthe beibehalten werden kann. Die Werthe in der Columne I bedürfen sämmtlich keiner weiteren Verbesserung.

Ein kleines numerisches Beispiel werde ich hier hinzufügen, da die Kürze der Operation, verbunden mit vollständiger Schärfe doch nur bei einer solchen Anwendung hervortritt.

Für die Elemente der Vesta

$$\left.\begin{array}{l} L^0 = 120^\circ\ 6'\ 28{,}''2 \\ M^0 = 229\ 51\ 50{,}8 \end{array}\right\}\ 1853\ \text{Sptbr. } 11\ \ 0^h\ \text{M. Par. Zt.}$$

$$\left.\begin{array}{l} \pi^0 = 250\ 14\ 37{,}4 \\ \Omega^0 = 102\ 47\ 14{,}1 \end{array}\right\}\ \text{M. Aeq. } 1810$$

$$i^0 = 7\ 8\ 26{,}5$$

$$\phi^0 = 5\ 5\ 48{,}8$$

$$\mu^0 = 977{,}''64529$$

und das Intervall $\omega = 42$ Tagen waren die Störungswerthe bis 1855 Oct. 28 so gefunden worden:

	$f(a+i\omega)$	$'f_0(a+i\omega)$	$''f_0(a+i\omega)$	$f(a+i\omega)$	$'f_0(a+i\omega)$	$''f_0(a+i\omega)$
1855	$42^2 \frac{dd\xi}{dt^2}$	$\left(42 \frac{d\xi}{dt}\right)$	(ξ)	$42^2 \frac{dd\eta}{dt^2}$	$\left(42 \frac{d\eta}{dt}\right)$	(η)
Aug. 5	− 697,0		+ 7305,3	− 346,5		+ 19447,4
		− 724,6			+ 3447,1	
Spt. 16	− 516,8		+ 6580,7	− 832,4		+ 22894,5
		− 1241,4			+ 2614,7	
Oct. 28	− 185,5		+ 5339,3	− 1190,0		+ 25509,2
		− 1426,9			+ 1424,7	
Dcb. 9			+ 3912,4			+ 26933,9

	$f(a+i\omega)$	$'f_0(a+i\omega)$	$''f_0(a+i\omega)$
1855	$42^2 \frac{dd\zeta}{dt^2}$	$\left(42 \frac{d\zeta}{dt}\right)$	(ζ)
Aug. 5	+ 148,13		− 1211,47
		+ 143,77	
Spt. 16	+ 146,22		− 1067,70
		+ 289,99	
Oct. 28	+ 112,81		− 777,71
		+ 402,80	
Dcb. 8			− 374,91

Die Grössen $\xi\ \eta\ \zeta$ waren in Einheiten der 7ten Decimale gegeben und die Überschriften $\left(42 \frac{d\xi}{dt}\right)$ und (ξ) etc. bedeuten nicht die strengen Werthe sondern die Summen von $42^2 \frac{dd\xi}{dt^2}$ etc.

Es wurde nun zunächst für Dcbr. 9 berechnet

$$x^0 = +\ 2{,}35158 \quad y^0 = -\ 0{,}31156 \quad z^0 = -\ 0{,}27865$$

und für Jupiter

$$x' = +\ 4{,}59100 \quad y' = -\ 1{,}95917 \quad z' = -\ 0{,}09740$$

Als vorläufige Werthe wurden angenommen, in Einheiten der fünften Decimale, zufolge der obigen Werthe von ξ η ζ für Dcb. 9:

$$\xi^0 = +39 \qquad \eta^0 = +268 \qquad \zeta^0 = -4.$$

Hiemit und mit der Jupitersmasse $\frac{1}{1053{,}924}$, während die Masse der Vesta = Null angenommen ward, ergab sich

$$\lg' m^0 = 3{,}694853$$

und es fand sich in Einheiten der siebenten Decimale als das Resultat der Columne I

$$X^0 = +329{,}3 \quad Y^0 = -299{,}4 \quad Z^0 = +45{,}34$$

Werthe, die keiner Verbesserung bedürfen.

Für die Columne II wurden die Werthe von ξ^0 η^0 ζ^0 in Einheiten der 7ten Decimale angenommen

$$\xi^0 = +3937{,}0 \qquad \eta^0 = +26820{,}0 \qquad \zeta^0 = -370{,}0$$

woraus sich fand

$$\frac{x^0 + \frac{1}{2}\xi_0}{r^{0\,2}}\xi_0 = +1623{,}1 \quad \frac{y^0 + \frac{1}{2}\eta^0}{r^{0\,2}}\eta^0 = -1458{,}5 \quad \frac{z^0 + \frac{1}{2}\zeta^0}{r^{0\,2}}\zeta^0 = +18{,}1$$

Es war folglich $q = +182{,}7$ und $\lg f = 0{,}47710$, womit man erhalten wird:

$$\delta\frac{dd\xi}{dt^2} = -101{,}1 \quad \delta\frac{dd\eta}{dt^2} = -1034{,}0 \quad \delta\frac{dd\zeta}{dt^2} = +8{,}33$$

Endlich erhält man durch Vereinigung dieser Werthe mit X^0, Y^0, Z^0

$$42^2\frac{dd\xi}{dt^2} = +228{,}2 \quad 42^2\frac{dd\eta}{dt^2} = -1333{,}4 \quad 42^2\frac{dd\zeta}{dt^2} = +53{,}67.$$

Leitet man hieraus ξ η ζ selbst ab, so wird

$$\xi = +3912{,}4 + \frac{228{,}2}{12} = +3931{,}4$$

$$\eta = +26933{,}9 - \frac{1333{,}4}{12} = +26822{,}8$$

$$\zeta = -374{,}91 + \frac{53{,}67}{12} = -370{,}44$$

und wenn man mit diesen Werthen die Rechnung wiederholt, wobei man nur in den Einheiten und Decimalen eine kleine Änderung findet, so wird:

$$\frac{x^0 + \frac{1}{2}\xi}{r^{0\,2}}\xi = +1620{,}8 \quad \frac{y^0 + \frac{1}{2}\eta}{r^{0\,2}}\eta = -1458{,}3 \quad \frac{z^0 + \frac{1}{2}\zeta}{r^{0\,2}}\zeta = +18{,}1$$

folglich

$$q = +180{,}6 \qquad \lg f = 0{,}47740$$

$$\delta \cdot \frac{dd\xi}{dt^2} = -\ 101{,}8 \qquad \delta \cdot \frac{dd\eta}{dt^2} = -\ 1034{,}0 \qquad \delta \cdot \frac{dd\zeta}{dt^2} = +\ 8{,}41$$

und also durch Vereinigung mit X°, Y°, Z°:

$$42^2\ \frac{dd\xi}{dt^2} = +\ 227{,}5 \qquad 42^2\ \frac{dd\eta}{dt^2} = -\ 1333{,}4 \qquad 42^2\ \frac{dd\zeta}{dt^2} = +\ 53{,}75$$

Werthe, die jetzt die vollkommen strengen sind, und sich nur in den Decimalen von den ersten aus den beiläufigen Werthen von ξ η ζ berechneten unterscheiden. Setzt man mit denselben die Störungstafeln fort,

1855 Oct. 28	−185,5		+5339,3	−1190,0		+25509,2
		−1426,9			+1424,7	
Dcb. 9	+227,5		+3912,4	−1333,4		+26933,9
		−1199,4			+ 91,3	
1856 Jan. 20			+2713,0			+27025,2

1855 Okt. 28	+114,81		−777,71
		+402,80	
Dcb. 9	+ 53,75		−374,91
		+456,55	
1856 Jan. 20			+ 81,64

so wird jetzt dieselbe Rechnung für Jan. 20 zu wiederholen sein. Die geringere von f_0'' abhängige Correction, deren Faktor $-\frac{1}{240}$ ist, wird man in den bei weitem meisten Fällen gar nicht zu berücksichtigen haben, wenn das Intervall klein genug gewählt worden ist. Wenigstens aber wird der Einfluſs derselben in den Werthen von ξ η ζ so klein sein, daſs man bei der Berechnung der $\omega^2 \frac{dd\xi}{dt^2}$, $\omega^2 \frac{dd\eta}{dt^2}$, $\omega^2 \frac{dd\zeta}{dt^2}$ darauf nicht Rücksicht zu nehmen nöthig hat.

Nebenstehende Tafel gilt für

$$f = 3 \left\{1 - \frac{5}{2} q + \frac{5 \cdot 7}{2 \cdot 3} q^2 - \frac{5 \cdot 7 \cdot 9}{2 \cdot 3 \cdot 4} q^3 + \frac{5 \cdot 7 \cdot 9 \cdot 11}{2 \cdot 3 \cdot 4 \cdot 5} q^4 \ldots \right\}$$

wobei

$$q = \frac{x + \frac{1}{2}\xi}{r_0^2} \xi + \frac{y + \frac{1}{2}\eta}{r_0^2} \eta + \frac{z + \frac{1}{2}\zeta}{r_0^2} \zeta.$$

q	log *f*	Diff.	*q*	log *f*	Diff.
— 0,0300	0,5107980	—1161	— 0,0265	0,5067508	—1152
0,0299	0,5106819	1160	0,0264	0,5066356	1151
0,0298	0,5105659	1160	0,0263	0,5065205	1151
0,0297	0,5104499	1160	0,0262	0,5064054	1151
0,0296	0,5103339	1160	0,0261	0,5062903	—1150
0,0295	0,5102179	1159	— 0,0260	0,5061753	—1150
0,0294	0,5101020	1159	0,0259	0,5060603	1150
0,0293	0,5099861	1159	0,0258	0,5059453	1150
0,0292	0,5098702	1159	0,0257	0,5058303	1149
0,0291	0,5097543	—1159	0,0256	0,5057154	1149
— 0,0290	0,5096384	—1158	0,0255	0,5056005	1149
0,0289	0,5095226	1158	0,0254	0,5054856	1149
0,0288	0,5094068	1158	0,0253	0,5053707	1148
0,0287	0,5092910	1157	0,0252	0,5052559	1148
0,0286	0,5091753	1157	0,0251	0,5051411	—1148
0,0285	0,5090596	1157	— 0,0250	0,5050263	—1148
0,0284	0,5089439	1157	0,0249	0,5049115	1147
0,0283	0,5088282	1156	0,0248	0,5047968	1147
0,0282	0,5087126	1156	0,0247	0,5046821	1147
0,0281	0,5085970	—1156	0,0246	0,5045674	1147
— 0,0280	0,5084814	—1155	0,0245	0,5044527	1146
0,0279	0,5083659	1155	0,0244	0,5043381	1146
0,0278	0,5082504	1155	0,0243	0,5042235	1146
0,0277	0,5081349	1155	0,0242	0,5041089	1146
0,0276	0,5080194	1155	0,0241	0,5039943	—1145
0,0275	0,5079039	1154	— 0,0240	0,5038798	—1145
0,0274	0,5077885	1154	0,0239	0,5037653	1145
0,0273	0,5076731	1154	0,0238	0,5036508	1144
0,0272	0,5075577	1154	0,0237	0,5035364	1144
0,0271	0,5074423	—1153	0,0236	0,5034220	1144
— 0,0270	0,5073270	—1153	0,0235	0,5033076	1144
0,0269	0,5072117	1152	0,0234	0,5031932	1143
0,0268	0,5070965	1152	0,0233	0,5030789	1143
0,0267	0,5069813	1153	0,0232	0,5029646	1143
0,0266	0,5068660	—1152	0,0231	0,5028503	—1143
— 0,0265	0,5067508		— 0,0230	0,5027360	

q	log *f*	Diff.	*q*	log *f*	Diff.
— 0,0230	0,5027360	—1143	— 0,0195	0,4987528	—1133
0,0229	0,5026217	1142	0,0194	0,4986395	1133
0,0228	0,5025075	1142	0,0193	0,4985262	1133
0,0227	0,5023933	1142	0,0192	0,4984129	1133
0,0226	0,5022791	1141	0,0191	0,4982996	—1132
0,0225	0,5021650	1141	— 0,0190	0,4981864	—1132
0,0224	0,5020509	1141	0,0189	0,4980732	1132
0,0223	0,5019368	1141	0,0188	0,4979600	1132
0,0222	0,5018227	1140	0,0187	0,4978468	1131
0,0221	0,5017087	—1140	0,0186	0,4977337	1131
— 0,0220	0,5015947	—1140	0,0185	0,4976206	1131
0,0219	0,5014807	1140	0,0184	0,4975075	1131
0,0218	0,5013667	1139	0,0183	0,4973944	1130
0,0217	0,5012528	1139	0,0182	0,4972814	1130
0,0216	0,5011389	1139	0,0181	0,4971684	—1130
0,0215	0,5010250	1139	— 0,0180	0,4970554	—1130
0,0214	0,5009111	1138	0,0179	0,4969424	1129
0,0213	0,5007973	1138	0,0178	0,4968295	1129
0,0212	0,5006835	1138	0,0177	0,4967166	1129
0,0211	0,5005697	—1137	0,0176	0,4966037	1129
— 0,0210	0,5004560	—1137	0,0175	0,4964908	1128
0,0209	0,5003423	1137	0,0174	0,4963780	1128
0,0208	0,5002286	1137	0,0173	0,4962652	1128
0,0207	0,5001149	1137	0,0172	0,4961524	1128
0,0206	0,5000012	1136	0,0171	0,4960396	—1127
0,0205	0,4998876	1136	— 0,0170	0,4959269	—1127
0,0204	0,4997740	1136	0,0169	0,4958142	1127
0,0203	0,4996604	1135	0,0168	0,4957015	1127
0,0202	0,4995469	1135	0,0167	0,4955888	1126
0,0201	0,4994334	—1135	0,0166	0,4954762	1126
— 0,0200	0,4993199	—1135	0,0165	0,4953636	1126
0,0199	0,4992064	1134	0,0164	0,4952510	1125
0,0198	0,4990930	1134	0,0163	0,4951385	1125
0,0197	0,4989796	1134	0,0162	0,4950260	1125
0,0196	0,4988662	—1134	0,0161	0,4949135	—1125
— 0,0195	0,4987528		— 0,0160	0,4948010	

q	log f	Diff.	q	log f	Diff.
— 0,0160	0,4948010	−1124	— 0,0125	0,4908800	−1116
0,0159	0,4946886	1124	0,0124	0,4907684	1116
0,0158	0,4945762	1124	0,0123	0,4906568	1115
0,0157	0,4944638	1124	0,0122	0,4905453	1115
0,0156	0,4943514	1124	0,0121	0,4904338	−1115
0,0155	0,4942390	1123	— 0,0120	0,4903223	−1114
0,0154	0,4941267	1123	0,0119	0,4902109	1114
0,0153	0,4940144	1123	0,0118	0,4900995	1114
0,0152	0,4939021	1123	0,0117	0,4899881	1114
0,0151	0,4937898	−1122	0,0116	0,4898767	1114
— 0,0150	0,4936776	−1122	0,0115	0,4897653	1113
0,0149	0,4935654	1122	0,0114	0,4896540	1113
0,0148	0,4934532	1122	0,0113	0,4895427	1113
0,0147	0,4933410	1121	0,0112	0,4894314	1113
0,0146	0,4932289	1121	0,0111	0,4893201	−1112
0,0145	0,4931168	1121	— 0,0110	0,4892089	−1112
0,0144	0,4930047	1120	0,0109	0,4890977	1112
0,0143	0,4928927	1120	0,0108	0,4889865	1112
0,0142	0,4927807	1120	0,0107	0,4888753	1111
0,0141	0,4926687	−1120	0,0106	0,4887642	1111
— 0,0140	0,4925567	−1119	0,0105	0,4886531	1111
0,0139	0,4924448	1119	0,0104	0,4885420	1111
0,0138	0,4923329	1119	0,0103	0,4884309	1110
0,0137	0,4922210	1119	0,0102	0,4883199	1110
0,0136	0,4921091	1119	0,0101	0,4882089	−1110
0,0135	0,4919972	1118	— 0,0000	0,4880979	−1110
0,0134	0,4918854	1118	0,0099	0,4879869	1109
0,0133	0,4917736	1118	0,0098	0,4878760	1109
0,0132	0,4916618	1118	0,0097	0,4877651	1109
0,0131	0,4915500	−1117	0,0096	0,4876542	1109
— 0,0130	0,4914383	−1117	0,0095	0,4875433	1108
0,0129	0,4913266	1117	0,0094	0,4874325	1108
0,0128	0,4912149	1117	0,0093	0,4873217	1108
0,0127	0,4911032	1116	0,0092	0,4872109	1108
0,0126	0,4909916	−1116	0,0091	0,4871001	−1107
— 0,0125	0,4908800		— 0,0090	0,4869894	

φ	log *f*	Diff.	φ	log *f*	Diff.
— 0,0090	0,4869894	—1107	— 0,0055	0,4831287	—1099
0,0089	0,4868787	1107	0,0054	0,4830188	1098
0,0088	0,4867680	1107	0,0053	0,4829090	1098
0,0087	0,4866573	1106	0,0052	0,4827992	1098
0,0086	0,4865467	1106	0,0051	0,4826894	—1098
0,0085	0,4864361	1106	— 0,0050	0,4825796	—1098
0,0084	0,4863255	1106	0,0049	0,4824698	1097
0,0083	0,4862149	1106	0,0048	0,4823601	1097
0,0082	0,4861043	1105	0,0047	0,4822504	1097
0,0081	0,4859938	—1105	0,0046	0,4821407	1097
— 0,0080	0,4858833	—1105	0,0045	0,4820310	1096
0,0079	0,4857728	1105	0,0044	0,4819214	1096
0,0078	0,4856623	1104	0,0043	0,4818118	1096
0,0077	0,4855519	1104	0,0042	0,4817022	1096
0,0076	0,4854415	1104	0,0041	0,4815926	—1095
0,0075	0,4853311	1104	— 0,0040	0,4814831	—1095
0,0074	0,4852207	1103	0,0039	0,4813736	1095
0,0073	0,4851104	1103	0,0038	0,4812641	1094
0,0072	0,4850001	1103	0,0037	0,4811547	1095
0,0071	0,4848898	—1102	0,0036	0,4810452	1094
— 0,0070	0,4847796	—1102	0,0035	0,4809358	1094
0,0069	0,4846694	1102	0,0034	0,4808264	1094
0,0068	0,4845592	1102	0,0033	0,4807170	1093
0,0067	0,4844490	1102	0,0032	0,4806077	1093
0,0066	0,4843388	1101	0,0031	0,4804984	—1093
0,0065	0,4842287	1101	— 0,0030	0,4803891	—1093
0,0064	0,4841186	1101	0,0029	0,4802798	1092
0,0063	0,4840085	1101	0,0028	0,4801706	1092
0,0062	0,4838984	1100	0,0027	0,4800614	1092
0,0061	0,4837884	—1100	0,0026	0,4799522	1092
— 0,0060	0,4836784	—1100	0,0025	0,4798430	1092
0,0059	0,4835684	1100	0,0024	0,4797338	1091
0,0058	0,4834584	1099	0,0023	0,4796247	1091
0,0057	0,4833485	1099	0,0022	0,4795156	1091
0,0056	0,4832386	—1099	0,0021	0,4794065	—1090
— 0,0055	0,4831287		— 0,0020	0,4792975	

q	log f	Diff.	q	log f	Diff.
— 0,0020	0,4792975	—1090	+ 0,0015	0,4754953	—1082
0,0019	0,4791885	1090	0,0016	0,4753871	1082
0,0018	0,4790795	1090	0,0017	0,4752789	1082
0,0017	0,4789705	1090	0,0018	0,4751707	1081
0,0016	0,4788615	1089	0,0019	0,4750626	—1081
0,0015	0,4787526	1089	+ 0,0020	0,4749545	—1081
0,0014	0,4786437	1089	0,0021	0,4748464	1081
0,0013	0,4785348	1089	0,0022	0,4747383	1080
0,0012	0,4784259	1089	0,0023	0,4746303	1080
0,0011	0,4783170	—1088	0,0024	0,4745223	1080
— 0,0010	0,4782082	—1088	0,0025	0,4744143	1080
0,0009	0,4780994	1088	0,0056	0,4743063	1080
0,0008	0,4779906	1087	0,0027	0,4741983	1079
0,0007	0,4778819	1087	0,0028	0,4740904	1079
0,0006	0,4777732	1087	0,0029	0,4739825	—1079
0,0005	0,4776645	1087	+ 0,0030	0,4738746	—1079
0,0004	0,4775558	1087	0,0031	0,4737667	1078
0,0003	0,4774471	1086	0,0032	0,4736589	1078
0,0002	0,4773385	1086	0,0033	0,4735511	1078
0,0001	0,4772299	—1086	0,0034	0,4734433	1078
0,0000	0,4771213	—1086	0,0035	0,4733355	1077
+ 0,0001	0,4770127	1085	0,0036	0,4732278	1077
0,0002	0,4769042	1085	0,0037	0,4731201	1077
0,0003	0,4767957	1085	0,0038	0,4730124	1077
0,0004	0,4766872	1085	0,0039	0,4729047	—1077
0,0005	0,4765787	1085	+ 0,0040	0,4727970	—1076
0,0006	0,4764702	1084	0,0041	0,4726894	1076
0,0007	0,4763618	1084	0,0042	0,4725818	1076
0,0008	0,4762534	1084	0,0043	0,4724742	1076
0,0009	0,4761450	—1083	0,0044	0,4723666	1075
+ 0,0010	0,4760367	—1083	0,0045	0,4722591	1075
0,0011	0,4759284	1083	0,0046	0,4721516	1075
0,0012	0,4758201	1083	0,0047	0,4720441	1075
0,0013	0,4757118	1083	0,0048	0,4719366	1074
0,0014	0,4756035	—1082	0,0049	0,4718292	—1074
+ 0,0015	0,4754953		+ 0,0050	0,4718218	

q	log f	Diff.	q	log f	Diff.
+ 0,0050	0,4717218	−1074	+ 0,0085	0,4679765	−1066
0,0051	0,4716144	1074	0,0086	0,4678699	1066
0,0052	0,4715070	1074	0,0087	0,4677633	1066
0,0053	0,4713996	1073	0,0088	0,4636567	1065
0,0054	0,4712923	1073	0,0089	0,4675502	−1065
0,0055	0,4711850	1073	+ 0,0090	0,4674437	−1065
0,0056	0,4710777	1073	0,0091	0,4673372	1065
0,0057	0,4709704	1072	0,0092	0,4672307	1064
0,0058	0,4708632	1072	0,0093	0,4671243	1064
0,0059	0,4707560	−1072	0,0094	0,4670179	1064
+ 0,0060	0,4706488	−1072	0,0095	0,4669115	1064
0,0061	0,4705416	1071	0,0096	0,4668051	1063
0,0062	0,4704345	1071	0,0097	0,4666988	1063
0,0063	0,4703274	1071	0,0098	0,4665925	1063
0,0064	0,4702203	1071	0,0099	0,4664862	−1063
0,0065	0,4701132	1070	+ 0,0100	0,4663799	−1063
0,0066	0,4700062	1070	0,0101	0,4662736	1062
0,0067	0,4698992	1070	0,0102	0,4661674	1062
0,0068	0,4697922	1070	0,0103	0,4660612	1062
0,0069	0,4696852	−1070	0,0104	0,4659550	1062
+ 0,0070	0,4695782	−1069	0,0105	0,4658488	1061
0,0071	0,4694713	1069	0,0106	0,4657427	1061
0,0072	0,4693644	1069	0,0107	0,4656366	1061
0,0073	0,4692575	1069	0,0108	0,4655305	1061
0,0074	0,4691506	1069	0,0109	0,4654244	−1061
0,0075	0,4690437	1068	+ 0,0110	0,4653183	−1060
0,0076	0,4689369	1068	0,0111	0,4652123	1060
0,0077	0,4688301	1068	0,0112	0,4651063	1060
0,0078	0,4687233	1068	0,0113	0,4650003	1060
0,0079	0,4686165	−1067	0,0114	0,4648943	1059
+ 0,0080	0,4685098	−1067	0,0115	0,4647884	1059
0,0081	0,4684031	1067	0,0116	0,4646825	1059
0,0082	0,4682964	1067	0,0117	0,4645766	1059
0,0083	0,4681897	1066	0,0118	0,4644707	1059
0,0084	0,4680831	−1066	0,0119	0,4643648	−1058
+ 0,0085	0,4679765		+ 0,0120	0,4642590	

q	log *f*	Diff.	*q*	log *f*	Diff.
+ 0,0120	0,4642590	−1058	+ 0,0155	0,4605690	−1050
0,0121	0,4641532	1058	0,0156	0,4604640	1050
0,0122	0,4640474	1058	0,0157	0,4603590	1050
0,0123	0,4639416	1057	0,0158	0,4602540	1050
0,0124	0,4638359	1057	0,0159	0,4601490	−1049
0,0125	0,4637302	1057	+ 0,0160	0,4600441	−1049
0,0126	0,4636245	1057	0,0161	0,4599392	1049
0,0127	0,4635188	1056	0,0162	0,4598343	1049
0,0128	0,4634132	1056	0,0163	0,4597294	1049
0,0129	0,4633076	−1056	0,0164	0,4596245	1048
+ 0,0130	0,4632020	−1056	0,0165	0,4595197	1048
0,0131	0,4630964	1056	0,0166	0,4594149	1048
0,0132	0,4629908	1055	0,0167	0,4593101	1048
0,0133	0,4628853	1055	0,0168	0,4592053	1047
0,0134	0,4627798	1055	0,0169	0,4591006	−1047
0,0135	0,4626743	1055	+ 0,0170	0,4589959	−1047
0,0136	0,4625688	1055	0,0171	0,4588912	1047
0,0137	0,4624633	1054	0,0172	0,4587865	1047
0,0138	0,4623579	1054	0,0173	0,4586818	1046
0,0139	0,4622525	−1054	0,0174	0,4585772	1046
+ 0,0140	0,4621471	−1054	0,0175	0,4584726	1046
0,0141	0,4620417	1053	0,0176	0,4583680	1046
0,0142	0,4619364	1053	0,0177	0,4582634	1045
0,0143	0,4618311	1053	0,0178	0,4581589	1045
0,0144	0,4617258	1053	0,0179	0,4580544	−1045
0,0145	0,4616205	1052	+ 0,0180	0,4579499	−1045
0,0146	0,4615153	1052	0,0181	0,4578454	1045
0,0147	0,4614101	1052	0,0182	0,4577409	1044
0,0148	0,4613049	1052	0,0183	0,4576365	1044
0,0149	0,4611997	−1052	0,0184	0,4575321	1044
+ 0,0150	0,4610945	−1051	0,0185	0,4574277	1044
0,0151	0,4609894	1051	0,0186	0,4573233	1044
0,0152	0,4608843	1051	0,0187	0,4572189	1043
0,0153	0,4607792	1051	0,0188	0,4571146	1043
0,0154	0,4606741	−1051	0,0189	0,4570103	−1043
+ 0,0155	0,4605690		+ 0,0190	0,4569060	

q	log f	Diff.	q	log f	Diff.
+ 0,0190	0,4569060	−1043	+ 0,0225	0,4532698	−1035
0,0191	0,4568017	1042	0,0226	0,4531663	1035
0,0192	0,4566975	1042	0,0227	0,4530628	1035
0,0193	0,4565933	1042	0,0228	0,4529593	1035
0,0194	0,4564891	1042	0,0229	0,4528558	−1034
0,0195	0,4563849	1041	+ 0,0230	0,4527524	−1034
0,0196	0,4562808	1041	0,0231	0,4526490	1034
0,0197	0,4561767	1041	0,0232	0,4525456	1034
0,0198	0,4560726	1041	0,0233	0,4524422	1033
0,0199	0,4559685	−1041	0,0234	0,4523389	1033
+ 0,0200	0,4558644	−1040	0,0235	0,4522356	1033
0,0201	0,4557604	1040	0,0236	0,4521323	1033
0,0202	0,4556564	1040	0,0237	0,4520290	1032
0,0203	0,4555524	1040	0,0238	0,4519258	1032
0,0204	0,4554484	1040	0,0239	0,4518226	−1032
0,0205	0,4553444	1039	+ 0,0240	0,4517194	−1032
0,0206	0,4552405	1039	0,0241	0,4516162	1032
0,0207	0,4551366	1039	0,0242	0,4515130	1031
0,0208	0,4550327	1039	0,0243	0,4514099	1031
0,0209	0,4549288	−1039	0,0244	0,4513068	1031
+ 0,0210	0,4548249	−1038	0,0245	0,5512037	1031
0,0211	0,4547211	1038	0,0246	0,4511006	1031
0,0212	0,4546173	1038	0,0247	0,4509975	1030
0,0213	0,4545135	1038	0,0248	0,4508945	1030
0,0214	0,4544097	1037	0,0249	0,4507915	−1030
0,0215	0,4543060	1037	+ 0,0250	0,4506885	−1030
0,0216	0,4542023	1037	0,0251	0,4505855	1030
0,0217	0,4540986	1037	0,0252	0,4504825	1029
0,0218	0,4539949	1037	0,0253	0,4503796	1019
0,0219	0,4538912	−1036	0,0254	0,4502767	1029
+ 0,0220	0,4537876	−1036	0,0255	0,4501738	1029
0,0221	0,4536840	1036	0,0256	0,4500709	1028
0,0222	0,4535804	1035	0,0257	0,4499681	1028
0,0223	0,4534768	1035	0,0258	0,4498653	1028
0,0224	0,4533733	−1035	0,0259	0,4497625	−1028
+ 0,0225	0,4532698		+ 0,0260	0,4496597	

q	log *f*	Diff.	*q*	log *f*	Diff.
+ 0,0260	0,4496597	−1028	+ 0,0280	0,4476085	−1023
0,0261	0,4495569	1027	0,0281	0,4475062	1023
0,0262	0,4494542	1027	0,0282	0,4474039	1023
0,0263	0,4493515	1027	0,0283	0,4473016	1023
0,0264	0,4492488	1027	0,0284	0,4472993	1023
0,0265	0,4491461	1026	0,0285	0,4470970	1022
0,0266	0,4490435	1026	0,0286	0,4469948	1022
0,0267	0,4489409	1026	0,0287	0,4468926	1022
0,0268	0,4488383	1026	0,0288	0,4467904	1022
0,0269	0,4487357	−1026	0,0289	0,4466882	−1021
+ 0,0270	0,4486331	−1026	+ 0,0290	0,4465861	−1021
0,0271	0,4485305	1025	0,0291	0,4464840	1021
0,0272	0,4484280	1025	0,0292	0,4463819	1021
0,0273	0,4483255	1025	0,0293	0,4462798	1021
0,0274	0,4482230	1025	0,0294	0,4461777	1021
0,0275	0,4481205	1024	0,0295	0,4460756	1020
0,0276	0,4480181	1024	0,0296	0,4459736	1020
0,0277	0,4479157	1024	0,0297	0,4458716	1020
0,0278	0,4478133	1024	0,0298	0,4457696	1020
0,0279	0,4477109	−1024	0,0299	0,4456676	−1019
+ 0,0280	0,4476085		+ 0,0300	0,4455657	

Über die Bestimmung neuer Elemente aus den Änderungen der Coordinaten und ihrer Geschwindigkeit.

Es ist von einigen Astronomen erwähnt worden, dafs in einer längeren Zeit die Gröfse von $\xi\ \eta\ \zeta$ so anwachsen könne, wenn man immer die anfänglichen elliptischen Elemente beibehält, dafs die Berechnung der indirecten Glieder durch sechsstellige Logarithmen nicht mehr genau genug geführt werden könne, und dafs es in diesem Falle wünschenswerth sei, eine Änderung der Elemente gemäfs den aus den Störungen, für die Zeit wo man die Änderung eintreten lassen will, sich ergebenden $\xi\ \eta\ \zeta$ und $\frac{d\xi}{dt}$, $\frac{d\eta}{dt}$, $\frac{d\zeta}{dt}$ vorzunehmen. Obgleich ich diese Erfahrung noch nicht gemacht habe, so werde ich doch hier die Formeln geben, vermittelst welcher man aus den angegebenen Veränderungen der Coordinaten, und ihrer ersten Differentialquotienten in Bezug auf die Zeit, die neuen Elemente herleiten kann. Ich werde dabei zuerst die directen Ausdrücke für die Änderung der Elemente geben, welche folglich für jede Gröfse der Variationen der Coordinaten gelten, und nur wegen der durch die unvermeidlichen Ungenauigkeiten der Logarithmentafeln herbeigeführten Unsicherheit über die ganz scharfe Bestimmung der neuen Elemente Zweifel übrig lassen. Nachher werde ich auch die Änderung der Elemente durch Differentialformeln angeben, wenn man die Änderung der Coordinaten dx, dy, dz, $\delta\frac{dx}{dt}$, $\delta\frac{dy}{dt}$, $\delta\frac{dz}{dt}$ als so kleine Gröfsen betrachten kann, dafs man die höheren Potenzen derselben gegen die erste vernachlässigen kann. Die letztere Ableitung wird zwar bei dem gegenwärtigen Probleme nicht in Anwendung kommen, weil in einem solchen Falle eine Änderung der Elemente nicht nöthig sein wird. Allein sie wird angewandt werden, wenn man bei den Cometenstörungen die Elemente von dem Centrum der Sonne auf den Schwerpunkt eines aus der Sonne und einem störenden Planeten bestehenden Systemes übertragen will, ein Fall, der für die Planeten, die der Sonne nahestehend eine kürzere Umlaufszeit haben, bei den von ihnen ausgeübten Störungen häufig eintreten wird, um die Berechnung derselben nicht zu weitläufig zu machen. Da, so viel mir bekannt, diese Formeln, welche Bessel angegeben hat, nur in Argelander's Abhandlung über die Bahn des grofsen Cometen von 1811 Königsberg 1822 aufgeführt sind, so glaube ich, dafs es nicht unpassend sein dürfte, sie hier von Neuem zu geben.

Wenn man aus den Elementen den Ort und die Geschwindigkeit eines Planeten berechnet, so gelten die folgenden Formeln, bei denen es nicht nöthig sein wird die Bedeutung der Buchstaben anzugeben, da es die Zeichen sind, welche durch die Theoria motus allgemein eingeführt sind. Man wendet successive die Formeln an, in welchen der Einfachheit wegen für $k^2(1+m)$ blofs k^2 gesetzt ist, wenn die Planetenmasse mk^2:

$$\mu = \frac{k}{a^{\frac{3}{2}}}$$

$$p = a(1-e^2)$$

$$\mu t + \varepsilon = E - e\sin E$$

$$\operatorname{tg}\tfrac{1}{2}v = \operatorname{tg}\tfrac{1}{2}E \cdot \sqrt{\left(\frac{1+e}{1-e}\right)}$$

$$r = \frac{p}{1+e\cos v}$$

und hat damit die heliocentrischen Coordinaten

$$(1)\qquad \begin{aligned} x &= r(\cos u\cos\Omega - \sin u\sin\Omega\cos i) \\ y &= r(\cos u\sin\Omega + \sin u\cos\Omega\cos i) \\ z &= r\sin u\sin i \end{aligned}$$

wo u, das Argument der Breite, bestimmt wird durch

$$u = v + \omega$$

und ω der sogenannte Abstand des Perihels vom Knoten ist, oder wenn man die Länge des Perihels einführen will

$$\omega = \pi - \Omega$$

Für die Geschwindigkeit der Bewegung wird

$$\frac{d(u-\omega)}{dt} = \frac{dv}{dt} = \frac{k\sqrt{p}}{rr}$$

$$\frac{dr}{dt} = \frac{k}{\sqrt{p}} e \sin v$$

und damit

$$\frac{dx}{dt} = -\frac{k}{\sqrt{p}}\{(\sin u + e\sin\omega)\cos\Omega + (\cos u + e\cos\omega)\sin\Omega\cos i\}$$

$$(2)\quad \frac{dy}{dt} = -\frac{k}{\sqrt{p}}\{(\sin u + e\sin\omega)\sin\Omega - (\cos u + e\cos\omega)\cos\Omega\cos i\}$$

$$\frac{dz}{dt} = +\frac{k}{\sqrt{p}}\{(\cos u + e\cos\omega)\sin i\}$$

Umgekehrt kann man aus den bekannten Coordinaten der nach den Axen zerlegten Geschwindigkeit, wodurch Gröſse und Richtung derselben gegeben ist, und der anziehenden Kraft des Centralkörpers k^2, die Elemente aus denselben Gleichungen herleiten, ohne auf die ursprünglichen Differential-Gleichungen der Bewegung zurück zu gehen. Es wird nämlich

$$x\frac{dy}{dt} - y\frac{dx}{dt} = \frac{k}{\sqrt{p}} r\{(\cos u + e\cos\omega)\cos u\cos i + (\sin u + e\sin\omega)\sin u\cos i\} = k\sqrt{p}\cos i$$

$$(3)\quad y\frac{dz}{dt} - z\frac{dy}{dt} = \frac{k}{\sqrt{p}} r\{(\cos u + e\cos\omega)\cos u + (\sin u + e\sin\omega)\sin u\}\sin\Omega\sin i = k\sqrt{p}\sin\Omega\sin i$$

$$z\frac{dx}{dt} - x\frac{dz}{dt} = -\frac{k}{\sqrt{p}} r\{(\sin u + e\sin\omega)\sin u + (\cos u + e\cos\omega)\cos u\}\cos\Omega\sin i = -k\sqrt{p}\cos\Omega\sin i$$

aus welchen drei Gleichungen $k\sqrt{p}$, i und Ω gefunden werden; man kann statt ihrer auch anwenden

$$x\sin\Omega\sin i - y\cos\Omega\sin i + z\cos i = 0$$

$$\frac{dx}{dt}\sin\Omega\sin i - \frac{dy}{dt}\cos\Omega\sin i + \frac{dz}{dt}\cos i = 0$$

$$(4)\quad k^2.p = \left(x\frac{dy}{dt} - y\frac{dx}{dt}\right)^2 + \left(y\frac{dz}{dt} - z\frac{dy}{dt}\right)^2 + \left(z\frac{dx}{dt} - x\frac{dz}{dt}\right)^2$$

$$= (x^2+y^2+z^2)\left(\left(\frac{dx}{dt}\right)^2 + \left(\frac{dy}{dt}\right)^2 + \left(\frac{dz}{dt}\right)^2\right) - \left(x\frac{dx}{dt} + y\frac{dy}{dt} + z\frac{dz}{dt}\right)^2$$

Nach der letzten Gleichung wird es erlaubt sein zu setzen

$$k\sqrt{p} = cr\sin\psi$$

(5) $$x\frac{dx}{dt} + y\frac{dy}{dt} + z\frac{dz}{dt} = cr\cos\psi$$

wenn man unter c die Geschwindigkeit versteht oder annimmt:

$$c^2 = \left(\frac{dx}{dt}\right)^2 + \left(\frac{dy}{dt}\right)^2 + \left(\frac{dz}{dt}\right)^2$$

Dieser Ausdruck unmittelbar aus den Werthen von $\frac{dx}{dt}$, $\frac{dy}{dt}$, $\frac{dz}{dt}$ abgeleitet giebt

$$c^2 = \frac{k^2}{p}\{(\sin u + e\sin\omega)^2 + (\cos u + e\cos\omega)^2\}$$
$$= \frac{k^2}{p}\{1 + 2e\cos(u-\omega) + e^2\}$$

oder wenn man ihn schreibt

$$= \frac{k^2}{p}\{2(1 + e\cos(u-\omega)) - (1-e^2)\}$$

so wird

$$c^2 = k^2\left(\frac{2}{r} - \frac{1}{a}\right)$$

woraus

(6) $$\frac{k^2}{a} = \frac{2k^2}{\sqrt{(x^2+y^2+z^2)}} - \left\{\left(\frac{dx}{dt}\right)^2 + \left(\frac{dy}{dt}\right)^2 + \left(\frac{dz}{dt}\right)^2\right\}$$

Nimmt man hieraus den Werth von a, so wird aus

(7) $$\mu = \frac{k}{a^{\frac{3}{2}}}$$

die Gröſse μ sich bestimmen lassen. Aus der Verbindung der letzten Gleichung von (4), welche den Ausdruck von p giebt mit (6) und der Gleichung

(8) $$p = a(1-e^2)$$

wird die Gröſse e und endlich aus

(9) $$\frac{p}{r} - 1 = e\cos(u-\omega)$$

die Gröſse ω gefunden, weil e und u sich durch die Coordinaten ausdrücken lassen. Aus den drei Gleichungen (4) und den 4 Gleichungen (6), (7), (8), (9) werden sich auf diese Weise die 7 Gröſsen i, ☊, p, a, μ, e und ω herleiten lassen, im Ganzen nur 5 unabhängige Elemente.

Das sechste Element, die sogenannte Epoche, ist durch x, y, z direct gegeben, da dadurch der Ort im Raume festgelegt ist.

Diese Gleichungen werden indessen, ob sie gleich nachher bei den Differentialformeln für die Änderung der Elemente, wenn die Coordinaten und Geschwindigkeiten geändert werden, in Anwendung kommen, doch nicht die bequemste Form geben, wenn man die Elemente direct berechnen will. Hiezu sind aufser den Gleichungen (3) und (5) folgende Gleichungen besser geeignet. Zuerst die Bestimmung von r und u aus

$$\begin{aligned} r \sin u &= -\sin \Omega \sec i \cdot x + \cos \Omega \sec i \cdot y \\ r \cos u &= x \cdot \cos \Omega + y \sin \Omega \end{aligned} \tag{10}$$

wodurch r uud u gefunden werden, sowie die aus

$$c^2 = k^2 \left(\frac{2}{r} - \frac{1}{a}\right) \text{ oder } \frac{1}{a} = \frac{2}{r} - \frac{c^2}{k^2}$$

folgende

$$2a - r = \frac{r}{\frac{2}{r}\frac{k^2}{c^2} - 1} \tag{11}$$

und endlich eine Verbindung der letzten Gleichung von (5) mit der gewöhnlichen Form von r. Diese giebt nämlich wegen

$$x\frac{dx}{dt} + y\frac{dy}{dt} + z\frac{dz}{dt} = r\frac{dr}{dt}$$

$$e \sin(u - \omega) = \frac{c \cos \psi}{k} \sqrt{p}$$

$$e \cos(u - \omega) = \frac{p}{r} - 1$$

und wenn man den Werth von p aus der ersten der Gleichungen (5) substituirt

$$e \sin(u - \omega) = \frac{c^2 r \sin \psi \cos \psi}{k^2}$$

$$e \cos(u - \omega) = \frac{c^2 r \sin \psi^2}{k^2} - 1$$

Da nun aber

$$\frac{c^2}{k^2} = \frac{2a - r}{ar}$$

so wird

$$2e\sin(u-\omega) = \frac{2a-r}{a}\sin 2\psi$$

$$2e\cos(u-\omega) = \frac{c^2 r}{k^2} - \frac{c^2 r\cos 2\psi}{k^2} - 2$$

$$= -\frac{r}{a} - \frac{2a-r}{a}\cos 2\psi$$

woraus man durch Multiplication mit $\sin u$ und $\cos u$ erhält

$$(12)\qquad \begin{aligned} 2ae\sin\omega &= -r\sin u - (2a-r)\sin(2\psi+u) \\ 2ae\cos\omega &= -r\cos u - (2a-r)\cos(2\psi+u) \end{aligned}$$

Die directe Berechnung der Elemente aus den Coordinaten und den Geschwindigkeiten wird deshalb am leichtesten aus folgenden Formeln erfolgen:

(13)

$$k\sqrt{p}\cos i = x\frac{dy}{dt} - y\frac{dx}{dt}$$

$$k\sqrt{p}\sin\Omega\sin i = y\frac{dz}{dt} - z\frac{dy}{dt}$$

$$k\sqrt{p}\cos\Omega\sin i = x\frac{dz}{dt} - z\frac{dx}{dt}$$

woraus $k\sqrt{p}$, Ω und i erhalten werden.

$$cr\sin\psi = k\sqrt{p}$$

$$cr\cos\psi = x\frac{dx}{dt} + y\frac{dy}{dt} + z\frac{dz}{dt}$$

welche cr und ψ geben.

$$r\sin u = (-x\sin\Omega + y\cos\Omega)\sec i$$

$$r\cos u = x\cos\Omega + y\sin\Omega$$

aus denen r und u folgen und damit aus dem früheren Werthe von cr, der Werth von c.

Ferner

$$2a-r = \frac{r}{\frac{2}{r}\frac{k^2}{c^2}-1}$$

$$2ae\sin\omega = -r\sin u - (2a-r)\sin(2\psi+u)$$

$$2ae\cos\omega = -r\cos u - (2a-r)\cos(2\psi+u)$$

wodurch a, e und ω gegeben werden.

Will man nun die Epoche in gewöhnlicher Form haben, so wird

$$\operatorname{tg}\tfrac{1}{2}E = \operatorname{tg}\tfrac{1}{2}(u-\omega)\sqrt{\frac{1-e}{1+e}}$$

$$M = E - \sin E$$

womit Alles bestimmt ist.

Will man hier noch die umgekehrte Aufgabe hinzufügen, die heliocentrischen Coordinaten und ihre Geschwindigkeiten aus den Elementen zu berechnen, so werden einige Hülfswinkel die Berechnung der Formeln (1) und (2), in denen die Aufgabe enthalten ist, wesentlich abkürzen. Man setze:

$$(14)\qquad \begin{aligned} \sin\alpha \sin A &= \cos \Omega \\ \sin\alpha \cos A &= -\sin\Omega \cos i \\ \cos\alpha &= \sin\Omega \sin i \end{aligned}$$

wodurch α und A vollkommen bestimmt sind und für die Herleitung von x angewandt werden. Nimmt man eben so:

$$(15)\qquad \begin{aligned} \sin\beta \sin B &= \sin\Omega \\ \sin\beta \cos B &= \cos\Omega \cos i \\ \cos\beta &= -\cos\Omega \sin i \end{aligned}$$

so wird dadurch y sich bequem herleiten lassen. Setzt man endlich

$$(16)\qquad \begin{aligned} \frac{k}{\sqrt{p}}(\sin u + e \sin w) &= c \sin U \\ \frac{k}{\sqrt{p}}(\cos u + e \cos w) &= c \cos U \end{aligned}$$

worin c die Lineargeschwindigkeit bedeutet, so hat man für die Coordinaten selbst und ihre Geschwindigkeiten aus (14), (15) u. (16)

$$(17)\qquad \begin{aligned} x &= r \sin\alpha \sin(A+u) \\ y &= r \sin\beta \sin(B+u) \\ z &= r \sin i \sin u \\ \frac{dx}{dt} &= c \sin\alpha \cos(A+U) \\ \frac{dy}{dt} &= c \sin\beta \cos(B+U) \\ \frac{dz}{dt} &= c \sin i \cos U \end{aligned}$$

Diese directe Berechnung der numerischen Werthe, sowohl der Elemente aus den Coordinaten und ihren Geschwindigkeiten nach (13), als der letzteren aus den Elementen nach (17), wird strenge Werthe geben, aber immer mit den kleinen Unterschieden behaftet sein, welche von der unvermeidlichen, nicht völligen, sondern nur bis zu einer halben Einheit der letzten Decimale gehenden Strenge der Logarithmen herrühren. Kommt es deshalb, wie bei der Übertragung der Elemente vom Centrum der Sonne auf den Schwerpunkt eines Systems von einem Planeten mit der Sonne, darauf an, aus kleinen Unterschieden von x, y, z, $\frac{dx}{dt}$, $\frac{dy}{dt}$, $\frac{dz}{dt}$, die daraus hervorgehenden kleinen Unterschiede der verschiedenen Elemente recht genau zu finden, so sind die ersten Differentialverhältnisse zwischen den gegebenen Daten und den zu erhaltenden Resultaten vorzuziehen. Ihre Anwendung wird sich selbst ziemlich weit erstrecken und kann bei speciellen Störungen von nicht zu großem Betrage vortheilhaft gebraucht werden.

Am übersichtlichsten werden sie gefunden, wenn man nach den obigen Formeln jedes einzelne Element direct durch die Coordinaten und Geschwindigkeiten derselben ausdrückt. Stellt man für die obigen 7 Elemente die Formeln zusammen, und verbindet damit noch die Ableitung der Epoche in der gewöhnlichen Form der mittleren Anomalie, so erhält man die folgenden 8 Gleichungen, welche hier noch zwei Prüfungen ergeben müssen, da die Anzahl der Elemente nur 6 beträgt.

$$(18)\begin{cases}
(a)\ x\sin\Omega\sin i - y\cos\Omega\sin i + z\cos i = 0 \\
(b)\ \frac{dx}{dt}\sin\Omega\sin i - \frac{dy}{dt}\cos\Omega\sin i + \frac{dz}{dt}\cos i = 0 \\
(c)\ pk^2 = (x^2+y^2+z^2)\left(\left(\frac{dx}{dt}\right)^2+\left(\frac{dy}{dt}\right)^2+\left(\frac{dz}{dt}\right)^2\right) \\
\qquad\qquad - \left(x\frac{dz}{dt}+y\frac{dy}{dt}+z\frac{dz}{dt}\right)^2 \\
(d)\ \frac{k^2}{a} = \frac{2k^2}{\sqrt{(x^2+y^2+z^2)}} - \left(\left(\frac{dx}{dt}\right)^2+\left(\frac{dy}{dt}\right)^2+\left(\frac{dz}{dt}\right)^2\right) \\
(e)\ \mu = \frac{k}{a^{\frac{3}{2}}} \\
(f)\ p = a(1-e^2) \\
(g)\ \frac{p}{r} - 1 = e\cos(u-\omega) \\
(h)\ dM = \frac{rr}{aa\sqrt{(1-e^2)}}d(u-\omega) - \frac{rr\sin(u-\omega)}{aa(1-e^2)^{\frac{3}{2}}}(2+e\cos(u-\omega))\delta e
\end{cases}$$

Die ersteren 4 werden die Änderungen von Ω, i, p und a direct geben aus den Änderungen von x, y, z, $\frac{dx}{dt}$, $\frac{dy}{dt}$, $\frac{dz}{dt}$. Die folgenden (e) und (f) sind schon in den früheren enthalten und geben damit die Änderungen von zwei Elementen, welche vorzugsweise häufig gebraucht werden. Die letzten beiden (g) und (h) geben die Änderungen der noch fehlenden Elemente ω und M.

Wenn deshalb aus irgend welcher Ursache x, y, z, $\frac{dx}{dt}$, $\frac{dy}{dt}$, $\frac{dz}{dt}$ sich in $x + \delta x$, $y + \delta x$, $z + \delta z$, $\frac{dx}{dt} + \delta\frac{dx}{dt}$, $\frac{dy}{dt} + \delta\frac{dy}{dt}$, $\frac{dz}{dt} + \delta\frac{dz}{dt}$ verwandeln, und man diese Änderungen als Differential-Größsen betrachtet, so wird man die Differential-Änderungen der Elemente durch Differentiation dieser Ausdrücke finden.

Es kommt bei der Ausführung dieser Differentiation hauptsächlich auf den Differential-Ausdruck von $x^2 + y^2 + z^2$, $\left(\frac{dx}{dt}\right)^2 + \left(\frac{dy}{dt}\right)^2 + \left(\frac{dz}{dt}\right)^2$, $\left(x\frac{dx}{dt} + y\frac{dy}{dt} + z\frac{dz}{dt}\right)^2$ und u als Funktion der Coordinaten und ihrer Geschwindigkeiten an.

Am strengsten werden diese erhalten werden, wenn man die Gleichungen (1) differentiirt, indem man Alles darin als variabel betrachtet. Man erhält dann

$$(19)\quad \begin{cases} \delta x = (\cos u \cos \Omega - \sin u \sin \Omega \cos i)\,\delta r \\ \quad - r(\sin u \cos \Omega + \cos u \sin \Omega \cos i)\,\delta u \\ \quad - r(\cos u \sin \Omega + \sin u \cos \Omega \cos i)\,\delta \Omega \\ \quad + r \sin u \sin \Omega \sin i\,\delta i \\ \delta y = (\cos u \sin \Omega + \sin u \cos \Omega \cos i)\,\delta r \\ \quad - r(\sin u \sin \Omega - \cos u \cos \Omega \cos i)\,\delta u \\ \quad + r(\cos u \cos \Omega - \sin u \sin \Omega \cos i)\,\delta \Omega \\ \quad - r \sin u \cos \Omega \sin i\,\delta i \\ \delta z = \sin u \sin i\,\delta r \\ \quad + r \cos u \sin i\,\delta u \\ \quad + r \sin u \cos i\,\delta i \end{cases}$$

Multiplicirt man die erste mit $\sin \Omega \cos i$, die zweite mit $-\cos \Omega \cos i$, die dritte mit $-\sin i$, nachher dieselben Gleichungen in derselben Ordnung mit $\cos \Omega$, $\sin \Omega$ und 0, endlich mit den Faktoren $\sin \Omega \sin i$, $-\cos \Omega \sin i$ und $\cos i$ und nimmt die Summen, so wird

(20) $$\begin{cases} \delta x \sin \Omega \cos i - \delta y \cos \Omega \cos i - \delta z \sin i \\ \qquad = -\sin u\, \delta r - r \cos u (\delta u + \cos i\, \delta \Omega) \\ \delta x \cos \Omega + \delta y \sin \Omega \\ \qquad = \cos u\, \delta r - r \sin u (\delta u + \cos i\, \delta \Omega) \\ \delta x \sin \Omega \sin i - \delta y \cos \Omega \sin i + dz \cos i \\ \qquad = -r \cos u \sin i\, \delta \Omega + r \sin u\, \delta i \end{cases}$$

und wenn man die erste dieser Gleichungen mit $-\sin u$, die zweite mit $\cos u$, nachher auch die erste mit $-\cos u$ und die zweite mit $-\sin u$ multiplicirt und die Summe nimmt, so wird

(21) $$\begin{cases} \delta r = \delta x (\cos \Omega \cos u - \sin \Omega \sin u \cos i) \\ \qquad + \delta y (\sin \Omega \cos u + \cos \Omega \sin u \cos i) \\ \qquad + \delta z (\sin u \sin i) \\ r(\delta u + \cos i\, \delta \Omega) = \delta x (-\sin \Omega \cos u \cos i - \cos \Omega \sin u) \\ \qquad + \delta y (\cos \Omega \cos u \cos i - \sin \Omega \sin u) \\ \qquad + \delta z (\cos u \sin i) \end{cases}$$

Die dritte Gleichung ist das einfache Differential von (a) in Bezug auf x, y, z, Ω und i.

Führt man nun gemäſs den hier gegebenen Entwickelungen die Werthe ein:

(22)

$$M^\circ = -\sin u \{\sin \Omega \cos i\, \delta x - \cos \Omega \cos i\, \delta y - \sin i\, \delta z\}$$
$$+ \cos u \{\cos \Omega\, \delta x + \sin \Omega\, \delta y\}$$
$$N^\circ = -\cos u \{\sin \Omega \cos i\, \delta x - \cos \Omega \cos i\, \delta y - \sin i\, \delta x\}$$
$$- \sin u \{\cos \Omega\, \delta x + \sin \Omega\, \delta y\}$$
$$P^\circ = \sin \Omega \sin i\, \delta x - \cos \Omega \sin i\, \delta y + \cos i\, \delta z$$
$$M' = -\sin u \left\{\sin \Omega \cos i\, \delta \left(\frac{dx}{dt}\right) - \cos \Omega \cos i\, \delta \left(\frac{dy}{dt}\right) - \sin i\, \delta \left(\frac{dz}{dt}\right)\right\}$$
$$+ \cos u \left\{\cos \Omega\, \delta \left(\frac{dx}{dt}\right) + \sin \Omega\, \delta \left(\frac{dy}{dt}\right)\right\}$$
$$N' = -\cos u \left\{\sin \Omega \cos i\, \delta \left(\frac{dx}{dt}\right) - \cos \Omega \cos i\, \delta \left(\frac{dy}{dt}\right) - \sin i\, \delta \left(\frac{dz}{dt}\right)\right\}$$
$$- \sin u \left\{\cos \Omega\, \delta \left(\frac{dx}{dt}\right) + \sin \Omega\, \delta \left(\frac{dy}{dt}\right)\right\}$$
$$P' = \sin \Omega \sin i\, \delta \left(\frac{dx}{dt}\right) - \cos \Omega \sin i\, \delta \left(\frac{dy}{dt}\right) + \cos i\, \delta \left(\frac{dz}{dt}\right)$$

so werden sich die hier vorkommenden Differentiale durch diese 6 Grö-ſsen bequem ausdrücken lassen.

Zuerst ist nämlich nach (21)

$$r\delta r = x\delta x + y\delta y + z\delta z = rM^\circ$$

oder

$$(23)\quad \begin{cases} M^\circ = \delta r \\ \text{folglich wird auch} \\ rM' = x\delta\left(\frac{dx}{dt}\right) + y\delta\left(\frac{dy}{dt}\right) + z\delta\left(\frac{dz}{dt}\right). \end{cases}$$

Schreibt man auſserdem in den Werthen von $\frac{dx}{dt}$, $\frac{dy}{dt}$, $\frac{dz}{dt}$, in den Formeln (2), statt

$$\begin{aligned} \sin u + e\sin\omega &= \sin u + e\sin(u - v) \\ &= \sin u\{1 + e\cos v\} - \cos u \cdot e\sin v \end{aligned}$$

und statt

$$\begin{aligned} \cos u + e\cos\omega &= \cos u + e\cos(u - v) \\ &= \cos u(1 + e\cos v) + \sin u \cdot e\sin v \end{aligned}$$

die Werthe

$$\sin u + e\sin\omega = \frac{p}{r}\sin u - e\sin v\cos u$$

$$\cos u + e\sin\omega = \frac{p}{r}\cos u + e\sin v\sin u$$

so sieht man sogleich, daſs

$$(23)^*\quad \begin{cases} \frac{dx}{dt}\delta x + \frac{dy}{dt}\delta y + \frac{dz}{dt}\delta z = \frac{k}{\sqrt{p}}\left\{e\sin v\, M^\circ + \frac{p}{r}N^\circ\right\} \\ \text{folglich wird auch} \\ \frac{dx}{dt}\delta\left(\frac{dx}{dt}\right) + \frac{dy}{dt}\delta\left(\frac{dy}{dt}\right) + \left(\frac{dz}{dt}\right)\delta\left(\frac{dz}{dt}\right) = \frac{k}{\sqrt{p}}\left\{e\sin v\, M' + \frac{p}{r}N'\right\} \end{cases}$$

Endlich ist aus (21)

$$r(\delta u + \cos i\,\delta\,\Omega) = N^\circ$$

Vermittelst dieser 5 Relationen wird man die oben angegebenen Differentiale von

$x^2 + y^2 + z^2$, $\left(\frac{dx}{dt}\right)^2 + \left(\frac{dy}{dt}\right)^2 + \left(\frac{dz}{dt}\right)^2$, $\left(x\frac{dx}{dt} + y\frac{dy}{dt} + z\frac{dz}{dt}\right)^2$ und

u sogleich hinschreiben können.

Es wird nämlich aus (23) und (23)*

(24)

$$\delta(x^2+y^2+z^2) = \delta r^2 = 2r\,\delta r = 2r\,M^0$$

$$\delta\left(\left(\frac{dx}{dt}\right)^2+\left(\frac{dy}{dt}\right)^2+\left(\frac{dz}{dt}\right)^2\right) = 2\left(\frac{dx}{dt}\,\delta\frac{dx}{dt}+\frac{dy}{dt}\,\delta\frac{dy}{dt}+\frac{dz}{dt}\,\delta\frac{dz}{dt}\right)$$

$$= 2\frac{k}{\sqrt{p}}\left(e\sin v\,M'+\frac{p}{r}\,N'\right)$$

$$\delta\left(x\frac{dx}{dt}+y\frac{dy}{dt}+z\frac{dz}{dt}\right) = 2\frac{r\,dr}{dt}\left\{\frac{dx}{dt}\delta x+\frac{dy}{dt}\delta y+\frac{dz}{dt}\delta z\right)\}$$

$$+\,2\frac{r\,dr}{dt}\left\{x\,\delta\left(\frac{dx}{dt}\right)+y\,\delta\left(\frac{dy}{dt}\right)+z\,\delta\left(\frac{dz}{dt}\right)\right\}$$

$$= 2\frac{r\,dr}{dt}\left\{\frac{k}{\sqrt{p}}\,e\sin v\,M^0+\frac{k\sqrt{p}}{r}\,N^0+rM'\right\}$$

$$= 2\frac{k^2}{p}\left\{r\,e^2\sin v^2 M^0+pe\sin v\,N^0+r^2 e\sin v M'\right\}$$

$$\delta u = \frac{N^0}{r}-\cos i\,\delta\Omega$$

Wenn so die Anwendung von M^0, N^0, M', N' nachgewiesen ist, so läſst sich auch für P^0 und P' der Ausdruck geben, welcher zur Bestimmung der Elemente Ω und i dient. In (20) ist schon gegeben worden

$$P^0 = -\,r\cos u\sin i\,\delta\Omega+r\sin u\,\delta i$$

der aus der Differentiation der Gleichung (a) in den Formeln (18) folgt. Differentiirt man ebenso die Gleichung (b) so wird:

$$\sin\Omega\sin i\,\delta\left(\frac{dx}{dt}\right)-\cos\Omega\sin i\,\delta\left(\frac{dy}{dt}\right)+\cos i\,\delta\left(\frac{dz}{dt}\right)$$

$$+\left\{\cos\Omega\sin i\left(\frac{dx}{dt}\right)+\sin\Omega\sin i\left(\frac{dy}{dt}\right)\right\}\delta\Omega$$

$$+\left\{\sin\Omega\cos i\left(\frac{dx}{dt}\right)-\cos\Omega\cos i\left(\frac{dy}{dt}\right)-\sin i\left(\frac{dz}{dt}\right)\right\}\delta i = 0$$

oder wenn man die Werthe aus (2) substituirt und aus (22) den Werth P' nimmt:

$$(25)\quad P'-\frac{k}{\sqrt{p}}(\sin u+e\sin\omega)\sin i\,\delta\Omega-\frac{k}{\sqrt{p}}(\cos u+e\cos\omega)\,\delta i = 0$$

Sonach finden sich die Variationen der Elemente aus δx, δy, δz, $\delta\left(\frac{dx}{dt}\right)$, $\delta\left(\frac{dy}{dt}\right)$, $\delta\left(\frac{dz}{dt}\right)$ aus den Gleichungen (18) von (a) bis (h) in folgender Weise:

Zuerst folgt aus (a) und (b)

$$P^0+r\cos u\sin i\,\delta\Omega \qquad -\,r\sin u\,\delta i \qquad = 0$$

$$P'-\frac{k}{\sqrt{p}}(\sin u+e\sin\omega)\sin i\,\delta\Omega-\frac{k}{\sqrt{p}}(\cos u+e\cos\omega)\,\delta v = 0$$

oder durch einfache Elimination

$$(a')\qquad \delta i = \frac{\sin u + e \sin \omega}{p} P^{\circ} + \frac{r \cos u}{k\sqrt{p}} P' = 0$$

$$(b')\qquad \delta\Omega = -\frac{\cos u + e \cos \omega}{p \sin i} P^{\circ} + \frac{r \sin u}{k\sqrt{p} \sin i} P' = 0$$

dann giebt die Gleichung (c)

$$2k^2 \sqrt{p} \cdot \delta\sqrt{p} = 2r\, M^{\circ} \frac{k^2}{p}(1 + 2e \cos v + e^2) + 2r^2 \frac{k}{\sqrt{p}}\left(e \sin v\, M' + \frac{p}{r} N'\right)$$

$$- 2\frac{k^2}{p}\left(r e^2 \sin v^2 M^{\circ} + p\, e \sin v\, N^{\circ} + \frac{\sqrt{p}}{k} r^2\, e \sin v\, M'\right)$$

vermöge der obigen Differentiale von r^2, c^2, $\left(r\frac{dr}{dt}\right)^2$ und des Werthes von

$$c^2 = \frac{k^2}{p}(1 + 2e \cos v + e^2).$$

Ordnet man diese Gleichung, so wird nach einigen Reductionen

$$(c')\qquad \delta\sqrt{p} = \frac{\sqrt{p}}{r} M^{\circ} - \frac{e \sin v}{\sqrt{p}} N^{\circ} + \frac{r}{k} N'$$

Die nächste Gleichung (d) giebt

$$k^2 \delta \frac{1}{a} = -\frac{2k^2}{r^2} M^{\circ} - 2\frac{k}{\sqrt{p}}\left(e \sin v\, M' + \frac{p}{r} N'\right)$$

folglich

$$(d')\qquad \delta\frac{1}{a} = -\frac{2}{r^2} M^{\circ} - \frac{2e \sin v}{k\sqrt{p}} M' - \frac{2\sqrt{p}}{rk} N'$$

Für μ findet sich aus (e) wegen

$$\delta\mu = +\tfrac{3}{2}\mu a \delta\frac{1}{a}$$

$$(e')\qquad \delta\mu = -\frac{3\mu a}{r^2} M^{\circ} - \frac{3e \sin v}{k\sqrt{p}} \mu a\, M' - \frac{3\sqrt{p}}{rk} \mu a\, N'$$

In (f) wird

$$\delta p = (1 - e^2)\delta a - 2a e\, \delta e \quad \text{oder}$$

$$\delta e = -\frac{p}{2e}\, \delta\frac{1}{a} - \frac{\sqrt{p}}{a e}\, \delta\sqrt{p}$$

woraus man nach wenigen Reductionen erhält

$$(f)\quad \delta e = \frac{e + \cos v}{r} M^{\circ} + \frac{\sin v}{a} N^{\circ} + \frac{\sin v \sqrt{p}}{k} M' + \frac{\sqrt{p}}{k}(\cos v + \cos E) N'$$

Differentiirt man (g) so wird

$$\frac{\delta p}{r} - \frac{p}{r^2}\delta r = \cos v\, \delta e - e \sin v\, \delta u + e \sin v\, d\omega$$

oder nach einer etwas weitläufigeren Reduction:

$$\delta\omega = \frac{2\sqrt{p}}{er\sin v}\,\delta\sqrt{p} - \frac{p}{er^2\sin v}\,M^0 - \frac{\cos v}{e\sin v}\,\delta e + \frac{N^0}{r} - \cos i\,\delta\Omega$$

und durch Substitution der früheren Werthe

$$(g')\quad \delta\omega = \frac{\sin v}{er}\,M^0 - \frac{\cos E}{er}\,N^0 - \frac{\cos v\sqrt{p}}{ek}\,M' + \frac{p+r}{e\sqrt{p}\cdot k}\sin v\,N' - \cos i\,\delta\Omega$$

Endlich giebt die Gleichung (h)

$$\delta M = \frac{rr}{aa\sqrt{(1-e^2)}}\left(\frac{N^0}{r} - \delta\omega - \cos i\,\delta\Omega\right) - \frac{rr\sin v}{aa(1-e^2)^{\frac{3}{2}}}(2+e\cos v)\,\delta e$$

Die Reduction dieser etwas zusammengesetzten Form ist die schwierigste, doch bietet sie keine andere Schwierigkeit dar, als die Zusammensetzung der gewöhnlichen Formeln für r, v und E, und das Endresultat ist:

$$(h')\qquad \delta M = -\left(\frac{\operatorname{cotg}\phi}{r} + \frac{\operatorname{tg}\phi}{a}\right)\sin v\,M^0 + \frac{\cos v}{a\operatorname{tg}\phi}\,N^0$$
$$- \frac{1}{k\sqrt{a}}\left\{2r - \frac{p\cos v}{e}\right\}M' - \frac{\sin v\sqrt{p}}{k\operatorname{tg}\phi}\left(1+\frac{r}{p}\right)N'$$

wo $e = \sin\phi$ gesetzt ist.

Mit diesen 9 Gleichungen (a') bis (h') ist die Bestimmung der Differential-Änderung der Elemente aus δx, δy, δz, $\delta\left(\frac{dx}{dt}\right)$, $\delta\left(\frac{dy}{dt}\right)$ und $\delta\left(\frac{dz}{dt}\right)$ beendigt. Wenn man aber die Elemente auf den Schwerpunkt eines aus einem Planeten und der Sonne gebildeten Systems beziehen will, so kommt noch ein neues Element mit seinen Änderungen hinzu, nemlich die Anziehungskraft, welche in dem Anfangspunkte der Coordinaten ihren Sitz hat. Bei dem Systeme wird sie aus der Summe der Sonnenmasse und der Masse des störenden Planeten gebildet, während sie bei der gewöhnlichen Bestimmung der heliocentrischen Coordinaten blofs aus der Sonnenmasse besteht. Man wird deshalb in diesem Falle noch ein δk einführen und den früheren Formeln hinzufügen müssen.

Dieser Zusatz fällt in (a') und (b') hinweg. In (c') dagegen wird wegen

$$\delta(pk^2) = 2k^2\sqrt{p}\,\delta(\sqrt{p}) + 2p\,k\,\delta k$$

Der erhaltene Ausdruck auf der rechten Seite gilt für $\delta\sqrt{p}$, er wird also jetzt

$$\delta\sqrt{p} + \sqrt{p}\,\frac{\delta k}{k}$$

oder es wird hinzuzufügen sein in

$$(c') \; \dots\dots \; \delta\sqrt{p} = -\sqrt{p}\,\frac{\delta k}{k}$$

In (d'), eine Gleichung, welche geschrieben werden kann

$$\frac{1}{a} = \frac{2}{r} - \frac{c^2}{k^2}$$

kommt zu der Variation von $\frac{1}{a}$ noch hinzu

$$(d') \qquad \delta\,\frac{1}{a} = +\,\frac{2c^2}{k^3}\,\delta k = 2\left(\frac{2}{r} - \frac{1}{a}\right)\frac{\delta k}{k}$$

In (e') oder der Änderung von μ wird wegen

$$\mu = \frac{k}{a^{\frac{3}{2}}}$$

jetzt sein müssen

$$\delta\mu = \frac{\mu\,\delta k}{k} + \tfrac{3}{2}\mu a \cdot \delta\left(\frac{1}{a}\right)$$

folglich mit Substitution des eben erhaltenen Werthes für $\delta\frac{1}{a}$ wird hinzugefügt werden müssen in

$$(e') \quad \delta\mu = \left(\frac{6a}{r} - 2\right)\mu\,\frac{\delta k}{k}$$

Für δe, welches aus $\delta(\frac{1}{a})$ und $\delta\sqrt{p}$ zusammengesetzt war vermittelst der Gleichung

$$\delta e = -\frac{p}{2e}\,\delta\left(\frac{1}{a}\right) - \frac{\sqrt{p}}{ae}\,\delta\sqrt{p}$$

wird folglich, wenn man von beiden Elementen-Werthen $\delta(\frac{1}{a})$ und $\delta\sqrt{p}$ die Glieder in δk substituirt

$$\delta e = \left\{-\frac{p}{e}\left(\frac{2}{r} - \frac{1}{a}\right) + \frac{p}{ae}\right\}\frac{\delta k}{k} = -\frac{2}{e}\left\{\frac{p}{r} - \frac{p}{a}\right\}\frac{\delta k}{k}$$

$$= -2(\cos v + e)\,\frac{\delta k}{k} = -\frac{2p\cos E}{r}\,\frac{\delta k}{k}$$

oder der Zusatz wird in

$$(f') \quad \delta e = -\frac{2p\cos E}{r} \cdot \frac{\delta k}{k}$$

In (g') zur Bestimmung von $\delta\omega$ wird in ganz ähnlicher Weise aus der Zusammensetzung der einzelnen Werthe für $\delta\omega$ der Zusatz erfordert

$$(g') \qquad \delta\omega = -2\,\frac{\sin v}{e} \cdot \frac{\delta k}{k}$$

und eben so in (h') für δM

$$(h') \qquad \delta M = + \left(\frac{\operatorname{cotg} \phi}{r} + \frac{\operatorname{tg} \phi}{a}\right) 2 r \sin v \, \frac{\delta k}{k}$$

Wenn man deshalb die sämmtlichen Formeln, auch für den Fall einer Änderung der Centralkraft, zusammenstellt, so sind sie in folgender Übersicht enthalten:

Zuerst ermittele man aus den Werthen von δx, δy, δz, $\delta\left(\frac{dx}{dt}\right)$, $\delta\left(\frac{dy}{dt}\right)$, $\delta\left(\frac{dz}{dt}\right)$ die sechs Werthe:

$$M^0 = -\sin u\,(\sin \Omega \cos i\,\delta x - \cos \Omega \cos i\,\delta y - \sin i\,\delta z) + \cos u\,(\cos \Omega\,\delta x + \sin \Omega\,\delta y)$$

$$N^0 = -\cos u\,(\sin \Omega \cos i\,\delta x - \cos \Omega \cos i\,\delta y - \sin i\,\delta z) - \sin u\,(\cos \Omega\,\delta x + \sin \Omega\,\delta y)$$

$$P^0 = \sin \Omega \sin i\,\delta x - \cos \Omega \sin i\,\delta y + \cos i\,\delta z$$

$$M' = -\sin u\left(\sin \Omega \cos i\,\delta\left(\frac{dx}{dt}\right) - \cos \Omega \cos i\,\delta\left(\frac{dy}{dt}\right) - \sin i\,\delta\left(\frac{dz}{dt}\right)\right) + \cos u\left(\cos \Omega\,\delta\left(\frac{dx}{dt}\right) + \sin \Omega\,\delta\left(\frac{dy}{dt}\right)\right)$$

$$N' = -\cos u\left(\sin \Omega \cos i\,\delta\left(\frac{dx}{dt}\right) - \cos \Omega \cos i\,\delta\left(\frac{dy}{dt}\right) - \sin i\,\delta\left(\frac{dz}{dt}\right)\right) - \sin u\left(\cos \Omega\,\delta\left(\frac{dx}{dt}\right) + \sin \Omega\,\delta\left(\frac{dy}{dt}\right)\right)$$

$$P' = \sin \Omega \sin i\,\delta\left(\frac{dx}{dt}\right) - \cos \Omega \sin i\,\delta\left(\frac{dy}{dt}\right) + \cos i\,\delta\left(\frac{dz}{dt}\right)$$

Man erhält dann für die Variation der Elemente:

$$\delta i = \frac{\sin u + e \sin \omega}{p} P^0 + \frac{r \cos u}{k\sqrt{p}} P'$$

$$\delta \Omega = -\frac{\cos u + e \cos \omega}{p \sin i} P^0 + \frac{r \sin u}{k\sqrt{p} \cdot \sin i} P'$$

$$\delta \sqrt{p} = \frac{\sqrt{p}}{r} M^0 - \frac{e \sin v}{p} N^0 + \frac{r}{k} N' - \sqrt{p} \cdot \frac{\delta k}{k}$$

$$\delta\left(\frac{1}{a}\right) = -\frac{2}{r^2} M^0 - \frac{2e \sin v}{k\sqrt{p}} M' - \frac{2\sqrt{p}}{rk} N' + 2\left(\frac{2}{r} - \frac{1}{a}\right)\frac{\delta k}{k}$$

$$\delta(\mu) = -\frac{3\mu a}{r^2} M^0 - \frac{3e \sin v}{k\sqrt{p}} \mu a M' - \frac{3\sqrt{p}}{rk} \mu a N' + \left(\frac{6a}{r} - 2\right)\mu \frac{\delta k}{k}$$

$$\delta e \quad = \frac{e + \cos v}{r} M^0 + \frac{\sin v}{a} N^0 + \frac{\sin v \sqrt{p}}{k} M' + \frac{\sqrt{p}}{k} (\cos v + \cos E) N'$$
$$- \frac{2p \cos E}{r} \frac{\delta k}{k}$$

$$\delta \omega + \cos i \, \delta \Omega = \frac{\sin v}{er} M^0 - \frac{\cos E}{er} N^0 - \frac{\cos v \sqrt{p}}{ek} M' + \frac{(p + r) \sin v}{e\sqrt{p \cdot k}} N'$$
$$- 2 \frac{\sin v}{e} \frac{\delta k}{k}$$

$$\delta \pi \quad = \delta \omega + \cos i \, \delta \Omega + (1 - \cos i) \delta \Omega.$$

$$\delta M \quad = - \left(\frac{\operatorname{cotg} \phi}{r} + \frac{\operatorname{tg} \phi}{a} \right) \sin v \, M^0 + \frac{\cos v}{a \operatorname{tg} \phi} N^0 - \frac{1}{k\sqrt{a}} \left(2r - \frac{p \cos v}{e} \right) M'$$
$$- \frac{\sin v \sqrt{p}}{k \operatorname{tg} \phi} \left(1 + \frac{r}{p} \right) N' + \left(\frac{\operatorname{cotg} \phi}{r} + \frac{\operatorname{tg} \phi}{a} \right) \cdot 2r \sin v \frac{\delta k}{k}$$

Wegen der Überzahl von Elementen hat man mehrere Bedingungsgleichungen zwischen diesen Gröfsen, nämlich:

$$P^0 + r \cos u \sin i \, \delta \Omega - r \sin u \, \delta i = 0$$

$$\delta e = - \frac{p}{2e} \delta \frac{1}{a} - \frac{\sqrt{p}}{ae} \delta \sqrt{p}$$

$$\delta \mu = \frac{3\mu a}{2} \delta \frac{1}{a} + \mu \frac{\delta k}{k}$$

$$\delta M = - \frac{rr}{aa \cos \phi} \left\{ \frac{(2 + e \cos v) \sin v}{1 - e^2} \delta e + (\delta \omega + \cos i \, \delta \Omega) - \frac{N^0}{r} \right\}$$

Bei der Übertragung der Elemente vom Centrum der Sonne auf den Schwerpunkt wird es indessen gut sein dieser Controllen nicht zu entsagen, da die Werthe eine andere Prüfung nicht wohl gestatten.

Für die Änderung der Elemente ohne Änderung von k^2 dienen die Formeln unmittelbar, wenn man das Glied mit δk wegläfst und für δx, δy, δz, $\delta\left(\frac{dx}{dt}\right)$, $\delta\left(\frac{dy}{dt}\right)$, $\delta\left(\frac{dz}{dt}\right)$ die Gröfsen einführt, welche die Störungen ergeben haben. Die Anordnung der Berechnung hat mir dabei immer so am bequemsten geschienen, dafs ich zuerst M^0, N^0, $\frac{M'}{k}$, $\frac{N'}{k}$, $\frac{\delta k}{k}$ numerisch bestimmte und die Coefficienten der Elementen-Änderungen mir tabellarisch anordnete. Die Werthe von δi und $\delta \Omega$ wurden mit Berücksichtigung der ersten Prüfungsgleichung besonders abgeleitet. Das fertige Schema, welches ich noch hersetze, um etwanige Irrthümer auffinden zu können, stellt sich dann so:

	M^0	N^0	$\frac{M'}{k}$
$\delta\sqrt{p}$	$\frac{\sqrt{p}}{r}$	$-\frac{e\sin v}{\sqrt{p}}$	—
$\delta\frac{1}{a}$	$-\frac{2}{r^2}$	—	$-\frac{2e\sin v}{\sqrt{p}}$
δe	$+\frac{e+\cos v}{r}$	$+\frac{\sin v}{a}$	$+\sin v\sqrt{p}$
$\delta\omega+\cos i\,\delta\Omega$	$+\frac{\sin v}{er}$	$-\frac{\cos E}{er}$	$-\frac{\cos v}{e}\sqrt{p}$
$\delta\mu$	$-\frac{3\mu a}{r^2}$	—	$-3\mu a\frac{e\sin v}{\sqrt{p}}$
δM	$-\left(\frac{\operatorname{cotg}\phi}{r}+\frac{\operatorname{tg}\phi}{a}\right)\sin v$	$+\frac{\cos v}{a\operatorname{tg}\phi}$	$-\frac{1}{\sqrt{a}}\left\{2r-\frac{p\cos v}{e}\right\}$

	$\frac{N'}{k}$	$\frac{\delta k}{k}$
$\delta\sqrt{p}$	$+r$	$-\sqrt{p}$
$\delta\frac{1}{a}$	$-\frac{2\sqrt{p}}{r}$	$+2\left(\frac{2}{r}-\frac{1}{a}\right)$
δe	$+(\cos v+\cos E)\sqrt{p}$	$-\frac{2p\cos E}{r}$
$\delta\omega+\cos i\,\delta\Omega$	$+\frac{p+r}{\sqrt{p}}\cdot\frac{\sin v}{e}$	$-2\frac{\sin v}{e}$
$\delta\mu$	$-\frac{3\mu a}{r}\sqrt{p}$	$+\left(\frac{6a}{r}-2\right)\mu$
δM	$-\frac{\sin v\sqrt{p}}{\operatorname{tg}\phi}\left(1+\frac{r}{p}\right)$	$+\left(\frac{\operatorname{cotg}\phi}{r}+\frac{\operatorname{tg}\phi}{a}\right)2r\sin v$

Jede Vertikal-Columne wird den gegebenen Prüfungsgleichungen entsprechen müssen.

Für die Übertragung der Elemente vom Centrum der Sonne auf den Schwerpunkt eines Systems, gebildet durch die Sonne und einen Planeten, sind noch die Änderungen δx, δy, δz, $\delta\left(\frac{dx}{dt}\right)$, $\delta\left(\frac{dy}{dt}\right)$, $\delta\left(\frac{dz}{dt}\right)$, welche hier stattfinden, anzugeben. Zuvörderst indessen wird es passend sein die Gründe anzugeben, weshalb eine solche Übertragung vortheilhaft ist.

Bezieht man die Coordinaten auf einen willkührlichen festen Anfangspunkt, nennt die der Sonne X, Y, Z, die des Planeten x, y, z, so wird vermöge der Anziehung der Sonne auf den Planeten

$$\frac{ddx}{dt^2}+\frac{k^2(x-X)}{\Delta^2.\Delta}=0,\quad \frac{ddy}{dt^2}+\frac{k^2(y-Y)}{\Delta^2.\Delta}=0,\quad \frac{ddz}{dt^2}+\frac{k^2(z-Z)}{\Delta^2.\Delta}=0.$$

und vermöge der Anziehung des Planeten auf die Sonne, wenn *die Masse* des Planeten mk^2 ist

$$\frac{ddX}{dt^2}+m\frac{k^2(X-x)}{\Delta^2.\Delta}=0,\ \frac{ddY}{dt^2}+m\frac{k^2(Y-y)}{\Delta^2.\Delta}=0,\ \frac{ddZ}{dt^2}+m\frac{k^2(Z-z)}{\Delta^2.\Delta}=0.$$

wenn Δ die gegenseitige Entfernung ist oder

$$\Delta^2=(x-X)^2+(y-Y)^2+(z-Z)^2$$

woraus die Gleichungen für die relativen Bewegungen entstehen

$$\frac{dd(x-X)}{dt^2}+\frac{k^2(1+m)}{\Delta^2}\cdot\frac{x-X}{\Delta}=0,\quad \frac{dd(y-Y)}{dt^2}+\frac{k^2(1+m)}{\Delta^2}\cdot\frac{y-Y}{\Delta}=0,$$

$$\frac{dd(z-Z)}{dt^2}+\frac{k^2(1+m)}{\Delta^2}\cdot\frac{(z-Z)}{\Delta}=0.$$

Der Schwerpunkt des Systems, Sonne und Planet, liegt auf der Verbindungslinie beider, so daſs, wenn man seine Coordinaten X' Y' Z' nimmt

$$X'=X+\frac{(x-X)m}{1+m}=\frac{X}{1+m}+\frac{m}{1+m}x$$

$$Y'=Y+\frac{(y-Y)m}{1+m}=\frac{Y}{1+m}+\frac{m}{1+m}y$$

$$Z'=Z+\frac{(z-Z)m}{1+m}=\frac{Z}{1+m}+\frac{m}{1+m}z$$

Mit Rücksicht auf die vorigen Gleichungen geht hieraus hervor, daſs

$$\frac{ddX'}{dt^2}=0,\quad \frac{ddY'}{dt^2}=0,\quad \frac{ddZ'}{dt^2}=0.$$

Eine Kraft, welche auf den Schwerpunkt einwirkte, wird durch die relative Anziehung beider Körper also nicht hervorgebracht. Er kann ganz in Ruhe bleiben, kann aber auch wegen der Integrale dieser Gleichungen

$$X'=at+b\qquad Y'=a't+b'\qquad Z'=a''t+b''$$

eine gleichförmige, geradlinigte Bewegung haben. In beiden Fällen wird man ihn in Bezug auf die relative Bewegung der beiden Körper als einen ruhenden festen Punkt betrachten können. Läſst sich nun zeigen, daſs in gewissen Fällen die periodischen Störungen, welche bei einer Bahn auf den Sonnenmittelpunkt bezogen, starke abwechselnd positive und negative Schwankungen haben, bei einer Bahn auf den Schwerpunkt bezogen, nur einen sehr geringen Gesammtbetrag geben, so gering, daſs man in vielen Fällen ihn ganz vernachlässigen kann, so wird der Vortheil, den die auf den Schwerpunkt übertragenen Elemente vor den gewöhnlichen haben, in solchen Fällen sehr in die Augen springen.

Es seien die Coordinaten eines durch einen Planeten, dessen Masse mk^2 ist, in seiner elliptischen Bewegung um die Sonne gestörten Cometen, für den Anfangspunkt der Coordinaten im Mittelpunkte der Sonne, x, y, z, im Schwerpunkte dagegen x_0, y_0, z_0. Ebenso seien x', y', z' die Coordinaten des störenden Planeten für das Centrum der Sonne und x'_0, y'_0, z'_0 für den Schwerpunkt. Analog nehme man r, r_0, r' und r'_0. Nach der Natur des Schwerpunktes wird dann sein müssen

$$x = x_0 + mx'_0 \qquad y = y_0 + my'_0 \qquad z = z_0 + mz'_0$$
$$x' = x'_0 + mx'_0 \qquad y' = y'_0 + my'_0 \qquad z' = z'_0 + mz'_0$$
$$r' = r'_0 + mr'_0$$

Die gewöhnlichen Differentialgleichungen für eine gestörte Bewegung des Cometen

$$\frac{ddx}{dt^2} + \frac{k^2x}{r^3} + mk^2\left(\frac{x'}{r'^3} - \frac{x'-x}{\Delta^3}\right) = 0$$
$$\frac{ddy}{dt^2} + \frac{k^2y}{r^3} + mk^2\left(\frac{y'}{r'^3} - \frac{y'-y}{\Delta^3}\right) = 0$$
$$\frac{ddz}{dt^2} + \frac{k^2z}{r^3} + mk^2\left(\frac{z'}{r'^3} - \frac{z'-z}{\Delta^3}\right) = 0$$

wo Δ der Abstand des Cometen vom Planeten ist, werden damit geschrieben werden können

$$\frac{ddx^0}{dt^2} + m\frac{ddx'_0}{dt^2} + \frac{k^2(x^0 + mx'_0)}{r^3} + mk^2\left(\frac{x'_0 + mx'_0}{r'^3} - \frac{x'_0 - x_0}{\Delta^3}\right) = 0$$

und analog die für y und z. Nimmt man die Glieder

$$m\left(\frac{ddx'_0}{dt^2} + k^2\frac{x'_0 + mx'_0}{r'^3}\right)$$

heraus und schreibt sie

$$m\left(\frac{ddx'_0}{dt^2} + k^2\frac{x'_0}{(1+m)^2 r'^3_0}\right)$$

so werden diese vermöge der elliptischen Bewegung des störenden Planeten bis auf Gröſsen der zweiten Ordnung von m = Null und können also vernachlässigt werden. Die übrig bleibenden lassen sich schreiben

$$\frac{ddx^0}{dt^2} + \frac{(1+m)k^2 x_0}{r_0^3} + k^2(x_0 + mx'_0)\left(\frac{1}{r^3} - \frac{1}{r_0^3}\right) + mk^2(x_0 - x'_0)\left(\frac{1}{\Delta^3} - \frac{1}{r'^3_0}\right) = 0$$

und analog

$$\frac{ddy^0}{dt^2} + \frac{(1+m)k^2 y_0}{r_0^3} + k^2(y_0 + my'_0)\left(\frac{1}{r^3} - \frac{1}{r_0^3}\right) + mk^2(y_0 - y'_0)\left(\frac{1}{\Delta^3} - \frac{1}{r'^3_0}\right) = 0$$

$$\frac{ddz^0}{dt^2} + \frac{(1+m)k^2 z_0}{r_0^3} + k^2(z_0 + mz'_0)\left(\frac{1}{r^3} - \frac{1}{r_0^3}\right) + mk^2(z_0 - z'_0)\left(\frac{1}{\Delta^3} - \frac{1}{r'^3_0}\right) = 0$$

Die beiden ersten Glieder in jeder Gleichung sind die, welche eine rein elliptische Bewegung um den Schwerpunkt geben würden, wenn in ihm die Masse $(1+m)k^2$ sich befindet. Die beiden letzten sind die störenden Kräfte. Von diesen hat das eine den Faktor $\left(\frac{1}{r^3} - \frac{1}{r_0^3}\right)$, der immer sehr klein sein wird. Nimmt man

$$r = r_0 + \varepsilon,$$

so wird

$$\frac{1}{r^3} - \frac{1}{r_0^3} = \frac{(r_0^2 - r^2)(r_0^2 + rr^0 + r^2)}{(r^0 + r)\, r^3 r_0^3}$$

oder in Reihen entwickelt

$$\frac{1}{r^3} - \frac{1}{r_0^3} = (r_0^2 - r^2)\left\{\frac{3}{2r_0^5} - \frac{15}{4r_0^6}\varepsilon + \frac{55}{8r_0^7}\varepsilon^2 \ldots\right\}$$

Es ist aber auch, wenn V den Winkel bezeichnet, den Δ mit r' macht,

$$r^2 = \Delta^2 - 2(1+m)r'_0\,\Delta\cos V + (1+m)^2 r'^2_0$$
$$r_0^2 = \Delta^2 - 2r'_0\,\Delta\cos V + r'^2_0$$

und folglich

$$r^2 - (1+m)r_0^2 = -m\Delta^2 + m(m+1)r'^2_0$$
$$r_0^2 - r^2 = -m\{r_0^2 + (1+m)r'^2_0 - \Delta^2\}$$

Setzt man

$$r_0^2 + (1+m)r'^2_0 - \Delta^2 = E$$

so wird

$$r_0^2 - r^2 = -mE = -2\varepsilon r^0 - \varepsilon^2$$

und

$$\varepsilon = \frac{mE}{2r^0} - \frac{1}{8}\,\frac{m^2 E^2}{r^{0\,3}}$$

Es erhalten damit die Glieder, welche den Faktor $\left(\frac{1}{r^3} - \frac{1}{r^{0\,3}}\right)$ haben, die bequemere Form

$$k^2(x_0 + mx'_0)\left(\frac{1}{r^3} - \frac{1}{r^{0\,3}}\right) = -k^2(x_0 + mx'_0)\,mE\left\{\frac{3}{2r_0^5} - \frac{15}{8r_0^7}\,mE\ldots\right\}$$

$$k^2(y_0 + my'_0)\left(\frac{1}{r^3} - \frac{1}{r^{0\,3}}\right) = -k^2(y_0 + my'_0)\,mE\left\{\frac{3}{2r_0^5} - \frac{15}{8r_0^7}\,mE\ldots\right\}$$

$$k^2(z_0 + mz'_0)\left(\frac{1}{r_3} - \frac{1}{r^{0\,3}}\right) = -k^2(z_0 + mz'_0)\,mE\left\{\frac{3}{2r_0^5} - \frac{15}{8r_0^7}\,mE\ldots\right\}$$

Vernachlässigt man hier die Glieder, welche m^2 enthalten, so wird der vollständige Ausdruck, wenn

$$E = r_0^2 + r_0'^2 - \Delta^2 = 2r_0 r'_0 \cos V'$$

gesetzt wird, wo V' der Winkel zwischen r_0 und r'_0 am Schwerpunkte ist.

$$0 = \frac{ddx^0}{dt^2} + \frac{(1+m)k^2}{r^{0\,3}}\,x_0 + mk^2(x'_0 - x_0)\left\{\frac{1}{r^{0\,3}} - \frac{1}{\Delta^3}\right\} - mk^2\,\frac{3x_0 E}{2r_0^5}$$

$$0 = \frac{ddy^0}{dt^2} + \frac{(1+m)k^2}{r^{0\,3}}\,y_0 + mk^2(y'_0 - y_0)\left\{\frac{1}{r^{0\,3}} - \frac{1}{\Delta^3}\right\} - mk^2\,\frac{3y_0 E}{2r_0^5}$$

$$0 = \frac{ddz^0}{dt^2} + \frac{(1+m)k^2}{r^{0\,3}}\,z_0 + mk^2(z'_0 - z_0)\left\{\frac{1}{r^{0\,3}} - \frac{1}{\Delta^3}\right\} - mk^2\,\frac{3z_0 E}{2r_0^5}$$

Gewöhnlich werden die störenden Kräfte auf solche rechtwinklige Coordinaten bezogen, bei welchen die Axe der x in dem jedesmaligen r_0 liegt, positiv nach der Verlängerung von r_0, die Axe der y in der Ebene der Bahn senkrecht auf r^0, positiv nach der Seite hin wohin die Bewegung geht, die Axe der z senkrecht auf der Ebene der Bahn. Es wird dann $x_0 = r_0$ $y_0 = 0$ $z_0 = 0$. Nennt man diese störenden Kräfte wie es im Jahrbuche für 1837 geschehen, R S W, so wird für die erste Potenz der Massen die Bewegung des Cometen erhalten werden, wenn man mit der rein elliptischen Bewegung um den Schwerpunkt des Systems, wie sie aus den Gleichungen hervorgeht:

$$\frac{ddx^0}{dt^2} + \frac{k^2(1+m)}{r_0^3} x_0 = 0$$

$$\frac{ddy^0}{dt^2} + \frac{k^2(1+m)}{r_0^3} y_0 = 0$$

$$\frac{ddz^0}{dt^2} + \frac{k^2(1+m)}{r_0^3} z_0 = 0$$

wegen $E = 2x^0 x'_0$, die störenden Kräfte verbindet

$$R = -mk^2(x'_0 - r_0)\left\{\frac{1}{r^{0\,3}} - \frac{1}{\Delta^3}\right\} + m\frac{3x'_0}{r_0^3}$$

$$S = -mk^2 y'_0 \quad . \quad \left\{\frac{1}{r^{0\,3}} - \frac{1}{\Delta^3}\right\}$$

$$W = -mk^2 z'_0 \quad . \quad \left\{\frac{1}{r^{0\,3}} - \frac{1}{\Delta^3}\right\}$$

Diese Ausdrücke haben den grofsen Vortheil, dafs die Gröfse r' oder r'_0 der Abstand des Planeten von der Sonne oder dem Schwerpunkte nicht mehr im Divisor vorkommt wie bei den gewöhnlichen Formeln und also die Werthe $\frac{x'}{r'^3}$, $\frac{y'}{r'^3}$, $\frac{z'}{r'^3}$, welche bei Planeten die der Sonne sehr nahe sind, am beträchtlichsten ausfallen, die Zeichen bei der kürzeren Umlaufszeit schnell wechseln und den Gang der störenden Kräfte mit stärkeren Schwankungen nach dem Positiven und Negativen hin unregelmäfsig machen, hier wegfallen. Ist dabei der Comet beträchtlich entfernter von der Sonne als der Planet, so werden besonders bei einem der Sonne sehr nahen Planeten, r_0 und Δ nur sehr wenig von einander verschieden sein und die störende Kraft sehr gering werden. Es kann dieses, wie es bei dem Pons'schen Cometen der Fall war, selbst bewirken, dafs man die Störungen des Merkurs, der Venus und der Erde, in der Zeit wo der Comet im Aphel war, ganz vernachlässigen darf und annehmen, dafs er sich für längere oder kürzere Zeit in der rein elliptischen Bahn um den Schwerpunkt, welche die Gleichungen ausdrücken, bewegt hat. Man darf folglich dann die Elemente unverändert eine Zeitlang beibehalten.

Für die Übertragung der Elemente vom Centrum der Sonne auf den Schwerpunkt sind folglich hier

$$\delta x = x_0 - x \qquad \delta y = y_0 - y \qquad \delta z = z_0 - z$$

$$\delta\frac{dx}{dt} = \frac{d(x_0 - x)}{dt} \qquad \delta\frac{dy}{dt} = \frac{d(y_0 - y)}{dt} \qquad \delta\frac{dz}{dt} = \frac{d(z_0 - z)}{dt}$$

oder

$$\delta x = -\frac{m}{1+m}x', \quad \delta y = -\frac{m}{1+m}y', \quad \delta z = -\frac{m}{1+m}z'.$$

$$\delta\frac{dx}{dt} = -\frac{m}{1+m}\cdot\frac{dx'}{dt}, \quad \delta\frac{dy}{dt} = -\frac{m}{1+m}\cdot\frac{dy'}{dt}, \quad \delta\frac{dz}{dt} = -\frac{m}{1+m}\cdot\frac{dz'}{dt}.$$

oder wenn man die wirklichen Werthe substituirt:

$$\delta x = -\frac{m}{1+m}\{r'(\cos u'\cos\Omega' - \sin u'\sin\Omega'\cos i')\}$$

$$\delta y = -\frac{m}{1+m}\{r'(\cos u'\sin\Omega' + \sin u'\cos\Omega'\cos i')\}$$

$$\delta z = -\frac{m}{1+m}\{r'\sin u'\sin i'\}$$

$$\delta\frac{dx}{dt} = +\frac{m}{1+m}\cdot\frac{k}{\sqrt{p'}}\{(\sin u' + e'\sin\omega')\cos\Omega' + (\cos u' + e'\cos\omega')\sin\Omega'\cos i'\}$$

$$\delta\frac{dy}{dt} = +\frac{m}{1+m}\cdot\frac{k}{\sqrt{p'}}\{(\sin u' + e'\sin\omega')\sin\Omega' - (\cos u' + e\cos\omega')\cos\Omega'\cos i'\}$$

$$\delta\frac{dz}{dt} = -\frac{m}{1+m}\cdot\frac{k}{\sqrt{p'}}\{(\cos u' + e'\cos\omega')\sin i'\}$$

Hiezu kommt dann noch die Veränderung von k^2 in $k^2(1+m)$, oder wegen $\delta k^2 = mk^2$ für die oben eingeführte Form

$$\frac{\delta k}{k} = \tfrac{1}{2}m.$$

Die Zeichen der Änderungen der Elemente sind so zu verstehen, daſs sie dem Übergange vom Centrum der Sonne auf den Schwerpunkt entsprechen. Geht man bei den Cometen, wenn sie der Sonne sich wieder nähern, vom Schwerpunkte auf den Sonnen-Mittelpunkt über, so wird man überall entgegengesetzte Zeichen zu nehmen haben.

ASTRAEA 1856.

Geocentrischer Ort.

0h Mittl. Zt.		Geoc. Ger. Aufst. ⑤	Geoc. Abweichg. ⑤	Log. Entfern. ⑤ von ♁	Log. Entfern. ⑤ von ⊙	⑤ im Merid.	⑤ Halb. Tagb.
		h ′	° ′			h ′	h ′
Jan.	1	17 50,2	— 20 3	0,5751	0,4487	23 9,0	4 10
	11	18 7,3	20 6	0,5726	0,4512	22 46,7	4 10
	21	18 24,1	20 1	0,5683	0,4536	22 24,0	4 11
	31	18 40,3	19 49	0,5623	0,4559	22 0,9	4 12
Febr.	10	18 56,0	19 32	0,5546	0,4581	21 37,2	4 14
	20	19 11,1	19 9	0,5451	0,4602	21 12,8	4 16
Mrz.	1	19 25,3	18 41	0,5339	0,4623	20 47,6	4 19
	11	19 38,7	18 10	0,5210	0,4642	20 21,5	4 22
	21	19 51,1	17 38	0,5063	0,4661	19 54,5	4 26
	31	20 2,3	17 5	0,4901	0,4679	19 26,2	4 29
Apr.	10	20 12,2	— 16 32	0,4723	0,4696	18 56,7	4 33
	20	20 20,7	16 2	0,4532	0,4713	18 25,8	4 36
	30	20 27,5	15 37	0,4329	0,4728	17 53,2	4 38
Mai	10	20 32,5	15 17	0,4118	0,4743	17 18,7	4 40
	20	20 35,4	15 5	0,3904	0,4756	16 42,3	4 41
	30	20 36,2	15 1	0,3693	0,4769	16 3,6	4 42
Juni	9	20 34,7	15 8	0,3495	0,4781	15 22,7	4 41
	19	20 30,8	15 25	0,3321	0,4792	14 39,4	4 39
	29	20 24,8	15 51	0,3182	0,4802	13 54,0	4 36
Juli	9	20 17,1	16 26	0,3090	0,4812	13 6,8	4 33
	19	20 8,2	— 17 6	0,3054	0,4820	12 18,5	4 29
	29	19 59,2	17 47	0,3080	0,4828	11 30,0	4 25
Aug.	8	19 50,7	18 27	0,3164	0,4835	10 42,2	4 21
	18	19 43,7	19 2	0,3801	0,4841	9 55,7	4 17
	28	19 38,7	19 32	0,3478	0,4846	9 11,3	4 14
Sept.	7	19 36,0	19 56	0,3684	0,4851	8 29,2	4 11
	17	19 35,8	20 13	0,3908	0,4854	7 49,6	4 9
	27	19 37,9	20 23	0,4138	0,4857	7 12,3	4 8
Oct.	7	19 42,2	20 27	0,4367	0,4859	6 37,1	4 8
	17	19 48,5	20 24	0,4590	0,4860	6 3,9	4 8
	27	19 56,4	— 20 14	0,4802	0,4860	5 32,4	4 9
Nov.	6	20 5,8	19 57	0,5000	0,4859	5 2,4	4 11
	16	20 16,3	19 34	0,5183	0,4857	4 33,5	4 14
	26	20 27,9	19 4	0,5349	0,4855	4 5,6	4 17
Dec.	6	20 40,2	18 28	0,5497	0,4852	3 38,6	4 21
	16	20 53,2	17 45	0,5627	0,4848	3 12,1	4 25
	26	21 6,7	16 56	0,5738	0,4843	2 46,2	4 30
	36	21 20,6	16 1	0,5832	0,4837	2 20,7	4 36

ASTRAEA 1856.

Ephemeride für die Opposition.

12ʰ Mittl. Zt.		Geoc. Ger. Aufst. ⑤	Geoc. Abweichg. ⑤	Log. Entfern. ⑤ von ♁	Log. Entfern. ⑤ von ☉
		h ′ ″	° ′ ″		
Juli	4	20 20 43,96	− 16 9 55,9	0,312518	0,480802
	5	19 56,46	13 28,4	0,311648	0,480896
	6	19 8,15	17 4,6	0,310832	0,480988
	7	18 19,07	20 44,4	0,310072	0,481080
	8	17 29,27	24 27,5	0,309367	0,481171
	9	16 38,79	28 13,7	0,308719	0,481261
	10	15 47,69	32 2,9	0,308128	0,481350
	11	14 56,01	35 54,7	0,307595	0,481438
	12	14 3,79	39 49,1	0,307121	0,481526
	13	13 11,09	43 45,7	0,306705	0,481613
	14	20 12 17,96	− 16 47 44,5	0,306349	0,481698
	15	11 24,44	51 45,1	0,306053	0,481783
	16	10 30,58	55 47,4	0,305817	0,481867
	17	9 36,44	59 51,2	0,305641	0,481951
	18	8 42,07	− 17 3 56,2	0,305526	0,482033
	19	7 47,51	8 2,3	0,305472	0,482115
	20	6 52,82	12 9,3	0,305479	0,482195
☍	21	5 58,04	16 17,0	0,305548	0,482275
	22	5 3,24	20 25,1	0,305677	0,482354
	23	4 8,47	24 33,5	0,305868	0,482432
	24	20 3 13,78	− 17 28 42,0	0,306121	0,482509
	25	2 19,22	32 50,4	0,306434	0,482586
	26	1 24,86	36 58,4	0,306809	0,482662
	27	0 30,74	41 6,0	0,307244	0,482736
	28	19 59 36,92	45 12,9	0,307740	0,482810
	29	58 43,46	49 18,9	0,308296	0,482883
	30	57 50,40	53 23,9	0,308912	0,482955
	31	56 57,82	57 27,6	0,309588	0,483027
Aug.	1	56 5,75	− 18 1 29,9	0,310322	0,483097
	2	55 14,26	5 30,7	0,311113	0,483167
	3	19 54 23,39	− 18 9 29,7	0,311962	0,483236
	4	53 33,19	13 26,7	0,312868	0,483304
	5	52 43,72	17 21,7	0,313829	0,483371
	6	51 55,02	21 14,5	0,314845	0,483437
	7	51 7,13	25 5,0	0,315914	0,483502

⑤ ☍ ☉ Juli 21. 13ʰ 18′ 31″ Lichtstärke = 0,44 Gröſse = 10,7

HEBE 1856.

Geocentrischer Ort.

0h Mittl. Zt.		Geoc. Ger. Aufst. ⑥	Geoc. Abweichg. ⑥	Log. Entfern. ⑥ von ♁	Log. Entfern. ⑥ von ⊙	⑥ im Merid.	⑥ Halb. Tagb.
		h ′	° ′			h ′	h ′
Jan.	1	23 42,4	− 15 17,5	0,3093	0,2871	5 1,2	4 40
	11	0 1,4	13 6,5	0,3295	0,2877	4 40,8	4 53
	21	0 20,9	10 49,9	0,3484	0,2887	4 20,9	5 6
	31	0 40,7	8 29,9	0,3659	0,2900	4 1,2	5 18
Febr.	10	1 0,8	6 8,3	0,3823	0,2916	3 41,9	5 31
	20	1 21,2	3 47,2	0,3975	0,2936	3 22,9	5 43
Mrz.	1	1 41,8	− 1 28,3	0,4115	0,2958	3 4,1	5 55
	11	2 2,7	+ 0 46,7	0,4246	0,2983	2 45,5	6 7
	21	2 23,9	2 56,0	0,4366	0,3011	2 27,3	6 18
	31	2 45,2	4 58,3	0,4476	0,3042	2 9,2	6 29
Apr.	10	3 6,7	+ 6 52,3	0,4576	0,3074	1 51,3	6 39
	20	3 28,4	8 36,7	0,4666	0,3109	1 33,5	6 49
	30	3 50,3	10 10,7	0,4747	0,3145	1 16,0	6 57
Mai	10	4 12,2	11 33,5	0,4817	0,3183	0 58,5	7 5
	20	4 34,2	12 44,4	0,4877	0,3222	0 41,0	7 12
	30	4 56,1	13 43,1	0,4928	0,3262	0 23,5	7 17
Juni	9	5 18,0	14 29,5	0,4967	0,3304	0 6,0	7 22
	19	5 39,7	15 3,5	0,4995	0,3346	23 48,3	7 25
	29	6 1,2	15 25,5	0,5013	0,3388	23 30,3	7 28
Juli	9	6 22,4	15 35,9	0,5018	0,3431	23 12,1	7 29
	19	6 43,2	+ 15 35,4	0,5010	0,3474	22 53,5	7 29
	29	7 3,5	15 24,8	0,4990	0,3518	22 34,4	7 27
Aug.	8	7 23,3	15 5,1	0,4956	0,3561	22 14,7	7 25
	18	7 42,5	14 37,4	0,4908	0,3604	21 54,5	7 23
	28	8 1,1	14 2,8	0,4845	0,3647	21 33,7	7 19
Sept.	7	8 19,0	13 22,9	0,4766	0,3689	21 12,2	7 15
	17	8 36,0	12 39,0	0,4670	0,3731	20 49,7	7 11
	27	8 52,2	11 52,7	0,4558	0,3773	20 26,5	7 7
Oct.	7	9 7,4	11 5,8	0,4427	0,3814	20 2,3	7 2
	17	9 21,6	10 20,3	0,4279	0,3854	19 37,1	6 58
	27	9 34,6	+ 9 38,1	0,4112	0,3893	19 10,6	6 54
Nov.	6	9 46,2	9 1,5	0,3927	0,3932	18 42,8	6 51
	16	9 56,3	8 33,2	0,3726	0,3970	18 13,5	6 48
	26	10 4,7	8 15,7	0,3510	0,4007	17 42,5	6 47
Dec.	6	10 11,1	8 12,0	0,3283	0,4043	17 9,4	6 46
	16	10 15,1	8 25,0	0,3052	0,4078	16 34,0	6 47
	26	10 16,7	8 57,1	0,2824	0,4112	15 56,2	6 50
	36	10 15,5	9 49,9	0,2614	0,4145	15 15,5	6 55

IRIS 1856.

Geocentrischer Ort.						
0^h Mittl. Zt.	Geoc. Ger. Aufst. ⑦	Geoc. Abweichg. ⑦	Log. Entfern. ⑦ von ♁	Log. Entfern. ⑦ von ☉	⑦ im Merid.	⑦ Halb. Tagb.
	h ′	° ′			h ′	h ′
Jan. 1	5 37,2	+ 21 0,4	0,00363	0,29606	10 56,6	8 4
11	5 30,0	20 23,5	0,02929	0,29968	10 9,4	8 0
21	5 26,3	19 56,2	0,06134	0,30448	9 26,3	7 56
31	5 26,4	19 38,6	0,09715	0,30941	8 46,9	7 54
Febr. 10	5 30,1	19 29,4	0,13455	0,31444	8 11,2	7 53
20	5 36,9	19 26,1	0,17211	0,31955	7 38,6	7 53
Mrz. 1	5 46,4	19 25,4	0,20860	0,32472	7 8,7	7 53
11	5 58,0	19 25,0	0,24365	0,32992	6 40,8	7 53
21	6 11,4	19 22,2	0,27685	0,33514	6 14,8	7 53
31	6 26,1	19 15,3	0,30800	0,34034	5 50,1	7 52
Apr. 10	6 41,8	+ 19 2,7	0,33713	0,34553	5 26,4	7 50
20	6 58,3	18 43,3	0,36418	0,35067	5 3,4	7 48
30	7 15,4	18 16,5	0,38923	0,35577	4 41,1	7 45
Mai 10	7 32,9	17 42,1	0,41232	0,36079	4 19,2	7 42
20	7 50,5	16 59,2	0,43351	0,36575	3 57,3	7 37
30	8 8,3	16 8,7	0,45288	0,37062	3 35,7	7 32
Juni 9	8 26,1	15 10,7	0,47049	0,37540	3 14,1	7 26
19	8 43,8	14 5,5	0,48637	0,38008	2 52,4	7 20
29	9 1,4	12 53,7	0,50062	0,38466	2 30,5	7 13
Juli 9	9 18,8	11 35,8	0,51321	0,38913	2 8,5	7 5
19	9 36,1	+ 10 12,4	0,52422	0,39349	1 46,4	6 57
29	9 53,0	8 44,3	0,53365	0,39773	1 23,8	6 49
Aug. 8	10 9,8	7 12,1	0,54151	0,40185	1 1,2	6 41
18	10 26,3	5 36,5	0,54780	0,40585	0 38,3	6 32
28	10 42,6	3 58,2	0,55253	0,40973	0 15,2	6 23
Sept. 7	10 58,6	2 18,0	0,55569	0,41348	23 51,8	6 15
17	11 14,4	+ 0 36,6	0,55720	0,41710	23 28,1	6 6
27	11 29,9	— 1 6,3	0,55713	0,42060	23 4,2	5 57
Oct. 7	11 45,1	2 47,2	0,55536	0,42397	22 40,0	5 48
17	12 0,1	4 28,0	0,55193	0,42721	22 15,6	5 40
27	12 14,7	— 6 7,2	0,54676	0,43033	21 50,7	5 31
Nov. 6	12 28,9	7 44,0	0,53982	0,43332	21 25,5	5 22
16	12 42,7	9 17,9	0,53102	0,43618	20 59,9	5 14
26	12 56,0	10 47,8	0,52049	0,43891	20 33,8	5 6
Dec. 6	13 6,6	12 13,2	0,50804	0,44152	20 6,9	4 58
16	13 20,6	13 33,4	0,49372	0,44400	19 39,5	4 50
26	13 31,6	14 47,7	0,47758	0,44636	19 11,1	4 43
36	13 41,6	15 55,6	0,45958	0,44858	18 41,6	4 36

FLORA 1856.

Geocentrischer Ort.

0h Mittl. Zt.		Geoc. Ger. Aufst. ⑧	Geoc. Abweichg. ⑧	Log. Entfern. ⑧ von ♁	⑧ von ☉	⑧ im Merid.	Halb. Tagb.
		h ′	° ′			h ′	h ′
Jan.	1	15 57,3	− 16 11,7	0,5063	0,4038	21 16,1	4 35
	11	16 14,1	16 56,3	0,4931	0,4031	20 53,5	4 30
	21	16 30,5	17 32,9	0,4780	0,4022	20 30,5	4 26
	31	16 46,5	18 1,5	0,4610	0,4012	20 7,0	4 23
Febr.	10	17 1,8	18 22,5	0,4420	0,4001	19 42,9	4 21
	20	17 16,3	18 36,3	0,4210	0,3988	19 18,0	4 20
Mrz.	1	17 29,7	18 43,8	0,3982	0,3974	18 52,0	4 19
	11	17 41,9	18 45,9	0,3735	0,3959	18 24,7	4 19
	21	17 52,7	18 43,8	0,3469	0,3944	17 56,1	4 19
	31	18 1,7	18 38,8	0,3187	0,3927	17 25,7	4 20
Apr.	10	18 8,5	− 18 32,8	0,2894	0,3908	16 53,1	4 20
	20	18 12,9	18 27,4	0,2593	0,3888	16 18,0	4 21
	30	18 14,5	18 24,0	0,2296	0,3867	15 40,2	4 21
Mai	10	18 13,0	18 24,6	0,2011	0,3845	14 59,3	4 21
	20	18 8,5	18 29,7	0,1752	0,3822	14 15,3	4 20
	30	18 1,1	18 39,9	0,1536	0,3798	13 28,5	4 19
Juni	9	17 51,0	18 54,3	0,1391	0,3773	12 39,0	4 18
	19	17 39,8	19 12,4	0,1321	0,3746	11 48,4	4 16
	29	17 28,7	19 33,2	0,1333	0,3719	10 57,8	4 14
Juli	9	17 19,1	19 56,3	0,1422	0,3690	10 8,8	4 11
	19	17 11,7	− 20 21,7	0,1590	0,3660	9 22,0	4 8
	29	17 7,4	20 49,6	0,1784	0,3629	8 38,3	4 5
Aug.	8	17 6,8	21 19,8	0,2014	0,3598	7 58,2	4 2
	18	17 9,5	21 51,8	0,2260	0,3566	7 21,5	3 58
	28	17 15,2	22 24,1	0,2509	0,3533	6 47,8	3 54
Sept.	7	17 23,7	22 56,0	0,2754	0,3499	6 16,9	3 51
	17	17 34,6	23 25,1	0,2987	0,3464	5 48,3	3 47
	27	17 47,8	23 49,8	0,3207	0,3428	5 22,1	3 44
Oct.	7	18 2,8	24 8,5	0,3412	0,3392	4 57,7	3 42
	17	18 19,4	24 19,6	0,3600	0,3355	4 34,9	3 40
	27	18 37,4	− 24 21,8	0,3771	0,3318	4 13,4	3 40
Nov.	6	18 56,5	24 13,7	0,3926	0,3281	3 53,1	3 41
	16	19 16,6	23 54,5	0,4064	0,3244	3 33,8	3 43
	26	19 37,5	23 23,3	0,4186	0,3206	3 15,3	3 47
Dec.	6	19 59,0	22 39,9	0,4293	0,3168	2 57,3	3 52
	16	20 20,9	21 44,1	0,4385	0,3131	2 39,8	3 59
	26	20 43,1	20 35,7	0,4463	0,3094	2 22,6	4 7
	36	21 5,4	19 14,5	0,4529	0,3057	2 5,4	4 16

FLORA 1856.

Ephemeride für die Opposition.

12h Mittl. Zt.		Geoc. Ger. Aufst. ⑧	Geoc. Abweichg. ⑧	Log. Entfern. ⑧ von ♁	Log. Entfern. ⑧ von ☉
		h ′ ″	° ′ ″		
Juni	1	17 58 38,69	— 18 42 57,1	0,149555	0,379188
	2	57 41,43	44 19,7	0,147925	0,378937
	3	56 42,91	45 45,1	0,146363	0,378684
	4	55 43,21	47 13,1	0,144873	0,378430
	5	54 42,39	48 43,5	0,143456	0,378175
	6	53 40,51	50 16,2	0,142114	0,377919
	7	52 37,67	51 51,2	0,140848	0,377662
	8	51 33,94	53 28,4	0,139659	0,377404
	9	50 29,39	55 7,8	0,138549	0,377145
	10	49 24,09	56 49,4	0,137518	0,376885
	11	17 48 18,13	— 18 58 33,1	0,136566	0,376623
	12	47 11,59	— 19 0 18,7	0,135695	0,376361
	13	46 4,52	2 6,2	0,134906	0,376097
	14	44 57,02	3 55,3	0,134199	0,375832
	15	43 49,17	5 46,2	0,133574	0,375566
☍	16	42 41,04	7 38,8	0,133032	0,375299
	17	41 32,73	9 33,2	0,132573	0,375031
	18	40 24,32	11 29,3	0,132198	0,374762
	19	39 15,90	13 27,0	0,131906	0,374492
	20	38 7,53	15 26,2	0,131698	0,374221
	21	17 36 59,31	— 19 17 26,9	0,131574	0,373949
	22	35 51,30	19 28,9	0,131533	0,373676
	23	34 43,61	21 32,2	0,131575	0,373401
	24	33 36,32	23 36,9	0,131700	0,373126
	25	32 29,51	25 43,0	0,131908	0,372849
	26	31 23,25	27 50,3	0,132198	0,372572
	27	30 17,64	29 58,9	0,132570	0,372293
	28	29 12,75	32 8,9	0,133023	0,372014
	29	28 8,67	34 20,3	0,133556	0,371733
	30	27 5,49	36 33,2	0,134168	0,371452
Juli	1	17 26 3,29	— 19 38 47,5	0,134858	0,371169
	2	25 2,12	41 3,0	0,135624	0,370885
	3	24 2,07	43 19,8	0,136466	0,370600

⑧ ☍ ☉ Juni 16. 12h 7′ 31″,6 Lichtstärke = 0,673

METIS 1856.

Geocentrischer Ort.

0h Mittl. Zt.		Geoc. Ger. Aufst. ⑨	Geoc. Abweichg. ⑨	Log. Entfern. ⑨ von ♁	Log. Entfern. ⑨ von ☉	⑨ im Merid.	⑨ Halb. Tagb.
		h ′	° ′			h ′	h ′
Jan.	1	16 55,1	− 22 26,0	0,5484	0,4280	22 13,9	3 54
	11	17 12,7	22 59,0	0,5401	0,4282	21 52,1	3 50
	21	17 30,0	23 24,7	0,5307	0,4283	21 30,0	3 47
	31	17 47,0	23 43,5	0,5191	0,4283	21 7,5	3 45
Febr.	10	18 3,5	23 56,3	0,5056	0,4282	20 44,6	3 43
	20	18 19,4	24 3,5	0,4904	0,4281	20 21,1	3 42
Mrz.	1	18 34,6	24 6,5	0,4734	0,4278	19 56,9	3 42
	11	18 48,7	24 6,2	0,4545	0,4275	19 31,5	3 42
	21	19 1,8	24 4,1	0,4339	0,4271	19 5,2	3 42
	31	19 13,6	24 2,0	0,4116	0,4266	18 37,6	3 42
Apr.	10	19 23,8	− 24 1,5	0,3878	0,4261	18 8,4	3 43
	20	19 32,3	24 4,5	0,3627	0,4254	17 37,4	3 42
	30	19 38,7	24 12,8	0,3366	0,4247	17 4,4	3 41
Mai	10	19 42,8	24 28,2	0,3102	0,4239	16 29,1	3 39
	20	19 44,3	24 51,5	0,2842	0,4230	15 51,1	3 36
	30	19 42,9	25 23,3	0,2596	0,4220	15 10,3	3 32
Juni	9	19 38,6	26 2,4	0,2379	0,4209	14 26,6	3 27
	19	19 31,5	26 45,3	0,2206	0,4198	13 40,1	3 21
	29	19 22,2	27 28,5	0,2090	0,4186	12 51,3	3 15
Juli	9	19 11,6	28 7,0	0,2043	0,4173	12 1,3	3 9
	19	19 0,8	− 28 36,4	0,2069	0,4159	11 11,1	3 5
	29	18 51,2	28 55,3	0,2164	0,4145	10 22,1	3 2
Aug.	8	18 43,9	29 4,6	0,2316	0,4130	9 35,3	3 0
	18	18 39,4	29 5,3	0,2511	0,4114	8 51,4	3 0
	28	18 38,1	28 59,4	0,2734	0,4097	8 10,7	3 1
Sept.	7	18 39,9	28 49,0	0,2972	0,4080	7 33,1	3 3
	17	18 44,6	28 34,7	0,3213	0,4062	6 58,3	3 5
	27	18 51,9	28 16,7	0,3451	0,4043	6 26,2	3 8
Oct.	7	19 1,4	27 54,5	0,3680	0,4024	5 56,3	3 11
	17	19 12,9	27 27,4	0,3896	0,4004	5 28,4	3 15
	27	19 26,0	− 26 55,0	0,4097	0,3983	5 2,8	3 20
Nov.	6	19 40,4	26 15,9	0,4282	0,3962	4 37,0	3 25
	16	19 55,8	25 30,1	0,4451	0,3940	4 13,0	3 31
	26	20 12,2	24 36,8	0,4602	0,3917	3 50,0	3 38
Dec.	6	20 29,2	23 35,7	0,4736	0,3894	3 27,5	3 46
	16	20 46,7	22 26,7	0,4853	0,3871	3 5,6	3 54
	26	21 4,6	21 10,1	0,4953	0,3847	2 44,1	4 3
	36	21 22,8	19 45,9	0,5036	0,3823	2 22,8	4 12

METIS 1856.

Ephemeride für die Opposition.

0h Mittl. Zt.		Geoc. Ger. Aufst. ⑨	Geoc. Abweichg. ⑨	Log. Entfern. ⑨ von ♁	Log. Entfern. ⑨ von ☉
		h ′ ″	° ′ ″		
Juni	21	19 29 23,35	— 26 56 20,2	0,217036	0,419493
	22	28 29.57	27 0 42,7	0,215745	
	23	27 34,59	5 4,2	0,214517	0,419253
	24	26 38,45	9 24,4	0,213352	
	25	25 41,22	13 43,1	0,212252	0,419010
	26	24 42,94	17 59,8	0,211219	
	27	23 43,69	22 14,4	0,210253	0,418765
	28	22 43,51	26 26,5	0,209355	
	29	21 42,49	30 35,8	0,208527	0,418516
	30	20 40,68	34 42,0	0,207769	
Juli	1	19 19 38,17	— 27 38 44,9	0,207081	0,418264
	2	18 35,02	42 44,2	0,206465	
	3	17 31,31	46 39,6	0,205922	0,418008
	4	16 27,12	50 30,9	0,205451	
	5	15 22,52	54 17,8	0,205054	0,417750
	6	14 17,59	27 58 0,1	0,204730	
☍	7	13 12,42	28 1 37,5	0,204480	0,417488
	8	12 7,08	5 9,8	0,204304	
	9	11 1,65	8 36,9	0,204201	0,417224
	10	9 56,21	11 58,5	0,204172	
	11	19 8 50,84	— 28 15 14,4	0,204216	0,416956
	12	7 45,62	18 24,6	0,204333	
	13	6 40,63	21 28,9	0,204523	0,416685
	14	5 35,94	24 27,2	0,204785	
	15	4 31,63	27 19,4	0,205119	0,416411
	16	3 27,77	30 5,3	0,205525	
	17	2 24,42	32 44,9	0,206001	0,416135
	18	1 21,67	35 18,1	0,206547	
	19	19 0 19,58	37 45,0	0,207163	0,415855
	20	18 59 18,22	40 5,5	0,207847	
	21	18 58 17,67	— 28 42 19,5	0,208599	0,415572
	22	57 17,99	44 27,0	0,209417	
	23	56 19,26	46 28,1	0,210301	0,415285

⑨ ☍ ☉ Juli 7. 17h 5′ 43″ Lichtstärke = 0,619

HYGIEA 1856.

Geocentrischer Ort.

0h Mittl. Zt.		Geoc. Ger. Aufst. ⑩	Geoc. Abweichg. ⑩	Log. Entfern. ⑩ von ♁	⑩ im Merid.	⑩ Halb. Tagb.
		h ′ ″	° ′		h ′	h ′
Jan.	1	18 43 11	— 23 28,8	0,5927	0 2,0	3 47
	11	19 0 46	23 1,1	0,5927	23 40,1	3 50
	21	19 18 4	22 26,6	0,5910	23 18,0	3 54
	31	19 34 59	21 45,7	0,5878	32 55,5	3 59
Febr.	10	19 51 28	20 59,1	0,5830	22 32,6	4 4
	20	20 7 23	20 7,6	0,5766	22 9,1	4 10
Mrz.	1	20 22 42	19 12,0	0,5686	21 45,0	4 16
	11	20 37 19	18 13,3	0,5590	21 20,1	4 22
	21	20 51 8	17 12,4	0,5479	20 54,6	4 29
	31	21 4 6	16 10,6	0,5352	20 28,1	4 35
Apr.	10	21 16 7	— 15 8,9	0,5210	20 0,7	4 41
	20	21 27 3	14 8,7	0,5054	19 32,2	4 47
	30	21 36 49	13 11,1	0,4884	19 2,5	4 52
Mai	10	21 45 15	12 17,6	0,4701	18 31,5	4 57
	20	21 52 13	11 29,6	0,4509	17 59,1	5 2
	30	21 57 34	10 48,5	0,4310	17 25,0	5 6
Juni	9	22 1 5	10 15,7	0,4107	16 49,1	5 9
	19	22 2 39	9 52,6	0,3908	16 11,2	5 11
	29	22 2 9	9 40,1	0,3720	15 31,3	5 12
Juli	9	21 59 33	9 38,9	0,3552	14 49,3	5 12
	19	21 55 0	— 9 48,5	0,3415	14 5,3	5 11
	29	21 48 47	10 7,7	0,3320	13 19,7	5 9
Aug.	8	21 41 27	10 34,0	0,3276	12 32,9	5 7
	18	21 33 42	11 4,1	0,3289	11 45,7	5 4
	28	21 26 17	11 34,5	0,3358	10 58,9	5 1
Sept.	7	21 19 57	12 1,8	0,3479	10 13,1	4 59
	17	21 15 16	12 23,4	0,3643	9 29,0	4 57
	27	21 12 33	12 37,6	0,3839	8 46,9	4 56
Oct.	7	21 11 59	12 43,4	0,4056	8 6,9	4 55
	17	21 13 32	12 40,4	0,4284	7 29,0	4 55
	27	21 17 2	— 12 28,8	0,4514	6 53,1	4 56
Nov.	6	21 22 19	12 8,6	0,4740	6 18,9	4 58
	16	21 29 9	11 40,2	0,4958	5 46,3	5 1
	26	21 37 18	11 4,0	0,5165	5 15,0	5 4
Dec.	6	21 46 33	10 20,3	0,5357	4 44,9	5 8
	16	21 56 42	9 29,8	0,5534	4 15,6	5 13
	26	22 7 35	8 33,0	0,5694	3 47,1	5 18
	36	22 19 3	7 30,4	0,5837	3 19,1	5 24

HYGIEA 1856.

Ephemeride für die Opposition.

12ʰ Mittl. Zt.		Geoc. Ger. Aufstg. ⑩			Geoc. Abweichg. ⑩			Log. Entfern. ⑩ von ♁
		h	′	″	°	′	″	
Juli	27	21	49	48,58	— 10	4	14,8	0,333112
	28		49	8,02		6	29,8	0,332352
	29		48	26,75		8	49,2	0,331643
	30		47	44,81		11	12,9	0,330986
	31		47	2,24		13	40,7	0,330382
Aug.	1		46	19,08		16	12,4	0,329832
	2		45	35,38		18	47,8	0,329336
	3		44	51,17		21	26,7	0,328894
	4		44	6,51		24	8,9	0,328508
	5		43	21,44		26	54,1	0,328177
	6	21	42	36,00	— 10	29	42,1	0,327903
	7		41	50,24		32	32,8	0,327685
	8		41	4,20		35	25,8	0,327525
	9		40	17,95		38	21,0	0,327421
	10		39	31,51		41	18,1	0,327375
	11		38	44,94		44	16,9	0,327386
	12		37	58,28		47	17,3	0,327455
	13		37	11,57		50	18,9	0,327581
☍	14		36	24,87		53	21,6	0,327765
	15		35	38,22		56	25,2	0,328006
	16	21	34	51,66	— 10	59	29,4	0,328305
	17		34	5,23	11	2	34,1	0,328661
	18		33	18,99		5	39,1	0,329074
	19		32	32,98		8	44,1	0,329544
	20		31	47,24		11	48,9	0,330070
	21		31	1,82		14	53,4	0,330653
	22		30	16,76		17	57,3	0,331292
	23		29	32,11		21	0,4	0,331987
	24		28	47,92		24	2,5	0,332736
	25		28	4,22		27	3,5	0,333541
	26	21	27	21,06	— 11	30	3,1	0,334399
	27		26	38,49		33	1,2	0,335311
	28		25	56,55		35	57,5	0,336276
	29		25	15,28		38	51,8	0,337293

⑩ ☍ ☉ Aug. 14 0ʰ 57′ Lichtstärke = 1,029

PARTHENOPE 1856.

Geocentrischer Ort.

0h Mittl. Zt.		Geoc. Ger. Aufst. ⑪	Geoc. Abweichg. ⑪	Log. Entfern. ⑪ von ♁	Log. Entfern. ⑪ von ☉	⑪ im Merid.	⑪ Halb. Tagb.
		h ′	° ′			h ′	h ′
Jan.	1	2 47,9	+ 10 18,2	0,2622	0,3972	8 6,7	6 58
	11	2 50,0	10 57,0	0,2913	0,3991	7 29,4	7 1
	21	2 54,7	11 45,2	0,3203	0,4009	6 54,7	7 6
	31	3 1,6	12 40,2	0,3484	0,4026	6 22,1	7 11
Febr.	10	3 10,4	13 39,8	0,3751	0,4043	5 51,5	7 17
	20	3 20,9	14 41,6	0,4002	0,4060	5 22,6	7 23
Mrz.	1	3 32,8	15 43,9	0,4235	0,4076	4 55,1	7 29
	11	3 46,0	16 45,0	0,4450	0,4092	4 28,8	7 36
	21	4 0,2	17 43,4	0,4645	0,4108	4 3,6	7 42
	31	4 15,2	18 37,8	0,4822	0,4122	3 39,2	7 48
Apr.	10	4 31,1	+ 19 27,2	0,4980	0,4137	3 15,7	7 53
	20	4 47,5	20 10,6	0,5121	0,4151	2 52,6	7 58
	30	5 4,5	20 47,2	0,5244	0,4164	2 30,2	8 2
Mai	10	5 21,9	21 16,5	0,5350	0,4177	2 8,2	8 6
	20	5 39,6	21 38,0	0,5439	0,4189	1 46,4	8 8
	30	5 57,6	21 51,4	0,5512	0,4201	1 25,0	8 10
Juni	9	6 15,7	21 56,5	0,5570	0,4212	1 3,7	8 11
	19	6 33,9	21 53,3	0,5612	0,4223	0 42,5	8 10
	29	6 52,1	21 41,8	0,5638	0,4233	0 21,2	8 9
Juli	9	7 10,1	21 22,4	0,5649	0,4242	23 59,8	8 6
	19	7 28,1	+ 20 55,4	0,5645	0,4251	23 38,4	8 3
	29	7 45,7	20 21,4	0,5625	0,4259	23 16,6	7 59
Aug.	8	8 3,2	19 40,8	0,5589	0,4266	22 54,6	7 55
	18	8 20,2	18 54,5	0,5538	0,4273	22 32,2	7 49
	28	8 36,9	18 3,2	0,5471	0,4280	22 9,5	7 44
Sept.	7	8 53,1	17 7,8	0,5387	0,4285	21 46,3	7 38
	17	9 8,7	16 9,3	0,5286	0,4290	21 22,4	8 32
	27	9 23,8	15 8,9	0,5167	0,4295	20 58,1	7 26
Oct.	7	9 38,2	14 7,9	0,5030	0,4298	20 33,1	7 20
	17	9 51,9	13 7,4	0,4876	0,4301	20 7,4	7 14
	27	10 4,8	+ 12 9,1	0,4703	0,4304	19 40,8	7 8
Nov.	6	10 16,6	11 14,5	0,4511	0,4305	19 13,2	7 3
	16	10 27,3	10 25,6	0,4301	0,4306	18 44,5	6 58
	26	10 36,8	9 44,2	0,4075	0,4307	18 14,6	6 55
Dec.	6	10 44,6	9 12,5	0,3833	0,4307	17 42,9	6 52
	16	10 50,7	8 52,8	0,3581	0,4306	17 9,6	6 50
	26	10 54,7	8 47,1	0,3322	0,4304	16 34,2	6 49
	36	10 56,4	8 57,4	0,3066	0,4302	15 56,4	6 50

PARTHENOPE 1855.

Ephemeride für die Opposition.

12^h Mittl. Zt.		Geoc. Ger. Aufst. (11)			Geoc. Abweichg. (11)				Log. Entfern. (11) von ♁	Log. Entfern. (11) von ☉
		h	′	″		°	′	″		
Oct.	27	3	31	21,51	+	11	20	55,0	0,167396	0,384657
	28		30	29,61			17	2,5	0,166586	0,384854
	29		29	36,65			13	10,3	0,165850	0,385051
	30		28	42,71			9	18,7	0,165189	0,385248
	31		27	47,84			5	28,1	0,164603	0,385445
Nov.	1		26	52,13			1	38,6	0,164095	0,385641
	2		25	55,62		10	57	50,6	0,163664	0,385838
	3		24	58,38			54	4,3	0,163314	0,386034
	4		24	0,50			50	19,9	0,163045	0,386231
	5		23	2,03			46	37,7	0,162857	0,386427
	6	3	22	3,09	+	10	42	58,2	0,162751	0,386623
	7		21	3,73			39	21,7	0,162726	0,386819
	8		20	4,05			35	48,7	0,162785	0,387014
	9		19	4,13			32	19,3	0,162927	0,387210
	10		18	4,05			28	54,0	0,163152	0,387405
☍	11		17	3,90			25	33,0	0,163459	0,387601
	12		16	3,75			22	16,6	0,163850	0,387796
	13		15	3,67			19	5,2	0,164324	0,387991
	14		14	3,75			15	58,9	0,164880	0,388186
	15		13	4,09			12	58,0	0,165518	0,388381
	16	3	12	4,74	+	10	10	3,0	0,166237	0,388576
	17		11	5,79			7	13,9	0,167037	0,388770
	18		10	7,33			4	30,9	0,167918	0,388965
	19		9	9,41			1	54,5	0,168877	0,389159
	20		8	12,12		9	59	24,9	0,169914	0,389353
	21		7	15,53			57	2,3	0,171027	0,389547
	22		6	19,69			54	46,7	0,172217	0,389740
	23		5	24,67			52	38,5	0,173481	0,389934
	24		4	30,54			50	37,8	0,174818	0,390127
	25		3	37,36			48	44,7	0,176227	0,390320
	26	3	2	45,18	+	9	46	59,5	0,177706	0,390513
	27		1	54,06			45	22,1	0,179255	0,390706
	28		1	4,05			43	52,8	0,180872	0,390899

(11) ☍ ☉ Nov. 11. 23^h 51′ 11″ Lichtstärke = 1,00

Parthenope kommt 1856 nicht in Opposition.

VICTORIA 1856.

Geocentrischer Ort.

0h Mittl. Zt.		Geoc. Ger. Aufst. ⑫		Geoc. Abweichg. ⑫			Log. Entfern. ⑫ von ♁	Log. Entfern. ⑫ von ☉
		h	′		°	′		
Jan.	1	10	30,6	—	2	14,0	0,3378	0,4464
	11		28,8		2	42,8	0,3125	
	21		24,2		2	54,1	0,2895	0,4434
	31		17,4		2	46,0	0,2700	
Febr.	10		8,8		2	18,0	0,2557	0,4399
	20	9	59,2		1	32,0	0,2478	
Mrz.	1		49,7	—	0	32,8	0,2468	0,4359
	11		41,2	+	0	33,5	0,2528	
	21		34,6		1	39,8	0,2647	0,4315
	31		30,5		2	40,1	0,2813	
Apr.	10	9	29,1	+	3	30,9	0,3007	0,4265
	20		30,4		4	9,0	0,3217	
	30		34,0		4	33,5	0,3436	0,4209
Mai	10		39,9		4	44,4	0,3649	
	20		47,6		4	41,9	0,3857	0,4149
	30		56,9		4	26,7	0,4051	
Juni	9	10	7,7		3	59,7	0,4231	0,4083
	19		19,6		3	21,6	0,4395	
	29		32,5		2	33,5	0,4543	0,4013
Juli	9		46,2		1	36,2	0,4674	
	19	11	0,6	+	0	30,7	0,4789	0,3937
	29		15,6	—	0	42,1	0,4888	
Aug.	8		31,3		2	1,3	0,4971	0,3857
	18		47,5		3	26,0	0,5038	
	28	12	4,2		4	55,4	0,5089	0,3772
Sept.	7		21,5		6	28,3	0,5126	
	17		39,2		8	3,7	0,5147	0,3683
	27		57,4		9	40,3	0,5154	
Oct.	7	13	16,2		11	17,0	0,5145	0,3589
	17		35,5		12	52,6	0,5122	
	27	13	55,3	—	14	25,8	0,5086	0,3493
Nov.	6	14	15,7		15	55,1	0,5035	
	16		36,7		17	19,2	0,4970	0,3394
	26		58,3		18	36,4	0,4891	
Dec.	6	15	20,5		19	45,5	0,4798	0,3294
	16		43,2		20	44,8	0,4691	
	26	16	6,5		21	32,9	0,4570	0,3193
	36		30,4		23	8,4	0,4435	

VICTORIA 1856.

Ephemeride für die Opposition.

12h Mittl. Zt.	Geoc. Ger. Aufst. ⑫	Geoc. Abweichg. ⑫	Log. Entfern. ⑫ von ♁	Log. Entfern. ⑫ von ☉
	h ′ ″	° ′ ″		
Febr. 4	10 13 45,61	− 2 35 40,2	0,262838	0,440961
5	12 53,90	32 51,4	0,261395	
6	12 1,35	29 50,7	0,260014	0,440598
7	11 7,96	26 38,7	0,258693	
8	10 13,84	23 15,3	0,257434	0,440231
9	9 19,03	19 40,5	0,256240	
10	8 23,60	15 54,7	0,255110	0,439858
11	7 27,61	11 58,3	0,254045	
12	6 31,09	7 51,4	0,253046	0,439482
13	5 34,10	2 3 34,0	0,252113	
14	10 4 36,71	− 1 59 6,7	0,251249	0,439099
15	3 38,99	54 29,7	0,250452	
16	2 41,02	49 43,3	0,249724	0,438711
17	1 42,82	44 47,5	0,249067	
18	0 44,49	39 42,9	0,248480	0,438318
19	9 59 46,08	34 29,8	0,247963	
20	58 47,65	29 8,5	0,247517	0,437922
☍ 21	57 49,26	23 39,3	0,247141	
22	56 50,97	18 2,4	0,246837	0,437519
23	55 52,85	12 18,4	0,246604	
24	9 54 54,96	− 1 6 27,7	0,246442	0,437112
25	53 57,35	1 0 30,3	0,246351	
26	53 0,11	0 54 26,9	0,246331	0,436698
27	52 3,29	48 17,8	0,246381	
28	51 6,95	42 3,6	0,246501	0,436280
29	50 11,16	35 44,2	0,246693	
Mrz. 1	49 15,98	29 20,5	0,246955	0,435857
2	48 21,46	22 52,6	0,247286	
3	47 27,67	16 21,2	0,247686	0,435429
4	46 34,67	9 46,6	0,248153	
5	9 45 42,51	− 0 3 9,2	0,248689	0,434995
6	44 51,25	+ 0 3 32,4	0,249290	
7	44 0,96	10 12,1	0,249958	0,434558

⑫ ☍ ☉ Febr. 21. $2^h 38' 49''$

EGERIA 1856.

Geocentrischer Ort.

0^h Mittl. Zt.	Geoc. Ger. Aufst. (13)	Geoc. Abweichg. (13)	Log. Entfern. (13) von ♁	Log. Entfern. (13) von ☉	(13) im Merid.	(13) Halb. Tagb.
	h '	° '			h '	h '
Jan. 1	11 15,2	+ 30 3,4	0,2327	0,3727	16 34,0	9 21
11	11 17,9	31 11,2	0,2098	0,3733	15 57,3	9 34
21	11 17,0	32 29,7	0,1899	0,3739	15 17,0	9 48
31	11 12,5	33 50,7	0,1744	0,3745	14 33,0	10 4
Febr. 10	11 4,7	35 3,1	0,1646	0,3753	13 45,8	10 24
20	10 54,2	35 54,3	0,1617	0,3761	12 55,9	10 43
Mrz. 1	10 42,8	36 14,8	0,1660	0,3770	12 5,1	10 51
11	10 31,9	36 0,1	0,1772	0,3780	11 14,7	10 45
21	10 23,0	35 11,6	0,1940	0,3790	10 26,4	10 27
31	10 17,1	33 55,2	0,2151	0,3801	9 41,1	10 5
Apr. 10	10 14,3	+ 32 17,8	0,2391	0,3812	8 58,9	9 42
20	10 14,8	30 25,8	0,2647	0,3824	8 19,9	9 25
30	10 18,1	28 24,3	0,2908	0,3837	7 43,8	9 4
Mai 10	10 23,7	26 16,6	0,3168	0,3850	7 10,0	8 45
20	10 31,4	24 4,8	0,3420	0,3864	6 38,2	8 26
30	10 40,5	21 50,5	0,3662	0,3878	6 7,9	8 10
Juni 9	10 51,0	19 34,3	0,3890	0,3892	5 39,0	7 54
19	11 2,4	17 16,8	0,4105	0,3907	5 11,0	7 39
29	11 14,7	14 58,6	0,4305	0,3921	4 43,8	7 25
Juli 9	11 27,6	12 39,7	0,4490	0,3936	4 17,3	7 11
19	11 41,0	+ 10 20,7	0,4659	0,3952	3 51,3	6 58
29	11 54,8	8 1,9	0,4814	0,3967	3 25,7	6 45
Aug. 8	12 9,0	5 43,5	0,4954	0,3983	3 0,4	6 33
18	12 23,6	3 26,2	0,5078	0,3999	2 35,6	6 21
28	12 38,4	+ 1 10,3	0,5187	0,4015	2 11,0	6 9
Sept. 7	12 53,6	− 1 3,9	0,5281	0,4031	1 46,8	5 57
17	13 8,9	3 15,8	0,5361	0,4047	1 22,6	5 46
27	13 24,6	5 24,9	0,5425	0,4063	0 58,9	5 35
Oct. 7	13 40,4	7 30,8	0,5474	0,4079	0 35,3	5 23
17	13 56,5	9 33,0	0,5508	0,4095	0 12,0	5 12
27	14 12,8	− 11 31,0	0,5526	0,4111	23 48,8	5 2
Nov. 6	14 29,2	13 24,3	0,5528	0,4127	23 25,8	4 51
16	14 45,8	15 12,4	0,5515	0,4142	23 3,0	4 41
26	15 2,6	16 55,2	0,5485	0,4158	22 40,4	4 30
Dec. 6	15 19,4	18 32,2	0,5439	0,4173	22 17,7	4 20
16	15 36,2	20 3,4	0,5376	0,4188	21 55,1	4 10
26	15 52,9	21 28,8	0,5295	0,4203	21 32,4	4 1
36	16 9,4	22 48,2	0,5198	0,4217	21 9,4	3 52

EGERIA 1856.

Ephemeride für die Opposition.

12ʰ Mittl. Zt.	Geoc. Ger. Aufst. ⑬	Geoc. Abweichg. ⑬	Log. Entfern. ⑬ von ♁	Log. Entfern. ⑬ von ☉
	h ′ ″	° ′ ″		
Febr. 2	11 10 50,70	+ 34 10 12,2	0,171345	0,374722
3	11 10 7,01	34 17 45,5	0,170239	0,374797
4	11 9 21,37	34 25 11,4	0,169196	0,374872
5	11 8 33,86	34 32 28,8	0,168217	0,374948
6	11 7 44,55	34 39 36,9	0,167302	0,375024
7	11 6 53,50	34 46 34,8	0,166453	0,375100
8	11 6 0,75	31 53 21,6	0,165672	0,375178
9	11 5 6,37	34 59 56,7	0,165959	0,375256
10	11 4 10,45	35 6 19,3	0,164314	0,375336
11	11 3 13,04	35 12 28,8	0,163739	0,375416
12	11 2 14,23	+ 35 18 24,4	0,163235	0,375497
13	11 1 14,09	35 24 5,4	0,162802	0,375578
14	11 0 12,70	36 29 31,2	0,162439	0,375660
15	10 59 10,15	35 34 41,1	0,162149	0,375742
16	10 58 6,49	35 39 34,6	0,161930	0,375826
17	10 57 1,86	35 44 11,1	0,161784	0,375910
18	10 55 56,34	35 48 30,2	0,161710	0,375996
19	10 54 50,01	35 52 31,4	0,161709	0,376082
☍ 20	10 53 42,97	35 56 14,1	0,161781	0,376169
21	10 52 35,33	35 59 37,9	0,161925	0,376256
22	10 51 27,17	+ 36 2 42,4	0,162141	0,376344
23	10 50 18,59	36 5 27,2	0,162429	0,376432
24	10 49 9,69	36 7 51,9	0,162788	0,376522
25	10 48 0,57	36 9 56,3	0,163218	0,376612
26	10 46 51,34	36 11 40,0	0,163720	0,376702
27	10 45 42,09	36 13 2,8	0,164292	0,376793
28	10 44 32,91	36 14 4,6	0,164935	0,376885
29	10 43 23,91	36 14 45,2	0,165648	0,376977
Mrz. 1	10 42 15,17	36 15 4,4	0,166430	0,377070
2	10 41 6,80	36 15 2,2	0,167280	0,377163
3	10 39 58,88	+ 36 14 38,5	0,168198	0,377258
4	10 38 51,52	36 13 53,4	0,169184	0,377353
5	10 37 44,83	36 12 46,8	0,170237	0,377448

⑬ ☍ ☉ Febr. 19. 9ʰ 2′ 5″ Lichtstärke = 1,388

IRENE 1856.

Geocentrischer Ort.

0h Mittl. Zt.		Geoc. Ger. Aufst. (14)	Geoc. Abweichg. (14)	Log. Entfern. (14) von ♁	Log. Entfern. (14) von ☉	(14) im Merid.	(14) Halb. Tagb.
		h ' "	° '			h '	h '
Jan.	1	18 54 29	— 24 44,9	0,5568	0,4184	0 13,3	3 37
	11	19 13 50	24 30,9	0,5586	0,4213	23 53,2	3 39
	21	19 32 53	24 9,2	0,5589	0,4242	23 32,8	3 42
	31	19 51 32	23 40,5	0,5575	0,4270	23 12,1	3 45
Febr.	10	20 9 43	23 6,1	0,5544	0,4298	22 50,8	3 49
	20	20 27 21	22 26,6	0,5497	0,4324	22 29,0	3 54
Mrz.	1	20 44 24	21 43,7	0,5434	0,4351	22 6,7	3 59
	11	21 0 47	20 58,5	0,5354	0,4376	21 43,6	4 4
	21	21 16 26	20 12,3	0,5257	0,4401	21 19,9	4 9
	31	21 31 17	19 26,6	0,5144	0,4425	20 55,3	4 14
Apr.	10	21 45 16	— 18 42,9	0,5014	0,4448	20 29,8	4 19
	20	21 58 19	18 2,9	0,4869	0,4471	20 3,4	4 23
	30	22 10 19	17 28,0	0,4708	0,4493	19 36,0	4 27
Mai	10	22 21 9	17 0,1	0,4532	0,4515	19 7,4	4 30
	20	22 30 41	16 40,9	0,4343	0,4535	18 37,5	4 32
	30	22 38 45	16 32,1	0,4144	0,4555	18 6,2	4 33
Juni	9	22 45 8	16 35,5	0,3936	0,4574	17 33,1	4 32
	19	22 49 39	16 52,3	0,3726	0,4593	16 58,2	4 31
	29	22 52 4	17 23,4	0,3519	0,4610	16 21,2	4 28
Juli	9	22 52 12	18 8,8	0,3324	0,4627	15 41,9	4 23
	19	22 49 55	— 19 7,0	0,3153	0,4643	15 0,2	4 17
	29	22 45 19	20 14,2	0,3017	0,4658	14 16,2	4 9
Aug.	8	22 38 36	21 25,8	0,2927	0,4672	13 30,0	4 1
	18	22 30 24	22 34,5	0,2895	0,4686	12 42,4	3 53
	28	22 21 28	23 33,9	0,2921	0,4699	11 54,1	3 46
Sept.	7	22 12 46	24 18,3	0,3014	0,4711	11 5,9	3 41
	17	22 5 13	24 44,5	0,3157	0,4722	10 19,0	3 37
	27	21 59 30	24 52,2	0,3340	0,4733	9 33,8	3 36
Oct.	7	21 56 4	24 42,4	0,3554	0,4743	8 51,0	3 37
	17	21 55 5	24 17,7	0,3785	0,4752	8 10,5	3 40
	27	21 56 26	— 23 40,3	0,4023	0,4760	7 32,5	3 45
Nov.	6	21 59 59	22 52,1	0,4261	0,4767	6 56,6	3 51
	16	22 5 27	21 55,6	0,4491	0,4774	6 22,6	3 58
	26	22 12 34	20 51,4	0,4710	0,4780	5 50,3	4 5
Dec.	6	22 21 5	19 41,0	0,4915	0,4785	5 19,4	4 13
	16	22 30 43	18 25,0	0,5105	0,4789	4 49,6	4 21
	26	22 41 18	17 4,4	0,5277	0,4792	4 20,8	4 29
	36	22 52 35	15 40,2	0,5432	0,4795	3 52,6	4 38

IRENE 1856.

Ephemeride für die Opposition.

12h Mittl. Zt.	Geoc. Ger. Aufst. ⑭	Geoc. Abweichg. ⑭	Log. Entfern. ⑭ von ♁	Log. Entfern. ⑭ von ☉
	h ′ ″	° ′ ″		
Aug. 5	22 40 26,71	— 21 7 55,0	0,294507	0,466878
6	39 43,20	15 5,3	0,293772	0,467019
7	38 58,71	22 14,5	0,293093	0,467159
8	38 13,31	29 22,3	0,292472	0,467299
9	37 27,00	36 28,1	0,291911	0,467438
10	36 39,83	43 31,4	0,291409	0,467577
11	35 51,86	50 32,1	0,290966	0,467715
12	35 3,12	21 57 29,8	0,290586	0,467852
13	34 13,66	22 4 24,0	0,290256	0,467988
14	33 23,54	11 14,3	0,289991	0,468124
15	22 32 32,82	— 22 18 0,3	0,289787	0,468259
16	31 41,53	24 41,7	0,289645	0,468393
17	30 49,72	31 17,9	0,289563	0,468526
18	29 57,45	37 48,5	0,289544	0,468658
19	29 4,78	44 13,2	0,289585	0,468789
20	28 11,75	50 31,6	0,289688	0,468920
21	27 18,41	22 56 43,4	0,289854	0,469050
☍ 22	26 24,83	23 2 48,2	0,290082	0,469179
23	25 31,05	8 45,7	0,290371	0,469307
24	24 37,14	14 35,6	0,290723	0,469435
25	22 23 43,14	— 23 20 17,3	0,291136	0,469562
26	22 49,11	25 16,2	0,291611	0,469687
27	21 55,13	31 15,4	0,292148	0,469812
28	21 1,25	36 31,3	0,292745	0,469936
29	20 7,54	41 37,8	0,293403	0,470059
30	19 14,06	46 56,0	0,294122	0,470182
31	18 20,87	51 22,1	0,294901	0,470304
Sept. 1	17 28,03	23 55 59,5	0,295740	0,470426
2	16 35,61	24 0 26,6	0,296637	0,470546
3	15 43,66	4 43,0	0,297592	0,470666
4	22 14 52,22	— 24 8 49,0	0,298602	0,470785
5	14 1,35	12 44,4	0,299669	0,470904
6	13 11,11	16 28,8	0,300790	0,471021
7	12 21,55	20 2,2	0,301966	0,471138
8	11 32,70	23 24,7	0,303194	0,471254

⑭ ☍ ☉ Aug. 22. 9h 12′ 42″ Lichtstärke = 0,509

PSYCHE 1856.

Geocentrischer Ort.

0ʰ Mittl. Zt.		Geoc. Ger. Aufst. ⑯	Geoc. Abweichg. ⑯	Log. Entfern. ⑯ von ♁	Log. Entfern. ⑯ von ☉	⑯ im Merid.	⑯ Halb. Tagb.
		° ′	° ′			h ′	h ′
Jan.	1	55 8,7	+ 15 11,7	0,2755	0,4284	8 58	7 20
	11	54 52,1	15 23,9	0,3008	0,4302	8 18	7 21
	21	55 15,6	15 46,1	0,3276	0,4322	7 40	7 23
	31	56 16,4	16 14,5	0,3547	0,4342	7 5	7 26
Febr.	10	57 50,6	16 49,1	0,3814	0,4362	6 32	7 29
	20	59 53,6	17 27,7	0,4070	0,4382	6 1	7 33
Mrz.	1	62 22,0	18 6,7	0,4316	0,4402	5 31	7 37
	11	65 11,9	18 47,2	0,4541	0,4423	5 3	7 41
	21	68 19,8	19 25,6	0,4752	0,4443	4 36	7 45
	31	71 43,0	20 0,9	0,4945	0,4464	4 10	7 49
Apr.	10	75 18,9	+ 20 32,1	0,5121	0,4485	3 45	7 53
	20	79 5,2	20 58,1	0,5279	0,4506	3 21	7 55
	30	83 0,1	21 18,3	0,5421	0,4527	2 57	7 58
Mai	10	87 1,4	21 32,3	0,5546	0,4548	2 34	7 59
	20	91 7,5	21 39,3	0,5655	0,4568	2 11	8 0
	30	95 16,7	21 39,2	0,5747	0,4589	1 49	8 0
Juni	9	99 27,9	21 32,0	0,5824	0,4610	1 26	7 59
	19	103 39,4	21 17,5	0,5885	0,4631	1 3	7 57
	29	107 50,2	20 56,2	0,5930	0,4651	0 40	7 55
Juli	9	111 59,3	20 28,2	0,5961	0,4671	0 18	7 52
	19	116 5,2	+ 19 53,9	0,5976	0,4691	23 55	7 48
	29	120 7,1	19 13,7	0,5976	0,4710	23 31	7 44
Aug.	8	124 4,3	18 28,4	0,5960	0,4730	23 8	7 39
	18	127 55,7	17 38,6	0,5929	0,4749	22 44	7 34
	28	131 40,7	16 45,1	0,5882	0,4768	22 19	7 29
Sept.	7	135 17,9	15 48,4	0,5820	0,4786	21 55	7 23
	17	138 46,7	14 50,1	0,5741	0,4805	21 29	7 18
	27	142 6,0	13 50,5	0,5644	0,4823	21 3	7 12
Oct.	7	145 14,6	12 51,2	0,5532	0,4840	20 36	7 7
	17	148 11,1	11 53,3	0,5402	0,4858	20 9	7 1
	27	150 53,5	+ 10 58,0	0,5256	0,4875	19 40	6 56
Nov.	6	153 20,3	10 6,8	0,5094	0,4892	19 11	6 52
	16	155 29,1	9 21,3	0,4917	0,4908	18 40	6 48
	26	157 17,3	8 43,0	0,4727	0,4924	18 8	6 45
Dec.	6	158 41,3	8 14,0	0,4526	0,4939	17 34	6 42
	16	159 38,9	7 55,5	0,4320	0,4955	16 59	6 40
	26	160 7,0	7 49,4	0,4140	0,4969	16 21	6 40
	36	160 3,0	7 56,7	0,3917	0,4984	15 42	6 40

PSYCHE 1856.

Ephemeride für die Opposition.

12h Mittl. Zt.	Geoc. Ger. Aufst. ⑯	Geoc. Abweichg. ⑯	Log. Entfern. ⑯ von ♁	⑯ von ☉

Psyche kommt in diesem Jahre nicht in Opposition.

THETIS 1856.

Geocentrischer Ort.

0^h Mittl. Zt.	Geoc. Ger. Aufst. ⑪	Geoc. Abweichg. ⑪	Log. Entfern. ⑪ von ♁	Log. Entfern. ⑪ von ⊙	⑪ im Merid.	⑪ Halb. Tagb.
	h ′	° ′			h ′	h ′
Jan. 1	13 3,9	− 2 13,0	0,3625	0,3839	18 19,7	5 51,4
11	13 15,3	2 53,9	0,3351	0,3814	17 51,8	5 47,8
21	13 25,3	3 22,4	0,3058	0,3789	17 22,4	5 45,5
31	13 33,5	3 37,2	0,2754	0,3764	16 51,8	5 44,2
Febr. 10	13 39,7	3 34,7	0,2443	0,3739	16 18,1	5 44,4
20	13 43,5	3 15,9	0,2134	0,3714	15 42,6	5 46,0
Mrz. 1	13 44,6	2 39,7	0,1838	0,3689	15 4,4	5 49,1
11	13 42,7	1 48,0	0,1570	0,3664	14 23,1	5 53,6
21	13 38,2	− 0 44,4	0,1349	0,3640	13 39,5	5 59,1
31	13 31,3	+ 0 25,6	0,1193	0,3617	12 53,2	6 5,1
Apr. 10	13 22,9	+ 1 33,6	0,1117	0,3594	12 5,4	6 11,1
20	13 14,3	2 30,4	0,1125	0,3571	11 17,5	6 16,0
30	13 6,7	3 8,4	0,1208	0,3549	10 30,7	6 19,4
Mai 10	13 1,1	3 24,4	0,1365	0,3528	9 45,8	6 20,7
20	12 57,8	3 17,6	0,1572	0,3507	9 3,2	6 20,1
30	12 57,5	2 47,8	0,1805	0,3187	8 23,5	6 17,5
Juni 9	13 0,1	1 59,1	0,2057	0,3468	7 46,8	6 13,3
19	13 5,2	+ 0 54,6	0,2311	0,3451	7 12,6	6 7,7
29	13 12,5	− 0 22,7	0,2565	0,3435	6 40,0	6 1,0
Juli 9	13 21,9	1 49,5	0,2809	0,3420	6 10,6	5 53,4
19	13 33,0	− 3 24,2	0,3042	0,3406	5 42,4	5 45,3
29	13 45,7	5 3,7	0,3262	0,3393	5 15,6	5 36,6
Aug. 8	13 59,7	6 46,5	0,3469	0,3382	4 50,4	5 27,4
18	14 14,9	8 30,5	0,3662	0,3372	4 26,2	5 18,2
28	14 31,2	10 14,1	0,3841	0,3364	4 3,1	5 8,8
Sept. 7	14 48,5	11 55,4	0,4006	0,3357	3 41,1	4 59,5
17	15 6,8	13 33,1	0,4158	0,3352	3 20,0	4 50,2
27	15 25,9	15 5,4	0,4297	0,3348	2 59,7	4 41,2
Oct. 7	15 45,9	16 31,3	0,4423	0,3346	2 40,4	4 32,7
17	16 6,6	17 48,9	0,4536	0,3345	2 21,7	4 24,8
27	16 27,9	− 18 57,1	0,4637	0,3346	2 3,6	4 17,5
Nov. 6	16 49,9	19 54,2	0,4726	0,3349	1 46,2	4 11,4
16	17 12,4	20 39,8	0,4803	0,3353	1 29,3	4 6,3
26	17 35,2	21 13,1	0,4868	0,3359	1 12,8	4 2,6
Dec. 6	17 58,3	21 33,4	0,4921	0,3367	0 56,5	4 0,4
16	18 21,6	21 40,5	0,4962	0,3376	0 40,4	3 59,6
26	18 44,8	21 34,2	0,4991	0,3387	0 24,3	4 0,3
36	19 7,9	21 14,5	0,5008	0,3400	0 8,0	4 2,4

THETIS 1856.

Ephemeride für die Opposition.

12h Mittl. Zt.		Geoc. Ger. Aufst. ⑰	Geoc. Abweichg. ⑰	Log. Entfern. ⑰ von ♁	⑰ von ☉
		h ′ ″	° ′ ″		
Mrz.	21	13 37 55,27	− 0 40 58,1	0,133931	0,363957
	22	37 18,75	0 34 5,8	0,132085	0,363718
	23	36 40,90	0 27 10,4	0,130306	0,363480
	24	36 1,76	0 20 12,3	0,128596	0,363242
	25	35 21,37	0 13 11,9	0,126957	0,363004
	26	34 39,78	− 0 6 9,8	0,125391	0,362767
	27	33 57,03	+ 0 0 53,6	0,123899	0,362530
	28	33 13,16	0 7 57,7	0,122484	0,362294
	29	32 28,24	0 15 1,9	0,121146	0,362059
	30	31 42,32	0 22 5,8	0,119887	0,361824
	31	13 30 55,47	+ 0 29 8,9	0,118708	0,361590
Apr.	1	30 7,76	0 36 10,5	0,117610	0,361356
	2	29 19,25	0 43 10,2	0,116594	0,361123
	3	28 30,01	0 50 7,3	0,115660	0,360890
	4	27 40,12	0 57 1,3	0,114809	0,360658
	5	26 49,65	1 3 51,5	0,114044	0,360426
	6	25 58,69	1 10 37,3	0,113363	0,360194
	7	25 7,31	1 17 18,2	0,112768	0,359963
	8	24 15,58	1 23 53,7	0,112259	0,359732
	9	23 23,59	1 30 23,1	0,111837	0,359502
	10	13 22 31,41	+ 1 36 46,0	0,111501	0,359273
☍	11	21 39,12	1 43 1,8	0,111251	0,359044
	12	20 46,79	1 49 10,0	0,111087	0,358816
	13	19 54,51	1 55 10,1	0,111009	0,358588
	14	19 2,34	2 1 1,7	0,111015	0,358361
	15	18 10,36	2 6 44,3	0,111106	0,358135
	16	17 18,65	2 12 17,4	0,111280	0,357909
	17	16 27,28	2 17 40,8	0,111538	0,357684
	18	15 36,32	2 22 53,9	0,111879	0,357459
	19	14 45,84	2 27 56,4	0,112301	0,357235
	20	13 13 55,91	+ 2 32 47,9	0,112803	0,357012
	21	13 6,60	2 37 28,1	0,113386	0,356789
	22	12 17,97	2 41 56,6	0,114047	0,356567
	23	11 30,09	2 46 13,1	0,114785	0,356346
	24	10 43,00	2 50 17,3	0,115599	0,356125

⑰ ☍ ☉ Apr. 11. 8h 58′ Lichtstärke = 1,52

MELPOMENE 1856.

Geocentrischer Ort.

0h Mittl. Zt.	Geoc. Ger. Aufst. ⑱ (h ' ")	Geoc. Abweichg. ⑱ (° ')	Log. Entfern. ⑱ von ♁	Log. Entfern. ⑱ von ☉	⑱ im Merid. (h ')	⑱ Halb. Tagb. (h ')
Jan. 1	18 35 25	− 17 34,5	0,5092	0,3532	23 54,2	4 26
11	18 56 58	17 23,5	0,5046	0,3484	23 36,3	4 27
21	19 18 41	17 0,8	0,4986	0,3434	23 18,7	4 30
31	19 40 30	16 26,7	0,4913	0,3385	23 1,0	4 33
Febr. 10	20 2 22	15 41,8	0,4824	0,3334	22 43,5	4 38
20	20 24 13	14 46,5	0,4722	0,3283	22 25,9	4 43
Mrz. 1	20 46 0	13 41,8	0,4607	0,3232	22 8,3	4 49
11	21 7 39	12 28,4	0,4477	0,3181	21 50,5	4 56
21	21 29 9	11 7,8	0,4334	0,3129	21 32,6	5 4
31	21 50 31	9 40,8	0,4179	0,3079	21 14,5	5 12
Apr. 10	22 11 42	− 8 9,1	0,4011	0,3029	20 56,3	5 20
20	22 32 44	6 34,2	0,3830	0,2979	20 37,9	5 28
30	22 53 38	4 57,4	0,3637	0,2931	20 19,3	5 37
Mai 10	23 14 21	3 20,9	0,3430	0,2881	20 0,6	5 46
20	23 34 55	1 46,4	0,3211	0,2839	19 41,8	5 54
30	23 55 19	− 0 15,7	0,2979	0,2796	19 22,8	6 2
Juni 9	0 15 29	+ 1 9,2	0,2734	0,2755	19 3,5	6 9
19	0 35 21	2 25,6	0,2476	0,2717	18 43,9	6 16
29	0 54 51	3 31,5	0,2205	0,2683	18 24,0	6 21
Juli 9	1 13 49	4 25,4	0,1923	0,2651	18 3,5	6 26
19	1 32 12	+ 5 2,7	0,1628	0,2623	17 52,5	6 29
29	1 49 14	5 22,0	0,1321	0,2598	17 20,1	6 31
Aug. 8	2 5 2	5 20,9	0,1005	0,2578	16 56,5	6 31
18	2 19 18	4 56,9	0,0685	0,2562	16 31,3	6 29
28	2 31 6	4 8,6	0,0366	0,2552	16 3,7	6 25
Sept. 7	2 40 5	2 56,0	0,0057	0,2546	15 33,3	6 18
17	2 45 41	+ 1 21,1	9,9773	0,2544	14 59,4	6 10
27	2 47 34	− 0 30,9	9,9532	0,2548	14 21,9	6 0
Oct. 7	2 45 42	2 29,8	9,9359	0,2556	13 40,6	5 50
17	2 40 33	4 22,8	9,9272	0,2569	12 56,0	5 40
27	2 33 16	− 5 54,0	9,9286	0,2587	12 9,3	5 32
Nov. 6	2 25 28	6 50,2	9,9406	0,2609	11 22,1	5 27
16	2 18 49	7 4,8	9,9617	0,2635	10 36,0	5 25
26	2 14 36	6 38,8	9,9900	0,2665	9 52,4	5 28
Dec. 6	2 13 28	5 38,3	0,0230	0,2698	9 11,8	5 34
16	2 15 34	4 11,5	0,0587	0,2734	8 34,5	5 41
26	2 20 44	2 26,4	0,0953	0,2773	8 0,2	5 50
36	2 28 26	0 32,0	0,1317	0,2815	7 28,5	6 0

MELPOMENE 1856.

Ephemeride für die Opposition.

12^h Mittl. Zt.	Geoc. Ger. Aufst. ⑱	Geoc. Abweichg. ⑱	Log. Entfern. ⑱ von ♁	Log. Entfern. ⑱ von ☉
	^{h} $'$ $''$	$^\circ$ $'$ $''$		
Oct. 10	2 44 12,63	− 3 10 52,6	9,931763	0,255957
11	2 43 43,21	3 22 22,2	9,930789	0,256075
12	2 43 12,08	3 33 43,8	9,929911	0,256208
13	2 42 39,30	3 44 56,3	9,929130	0,256346
14	2 42 4,95	3 55 59,0	9,928447	0,256488
15	2 41 29,10	4 6 50,9	9,927864	0,256635
16	2 40 51,82	4 17 31,1	9,927383	0,256786
17	2 40 13,21	4 27 58,6	9,927004	0,256943
18	2 39 33,32	4 38 12,6	9,926728	0,257103
19	2 38 52,25	4 48 12,2	9,926557	0,257268
20	2 38 10,09	− 4 57 56,5	9,926490	0,257437
21	2 37 26,92	5 7 24,5	9,926528	0,257612
22	2 36 42,85	5 16 35,5	9,926673	0,257791
23	2 35 57,98	5 25 28,6	9,926924	0,257974
24	2 35 12,41	5 34 2,8	9,927282	0,258162
25	2 34 26,24	5 42 17,5	9,927746	0,258354
☍ 26	2 33 39,60	5 50 11,7	9,928316	0,258550
27	2 32 52,57	5 57 44,8	9,928995	0,258752
28	2 32 5,28	6 4 56,1	9,929778	0,258957
29	2 31 17,83	6 11 45,1	9,930666	0,259166
30	2 30 30,34	− 6 18 11,2	9,931658	0,259380
31	2 29 42,89	6 24 14,0	9,932753	0,259598
Nov. 1	2 28 55,62	6 29 52,9	9,933950	0,259820
2	2 28 8,63	6 35 7,5	9,935248	0,260046
3	2 27 22,03	6 39 57,3	9,936645	0,260276
4	2 26 35,91	6 44 22,3	9,938138	0,260511
5	2 25 50,37	6 48 22,3	9,939727	0,260750
6	2 25 5,51	6 51 57,1	9,941410	0,260993
7	2 24 21,41	6 55 6,5	9,943184	0,261240
8	2 23 38,17	6 57 50,6	9,945046	0,261491
9	2 22 55,87	− 7 0 9,1	9,946993	0,261746
10	2 22 14,60	7 2 2,2	9,949032	0,262006
11	2 21 34,41	7 3 29,7	9,951152	0,262270
12	2 20 55,38	7 4 31,8	9,953353	0,262537

⑱ ☍ ☉ Oct. 26. $17^h\,41'\,11''$ Lichtstärke = 3,737

MASSALIA 1856.

Geocentrischer Ort.

0h Mittl. Zt.	Geoc. Ger. Aufst. ⑳	Geoc. Abweichg. ⑳	Log. Entfern. ⑳ von ♁	⑳ von ☉	⑳ im Merid.	⑳ Halb. Tagb.
	h ′	° ′			h ′	h ′
Jan. 1	20 51,5	— 17 8,8	0,5363	0,4209	2 10,3	4 29
11	21 8,2	15 59,3	0,5429	0,4191	1 47,6	4 36
21	21 25,1	14 43,3	0,5476	0,4171	1 25,1	4 43
31	21 42,0	13 21,2	0,5507	0,4151	1 2,5	4 51
Febr. 10	21 59,0	11 53,6	0,5522	0,4130	0 40,1	5 0
20	22 15,9	10 21,2	0,5521	0,4109	0 17,6	5 8
Mrz. 1	22 32,7	8 44,6	0,5502	0,4087	23 55,0	5 17
11	22 49,5	7 4,7	0,5468	0,4064	23 32,3	5 26
21	23 6,2	5 22,3	0,5417	0,4040	23 9,6	5 35
31	23 22,7	3 38,1	0,5352	0,4015	22 46,7	5 44
Apr. 10	23 39,1	— 1 53,0	0,5270	0,3990	22 23,7	5 53
20	23 55,4	— 0 7,8	0,5174	0,3964	22 0,5	6 2
30	0 11,6	+ 1 36,7	0,5060	0,3938	21 37,3	6 11
Mai 10	0 27,7	3 19,6	0,4931	0,3911	21 14,0	6 20
20	0 43,5	5 0,2	0,4786	0,3883	20 50,3	6 29
30	0 59,1	6 37,7	0,4625	0,3855	20 26,5	6 38
Juni 9	1 14,5	8 11,1	0,4448	0,3827	20 2,5	6 46
19	1 29,5	9 39,8	0,4253	0,3798	19 38,1	6 54
29	1 44,2	11 2,8	0,4041	0,3769	19 13,3	7 2
Juli 9	1 58,3	12 19,5	0,3811	0,3740	18 48,3	7 9
19	2 11,6	+ 13 29,1	0,3564	0,3710	18 21,9	7 16
29	2 24,1	14 30,7	0,3300	0,3680	17 55,0	7 22
Aug. 8	2 35,5	15 23,7	0,3017	0,3650	17 26,9	7 27
18	2 45,3	16 7,2	0,2720	0,3620	16 57,3	7 32
28	2 53,3	16 40,6	0,2411	0,3591	16 25,9	7 35
Sept. 7	2 59,1	17 2,6	0,2094	0,3561	15 52,3	7 38
17	3 2,2	17 12,4	0,1779	0,3532	15 15,9	7 38
27	3 2,3	17 9,2	0,1476	0,3502	14 36,6	7 38
Oct. 7	2 59,2	16 52,0	0,1203	0,3473	13 54,1	7 36
17	2 53,0	16 21,2	0,0982	0,3445	13 8,5	7 33
27	2 44,5	+ 15 38,7	0,0830	0,3418	12 20,5	7 29
Nov. 6	2 34,8	14 49,1	0,0769	0,3391	11 31,4	7 24
16	2 25,4	13 59,6	0,0800	0,3365	10 42,6	7 19
26	2 17,5	13 17,8	0,0910	0,3340	9 55,3	7 15
Dec. 6	2 12,7	12 49,9	0,1109	0,3316	9 11,0	7 12
16	2 11,1	12 39,6	0,1347	0,3293	8 30,0	7 11
26	2 12,7	12 47,4	0,1614	0,3271	7 52,2	7 12
36	2 17,6	13 11,9	0,1894	0,3251	7 17,6	7 14

MASSALIA 1856.

Ephemeride für die Opposition.

12h Mittl. Zt.		Geoc. Ger. Aufst. ⑳				Geoc. Abweichg. ⑳			Log. Entfern. ⑳ von ♁	Log. Entfern. ⑳ von ⊙
		h	′	″		°	′	″		
Oct.	17	2	52	39,80	+	16	19	18,0	0,097176	0,344379
	18	2	51	53,42		16	15	27,7	0,095350	0,344100
	19	2	51	5,69		16	11	30,6	0,093599	0,343822
	20	2	50	16,65		16	7	26,8	0,091925	0,343545
	21	2	49	26,38		16	3	16,7	0,090329	0,343268
	22	2	48	34,91		15	59	0,5	0,088814	0,342992
	23	2	47	42,33		15	54	38,5	0,087381	0,342716
	24	2	46	48,71		15	50	10,8	0,086034	0,342442
	25	2	45	54,13		15	45	37,8	0,084773	0,342169
	26	2	44	58,67		15	40	59,9	0,083599	0,341896
	27	2	44	2,43	+	15	36	17,4	0,082513	0,341624
	28	2	43	5,49		15	31	30,5	0,081518	0,341352
	29	2	42	7,95		15	26	39,9	0,080613	0,341081
	30	2	41	9,89		15	21	46,0	0,079801	0,340810
	31	2	40	11,41		15	16	49,2	0,079081	0,340540
Nov.	1	2	39	12,60		15	11	50,0	0,078457	0,340271
	2	2	38	13,56		15	6	48,9	0,077927	0,340003
☍	3	2	37	14,38		15	1	46,2	0,077492	0,339736
	4	2	36	15,16		14	56	42,4	0,077152	0,339470
	5	2	35	15,99		14	51	37,8	0,076906	0,339204
	6	2	34	16,96	+	14	46	33,0	0,076755	0,338938
	7	2	33	18,16		14	41	28,5	0,076699	0,338674
	8	2	32	19,71		14	36	24,8	0,076738	0,338410
	9	2	31	21,67		14	31	22,4	0,076872	0,338148
	10	2	30	24,13		14	26	21,6	0,077101	0,337887
	11	2	29	27,19		14	21	22,9	0,077424	0,337627
	12	2	28	30,91		14	16	26,7	0,077839	0,337368
	13	2	27	35,38		14	11	33,5	0,078345	0,337109
	14	2	26	40,68		14	6	43,6	0,078942	0,336851
	15	2	25	46,91		14	1	57,7	0,079628	0,336594
	16	2	24	54,13	+	13	57	16,3	0,080403	0,336338
	17	2	24	2,45		13	52	40,0	0,081265	0,336084
	18	2	23	11,93		13	48	9,0	0,082213	0,335830
	19	2	22	22,63		13	43	43,7	0,083246	0,335578
	20	2	21	34,62		13	39	24,3	0,084363	0,335326

⑳ ☍ ⊙ Nov. 3. 9h 49′ 54″ Lichtstärke = 1,687

CALLIOPE 1856.

Geocentrischer Ort.

0^h Mittl. Zt.		Geoc. Ger. Aufst. ㉒	Geoc. Abweichg. ㉒	Log. Entfern. ㉒ von ♁	㉒ von ☉	㉒ im Merid.	Halb. Tagb.
		h ′ ″	° ′			h ′	h ′
Jan.	1	19 2 31	— 29 14,6	0,6090	0,4907	0 21,4	2 59
	11	19 19 49	29 1,3	0,6082	0,4896	23 57,0	3 1
	21	19 37 6	28 42,6	0,6056	0,4885	23 34,9	3 4
	31	19 54 15	28 19,0	0,6014	0,4874	23 12,6	3 8
Fbr.	10	20 11 12	27 51,3	0,5956	0,4862	22 50,2	3 12
	20	20 27 52	27 20,2	0,5880	0,4849	22 27,4	3 16
Mrz.	1	20 44 9	26 46,6	0,5789	0,4837	22 4,3	3 21
	11	21 0 0	26 11,7	0,5680	0,4824	21 40,8	3 26
	21	21 15 20	25 36,5	0,5555	0,4811	21 16,7	3 31
	31	21 30 50	25 2,4	0,5415	0,4797	20 52,0	3 35
Apr.	10	21 44 10	— 24 30,8	0,5258	0,4784	20 26,6	3 39
	20	21 57 30	24 3,2	0,5086	0,4770	20 0,4	3 43
	30	22 9 58	23 41,1	0,4900	0,4756	19 33,5	3 46
Mai	10	22 21 27	23 26,3	0,4699	0,4741	19 5,6	3 47
	20	22 31 48	23 20,5	0,4486	0,4727	18 36,4	3 48
	30	22 40 52	23 25,3	0,4263	0,4712	18 6,0	3 47
Juni	9	22 48 26	23 42,3	0,4033	0,4697	17 34,1	3 45
	19	22 54 16	24 12,6	0,3800	0,4682	17 0,4	3 42
	29	22 58 7	24 56,8	0,3571	0,4667	16 24,6	3 36
Juli	9	22 59 43	25 54,4	0,3353	0,4651	15 46,9	3 28
	19	22 58 56	— 27 3,0	0,3156	0,4636	15 6,5	3 19
	29	22 55 38	28 18,3	0,2991	0,4620	14 23,8	3 8
Aug.	8	22 50 0	29 33,8	0,2869	0,4604	13 38,8	2 56
	18	22 42 28	30 42,1	0,2799	0,4589	12 51,9	2 44
	28	22 33 48	31 35,2	0,2788	0,4573	12 3,9	2 34
Sept.	7	22 24 59	32 7,0	0,2835	0,4557	11 15,9	2 28
	17	22 17 4	32 14,5	0,2935	0,4541	10 28,8	2 26
	27	22 10 56	31 58,3	0,3078	0,4525	9 43,5	2 30
Oct.	7	22 7 12	31 20,8	0,3254	0,4509	9 0,6	2 37
	17	22 6 1	30 25,2	0,3452	0,4493	8 20,1	2 47
	27	22 7 20	— 29 15,0	0,3662	0,4477	7 42,2	2 59
Nov.	6	22 11 6	27 54,0	0,3875	0,4462	7 6,7	3 11
	16	22 17 3	26 24,2	0,4085	0,4446	6 33,4	3 24
	26	22 24 49	24 47,2	0,4287	0,4431	6 1,8	3 37
Dec.	6	22 34 8	23 4,4	0,4479	0,4416	5 31,8	3 50
	16	22 44 42	21 16,6	0,4657	0,4400	5 3,0	4 3
	26	22 56 19	19 24,8	0,4822	0,4386	4 35,2	4 15
	36	23 8 48	17 29,3	0,4971	0,4371	4 8,4	4 27

CALLIOPE 1856.

Ephemeride für die Opposition.

12^h Mittl. Zt.		Geoc. Ger. Aufst. ㉒	Geoc. Abweichg. ㉒	Log. Entfern. ㉒ von ♁	Log. Entfern. ㉒ von ☉
		h ′ ″	° ′ ″		
Aug.	10	22 48 16,43	— 29 51 53,3	0,2846137	0,4600507
	11	47 33,07	29 58 57,2	0,2838071	0,4598924
	12	46 48,71	30 5 54,9	0,2830557	0,4597342
	13	46 3,38	12 46,0	0,2823600	0,4595759
	14	45 17,15	19 30,0	0,2817208	0,4594176
	15	44 30,03	26 6,3	0,2811382	0,4592591
	16	43 42,08	32 34,7	0,2806129	0,4591007
	17	42 53,36	38 54,5	0,2801452	0,4589422
	18	42 3,92	45 5,4	0,2797357	0,4587837
	19	41 13,80	51 6,9	0,2793844	0,4586250
	20	22 40 23,05	— 30 56 58,7	0,2790918	0,4584664
	21	39 31,73	31 2 40,4	0,2788580	0,4583077
☍	22	38 39,92	8 11,4	0,2786834	0,4581489
	23	37 47,65	13 31,4	0,2785680	0,4579900
	24	36 55,01	18 40,1	0,2785119	0,4578311
	25	36 2,03	23 37,0	0,2785151	0,4576722
	26	35 8,79	28 21,8	0,2785776	0,4575133
	27	34 15,36	32 54,1	0,2786995	0,4573542
	28	33 21,80	37 13,7	0,2788806	0,4571952
	29	32 28,15	41 20,2	0,2791208	0,4570361
	30	22 31 34,52	— 31 45 13,5	0,2794198	0,4568770
	31	30 40,95	48 53,1	0,2797768	0,4567179
Sept.	1	29 47,52	52 18,9	0,2801916	0,4565588
	2	28 54,39	55 30,6	0,2806633	0,4563997
	3	28 1,34	31 58 28,1	0,2811916	0,4562405
	4	27 8,74	32 1 11,2	0,2817760	0,4560812
	5	26 16,52	3 39,8	0,2824157	0,4559219
	6	25 24,77	5 53,7	0,2831099	0,4557626
	7	24 33,55	7 53,0	0,2838578	0,4556033
	8	23 42,91	9 37,5	0,2846586	0,4554440
	9	22 22 52,91	— 32 10 7,2	0,2855114	0,4552847
	10	22 3,60	12 22,1	0,2864156	0,4551254
	11	21 15,06	13 22,2	0,2873699	0,4549661
	12	20 27,30	14 7,5	0,2883735	0,4548068
	13	19 40,41	14 38,1	0,2894255	0,4546475

㉒ ☍ ☉ Aug. 21. 20^h 16′,6 Lichtstärke = 1,037

THALIA 1856.

Geocentrischer Ort.

0h Mittl. Zt.		Geoc. Ger. Aufst. ㉓	Geoc. Abweichg. ㉓	Log. Entfern. ㉓ von ♁	㉓ von ☉	㉓ im Merid.	Halb. Tagb.
		h ′	° ′			h ′	h ′
Jan.	1	21 31,9	− 23 19,7	0,5866	0,4979	2 50,7	3 43
	11	21 45,4	22 5,6	0,5944	0,4963	2 24,8	3 52
	21	21 59,2	20 48,0	0,6005	0,4946	1 59,2	4 1
	31	22 13,1	19 27,5	0,6048	0,4928	1 33,6	4 10
Febr.	10	22 27,3	18 5,0	0,6074	0,4910	1 8,4	4 19
	20	22 41,4	16 40,5	0,6081	0,4890	0 43,1	4 28
Mrz.	1	22 55,6	15 14,6	0,6072	0,4870	0 17,9	4 37
	11	23 9,7	13 48,1	0,6045	0,4848	23 52,5	4 45
	21	23 23,8	12 21,5	0,6001	0,4825	23 27,2	4 54
	31	23 37,8	10 55,6	0,5940	0,4801	23 1,8	5 2
Apr.	10	23 51,6	− 9 30,9	0,5863	0,4777	22 36,2	5 9
	20	0 5,2	8 8,3	0,5768	0,4752	22 10,3	5 17
	30	0 18,6	6 48,4	0,5656	0,4726	21 44,3	5 24
Mai	10	0 31,8	5 32,0	0,5526	0,4698	21 18,1	5 31
	20	0 44,6	4 19,9	0,5380	0,4670	20 51,4	5 37
	30	0 57,0	3 12,8	0,5216	0,4610	20 24,4	5 43
Juni	9	1 9,0	2 11,4	0,5035	0,4610	19 57,0	5 49
	19	1 20,4	1 16,7	0,4836	0,4579	19 29,0	5 53
	29	1 31,1	− 0 29,5	0,4620	0,4547	19 0,2	5 57
Juli	9	1 41,0	+ 0 9,4	0,4386	0,4513	18 30,7	6 1
	19	1 49,7	+ 0 39,1	0,4139	0,4479	18 0,0	6 3
	29	1 57,2	0 58,9	0,3878	0,4444	17 28,1	6 5
Aug.	8	2 3,1	1 7,9	0,3602	0,4408	16 54,5	6 6
	18	2 7,0	1 5,8	0,3319	0,4371	16 19,0	6 4
	28	2 9,0	0 52,6	0,3040	0,4333	15 41,6	6 2
Sept.	7	2 8,2	+ 0 28,7	0,2772	0,4294	15 1,4	6 0
	17	2 5,2	− 0 3,8	0,2520	0,4255	14 18,9	5 57
	27	1 59,5	0 41,9	0,2300	0,4214	13 33,8	5 53
Oct.	7	1 51,6	1 21,2	0,2149	0,4173	12 46,5	5 50
	17	1 42,1	1 55,7	0,2064	0,4131	11 57,6	5 48
	27	1 32,3	2 18,1	0,2039	0,4088	11 8,3	5 47
Nov.	6	1 23,2	2 24,8	0,2089	0,4044	10 19,8	5 48
	16	1 15,6	2 13,0	0,2208	0,3999	9 32,8	5 51
	26	1 10,6	1 40,0	0,2378	0,3955	8 48,4	5 56
Dec.	6	1 8,3	− 0 51,8	0,2576	0,3910	8 6,6	6 1
	16	1 9,6	+ 0 3,7	0,2774	0,3865	7 28,5	6 7
	26	1 14,2	0 57,2	0,2934	0,3820	6 53,7	6 14

THEMIS 1856.

Geocentrischer Ort.

0ʰ Mittl. Zt.		Geoc. Ger. Aufst. ㉔	Geoc. Abweichg. ㉔	Log. Entfern. ㉔ von ♁	㉔ von ☉	㉔ im Merid.	㉔ Halb. Tagb.
		h ′	° ′			h ′	h ′
Jan.	1	21 54,4	− 13 22,2	0,6138	0,5437	3 13,2	4 51
	11	22 5,7	12 20,0	0,6240	0,5432	2 45,1	4 57
	21	22 17,4	11 13,5	0,6324	0,5426	2 17,4	5 3
	31	22 29,4	10 3,4	0,6391	0,5420	1 49,9	5 10
Febr.	10	22 41,6	8 50,1	0,6441	0,5414	1 22,7	5 16
	20	22 54,0	7 34,3	0,6473	0,5407	0 55,7	5 23
Mrz.	1	23 6,4	6 16,7	0,6489	0,5400	0 28,7	5 30
	11	23 18,7	4 57,7	0,6488	0,5393	0 1,5	5 37
	21	23 31,1	3 38,1	0,6470	0,5385	23 34,5	5 44
	31	23 43,3	2 18,5	0,6436	0,5378	23 7,3	5 51
Apr.	10	23 55,4	− 0 59,5	0,6385	0,5370	22 40,0	5 58
	20	0 7,3	+ 0 18,2	0,6318	0,5361	22 12,4	6 4
	30	0 18,9	1 34,0	0,6237	0,5352	21 44,6	6 11
Mai	10	0 30,1	2 47,2	0,6135	0,5343	21 16,4	6 17
	20	0 41,0	3 57,2	0,6020	0,5334	20 47,8	6 23
	30	0 51,5	5 3,4	0,5889	0,5324	20 18,9	6 29
Juni	9	1 1,3	6 5,0	0,5742	0,5314	19 49,3	6 35
	19	1 10,5	7 1,6	0,5580	0,5304	19 19,1	6 40
	29	1 18,8	7 52,2	0,5404	0,5294	18 47,9	6 44
Juli	9	1 26,2	8 36,0	0,5214	0,5283	18 15,9	6 48
	19	1 32,4	+ 9 12,4	0,5013	0,5272	17 42,7	6 52
	29	1 37,2	9 40,6	0,4804	0,5261	17 8,1	6 54
Aug.	8	1 40,5	9 59,5	0,4590	0,5249	16 31,9	6 56
	18	1 42,0	10 8,6	0,4376	0,5237	15 54,0	6 57
	28	1 41,6	10 6,9	0,4169	0,5225	15 14,2	6 57
Sept.	7	1 39,3	9 54,2	0,3979	0,5212	14 32,5	6 56
	17	1 35,0	9 30,8	0,3817	0,5200	13 48,7	6 53
	27	1 29,1	8 58,0	0,3692	0,5187	13 3,4	6 50
Oct.	7	1 22,1	8 18,0	0,3616	0,5174	12 17,0	6 47
	17	1 14,6	7 34,8	0,3594	0,5160	11 30,1	6 43
	27	1 7,3	+ 6 52,7	0,3627	0,5147	10 43,3	6 39
Nov.	6	1 1,0	6 15,9	0,3715	0,5133	9 57,6	6 36
	16	0 56,2	5 48,5	0,3844	0,5119	9 13,4	6 33
	26	0 53,2	5 32,5	0,4008	0,5105	8 31,0	6 32
Dec.	6	0 52,3	5 29,3	0,4194	0,5090	7 50,6	6 32
	16	0 53,5	5 39,5	0,4392	0,5075	7 12,4	6 33
	26	0 56,6	6 2,3	0,4594	0,5060	6 36,1	6 35
	36	1 1,4	6 39,0	0,4792	0,5045	6 1,4	6 38

THEMIS 1856.

Ephemeride für die Opposition.

12h Mittl. Zt.	Geoc. Ger. Aufst. ⊛	Geoc. Abweichg. ⊛	Log. Entfern. ⊛ von ♁	Log. Entfern. ⊛ von ⊙
	h ′ ″	° ′ ″		
Sept. 25	1 30 7,72	+ 9 3 16,1	0,370718	0,518876
26	29 29,23	8 59 39,2	0,369648	0,518743
27	28 50,00	55 57,7	0,368626	0,518610
28	28 10,06	52 12,0	0,367653	0,518477
29	27 29,47	48 22,2	0,366729	0,518344
30	26 48,26	44 28,7	0,365856	0,518211
Oct. 1	26 6,48	40 31,6	0,365035	0,518077
2	25 24,17	36 31,2	0,364265	0,517943
3	24 41,37	32 27,8	0,363548	0,517809
4	23 58,11	28 21,5	0,362884	0,517675
5	1 23 14,46	+ 8 24 12,7	0,362274	0,517540
6	22 30,44	20 1,5	0,361719	0,517405
7	21 46,09	15 48,2	0,361218	0,517270
8	21 1,47	11 33,0	0,360773	0,517135
9	20 16,61	7 16,1	0,360384	0,516999
10	19 31,56	8 2 57,8	0,360050	0,516864
11	18 46,35	7 58 38,4	0,359772	0,516728
12	18 1,05	54 18,3	0,359550	0,516592
13	17 15,69	49 57,6	0,359383	0,516455
☍ 14	16 30,33	45 36,6	0,359272	0,516318
15	1 15 45,01	+ 7 41 15,5	0,359217	0,516181
16	14 59,73	36 54,5	0,359220	0,516044
17	14 14,57	32 34,0	0,359279	0,515906
18	13 29,57	28 14,2	0,359395	0,515769
19	12 44,78	23 55,3	0,359567	0,515631
20	12 0,24	19 37,7	0,359795	0,515493
21	11 15,98	15 21,7	0,360079	0,515354
22	10 32,07	11 7,6	0,360418	0,515215
23	9 48,53	6 55,6	0,360813	0,515076
24	9 5,41	7 2 46,2	0,361262	0,514937
25	1 8 22,77	+ 6 58 39,3	0,361766	0,514797
26	7 40,63	54 34,9	0,362324	0,514656
27	6 59,05	50 33,3	0,362935	0,514519

⊛ ☍ ⊙ Oct. 13. 11h 49′ Lichtstärke = 0,801

PROSERPINA 1856.

Geocentrischer Ort.

0h Mittl. Zt.		Geoc. Ger. Aufst. ㉖	Geoc. Abweichg. ㉖	Log. Entfern. ㉖ von ♁	Log. Entfern. ㉖ von ☉	㉖ im Merid.	㉖ Halb. Tagb.
		h ′	° ′			h ′	h ′
Jan.	1	4 10,0	+ 23 42,1	0,3035	0,4578	9 27,1	8 18
	11	4 5,4	23 31,8	0,3223	0,4573	8 43,4	8 17
	21	4 3,6	23 27,1	0,3439	0,4567	8 2,3	8 16
	31	4 4,6	23 28,7	0,3669	0,4561	7 24,0	8 16
Febr.	10	4 8,2	23 36,6	0,3903	0,4555	6 48,3	8 17
	20	4 14,1	23 49,6	0,4133	0,4548	6 15,0	8 19
Mrz.	1	4 22,1	24 6,6	0,4354	0,4540	5 43,7	8 21
	11	4 31,8	24 25,9	0,4561	0,4533	5 13,9	8 23
	21	4 43,1	24 45,9	0,4752	0,4524	4 45,8	8 26
	31	4 55,7	25 5,3	0,4928	0,4516	4 19,1	8 29
Apr.	10	5 9,4	+ 25 22,6	0,5086	0,4507	3 53,5	8 31
	20	5 24,1	25 36,5	0,5227	0,4497	3 28,8	8 33
	30	5 39,5	25 46,1	0,5351	0,4487	3 4,9	8 34
Mai	10	5 55,6	25 50,5	0,5458	0,4477	2 41,6	8 34
	20	6 12,3	25 48,9	0,5548	0,4466	2 18,9	8 34
	30	6 29,3	25 40,7	0,5622	0,4455	1 56,5	8 33
Juni	9	6 46,6	25 25,8	0,5680	0,4444	1 34,3	8 31
	19	7 4,2	25 3,8	0,5723	0,4432	1 12,6	8 28
	29	7 21,8	24 34,7	0,5750	0,4420	0 50,9	8 25
Juli	9	7 39,6	23 58,6	0,5762	0,4408	0 29,2	8 20
	19	7 57,2	+ 23 15,4	0,5759	0,4395	0 7,4	8 15
	29	8 14,7	22 25,8	0,5740	0,4382	23 43,3	8 8
Aug.	8	8 32,1	21 30,1	0,5707	0,4369	23 21,4	8 2
	18	8 49,3	20 29,0	0,5658	0,4355	22 59,0	7 55
	28	9 6,2	19 22,9	0,5594	0,4342	22 36,6	7 48
Sept.	7	9 22,8	18 12,7	0,5514	0,4327	22 13,7	7 40
	17	9 39,0	16 59,3	0,5417	0,4313	21 50,6	7 33
	27	9 54,8	15 43,6	0,5304	0,4299	21 27,0	7 25
Oct.	7	10 10,2	14 26,5	0,5174	0,4284	21 2,8	7 17
	17	10 25,0	13 9,3	0,5027	0,4269	20 38,2	7 10
	27	10 39,2	+ 11 53,1	0,4862	0,4254	20 13,1	7 3
Nov.	6	10 52,7	10 39,3	0,4679	0,4239	19 47,1	6 56
	16	11 5,5	9 29,3	0,4477	0,4224	19 20,4	6 50
	26	11 17,2	8 24,6	0,4257	0,4209	18 52,6	6 44
Dec.	6	11 27,9	7 26,9	0,4020	0,4193	18 24,0	6 39
	16	11 37,3	6 38,0	0,3767	0,4178	17 53,9	6 34
	26	11 45,1	5 59,7	0,3501	0,4163	17 22,2	6 31
	36	11 51,0	5 34,0	0,3224	0,4147	16 48,6	6 29

PROSERPINA 1855.

Ephemeride für die Opposition.

12ʰ Mittl. Zt.	Geoc. Ger. Aufst. ㉖	Geoc. Abweichg. ㉖	Log. Entfern. ㉖ von ♁	Log. Entfern. ㉖ von ☉
	h ′ ″	° ′ ″		
Nov. 16	4 51 38,35	+ 24 31 38,6	0,286440	0,459472
17	50 44,76	31 29,6	0,285371	0,459442
18	49 50,19	31 17,6	0,284361	0,459412
19	48 54,68	31 1,8	0,283411	0,459381
20	47 58,31	30 42,7	0,282523	0,459350
21	47 1,14	30 20,0	0,281697	0,459318
22	46 3,21	29 53,9	0,280935	0,459286
23	45 4,59	29 24,2	0,280236	0,459253
24	44 5,35	28 51,0	0,279603	0,459220
25	43 5,56	28 14,4	0,279035	0,459187
26	4 42 5,25	+ 24 27 34,4	0,278534	0,459153
27	41 4,49	26 50,9	0,278100	0,459119
28	40 3,36	26 4,0	0,277732	0,459084
29	39 1,93	25 13,9	0,277432	0,459048
30	38 0,26	24 20,5	0,277201	0,459012
Dec. 1	36 58,41	23 24,1	0,277038	0,458976
2	35 56,49	22 24,6	0,276945	0,458939
☍ 3	34 54,54	21 22,4	0,276920	0,458902
4	33 52,64	20 16,9	0,276965	0,458864
5	32 50,85	19 8,9	0,277079	0,458826
6	4 31 49,27	+ 24 17 58,3	0,277262	0,458788
7	30 47,95	16 45,4	0,277513	0,458749
8	29 46,96	15 30,2	0,277834	0,458710
9	28 46,39	14 12,9	0,278223	0,458670
10	27 46,29	12 53,7	0,278680	0,458630
11	26 46,73	11 32,8	0,279204	0,458589
12	25 47,81	10 10,2	0,279795	0,458547
13	24 49,57	8 46,3	0,280452	0,458505
14	23 52,08	7 21,0	0,281174	0,458463
15	22 55,40	6 54,7	0,281960	0,458420
16	4 21 59,60	+ 24 4 27,7	0,282809	0,458377
17	21 4,72	3 0,1	0,283720	0,458334
18	20 10,82	1 31,9	0,284693	0,458290
19	19 17,89	24 0 3,6	0,285725	0,458245
20	18 26,17	23 58 35,0	0,286816	0,458200

㉖ ☍ ☉ Dec. 3. 0ʰ 30′,7 Lichtstärke = 0,652

BELLONA 1856.

Geocentrischer Ort.

0h Mittl. Zt.		Geoc. Ger. Aufst. ㉘	Geoc. Abweichg. ㉘	Log. Entfern. ㉘ von ♁	Log. Entfern. ㉘ von ⊙	㉘ im Merid.	㉘ Halb. Tagb.
		h ′ ″	° ′			h ′	h ′
Jan.	1	19 55 39	− 17 59,2	0,6159	0,5057	1 14,5	4 24
	11	20 10 25	17 28,0	0,6196	0,5057	0 49,8	4 27
	21	20 25 12	16 51,1	0,6216	0,5056	0 25,2	4 31
	31	20 39 52	16 9,3	0,6217	0,5055	0 0,4	4 35
Febr.	10	20 54 24	15 22,9	0,6201	0,5052	23 35,5	4 39
	20	21 8 43	14 32,8	0,6168	0,5050	23 10,4	4 44
Mrz.	1	21 22 44	13 39,7	0,6118	0,5046	22 45,0	4 49
	11	21 36 24	12 44,5	0,6050	0,5043	22 19,2	4 55
	21	21 49 40	11 48,1	0,5965	0,5038	21 53,1	5 0
	31	22 2 27	10 51,6	0,5862	0,5033	21 26,4	5 5
Apr.	10	22 14 42	− 9 55,8	0,5743	0,5027	20 59,3	5 11
	20	22 26 19	9 2,0	0,5607	0,5021	20 31,4	5 15
	30	22 37 16	8 11,3	0,5453	0,5014	20 3,0	5 20
Mai	10	22 47 25	7 24,9	0,5284	0,5006	19 33,7	5 24
	20	22 56 40	6 44,3	0,5099	0,4998	19 3,5	5 28
	30	23 4 52	6 10,9	0,4900	0,4989	18 32,3	5 31
Juni	9	23 11 52	5 46,2	0,4688	0,4980	17 59,9	5 33
	19	23 17 30	5 31,9	0,4467	0,4970	17 26,1	5 34
	29	23 21 34	5 29,5	0,4239	0,4960	16 50,7	5 34
Juli	9	23 23 53	5 40,6	0,4010	0,4949	16 13,6	5 33
	19	23 24 17	− 6 6,1	0,3789	0,4937	15 34,5	5 31
	29	23 22 41	6 46,4	0,3583	0,4925	14 53,6	5 27
Aug.	8	23 19 4	7 40,6	0,3404	0,4912	14 10,5	5 23
	18	23 13 39	8 45,9	0,3266	0,4898	13 25,7	5 17
	28	23 6 50	9 58,2	0,3178	0,4884	12 39,4	5 10
Sept.	7	22 59 16	11 12,0	0,3149	0,4870	11 52,4	5 3
	17	22 51 43	12 20,6	0,3180	0,4854	11 5,4	4 57
	27	22 44 59	13 18,6	0,3268	0,4839	10 19,3	4 52
Oct.	7	22 39 44	14 2,6	0,3403	0,4822	9 34,6	4 47
	17	22 36 25	14 30,3	0,3575	0,4805	8 51,9	4 45
	27	22 35 18	− 14 41,8	0,3771	0,4788	8 11,3	4 44
Nov.	6	22 36 25	14 37,7	0,3979	0,4770	7 33,0	4 44
	16	22 39 40	14 19,4	0,4191	0,4751	6 56,8	4 46
	26	22 44 51	13 48,5	0,4400	0,4732	6 22,6	4 49
Dec.	6	22 51 45	13 6,5	0,4600	0,4713	5 50,1	4 53
	16	23 0 8	12 14,9	0,4787	0,4693	5 19,0	4 58
	26	23 9 45	11 14,8	0,4960	0,4672	4 49,2	5 3
	36	23 20 23	10 7,8	0,5118	0,4651	4 20,4	5 10

URANIA 1856.

Geocentrischer Ort.

0h Mittl. Zt.	Geoc. Ger. Aufst. ⑳	Geoc. Abweichg. ⑳	Log. Entfern. ⑳ von ♁	Log. Entfern. ⑳ von ☉	⑳ im Merid.	⑳ Halb. Tagb.
	h ′	° ′			h ′	h ′
Jan. 1	9 2,5	+ 17 24,1	0,1564	0,3659	14 21,3	7 40
11	8 54,5	17 48,2	0,1431	0,3686	13 33,9	7 42
21	8 44,3	18 18,3	0,1374	0,3712	12 44,3	7 45
31	8 33,4	18 48,6	0,1404	0,3739	11 53,9	7 49
Febr. 10	8 23,2	19 14,2	0,1520	0,3764	11 4,3	7 52
20	8 15,0	19 32,0	0,1709	0,3790	10 16,7	7 54
Mrz. 1	8 9,6	19 40,9	0,1953	0,3815	9 31,9	7 55
11	8 7,4	19 40,8	0,2231	0,3839	8 50,2	7 55
21	8 8,4	19 32,2	0,2527	0,3864	8 11,8	7 54
31	8 12,3	19 15,7	0,2827	0,3887	7 36,3	7 52
Apr. 10	8 18,6	+ 18 51,4	0,3121	0,3910	7 3,2	7 49
20	8 27,0	18 19,6	0,3403	0,3933	6 32,1	7 46
30	8 37,0	17 40,6	0,3671	0,3955	6 2,7	7 42
Mai 10	8 48,4	16 54,4	0,3922	0,3976	5 34,7	7 37
20	9 0,9	16 1,0	0,4154	0,3996	5 7,7	7 31
30	9 14,2	15 0,8	0,4368	0,4016	4 41,6	7 25
Juni 9	9 28,2	13 54,0	0,4563	0,4035	4 16,2	7 18
19	9 42,6	12 41,1	0,4741	0,4054	3 51,2	7 11
29	9 57,3	11 22,4	0,4901	0,4072	3 26,4	7 4
Juli 9	10 12,3	9 58,3	0,5043	0,4088	3 2,0	6 56
19	10 27,6	+ 8 29,6	0,5169	0,4105	2 37,9	6 48
29	10 43,0	6 56,8	0,5278	0,4120	2 13,9	6 39
Aug. 8	10 58,4	5 20,4	0,5371	0,4135	1 49,8	6 31
18	11 14,0	3 41,1	0,5448	0,4149	1 26,0	6 22
28	11 29,6	1 59,6	0,5509	0,4162	1 2,2	6 13
Sept. 7	11 45,2	+ 0 16,5	0,5554	0,4173	0 38,4	6 4
17	12 0,9	− 1 27,4	0,5584	0,4185	0 14,6	5 55
27	12 16,6	3 11,6	0,5597	0,4195	23 50,9	5 46
Oct. 7	12 32,4	4 55,3	0,5595	0,4205	23 27,3	5 37
17	12 48,1	6 37,7	0,5576	0,4214	23 3,6	5 28
27	13 3,8	− 8 18,2	0,5540	0,4222	22 39,8	5 19
Nov. 6	13 19,4	9 56,0	0,5488	0,4229	22 16,0	5 10
16	13 35,0	11 30,5	0,5418	0,4235	21 52,2	5 2
26	13 50,5	13 0,9	0,5331	0,4241	21 28,3	4 53
Dec. 6	14 5,7	14 26,7	0,5226	0,4246	21 4,0	4 45
16	14 20,7	15 47,4	0,5102	0,4250	20 39,6	4 37
26	14 35,3	17 2,4	0,4960	0,4253	20 14,8	4 30
36	14 49,3	18 11,3	0,4798	0,4255	19 49,3	4 22

URANIA 1856.

Ephemeride für die Opposition.

12^h Mittl. Zt.		Geoc. Ger. Aufst. ㉚	Geoc. Abweichg. ㉚	Log. Entfern. ㉚ von ♁	Log. Entfern. ㉚ von ☉
		h ′ ″	° ′ ″		
Jan.	9	8 55 49,46	+ 17 44 7,1	0,144625	0,368202
	10	8 54 54,99	17 46 51,5	0,143572	0,368467
	11	8 53 59,21	17 49 39,6	0,142596	0,368731
	12	8 53 2,19	17 52 31,1	0,141700	0,368996
	13	8 52 4,01	17 55 25,7	0,140884	0,369260
	14	8 51 4,74	17 58 23,0	0,140150	0,369525
	15	8 50 4,48	18 1 22,6	0,139499	0,369789
	16	8 49 3,31	18 4 24,2	0,138931	0,370053
	17	8 48 1,30	18 7 27,4	0,138446	0,370316
	18	8 46 58,53	18 10 31,9	0,138047	0,370580
	19	8 43 55,04	+ 18 13 37,3	0,137733	0,370843
	20	8 44 50,96	18 16 43,3	0,137505	0,371106
	21	8 43 46,37	18 19 49,7	0,137364	0,371368
	22	8 42 41,35	18 22 56,0	0,137310	0,371630
	23	8 41 35,98	18 26 2,1	0,137344	0,371891
	24	8 40 30,35	18 29 7,5	0,137466	0,372153
	25	8 39 24,54	18 32 11,9	0,137678	0,372414
	26	8 38 18,62	18 35 15,0	0,137978	0,372676
	27	8 37 12,70	18 38 16,5	0,138368	0,372937
☍	28	8 36 6,87	18 41 16,1	0,138846	0,373198
	29	8 35 1,24	+ 18 44 13,6	0,139412	0,373458
	30	8 33 55,93	18 47 8,6	0,140064	0,373718
	31	8 32 50,99	18 50 1,0	0,140803	0,373978
Febr.	1	8 31 46,52	18 52 50,5	0,141628	0,374237
	2	8 30 42,59	18 55 36,7	0,142538	0,374495
	3	8 29 39,28	18 58 19,5	0,143532	0,374753
	4	8 28 36,68	19 0 58,6	0,144610	0,375011
	5	8 27 34,90	19 3 33,8	0,145771	0,375369
	6	8 26 34,00	19 6 5,0	0,147013	0,375526
	7	8 25 34,10	19 8 32,0	0,148335	0,375784
	8	8 24 35,25	+ 19 10 54,5	0,149737	0,376041
	9	8 23 37,53	19 13 12,4	0,151215	0,376298
	10	8 22 41,00	19 15 25,6	0,152769	0,376554
	11	8 21 45,73	19 16 33,8	0,154395	0,376810
	12	8 20 51,79	19 19 36,9	0,156093	0,377066

㉚ ☍ ☉ Jan. 27. $4^h\ 37'\ 26''$ Lichtstärke = 0,990

EUPHROSYNE 1856.

Geocentrischer Ort.

0h Mittl. Zt.		Geoc. Ger. Aufst. (31)	Geoc. Abweichg. (31)	Log. Entfern. (31) von ♁	Log. Entfern. (31) von ☉	(31) im Merid.	(31) Halb. Tagb.
		h ′	° ′			h ′	
Jan.	1	11 23,6	+ 43 14,2	0,2861	0,4098	16 42,4	(31) geht nicht unter.
	11	11 24,7	44 32,8	0,2716	0,4121	16 4,1	
	21	11 21,8	45 52,4	0,2603	0,4145	15 21,8	
	31	11 14,8	47 2,6	0,2530	0,4170	14 35,3	
Febr.	10	11 4,4	47 51,3	0,2506	0,4196	13 45,5	
	20	10 51,8	48 8,4	0,2536	0,4222	12 53,5	
Mrz.	1	10 38,5	47 48,0	0,2619	0,4250	12 0,8	
	11	10 26,4	46 50,3	0,2750	0,4278	11 9,2	
	21	10 17,0	45 19,5	0,2922	0,4307	10 20,4	
	31	10 10,7	43 23,8	0,3125	0,4336	9 34,7	
Apr.	10	10 7,9	+ 41 11,9	0,3349	0,4366	8 52,5	
	20	10 8,0	38 49,6	0,3584	0,4396	8 13,1	h ′
	30	10 10,9	36 22,3	0,3825	0,4427	7 36,6	11 15
Mai	10	10 15,9	33 53,4	0,4062	0,4458	7 2,2	10 14
	20	10 22,6	31 24,6	0,4295	0,4489	6 29,4	9 37
	30	10 30,7	28 56,8	0,4518	0,4520	5 58,1	9 10
Juni	9	10 39,9	26 30,5	0,4730	0,4552	5 27,9	8 47
	19	10 50,0	24 6,3	0,4929	0,4583	4 58,6	8 27
	29	11 0,6	21 44,5	0,5115	0,4615	4 29,7	8 9
Juli	9	11 11,8	19 24,6	0,5286	0,4647	4 1,5	7 53
	19	11 23,4	+ 17 7,0	0,5442	0,4678	3 33,7	7 38
	29	11 35,2	14 51,6	0,5583	0,4709	3 6,1	7 24
Aug.	8	11 47,3	12 38,5	0,5709	0,4741	2 38,7	7 11
	18	11 59,6	10 27,7	0,5818	0,4772	2 11,6	6 59
	28	12 12,0	8 19,5	0,5912	0,4803	1 44,6	6 47
Sept.	7	12 24,5	6 14,1	0,5990	0,4833	1 17,7	6 36
	17	12 37,0	4 11,3	0,6052	0,4864	0 50,7	6 25
	27	12 49,6	2 11,8	0,6098	0,4894	0 23,9	6 15
Oct.	7	13 2,1	+ 0 15,3	0,6126	0,4924	23 57,0	6 4
	17	13 14,6	− 1 37,2	0,6139	0,4953	23 30,1	5 54
	27	13 27,0	− 3 26,2	0,6134	0,4982	23 3,0	5 45
Nov.	6	13 39,2	5 11,3	0,6112	0,5011	22 35,8	5 36
	16	13 51,2	6 52,1	0,6072	0,5039	22 8,4	5 27
	26	14 2,9	8 28,7	0,6014	0,5067	21 40,7	5 18
Dec.	6	14 14,1	10 0,8	0,5939	0,5095	21 12,4	5 10
	16	14 24,9	11 28,5	0,5845	0,5122	20 43,8	5 2
	26	14 35,0	12 51,6	0,5735	0,5148	20 14,5	4 54
	36	14 44,4	14 10,5	0,5607	0,5174	19 44,0	4 47

EUPHROSYNE 1856.

Ephemeride für die Opposition.

12^h Mittl. Zt.		Geoc. Ger. Aufst. (31)	Geoc. Abweichg. (31)	Log. Entfern. (31) von ♁	Log. Entfern. (31) von ☉
		h ′ ″	° ′ ″		
Jan.	29	11 16 6,62	+ 46 53 9,2	0,253786	0,416644
	30	11 15 15,90	46 59 29,5	0,253245	
	31	11 14 23,00	47 5 38,1	0,252754	0,417150
Febr.	1	11 13 27,97	47 11 33,8	0,252312	
	2	11 12 30,89	47 17 15,8	0,251921	0,417660
	3	11 11 31,83	47 22 43,4	0,251581	
	4	11 10 30,85	47 27 55,8	0,251291	0,418173
	5	11 9 28,03	47 32 52,5	0,251053	
	6	11 8 23,43	47 37 32,1	0,250867	0,418690
	7	11 7 17,14	47 41 54,3	0,250735	
	8	11 6 9,23	+ 47 45 58,6	0,250655	0,419211
	9	11 4 59,79	47 49 44,6	0,250629	
	10	11 3 48,93	47 53 11,9	0,250657	0,419735
	11	11 2 36,75	47 56 19,2	0,250738	
	12	11 1 23,32	47 59 6,4	0,250873	0,420263
	13	11 0 8,76	48 1 33,1	0,251062	
☍	14	10 58 53,18	48 3 38,9	0,251305	0,420794
	15	10 57 36,68	48 5 23,4	0,251601	
	16	10 56 19,35	48 6 46,1	0,251952	0,421328
	17	10 55 1,31	48 7 46,9	0,252357	
	18	10 53 42,67	+ 48 8 25,7	0,252818	0,421866
	19	10 52 23,53	48 8 42,1	0,253327	
	20	10 51 4,00	48 8 35,5	0,253893	0,422407
	21	10 49 44,19	48 8 5,8	0,254514	
	22	10 48 24,21	48 7 12,9	0,255189	0,422951
	23	10 47 4,16	48 5 56,9	0,255915	
	24	10 45 44,16	48 4 17,8	0,256693	0,423498
	25	10 44 24,31	48 2 15,7	0,257522	
	26	10 43 4,72	47 59 50,7	0,258401	0,424049
	27	10 41 45,49	47 57 2,1	0,259331	
	28	10 40 26,73	+ 47 53 50,0	0,260312	0,424603
	29	10 39 8,55	47 50 14,5	0,261343	
Mrz.	1	10 37 51,07	47 46 15,8	0,262424	0,425159

(31) ☍ ☉ Febr. 13. 19^h 10′ 33″ Lichtstärke = 2,10

POLYHYMNIA 1856.

Geocentrischer Ort.

0^h Mittl. Zt.	Geoc. Ger. Aufst. (33)	Geoc. Abweichg. (33)	Log. Entfern. (33) von ♁	Log. Entfern. (34) von ☉	(33) im Merid.	(33) Halb. Tagb.
	h ′	° ′			h ′	h ′
Jan. 1	9 11,2	+ 18 43,5	0,4226	0,5441	14 30,0	7 48
11	9 4,2	19 12,6	0,4139	0,5469	13 43,6	7 51
21	8 56,0	19 47,3	0,4098	0,5494	12 56,0	7 55
31	8 47,2	20 21,1	0,4112	0,5518	12 7,7	7 59
Febr. 10	8 38,5	20 50,8	0,4177	0,5540	11 19,6	8 3
20	8 30,7	21 14,1	0,4290	0,5562	10 32,4	8 5
Mrz. 1	8 24,4	21 29,7	0,4443	0,5582	9 46,7	8 7
11	8 20,0	21 37,6	0,4626	0,5602	9 2,8	8 8
21	8 17,8	21 38,2	0,4827	0,5621	8 21,2	8 8
31	8 17,6	21 32,2	0,5036	0,5640	7 41,6	8 8
Apr. 10	8 19,4	+ 21 19,9	0,5246	0,5657	7 4,0	8 6
20	8 23,0	21 2,2	0,5453	0,5674	6 28,1	8 4
30	8 28,0	20 39,4	0,5651	0,5689	5 53,7	8 1
Mai 10	8 34,3	20 11,8	0,5837	0,5704	5 20,6	7 58
20	8 41,7	19 39,7	0,6009	0,5718	4 48,5	7 55
30	8 50,1	19 3,2	0,6166	0,5731	4 17,5	7 50
Juni 9	8 59,2	18 22,7	0,6307	0,5743	3 47,2	7 46
19	9 8,8	17 38,2	0,6431	0,5755	3 17,4	7 41
29	9 18,9	16 50,0	0,6539	0,5766	2 48,0	7 36
Juli 9	9 29,3	15 58,3	0,6630	0,5776	2 19,0	7 31
19	9 40,0	+ 15 3,5	0,6704	0,5785	1 50,3	7 25
29	9 50,9	14 6,1	0,6762	0,5793	1 21,8	7 20
Aug. 8	10 1,8	13 6,2	0,6802	0,5801	0 53,2	7 14
18	10 12,8	12 4,4	0,6827	0,5807	0 24,8	7 8
28	10 23,7	11 1,0	0,6834	0,5813	23 56,3	7 2
Sept. 7	10 34,5	9 56,6	0,6824	0,5818	23 27,7	6 56
17	10 45,2	8 51,8	0,6796	0,5822	22 58,9	6 50
27	10 55,7	7 47,1	0,6752	0,5826	22 30,0	6 44
Oct. 7	11 5,8	6 43,3	0,6690	0,5829	22 0,7	6 38
17	11 15,6	5 41,0	0,6611	0,5831	21 31,1	6 33
27	11 24,9	+ 4 41,0	0,6514	0,5832	21 0,9	6 27
Nov. 6	11 33,7	3 44,2	0,6400	0,5833	20 30,3	6 22
16	11 41,8	2 51,5	0,6269	0,5832	19 59,0	6 18
26	11 49,2	2 3,8	0,6122	0,5831	19 27,0	6 14
Dec. 6	11 55,6	1 22,1	0,5960	0,5830	18 53,9	6 10
16	12 0,9	0 47,4	0,5784	0,5827	17 19,8	6 7
26	12 4,9	0 20,9	0,5598	0,5824	16 44,4	6 5
36	12 7,6	0 4,0	0,5405	0,5820	16 7,6	6 3

POLYHYMNIA 1856.

Ephemeride für die Opposition.

12h Mittl. Zt.		Geoc. Ger. Aufst. (33)			Geoc. Abweichg. (33)				Log. Entfern. (33) von ♁	Log. Entfern. (33) von ☉
		h	′	″		°	′	″		
Jan.	13	9	2	16,23	+	19	21	19,9	0,412491	0,547491
	14	9	1	27,73		19	24	37,9	0,411993	0,547740
	15	9	0	38,60		19	28	6,6	0,411545	0,547988
	16	8	59	48,86		19	31	35,9	0,411147	0,548235
	17	8	58	58,55		19	35	5,7	0,410799	0,548481
	18	8	58	7,70		19	38	35,9	0,410503	0,548726
	19	8	57	16,36		19	42	6,1	0,410258	0,548971
	20	8	56	24,58		19	45	36,0	0,410066	0,549215
	21	8	55	22,40		19	49	5,3	0,409925	0,549457
	22	8	54	39,87		19	52	33,8	0,409838	0,549698
	23	8	53	47,04	+	19	56	1,3	0,409803	0,549939
	24	8	52	53,95		19	59	27,7	0,409822	0,550179
	25	8	52	0,62		20	2	52,9	0,409894	0,550418
	26	8	51	7,10		20	6	16,6	0,410019	0,550656
	27	8	50	13,46		20	9	38,6	0,410199	0,550892
	28	8	49	19,76		20	12	58,8	0,410432	0,551127
☍	29	8	48	26,04		20	16	17,0	0,410718	0,551362
	30	8	47	32,35		20	19	33,1	0,411057	0,551596
	31	8	46	38,72		20	22	46,7	0,411449	0,551829
Febr.	1	8	45	45,21		20	25	57,6	0,411894	0,552061
	2	8	44	51,87	+	20	29	5,7	0,412392	0,552292
	3	8	43	58,75		20	32	10,8	0,412942	0,552522
	4	8	43	5,89		20	35	12,8	0,413544	0,552751
	5	8	42	13,33		20	38	11,6	0,414199	0,552979
	6	8	41	21,13		20	41	6,9	0,414907	0,553207
	7	8	40	29,37		20	43	58,8	0,415666	0,553433
	8	8	39	38,11		20	46	47,0	0,416475	0,553658
	9	8	38	47,36		20	49	31,4	0,417332	0,553882
	10	8	37	57,13		20	52	12,1	0,418237	0,554106
	11	8	37	7,45		20	54	48,9	0,419190	0,554329
	12	8	36	18,41	+	20	57	21,6	0,420191	0,554550
	13	8	35	30,05		20	59	50,0	0,421839	0,554771
	14	8	34	42,41		21	2	14,2	0,422331	0,554991

(33) ☍ ☉ Jan. 29. 6h 17′ 5″ Lichtstärke = 0,34

CIRCE 1856.

Geocentrischer Ort.

0h Mittl. Zt.		Geoc. Ger. Aufst. (34)	Geoc. Abweichg. (34)	Log. Entfern. (34) von ♁	Log. Entfern. (34) von ☉	(34) im Merid.	(34) Halb. Tagb.
		° ′	° ′			h ′	h ′
Jan.	1	270 52,8	− 19 37,7	0,5654	0,4337	23 18,5	4 9
	11	275 23,4	19 29,7	0,5630	0,4353	22 57,1	4 10
	21	279 49,8	19 12,3	0,5593	0,4369	22 35,5	4 12
	31	284 9,8	18 47,8	0,5539	0,4385	22 13,5	4 15
Febr.	10	288 22,1	18 15,8	0,5467	0,4401	21 50,9	4 18
	20	292 25,5	17 38,1	0,5378	0,4416	21 27,8	4 22
Mrz.	1	296 18,4	16 54,6	0,5274	0,4431	21 4,0	4 27
	11	299 59,1	16 6,9	0,5153	0,4446	20 39,3	4 32
	21	303 26,3	15 16,0	0,5015	0,4460	20 13,8	4 37
	31	306 38,3	14 23,3	0,4861	0,4474	19 47,2	4 42
Apr.	10	309 33,4	− 13 30,2	0,4692	0,4487	19 19,5	4 47
	20	312 10,1	12 38,2	0,4506	0,4501	18 50,6	4 52
	30	314 24,1	11 48,5	0,4310	0,4513	18 20,2	4 57
Mai	10	316 15,1	11 3,3	0,4100	0,4525	17 48,3	5 1
	20	317 39,0	10 24,5	0,3883	0,4537	17 14,6	5 5
	30	318 33,7	9 53,5	0,3661	0,4549	16 38,9	5 7
Juni	9	318 55,6	9 32,8	0,3442	0,4560	16 1,0	5 9
	19	318 43,3	9 23,9	0,3235	0,4571	15 20,9	5 10
	29	317 56,8	9 27,8	0,3048	0,4580	14 38,5	5 10
Juli	9	316 37,7	9 45,0	0,2897	0,4590	13 53,9	5 8
	19	314 52,0	− 10 14,4	0,2792	0,4599	13 7,6	5 5
	29	312 49,1	10 53,6	0,2746	0,4608	12 20,1	5 1
Aug.	8	310 41,5	11 39,2	0,2762	0,4616	11 32,3	4 57
	18	308 42,2	12 26,7	0,2841	0,4624	10 45,0	4 52
	28	307 4,0	13 12,1	0,2977	0,4632	9 59,2	4 48
Sept.	7	305 55,5	13 52,5	0,3157	0,4638	9 15,3	4 45
	17	305 22,0	14 25,4	0,3368	0,4644	8 33,8	4 42
	27	305 24,5	14 50,1	0,3599	0,4650	7 54,6	4 39
Oct.	7	306 2,8	15 5,5	0,3839	0,4655	7 17,9	4 38
	17	307 13,7	15 11,4	0,4080	0,4660	6 43,3	4 37
	27	308 52,4	− 15 8,5	0,4315	0,4665	6 10,5	4 37
Nov.	6	310 56,4	14 56,1	0,4539	0,4669	5 39,4	4 38
	16	313 21,7	14 35,2	0,4749	0,4672	5 9,8	4 41
	26	316 3,6	14 5,0	0,4945	0,4675	4 21,2	4 44
Dec.	6	319 0,1	13 27,0	0,5124	0,4677	4 13,6	4 47
	16	322 8,2	12 41,2	0,5285	0,4679	3 46,8	4 52
	26	325 25,5	11 48,2	0,5429	0,4680	3 20,6	4 57
	36	328 50,2	10 48,3	0,5555	0,4681	2 54,9	5 2

NEPTUN 1856.

Geocentrischer Ort.

0ʰ Mittl. Zt.	Geoc. Ger. Aufst. Ψ	Geoc. Abweichg. Ψ	Log. Entfern. Ψ von ♁	Log. Entfern. Ψ von ⊙	Ψ im Merid.
	h ' "	° ' "			h '
Jan. 1	23 9 15,60	— 6 36 3,1	1,481688	1,475996	4 28,1
11	10 4,65	30 39,9	1,483846	1,475992	3 49,4
21	11 3,76	24 15,5	1,485755	1,475989	3 11,0
31	12 11,42	16 59,5	1,487364	1,475985	2 32,7
Febr. 10	13 26,05	9 2,2	1,488634	1,475981	1 54,5
20	14 45,79	0 35,3	1,489531	1,475978	1 16,4
Mrz. 1	16 8,77	5 51 50,7	1,490038	1,475974	0 38,4
11	17 33,12	43 0,3	1,490143	1,475971	0 0,4
21	18 56,86	34 16,7	1,489847	1,475967	23 22,3
31	20 18,17	25 51,5	1,489162	1,475963	22 44,3
Apr. 10	23 21 35,29	— 5 17 55,9	1,488106	1,475960	22 6,1
20	22 46,48	10 40,7	1,486708	1,475956	21 27,9
30	23 50,29	4 15,3	1,485005	1,475952	20 49,5
Mai 10	24 45,33	4 58 48,2	1,483039	1,475949	20 11,0
20	25 30,41	54 26,7	1,480864	1,475945	19 32,4
30	26 4,69	51 16,0	1,478536	1,475942	18 53,5
Juni 9	26 27,37	49 20,3	1,476116	1,475938	18 14,5
19	26 38,13	48 41,6	1,473672	1,475934	17 35,2
29	26 36,91	49 19,4	1,471271	1,475930	16 55,8
Juli 9	26 23,84	51 12,1	1,468979	1,475926	16 16,1
19	23 25 59,59	— 4 54 14,8	1,466870	1,475923	15 36,3
29	25 25,07	58 20,8	1,465006	1,475919	14 56,3
Aug. 8	24 41,52	5 3 21,4	1,463447	1,475915	14 16,1
18	23 50,58	9 5,4	1,462245	1,475911	13 35,9
28	22 54,15	15 20,0	1,461446	1,475907	12 55,5
Sept. 7	21 54,29	21 51,8	1,461075	1,475903	12 15,1
17	20 53,29	28 25,3	1,461149	1,475899	11 34,6
27	19 53,63	34 45,8	1,461668	1,475895	10 54,2
Oct. 7	18 57,58	40 38,5	1,462620	1,475892	10 13,8
17	18 7,39	45 49,1	1,463973	1,475888	9 33,6
27	23 17 25,02	— 5 50 5,8	1,465685	1,475884	8 53,4
Nov. 6	16 52,43	53 17,8	1,467700	1,475880	8 13,5
16	16 30,89	55 16,9	1,469950	1,475876	7 33,7
26	16 21,40	55 57,9	1,472364	1,475872	6 54,1
Dec. 6	16 24,63	55 17,5	1,474866	1,475868	6 14,7
16	16 40,69	53 15,8	1,477376	1,475864	5 35,6
26	17 9,31	49 55,1	1,479821	1,475861	4 56,6
36	17 49,44	45 22,6	1,482133	1,475857	4 17,9

Neu entdeckte Planeten.

Zu den früheren Planeten sind in diesem Jahre bis zum Ende des Oktobers noch vier neue hinzugekommen, nämlich:

(34) Circe entdeckt von Hrn. Chacarnac in Paris, 1855 Apr. 6.
(35) Leukothea » » » Dr. Luther in Bilk, 1855 Apr. 19.
(36) Atalante » » » Goldschmidt in Paris, 1855 Oct. 5.
(37) Fides » » » Dr. Luther in Bilk, 1855 Oct. 5.

Der Name Atalante ist vielleicht noch nicht definitiv angenommen. Ich habe blos durch mündliche Mittheilung gehört, es sei dieser Name gewählt. Sollte ein anderer beschlossen sein, so mufs ich ersuchen, ihn zu substituiren.

Die Zahl sämmtlicher Planeten ist sonach auf 45 gestiegen.

In der vorstehenden Sammlung von Ephemeriden fehlen die Ephemeriden von Eunomia, Fortuna, Lutetia, Phocaea, Euterpe, Amphitrite, Pomona, Leukothea, Atalante und Fides, zusammen von 10 Planeten. Zum gröfseren Theile sind die früheren Berechner nicht fertig geworden, oder haben die Bearbeitung aufgegeben. Nur die zwei letzten, Atalante und Fides, sind erst seit zu kurzer Zeit entdeckt, um eine Jahres-Ephemeride versuchen zu können.

Zur Schätzung der Genauigkeit, welche man den vorstehenden Ephemeriden beilegen könnte, mögen folgende Bemerkungen dienen.

1) Astraea. Herr Prof. Zech in Tübingen, der die Berechnung mir einzusenden die Güte hatte, schreibt mir unter dem 14. September: Ich hoffe eine ziemlich gute Übereinstimmung, da die angesetzten mittleren Elemente mit Berücksichtigung der Störungen durch Jupiter, Saturn und Mars die bisher beobachteten sieben Oppositionen gut darstellen.

2) Hebe, berechnet von Herrn Dr. Luther in Bilk. Der Planet kommt im Jahre 1856 nicht in Opposition. Die Jahres-Ephemeride wird hinreichen, ihn aufzufinden und bei der Auffindung eines beweglichen Sternes zu entscheiden, ob es nicht dieser Planet sei.

3) Iris, berechnet von Herrn Schubert. Der Lauf wird bei der sehr sorgfältigen Bahnbestimmung eine gute Übereinstimmung darbieten. Eine Opposition findet nicht statt.

4) Flora ist nach den Tafeln des Herrn Dr. Brünnow berechnet. Um einen Irrthum, wie bei der vorjährigen Angabe, zu vermeiden, habe ich und Herr Bruhns unabhängig von einander die Tafelwerthe bestimmt. Ich erwarte eine recht gute Übereinstimmung.

5) Metis ist wieder von Herrn Prof. Wolfers berechnet. In No. 977 der astronomischen Nachrichten hat er mehrere Erörterungen über die Grundlage seiner Bearbeitung gegeben.

6) Hygiea verdanke ich gleichfalls der Güte des Herrn Prof. Zech. In No. 934 der astronomischen Nachrichten sind die Elemente enthalten. Bei der bisherigen schönen Übereinstimmung und der Berücksichtigung der Störungen durch Jupiter, Saturn und Mars wird die Übereinstimmung sehr gut sein.

7) Parthenope, berechnet von Herrn Dr. Luther in Bilk nach verbesserten Elementen. Da alle Erscheinungen seit 1850 benutzt sind, so läfst sich eine gute Übereinstimmung erwarten. Die Oppositions-Ephemeride gilt noch für 1855, daher nur die Jahres-Ephemeride für 1856.

8) Victoria, welche 1855 nicht in Opposition kam, ist nach den früheren Elementen mit Berücksichtigung der Störungen von Herrn Director Brünnow in Ann-Arbor berechnet mir eingesandt worden. Auch bei ihr ist eine gute Übereinstimmung zu hoffen.

9) Egeria. Herr Günther in Breslau, dem ich diese Berechnung verdanke, schreibt mir, dafs er sie auf vier Normalörter der Jahre 1850, 1852, 1853 und 1854 gegründet hat, deren Übereinstimmung, die er mittheilt, sehr vorzüglich ist. Zugleich stimmen sie ungemein nahe mit den Elementen des Herrn Hubbard in dem Astr. Journal Bd. III. 185. Hiernach wird ebenfalls die Übereinstimmung eine sehr gute sein.

10) Irene. Zu den früheren acht Bedingungs-Gleichungen hat Herr Bruhns noch zwei hinzugefügt und dadurch den geringen Eehler, den die diesjährige Opposition zeigte, weggeschafft. Die Störungen durch Jupiter, Saturn und Mars sind berücksichtigt, so dafs die Übereinstimmung eine sehr gute sein wird.

11) Psyche Herr Dr. Klinkerfues in Göttingen hat mit verbesserten Elementen die Jahres-Ephemeride berechnet. Eine Opposition findet nicht statt.

12) Thetis. Die Rechnungen sind von Herrn Dr. Schönfeld in Bonn ausgeführt und die Elemente der letzten Opposition angeschlossen mit Berücksichtigung der Störungen. Eine gute Übereinstimmung ist deshalb zu erwarten.

13) Melpomene, berechnet von Herrn Bruhns. Die Elemente sind aus 14 Bedingungs-Gleichungen während drei Erscheinungen hergeleitet, wobei die Störungen durch Jupiter, Saturn und Mars mitgenommen sind. Der Planet kommt in der Opposition der Erde bis auf 0,84 nahe und der Jupiter steht ihm dann am nächsten. Durch die Störungen wird dadurch der geocentrische Ort in *AR* um mehr als + 1′ in Zeit, in Declination um + 3′ im Bogen geändert. Es wird indessen eine gute Übereinstimmung zu erwarten sein.

14) Massalia verdanke ich ebenfalls Herrn Günther. Die Elemente sind mit Rücksicht auf die Jupiter-Störungen aus drei

Erscheinungen hergeleitet, und deshalb eine gute Übereinstimmung zu erwarten.

15) Calliope hat der Adjunct der Wiener Sternwarte, Herr Dr. Hornstein, mir mitgetheilt. Der Anschlufs an sämmtliche Beobachtungen von 1852 Nov. 25 bis 1855 Juni 3 ist so befriedigend, dafs der berechnete Lauf wahrscheinlich nur wenige Secunden vom Himmel abweichen wird.

16) Thalia ist hier nur in der Jahres-Ephemeride gegeben worden. Herr Dr. Förster, der unmittelbar nach dem Schlusse seines Militairjahres seit dem 1. October als zweiter Gehülfe bei der hiesigen Sternwarte eingetreten ist, konnte die Ausfeilung der Elemente nicht so weit vollenden, um eine Oppositions-Ephemeride mit einiger Sicherheit zu geben. Er wird sie aber für die astronomischen Nachrichten einsenden.

17) Themis hat Herr Dr. Krüger nach verbesserten Elementen berechnet, wobei die Störungen, die ungewöhnlich stark sich in diesem Jahre zeigen, berücksichtigt sind. Er hofft keine zu starke Abweichung, und dafs, wenn die nächste Erscheinung vorüber ist, er zu etwas Definitivem über die Bahnbestimmung gelangen werde.

18) Proserpina. Herr Dr. Oudemans in Leyden hat zwei Erscheinungen dieses Planeten in einer besonderen Abhandlung discutirt und die wahrscheinlichsten Elemente hergeleitet. Die Ephemeride, welche er mir zuzusenden die Güte hatte, läfst bei gehöriger Berücksichtigung der Störungen eine genügende Übereinstimmung erwarten.

19) Bellona. Herr Bruhns hat eine Jahres-Ephemeride nach seinen Elementen, welche bei der letzten Erscheinung nahe stimmten, berechnet. Zur Verbesserung der Elemente sind noch zu wenig Beobachtungen bekannt geworden. Die Opposition findet erst gegen Ende des nächsten Jahres statt und die Ephemeride dafür wird noch zu rechter Zeit erscheinen.

20) Urania hat gleichfalls Herr Günther geliefert. Die Elemente aus einer Erscheinung nach der Methode der kleinsten Quadrate verbessert, so wie es in No. 978 der astronomischen Nachrichten näher auseinandergesetzt ist, geben in der jetzigen Erscheinung, nach einigen hier angestellten Beobachtungen, bis jetzt einen Fehler von 20 Zeitsecunden in AR und 1' in Declination.

21) Euphrosyne ist von Herrn Studiosus Winnicke in Berlin mit Benutzung aller über 7 Monate umfassenden Beobachtungen berechnet und zeigt nach hier jetzt gemachten Beobachtungen die trefflichste Übereinstimmung. In No. 979 der astronomischen Nachrichten ist nähere Nachricht gegeben. Es ist zu hoffen, dafs auch für die Opposition die Übereinstimmung bleibt.

22) Polyhymnia hat Herr Studiosus Pape, jetzt in Berlin, gefälligst übernommen und in No. 988 der astronom. Nachrichten nähere Auskunft über sein Verfahren gegeben. Die Übereinstimmung der zum Grunde gelegten Positionen ist recht genügend, da sie aber nur die Zeit von 1854 Nov. bis 1855 Jan. umfafst, so wird eine Abweichung vom Himmel nicht befremden können. Leider wird Polyhymnia in der nächsten Opposition sehr lichtschwach erscheinen.

23) Circe. Herr Dr. Klinkerfues in Göttingen hat die Gefälligkeit gehabt, die Jahres-Ephemeride zu liefern, nach Elementen, welche sich an die vorhandenen, nur eine kurze Zeit umfassenden Beobachtungen möglichst gut anschliefsen. Es war indessen bei ihnen doch eine zu grofse Ungenauigkeit zu befürchten, als dafs es gerathen geschienen, für die Opposition schärfere Örter anzugeben.

24) Der Lauf des Neptun ist von Herrn Dr. Sidler aus Zürich berechnet worden.

Wenngleich zu meinem Bedauern 10 Planeten hier fehlen, von denen im vorigen Jahrgange Herr Lesser drei, Fortuna, Lutetia und Phocaea übernommen hatte, Herr Dr. Hartwig einen, die Euterpe, so giebt doch die auch wieder in diesem Jahrgange vermehrte Anzahl von Ephemeriden ein rühmliches Zeugnifs von dem regen Eifer, dessen sich noch immer dieser Zweig der Astronomie zu erfreuen hat. Die Herren Professoren Zech, Wolfers und Brünnow, die Doctoren Oudemans, Luther, Klinkerfues, Schönfeld, Hornstein, Förster, Krüger, Sidler, und die Herren Winnicke, Pape, Schubert, Günther und Bruhns, von denen die Herren Prof. Zech, Dr Luther und Klinkerfues jeder zwei, Hr. Günther drei und Hr. Bruhns vier Ephemeriden bearbeitet haben, beweisen, dafs, wenn die Zahl der Planeten auch grofs ist, doch die Bemühungen, sie zu ordnen und den Gesetzen des Sonnen-Systems zu unterwerfen, ebenfalls nicht ermatten und sich mehren. Zugleich kann ich nach einem Briefe des Herrn Hind die Hoffnung aussprechen, dafs in England Vorbereitungen getroffen sind, welche auch diesem Felde die grofsen Kräfte Englands zuwenden werden.

Es folgen hier die Elemente der 34 neu entdeckten Planeten, so wie sie entweder diesen Ephemeriden zum Grunde liegen, oder bei den hier fehlenden zuletzt bestimmt worden sind. Die Längen beziehen sich alle auf das mittlere Aequinoctium der jedesmaligen Epoche.

Elemente der neu entdeckten Planeten.

Mittl. Berl. Zt.	⑤ Astraea 1850. Jan. 0,0	⑥ Hebe 1856. Jan. 24,0	⑦ Iris 1857. Apr. 19,0	⑧ Flora 1848. Jan. 1,0
	° ′ ″	° ′ ″	° ′ ″	° ′ ″
L	80 56 2,7	24 8 11,8	200 41 2,0	68 48 31,9
M	306 20 27,0	9 10 25,1	159 17 49,7	35 54 3,6
π	134 35 35,7	14 57 46,7	41 23 12,3	32 54 28,3
☊	141 24 48,5	138 34 25,5	259 44 39,0	110 17 48,6
i	5 19 35,2	14 46 39,9	5 27 56,4	5 53 8,0
ϕ	10 57 8,3	11 38 32,5	13 20 29,4	9 0 56,3
μ	857,″94857	939,″48353	962,″28126	1086,″33098
$\lg a$	0,4110302	0,384745	0,377803	0,3426963
	Prof. Zech.	Dr. Luther.	H. Schubert.	Prof. Brünnow.

Mittl. Berl. Zt.	⑨ Metis 1856. Juli 12,0	⑩ Hygiea 1851. Sept. 17,0	⑪ Parthenope 1856. Mai 23,0	⑫ Victoria 1851. Jan. 0,0
	° ′ ″	° ′ ″	° ′ ″	° ′ ″
L	294 56 51,8	354 47 47,6	87 38 0,3	7 41 3,9
M	223 27 30,8	126 59 48,8	131 31 55,2	65 48 4,9
π	71 29 21,0	227 47 58,8	316 6 5,0	301 52 59,0
☊	68 31 24,0	287 38 34,2	125 2 50,7	235 29 28,2
i	5 35 56,3	3 47 9,3	4 37 0,7	8 23 6,0
ϕ	7 6 59,7	5 46 16,6	5 42 39,1	12 36 23,6
μ	963,″0809	634,″84912	924,″20216	994,″63869
$\lg a$	0,3775625	0,4982241	0,389493	0,3682275
	Prof. Wolfers.	Prof. Zech.	Dr. Luther.	Prof. Brünnow.

Mittl. Berl. Zt.	⑬ Egeria 1856. Febr. 19,0	⑭ Irene 1851. Mai 11,0	⑮ Eunomia 1853. Jan. 3,0	⑯ Psyche 1855. Nov. 26,0
	° ′ ″	° ′ ″	° ′ ″	° ′ ″
L	144 56 11,1	222 1 24,1	66 52 51,4	51 33 49,2
M	25 11 4,1	43 10 12,7	39 1 5,9	38 54 50,5
π	119 45 7,0	178 51 11,4	27 51 45,5	12 38 58,7
☊	43 17 33,5	86 49 0,8	293 54 51,0	150 31 19,5
i	16 32 14,2	9 6 43,6	11 43 59,8	3 4 8,5
ϕ	4 59 45,2	9 42 46,8	10 49 48,8	7 44 14,8
μ	857,″7693	853,″59227	825,″44962	710,″0571
$\lg a$	0,411091	0,4125041	0,4222106	0,4658089
	H. Günther.	H. Bruhns.	Prof. Trettenero	Dr. Klinkerfues.

Mittl. Berl. Zt.	Thetis 1852. Apr. 25,0	Melpomene 1853. Jan. 0,0	Fortuna 1852. Nov. 5,0	Massalia 1856. Nov. 4,0
	° ′ ″	° ′ ″	° ′ ″	° ′ ″
L	205 10 56,7	351 41 31,8	6 12 26,8	54 45 59,6
M	305 46 7,4	336 27 24,7	335 24 33,6	316 29 29,9
π	259 24 49,3	15 14 7,1	30 47 53,2	98 16 29,7
☊	125 26 11,8	150 0 53,0	211 26 33,1	206 36 23,9
i	5 35 37,5	10 9 3,6	1 32 28,1	0 41 9,7
ϕ	7 20 33,3	12 32 9,1	9 6 56,0	8 15 39,1
μ	912″,20532	1020″,18864	929″,2028	948″,8449
lg a	0,3932760	0,3608841	0,3879307	0,3818473
	Dr. Schönfeld.	H. Bruhns.	H. Lesser.	H. Günther.

Mittl. Berl. Zt.	Lutetia 1853. Jan. 2,0	Calliope 1853. Jan. 0,0	Thalia 1853. Jan. 0,0	Themis 1853. Mai 4,0
	° ′ ″	° ′ ″	° ′ ″	° ′ ″
L	41 45 39,6	76 59 42,7	89 5 3,6	171 44 8,0
M	75 1 48,0	18 48 23,6	325 53 6,8	37 28 36,3
π	326 43 51,6	58 11 19,1	123 11 56,8	134 15 31,7
☊	80 28 28,2	66 36 55,5	67 55 1,7	35 46 43,1
i	3 5 22,0	13 44 51,8	10 13 59,3	0 49 25,8
ϕ	9 18 6,4	5 56 45,3	13 36 53,6	7 1 27,5
μ	933″,6757	715″,0000	833″,86346	637″,42511
lg a	0,3865403	0,4638004	0,4192745	0,4970516
	H. Lesser.	Dr. Hornstein.	Dr. Förster.	Dr. Krüger.

Mittl. Berl. Zt.	Phocaea 1853. Juli 1,0	Proserpina 1854. Sept. 12,0	Euterpe 1854. Jan. 1,0	Bellona 1854. März 0,0
	° ′ ″	° ′ ″	° ′ ″	° ′ ″
L	265 22 24,8	331 44 54,6	75 3 35,9	159 1 49,2
M	322 45 3,2	96 3 38,6	347 15 5,7	36 43 20,7
π	302 37 21,6	235 41 16,0	87 48 30,2	122 18 28,5
☊	214 3 40,0	45 52 54,9	93 42 0,7	144 33 6,5
i	21 36 5,3	3 35 39,4	1 35 33,4	9 22 32,8
ϕ	14 39 45,4	5 1 49,9	10 0 44,5	8 53 54,0
μ	953″,910	820″,3222	987″,184	767″,5226
lg a	0,380333	0,4240147	0,370406	0,4432769
	H. Lesser.	Dr. Oudemans.	Dr. Hartwig.	H. Bruhns.

Mittl. Berl. Zt	(29) Amphitrite 1854. Mrz. 0,0	(30) Urania 1856. Jan. 27,0	(31) Euphrosyne 1855. Jan. 0,0	(32) Pomona 1855. Jan. 0,0
	° ′ ″	° ′ ″	° ′ ″	° ′ ″
L	179 26 50,8	112 24 16,6	53 49 50,3	56 7 41,8
M	114 36 28,0	81 34 36,0	319 58 43,7	219 59 2,2
π	64 50 22,8	30 49 40,6	93 51 6,6	196 8 39,6
☊	356 20 34,9	308 11 59,9	31 25 23,0	220 48 25,6
i	6 6 19,7	2 5 56,5	26 25 12,4	4 42 18,0
ϕ	4 34 47,0	7 15 41,2	12 28 29,8	5 29 14,0
μ	864″,3666	975″,20787	632″,80310	854″,7222
lg a	0,4088724	0,3739396	0,499159	0,412121
	H. Villarceau.	H. Günther.	H. Winnicke.	H. Lesser.

Mittl. Berl. Zt.	(33) Polyhymnia 1855. Jan. 0,0	(34) Leukothea. 1855. Apr. 0,0.	(35) Circe. 1855. Apr. 25,1.	(36) Atalante. 1855. Nov. 0,0.
	° ′ ″	° ′ ″	° ′ ″	° ′ ″
L	23 14 0,3	187 28 4,7	199 15 4,9	22 4 52,8
M	42 20 5,8	1 49 4,0	37 29 34,4	341 22 48,1
π	340 53 54,5	185 39 0,7	161 45 30,5	40 42 4,7
☊	9 16 5,0	356 44 32,0	184 11 23,1	359 0 0,8
i	1 56 56,0	8 23 4,4	5 13 36,0	19 6 45,2
ϕ	19 40 56,6	11 26 32,6	5 49 25,0	17 5 3,5
μ	731″,4842	719″,825	814″,4026	769″,261
lg a	0,457201	0,461853	0,4261116	0,442622
	H. Pape.	H. Schulze.	Dr. Klinkerfues.	H. Bruhns.

Mittl. Berl. Zt.	(37) Fides. 1855. Oct. 15,0.	Neptun 1856. Jan. 1,0
	° ′ ″	° ′ ″
L	14 30 28,6	348 21 5,0
M	307 38 42,4	301 1 26,5
π	66 51 46,2	47 19 38,5
☊	7 55 30,3	130 11 52,8
i	3 31 35,6	1 46 59,0
ϕ	3 19 34,6	0 29 58,5
μ	889″,790	21″,55448
lg a	0,400479	1,4776460
	Dr. Förster.	S. Walker.

Verbesserungen.

Pag. 157 α Andromed. Jährl. Veränd. statt + 3″,8036 lies + 3″,0836 Jahrbuch für 1856 und 1857.

Pag. 157 α Can. maj. Jährl. Veränd. in Abw. statt + zu lesen —

CPSIA information can be obtained
at www.ICGtesting.com
Printed in the USA
LVHW040708040423
743358LV00001B/82

9 783382 008833